Die große Gespenstertruhe

Das Buch der phantastischen
Literatur mit 47 Zeichnungen von
Alfred Kubin

Herausgegeben
von Martin Gregor-Dellin

Nymphenburger Verlagshandlung

© Nymphenburger Verlagshandlung GmbH, München 1978
Für die Zeichnungen von Alfred Kubin
© Spangenberg Verlag GmbH, München 1978
Alle Rechte, auch der photomechanischen Vervielfältigung
und des auszugsweisen Abdrucks, vorbehalten.
Druck und Bindung: Mohndruck Reinhard Mohn OHG, Gütersloh
ISBN 3-485-00342-5
Printed in Germany

Inhalt

I Die Geistergeschichten

Daniel Defoe · Die Erscheinung der Mrs. Veal	7
Honoré de Balzac · Der Kriminalrichter	18
Edward Bulwer-Lytton · Das verfluchte Haus in der Oxford Street	32
Heinrich von Kleist · Das Bettelweib von Locarno	67
Ueda Akinari · Das Haus im Schilf	71
Edgar Allan Poe · Metzengerstein	82
Pu Ssung-ling · Das Wandbild	93
Montague Rhodes James · Der Kupferstich	96
Albrecht Schaeffer · Herschel und das Gespenst	109
Prosper Mérimée · Ein Gesicht Karls XI.	113
Wilhelm Hauff · Die Geschichte von dem Gespensterschiff	121
Mark Twain · Eine Gespenstergeschichte	132
Nikolaj Ljesskow · Der weiße Adler	141
E. T. A. Hoffmann · Eine Spukgeschichte	166
Heinrich Heine · Doktor Ascher und die Vernunft	174
Knut Hamsun · Das Gespenst	177
Valerij Brjussow · Verteidigung	185
Marie Luise Kaschnitz · Gespenster	193
André Maurois · Das Haus	203
Truman Capote · Miriam	206

II Die unheimlichen Geschichten

Johann August Apel · Die schwarze Kammer	220
Sheridan Le Fanu · Grüner Tee	230
Eduard Mörike · Der Spuk im Pfarrhause zu Cleversulzbach	268
Nikolaj Gogol · Der verhexte Platz	278
Friedrich Hebbel · Eine Nacht im Jägerhause	288
Iwan Turgenjew · Der Traum	299

Ambrose Bierce · Die nächtlichen Vorgänge in der Totenschlucht	323
August Strindberg · Die seltsamen Erlebnisse des Lotsen	332
Amos Tutuola · Der vollendete Herr	345
Gérard de Nerval · Das grüne Scheusal	351
Robert Louis Stevenson · Der Leichenräuber	357
Guy de Maupassant · Wer weiß?	381
W. W. Jacobs · Die Affenpfote	397
Amparo Davila · Der Spiegel	410
Julio Cortázar · Das besetzte Haus	421

III Die phantastischen Geschichten

Franz Kafka · Ein Landarzt	428
Edgar Allan Poe · Die Tatsachen im Fall Valdemar	435
Gustav Meyrink · Das Wachsfigurenkabinett	447
Charles Dickens · Die Warnung	460
Stefan Grabiński · Der irre Zug	476
Friedrich Dürrenmatt · Der Tunnel	484
Karl August Horst · Stummes Glockenspiel	496
Michail Lermontow · Eine unvollendete Novelle	501
Horacio Quiroga · Das Federkissen	519
Marcel Schwob · Die Leichenfrauen	524
Bram Stoker · Draculas Gast	530
Rudyard Kipling · Die schönste Geschichte der Welt	544
Werner Bergengruen · Der Schutzengel	579
Jan Lustig · Der Fluß steht still	586
Alfred Andersch · Ein Auftrag für Lord Glouster	592
Herbert Meier · Sprechschädel	599
Dino Buzzati · Ein überheblicher Mensch	612
Franz Hohler · Die Fotografie	621
Jorge Luis Borges · Tlön, Uqbar, Orbis Tertius	625
Nachwort	645
Über die Autoren	661

DANIEL DEFOE

Die Erscheinung der Mrs. Veal

Die Umstände dieses Geschehens sind so außergewöhnlich und so gut verbürgt, daß keine Lektüre und keine Unterhaltung mir jemals etwas Ähnliches geboten haben. Sie werden auch den scharfsinnigsten und ernsthaftesten Fragesteller befriedigen. Die Person, der Mrs. Veal nach ihrem Tode erschien, ist Mrs. Bargrave; sie ist seit fünfzehn oder sechzehn Jahren meine vertraute Freundin, und ich kann mit bestem Gewissen für ihren vortrefflichen Ruf in dieser Zeit bürgen; und ich kann auch ihren makellosen Charakter bestätigen, den sie von frühester Jugend bis zur Zeit unserer Bekanntschaft bewiesen hat. Seit sie diese Begebenheit erzählt hat, wird sie jedoch von den Freunden des Bruders der Mrs. Veal verleumdet; diese Leute scheinen zu denken, daß die Erzählung von jener Erscheinung nur eine schändliche Erfindung der Mrs. Bargrave ist, und sie versuchen alles mögliche, ihren guten Ruf zu untergraben und die Geschichte lächerlich zu machen. Aber auch unter diesen Umständen und ungeachtet der schlechten Behandlung durch einen sehr boshaften Ehegemahl trägt Mrs. Bargrave stets ein liebenswürdiges Wesen zur Schau, und nicht das geringste Zeichen von Kummer und Niedergeschlagenheit zeigt sich in ihrem Gesicht; nein, auch nicht unter der rohen Behandlung durch ihren Mann, deren ich und verschiedene andere Personen unzweifelhaften Rufes Zeuge gewesen sind.

Sie müssen wissen, daß Mrs. Veal ein vornehmes Fräulein im Alter von ungefähr dreißig Jahren war; seit einiger Zeit hatten Krämpfe sie geplagt, deren Beginn man daran erkennen konnte, daß sie plötzlich und unerwartet vom Thema ihrer Unterhaltung abschweifte. Sie wurde von ihrem einzigen Bruder unterhalten und führte dessen Haushalt in Dover. Sie war eine sehr fromme Frau, und ihr Bruder seinem ganzen Wesen nach ein sehr besonnener Mann; aber jetzt tut er alles, was in seinen Kräften steht, um die Geschichte zu unterdrücken und als unrichtig hinzustellen. Mrs. Veal war von Kindheit an aufs engste mit Mrs. Bargrave befreundet. Mrs. Veals Verhältnisse waren damals denkbar schlecht; ihr Vater sorgte nicht ausreichend für seine Kinder, so daß sie mancherlei Härten ausgesetzt waren. Und Mrs. Bargrave hatte damals ebenfalls einen schlechten Vater, wenn es ihr auch nicht an Kleidung und Essen fehlte, wohingegen Mrs. Veal an beidem Mangel litt. Daher war Mrs. Bargrave oftmals in der Lage, ihr bei verschiedenen Gelegenheiten wie eine gute Freundin auszuhelfen, was Mrs. Veal so sehr rührte, daß sie häufig zu sagen pflegte: »Mrs. Bargrave, Sie sind nicht nur die einzige, sondern auch die beste Freundin, die ich auf der ganzen Welt habe, und nichts im Leben soll jemals meine Freundschaft zu Ihnen lösen.« Sie pflegten oft ihr Schicksal gegenseitig zu beklagen und zusammen Drelincourts Buch ›Über den Tod‹ sowie andere gute Bücher zu lesen; und wie zwei gute, christliche Freunde trösteten sie einander in ihren Sorgen.

Einige Zeit darauf verschafften Mr. Veals Freunde ihm eine Stellung bei der Zollverwaltung in Dover, wodurch Mrs. Veal sich nach und nach von Mrs. Bargrave abkehrte, obgleich es niemals etwas wie einen Streit zwischen ihnen gegeben hatte; aber mit der Zeit wurden sie einander gleichgültig, bis Mrs. Bargrave sie schließlich zweieinhalb Jahre lang nicht mehr gesehen hatte, von welchen sie allerdings zwölf Monate von Dover abwesend war. Seit einem halben Jahr lebte sie in Canterbury und bewohnte dort seit etwa zwei Monaten ein eigenes Haus.

In diesem Haus saß sie ganz allein am Vormittag des *achten* September 1705, dachte über ihr unglückliches Leben nach und ergab sich nach einigem Hadern geziemend in ihr Schicksal, wenngleich ihre Verhältnisse ihr bitter schienen. »Bis hierher bin ich wohlversorgt worden«, sagte sie; »ich zweifle nicht daran, daß es auch in Zukunft so sein wird, und ich bin es zufrieden, daß meine Leiden enden werden, wenn es zu meinem Besten sein wird.« Sie hatte gerade wieder ihr Nähzeug aufgenommen, als sie ein Klopfen an der Tür hörte. Sie ging nachsehen, und vor ihr stand Mrs. Veal, ihre alte Freundin, angetan mit einem Reitkleid. Im gleichen Augenblick schlug es zwölf Uhr mittags.

»Madame«, sagte Mrs. Bargrave, »ich bin überrascht, Sie zu sehen, Sie, die Sie so lange eine Fremde für mich gewesen sind«; aber dann sagte sie, daß sie sich über ihr Wiedersehen freute, und bot ihr den Mund zum Kuß. Mrs. Veal beugte sich vor, bis ihre Lippen sich fast berührten, legte dann aber die Hand über ihre Augen und sagte: »Mir ist nicht ganz gut«, wodurch sie den Kuß vermied. Sie erzählte Mrs. Bargrave, daß sie im Begriffe wäre, auf eine Reise zu gehen, aber zuvor ihre Freundin noch einmal besuchen wollte.

»Aber wie kommt es«, sagte Mrs. Bargrave, »daß Sie allein auf eine Reise gehen? Ich bin erstaunt darüber, denn ich weiß, daß Sie einen sehr besorgten Bruder haben.«

»Oh«, erwiderte Mrs. Veal, »ich bin meinem Bruder heimlich entwischt und davongelaufen, denn ich wollte Sie so sehr gern sehen, bevor ich auf meine Reise gehe.«

Mrs. Bargrave führte sie in das Zimmer, und Mrs. Veal setzte sich in den Lehnstuhl, in welchem Mrs. Bargrave gesessen hatte, als sie das Klopfen hörte.

»Wohlan, meine teure Freundin«, sagte Mrs. Veal dann, »ich bin gekommen, unsere alte Freundschaft zu erneuern und um mich dafür zu entschuldigen, daß ich sie gebrochen habe; und wenn Sie mir vergeben können, sind Sie die beste aller Frauen.«

»Ach«, antwortete Mrs. Bargrave, »sprechen Sie nicht mehr davon; es hat mich nicht weiter beunruhigt.«

»Was haben Sie eigentlich von mir gedacht?« fragte Mrs. Veal.

»Ich dachte, daß Sie wie alle anderen wären, und daß Sie infolge Ihres Wohlstandes sich und mich vergessen hätten«, versetzte Mrs. Bargrave.

Mrs. Veal jedoch erinnerte Mrs. Bargrave an die vielen Freundschaftsdienste, die sie in früheren Tagen von ihr erfahren hatte, und an die Gespräche, die sie damals, als sie in so verschiedenen Verhältnissen lebten, miteinander geführt hatten; an die Bücher, die sie zusammen gelesen hatten, und welchen Trost sie dabei insbesondere aus Drelincourts Buch ›Über den Tod‹ geschöpft hätten, welches das beste sei, das je über dieses Thema geschrieben worden wäre. Sie erwähnte auch Dr. Sherlock und zwei holländische Bücher über den Tod, die man übersetzt hatte, sowie verschiedene andere. Aber Drelincourt, sagte sie, hätte die klarste Konzeption über den Tod und über den Zustand danach, besser als jeder andere, der sich mit diesem Gegenstand befaßt hätte. Dann fragte sie Mrs. Bargrave, ob sie Drelincourt besäße.

Mrs. Bargrave stand auf und holte das Buch. »Liebste Mrs. Bargrave«, sagte Mrs. Veal, »wenn die Augen unseres Glaubens so weit geöffnet wären wie die Augen unseres Körpers, würden wir Heerscharen von Engeln sehen, die uns beschützen. Unsere Vorstellungen vom Himmel sind nichts dagegen, wie er wirklich ist, und glauben Sie mir, daß der Allmächtige ein besonderes Augenmerk auf Sie hat, und daß Ihre Leiden die äußeren Merkmale von Gottes Gnade sind; und wenn sie ihre Aufgabe erfüllt haben, weswegen sie Ihnen gesandt sind, werden sie von Ihnen genommen werden. Und glauben Sie mir, meine teure Freundin, glauben Sie, was ich Ihnen sage: eine Minute Ihrer zukünftigen Glückseligkeit wird Sie unendlich für alle Ihre Leiden belohnen. Denn ich kann niemals glauben« (und dabei schlug sie sich mit der Hand in großer Ernsthaftigkeit, die in der Tat ihre ganze Rede beherrschte, auf das Knie), »daß Gott Sie jemals leiden lassen würde, damit Sie alle Ihre irdischen Tage in diesem schmerzlichen Zustand verbringen. Seien Sie versichert, daß in kurzer Zeit entweder Ihre Leiden Sie verlassen, oder Sie von ihnen scheiden werden.« Sie sprach auf so ergreifende, verklärte Art, daß Mrs. Bargrave mehrere Male in Tränen ausbrach, so tief war sie gerührt.

Dann erwähnte Mrs. Veal Dr. Kendricks ›Asket‹, in welchem Buche er am Ende eine Schilderung der Lebensart der frühen Christen gibt. Ihr Vorbild empfahl sie unserer Nachahmung und sagte: »Ihre Unterhaltungen waren nicht wie diejenigen unseres Zeitalters. Denn jetzt«, so fuhr sie fort, »gibt es nur noch eitles, nichtiges Geschwätz, das sich weit von ihren Gesprächen unterscheidet. Die ihren dienten der Erbauung und waren dazu bestimmt, sich am Glauben des anderen aufzurichten, so daß diese Leute nicht waren, wie wir heute sind, noch sind wir ihnen gleich. Aber wir sollten ihnen nacheifern«, sagte sie, »denn eine herzliche Freundschaft verband sie miteinander; doch wo ist dergleichen heute noch zu finden?«

»Es ist in der Tat sehr schwer«, antwortete Mrs. Bargrave, »heutzutage einen treuen Freund zu finden.«

Worauf Mrs. Veal entgegnete: »Mr. Norris hat ein schönes Gedichtbüchlein, genannt ›Freundschaft in ihrer Vollkommenheit‹, das ich sehr verehre. Besitzen Sie vielleicht dieses Bändchen?«

»Nein«, versetzte Mrs. Bargrave, »aber ich habe mir diese Gedichte einmal herausgeschrieben.«
»Haben Sie?« fragte Mrs. Veal; »dann holen Sie sie bitte.«
Und Mrs. Bargrave holte sie aus dem oberen Stockwerk und gab sie Mrs. Veal zum Lesen, welches diese jedoch ablehnte, indem sie sagte, ihr Kopf würde schmerzen, wenn sie ihn niederbeugte; sie bat jedoch Mrs. Bargrave, ihr daraus vorzulesen, was jene also tat. Während sie sich so an der ›Freundschaft‹ ergötzten, sagte Mrs. Veal: »Teuerste Mrs. Bargrave, ich werde Sie für alle Zeiten lieben.«
In diesen Versen kommt zweimal die Bezeichnung ›Elysium‹ vor.
»Ah«, sagte Mrs. Veal bei diesen Worten, »was diese Poeten doch herrliche Namen für den Himmel haben!« Oftmals legte sie währenddessen die Hand über ihre Augen und fragte: »Mrs. Bargrave, meinen Sie nicht, daß ich durch meine Anfälle sehr in meiner Gesundheit behindert bin?«
»Nein«, erwiderte Mrs. Bargrave, »ich glaube, Sie sehen besser aus, als ich Sie jemals gesehen habe.«
Nach dieser Unterhaltung, welche die Erscheinung in viel gewählteren Worten führte und die noch mehr umfaßte, als Mrs. Bargrave, wie sie sagte, wiederholen konnte – denn man sollte nicht denken, daß man eine und eine dreiviertel Stunde Unterhaltung in allen Einzelheiten behalten könnte, obwohl sie glaubte, daß sie sich an das Hauptsächlichste erinnert hätte –, sagte Mrs. Veal zu Mrs. Bargrave, sie möchte doch bitte einen Brief an ihren Bruder schreiben und darin sagen, sie bäte ihn, ihre Ringe an den und den zu geben; und daß sich ein Beutel mit Gold in ihrem Schränkchen befände, von welchem er zwei große Stücke ihrem Vetter Watson geben sollte.
Aus ihrer Sprechweise schloß Mrs. Bargrave, daß Mrs. Veal einem Anfall nahe war, und setzte sich auf einen Stuhl dicht vor ihre Knie, um zu verhüten, daß ihre Krämpfe sie zu Boden würfen; denn nach der Seite, dachte sie, könnte sie nicht fallen, da der Lehnstuhl sie davor bewahren würde. Und um Mrs. Veal abzulenken, ergriff sie mehrmals den Ärmel ihres Kleides und lobte den Stoff. Mrs. Veal erzählte ihr, daß es aus reiner Seide wäre und erst kürzlich angefertigt; aber trotz allem bestand Mrs.

Veal auf ihrer Bitte und flehte Mrs. Bargrave an, sie nicht im Stiche zu lassen. Und sie möchte doch ihrem Bruder die heutige Unterhaltung wiedererzählen, sobald sich dazu die Gelegenheit böte.

»Meine liebe Mrs. Veal«, sagte Mrs. Bargrave, »mich deucht, es wäre besser, Sie täten es selbst.«

»Nein«, versetzte Mrs. Veal, »wenn es Ihnen auch im Augenblick sonderbar erscheinen mag, so werden Sie doch später den Grund hierfür verstehen.«

Um ihrem so dringlich vorgebrachten Ersuchen stattzugeben, wollte Mrs. Bargrave daraufhin Tinte und Feder holen, aber Mrs. Veal sagte:

»Lassen Sie es jetzt; tun Sie es erst, wenn ich gegangen bin. Sie dürfen es aber auf keinen Fall vergessen!« Das war eines der letzten Dinge, die sie Mrs. Bargrave vor ihrem Abschied einschärfte, und Mrs. Bargrave versprach es ihr.

Dann erkundigte Mrs. Veal sich nach Mrs. Bargraves Tochter. Sie antwortete, sie wäre nicht zu Hause. »Aber wenn es Sie danach verlangt, sie zu sehen«, sagte Mrs. Bargrave, »werde ich sie holen lassen.«

»Ach bitte«, versetzte Mrs. Veal, woraufhin Mrs. Bargrave sie verließ und zu einem Nachbarn ging, um ihn zu bitten, ihre Tochter zu holen. Als sie aber nach einer Weile zurückkam, stand Mrs. Veal vor der Tür auf der Straße, gegenüber dem Viehmarkt (es war Sonnabend und Markttag), und offensichtlich bereit sich zu verabschieden, sobald Mrs. Bargrave wiederkommen würde. Sie fragte sie, warum sie es so eilig hätte. Mrs. Veal antwortete, sie müßte gehen, wenn sie auch vielleicht erst am Montag ihre Reise antreten würde, und sagte zu Mrs. Bargrave, sie hoffte, sie noch einmal bei ihrem Vetter Watson zu sehen, bevor sie abreiste. Dann sagte sie, sie müßte sich jetzt verabschieden, und Mrs. Bargrave folgte ihr mit den Blicken, bis eine Straßenbiegung sie ihrer Sicht entzog. Das war drei Viertelstunden nach eins am Nachmittag.

Mrs. Veal war am *siebten* September um zwölf Uhr mittags an ihren Krämpfen gestorben und schon vier Stunden vor ihrem Tode nicht mehr bei Bewußtsein gewesen; während dieser Zeit hatte sie die heiligen Sakramente empfangen.

Am nächsten Tage nach Mrs. Veals Besuch, einem Sonntag, fühlte Mrs. Bargrave sich wegen einer Erkältung und eines entzündeten Halses sehr unpäßlich, so daß sie an jenem Tage nicht ausgehen konnte. Am Morgen des Montag jedoch schickte sie jemand zu Captain Watson, um festzustellen, ob Mrs. Veal dort wäre. Dort wunderte man sich über Mrs. Bargraves Nachfrage und ließ ihr ausrichten, daß Mrs. Veal nicht da wäre und auch nicht erwartet würde. Auf diese Antwort hin sagte Mrs. Bargrave dem Mädchen, sie hätte sicherlich den Namen mißverstanden oder sonst einen Fehler gemacht. Und obwohl sie krank war, setzte sie einen Hut auf und ging selbst zu Captain Watson – wenngleich sie niemand aus dieser Familie kannte –, um festzustellen, ob Mrs. Veal tatsächlich nicht da wäre. Sie sagten, sie wären erstaunt über ihre Frage, denn Mrs. Veal wäre nicht in der Stadt gewesen; anderenfalls hätte sie ihnen einen Besuch abgestattet.

Worauf Mrs. Bargrave versetzte: »Aber sie war bestimmt am Sonnabend bei mir, fast zwei Stunden lang!«

Man erwiderte ihr, das wäre nicht gut möglich, denn dann hätte sie sich bestimmt sehen lassen. Während sie noch darüber stritten, trat Captain Watson ein und sagte, daß Mrs. Veal ganz gewißlich tot wäre, und daß schon Vorbereitungen zu ihrer Bestattung getroffen würden. Mrs. Bargrave ließ daraufhin sofort bei dem Mann, der damit beauftragt war, Erkundigungen einziehen, und zu ihrem höchsten Erstaunen hörte sie, daß diese befremdliche Nachricht auf Wahrheit beruhte. Dann erzählte sie die ganze Begebenheit der Familie von Captain Watson: was für ein Kleid sie angehabt hatte, wie es gestreift war und wie Mrs. Veal ihr erzählt hatte, daß es aus reiner Seide wäre. Bei diesen Worten rief Mrs. Watson aus:

»Sie haben sie in der Tat gesehen, denn niemand außer Mrs. Veal und mir wußte, daß es aus reiner Seide war!« Und Mrs. Watson bestätigte, daß sie das Kleid genauestens beschrieben hätte; »denn«, so sagte sie, »ich habe ihr dabei geholfen, als sie es anfertigte.«

Mrs. Watson verbreitete dies durch die ganze Stadt und beschwor die Wahrhaftigkeit von Mrs. Bargraves Erzählung, daß sie die Erscheinung der Mrs. Veal gesehen hätte. Und Captain Watson brachte sogleich zwei Herren zu Mrs. Bargrave, damit sie die

Erzählung aus ihrem eigenen Munde hörten. Die Kunde verbreitete sich so schnell, daß angesehene und gebildete Herren, Gelehrte und Zweifler, von überallher zu ihr hinströmten, und zuletzt wurde ihr Andrang so groß, daß sie ihnen aus dem Wege gehen mußte; denn wenn sie auch alle im allgemeinen vollkommen von der Wahrheit der Sache überzeugt waren und klar erkannten, daß Mrs. Bargrave kein Hypochonder war – sie begegnete nämlich jedem in so frohgemuter Stimmung und mit so freundlicher Miene, daß sie die Gunst und Wertschätzung der gesamten besseren Gesellschaft gewann –, so betrachteten sie es doch als eine große Bevorzugung, wenn sie die Begebenheit aus ihrem eigenen Munde hören konnten.

Ich hätte Ihnen schon früher erzählen sollen, daß Mrs. Veal der Mrs. Bargrave erzählt hatte, ihre Schwester und ihr Schwager wären gerade aus London gekommen, um sie zu besuchen. Im gleichen Augenblick, als diese in Dover eintrafen, lag Mrs. Veal im Sterben. –

»Wie sind Sie darauf gekommen«, hatte Mrs. Bargrave noch gefragt, »die Dinge auf so seltsame Art zu ordnen?«

»Es ließ sich nicht ändern«, hatte Mrs. Veal geantwortet.

Und dann fragte Mrs. Bargrave sie, ob sie etwas Tee trinken wolle.

»Warum nicht«, antwortete Mrs. Veal, »aber ich garantiere Ihnen, daß dieser verrückte Bursche« – womit sie den Mann von Mrs. Bargrave meinte – »alle Ihre Teetassen zerbrochen hat.«

»Nun«, sagte Mrs. Bargrave, »ich werde schon etwas finden, woraus Sie trinken können.«

Aber Mrs. Veal wehrte ab und sagte: »Lassen Sie nur, es ist nicht nötig«, und so ließen sie es bleiben.

Während der ganzen Zeit, die ich bei Mrs. Bargrave saß – es waren einige Stunden –, erinnerte sie sich frischer Redewendungen von Mrs. Veal. Und noch eine wesentliche Sache fiel ihr ein, die Mrs. Veal ihr erzählt hatte: daß der alte Mr. Bretton Mrs. Veal zehn Pfund im Jahr ausgesetzt hatte, was ein Geheimnis und Mrs. Bargrave nicht bekannt gewesen war, bis Mrs. Veal es ihr verriet.

Mrs. Bargrave weicht nie von der ersten Darstellung ihrer Erzählung ab, was denjenigen, die an der Wahrheit zweifeln oder nicht daran glauben wollen, zu denken gibt. Ein Diener des Nachbarn, der sich zur gleichen Zeit, als Mrs. Veal bei ihr war, in dem an Mrs. Bargraves Haus grenzenden Garten befand, hatte sie eine Stunde lang mit jemand sprechen hören. Und Mrs. Bargrave war im gleichen Moment, in dem sie sich von Mrs. Veal getrennt hatte, zu ihrer nächsten Nachbarin gegangen und hatte ihr erzählt, was für eine hinreißende Unterhaltung sie gerade mit einer alten Freundin gehabt hätte; und dann hatte sie ihr den ganzen Inhalt des Gesprächs wiedererzählt. Drelincourts Buch ›Über den Tod‹ ist seitdem seltsamerweise gänzlich aufgekauft. Und es ist zu beachten, daß Mrs. Bargrave ungeachtet all der Mühen und Strapazen, deren sie sich wegen dieser Geschichte unterziehen mußte, niemals auch nur den geringsten Geldbetrag dafür angenommen hat und daher auch kein Interesse daran haben kann, die Geschichte deswegen zu erzählen.

Aber Mr. Veal tut, was er kann, um die Angelegenheit zu unterdrücken, und sagt, er würde Mrs. Bargrave besuchen; doch es ist allgemein bekannt, daß er nach dem Tode seiner Schwester bei Captain Watson gewesen und trotzdem niemals auch nur in die Nähe von Mrs. Bargrave gekommen ist; und einige seiner Freunde verbreiten, daß sie eine große Lügnerin wäre und von Mr. Brettons zehn Pfund im Jahr gewußt habe. Aber die Person, die solches fälschlicherweise erzählt, ist bei Leuten, deren untadeligen Ruf ich kenne, als notorischer Lügner verschrien. Wohingegen Mr. Veal zwar zu sehr ein Ehrenmann ist, um zu behaupten, daß sie lüge; dafür aber sagt er, ein schlechter Ehemann hätte sie verrückt gemacht. Doch Mrs. Bargrave braucht sich nur zu zeigen, um diese Behauptung zu entkräften. Mr. Veal sagt, er habe seine Schwester auf dem Totenbett gefragt, ob sie noch irgend etwas zu verfügen hätte, und sie habe mit »nein« geantwortet. Die Dinge aber, über die Mrs. Veals Erscheinung verfügt haben soll, sind so geringfügig, und nichts daran ist ungerecht, daß die ganze Art und Weise dieser Verfügung mir nur dazu angetan scheint, die Welt von der Wahrheit dessen, was Mrs. Bargrave gesehen und gehört hat, zu überzeugen und ihren Ruf bei dem verständigen und vernünftigen Teil der Menschheit zu sichern. Dazu kommt noch, daß Mr. Veal das Vorhandensein eines Beutels mit Gold gesteht, jedoch behauptet, er wäre nicht in ihrem Schränkchen, sondern in einer Kammschachtel gefunden worden. Dies ist jedoch unwahrscheinlich, denn Mrs. Watson bekannte, daß Mrs. Veal so sorgsam mit dem Schlüssel ihres Schränkchens umging, daß sie ihn niemand anvertrauen wollte; und wenn dies der Fall gewesen ist, würde sie unzweifelhaft auch nicht ihr Gold außerhalb des Schränkchens aufbewahrt haben.

Und daß Mrs. Veal oftmals die Hand über ihre Augen gelegt und Mrs. Bargrave gefragt haben soll, ob ihre Anfälle nicht ihrer Gesundheit geschadet hätten, scheint mir, als ob sie es mit Absicht getan hätte, damit es Mrs. Bargrave nicht seltsam vorkommen sollte, daß sie sie bat, an ihren Bruder zu schreiben, um über die Ringe und das Gold zu verfügen, was doch ganz nach dem letzten Willen eines Sterbenden aussieht; und Mrs. Bargrave hielt es ja dann auch entsprechend für die Wirkung der Krämpfe, die sich bei Mrs. Veal ankündigten. Dies war eines jener vielen Beispiele ihrer wunderbaren Liebe zu ihr und Sorge um sie, damit sie nicht erschrecken würde, was auch in ihrer ganzen Handhabung der Angelegenheit augenfällig wird, besonders darin, daß sie ihr am Tage erschien und den Begrüßungskuß vermied, und in der Art und Weise ihres Abschieds, indem sie einen zweiten Versuch von Mrs. Bargrave, sie zu küssen, geschickt abwehrte.

Warum Mr. Veal nun diese Geschichte als eine krankhafte Einbildung betrachten sollte – was er doch offensichtlich tut, indem er versucht, sie zu unterdrücken –, kann ich mir nicht vorstellen; denn die Mehrzahl hält sie für einen guten Geist, da ihre Rede so himmlisch war. Ihre beiden Hauptanliegen bestanden darin, Mrs. Bargrave in ihrem Leide zu trösten und um Vergebung für ihren Freundschaftsbruch zu bitten, und ein frommes Gespräch zu führen, um sie zu ermutigen.

Nach all diesem anzunehmen, daß Mrs. Bargrave in der Zeit von Freitag mittag bis Sonnabend mittag eine solche Erfindung ausbrüten könnte – vorausgesetzt, daß ihr der Tod von Mrs. Veal vom ersten Angenblick an bekannt war –, ohne die Umstände durcheinanderzubringen und ohne einen Gewinn daraus zu ziehen, müßte sie gewitzter, glücklicher und zugleich sündhafter sein, als irgendein unparteilicher Mensch behaupten könnte.

Ich habe Mrs. Bargrave mehrere Male gefragt, ob sie das Kleid gefühlt hätte, und sie antwortete bescheiden:

»Wenn ich meinen Sinnen trauen kann, bin ich dessen gewiß.«

Ich fragte sie, ob sie ein Geräusch gehört hätte, als Mrs. Veal sich mit der Hand auf ihr Knie schlug. Sie antwortete, daran könnte sie sich nicht so genau erinnern, aber sie wäre ihr zumindest genau so aus Fleisch und Blut erschienen wie ich, der ich jetzt mit ihr spräche.

»Und ebenso«, fügte sie hinzu, »könnte man mich davon überzeugen, daß es nur Ihre Erscheinung ist, die jetzt mit mir spricht, wie davon, daß ich sie nicht wirklich gesehen hätte; denn ich empfand nicht die geringste Furcht, empfing sie als eine Freundin und schied von ihr als eine Freundin. Ich würde nicht einen roten Heller darum geben«, sagte sie, »jemanden meine Erzählung glauben zu machen; ich habe nicht das Geringste davon, nichts als Kummer und Verdruß sind mir daraus erwachsen; und wäre sie nicht durch einen Zufall ans Licht gekommen, sie wäre niemals bekannt geworden.«

Aber jetzt, so sagte sie, würde sie sich aus der ganzen Angelegenheit heraushalten, so gut sie könnte; und das hat sie seither auch getan. Sie sagt, ein Herr wäre sogar dreißig Meilen weit gekommen, um die Erzählung zu hören, und einmal hätte sie vor einem ganzen Zimmer voller Leute von dem Ereignis berichtet. Verschiedene besonders anspruchsvolle feine Herren haben die Geschichte aus Mrs. Bargraves eigenem Munde vernommen.

Diese Sache hat einen großen Eindruck auf mich gemacht, und ich bin davon überzeugt wie von einer aufs sicherste verbürgten Tatsache. Und es erscheint mir wunderlich, warum wir Dinge bestreiten sollten, nur weil wir keine sicheren oder beweiskräftigen Vorstellungen von ihnen haben. Mrs. Bargraves Glaubwürdigkeit und Aufrichtigkeit würden in keinem anderen Falle bezweifelt worden sein.

HONORÉ DE BALZAC

Der Kriminalrichter

Pierre Leroux war ein armer Pferdeknecht in der Nähe von Beaugency. Wenn er den ganzen Tag damit zugebracht hatte, die drei Pferde zu leiten, mit denen gewöhnlich sein Karren bespannt war, und er dann des Abends in den Bauernhof zurückkehrte, auf dem er diente, so verzehrte er sein Abendbrot mit den übrigen Knechten, ohne dabei viel zu sprechen, zündete dann eine Laterne an und begab sich in das Hängebett, welches in einer Ecke des Stalles angebracht war. Seine Träume waren nicht sehr verwickelt und erwecken kein besonderes Interesse. Gewöhnlich beschäftigte er sich im Traum nur mit seinen Pferden. Einmal erwachte er plötzlich durch die Anstrengungen, die er machte, um das Stangenpferd wieder auszuhängen, das über die Kette getreten war; ein anderes Mal hatte sich die Blässe in den Leitriemen verwickelt. Eines Nachts träumte ihm, daß er an seine Peitsche eine ganz neue Schweppe geknüpft habe, die Peitsche aber dennoch nicht klatschen wollte; dieser Traum setzte ihn in eine so lebhafte Aufregung, daß er nach dem Erwachen sogleich nach der Peitsche griff, die er gewöhnlich neben sich liegen hatte, und daß er, um sich zu überzeugen, ob er nicht des schönsten Vorrechts eines Fuhrmanns verlustig geworden sei, während der Stille der Nacht aus Leibeskräften zu klatschen begann. Bei diesem Lärmen geriet der ganze Stall in Aufregung; die erschreckten Pferde sprangen empor, drängten sich gegeneinander, keilten und wieherten und hätten beinahe ihre Halfter zerrissen. Pierre Leroux beruhigte indes durch einige besänftigende Worte den Lärm, und jeder schlief wieder ein. Das war nun das merkwürdigste Ereignis in seinem ganzen Leben, und er erzählte es jedes Mal, wenn ein Gläschen Branntwein seine Zunge gelöst hatte und ein geduldiger Zuhörer vorhanden war.

Zu gleicher Zeit beschäftigten Träume von ganz anderer Art den Herrn Desalleux, den Substituten des Generalprokurators beim Kriminalgericht von Orléans. Da er mit Glanz einige Aufträge des

Ministeriums ausgeführt hatte, so glaubte er, daß er zu jedem Verwaltungsamt befähigt sei, und sah sich in seinen nächtlichen Erscheinungen meist schon als Siegelbewahrer. Besonders feierte aber sein Geist Triumphe der Rednerkunst bei Nacht, wenn er sich den ganzen Tag mutig in den Schranken abgekämpft hatte. Der Ruhm der d'Aguesseau und anderer großer Redner aus den schönen Zeiten der parlamentarischen Registratur genügte für ihn noch nicht, vielmehr ging er in die fernste Vergangenheit zurück bis zu den Wundern der Beredsamkeit eines Demosthenes, den er zu erreichen und zu übertreffen gedachte. Mächtig durch die Kraft der Rede zu werden, das war seine Hoffnung, um derentwillen er sich aller anderen Gedanken der Jugend entschlug.

Eines Tages befanden sich diese beiden Naturen einander gegenüber, nämlich die des Pierre Leroux, welcher sich kaum um einen Grad über das Vieh erhob, und die des Herrn Desalleux, der sich bis zum höchsten Spiritualismus emporgeschwungen hatte. Es handelte sich zwischen ihnen um einen winzigen Kampf: Herr Desalleux, der auf seinem Richterstuhl saß, verlangte infolge einiger unbedeutenden Anzeichen das Haupt des Pierre Leroux, welcher eines Mordes angeklagt war, und Pierre Leroux verteidigte seinen Kopf gegen das Verlangen des Herrn Desalleux.

Ungeachtet des bemerkenswerten Mißverhältnisses der Kräfte, die den beiden Kämpfern von der Vorsehung zugeteilt waren, ungeachtet der Dazwischenkunft der menschlichen Einrichtungen, welche die Gleichheit noch mehr durch den Ausspruch der Geschworenen stören mußten, wäre dennoch der Angeklagte wegen Mangel an Beweisen allem Anschein nach den Händen des Henkers entgangen; allein gerade die ungenügenden Beweise der Anklage boten Gelegenheit, eine außerordentliche Beredsamkeit zu zeigen, die zur Erfüllung der schönen Hoffnungen des Herrn Desalleux außerordentlich behilflich sein mußte. Da er nichts versäumte, was seiner Zukunft nützen konnte, so brachte er es nicht über sich, diese Gelegenheit ungenutzt vorübergehen zu lassen.

Überdies zeigte sich noch ein ungünstiger Umstand für den armen Pierre Leroux. Einige Tage vor Beginn des Prozesses hatte der junge Substitut in Gegenwart mehrerer liebenswürdiger Frauen, die sich die Freude machten, beim Prozeß zugegen zu sein, die feste Überzeugung geäußert, daß er von der Jury ein Verdammungsurteil erlangen werde; nun ist es aber begreiflich, in welch mißliche Lage er sich gebracht hätte, wäre ihm diese Verurteilung fehlgeschlagen und hätte Pierre Leroux seinen Kopf auf den Schultern behalten, um dadurch zu beweisen, daß die Worte des Substituten keinesfalls allmächtig wären. Daher tadle man den Beamten nicht; war er nicht durchaus überzeugt, so machte er sich nur um so mehr Verdienste, daß er überzeugt schien und sich beredt zeigte, wie sich seit einem Jahrhundert niemand vor den Schranken von Orléans beredt gezeigt hatte. Oh, warum wart ihr nicht zugegen, um zu sehen, wie die armen Herren Geschworenen bis in das Innerste ihrer Herzen erschüttert wurden, als ihnen in einer schönen und wohlklingenden Rede das entsetzliche Gemälde der in ihren Grundpfeilern erschütterten Gesellschaft vorgehalten wurde; als ihnen bewiesen wurde, wie sich alle gesellschaftlichen Bande lösen würden, wenn man Pierre Leroux freisprechen wollte! Warum wart ihr nicht zugegen, um die höflichen Lobsprüche anzuhören, welche der Verteidiger und der Ankläger einander machten, als der Anwalt des Angeklagten das Wort ergriff und bewies, daß er nicht umhin könne, dem glänzenden Rednertalent des Substituten seine Huldigungen darzubringen! Warum habt ihr es nicht gehört, wie der Präsident des Gerichtshofes mit denselben Glückwünschen seine Worte begann, so daß man fast hätte glauben mögen, es handele sich darum, in einer Akademie den Preis der Beredsamkeit zuzuerkennen, keineswegs aber darum, einen Mann um das Leben zu bringen! Ihr hättet jedenfalls sehen können, wie eine Menge prachtvoll gekleideter Damen der Schwester des Herrn Desalleux ihre Glückwünsche darbrachten, während in einer etwas fernen Ecke sein alter Vater im Übermaß seines Glückes weinte, da er den Sohn und unvergleichlichen Redner sah, welchem er das Leben gegeben hatte.

Etwa sechs Wochen nach dieser allgemeinen Familienfreude bestieg Pierre Leroux mit dem Scharfrichter einen Karren, der auf ihn an der Tür des Gefängnisses von Orléans wartete. Sie begaben sich miteinander nach dem Platz von Martroie, auf welchem die Hinrichtungen vorgenommen werden. Pierre Leroux bestieg mit der größten Ruhe die Treppe des Schafotts. Als er die letzten Stufen erreicht hatte, erglänzte der strahlende Stahl des Schwertes der Gerechtigkeit in der Sonne, und er schien wanken zu wollen, als er diesen Schein erblickte. Der Scharfrichter nahm ihn aber mit der höflichen Besorgnis eines Wirts, der seine Gäste zu empfangen weiß, beim Arm, um ihn zu unterstützen und auf den Boden der Guillotine niederzulegen; dort fand Pierre Leroux den Gréffier des Kriminalgerichts, der erschienen war, um das Protokoll der Hinrichtung aufzunehmen, und die Gendarmen, denen es oblag, darauf zu achten, daß die öffentliche Ordnung bei der Berichtigung seiner Rechnung nicht gestört werde, sowie auch die Henkersknechte, die, weit entfernt, das Sprichwort von der Grausamkeit zu bestätigen, vielmehr eine Gefälligkeit ohnegleichen gegen Leroux zeigten und sich mühten, ihm die sanfteste Lage unter dem Messer zu verschaffen. Eine Minute später hatte Pierre Leroux seinen Kopf bereits verloren, und das alles war mit einer solchen Gewandtheit ausgeführt worden, daß mehrere von denen, die erschienen waren, um dem Schauspiele beizuwohnen, sich gezwungen sahen, ihre Nachbarn zu fragen, ob die Sache schon abgemacht sei, und dann unter einem Schwur beteuerten, daß es nicht der Mühe wert gewesen sei, um einer solchen Kleinigkeit willen aus dem Hause zu gehen.

Drei Monate waren verflossen, seit man den Kopf und den Körper des Pierre Leroux in einer Ecke des Kirchhofs begraben hatte, und allem Anschein nach enthielt die Grube noch immer seine Gebeine, als eine neue Sitzung der Assisen eröffnet wurde und Herr Desalleux eine neue Anklage wegen eines Mordes zu führen hatte.

Tags vorher, ehe er das Wort führen sollte, verließ er frühzeitig einen Ball, zu dem er mit seiner ganzen Familie auf einem benachbarten Schloß eingeladen war. Er kehrte allein in die Stadt zurück, um seinen Rechtsfall zu überdenken.

Die Nacht war finster; ein warmer Wind wehte über die Ebene, während er noch das Rauschen des Festes in den Ohren hatte. Eine große Schwermut ergriff ihn. Er erinnerte sich an so manche Leute, die er gekannt hatte und die gestorben waren, und dachte dabei auch an Pierre Leroux, ohne zu wissen warum.

Als er sich der Stadt näherte und die ersten Lichter der Vorstadt in seine Augen fielen, da verschwanden alle diese düstern Gedanken. Als er aber vollends erst vor seinem Schreibtisch saß, von seinen Büchern und Akten umgeben, da dachte er nur noch an seine Rede, die noch glänzender ausfallen sollte als irgendeine seiner früheren gerichtlichen Reden.

Sein Anklage-System war fast festgefügt. Beiläufig bemerkt ist es eine ziemlich wunderliche Sache, daß man von einem Anklage-System sprechen kann, das heißt, von einer bestimmten Weise, die Tatsachen und Zeugnisse zusammenzustellen, um einen Menschen um seinen Kopf zu bringen, genauso wie man von einem philosophischen System spricht, das heißt, von einer bestimmten Weise, Gründe oder Sophismen zusammenzustellen, mit deren Hilfe man irgendeine unschuldige Wahrheit, eine moralische Theorie oder Träumerei siegen läßt. Sein Anklage-System begann sich schon abzurunden, als die Aussage eines Zeugen, die er noch nicht geprüft hatte, das ganze sichere Gebäude umzustürzen drohte. Er zögerte einige Augenblicke; allein, wie wir gesehen haben, ließ Herr Desalleux in seiner Tätigkeit als Kriminalrichter wenigstens ebensooft seine Eigenliebe sprechen wie sein Gewissen. Er nahm seine ganze logische Kraft zu Hilfe und all seinen Wortreichtum, um das ungelegene Zeugnis nicht nur zu widerlegen, sondern es sogar zu einem seiner schönsten Beweise zu machen; nur war diese Arbeit sehr mühselig und dauerte bis spät in die Nacht.

Es war drei Uhr; die Lichter, die auf seinem Schreibtisch standen, begannen zu verlöschen und verbreiteten nur noch einen schwachen Schein.

Die Arbeit war indes zu dringend, und er steckte daher neue Lichter auf, ging einige Male im Zimmer auf und ab und setzte sich dann in seinen Armstuhl, indem er sich an dessen Rücken anlehnte. Während er in dieser Haltung seinen Gedanken nachhing, schaute er durch ein Fenster nach den Sternen, die am Himmel glänzten. Während seine Blicke an dem Fenster hinabglitten, begegneten sie plötzlich zwei starren Augen, die ihn anblickten; er glaubte, daß der Widerschein der Lichter diese Erscheinung in den Fensterscheiben hervorbringe, und gab den Lichtern eine andere Stelle; die Erscheinung zeigte sich ihm jedoch jetzt nur um so deutlicher. Da es ihm nicht an Herz fehlte, bewaffnete er sich mit einem Stock, der einzigen Waffe, die er zur Hand hatte, und öffnete das Fenster, um sich zu überzeugen, wer der Unbescheidene sei, der ihn zu einer solchen Stunde beobachtete. Das Zimmer, das er bewohnte, war in einem der obern Stockwerke, und die Wände des Hauses boten kein Mittel, um an ihnen hinanzuklimmen; in dem schmalen Raum zwischen dem Fenster und dem Balkon konnte sich kein Gegenstand seinen Blicken entziehen, und dennoch sah er nichts. Er dachte abermals, daß er von einer jener Phantasien ergriffen sei, welche durch Sinnestäuschungen bei Nacht hervorgebracht werden, und ging lachend an seine Arbeit zurück. Noch hatte er nicht zwanzig Zeilen geschrieben, als er hörte, daß sich in einem dunklen Winkel seines Zimmers irgend etwas bewegte: dadurch wurde er abermals aufgeregt, denn es war doch wohl nicht anzunehmen, daß einer seiner Sinne nach dem andern ihn täusche. Er sah in den Winkel, in dem er das Geräusch gehört zu haben glaubte, und schaute aufmerksam hin; da erblickte er einen schwärzlich aussehenden Gegenstand, der sich ihm in ungleichen Sprüngen, etwa in der Weise einer Elster näherte. Je mehr die Erscheinung in seine Nähe kam, desto häßlicher erschien sie ihm; denn sie nahm auf die deutlichste Weise die Gestalt eines Menschenkopfes an, der von seinem Rumpf getrennt war und von Blut tropfte; als endlich der Kopf mit einem schweren Sprung sich zwischen seine beiden Lichter auf die Schriften seines Aktenstoßes setzte, da erkannte er die Züge des Pierre Leroux, der ohne Zweifel gekommen war, um ihn zu belehren, daß bei einem Juristen das Gewissen mehr wert sei als die Beredsamkeit. Er unterlag einem untilgbaren Eindruck des Schreckens und wurde ohnmächtig; am folgenden Tag fand man ihn bewußtlos auf seinem Stuhl, während eine Blutspur durch sein ganzes Zimmer bis auf den Schreibtisch und die Aktenhefte ging; man dachte, daß er von einem Nasenbluten ergriffen worden sei, er hütete sich, dieser Meinung zu widersprechen. Es wäre überflüssig, wollten wir noch bemerken, daß er nicht im Stande war, das Wort zu führen, und daß alle seine rednerischen Vorbereitungen sich als vergeblich erwiesen.

Viele Tage vergingen, ehe die Erinnerung an jene schreckliche Nacht aus seinem Gedächtnis schwand. Lange war es ihm unmöglich, im Dunkeln allein zu sein. Da sich indes die Erscheinung nicht wiederholte, so begann nach einigen Monaten der Stolz seines Geistes dem Zeugnis seiner Sinne die Waage zu halten, und er fragte sich abermals, ob er sich nicht von seinen Sinnen habe täuschen lassen. Um ihre Autorität noch mehr einzuschränken, nahm er auch noch die Meinung seines Arztes zu Hilfe, dem er sein Abenteuer mitteilte. Der Arzt, der vielfach den menschlichen Körper untersucht und über ihn nachgedacht hatte, ohne auch nur eine Spur von dem zu finden, was man unter Seele versteht, war endlich zu einem vollkommenen Materialismus gelangt und lachte laut auf, als er die Erzählung von der nächtlichen Erscheinung hörte. Das war vielleicht die beste Weise, seinen Kranken zu heilen; denn indem er auf solche Weise dessen Zweifel ins Lächerliche zu ziehen schien, zwang er gewissermaßen die Eigenliebe des Patienten, ebenfalls jene Gedanken als lächerlich zu verwerfen. Überdies kann man sich denken, daß es ihm keine große Mühe machte, dem Herrn Desalleux seine Täuschung durch eine übermäßige Anspannung der Gehirnfasern zu erklären, der eine Blutüberfüllung und dann eine Blutung gefolgt sei, die bewirkt habe, daß er sah, was er nicht sah. Kräftig ermutigt durch diese ärztliche Beratung und durch die weisen Bemerkungen des Arztes, die durch keinen Umstand widerlegt wurden, gewann Herr Desalleux allmählich die Heiterkeit seines Geistes und fast alle seine früheren Gewohnheiten wieder, nur arbeitete er jetzt weniger ausdauernd, sondern überließ sich infolge der ärztlichen Ratschläge einigen Zerstreuungen der Welt, die er bisher zu sehr vermieden hatte. Für einen Mann, der seine Gesundheit aus dem Arbeitszimmer verbannt und in das Besuchszimmer weist, gibt es nur eine Art, seine Lage erträglich zu machen: er muß sie nämlich ohne alle Rücksichten akzeptieren, er muß ganz und gar sich von vornherein der Freude widmen. Diejenigen Dinge, die man mit Bewußtsein tut, besitzen einen gewissen fesselnden Reiz und einen gewissen Trost; überdies gibt es vielleicht nicht einen Menschen von einer so vollkommenen geistigen Überlegenheit, daß er nicht durch eine Beschäftigung oder Zerstreuung, die der Welt angenehm ist, ebenfalls zerstreut werden sollte, es sei denn, daß sein geistiger Hochmut dem im Wege steht.

Das weibliche Geschlecht kann in solchen Fällen, wenn man sich ihm vorsichtig widmet, eine ausgezeichnete Zerstreuung gewähren; Herr Desalleux vermochte so gut wie nur irgend jemand, sich diese Zerstreuung zu sichern, denn, ohne von seinen äußern Vorzügen zu reden, hatte ihn sein rednerischer Ruhm und vielleicht noch mehr der fast gänzliche Mangel an Neid, den er bei Erfolgen anderer bewies, zum Gegenstand der Sehnsucht für manches weibliche Herz gemacht. Es lag jedoch in dem Grundgedanken seines Lebens etwas zu Positives, als daß er der Liebe zu einem Mädchen ohne Bedingungen Platz in seinem Herzen eingeräumt hätte. Er berechnete, welches von den Herzen, die sich ihm ergeben zu wollen schienen, bei einer Ehe die meisten Aussichten auf Geld, vorteilhafte Verwandtschaftsverhältnisse und andere gesellige Vorteile versprach. Als der erste Teil seines Romans auf solche Weise fixiert war, sah er auch noch ohne Mißvergnügen, daß die Braut, die ihm alle diese Vorteile gewährte, zugleich ein anmutiges, schönes und geistreiches Mädchen war, und er liebte es nun mit allem Feuer, dessen er fähig war, mit der Billigung und Einwilligung seines Vaters und seiner Mutter.

Seit langer Zeit hatte Orléans keine hübschere Braut gesehen als die des Herrn Desalleux, seit langer Zeit keine glücklichere Familie als die des Herrn Desalleux, seit langer Zeit kein so heiteres und glänzendes Fest wie das seiner Hochzeit.

Daher vergaß er an dem Hochzeitsabend für einen Augenblick seine Zukunft und lebte nur der Gegenwart. Als er von einem Anwalt in eine Ecke des Salons geführt war, weil ihm dieser einen Prozeß anempfehlen wollte, blickte er von Zeit zu Zeit nach der Uhr, die dreiviertel auf zwei zeigte; auch hatte er bemerkt, daß schon zweimal die Mutter der Neuvermählten an sie herangetreten war, um leise mit der jungen Frau zu sprechen, und daß diese nicht nur auf eine schmollende Weise geantwortet hatte, sondern sich auch beim Tanzen sehr zerstreut zeigte. Plötzlich glaubte er während eines Kontretanzes an einem gewissen Zischeln der ganzen Gesellschaft zu bemerken, daß irgend etwas vorgegangen sei. Er blickte nach allen Seiten, während der Anwalt zu seinem Ärger noch immer weitersprach, und bemerkte jetzt, daß die Plätze leer waren, die während des ganzen Abends von seiner Frau und den Brautführerinnen eingenommen worden waren. Der ernste Gerichtsherr machte es nun wie alle andern Männer: er verließ schnell den redenden Anwalt und begab sich nach der Tür des Saales, indem er hinter den Tanzenden entlangging, und entwischte dann, während Bediente mit Erfrischungen hereintraten, da er glaubte, jetzt von niemandem beobachtet zu werden; das war jedoch ein großer Irrtum, denn seit die Neuvermählte das Fest verlassen hatte, hatten alle Fräulein von achtzehn bis fünfundzwanzig den jungen Ehemann fortwährend in den Augen behalten.

Als er in das eheliche Gemach treten wollte, begegnete er seiner Schwiegermutter, die es mit den Brautjungfern verließ, deren Gegenwart notwendig gewesen war, um die junge Frau zu Bett zu bringen; auch einige alte Damen hatten es für ihre Pflicht gehalten, sich dem feierlichen Zuge anzuschließen. Die Schwiegermutter drückte dem Schwiegersohn herzlich die Hand und sagte einige leise Worte zu ihm; man erkannte, daß sie ihm ihre Tochter anempfehle. Herr Desalleux antwortete mit einigen freundlichen Worten und einem Lächeln; ganz gewiß dachte er in diesem Augenblick nicht an Pierre Leroux.

Als er die Tür des Schlafzimmers schloß, lag seine Frau bereits im Bett; infolge einer Anordnung, die ihm wunderlich erschien, waren die Vorhänge des Bettes vorgezogen; kein Geräusch war zu hören.

Die Feierlichkeit dieses Schweigens, das unerwartete Hindernis, welches die Vorhänge boten, die zu öffnen eine gewisse Geschicklichkeit erforderte, verdoppelten bei dem Neuvermählten eine Verlegenheit, die um so begreiflicher erscheinen kann, da er sich selten die Gelegenheit gestattet hatte, dergleichen Abenteuer zu bestehen, und daher bei ähnlichen Ereignissen unbeholfen war. Sein Herz pochte heftig, und ein Zittern durchlief alle seine Glieder, als er das bräutliche Gewand und den bräutlichen Schmuck in einer anmutigen Unordnung um sich her liegen sah. Mit bebender Stimme rief er seine Frau. Da er keine Antwort erhielt, so wandte er sich, vielleicht um Zeit zu gewinnen, nach der Tür, überzeugte sich nochmals, daß diese verschlossen sei, und näherte sich dann dem Bett, um leise den Vorhang zurückzuziehen.

Bei dem ungewissen Schein der Nachtlampe, die das Zimmer erhellte, sah er eine wunderliche Erscheinung.

Neben seiner Braut, die tief eingeschlafen war, sah er noch einen schwarzbehaarten Kopf, der keineswegs zu einem weiblichen Wesen gehörte und lebhaft von dem weißen Kopfkissen abstach. War er das Opfer irgendeiner jener Mystifikationen, die bestimmt sind, die Mysterien der Brautnacht zu stören? Oder hatte ihn ein kühner Usurpator noch vor seiner Krönung entthront? Jedenfalls war sein Stellvertreter sehr wenig besorgt, denn auch er schlief fest wie seine Frau und hatte sich mit dem Gesicht nach der Wand gewendet. Als sich Herr Desalleux über das Bett neigte, um die Züge dieses wunderlichen Gastes zu erkennen, da unterbrach ein langer Seufzer, gleich dem eines erwachenden Menschen, die Stille; zu gleicher Zeit wandte sich der Unbekannte gegen ihn und zeigte ihm die Züge des Pierre Leroux.

Als der Jurist zum zweiten Male diese schreckliche Erscheinung sah, hätte er begreifen sollen, daß er sich in seinem Leben irgendeine böse Handlung hatte zuschulden kommen lassen, wegen der er nun zur Rechenschaft gezogen wurde: hätte er sich die Mühe gemacht, sein Gewissen zu befragen, so würde ihm dieses gewiß bald die Art seines Verbrechens verraten haben; war aber die Sache einmal erklärt, was das Beste gewesen wäre, so hätte er nur nötig gehabt, bis zum Morgen zu beten und mit anbrechendem Tag in seine Kirche zu gehen, um eine Messe für die Seelenruhe des Pierre Leroux lesen zu lassen; durch diese Sühne und einige Almosen für arme Gefangene hätte er vielleicht die Ruhe seines Lebens wiedererlangt und sich für immer den Schrecknissen entzogen, die ihn verfolgten.

Er dachte indes jetzt nur an die Freuden der Brautnacht, nicht aber an eine fromme Handlung. Wünsche erfüllten sein Herz, und er fühlte den Mut, einen offenen Kampf mit dem Gespenst einzugehen, welches ihm seine Braut streitig machte, weshalb er es bei den Haaren zu fassen suchte, um es aus dem Zimmer zu werfen.

Als er die Hand ausstreckte, begriff der Kopf seine Absicht und fletschte die Zähne; unvorsichtig fuhr Desalleux mit seiner Hand weiter und erhielt einen tiefen Biß: diese Verwundung vermehrte aber noch die Wut des Gatten, er sah um sich und suchte eine Waffe. Er erblickte die Eisenstäbe des Kamins, riß einen der Stäbe heraus und schlug aus allen Kräften auf das Bett ein, wobei er den Toten totzuschlagen und seinen häßlichen Feind zu vernichten versuchte. Allein es ging hier zu wie auf einem Marionettentheater, wenn Polcinell niedertaucht und so den Schlägen entgeht, die für ihn bestimmt sind. Bei jedem Schlag sprang der Kopf auf geschickte Weise zur Seite, so daß der Eisenstab ins Leere traf. Das dauerte so einige Minuten, bis der Kopf endlich über die Schulter seines

Gegners hinwegsprang und hinter ihm verschwand, ohne daß man ihn irgendwo wiederfinden oder auch nur erraten konnte, wohin er entschwunden war. Als sich Desalleux nach genauen Untersuchungen überzeugt hatte, daß er wirklich Herr des Schlachtfeldes war, wandte er sich wieder seiner Frau zu, die während des Kampfes auf wunderbare Weise ihren Schlaf fortgesetzt hatte, und schickte sich an, von dem ehelichen Bett Besitz zu nehmen, obschon dasselbe in Unordnung geraten war und der Kopf einige Blutspuren auf dem Kissen zurückgelassen hatte. Als er aber die Decke hob, um unter sie zu schlüpfen, da bemerkte er eine große Lache warmen Blutes, die sein gehässiger Nebenbuhler zurückgelassen hatte und die selbst die Braut benetzte. Länger als eine Stunde mühte er sich ab, das Blut abzutrocknen, das trotz all seiner Anstrengungen nicht weniger werden wollte. Ein Unglück kommt selten allein: während er durch das Zimmer ging, warf er die Lampe um, die es erhellte, und befand sich nun in einer Dunkelheit, durch die seine Verlegenheit noch vergrößert wurde. Indes ging die Nacht ihrem Ende entgegen, und er hatte sich doch geschworen, ungeachtet aller Hindernisse des Himmels und der Erde seine Ehe zu vollziehen. Nachdem er auf das feuchte Bettuch zwei oder drei Lagen trocknes Leinenzeug gebreitet hatte und der Meinung war, daß durch diese das Blut nicht so bald hindurchdringen werde, legte er sich kühn darauf und rief nun seine Braut mit den zärtlichsten Ausdrücken, indem er sie zu wecken versuchte. Diese aber schlief immer weiter. Nun zog er sie an sich, umschlang sie mit seinen Armen und bedeckte sie mit Küssen; sie aber fuhr fort zu schlafen und schien gefühllos gegen alle seine Liebkosungen. Was bedeutete das? War es Verstellung? Oder hatte in dieser mysteriösen Nacht ein übernatürlicher Zauber ihre Augen geschlossen? In diesem Augenblick brach der Tag an; er hoffte, daß die ersten Strahlen den bösen Bann lösen würden, dessen Beute er war, öffnete die Laden und die Vorhänge der Fenster, um das Licht der Morgensonne in das Zimmer einzulassen, und sah nun, warum das Blut nicht hatte versiegen wollen. Im Eifer des Kampfes hatte er, auf den Kopf des Pierre Leroux einschlagend, den Kopf der Geliebten mit dem Eisenstab getroffen, während er jenen zu treffen gedachte: der Hieb war aber auf eine so gewaltige Art geführt, daß sie gestorben war,

ohne auch nur einen Seufzer auszustoßen; während er sie betrachtete, floß das Blut noch immer aus einer tiefen Wunde, die er ihr in der linken Schläfe beigebracht hatte.

Wir überlassen es den Psychologen, diese Erscheinung zu erklären; als Desalleux aber sah, daß er seine Frau ermordet habe, wurde er von einem ungeheuren Lachkrampf geschüttelt, der noch fortdauerte, als seine Schwiegermutter an die Tür des Schlafzimmers pochte, um zu erfahren, wie die jungen Eheleute die Nacht zugebracht hätten. Seine grausige Heiterkeit verdoppelte sich, als er die Stimme der Schwiegermutter hörte. Er öffnete ihr, nahm sie in seine Arme und zog sie vor das Bett, damit sie die gräßliche Bescherung betrachte, worauf sich sein Lachen noch verdoppelte, bis endlich alle seine Kräfte erschöpft waren und ein wütendes Schluchzen auf das krampfhafte Lachen folgte.

Die arme Mutter stieß einen schrecklichen Schrei aus und wurde dann ohnmächtig. Alle Bewohner des Hauses eilten herbei und wurden Zeugen dieser grausigen Szene. Das Gerücht von dem Vorgefallenen verbreitete sich schnell in der Stadt. Noch am selben Morgen wurde Desalleux auf Befehl des Generalprokurators in das Gefängnis von Orléans abgeführt. Später bemerkte man, daß die Zelle, in welche man ihn gebracht hatte, dieselbe war, welche Pierre Leroux bis zu dem Augenblick seiner Hinrichtung bewohnt hatte.

Das Ende des Gerichtsherrn war etwas weniger tragisch als das seines Vorgängers.

Die Ärzte erklärten einstimmig, daß er von einer Monomanie und einem wütenden Wahnsinn ergriffen sei. Der Mann, der sich für bestimmt gehalten hatte, die ganze Welt durch seine Rednerkunst umzuwälzen, wurde nun in das Irrenhaus gebracht und länger als ein halbes Jahr in einer dunklen Zelle an einer Kette gehalten. Da er während der ganzen Zeit kein Zeichen von Wut von sich gab, so nahm man ihm danach seine Kette und behandelte ihn milder.

Als er die Freiheit seiner Bewegungen wieder erlangt hatte, zeigte sich bei ihm eine wunderliche Narrheit, die ihn nicht wieder verließ: er hielt sich für einen Seiltänzer und tanzte vom Morgen bis zum Abend mit allen Bewegungen eines Mannes, der mit der Balancierstange in der Hand auf dem Seil geht.

Ein Buchhändler von Orléans hatte den Einfall, einen Band Reden zu sammeln, die er während seiner kurzen rednerischen Laufbahn gehalten hatte. Drei Ausgaben wurden kurz nacheinander verkauft. Der Verleger bereitet in diesem Augenblick die vierte Auflage vor.

EDWARD BULWER-LYTTON

Das verfluchte Haus in der Oxford Street

Einer meiner Freunde, ein Gelehrter und Philosoph, sagte eines Tages halb ernsthaft, halb scherzend zu mir: »Stell dir vor, seit wir uns das letzte Mal sahen, habe ich mitten in London ein Haus entdeckt, in dem es spukt!«
»In dem es richtig spukt? – Und was? Gespenster?«
»Diese Frage kann ich nicht beantworten; alles, was ich weiß, ist dies: Vor sechs Wochen suchten meine Frau und ich eine möblierte Wohnung. Als wir durch eine ruhige Straße gingen, sahen wir am Fenster eines Hauses einen Zettel ›Möblierte Wohnungen zu vermieten‹. Die Gegend gefiel uns; wir betraten das Haus, die Zimmer sagten uns zu, wir mieteten sie für eine Woche. – Aber schon nach drei Tagen zogen wir wieder aus. Keine Macht der Welt hätte meine Frau bewegen können, länger zu bleiben; und ich wundere mich auch nicht darüber.«
»Was habt ihr gesehen?«
»Entschuldige bitte – ich habe keine Lust, als abergläubischer Träumer verlacht zu werden –, andererseits könnte ich aber auch nicht von dir verlangen, mir auf meine Versicherung hin zu glauben, was du ohne Bestätigung deiner eigenen Sinne für unglaublich halten müßtest. Laß mich nur das eine sagen: Nicht was wir sahen oder hörten (denn dann könntest du uns verständlicherweise für die Opfer unserer überreizten Nerven oder einer Täuschung durch andere halten), war in erster Linie der Anlaß für unsere Flucht, sondern mehr ein unbeschreibliches Grauen, das uns beide jedesmal ergriff, wenn wir an der Tür eines bestimmten unmöblierten Zimmers vorbeigingen, in dem wir weder etwas sahen noch hörten. Und das seltsamste aller Wunder war, daß ich zum ersten Mal in meinem Leben die Meinung meiner Frau teilte – so töricht sie auch sonst sein mag – und nach der dritten Nacht zustimmte, daß es unmöglich wäre, eine vierte in jenem Haus zu verbringen. Am vierten Morgen rief ich also die Frau, die das Haus verwaltete und uns betreute, und sagte ihr, daß die Zimmer

doch nicht ganz unseren Anforderungen entsprächen und wir daher nicht mehr die ganze Woche bleiben wollten. Sie antwortete trocken: ›Ich weiß, warum – Sie sind länger geblieben als jeder bisherige Mieter. Wenige blieben eine zweite Nacht, keiner vor Ihnen eine dritte. Aber ich nehme an, sie sind sehr sanft mit Ihnen umgesprungen.‹

›Wer sind – sie?‹ fragte ich mit gekünsteltem Lächeln.

›Nun, sie – die in diesem Hause umgehen –, wer sie auch sein mögen. Ich mache mir nichts mehr aus ihnen; schon vor vielen Jahren, als ich noch nicht als Angestellte in diesem Hause lebte, war das so. Ich weiß, eines Tages werden sie mein Tod sein. Aber deswegen mache ich mir keine Sorgen – ich bin alt und muß doch bald sterben; und dann werde ich weiter in diesem Hause sein, zusammen mit ihnen.‹ Die Frau sprach mit gefaßter, aber so trauriger Stimme, daß eine Art ehrfurchtsvoller Scheu mich davon abhielt, mich länger mit ihr zu unterhalten. Ich bezahlte für die ganze Woche, und meine Frau und ich waren überglücklich, so billig davongekommen zu sein.«

»Du machst mich neugierig«, sagte ich; »ich täte nichts lieber, als einmal in einem Gespensterhaus schlafen. Bitte, gib mir die Adresse des Hauses, das du so schmählich verlassen hast.«

Mein Freund gab sie mir, und nachdem wir uns getrennt hatten, ging ich auf schnellstem Wege dorthin.

Das Haus befindet sich auf der Nordseite der Oxford Street, in einer langweiligen, aber vornehmen Gegend. Ich fand es abgeschlossen und verlassen – kein Zettel hing am Fenster, und niemand war da, der auf mein Klopfen antwortete. Als ich mich zum Gehen wandte, sprach mich ein Laufjunge an, der in der Nachbarschaft leere Bierflaschen einsammelte: »Wollen Sie jemand aus diesem Haus sprechen, Sir?«

»Ja; ich hörte, daß es zu vermieten sei.«

»Zu vermieten! – Die Frau, die es verwaltete, ist tot – seit drei Wochen tot, und es findet sich niemand, der ihren Posten übernehmen will, obwohl Mr. J– so viel dafür bietet. Er will meiner Mutter, die bei ihm saubermacht, ein Pfund die Woche geben, wenn sie nur die Fenster zum Lüften auf- und zumacht; aber sie hat es nicht angenommen.«

»Und warum nicht?«

»Das Haus ist verflucht: die alte Frau, die es verwaltete, wurde mit weit aufgerissenen Augen in ihrem Bett gefunden. Die Leute sagen, der Teufel hätte sie erwürgt!«
»Dummes Zeug! – Aber du sprachst von Mr. J–. Ist er der Eigentümer dieses Hauses?«
»Ja.«
»Wo wohnt er?«
»In der G– Straße Nr. –.«
»Was tut er – ist er ein Geschäftsmann?«
»Nein, Sir – nicht daß ich wüßte; es ist ein alleinstehender Herr.«

Ich gab dem Jungen ein kleines Trinkgeld, das er für seine freimütigen Informationen verdient hatte, und suchte Mr. J– in der G– Straße auf, die in dem gleichen Viertel lag, das sich eines verfluchten Hauses rühmen konnte. Ich hatte Glück und traf Mr. J– zu Hause an, einen älteren Herrn von intelligentem Aussehen und anziehendem Wesen.

Ohne weitere Umschweife nannte ich ihm meinen Namen und mein Anliegen. Ich sagte, ich hätte gehört, das Haus solle verflucht sein, daß es mich sehr danach verlangte, ein Haus mit einem so zweifelhaften Ruf zu untersuchen, und daß ich ihm sehr dankbar wäre, wenn er es mir wenigstens für eine Nacht vermieten würde. Ich fügte hinzu, daß ich willens wäre, ihm jeden Preis für dieses Vorrecht zu zahlen.

»Sir«, antwortete Mr. J– mit vollendeter Höflichkeit, »das Haus steht zu Ihren Diensten, ganz gleich, wie lange Sie es wollen. Eine Miete kommt nicht in Frage – ich habe Ihnen zu danken, falls es Ihnen gelingen sollte, die seltsamen Vorkommnisse zu ergründen, die es gegenwärtig jeden Wertes berauben. Ich kann es nicht vermieten, ja, ich bekomme noch nicht einmal einen Dienstboten, der es in Ordnung hält und die Leute empfängt. Unseligerweise spukt es in dem Haus, wenn ich diesen Ausdruck gebrauchen darf; und zwar nicht nur in der Nacht, sondern auch am Tage, wenn auch in der Nacht die Geschehnisse unangenehmer und manchmal beunruhigender sind. Die bedauernswerte alte Frau, die vor drei Wochen darin starb, war eine Arme, die ich aus dem Arbeitshaus geholt hatte; in meiner Kindheit hatte meine Familie die ihre gekannt. Sie war früher einmal so wohlhabend, daß sie jenes Haus von meinem Onkel gemietet hatte. Sie war eine gebildete, vernünftige Frau und die einzige Person, die ich je dazu bewegen konnte, in diesem Haus zu bleiben. Seit ihrem plötzlichen Tod und der amtlichen Leichenschau, die in der Nachbarschaft einiges Aufsehen erregte, kann ich niemand mehr finden, der das Haus verwalten will, geschweige denn einen Mieter. Ich bin so verzweifelt, daß ich es mit Freuden einem jeden ein ganzes Jahr lang mietefrei überlassen würde, wenn er nur die Steuern und Gebühren dafür tragen wollte.«

»Wie lange ist es her, seit das Haus diesen finsteren Charakter annahm?«

»Das kann ich Ihnen nicht genau sagen, aber es ist schon viele Jahre her. Die alte Frau, von der ich sprach, behauptete, daß es bereits verflucht war, als sie es vor ungefähr fünfunddreißig Jahren mietete. Ich habe mein Leben als Beamter der East Indian Company verbracht. Erst vor einem Jahr kehrte ich nach England zurück, weil ich das Vermögen meines Onkels geerbt hatte, unter dessen Nachlaß sich auch jenes Haus befand. Als ich es sah, war es verschlossen und unbewohnt. Man erzählte mir, daß es darin spuke und niemand es bewohnen wolle. Diese Geschichte erschien mir so töricht, daß ich nur darüber lachen konnte. Ich gab einiges Geld aus, um es reparieren zu lassen, kaufte ein paar moderne Stücke zu seinen altmodischen Möbeln dazu, gab eine Anzeige auf und bekam einen Mieter für ein Jahr. Es war ein mit halbem Gehalt pensionierter Oberst. Er zog mit seiner Familie ein; einem Sohn, einer Tochter und vier oder fünf Dienstboten. Sie alle verließen das Haus am nächsten Tage; und obwohl jeder von ihnen erklärte, er habe etwas ganz anderes gesehen als seine Mitbewohner, so war doch etwas Furchtbares allen ihren Erlebnissen gemeinsam. Ich konnte wirklich nicht mit gutem Gewissen den Colonel wegen Vertragsbruch verklagen, ja, nicht einmal übelnehmen konnte ich es ihm. Dann übergab ich das Haus der alten Frau, von der ich sprach, und ermächtigte sie, es in Wohnungen aufgeteilt zu vermieten. Ich hatte nie einen Mieter, der länger als drei Tage blieb. Ich will Ihnen nicht ihre Geschichten erzählen – nicht zwei von ihnen haben genau die gleichen Erscheinungen gesehen. Es ist besser, wenn Sie selbst urteilen und nicht schon beim Betreten des Hauses unter dem Einfluß irgendwelcher Berichte stehen;

nur seien Sie darauf vorbereitet, das eine oder das andere zu sehen und zu hören, und treffen Sie alle Vorsichtsmaßnahmen, die Sie für richtig halten.«

»Und sind Sie nie neugierig gewesen, selbst eine Nacht in jenem Haus zu verbringen?«

»Ja. Ich habe jedoch nicht eine Nacht, sondern nur drei Stunden bei hellem Tageslicht darin zugebracht. Meine Neugier ist nicht befriedigt, wohl aber für alle Zeiten zum Schweigen gebracht. Ich habe kein Bedürfnis, das Experiment zu wiederholen. Sie sehen, Sir, Sie können sich nicht darüber beklagen, daß ich nicht offen genug zu Ihnen wäre; und wenn Ihr Interesse nicht außerordentlich groß und Ihre Nerven nicht außergewöhnlich stark sind, möchte ich Ihnen dringend davon abraten, eine Nacht in jenem Haus zu verbringen.«

»Mein Interesse ist aber außerordentlich groß«, gab ich zur Antwort, »und obwohl nur ein Narr sich einer völlig unbekannten Situation gegenüber seiner Nerven rühmt, so sind die meinen doch in einer solchen Vielfalt von Gefahren gereift, daß ich ein Recht dazu habe, mich auf sie zu verlassen – selbst in einem verfluchten Haus.«

Mr. J– sagte nicht mehr viel; er nahm die Schlüssel des Hauses aus seinem Schreibpult und gab sie mir. Ich dankte ihm herzlich für seine Offenheit und die liebenswürdige Erfüllung meines Wunsches, nahm die Schlüssel und trug sie wie einen Preis davon.

Sobald ich zu Hause angekommen war, ließ ich, voller Ungeduld auf mein Experiment, meinen vertrauten Diener rufen – einen fröhlichen jungen Mann, so furchtlos und frei von abergläubischen Vorurteilen, wie ich ihn mir nur wünschen konnte.

»F–«, sagte ich, »erinnerst du dich noch daran, wie enttäuscht wir waren, als uns damals in jenem alten Schloß in Deutschland, in dem eine kopflose Erscheinung hausen sollte, kein Gespenst begegnete? Nun, ich habe hier in London durch Zufall ein Haus ausfindig gemacht, von dem ich die begründete Hoffnung habe, daß es wirklich darin spukt. Ich habe die Absicht, heute nacht dort zu schlafen. Nach allem, was ich gehört habe, besteht kein Zweifel, daß sich irgend etwas sehen oder hören lassen wird – vielleicht etwas ungemein Grauenvolles. Falls ich dich mitnehmen sollte, meinst du, ich könnte mich auf deine Geistesgegenwart verlassen, was auch immer geschehen sollte?«

»Oh, Sir, bitte vertrauen Sie mir!« antwortete F–, vor Freude grinsend.

»Also gut; hier sind die Schlüssel des Hauses, dies ist die Adresse. Geh am besten gleich hin und suche für mich ein Schlafzimmer aus, das du für geeignet hältst; und da das Haus seit Wochen nicht mehr bewohnt worden ist, mach ein gutes Feuer im Kamin – lüfte das Bett und sorge dafür, daß genügend Kerzen und Brennmaterial vorrätig sind. Nimm als Waffen für mich meinen Revolver und meinen Dolch mit und bewaffne dich selbst ebenfalls gut. Wir wären doch zwei sehr traurige Engländer, wenn wir nicht einem ganzen Dutzend Gespenster gewachsen wären!«

Für den Rest des Tages nahmen so dringende Geschäfte mich in Anspruch, daß mir keine Muße blieb, viel an mein nächtliches Abenteuer zu denken, für das ich meine Ehre verpfändet hatte. Ich aß allein und sehr spät zu Abend, und wie es meine Gewohnheit ist, las ich während des Essens. Ich wählte einen Band der Essays von Macaulay. Ich gedachte das Buch mitzunehmen; sein frischer, gesunder Stil und das blutvolle Leben seiner Charaktere würden ein gutes Mittel gegen den Einfluß abergläubischer Vorstellungen sein. Gegen halbzehn etwa steckte ich mein Buch in die Tasche und spazierte gemächlich zu dem verfluchten Haus. Meinen Lieblingshund – einen ungemein scharfen, kühnen und wachsamen Bullterrier – nahm ich mit: ein Hund, der gern des Nachts in gespenstischen dunklen Ecken und Gängen den Ratten nachspürte – kurz, der Hund der Hunde für ein Gespenst.

Es war eine Sommernacht, jedoch kühl, und der Himmel war etwas düster und bedeckt. Der Mond schien – schwach und trübe zwar nur, aber er schien; und wenn die Wolken es zuließen, würde es nach Mitternacht heller werden.

Ich langte vor dem Haus an, klopfte, und mein Diener öffnete mir mit einem fröhlichen Lächeln.

»Alles in Ordnung, Sir, und sehr bequem.«

»Oh«, sagte ich ziemlich enttäuscht, »hast du nichts Merkwürdiges gesehen oder gehört?«

»Eigentlich schon, Sir; ich muß gestehen, daß ich etwas Seltsames hörte.«

»Gut! Was war es?«

»Es hörte sich an wie Schritte hinter meinem Rücken; und ein- oder zweimal waren es leise Geräusche, wie Flüstern dicht an meinem Ohr – weiter nichts.«

»Und du fürchtest dich auch bestimmt nicht?«

»Ich? Nicht im geringsten, Sir!« Und der furchtlose Blick des Mannes beruhigte mich von neuem: mochte geschehen, was da wollte, er würde mich nicht im Stich lassen.

Wir standen in der Diele, die Tür zur Straße war geschlossen, und mein Hund zog jetzt meine Aufmerksamkeit auf sich. Er war zuerst eifrig hineingelaufen, dann aber zur Tür zurückgeschlichen und kratzte und winselte nun dort, um herausgelassen zu werden. Nachdem ich ihm den Kopf gestreichelt und ruhig zugesprochen hatte, schien der Hund sich jedoch der Lage zu fügen und folgte mir und F– durch das Haus. Anstatt aber neugierig vorauszulaufen, wie er es gewöhnlicherweise an allen sonderbaren Orten tat, hielt er sich dicht hinter mir. Zunächst besichtigten wir die unterirdischen Räume des Hauses, die Küche und anderen Gelasse und insbesondere die Keller, wo wir einige Flaschen Wein fanden, die voller Staub und Spinnweben, augenscheinlich seit Jahren unberührt, in einem Flaschengestell lagen. Offensichtlich waren die Gespenster keine Weintrinker. In den übrigen Kellerräumen entdeckten wir nichts von Interesse. Dann betraten wir einen finsteren kleinen Hinterhof mit sehr hohen Wänden. Die Steine auf diesem Hof waren sehr feucht, und in dem schleimigen Belag aus Ruß und Staub auf dem Pflaster hinterließen unsere Füße leichte Spuren.

Und hier ereignete sich das erste seltsame Phänomen, dessen ich in dieser Behausung Zeuge wurde. Ich sah, wie sich plötzlich direkt vor mir ein Fußabdruck am Boden formte. Ich blieb stehen, griff meinen Diener am Arm und zeigte es ihm. Einen Schritt vor diesem Fußabdruck entstand genau so unvermittelt ein zweiter. Wir sahen es beide. Ich ging schnell auf die Stelle zu, doch die Fußabdrücke, klein wie die eines Kindes, wanderten vor mir her. Die Spur war zu schwach, um ihre Umrisse genau zu erkennen, aber es schien uns beiden der Abdruck eines nackten Fußes zu sein. Dieses Phänomen endigte, als wir an der gegenüberliegenden Mauer anlangten, und wiederholte sich auch nicht, als wir zurückgingen. Wir stiegen wieder die Treppe hoch und betraten die hinteren Räume im Erdgeschoß, ein Eßzimmer, ein kleines Wohnzimmer und ein drittes, noch kleineres Zimmer, die wahrscheinlich alle drei der Familie eines Bediensteten gehört hatten. In allen war es totenstill. Dann inspizierten wir die Gesellschaftszimmer, die neu und wie frisch gemacht aussahen. Im vorderen Zimmer setzte ich mich in einen Lehnstuhl. F– stellte den Leuchter, mit dem er uns den Weg gewiesen hatte, auf den Tisch. Ich sagte ihm, er solle die Tür schließen. Als er sich zu diesem Zweck umdrehte, setzte sich ein Stuhl an der gegenüberliegenden Wand schnell und geräuschlos in Bewegung und blieb ungefähr einen Meter entfernt direkt vor meinem Stuhl stehen.

»Nun, das ist besser als Tischrücken«, sagte ich mit einem halben Lächeln; und als ich lachte, legte mein Hund den Kopf zurück und begann zu heulen.

F– kam zurück; er hatte die Bewegung des Stuhles nicht gesehen und beschäftigte sich damit, den Hund zu beruhigen. Ich starrte weiter auf den Stuhl und bildete mir ein, die blassen, bläulichen Umrisse einer menschlichen Gestalt darauf zu sehen. Jedoch waren diese Umrisse so undeutlich, daß ich nur meinen Augen mißtrauen konnte. Der Hund war jetzt ruhig.

»Stell den Stuhl hier zurück«, sagte ich zu F–, »stell ihn zurück an die Wand.«

F– gehorchte. »Waren Sie das, Sir?« fragte er, indem er sich plötzlich umdrehte.

»Ich? – was?«

»Etwas hat mich geschlagen. Ich fühlte es ganz deutlich auf der Schulter – genau hier.«

»Nein«, sagte ich; »aber hier sind Betrüger am Werk, und wenn wir auch ihre Tricks nicht herausbekommen, so werden wir sie doch fangen, bevor sie uns ins Bockshorn jagen.«

Wir blieben nicht länger in den Gesellschaftszimmern – es war in ihnen so feucht und kühl, daß ich mich direkt nach dem Feuer im oberen Stockwerk sehnte. Wir schlossen die Türen der Gesellschaftszimmer hinter uns ab, eine Vorsichtsmaßnahme, die wir bei allen Räumen getroffen hatten, die wir bisher durchsucht hatten. Das Schlafzimmer, das mein Diener für mich ausgewählt hatte, war das beste im ganzen Stockwerk – ein schönes großes Zimmer

mit zwei Fenstern nach der Straßenseite zu. Das Himmelbett, das einen beträchtlichen Platz einnahm, stand gegenüber dem hell lodernden Feuer. Eine Tür in der linken Wand, zwischen dem Bett und dem einen Fenster, führte in das Zimmer, das mein Diener sich selbst zugeteilt hatte; es war nur ein kleiner Raum mit einem Schlafsofa, der keine Verbindung zum Treppenhaus hatte – man konnte nur durch mein Zimmer hineingelangen. Auf jeder Seite meines Kamins befand sich ein eingebauter Wandschrank, dessen Türen keine Schlösser hatten und mit der gleichen, langweiligen braunen Tapete bedeckt waren wie das ganze übrige Zimmer. Wir untersuchten die Wandschränke – nur Haken, um Damenkleider aufzuhängen, befanden sich darin –, weiter nichts; wir klopften die Wände ab – offenbar fest und solide, die Außenwände des Hauses. Nachdem wir die Untersuchung dieser Räume beendet hatten, wärmte ich mich ein wenig auf und zündete mir eine Zigarre an. Darauf setzte ich, wieder von F– begleitet, meine Erkundungen fort. Auf unserem Treppenabsatz befand sich noch eine Tür; sie war fest verschlossen.

»Sir«, sagte mein Diener überrascht, »als ich kam, habe ich diese Tür genau wie alle anderen aufgeschlossen; sie kann auch nicht von innen verschlossen worden sein, denn...«

Ehe er seinen Satz beenden konnte, öffnete sich die Tür geräuschlos ganz von selbst; keiner von uns hatte sie in diesem Augenblick berührt. Unwillkürlich sahen wir einander in die Augen – der gleiche Gedanke war uns beiden gekommen: vielleicht würden wir hier irgendwelche Spuren menschlicher Tätigkeit entdecken. Ich stürmte zuerst hinein, mein Diener folgte. Ein kleiner, leerer, öder Raum ohne Möbel – einige leere Schachteln und Körbe lagen in einer Ecke –, keine andere Tür außer der, durch die wir hineingekommen waren, kein Teppich auf dem Fußboden, der sehr alt und wurmstichig aussah, uneben und hier und da ausgebessert war, wie hellere Flecken auf dem Holz zeigten; aber kein lebendes Wesen und kein sichtbares Versteck, in dem sich jemand hätte verbergen können. Während wir so standen und umherblickten, schloß sich die Tür hinter uns genau so leise, wie sie sich geöffnet hatte; wir waren gefangen.

Zum ersten Mal spürte ich ein unbeschreibliches, schleichendes Grauen. Nicht so jedoch mein Diener. »Ha, die sollen nur nicht denken, daß sie uns einfangen können, Sir! Diese baufällige Tür könnte ich mit einem Fußtritt zertrümmern.«

»Versuche erst einmal, ob du sie mit der Hand öffnen kannst«, sagte ich und schüttelte die unbestimmte Furcht ab, die mich ergriffen hatte; »ich will inzwischen die Fensterläden aufmachen und nachsehen, was da draußen ist.«

Ich entriegelte die Läden – das Fenster lag über dem kleinen Hinterhof, den ich vorhin beschrieben habe, kein Fenstersims, kein Vorsprung unterbrach den steilen Sturz der Wand. Kein Mann, der aus jenem Fenster wollte, würde einen Halt finden – er müßte unweigerlich auf die Steine dort unten stürzen.

F– hatte derweil vergeblich versucht, die Tür zu öffnen. Er drehte sich jetzt um und erbat meine Erlaubnis, Gewalt anwenden zu dürfen.

Und hier muß ich um der Gerechtigkeit willen einfügen, daß die Nerven, die Ruhe und sogar die Fröhlichkeit meines Dieners, der selbst inmitten so außergewöhnlicher Ereignisse nicht die geringste abergläubische Furcht zeigte, meine uneingeschränkte Bewunderung hervorriefen; ich konnte mir nur gratulieren, daß ich mir einen in jeder Weise für dieses Unternehmen geeigneten Gefährten gesichert hatte.

Ich gab ihm gern die Erlaubnis. Aber obwohl er ein bemerkenswert kräftiger Mann war, richtete er mit Gewalt nicht mehr aus als vorher mit geringerer Kraftanwendung; die Tür rührte sich auch nicht unter seinen härtesten Fußtritten. Atemlos und keuchend gab er es auf. Da versuchte ich es selbst, aber ebenfalls vergebens. Als ich von meinen Anstrengungen verschnaufte, kroch wieder jenes Grauen in mir empor; aber diesmal war es kälter und hartnäckiger. Mir war, als stiege eine fremdartige, geisterhafte Ausdünstung aus den Ritzen des verfallenen Fußbodens und erfülle die Atmosphäre mit einem für menschliches Leben giftigen Einfluß. Leise und sehr langsam öffnete sich die Tür jetzt wieder von selbst. Wir stürzten hinaus auf den Treppenabsatz. Beide sahen wir nun ein großes, blasses Licht – groß wie eine menschliche Gestalt, aber ohne jede Form – vor uns die Stufen hinaufsteigen, die vom Treppenabsatz zum Dachgeschoß führten. Ich folgte dem Licht, und mein Diener kam hinter mir her. Es verschwand durch eine offenstehende, rechts vom Treppenabsatz in eine kleine Mansardenstube führende Tür. Ich folgte augenblicklich. Das Licht schrumpfte zu einer kleinen, hell strahlenden und umherzuckenden Kugel zusammen, blieb einen Augenblick auf einem Bett in der Ecke ruhen, flackerte noch einmal auf und verschwand.

Wir traten an das Bett heran und untersuchten es. Es war ein kleines Himmelbett, wie man es gewöhnlich in Dachkammern findet, die den Dienstboten gehören. Auf der Kommode, die neben dem Kopfende des Bettes stand, sahen wir ein altes, verblichenes seidenes Taschentuch mit einem zur Hälfte genähten Riß; Nadel und Faden steckten noch darin, und darüber lag eine leichte Staubschicht; wahrscheinlich hatte es der alten Frau gehört, die kürzlich in diesem Hause gestorben war. Dies mochte ihr Schlafzimmer gewesen sein. Ich war neugierig genug, die Schubladen zu öffnen: einige weibliche Kleidungsstücke lagen darin und zwei Briefe, die fest mit einem ausgeblichenen gelben Band zusammengebunden waren. Ich war so frei, mir die Briefe anzueignen. Sonst fanden wir nichts in diesem Raum, das der Beachtung wert gewesen wäre. Auch das Licht erschien nicht wieder; aber als wir uns zum Gehen wandten, hörten wir deutlich Schritte vor uns auf dem Fußboden – direkt vor uns. Und während wir durch die anderen Dachkammern gingen (im ganzen waren es vier), wanderte das Geräusch der Schritte immer vor uns her. Nichts war zu sehen – nichts zu hören außer den Schritten. Die Briefe hielt ich in der Hand, und gerade als ich die Treppe hinunterging, fühlte ich deutlich, wie mein Handgelenk ergriffen wurde und irgend etwas den schwachen Versuch machte, mir die Briefe zu entwenden. Ich hielt sie nur noch fester, und die Umklammerung löste sich.

Wir gelangten nun wieder in mein Schlafzimmer. Erst jetzt bemerkte ich, daß mein Hund uns nicht gefolgt war, als wir das Zimmer verlassen hatten. Er drängte sich zitternd dicht an das Feuer. Ich brannte verständlicherweise darauf, die Briefe zu öffnen. Während ich sie las, öffnete mein Diener ein kleines Kästchen, in dem sich die Waffen befanden, die ich ihm mitzubringen befohlen hatte, nahm sie heraus und legte sie auf einen Tisch dicht am Kopfende meines Bettes. Dann beschäftigte er sich damit, den Hund zu beruhigen, der jedoch kaum darauf zu reagieren schien.

Die Briefe waren kurz – dem Datum nach genau fünfunddreißig Jahre alt. Augenscheinlich hatte ein Liebhaber sie an seine Geliebte oder ein Ehemann an seine junge Frau geschrieben. Nicht nur die Ausdrucksweise, auch eine deutliche Bezugnahme auf eine frühere Seereise ließen vermuten, daß der Schreiber ein Seemann gewesen war. Rechtschreibung und Handschrift waren die eines unvollkommen gebildeten Mannes, die Sprache selbst jedoch war kraftvoll und eindringlich. In den Zärtlichkeitsbezeugungen lag eine rauhe, wilde Liebe; aber hier und da befanden sich Andeutungen eines Geheimnisses, das nichts mit Liebe zu tun hatte – eines Geheimnisses, das auf ein Verbrechen hinzuweisen schien. »Wir müssen uns lieben«, lautete einer der Sätze, »denn wie würden uns alle anderen verfluchen, wenn alles herauskäme!« Weiter hieß es: »Laß niemand nachts mit Dir im selben Zimmer sein – Du redest im Schlaf.« Und weiter: »Was geschehen ist, kann nicht ungeschehen gemacht werden; und ich versichere Dir, nichts kann gegen uns vorgebracht werden, wenn nicht die Toten wieder lebendig werden!« An dieser Stelle war in einer schöneren, weiblichen Handschrift hinzugefügt: »Sie sind es!« Und unter den Schluß des später datierten Briefes hatte dieselbe Frauenhand geschrieben: »Auf See umgekommen am 4. Juni, dem gleichen Tage, als –.«

Ich ließ die Briefe sinken und begann über ihren Inhalt nachzugrübeln.

Ich fürchtete jedoch, daß diese Richtung meiner Gedanken meine Nerven beunruhigen könnte; und um meinen Geist für die möglicherweise zu erwartenden Wunder der fortschreitenden Nacht tauglich zu erhalten, stand ich auf, legte die Briefe auf den Tisch, schürte ein wenig das immer noch hell und fröhlich brennende Feuer und schlug meinen Macaulay auf. Ruhig las ich dann bis ungefähr halb zwölf. Danach warf ich mich angezogen auf mein Bett und sagte meinem Diener, er könne sich in sein Zimmer zurückziehen, solle sich aber bereithalten. Ich bat ihn, die Tür zwischen unseren Zimmern offenzulassen. Allein in meinem Zimmer, ließ ich zwei Kerzen auf dem Tisch am Kopfende meines Bettes brennen. Dann legte ich meine Uhr neben meine Waffen und widmete mich wieder meinem Macaulay. Mir gegenüber prasselte hell das Feuer, und auf dem Läufer vor dem Kamin lag der Hund; anscheinend schlief er.

Nach ungefähr zwanzig Minuten strich ein außerordentlich kalter Luftzug über mein Gesicht. Ich nahm zunächst an, daß die Tür zu meiner Rechten, die zum Treppenhaus führte, sich geöffnet hätte; doch nein – sie war geschlossen. Dann wandte ich meinen Blick nach links und sah, daß die Flammen der beiden Kerzen heftig und wie vom Wind bewegt flackerten. Im gleichen Augenblick glitt die Uhr neben dem Revolver vom Tisch – sachte, sachte –, wie von unsichtbarer Hand ergriffen, dann war sie verschwunden. Ich sprang auf und packte den Revolver mit der einen, den Dolch mit der anderen Hand: ich war nicht gewillt, meine Waffen das Schicksal der Uhr teilen zu lassen. So bewaffnet, ließ ich meine Blicke über den Fußboden schweifen – die Uhr war nirgends zu sehen. Jetzt klopfte es dreimal langsam, laut und deutlich am Kopfende meines Bettes. Mein Diener rief von nebenan: »Waren Sie das, Sir?«

»Nein; aber sei auf der Hut!«

Und nun erhob sich der Hund und setzte sich auf die Hinterbeine; seine Ohren ließ er dabei schnell vor und zurück spielen. Die Augen hielt er starr und mit einem so seltsamen Blick auf mich geheftet, daß ich meine ganze Aufmerksamkeit ihm zuwenden mußte. Langsam stand er auf und blieb mit gesträubtem Fell und dem gleichen wilden Blick stehen. Ich hatte jedoch keine Zeit, den Hund weiter zu beobachten. Mein Diener stürzte plötzlich aus seinem Zimmer, und wenn ich jemals schieres Grauen in einem menschlichen Gesicht gesehen habe, so war es in jenem Augenblick. Wäre ich ihm auf der Straße begegnet, ich hätte ihn nicht erkannt: so verändert waren seine Züge. Während er an mir vorbeirannte, flüsterte er kaum hörbar: »Laufen Sie – laufen Sie! Es ist hinter mir her!« Er erreichte die Tür zum Treppenhaus, riß sie auf und stürmte weiter. Ich folgte ihm unwillkürlich bis auf den Treppenabsatz und rief ihm nach, er solle stehenbleiben; aber ohne mich zu beachten, eilte er die Treppe hinunter, indem er sich am Geländer herabgleiten ließ und mehrere Stufen auf einmal nahm. Von meinem Standpunkt hörte ich, wie sich die Haustür öffnete und wieder zuschlug. Ich war allein in dem verfluchten Haus.

Einen Augenblick lang war ich unentschlossen, ob ich meinem Diener folgen sollte oder nicht; Stolz und Neugier jedoch verboten mir eine so feige Flucht. Ich ging zurück in mein Zimmer, schloß die Tür hinter mir und schritt vorsichtig weiter bis in die dahinterliegende Kammer. Nichts begegnete mir, was den Schrecken meines Dieners hätte rechtfertigen können. Ich untersuchte nochmals sorgfältig die Wände, um festzustellen, ob irgendwo eine verborgene Tür wäre. Ich konnte jedoch keine Spur einer solchen finden – nicht einmal einen Riß in der langweiligen braunen Tapete, mit der auch dieser ganze Raum ausgekleidet war. Auf welchem anderen Weg als durch mein Zimmer hatte also dies Etwas, das ihn so furchtbar entsetzt hatte, in seine Kammer gelangen können?

Ich ging wieder in mein Zimmer, machte die Tür zu der Kammer hinter mir zu, verschloß sie sorgfältig und stellte mich vor den Kamin, erwartungsvoll und vorbereitet. Da bemerkte ich, daß der Hund sich in eine Ecke gedrängt hatte und sich rückwärts mit aller Kraft dagegen stemmte, als wolle er sich mit Gewalt in die Wand hineinpressen. Ich trat zu dem Tier und sprach es an; die arme Kreatur war offensichtlich wahnsinnig vor Angst. Er zeigte die Zähne, und Schaum troff von seinen Lefzen; hätte ich ihn berührt, würde er mich bestimmt gebissen haben. Er schien mich nicht zu erkennen. Wer einmal im Zoologischen Garten gesehen hat, wie ein von einer Schlange fasziniertes Kaninchen sich in einer Ecke zusammenkauert, kann sich eine Vorstellung von der Angst machen, die der Hund zeigte. Da alle meine Anstrengungen, das Tier zu beruhigen, vergeblich blieben, und weil ich fürchtete, sein Biß würde in diesem Zustand genau so giftig sein wie bei der Tollwut, ließ ich ihn allein. Ich legte meine Waffen auf den Tisch neben dem Kamin, setzte mich hin und nahm meinen Macaulay wieder vor.

Wie der Leser vielleicht glauben mag, sieht es so aus, als übertreibe ich meinen Mut oder meine Ruhe, um dafür seine Bewunderung einzuheimsen; deshalb bitte ich um Verzeihung, wenn ich jetzt meine Schilderung unterbreche und ein oder zwei egoistische Bemerkungen einflechte.

Da ich der Ansicht bin, daß die Geistesgegenwart (die man auch Mut zu nennen pflegt) sich genau proportional zu der Vertrautheit mit den Umständen verhält, die zu ihr geführt haben, muß ich erwähnen, daß ich seit langer Zeit genügend vertraut mit allen Experimenten bin, die sich mit dem Wunderbaren befassen. Ich habe viele unerklärliche Vorgänge in verschiedenen Teilen der Welt gesehen – Phänomene, die entweder überhaupt nicht geglaubt oder übernatürlichen Kräften zugeschrieben würden, wenn ich sie erzählte. Nach meiner Theorie ist das Übernatürliche das Unmögliche, und das, was man übernatürlich nennt, nur ein Glied in der Kette der Naturgesetze, das wir bisher nicht gekannt haben. Sollte daher ein Geist vor mir erscheinen, habe ich nicht das Recht zu sagen: »Also ist das Übernatürliche doch möglich«, sondern ich müßte sagen: »Die Erscheinung eines Geistes bewegt sich, im Gegensatz zur überkommenen Meinung, im Rahmen der Naturgesetze – das heißt, sie ist nicht übernatürlich.«

Bei allem, dessen ich bisher Zeuge gewesen bin, und ebenfalls bei all den Wundern, die von den Amateuren des Geheimnisvollen in unserem Jahrhundert berichtet worden sind, wurde ein menschliches Medium benötigt. Auf dem Kontinent werden Sie immer noch Magier finden, die behaupten, Geister beschwören zu können. Wenn wir für den Augenblick einmal annehmen wollen, daß ihre Behauptungen wahr sind, so ist dennoch ein lebendes Wesen in Gestalt des Magiers vorhanden; er ist das Medium, von dem durch irgendwelche angeborenen, konstitutionell bedingten Fähigkeiten gewisse seltsame Erscheinungen ausgehen und auf unsere Sinne einwirken.

Angenommen, daß die Erzählungen aus Amerika über Manifestationen von Geistern genau so wahr sind – ob sie sich nun durch Musik oder Geräusche äußern, durch Schriften auf Papier, die von keiner sichtbaren Hand hervorgebracht werden, durch Bewegungen von Möbelstücken ohne jede wahrnehmbare menschliche Einwirkung, oder durch den tatsächlichen Anblick und die Berührung von Händen, die zu keinem Körper zu gehören scheinen –, so muß auch hier das *Medium* oder das lebende Wesen mit diesen angeborenen, konstitutionell bedingten Fähigkeiten gefunden werden, das diese Zeichen bewirken kann. Daraus ziehe ich den Schluß, daß bei all diesen Wundern – selbst wenn wir auf keinen Fall einen Betrug annehmen wollen – ein menschliches Wesen wie wir selbst im Spiel sein muß, von dem oder durch das diese anderen Menschen vorgeführten Dinge veranlaßt werden. Auch mit dem nunmehr bekannten Phänomenen des Mesmerismus oder sogenannten Heilmagnetismus verhält es sich so; der Verstand der behandelten Person wird durch eine materielle, lebendige Kraft beeinflußt. Angenommen, es wäre wahr, daß ein magnetisierter

Patient über eine Entfernung von hundert Meilen hinweg auf den Willen oder die Gesten des Magnetiseurs reagiert, so ist seine Antwort doch durch ein materielles Fluidum – nennen Sie es Elektrizität, nennen Sie es Telepathie, nennen Sie es, wie Sie wollen – hervorgebracht, das die Kraft besitzt, den Raum zu durchqueren, Hindernisse zu überwinden und materielle Wirkungen von dem einen zum anderen zu übertragen. Daher glaubte ich auch, daß alles, was ich bisher in diesem Hause erfahren hatte oder noch erfahren würde, durch irgendeine Kraft oder ein Medium verursacht würde, das genau so sterblich wäre wie ich selbst: und diese meine Vorstellung verhinderte bei mir die Entstehung jener abergläubischen Scheu, von der diejenigen, die alles als übernatürlich betrachten, was sich nicht im Rahmen der normalen Naturereignisse abspielt, angesichts der Abenteuer jener denkwürdigen Nacht hätten befallen werden können.

Weil ich also vermutete, daß alles, was sich meinen Sinnen geboten hatte oder noch bieten würde, seinen Ursprung in einem mit diesen Fähigkeiten begabten und von irgendeinem Motiv zu diesem Tun getriebenen menschlichen Wesen haben müsse, war mein Interesse an dieser Theorie eher wissenschaftlicher als abergläubischer Natur. Und ich kann mit gutem Gewissen sagen, daß ich mich für meine Beobachtungen in der gleichen ruhigen Verfassung befand, mit der ein experimentierender Forscher das Resultat einer seltenen, vielleicht sogar gefährlichen chemischen Verbindung erwartet. Je mehr ich mich jedoch vor Phantasievorstellungen hütete, um so besser würde ich den für meine Beobachtungen erforderlichen Geisteszustand erreichen; deshalb wendete ich meine Augen und Gedanken auf den kräftigen, gesunden Menschenverstand, der aus den Seiten meines Macaulay sprach.

Plötzlich bemerkte ich, daß sich irgend etwas zwischen mein Buch und das Licht schob – die Seiten wurden überschattet. Ich blickte auf, und was ich jetzt zu sehen bekam, läßt sich nur sehr schwer, vielleicht überhaupt nicht beschreiben.

Es war eine Dunkelheit, die sich selbst und mit sehr unbestimmten Umrissen in der Luft formte. Ich kann nicht sagen, daß sie von menschlicher Gestalt war, und doch hatte sie mehr Ähnlichkeit damit oder, besser gesagt mit dem Schatten einer menschlichen Gestalt als mit irgend etwas anderem. Wie sie so dastand, voll-

kommen deutlich gegen das Licht und die Luft um sie herum abgegrenzt, schienen ihre Ausmaße gigantisch zu sein; ihr höchster Punkt berührte fast die Decke. Während ich hinstarrte, ergriff mich ein Gefühl heftiger Kälte. Ein Eisberg hätte mich nicht stärker frösteln lassen können, noch hätte ich die Kälte eines Eisberges rein körperlich stärker empfinden können. Ich bin überzeugt, daß es nicht die Kälte war, die von Furcht verursacht wird. Während ich weiter hinstarrte, meinte ich – aber dies kann ich nicht mit Bestimmtheit behaupten –, zwei Augen zu unterscheiden, die von der Höhe auf mich herabblickten. Einen Moment lang glaubte ich sie genau zu erkennen, im nächsten aber schienen sie verschwunden zu sein; zwei Strahlen eines fahlblauen Lichtes jedoch schossen weiterhin unaufhörlich durch die Dunkelheit, und zwar von der Höhe, in der ich, wie ich halb glaubte, halb zweifelte, dem Blick jener Augen begegnet war.

Ich versuchte krampfhaft zu sprechen, aber meine Stimme ließ mich gänzlich im Stich; ich konnte nur denken: »Ist dies Furcht? – Nein, es ist *nicht* Furcht!« Ich bemühte mich aufzustehen – vergebens; es war, als laste eine unwiderstehliche Kraft auf mir. Mein Eindruck war in der Tat der einer unermeßlichen und überwältigenden, sich über jede Willenskraft hinwegsetzenden Macht – jenes Gefühl völliger Unzulänglichkeit, sich mit einer übermenschlichen Kraft messen zu können, das man *körperlich* in einem Sturm auf See, bei einer wilden Bestie, vielleicht einem Haifisch, verspüren kann. So jedenfalls empfand ich es im moralischen Sinne. Meinem Willen stand ein anderer gegenüber, der so überlegen war, wie Sturm, Feuer oder ein Haifisch als materielle Kraft der Kraft des Menschen überlegen sind.

Und jetzt, während dieser Eindruck in mir wuchs, kam schließlich das Grauen – Grauen in einem Maße, wie keine Worte es vermitteln können. Trotzdem behielt ich meinen Stolz, wenn nicht sogar Mut, und in Gedanken sprach ich zu mir: »Dies ist wohl Grauen, aber es ist nicht Furcht; solange ich mich nicht fürchte, kann mir nichts geschehen; meine Vernunft bestreitet die Existenz dieser Erscheinung, es ist eine Illusion – ich fürchte mich nicht.« Mit einer heftigen Anstrengung gelang es mir schließlich, meine Hand nach der Waffe auf dem Tisch auszustrecken; doch während ich dies tat, erhielt ich auf Arm und Schulter einen seltsamen

Schlag, und mein Arm fiel kraftlos zur Seite. Und um mein Grauen noch zu verstärken, begann das Licht von den Kerzen langsam zu schwinden; es wurde nicht gelöscht, sondern die Flammen schienen nach und nach von den Kerzen abgezogen zu werden; genau so geschah es mit dem Feuer im Kamin – das Licht wurde aus dem Brand gezogen. In wenigen Minuten lag der Raum in völliger Finsternis.

Das Entsetzen, das mich bei dem Gedanken überfiel, in dieser Finsternis jenem dunklen Etwas ausgeliefert zu sein, dessen Macht ich so intensiv gefühlt hatte, führte zu einer Reaktion meiner Nerven. Mein Grauen hatte in der Tat jenen Höhepunkt erreicht, an dem ich den Bann durchbrechen mußte, oder meine Sinne hätten mich verlassen. Und ich brach den Bann. Ich fand meine Stimme wieder, wenn es auch nur ein Aufschrei war. Ich erinnere mich, daß ich etwa in folgende Worte ausbrach: »Ich fürchte mich nicht – bei meiner Seele, ich fürchte mich nicht!« und zur gleichen Zeit fand ich die Kraft, mich zu erheben. Weiterhin von dieser tiefen Finsternis umgeben, stürzte ich zu einem der Fenster, zerrte den Vorhang beiseite und riß die Läden auf; mein einziger Gedanke war: *Licht!* Und als ich den Mond sah, klar, hoch und ruhig, empfand ich eine Freude, die mich fast für das vorausgegangene Entsetzen entschädigte. Da war der Mond, und da war auch das Licht der Gaslaternen in der verlassenen, verschlafenen Straße. Ich sah mich um und blickte zurück ins Zimmer; der Mond durchdrang nur sehr schwach und an einigen Stellen die Dunkelheit – aber es war wenigstens Licht. Das dunkle Etwas, was es auch gewesen sein mochte, war verschwunden – nur einen schwachen Schatten konnte ich noch sehen, der wie der Schatten jenes Gespenstes auf die gegenüberliegende Wand fiel.

Mein Blick fiel nun auf den Tisch: unter diesem (es war ein alter runder Mahagonitisch ohne jede Decke) erschien jetzt eine Hand, sichtbar bis zum Handgelenk. Dem Anschein nach war sie aus Fleisch und Blut wie meine eigene, sah aber aus wie die Hand eines alten Menschen – mager, klein und faltig –, die Hand einer Frau. Diese Hand ergriff lautlos die beiden Briefe, die auf dem Tisch lagen, und verschwand mit ihnen. Dann erklang dreimal das gleiche, laute, gemessene Klopfen am Kopfende meines Bettes, das ich schon zu Beginn dieses außergewöhnlichen Dramas gehört hatte.

Als diese Töne langsam verklangen, fühlte ich, wie der ganze Raum spürbar vibrierte; und am entferntesten Ende des Zimmers stiegen aus dem Fußboden Funken und kleine, wie lichtgefüllte Seifenblasen anzusehende Kugeln in vielen Farben – grün, gelb, feuerrot und azurblau. Auf und nieder, hin und her, hierhin und dorthin wie winzige Irrlichter zuckten die Funken, langsam oder schnell, jeder wie nach eigener Laune. Ein Stuhl (wie unten im Wohnzimmer) wurde jetzt ohne sichtbare Einwirkung von der Wand gerückt und an die gegenüberliegende Seite des Tisches gestellt. Und plötzlich, wie aus dem Holz des Stuhles, wuchs eine Gestalt – die Gestalt einer Frau. Sie war deutlich wie eine Figur des Lebens – gespenstisch wie eine Gestalt des Todes. Das Gesicht hatte ein jugendliches Aussehen, mit einem seltsamen, schmerzlich-schönen Zug. Hals und Schultern waren entblößt, der übrige Körper in eine weite, wolkigweiße Robe gehüllt. Sie begann ihr langes, blondes Haar glattzustreichen, das ihr über die Schultern fiel; ihre Augen waren auf die Tür gerichtet. Sie schien zu lauschen, und zu warten. Der schwache Schatten auf der Wand im Hintergrund wurde dunkler, und wiederum meinte ich im höchsten Punkt dieses Schattens ein glimmendes Augenpaar zu erkennen – zwei Augen, die sich auf die Gestalt am Tisch hefteten.

Durch die Tür, obwohl sie sich nicht öffnete, trat jetzt, langsam aus dem Nichts heraus wachsend und genauso gespenstisch, die Gestalt eines Mannes – eines jungen Mannes. Sie war nach der Mode des letzten Jahrhunderts gekleidet, oder genauer gesagt, sie *schien* in eine solche Kleidung gehüllt zu sein (denn obgleich sowohl die männliche als auch die weibliche Gestalt deutlich erkennbar waren, so waren sie doch offensichtlich körperlos, unfaßbare Trugbilder – Phantome). Ein seltsamer, grotesker, jedoch furchterregender Gegensatz lag in dem ganzen Bild – der Gegensatz zwischen dem höfischen Prunk, dem raffinierten Schnitt jener altmodischen, von Rüschen, Spitzen und Schnallen gezierten Tracht und dem leichenhaften Anblick und der gespenstischen Lautlosigkeit ihres vorüberschwebenden Trägers. Gerade als sich die männliche Gestalt der weiblichen näherte, löste sich der Schatten von der Wand und hüllte das ganze Bild in Dunkel. Als das fahle Licht wiederkehrte, sah es so aus, als befänden die beiden Phantome sich gänzlich in der Gewalt des Schattens, der wie ein Turm zwischen ihnen aufragte. Auf der Brust der weiblichen Gestalt zeichnete sich ein Blutfleck ab, während die männliche sich auf ihr Schwert stützte und Blut aus den Spitzen und Rüschen ihrer Kleidung zu tropfen schien. Dann verschlang sie die Dunkelheit des zwischen ihnen thronenden Schattens – sie waren verschwunden. Und wieder schossen, segelten und wogten die lichtgefüllten Seifenblasen umher, wurden dichter und dichter, wirrer und wirrer in ihren Bewegungen.

Die Tür des Wandschrankes rechts neben dem Kamin öffnete sich jetzt, und heraus trat die Gestalt einer alten Frau. In der Hand hielt sie zwei Briefe – dieselben Briefe, die jene Hand vorhin entwendet hatte. Hinter ihr hörte ich Schritte; sie drehte sich um und schien zu lauschen, dann öffnete sie die Briefe und begann zu lesen – und über ihre Schulter blickte ein bleifarbenes Gesicht, das Gesicht eines Mannes, der lange Zeit ertrunken im Wasser gelegen haben mußte. Es war aufgedunsen und ausgeblichen, Seetang und Algen hingen in seinem tropfenden Haar. Zu ihren Füßen lag eine Gestalt wie ein Leichnam, und neben diesem Körper kauerte ein Kind – ein elendes, schmutziges Kind, dem Hunger in die Wangen und Furcht in die Augen geschrieben waren. Und während ich das Gesicht der alten Frau betrachtete, schwanden die Runzeln und Falten, und das Gesicht wurde jugendlich – mit harten Augen zwar und wie aus Stein gehauenen Zügen, aber doch jugendlich. Und dann glitt der Schatten auf sie zu und löschte auch diese Phantome aus.

Nichts war nun geblieben als jener Schatten, auf den ich starr meine Blicke geheftet hielt, bis wiederum ein Augenpaar aus dem Dunkel wuchs – boshafte, schlangenartige Augen. Und wieder stiegen und fielen die Lichtblasen, und ihre ungeordnete, wirre Masse mischte sich mit dem blassen Mondlicht. Und wie aus der Schale eines Eies barsten jetzt aus jeder dieser kleinen Kugeln scheußliche Dinge; so blutlose und entsetzliche Larven, daß ich sie auf keine andere Weise beschreiben kann, als den Leser an das schwärmende Leben in einem Wassertropfen zu erinnern, das ein starkes Mikroskop seinem Auge sichtbar macht – durchsichtige, geschmeidige, bewegliche Wesen, die einander jagten und gegenseitig verschlangen –, Formen, die noch nie ein bloßes Auge erblickt hatte. So unsymmetrisch wie ihre Gestalten, so sinnlos und ohne jegliche Ordnung waren auch ihre Bewegungen. In ihrem höllischen Tanz lag nichts Belustigendes; dichter und dichter, schneller und immer schneller umkreisten sie mich, schwärmten über meinem Kopf und krochen über meinen rechten Arm, den ich in einer unwillkürlichen Reflexbewegung abwehrend gegen diese üblen Wesen ausgestreckt hatte. Manchmal fühlte ich mich berührt, aber nicht von ihnen – unsichtbare Hände betasteten mich. Einmal war es mir, als legten sich kalte, weiche Finger um meine Kehle. Ich war mir jedoch bewußt, daß ich mich in größter körperlicher Gefahr befinden würde, sobald die Furcht über mich die Oberhand gewann; ich konzentrierte also alle meine Kräfte und Fähigkeiten auf einen einzigen Brennpunkt: hartnäckigen Widerstand! Und ich wandte meinen Blick von dem Schatten ab – vor allem von diesen boshaften, schlangenartigen Augen, die jetzt ganz deutlich sichtbar geworden waren. Denn nur von dort und von nirgendwo anders, das wußte ich, ging dieser *Wille* aus – ein Wille von ungleich stärkerer, Böses schöpfender Kraft, der meinen eigenen zu zermalmen drohte.

Das fahle Licht im Zimmer begann sich jetzt zu röten, wie die Luft in der Nähe einer Feuersbrunst. Die gespenstischen Larven wurden leuchtender, wie Wesen, die im Feuer leben. Wieder vibrierte der Raum, wieder hörte ich die drei lauten, gemessenen Schläge, und wieder wurde alles von der Dunkelheit des finsteren Schattens verschlungen, als wäre alles aus dieser Dunkelheit entsprungen und kehre nun in ihren Schoß zurück.

Als das Dunkel sich verzogen hatte, war der Schatten vollständig verschwunden. Langsam, wie sie abgezogen worden waren, wuchsen die Flammen wieder aus den Kerzen, wuchs die Lohe wieder aus dem Holz auf dem Kaminrost. Das ganze Zimmer wurde wieder ruhig, freundlich und hell.

Die beiden Türen waren ungeöffnet, die Kammer meines Dieners immer noch verschlossen, wie ich sie verlassen hatte. In der einen Ecke des Zimmers, in die er sich so krampfhaft gepreßt hatte, lag mein Hund. Ich rief ihn an – er bewegte sich nicht. Ich ging zu ihm – das Tier war tot; die Zunge hing ihm weit aus dem Maul, und Schaum bedeckte seine Kiefer. Ich nahm ihn in die Arme und trug ihn zum Feuer. Brennender Schmerz um den Verlust meines armen Lieblings erfaßte mich – quälende Selbstanklage. Ich beschuldigte mich der Ursache an seinem Tode, denn ich nahm an, daß er vor Furcht gestorben sei. Aber wie groß war meine Überraschung, als ich feststellte, daß sein Genick gebrochen war! War dies während der Dunkelheit geschehen? Mußte es nicht eine Hand getan haben, die so irdisch war wie meine? Mußte nicht irgendeine materielle Kraft außer mir die ganze Zeit über in diesem Zimmer gewesen sein? Dies war ein guter Grund zu einer solchen Vermutung. Ich will es jedoch nicht behaupten. Ich kann nicht mehr tun, als gewissenhaft die Tatsachen berichten. Der Leser mag seine eigenen Schlüsse ziehen.

Noch einen überraschenden Umstand muß ich berichten: meine Uhr, die auf so mysteriöse Weise vom Tisch verschwunden war, lag wieder an ihrem Platz; aber sie ging nicht mehr. Sie war im gleichen Augenblick, als sie verschwand, stehengeblieben und geht trotz aller Kunst des Uhrmachers bis zum heutigen Tag nicht wieder; das heißt, sie geht manchmal für ein paar Stunden auf eine seltsame, unregelmäßige Weise, um dann aber wieder stehenzubleiben – sie ist praktisch wertlos geworden.

Für den Rest der Nacht ereignete sich nichts mehr. Auch brauchte ich nicht mehr lange auf die Dämmerung zu warten, aber erst bei hellem Tageslicht verließ ich das verfluchte Haus. Bevor ich jedoch ging, besuchte ich noch einmal das kleine, geheimnisvolle Zimmer, in dem mein Diener und ich eine Zeitlang gefangen gewesen waren. Ich hatte die starke Vermutung – weshalb, kann ich nicht genau sagen –, daß von jenem Raum aus der »Mechanismus« der Erscheinungen (wenn ich diesen Ausdruck gebrauchen darf) gesteuert wurde, die ich in meinem Zimmer erlebt hatte. Und obgleich ich ihn jetzt am hellen Tage betrat und die Sonne durch die trüben Fensterscheiben schien, empfand ich wieder dieses aus dem Fußboden und in mir hochkriechende Grauen, das ich zum ersten Mal am Abend davor gespürt hatte und welches durch die Ereignisse in meinem Zimmer noch so vertieft worden war. Ich konnte es in der Tat nicht länger als eine halbe Minute zwischen diesen Wänden aushalten. Als ich die Treppe hinunterstieg, hörte ich wieder die Schritte vor mir, und als ich die Haustür öffnete, meinte ich ein leises Lachen hinter mir zu hören.

In der Erwartung, meinen fortgelaufenen Diener dort zu finden, erreichte ich meine Wohnung. Aber weder hatte er sich hier gezeigt, noch hörte ich drei volle Tage lang etwas von ihm. Erst am vierten Tag erhielt ich einen Brief von ihm aus Liverpool mit etwa folgendem Inhalt:

»Sehr verehrter gnädiger Herr – ich bitte untertänigst um Ihre Verzeihung, wenn ich auch kaum hoffen kann, daß Sie mich dieser für würdig erachten werden; es sei denn – was der Himmel verhüten möge –, Sie hätten das gleiche gesehen wie ich. Ich fühle, daß es Jahre dauern wird, ehe ich mich davon erholt habe. Es besteht kein Zweifel, daß ich daher weiterhin nicht mehr für Ihren Dienst tauglich bin. Ich fahre deshalb zu meinem Schwager nach Melbourne. Das Schiff läuft morgen aus. Vielleicht wird mir die lange Seereise gut tun; denn noch jetzt zittere ich am ganzen Leibe, fahre dauernd erschrocken hoch und bilde mir ein, Es stände hinter mir. Ich bitte Sie untertänigst, verehrter gnädiger Herr, meine Kleider und was vielleicht noch an Lohn für mich aussteht, an meine Mutter in Walworth schicken zu lassen. John weiß ihre Adresse.«

Der Brief endete mit weiteren, etwas unzusammenhängenden Entschuldigungen, sowie erklärenden Einzelheiten zu verschiedenen Dingen, die während seiner Dienstzeit bei mir unter seiner Obhut gestanden hatten.

Diese Flucht mag bei dem Leser vielleicht den Verdacht erwekken, daß der Mann auf jeden Fall nach Australien wollte und auf diese oder jene Weise betrügerisch mit den Geschehnissen der letzten Nacht zu tun hatte. Ich will nichts gegen diese Vermutung sagen, möchte sie aber für eine Lösung halten, die vielen Leuten als die wahrscheinlichste bei unwahrscheinlichen Ereignissen erscheinen mag. Mein Glaube an meine eigene Theorie blieb jedoch davon unerschüttert. Ich kehrte am Abend mit einer gemieteten Pferdedroschke zu dem verfluchten Haus zurück, um meine zurückgelassenen Sachen und den Körper meines armen Hundes abzutransportieren. Bei diesem Unternehmen wurde ich weder gestört, noch ereignete sich irgend etwas Bemerkenswertes – mit Ausnahme der Schritte, die ich wiederum beim Erklimmen und Herabsteigen der Treppe vor mir hörte.

Nachdem ich das Haus verlassen hatte, begab ich mich sofort zu Mr. J–. Er war zu Hause. Ich gab ihm die Schlüssel zurück, sagte ihm, daß meine Neugier ausreichend befriedigt wäre, und wollte gerade eine kurze Schilderung der Vorgänge der letzten

Nacht geben, als er mich unterbrach und höflich darauf hinwies, daß er kein Interesse daran habe, noch mehr über ein Geheimnis zu hören, das doch niemand bis jetzt gelöst hätte.

Ich entschloß mich aber, ihm wenigstens von den zwei Briefen zu erzählen, die ich gelesen hatte, und auf welch außergewöhnliche Art sie verschwunden waren. Dann fragte ich ihn, ob sie vielleicht an die alte Frau adressiert gewesen sein könnten, die vor kurzem in diesem Haus gestorben war, und ob es irgend etwas in ihrer Vergangenheit gäbe, was möglicherweise die dunklen Andeutungen in jenen Briefen bestätigen könnte. Mr. J– schien überrascht zu sein, und nachdem er einige Augenblicke nachgedacht hatte, antwortete er: »Mit der frühesten Vergangenheit dieser Frau bin ich nur wenig vertraut; ich weiß lediglich, wie ich Ihnen schon erzählte, daß ihre Familie der meinen bekannt war. Aber Sie wecken in mir einige verschwommene Erinnerungen, die nicht zu ihrem Vorteil gereichen. Ich werde Nachforschungen anstellen und Sie von den Ergebnissen unterrichten. Doch auch wenn wir den volkstümlichen Aberglauben nicht bestreiten wollen, nach dem jemand, der ein Verbrechen begangen hat oder das Opfer eines solchen geworden ist, nach seinem Tode den Schauplatz jenes Geschehens als rastloser Geist wieder aufsucht, so müßten wir doch beachten, daß das Haus schon lange vor dem Tode der alten Frau von seltsamen Gesichtern und Geräuschen unsicher gemacht wurde – Sie lächeln –, was wollten Sie sagen?«

»Ich wollte nur sagen, daß ich davon überzeugt bin, die Spuren menschlicher Tätigkeit zu finden, wenn wir diesen Geheimnissen auf den Grund gehen würden.«

»Wie! Sie glauben, daß alles nur Betrug ist? Aber zu welchem Zweck?«

»Nicht ein Betrug im gewöhnlichen Sinne des Wortes. Wenn ich plötzlich in einen tiefen Schlaf sänke, aus dem Sie mich nicht erwecken könnten, in dem ich aber Fragen mit einer Genauigkeit beantworten könnte, die ich in wachem Zustand nie erreichen würde – Ihnen zum Beispiel sagen, was für Geld und wieviel davon Sie in der Tasche haben, ja sogar Ihre Gedanken erraten könnte –, so braucht dies nicht notwendigerweise ein Betrug zu sein, wie es auch nicht unbedingt übernatürlich zu sein braucht. Ich könnte mich, mir selbst nicht bewußt, unter einem mesmerischen Einfluß befinden, der aus Entfernung von irgendeinem menschlichen Wesen auf mich ausgeübt wird, das durch eine frühere Kontaktnahme Macht über mich gewonnen hat.«

»Aber wenn ein Magnetiseur auch imstande ist, andere Lebewesen zu beeinflussen, können Sie sich auch vorstellen, daß er ebenfalls auf leblose Gegenstände einwirken kann: Stühle bewegen – Türen öffnen und schließen?«

»Oder an alle diese Fähigkeiten glauben, obwohl wir doch niemals in Kontakt mit der Person gekommen sind, die so auf uns einwirkt? Nein. Was man gewöhnlich Mesmerismus nennt, ist nicht dazu imstande; aber es mag eine Kraft geben, die dem Mesmerismus ähnlich, ihm jedoch überlegen ist – die Kraft, die in alten Zeiten Magie genannt wurde. Daß solch eine Kraft sich auf alle leblosen Gegenstände ausdehnen kann, will ich nicht behaupten; wenn es aber so wäre, verstieße es nicht gegen die Natur – es wäre nur eine sehr seltene Naturkraft, die Personen mit gewissen besonderen Fähigkeiten verliehen sein und durch Übung zu einer außerordentlichen Vervollkommnung gebracht werden könnte. Daß solch eine Kraft sich über den Tod hinaus erstrecken kann – das heißt über gewisse Gedanken und Erinnerungen, die noch den toten Körpern innewohnen können –, ist eine sehr alte, wenn auch unentwickelte Theorie, über die ich mir keine Meinung erlauben möchte; diese Kraft zwingt zwar nicht das, was man im eigentlichen Sinne *Seele* nennt und welche sich jeder menschlichen Einwirkung entzieht, sondern eher ein Phantom dessen, was auf Erden am irdischsten gewesen ist, sich unseren Sinnen sichtbar zu machen.

Auf keinen Fall aber gebe ich zu, daß diese Kraft übernatürlich wäre. Lassen Sie mich zur Erläuterung ein Experiment schildern, das Paracelsus als nicht schwierig beschreibt und das der Autor der ›Kuriositäten der Literatur‹ als glaubwürdig zitiert: Eine Blume verwelkt; man verbrennt sie. Was auch immer die Elemente dieser Blume zu ihren Lebzeiten gewesen sind, sie sind verschwunden, verstreut, niemand weiß, wohin; man kann sie nicht wieder entdecken oder sammeln. Aber mit Hilfe der Chemie kann man aus dem Aschenstaub jener Blume das gleiche Spektrum gewinnen, das sie zu ihren Lebzeiten besessen hat. Genau so mag es mit dem Menschen sein. Die Seele ist genau so entflohen wie die Substanz oder die Elemente der Blume. Und doch kann man noch ein Spektrum daraus gewinnen.

Doch dieses Phantom, das der volkstümliche Aberglaube für die Seele hält, darf auf keinen Fall mit der wahren Seele verwechselt werden; es ist nur ein Idol, ein Trugbild der toten Form. Was uns daher selbst bei den glaubwürdigsten Geister- und Gespenstergeschichten auffällt, ist die Abwesenheit dessen, was wir für das wesentlichste Merkmal der Seele halten: die Abwesenheit höherer, unabhängiger Intelligenz. Diese Erscheinungen kommen ohne jeden ersichtlichen Grund, und nur selten sprechen sie dabei; wenn sie aber sprechen, äußern sie keine Gedanken, die sich über die eines normalen Sterblichen erheben. Amerikanische Geisterseher haben Bände von Berichten solcher Séancen in Prosa und in Versform veröffentlicht, deren Inhalt ihren Versicherungen nach von den berühmtesten Toten stammen soll – Shakespeare, Bacon und weiß der Himmel von wem noch. Diese Offenbarungen, selbst wenn wir die besten von ihnen nehmen, sind gewiß nicht um ein Jota von höherer Intelligenz, als sie ein talentierter Sterblicher von durchschnittlicher Bildung verfassen könnte; sie sind erstaunlich viel minderwertiger als alles, was Bacon, Shakespeare oder Plato zu Lebzeiten gesagt oder geschrieben haben. Und was noch auffälliger ist, sie enthalten nie eine Idee, die nicht schon vorher auf Erden gewesen ist. So wunderbar daher solche Phänomene auch sein mögen (vorausgesetzt, daß sie wahr sind), sehe ich darin doch vieles, was die Philosophie zur Pflicht macht, es zu bestreiten, das heißt: nichts Übernatürliches. Sie sind nur Gedanken, die auf eine oder andere Weise (die Mittel dazu haben wir noch nicht entdeckt) von einem sterblichen Gehirn zum anderen übertragen werden. Ob dabei nun Tische von selbst spazierengehen, teuflische Gestalten in einem magischen Zirkel erscheinen, Hände aus dem Nichts kommen und feste Gegenstände entfernen, oder ein aus Dunkelheit geformter Schemen, wie er sich mir gezeigt hat, unser Blut gerinnen läßt, bleibt sich gleich; es kann mich nicht von meiner Vorstellung abbringen, daß es sich nur um Vorstellungen handelt, die wie durch elektrische Drähte zwischen meinem Gehirn und einem andern übermittelt werden. In der Struktur des einen Körpers überwiegt eine bestimmte chemische Zusammensetzung, und hier mag diese Übertragung chemische Wunder bewirken; in einem anderen wieder überwiegt ein natürliches Fluidum, nennen wir es Elektrizität, und diese erzeugt vielleicht elektrische Wunder. Aber diese Wunder unterscheiden sich in Folgendem von der normalen Wissenschaft: sie sind zwecklos, ziellos, kindisch und frivol. Sie führen zu keinen großen Resultaten; deswegen beachtet die Welt sie nicht, und die wahren Weisen haben sich nicht tiefergehend damit befaßt. Ich bin jedoch gewiß, daß ein Mensch, so irdisch wie ich selbst, der eigentliche Urheber all dessen ist, was ich gesehen und gehört habe; und ich glaube, daß er sich selbst nicht bewußt ist, welche Wirkungen er dabei hervorruft; und zwar aus diesem Grunde glaube ich es: nicht zwei Personen, wie Sie erzählten, haben je das gleiche erlebt. Nun, wie Sie wissen, haben auch nie zwei Leute genau den gleichen Traum. Wenn dies ein gewöhnlicher Betrug wäre, würde die Maschinerie, die alles in Bewegung setzt, so eingerichtet sein, daß sich die Ergebnisse nur wenig voneinander unterscheiden; wenn es eine übersinnliche Kraft wäre, geduldet von dem Allmächtigen, hätte sie gewiß eine ganz bestimmte Zielsetzung. Dieses Phänomen aber gehört zu keiner dieser Klassen; nach meiner Überzeugung hat es seinen Ursprung in einem Gehirn, das sich jetzt weit entfernt befindet und welches keine fest umrissenen Vorstellungen hat, was eigentlich geschehen sollte. Was hier geschieht, sind nur Reflexionen seiner vom gewöhnlichen Wege abweichenden, ständig wechselnden, halb geformten Gedanken; in Kürze: es sind nur die Träume eines solchen Gehirns, die hier wirksam werden und eine fast stoffliche Gestalt annehmen. Ich glaube, daß dieses Gehirn eine gewaltige Macht besitzt, daß es die Materie in Bewegung setzen kann, daß es bösartig und zerstörerisch ist. Eine stoffliche Kraft muß meinen Hund getötet haben; dieselbe Kraft müßte, soviel ich weiß, ausgereicht haben, auch mich zu töten, wenn die Furcht mich so überwältigt hätte wie meinen Hund, wenn mein Verstand oder mein Mut mir nicht eine entsprechende Widerstandskraft in meinem Willen verliehen hätten.«

»Ihr Hund ist getötet worden? Das ist fürchterlich! Übrigens, seltsamerweise ist tatsächlich kein Tier zu bewegen, in jenem Hause zu bleiben; nicht einmal eine Katze. Auch Ratten und Mäuse hat man nie darin gefunden.«

»Der Instinkt der unverbildeten Kreatur spürt eben die Einflüsse, die tödlich für ihre Existenz sind. Die Sinne des Menschen sind weniger ausgebildet, weil die Natur ihm eine überlegene Widerstandskraft verliehen hat. Können Sie meiner Theorie folgen?«

»Ja, wenn auch unvollkommen – aber ich akzeptiere lieber jede noch so grillenhafte Deutung (verzeihen Sie bitte diesen Ausdruck), als daß ich mich ohne weiteres dem Glauben an Gespenster und Kobolde hingebe, der uns in unseren Kinderstuben eingeflößt worden ist. Aber wie dem auch sei, das Unheil mit meinem Hause bleibt das gleiche. Was um alles in der Welt soll ich nur damit anfangen?«

»Ich will Ihnen sagen, was ich tun würde. Durch ein ganz bestimmtes Gefühl bin ich davon überzeugt, daß der kleine unmöblierte Raum rechts neben dem Schlafzimmer, das ich benutzte, den Ausgangspunkt oder die Antenne für die Einflüsse bildet, die das Haus beherrschen; ich rate Ihnen dringend, die Wände öffnen und den Fußboden abheben zu lassen – am besten aber das ganze Zimmer niederzureißen. Ich habe festgestellt, daß es außen über dem kleinen Hinterhof angebaut ist und ohne Beschädigung des übrigen Teils des Hauses entfernt werden kann.«

»Und Sie glauben, wenn ich das täte...«

»Ja, dadurch würden Sie die ›Telegraphendrähte‹ durchschneiden. Versuchen Sie es. Ich bin so fest von der Richtigkeit meiner Annahme überzeugt, daß ich die Hälfte der Kosten übernehmen würde, wenn Sie mir erlaubten, die Arbeiten daran zu leiten.«

»Das erstere käme überhaupt nicht in Frage, denn ich bin wohl in der Lage, die Kosten selbst zu tragen; wegen der restlichen Dinge erlauben Sie mir, Ihnen zu schreiben.«

Ungefähr zehn Tage später erhielt ich einen Brief von Mr. J–, in dem er mir mitteilte, daß er in der Zwischenzeit dem Haus einen Besuch abgestattet hätte. Auch hätte er die Briefe, von denen ich ihm erzählt hatte, in der gleichen Schublade gefunden, aus der ich sie genommen hatte; er hätte sie mit ähnlichen Gefühlen gelesen wie ich und vorsichtige Nachforschungen über die Frau angestellt, die, wie ich ganz richtig vermutet hatte, die Empfängerin derselben gewesen wäre. Allem Anschein nach hätte sie vor sechsunddreißig Jahren (ein Jahr vor dem Datum der Briefe) gegen den Wunsch ihrer Verwandten einen Amerikaner von sehr zweifelhaftem Charakter geheiratet, den man allgemein für einen ehemaligen Seeräuber hielt. Sie selbst war die Tochter angesehener Kaufleute und hatte vor ihrer Heirat als Kinderfräulein gedient. Sie hatte einen Bruder, einen Witwer, der als reich galt und ein Kind von etwa sechs Jahren hatte. Einen Monat nach der Heirat wurde der Bruder in der Themse nahe London Bridge gefunden; Zeichen von Gewaltanwendung schienen sich an seinem Hals zu befinden, doch reichten sie nicht aus, um die Geschworenen bei der gerichtlichen Untersuchung zu einem anderen Urteil zu bewegen als »ertrunken aufgefunden«.

Der Amerikaner und seine Frau nahmen den kleinen Jungen zu sich, da der verschiedene Bruder in seinem Testament seine Schwester als Vormund für sein einziges Kind eingesetzt hatte – im Falle des Todes des Kindes erbte die Schwester. Ungefähr sechs Monate danach starb das Kind – vermutlich an Vernachlässigung und schlechter Behandlung. Die Nachbarn sagten vor Gericht aus, sie hätten es des Nachts schreien hören. Der Arzt, der es nach seinem Tode untersucht hatte, sagte, daß sein Körper gänzlich ausgezehrt und von grünblauen Beulen bedeckt gewesen sei. Es schien, daß das Kind in einer Winternacht versucht hatte, zu entkommen, sich in den Hinterhof geschleppt hatte und über die Mauer klettern wollte. Dabei war es erschöpft zusammengebrochen. Am nächsten Morgen fand man es sterbend auf den Steinen liegen. Aber obgleich man Beweise für Grausamkeit hatte, fand man doch keine für Mord, und die Tante und ihr Mann hatten versucht, die Grausamkeiten zu bemänteln, indem sie die außerordentliche Widerspenstigkeit und Verderbtheit des Kindes anführten, das sie als schwachsinnig erklärten. Wie das nun auch gewesen sein mag, auf jeden Fall erbte die Tante nach dem Tode des Waisenkindes das Vermögen ihres Bruders. Bevor das erste Ehejahr um war, verließ der Amerikaner ganz plötzlich England und kehrte nie wieder zurück. Er verschaffte sich ein Segelschiff, das zwei Jahre später im Atlantik unterging. Die Witwe blieb im Überfluß zurück, aber Schicksalsschläge der verschiedensten Art befielen sie: eine Bank brach zusammen, eine Investition ging fehl, sie beteiligte sich an einem Geschäft und wurde insolvent; dann verdingte sie sich zu Dienstleistungen und sank dabei tiefer und tiefer, von der Haushälterin bis zum Mädchen für alles; niemals blieb sie lange in einer Stellung, obwohl nie etwas Abfälliges über ihren Charakter gesagt werden konnte. Man hielt sie für vernünftig, ehrlich und außergewöhnlich ruhig in allem, was sie tat. Doch dessen ungeachtet mißlang ihr alles, und so war sie weiter heruntergekommen bis ins Arbeitshaus, aus dem Mr. J– sie herausholte und ihr die Sorge für das gleiche Haus übertrug, das sie als Herrin im ersten Jahr ihrer Ehe bewohnt hatte.

Mr. J– berichtete weiter, daß er allein eine Stunde in dem unmöblierten Zimmer verbracht hätte, zu dessen Abbruch ich ihm geraten hatte. Er hätte in dieser Zeit zwar weder etwas gesehen noch gehört, seine Angstgefühle wären aber so groß gewesen, daß er es kaum erwarten könne, den Fußboden abheben und die Wände niederreißen zu lassen, wie ich es vorgeschlagen hatte. Er hätte bereits Leute bestellt und könnte jeden Tag beginnen, den ich bestimmen würde.

Wir vereinbarten einen Tag. Ich begab mich zu dem verfluchten Haus, ging mit ihm in jenes düstere, kleine Zimmer, ließ die Fußleiste abnehmen und die Dielen aufreißen. Darunter fanden wir eine schmutz- und staubbedeckte Falltür, durch die ein Mann bequem hinabsteigen konnte. Sie war mit langen Nägeln und Haken fest vernagelt. Nachdem wir sie geöffnet hatten, stiegen wir in einen darunter befindlichen Raum hinab, dessen Existenz niemand vermutet hatte. In diesem Raum befanden sich ein Fenster und ein Kamin, die augenscheinlich schon seit vielen Jahren zugemauert waren. Mit Hilfe von Kerzen untersuchten wir diesen Ort; er enthielt einige vermodernde Möbelstücke; drei Stühle, einen eichenen Sessel, einen Tisch – alle nach der Mode von vor ungefähr achtzig Jahren. An der Wand stand eine Kommode, in der wir halbzerfallene, altmodische Männerkleidungsstücke fanden, die vor achtzig oder hundert Jahren von einem vornehmen Herrn getragen worden sein mochten – kostbare Stahlschnallen und Knöpfe befanden sich daran, wie sie ähnlich auch jetzt noch an Hoftrachten getragen werden. Daneben lag ein schöner Kavaliersdegen. In einer Weste, die reich mit Goldtressen besetzt, aber jetzt feucht, verfärbt und schmutzig war, fanden wir fünf Goldstücke, ein paar Silbermünzen und ein Elfenbeintäfelchen, das wahrscheinlich als Eintrittskarte zu einem längst vergessenen Vergnügungsetablissement gedient haben mochte. Aber unsere Hauptentdeckung machten wir in einer Art eisernem Safe an der Wand, dessen Schloß uns beim Öffnen viel Mühe bereitete.

In diesem Safe waren drei Fächer übereinander und zwei kleine Schubladen. In den Fächern standen verschiedene kleine, luftdicht verschlossene Kristallfläschchen. Sie enthielten farblose, flüchtige Essenzen, von denen ich nur sagen kann, daß sie nicht giftig waren – Phosphor und Ammoniak schien sich darunter zu befinden. Auch einige sehr merkwürdige Glasröhrchen entdeckten wir, einen kleinen, spitzen Eisenstab, einen großen Bergkristall und ein großes Stück Bernstein, sowie einen sehr starken Magneten.

In einer der Schubladen stießen wir auf ein in Gold gefaßtes Miniatur-Porträt, dessen Farben sich trotz der langen Zeit, die es hier gelegen haben mußte, erstaunlich frisch erhalten hatten. Das Bild zeigte einen Mann, der die Mitte seines Lebens schon überschritten hatte; er mochte vielleicht siebenundvierzig oder achtundvierzig Jahre alt sein.

Es war ein Gesicht, das man nicht so leicht vergißt. Wenn Sie sich die typischen Merkmale einer mächtigen Schlange in der Gestalt eines Menschen verkörpert denken können, bekämen Sie eine bessere Vorstellung von seinem Aussehen, als eine lange Beschreibung sie vermitteln kann: die Eleganz der spitzzulaufenden Züge, unter der sich die Stärke der tödlichen Kiefer verbarg, die großen, schmalen, fürchterlichen Augen, grün und glitzernd wie Smaragde – und über diesem Gesicht lag eine erbarmungslose Ruhe, in der sich das Bewußtsein überlegener Kraft widerspiegelte.

Mechanisch wendete ich die Miniatur, um die Rückseite zu untersuchen; ein Pentagramm war darauf eingraviert und in dessen Mitte eine Leiter. Die dritte Sprosse dieser Leiter wurde von dem Datum 1765 gebildet. Bei genauerem Hinsehen entdeckte ich eine Feder, und als ich darauf drückte, öffnete sich die Rückseite der Miniatur wie ein Deckel. Auf der Innenseite des Deckels waren die Worte eingraviert: »Für Dich, Marianna – bewahre die Treue in Leben und Tod ...«, hier folgte ein Name, den ich nicht erwähnen möchte, der mir aber nicht unbekannt war. In meiner Kindheit hatte ich alte Leute ihn als den Namen eines betrügerischen Scharlatans nennen hören, der etwa ein Jahr lang die Sensation in London gewesen war; unter der Anklage, in seinem eigenen Haus zwei Personen ermordet zu haben – seine Mätresse und seinen Nebenbuhler –, war er aus dem Lande geflohen. Ich gab Mr. J– mit innerlichem Widerstreben die Miniatur zurück, erzählte ihm aber nichts von meinem Wissen.

Die erste Schublade in dem eisernen Safe hatten wir mühelos öffnen können, die zweite jedoch machte uns große Schwierigkeiten: sie war nicht verschlossen, hielt aber allen Bemühungen stand, bis wir einen Meißel in die Fugen trieben. Nachdem wir sie auf diese Weise geöffnet hatten, fanden wir einen einzigartigen Aufbau in peinlich sauberer Anordnung: auf einem kleinen, dünnen Büchlein, eigentlich war es mehr ein Notizblock, stand ein Kristallteller, der mit einer klaren Flüssigkeit gefüllt war. Auf dieser Flüssigkeit schwamm eine Art Kompaß, in dem sich eine Nadel schnell herumdrehte; aber anstelle der üblichen Kompaßzeichen befanden sich sieben seltsame Schriftzeichen, nicht unähnlich denjenigen, welche die Astrologen zur Bezeichnung der Planeten verwenden.

Ein merkwürdiger, jedoch nicht starker oder unangenehmer Geruch stieg aus dieser Schublade, die mit Holz ausgekleidet war; wie wir später feststellten, war es Haselnuß. Dieser Duft, was auch seine Ursache gewesen sein mag, hatte eine sonderbare Wirkung auf unsere Nerven. Wir alle empfanden es, selbst die beiden Arbeiter, die mit uns in diesem Raum waren: ein prickelndes, kribbelndes Gefühl, das von den Fingerspitzen bis in die Haarwurzeln emporkroch. Voller Ungeduld, das Notizbüchlein zu untersuchen, hob ich den Kristallteller hoch. Während ich dies tat, surrte die Kompaßnadel mit außerordentlicher Geschwindigkeit in die Runde, und wie ein elektrischer Schlag zuckte es durch meine Glieder, so daß ich den Teller auf den Boden fallen ließ. Der Teller zersprang, die Flüssigkeit spritzte auseinander, und der Kompaß rollte bis ans Ende des Zimmers – im gleichen Augenblick wankten die Wände hin und her, als hätte ein Riese sie gepackt und rüttelte daran.

Die zwei Arbeiter waren so erschrocken, daß sie die Leiter zu der Falltür hinaufhasteten; als sie aber sahen, daß weiter nichts passierte, ließen sie sich leicht überreden, zurückzukommen.

Inzwischen hatte ich das Notizbüchlein geöffnet. Es war in glattes rotes Leder gebunden und mit einer silbernen Schließe zusammengehalten. Es enthielt nur ein einziges Blatt aus dickem, welligem Pergament, und auf diesem Blatt standen in altem Kirchenlatein in einem doppelten Pentagramm zwei Sätze, die wörtlich übersetzt lauteten: »Über alles in diesem Hause – beseelt oder unbeseelt, lebend oder tot – wirke mein Wille, so wie sich die Nadel bewegt! Verflucht sei dieses Haus und rastlos seine Bewohner!«

Mehr fanden wir nicht. Mr. J– verbrannte das Büchlein mit seinem Fluch. Er ließ den Anbau mit dem geheimen Raum und dem darüberliegenden Zimmer bis auf die Grundmauern abreißen. Danach wohnte er selbst einen Monat lang in diesem Haus, und ein ruhigeres, wohnlicheres Haus war in ganz London nicht zu finden.

Später vermietete er es sehr vorteilhaft, und sein Mieter hat sich über nichts beklagt.

HEINRICH VON KLEIST

Das Bettelweib von Locarno

Am Fuße der Alpen, bei Locarno im oberen Italien, befand sich ein altes, einem Marchese gehöriges Schloß, das man jetzt, wenn man vom St. Gotthard kommt, in Schutt und Trümmern liegen sieht: ein Schloß mit hohen und weitläufigen Zimmern, in deren einem einst, auf Stroh, das man ihr unterschüttete, eine alte kranke Frau, die sich bettelnd vor der Tür eingefunden hatte, von der Hausfrau aus Mitleiden gebettet worden war. Der Marchese, der, bei der Rückkehr von der Jagd, zufällig in das Zimmer trat, wo er seine Büchse abzusetzen pflegte, befahl der Frau unwillig, aus dem Winkel, in welchem sie lag, aufzustehen, und sich hinter den Ofen zu verfügen. Die Frau, da sie sich erhob, glitschte mit der Krücke auf dem glatten Boden aus, und beschädigte sich, auf eine gefährliche Weise, das Kreuz; dergestalt, daß sie zwar noch mit unsäglicher Mühe aufstand und quer, wie es vorgeschrieben war, über das Zimmer ging, hinter den Ofen aber, unter Stöhnen und Ächzen, niedersank und verschied.

Mehrere Jahre nachher, da der Marchese, durch Krieg und Mißwachs, in bedenkliche Vermögensumstände geraten war, fand sich ein florentinischer Ritter bei ihm ein, der das Schloß, seiner schönen Lage wegen, von ihm kaufen wollte. Der Marchese, dem viel an dem Handel gelegen war, gab seiner Frau auf, den Fremden in dem obenerwähnten, leerstehenden Zimmer, das sehr schön und prächtig eingerichtet war, unterzubringen. Aber wie betreten war das Ehepaar, als der Ritter mitten in der Nacht, verstört und bleich, zu ihnen herunter kam, hoch und teuer versichernd, daß es in dem Zimmer spuke, indem etwas, das dem Blick unsichtbar gewesen, mit einem Geräusch, als ob es auf Stroh gelegen, im Zimmerwinkel aufgestanden, mit vernehmlichen Schritten, langsam und gebrechlich, quer über das Zimmer gegangen, und hinter dem Ofen, unter Stöhnen und Ächzen, niedergesunken sei.

Der Marchese erschrocken, er wußte selbst nicht recht warum, lachte den Ritter mit erkünstelter Heiterkeit aus, und sagte, er wolle sogleich aufstehen, und die Nacht zu seiner Beruhigung, mit ihm in dem Zimmer zubringen. Doch der Ritter bat um die Gefälligkeit, ihm zu erlauben, daß er auf einem Lehnstuhl, in seinem Schlafzimmer übernachte, und als der Morgen kam, ließ er anspannen, empfahl sich und reiste ab.

Dieser Vorfall, der außerordentliches Aufsehen machte, schreckte auf eine dem Marchese höchst unangenehme Weise, mehrere Käufer ab; dergestalt, daß, da sich unter seinem eigenen Hausgesinde, befremdend und unbegreiflich, das Gerücht erhob, daß es in dem Zimmer, zur Mitternachtsstunde, umgehe, er, um es mit einem entscheidenden Verfahren niederzuschlagen, beschloß, die Sache in der nächsten Nacht selbst zu untersuchen. Demnach ließ er, beim Einbruch der Dämmerung, sein Bett in dem besagten Zimmer aufschlagen, und erharrte, ohne zu schlafen, die Mitternacht. Aber wie erschüttert war er, als er in der Tat, mit dem Schlage der Geisterstunde, das unbegreifliche Geräusch wahrnahm; es war, als ob ein Mensch sich von Stroh, das unter ihm knisterte, erhob, quer über das Zimmer ging, und hinter dem Ofen, unter Geseufz und Geröchel niedersank. Die Marquise, am andern Morgen, da er herunter kam, fragte ihn, wie die Untersuchung abgelaufen; und da er sich, mit scheuen und ungewissen Blicken, umsah, und, nachdem er die Tür verriegelt, versicherte, daß es mit dem Spuk seine Richtigkeit habe: so erschrak sie, wie sie in ihrem Leben nicht getan, und bat ihn, bevor er die Sache verlauten ließe, sie noch einmal, in ihrer Gesellschaft, einer kaltblütigen Prüfung zu unterwerfen. Sie hörten aber, samt einem treuen Bedienten, den sie mitgenommen hatten, in der Tat, in der nächsten Nacht, dasselbe unbegreifliche, gespensterartige Geräusch; und nur der dringende Wunsch, das Schloß, es koste was es wolle, los zu werden, vermochte sie, das Entsetzen, das sie ergriff, in Gegenwart ihres Dieners zu unterdrücken, und dem Vorfall irgend eine gleichgültige und zufällige Ursache, die sich entdecken lassen müsse, unterzuschieben. Am Abend des dritten Tages, da beide, um der Sache auf den Grund zu kommen, mit Herzklopfen wieder die Treppe zu dem Fremdenzimmer bestiegen, fand sich zufällig der Haushund, den man von der Kette losgelassen hatte, vor der Tür desselben ein; dergestalt, daß beide, ohne sich bestimmt zu erklären, vielleicht in der unwillkürlichen Ab-

sicht, außer sich selbst noch etwas Drittes, Lebendiges, bei sich zu haben, den Hund mit sich in das Zimmer nahmen. Das Ehepaar, zwei Lichter auf dem Tisch, die Marquise unausgezogen, der Marchese Degen und Pistolen, die er aus dem Schrank genommen, neben sich, setzen sich, gegen elf Uhr, jeder auf sein Bett; und während sie sich mit Gesprächen, so gut sie vermögen, zu unterhalten suchen, legt sich der Hund, Kopf und Beine zusammen gekauert, in der Mitte des Zimmers nieder und schläft ein. Drauf, in dem Augenblick der Mitternacht, läßt sich das entsetzliche Geräusch wieder hören; jemand, den kein Mensch mit Augen sehen kann, hebt sich, auf Krücken, im Zimmerwinkel empor; man hört das Stroh, das unter ihm rauscht; und mit dem ersten Schritt: tapp! tapp! erwacht der Hund, hebt sich plötzlich, die Ohren spitzend, vom Boden empor, und knurrend und bellend, grad als ob ein Mensch auf ihn eingeschritten käme, rückwärts gegen den Ofen weicht er aus. Bei diesem Anblick stürzt die Marquise, mit sträubenden Haaren, aus dem Zimmer; und während der Marquis, der den Degen ergriffen: wer da? ruft, und da ihm niemand antwortet, gleich einem Rasenden, nach allen Richtungen die Luft durchhaut, läßt sie anspannen, entschlossen, augenblicklich, nach der Stadt abzufahren. Aber ehe sie noch einige Sachen zusammengepackt und aus dem Tore herausgerasselt, sieht sie schon das Schloß ringsum in Flammen aufgehen. Der Marchese, von Entsetzen überreizt, hatte eine Kerze genommen, und dasselbe, überall mit Holz getäfelt wie es war, an allen vier Ecken, müde seines Lebens, angesteckt. Vergebens schickte sie Leute hinein, den Unglücklichen zu retten; er war auf die elendiglichste Weise bereits umgekommen, und noch jetzt liegen, von den Landleuten zusammengetragen, seine weißen Gebeine in dem Winkel des Zimmers, von welchem er das Bettelweib von Locarno hatte aufstehen heißen.

UEDA AKINARI

Das Haus im Schilf

Im Dorf Mama, das im Bezirk Katsushika und in der Provinz Shimosa liegt, lebte ein Mann namens Katsushiro. Seine Familie war dort schon seit langem ansässig und besaß viele Felder. Katsushiro aber war von Natur unstet, er mochte die Landarbeit nicht, er fand sie fade, und so ging es bald abwärts mit ihm. Seine Verwandten behandelten ihn daher kühl, was er als Demütigung empfand, er überlegte, was er tun sollte, und entschloß sich am Ende, auf jeden Fall irgendwie wieder hochzukommen. Damals erschien in jedem Jahr aus der Hauptstadt ein gewisser Sasabe no Soji, um mit gefärbter Ashikaga-Seide zu handeln. Er besuchte hier im Dorfe auch seine Verwandten, und ihn fragte Katsushiro, der sich seit jeher gut mit ihm verstand, was er davon halte, wenn auch er in Zukunft mit Seide handelte, und ob er nicht mit ihm in die Hauptstadt kommen dürfe. Sasabe stimmte sofort zu und sagte ihm den Tag, an dem er in die Hauptstadt aufbrechen wollte. Katsushiro war überglücklich, auf Sasabe rechnen zu dürfen; er verkaufte alles, was ihm an Ländereien verblieben war, gegen bares Geld, beschaffte sich große Mengen von Seide und bereitete sich auf seine Abreise vor.

Seine Frau, welche Miyagi hieß und so schön war, daß sich aller Augen nach ihr umwandten, war nicht dumm. Es beunruhigte sie, daß Katsushiro Waren gekauft hatte und nun in die Hauptstadt wollte. Sie versuchte verzweifelt, ihm das auszureden, aber sie vermochte den Entschluß ihres Mannes nicht umzustoßen. Obwohl sie um die Zukunft bangte, half sie ihm jedoch bei seinen Vorbereitungen. In der letzten Nacht, als sie beide unter Tränen voneinander Abschied nahmen, sagte sie zu ihm: »So wird also mein einsames Frauenherz hilflos durchs Leben treiben müssen! Ich bin unsagbar traurig. Ich flehe Euch an, vergeßt mich nicht! Kommt bald wieder! Es heißt zwar ›Lebt man, sieht man sich wieder‹, aber diese Welt ist ja so flüchtig, daß keiner mit dem morgigen Tage rechnen kann. Laßt Euer kühnes Herz doch von mir rühren!«

Darauf antwortete Katsushiro: »Warum sollte ich, auf einem unsicheren Floße treibend, lange in der Fremde bleiben? Ich werde ganz bestimmt im Herbst wieder bei Euch sein!«

Als der Tag anbrach, verließ er das Land Azuma, »in welchem der Hahn kräht«, und eilte nach der Hauptstadt.

In diesem Jahre – es war ein Sommer der Ära Kyotoku – begann der Statthalter von Kamakura, Ason Shigeuji, gegen den Vizestatthalter Uesugi zu kämpfen, und als Kamakura völlig verwüstet war, zog er sich zu seinen Anhängern in Shimosa zurück, so daß nun plötzlich das ganze Land östlich der Grenzbarriere mit furchtbarem Krieg überzogen war. Jeder dachte nur mehr an sich, die alten Leute flohen in die Berge, die jungen Männer wurden zum Heeresdienst gezwungen. »Heute zündet man hier alle Häuser an!« und »Morgen kommt der Feind!« jammerten Frauen und Kinder, und sie flüchteten weinend. Katsushiros Frau überlegte, ob sie ihnen folgen sollte, aber hatte ihr Mann denn nicht fest versprochen, im Herbst wieder da zu sein? So vertraute sie also seinen Worten und blieb, während sie die Tage zählte. Da ihr nun aber, auch als es inzwischen Herbst geworden war, der Wind auch nicht die kleinste Nachricht von ihm überbrachte, klagte sie laut, wie wenig zuverlässig doch das Menschenherz sei, und sie dichtete verzweifelt:

»Daß ich so leide,
gibt ihm keiner zu wissen!
Oh, Vogel vom Berge
des Treffens, sage ihm doch,
der Herbst sei nun schon vorbei!«

Aber die Entfernung zwischen ihm und ihr war zu groß, als daß sie ihn an die Erfüllung seines Versprechens hätte erinnern können. Als nun die Welt in immer größere Verwirrung geriet, verrohten gleichzeitig auch die Herzen der Menschen. Manch einer, der zufällig bei ihr vorüberkam und sah, wie schön sie war, versuchte sie mit Schmeichelreden zu verführen, doch sie wahrte die weise Zurückhaltung der drei keuschen Heldinnen und wies ihn mit klaren Worten ab. Schließlich verriegelte sie die Türe und zeigte sich niemandem mehr. Ihre einzige Dienerin war schließlich auch fort, der magere Vorrat war erschöpft und das Jahr zu Ende.

Es begann ein neues Jahr, ohne daß die Welt wieder in Ordnung gekommen wäre. Ja, es wurde alles noch schlimmer. Im Herbst des vergangenen Jahres wurde, auf Befehl des Shogunats, dem Burgherrn von Gujo in der Provinz Mino, Tsuneyori, Vizestatthalter von Ost-Shimotsuke, das Kaiserliche Banner übertragen. Zusammen mit Chiba no Sanetane, seinem Verwandten, ging er zum Angriff über, aber die Partei des Statthalters Shigeuji, der sich gewaltig verschanzt hatte, schlug den Ansturm zurück, so daß das Ende dieser Kämpfe gar nicht mehr abzusehen war. Die bewaffneten Banden, welche überall die Wege verbarrikadierten, steckten die Häuser in Brand und plünderten überall. In den acht Provinzen gab es kein friedliches Stück Erde mehr, alles lag in diesen Zeitläuften jammervoll darnieder.

Katsushiro war zusammen mit Sasabe in die Hauptstadt gezogen, hatte alle seine Seidenwaren verkauft und, da man den Luxus dort ja über alles liebte, großen Gewinn erzielt. Er wollte nun gerade nach Azuma zurückkehren, da verbreitete sich das Gerücht, das Heer von Uesugi habe Kamakura erstürmt, und jener sei, den Spuren des Statthalters folgend, zum Angriff übergegangen, die Gegend, in der sein Dorf lag, habe sich in ein grauenhaftes Schlachtfeld verwandelt, voll von Lanzen und Schilden.

Wenn doch sogar vor unseren Augen trügerische Gerüchte entstehen, wie viel mehr gilt das für ein Land, das sehr weit entfernt ist! So verließ Katsushiro zu Beginn des achten Monats die Hauptstadt ohne rechte Zuversicht. Als er bei Morgengrauen über den Gebirgspaß von Misaka stieg, hatten Banditen die Straßen versperrt, und sie beraubten Katsushiro seiner ganzen Habe. Ferner kam ihm zu Ohren, daß im Osten überall neue Weghindernisse errichtet worden seien und man Reisende nicht weiterziehen lasse. So war es also unmöglich, seiner Frau Nachricht zu geben. War sein Haus von Soldaten vielleicht zerstört worden, war es abgebrannt? Sicher lebte sie nicht mehr, und das Dorf war nur mehr ein Schlupfwinkel für Dämonen! So kehrte Katsushiro wieder in die Hauptstadt zurück, begab sich dann in die Provinz Omi, doch plötzlich wurde er krank und lag mit hohem Fieber darnieder. In dem Dorf, das Masu hieß, lebte ein reicher Mann namens Kodama Kihei. Da die Frau von Sasabe von hier stammte, wandte sich Katsushiro an ihn um Hilfe, und dieser nahm sich liebenswürdigst seiner an, ließ einen Arzt kommen und gab sorgfältig acht, daß er immer die rechte Medizin einnahm. Als Katsushiro sich allmählich wieder besser fühlte, dankte er ihm herzlich für seine Großzügigkeit, aber er war noch immer nicht so weit hergestellt, daß er etwa in diesem Jahre hätte aufbrechen können. So wartete er also auf den Frühling. Sehr schnell erwarb er sich sogar im Dorfe viele Freunde, man schätzte seine kraftvolle, aufrechte Art, und nicht nur Kodama, sondern alle waren ihm herzlich zugetan. Nachdem einige Zeit verstrichen war, begab er sich in die Hauptstadt, um Sasabe einmal zu besuchen, doch dann kehrte er wieder nach Omi zurück, bat Kodama, er möge frei über ihn verfügen, und es vergingen sieben Jahre schnell wie ein Traum.

Im zweiten Jahr der Ära Kansho tobte in der Provinz Kawachi in Kinai unaufhörlich der Kampf zwischen den beiden Linien der Hatakeyama-Familie; nicht nur verheerte er die unmittelbare Umgebung der Hauptstadt, es kam im Frühjahr gar noch eine Epidemie hinzu. Die Leichen türmten sich an den Wegkreuzungen zuhauf, man glaubte, das Ende des Weltzeitalters stehe bevor, und klagte, wie jammervoll flüchtig das irdische Leben sei. Katsushiro sann bedrückt nach. Warum sollte er in einer Zeit des Verfalls und erzwungener Untätigkeit hier verweilen, wie lange noch von der Großzügigkeit eines Mannes leben, mit dem ihn eigentlich nichts weiter verband? Er hatte, weil er über das Schicksal seiner zurückgebliebenen Frau nichts erfahren konnte, viele Jahre über das Land verstreichen lassen, auf dem, wie es heißt, das Gras des Vergessens wächst. Oh, wie treulos war er in seinem Herzen! Mußte er nicht selbst dann, wenn seine Frau in den unterirdischen Regionen weilte, sie also tot war, wenigstens ihre irdischen Spuren ausfindig machen und ihr einen Grabhügel errichten? Katsushiro teilte allen seinen Entschluß mit und nahm, als in der Regenzeit der Regen ein wenig nachließ, Abschied. Zehn Tage später traf er in seinem Heimatdorfe ein.

Die Sonne war bereits im Westen untergegangen. Unter dem Wolkenhimmel, aus dem es jeden Augenblick mächtig herunterzuregnen drohte, war es furchtbar düster, aber Katsushiro vertraute gleichwohl darauf, sich nicht zu verirren, hatte er hier doch einst so lange gewohnt. So schritt er nachdenklich durch die Sommergräser dahin. Die alte Brücke war in den Fluß gefallen, man hörte die Hufe der Füllen nicht mehr, die Felder hatten sich in ödes Brachland verwandelt. Was einst Wege waren, konnte man kaum mehr als solche erkennen. Die Häuser all derer, die hier gelebt hatten, waren verschwunden. Nur da und dort stand noch ein Haus, aber es sah anders aus als früher. Katsushiro blieb verwirrt stehen und überlegte, welches unter ihnen wohl einst das seine gewesen war. Da erkannte er plötzlich, kaum zwanzig Schritte von sich entfernt, im Lichtschein der durch die Wolken gleitenden Sterne eine von einem Blitzstrahl getroffene Kiefer, die noch immer alles ringsum beherrschte. Das war, durchfuhr es ihn, bestimmt die Kiefer, die einst das Wahrzeichen seines Hauses gebildet hatte. Von Glück überwältigt, trat er näher. Das Haus sah völlig unverändert aus. Es dünkte ihn, als wohnte dort jemand. Durch die Ritzen der alten Pforte drang der Schimmer einer Lampe. Hauste irgendein Fremder hier? Oder sollte *sie* es sein? Bei diesem Gedanken fing sein Herz stürmisch zu pochen an, er trat an die Pforte heran und räusperte sich, um sich so anzukündigen. Da hatte man ihn im Innern des Hauses auch schon bemerkt, und eine Frauenstimme rief in mißtrauischem Ton: »Wer ist da?«

Ganz sicher war das, so schien es ihm, die Stimme seiner Frau, die freilich schon sehr gealtert sein mußte! Oder war alles nur ein Traum. Angstvoll fragte er zurück: »Ich bin es! Ich bin wiedergekommen! Und Ihr wohnt also, wie einst, allein auf dieser schilfbedeckten Heide? Ich kann es nicht fassen!«

Sie erkannte seine Stimme und öffnete ihm die Tür. Sie sah schwarz und verschmutzt aus, ihre Augen lagen in tiefen Höhlen, das Haar hing zusammengebunden den Rücken hinab. Es war kaum vorzustellen, daß dies einmal seine Frau gewesen war. Da brach sie, als sie ihren Gatten erblickte, wortlos in Tränen aus.

Katsushiro blieb tiefbewegt stehen, er brachte kein einziges Wort über die Lippen. Dann sagte er: »Hätte ich geahnt, daß Ihr noch hier seid, wäre ich früher gekommen! In dem Jahr, als ich von hier aufbrach und in der Hauptstadt weilte, hörte ich von den schrecklichen Kämpfen um Kamakura, es hieß, der Statthalter habe sich, geschlagen, nach Shimosa zurückgezogen und sich dort erneut zur Wehr gesetzt, doch der Vizestatthalter Uesugi verwickelte ihn in eine Schlacht, und die Lage in jener Gegend sei hoffnungslos. Ich trennte mich nach einiger Zeit von Sasabe und verließ zu Beginn des achten Monats die Hauptstadt. Auf der Kiso-Straße wurde ich aber von einer Bande von Räubern überfallen, meiner Kleidung und meines ganzen Geldes beraubt und rettete gerade noch mein Leben! Dann hörte ich, daß auf den beiden nach Osten führenden Wegen, dem, der über die Berge, und dem anderen, der am Meer entlang führt, überall Schranken errichtet worden seien und man die Reisenden aufhalte. Der Vizestatthalter von Ost-Shimotsuke war inzwischen von der Hauptstadt her eingetroffen, hatte sich mit Uesugi vereinigt und ging gegen die in Shimosa verschanzte Armee vor. Man erzählte, die ganze Provinz sei durch Brände verwüstet, die Pferdehufe hätten nicht den kleinsten Flecken Erde verschont, und aus all dem schloß ich, daß Ihr sicher schon zu Asche wurdet oder vom Meer verschlungen seiet. Damit fand ich mich notgedrungen ab und kehrte klagend zur Hauptstadt zurück. Seitdem sind sieben Jahre ins Land gegangen, während deren Fremde für mich gesorgt haben. Eines Tages überfiel mich aber aus irgendeinem Grunde das Heimweh wieder so furchtbar, daß ich hierher aufbrach, um doch wenigstens Eure Spuren aufzufinden. Ich hätte mir nie träumen lassen, daß Ihr noch lebt! Sind es nicht vielleicht doch die Wolken des Wu-Berges oder das Trugbild des Herrschers von Han?«

Darauf antwortete sie, die ihre Tränen nur mit Mühe zurückhalten konnte: »Nachdem Ihr weggegangen seid, ist hier noch vor diesem Herbst, auf den ich meine ganze Hoffnung gesetzt hatte, Furchtbares geschehen. Die Leute im Dorfe flohen entweder auf das gefährliche Meer hinaus, oder sie versteckten sich in den Bergen. Von den wenigen, die entschlossen hierblieben, versuchten manche – vielleicht weil ihnen meine Einsamkeit eine Gelegenheit zu bieten schien – mich mit Schmeichelreden zu verführen, aber mich hielt der Gedanke aufrecht, daß ›selbst ein zerbrochenes Juwel einen heilen Dachziegel nicht zu beneiden brauche‹, es also besser sei, zu sterben, als meine Tugend zu verlieren! Ach, wie habe ich leiden müssen! Dann kündigte der Silberfluß am Himmel den Herbst an, aber Ihr seid nicht gekommen! Ich wartete auf den Winter, begrüßte den Frühling, und noch immer blieb ich ohne Nachricht von Euch! Da überlegte ich, ob ich nicht in die Hauptstadt reisen sollte, um Euch dort aufzusuchen, aber wie hätte denn eine Frau auf den Straßen die Barrieren überwinden können, die

selbst einem sehr kräftigen Mann den Weg versperrten? So habe ich unter der Kiefer neben diesem Dache, in vergeblicher Hoffnung, meine Tage verbracht – hier, in diesem immer mehr verfallenden Hause, gemeinsam mit Füchsen und Eulen. Aber jetzt ist mein langes Liebesleid zu Ende. Ich bin unsagbar glücklich! Wäre ich gestorben, ohne Euch vorher noch einmal zu sehen, hättet Ihr meinen Kummer nicht einmal geahnt!«
Sie schluchzte herzzerbrechend.
»Wie kurz ist die Nacht!« sagte schließlich Katsushiro und beruhigte sie, dann streckten sie sich beide zum Schlafe aus.

Das zerrissene Papier an den Fenstern raschelte in dem Wind, der von den Kiefern hereindrang, und die Nacht war frisch, so daß Katsushiro, von der langen Reise erschöpft, tief schlummerte. Als sich dann der Himmel um die fünfte Nachtwache aufhellte, durchdrang ihn die Kälte bis in den Schlaf, und als seine Hand die Decke hinaufziehen wollte, spürte er einen seltsamen, leichten Hauch, so daß er vollends aufwachte. Auf sein Gesicht tropfte etwas Kühles. Er blickte nach oben, ob es vielleicht hereinregnete; er entdeckte, daß das Dach vom Wind herabgerissen worden war und nun das fahle Weiß des Mondes am morgengrauenden Himmel schimmerte. Das Haus besaß auch keine richtige Pforte mehr, durch die Löcher in dem verfallenen Bambuszaun war Schilf hoch aufgeschossen, der langsam heruntertropfende Morgentau hatte seine Ärmel so durchnäßt, daß man sie hätte auswringen können. Der Wände hatten sich die verschiedensten Schlingpflanzen und das Knabenkraut bemächtigt, der Garten lag unter Mugura-Gras begraben. Es war nicht Herbst, und doch atmete das Haus die Verlassenheit dieser Jahreszeit.

›Wo aber ist‹, fragte sich Katsushiro erschrocken, ›meine Frau geblieben, die doch nachts neben mir geschlafen hat?‹ Sie war nirgendwo mehr zu sehen. Er überlegte, ob vielleicht alles nur der nichtswürdige Streich eines Fuchses gewesen sei, aber das Haus wenigstens war, so verfallen es auch aussah, zweifellos das, welches er einst bewohnt hatte.

Nicht nur der in der Mitte des Hauses liegende Raum, den er seinerzeit besonders geräumig hatte anlegen lassen, sogar der Reisspeicher drüben besaß noch jene Anordnung, die seinem Herzen so teuer gewesen war. Wie betäubt schritt er durch das Haus, kaum wissend, wohin er ging. Als er sich wieder gefaßt hatte, wurde ihm klar, daß seine Frau gestorben war und das Haus sich in einen Schlupfwinkel für Füchse und Dachse verwandelt hatte. Angesichts des furchtbar verfallenen Zustandes des Hauses zweifelte er kaum mehr daran, daß ihm eines dieser beängstigenden Wesen in der Gestalt seiner Frau erschienen war. Oder war es vielleicht gar der Geist, der aus Liebe zu ihm zurückgekehrt war, um mit ihm zu sprechen? Alles war hier so eingetroffen, wie er befürchtet hatte. In seinen Augen waren nun nicht einmal mehr Tränen, um zu weinen. »Nur ich allein bin so noch wie einst!« seufzte er. Da entdeckte er plötzlich, daß vor dem Raum, der früher zum Schlafen gedient hatte, die um das Haus führende Veranda abgebrochen und aus aufgehäufter Erde ein Grabhügel errichtet war. Man hatte sogar umsichtig dafür gesorgt, daß weder Regen noch Tau darauf fiel. War das Geisterwesen von gestern nacht vielleicht von hier entstiegen? überlegte er erschrocken und doch voller Sehnsucht. Unter den Opfergaben war auf einem Stück Holz ein Blatt von Nasu-Papier geheftet. Die Schrift war sehr verwaschen und nur mit Mühe zu entziffern, sie stammte, wie er mit Sicherheit zu erkennen vermochte, von seiner Frau. Auf dem Grabhügel war weder der posthume Name noch das Datum ihres Todes angegeben, aber das Gedicht, das sie kurz vor ihrem Tode wehen Herzens auf das Papier gepinselt hatte, lautete:

>»Ich wußte es wohl,
>und doch ließ ich mein eigenes
>Herz mich täuschen:
>dies war mein Leben also,
>das ich bis heute ertrug?«

Da schwand für ihn der letzte Zweifel, daß seine Frau gestorben war, und er sank mit lautem Aufschrei zur Erde. Welch bitterer Hohn, daß er nicht einmal wußte, in welchem Jahr und Monat und an welchem Tage sie aufgehört hatte, auf dieser Welt zu sein! Als seine Tränen versiegten und er aufbrach, schimmerte bereits die Sonne hoch am Himmel.

Er begab sich zunächst in ein nahes Haus und wollte dessen Eigentümer sprechen, aber es war nicht mehr der gleiche, den er früher gekannt hatte. Mißtrauisch fragte jener, woher er denn komme. Katsushiro verbeugte sich und erwiderte: »Mir gehört das Haus dort drüben. Ich habe mich, einiger Geschäfte willen, sieben Jahre lang in der Hauptstadt aufgehalten und fand nun, als ich in der letzten Nacht hierher zurückkam, das Haus ziemlich verwildert vor, niemand wohnt mehr darin! Meine Frau ist sicher tot! Ich habe im Garten ihren Grabhügel entdeckt! Es ist nicht einmal darauf vermerkt, wann sie starb, und das bedrückt mich sehr. Wenn Ihr das wißt, sagt es mir, bitte!«

»Was Ihr mir da erzählt, ist wirklich sehr traurig«, antwortete der Mann. »Aber ich bin kaum ein Jahr hier und möchte annehmen, daß Eure Frau schon lange vorher gestorben ist, denn als ich hier erschien, war niemand mehr da. Alle Einwohner scheinen, als die Kämpfe begannen, geflohen zu sein, und die jetzt hier leben, sind bis auf eine Ausnahme alle von anderswoher gekommen. Dieser eine, ein alter Mann, wohnt offenbar schon seit früher da. Er besucht von Zeit zu Zeit Euer Haus und betet für das Seelenheil der Toten. Er weiß sicher auch, wann Eure Frau gestorben ist!«

»Wo wohnt der Alte?«

»Etwa hundert Schritte von hier, in Richtung auf den Strand zu, er besitzt ein Feld, auf dem er Hanf gepflanzt hat, und dort errichtete er sich auch die Hütte, in der er jetzt lebt.«

Katsushiro begab sich überglücklich dorthin, und er fand einen Greis von etwa siebzig Jahren vor, sein Rücken war schon erschreckend krumm geworden, er hockte auf einer runden Strohmatte vor der Feuerstelle und trank gerade Tee. Kaum hatte der Greis Katsushiro erblickt, da rief er: »Oh, unser Herr! Warum kommt Ihr so spät!«

Es war, wie Katsushiro erkannte, der Dorfalte, den man damals allgemein den alten Uruma genannt hatte.

Katsushiro beglückwünschte ihn zu seinem hohen Alter, und hierauf erzählte er ihm ausführlich alles, was er, seit er in die Hauptstadt aufgebrochen war, erlebt hatte, und daß er, ganz gegen seinen Willen, dort habe bleiben müssen. Schließlich berichtete er ihm auch von den seltsamen Geschehnissen der letzten Nacht. Er dankte dem Greis mit tränenerstickter Stimme, daß er den Grabhügel errichtet und die Trauerzeremonie abgehalten hatte.

Der Greis erwiderte: »Nachdem Ihr, unser Herr, aufgebrochen

waret, begann hier der Krieg. Die Leute aus dem Dorf flohen in alle Richtungen, die jungen Männer wurden als Soldaten eingezogen, und so verwandelten sich die Maulbeerfelder bald in ein Dickicht, in welchem Füchse und Hasen hausten. Nur Eure beherzte Gattin, die Euerm Versprechen, bis zum Herbst wieder zurückzusein, vertraute, entschloß sich zu bleiben. Ich selber, der ich mit meinen schwachen Beinen keine hundert Schritt mehr laufen konnte, schloß mich in meine Hütte ein und verließ sie nicht wieder. Bald war alles zu Schlupfwinkeln entsetzlicher Wesen wie etwa der Baumgeister geworden, aber Eure junge Frau blieb unerschrocken weiter hier. Nichts von alledem, was ich je in meinem langen Leben sah, hat mich so tief gerührt wie dies. So verging der Herbst, es kam der Frühling, und in diesem Jahr, am zehnten Tag des achten Monats, ist sie gestorben. Tief betrübt, schaffte ich Erde herbei, legte die Tote in einen Sarg und kennzeichnete das Grab mit dem Gedicht, das sie in ihrer letzten Stunde selber geschrieben hatte. Dann brachte ich, so gut es mir möglich war, einfache Opfergaben dar. Ich hatte aber die Kunst des Schreibens nie erlernt, konnte also auch nicht den Tag ihres Todes vermerken, und weil der nächste Tempel viel zu weit entfernt lag, war es auch unmöglich, dort um einen posthumen Namen für sie zu bitten. Fünf Jahre sind seitdem vergangen. Wenn ich es mir so überlege, was Ihr mir von gestern nacht erzählt habt, zweifle ich nicht daran, daß Eure Frau zurückgekehrt ist, um Euch ihr langes Liebesleid zu klagen. Geht also zu ihrem Grab und betet andächtig für ihr Seelenheil!«

So sprach er und humpelte, auf seinen Stock gestützt, voraus. Beide Männer verneigten sich tief vor dem Hügel, dann verbrachten sie betend die Nacht dort und riefen Amida Buddhas Namen an.

Während sie an dem Grabe schlaflos kauerten, erzählte der Alte: »Es ist dies eine Geschichte aus alter, alter Zeit, als selbst der Großvater meines Großvaters noch nicht geboren war – da lebte in diesem Dorf ein sehr schönes Mädchen, das man Tekona nannte. Weil ihre Familie sehr arm war, trug sie ein Hanfgewand mit billigem blauen Kragen, ihre Haare waren ungekämmt, und sie hatte nie Schuhe an, aber ihr Gesicht glich dem strahlenden Mond; wenn sie lächelte, sah sie wie eine aufgeblühte Blume aus. Sie war, hieß es, schöner als die in Damast und Brokat gekleideten Damen aus der Hauptstadt. Die hier dienenden Wachsoldaten und sogar Männer aus der Nachbarprovinz schrieben ihr Briefe und sehnten sich verliebt nach ihr. Dies aber bereitete Tekona nur immer größeren Kummer, und schließlich warf sie sich, um all diese Leidenschaft zu sühnen, in die Wogen der Bucht. In alten Zeiten hat man in diesem Geschehen ein getreues Bild der Welt gesehen, man hat darüber gedichtet, und so ist die Kunde davon bis auf unsere Tage gedrungen. Als ich ein Kind war, hat mir meine Mutter diese Geschichte sehr spannend erzählt, und ich habe tief bewegt gelauscht, aber Eure verstorbene Gattin ist der kindlich schlichten Tekona weit überlegen! Wie furchtbar muß sie gelitten haben!«

Während er so sprach, stiegen ihm die Tränen in die Augen, und er brach in Schluchzen aus. Alte Leute vermögen sich eben nicht mehr zu beherrschen.

Ich brauche nicht genauer zu schildern, wie tief bekümmert Katsushiro war.

Kaum hatte er den Bericht des Greises gehört, brachte er, wenn auch ein wenig ungeschickt und bäurisch, in folgendem Gedicht zum Ausdruck, was sein Herz erfüllte:

>»Jene Frau einst,
>Tekona von Mama,
>alle haben sie wohl
>geliebt wie ich meine Gattin –
>Tekona von Mama!«

Er vermochte in diesem Gedicht seine Empfindungen nur unvollkommen wiederzugeben, aber rühren seine Worte nicht mehr als die von Leuten mit hoher Sprachgewalt?

Ich habe diese Geschichte von einem Kaufmann gehört, der sich sehr oft in jene Provinz begibt.

EDGAR ALLAN POE

Metzengerstein

Pestis eram vivus – moriens tua mors ero.
Martin Luther

Entsetzen und Unglück rasen in ungezügeltem Lauf durch alle Jahrhunderte. Wozu also ist es nötig, die Zeit, in der sich meine Geschichte ereignete, näher anzugeben? Es genügt mir, zu erwähnen, daß es jene Epoche war, in der die Lehre von der Seelenwanderung viele geheime Anhänger hatte.

Die Familien Berlifitzing und Metzengerstein lagen seit Jahrhunderten in Zwietracht miteinander. Niemals sah man zwei so erlauchte Häuser in tödlicherer Feindschaft; und zwar war dieser gegenseitige Haß der alten Prophezeiung entsprungen: ›Ein großer Name wird auf das schrecklichste untergehen, wenn die Sterblichkeit von Metzengerstein, wie der Reiter auf seinem Roß, über die Unsterblichkeit von Berlifitzing triumphiert.‹

Dieser Ausspruch hatte gewiß wenig oder gar keinen Sinn; doch haben schon oft unbedeutendere Ursachen große Wirkungen hervorgerufen. Im übrigen hatten die beiden benachbarten Häuser lange Zeit um den größeren Einfluß auf die schwachen Herrscher des Landes gekämpft, und dann – Nachbarn, die so nah beieinander wohnen, sind ja nur sehr selten Freunde. Von der Höhe ihres festgegründeten Söllers aus konnten die Bewohner des Schlosses Berlifitzing in die Fenster des Palastes Metzengerstein sehen. Auch war die Entfaltung einer mehr als lehnsherrlichen Pracht von seiten der Metzengerstein wenig dazu angetan, die leicht erregten Gefühle der Berlifitzing, die weniger Ahnen und weniger Reichtum aufweisen konnten, zu beruhigen. Ist es also verwunderlich, daß diese an sich widersinnige Weissagung die Feindschaft zwischen den beiden Häusern, die immer wieder durch alle Stachel ererbter Eifersucht angetrieben wurde, stets wach erhielt? Die Prophezeiung schien anzudeuten – wenn sie überhaupt irgendeinen Sinn hatte –, daß das jetzt schon mäch-

tigere Haus einen endgültigen Triumph davontragen werde, und lebte deshalb in der Erinnerung der schwächeren Familie fort und reizte sie stets zu neuen Feindseligkeiten.

Wilhelm, Graf von Berlifitzing, der einstmals so Tapfere, war zur Zeit dieser Erzählung nur noch ein alter, unfähiger Wortfechter. Nichts Bemerkenswertes hatte er an sich als eben jene eingewurzelte, schon an Albernheit grenzende Abneigung gegen die Familie seines Nebenbuhlers, und dann allerdings eine noch so lebhafte Leidenschaft für Jagd und Pferde, daß nichts – weder sein hohes Alter, noch seine körperliche Schwäche, noch das Schwinden seiner Geisteskräfte – ihn hindern konnte, täglich dies Vergnügen und seine Gefahren aufzusuchen. – Friedrich, Baron von Metzengerstein, war noch nicht mündig. Sein Vater war jung gestorben und dessen Frau, Maria, war ihm bald gefolgt. Friedrich stand damals in seinem achtzehnten Lebensjahr. In der Stadt bedeuten achtzehn Jahre keine lange Zeit, aber in der Einsamkeit, und noch dazu in einer so wundervollen Einsamkeit wie der des alten Herrensitzes, wandern die Stunden mit tiefer, bedeutsamer Feierlichkeit. Infolge gewisser Umstände und persönlicher Bestimmungen des Vaters war der junge Baron sofort nach dessen Tod in den Besitz der ausgedehnten Güter gelangt. Selten trat ein Edelmann eine ähnliche Erbschaft an! Seine Schlösser waren unzählig, das prächtigste und größte war der Palast Metzengerstein. Die Grenzlinie seiner Besitzungen ist niemals klar bestimmt worden; sein größter Park hatte allein einen Umkreis von fünfzig Meilen.

Man kannte den Charakter des neuen, jungen Besitzers dieser unvergleichlichen Güter ziemlich genau, so daß es nicht allzuschwer war, Schlüsse auf sein künftiges Betragen zu ziehen. Und richtig, schon nach drei Tagen stellten die Taten des Erben selbst die eines Herodes in den Schatten und übertrafen die kühnsten Hoffnungen seiner Bewunderer. Schmachvolle Ausschweifungen, offenbare Niederträchtigkeiten, unerhörte Grausamkeiten machten seinen angsterfüllten Untergebenen klar, daß nichts – weder demütige Unterwerfung ihrerseits noch Gewissensbedenken seinerseits – ihnen in Zukunft Sicherheit vor den ruchlosen Händen dieses zweiten Caligula verleihen konnte. In der Nacht des vierten Tages schon ergriff eine wütende Feuersbrunst die Stallungen des Schlosses Berlifitzing; und einstimmig schrieb die zitternde Nachbarschaft das Verbrechen der Brandstiftung auf die schrekkensvolle Liste der Untaten und Grausamkeiten des Barons.

Der junge Edelmann befand sich während des Tumultes, den das Feuer hervorrief, in einem großen, einsamen Zimmer hoch oben im Palast und war anscheinend in tiefe Betrachtung versunken. Auf der reichen, obwohl ein wenig verblaßten Wandbekleidung, die melancholisch die Mauern bedeckte, befanden sich Abbildungen der majestätischen Gestalten vieler seiner erlauchten Ahnen. Hier Priester, reich in Hermelin gekleidet, hohe geistliche Würdenträger, die durch ihr ›Veto‹ den Launen manches weltlichen Königs ein Ziel gesetzt und durch das ›Fiat‹ der päpstlichen Allmacht den aufrührerischen Geist des Erzfeindes im Zaume gehalten hatten; da die hohen, düsteren Gestalten der Ritter von Metzengerstein auf ihren muskelstarken Kriegsrossen, die die Leichname gefallener Feinde zu Boden stampfen und durch ihren wilden Ausdruck den Stärksten erschrecken konnten; dort üppige, schwanenweiße Damen aus längst vergangenen Tagen, Frauen, die sich, wie zu den Klängen einer Melodie, in den seltsamen Windungen eines phantastischen Tanzes drehten.

Während der Baron auf den immer lauter werdenden Tumult, der aus den Stallungen von Berlifitzing herüberscholl, lauschte oder zu lauschen schien und vielleicht auf irgendeine neue, kühne Untat sann, richteten sich seine Blicke unwillkürlich auf das Bild eines riesigen Pferdes von ganz unnatürlicher Farbe, das auf einem Wandteppich als Streitroß eines Ritters aus der Familie seines Rivalen abgebildet war. Das Tier stand im Vordergrund des Bildes, unbeweglich und steinern, während ein wenig hinter ihm sein besiegter Reiter durch den Dolch eines Metzengerstein getötet wurde.

Um Friedrichs Lippen zog sich ein teuflischer Ausdruck, als er bemerkte, welche Richtung sein Blick unfreiwilligerweise genommen hatte. Er wandte die Augen nicht ab, obwohl ganz plötzlich eine unerklärliche, würgende Angst wie ein kaltes Leichentuch um ihn zusammenschlug. Er fühlte sich vollständig wach, versuchte aber, diese unerklärlichen Gefühle als Traumempfindungen hinzustellen. Doch je länger er das Bild betrachtete, desto mehr geriet er in seinen Bann, desto unmöglicher wurde es ihm, seine

Blicke von den Gestalten loszureißen, deren Anblick ihn zu lähmen schien. Aber als das Getöse draußen plötzlich ganz besonders heftig wurde, machte er, fast mit Bedauern, eine gewaltsame Anstrengung und wandte seine Aufmerksamkeit einer roten Lichtgarbe zu, die aus den brennenden Stallungen in sein Fenster fiel.

Doch nur für einen Augenblick; dann richteten sich seine Augen fast unwillkürlich wieder auf das Wandbild. Mit Entsetzen bemerkte er, daß der Kopf des Schlachtrosses seine Lage verändert hatte. Der Hals des Tieres, der vorher wie voll Mitleid starr nach seinem am Boden liegenden Herrn gewandt war, hatte sich jetzt in seiner ganzen Länge auf den Baron zu ausgestreckt. Die Augen, die eben noch unsichtbar gewesen waren, blickten nun mit einem wilden, fast menschlichen Ausdruck vor sich hin und leuchteten in seltsamem, glühendem Rot, während die auseinandergezerrten Lippen des offenbar wütenden Tieres widerwärtige Totenzähne sehen ließen.

Gefaßt von jähem Schreck wankte der junge Fürst der Tür zu. Als er sie öffnen wollte, sprühte ein Strahl roten Lichtes in den Saal und zeichnete seinen grellen Widerschein auf die schwankende Wandbekleidung. Der Baron zögerte einen Augenblick auf der Schwelle und sah mit Schaudern, daß der Strahl gerade auf das Bild des triumphierenden Mörders des Ritters von Berlifitzing fiel und sich ganz genau mit den Umrissen der Gestalt des Siegers deckte.

Um seines Schreckens Herr zu werden, eilte der Baron ins Freie. Am Haupteingang des Palastes traf er drei seiner Stallknechte, die mit großer Mühe und Lebensgefahr versuchten, die wilden Sprünge eines riesigen feuerroten Rosses zu bändigen.

»Wem gehört das Pferd? Wo habt ihr es her?« keuchte der junge Metzengerstein mit entsetzter, heiserer Stimme, denn er hatte das wütende Tier sofort als das vollkommene Gegenstück zu dem geheimnisvollen Streitroß auf dem Wandteppich erkannt. »Es gehört Ihnen, Herr Baron«, antwortete einer der Knechte, »wenigstens macht kein anderer Anspruch auf das Tier. Wir haben es eingefangen, als es, vor Wut schnaubend und feuersprühend, aus den brennenden Stallungen von Berlifitzing entfloh, und da wir annahmen, daß es zum Gestüt der ausländischen Pferde des alten Grafen gehöre, brachten wir es ihm zurück. Aber die Dienerschaft behauptet, sie hätten kein Recht auf das Tier, was um so sonderbarer ist, da es noch Spuren an sich trägt, die beweisen, daß es nur mit Mühe den Flammen entkommen ist.«

»Auf der Stirn sind ihm auch ganz deutlich die Buchstaben W. v. B. eingebrannt«, bemerkte ein anderer Knecht, »und obgleich ich sagte, daß es nur die Anfangsbuchstaben von ›Wilhelm von Berlifitzing‹ sein können, behaupteten alle auf dem Schloß, sie hätten das Pferd nie gesehen.«

»Äußerst sonderbar«, erwiderte der junge Baron in tiefem Sinnen und hörte offenbar selbst nicht, was er sagte, »es ist wirklich ein sonderbares Tier – ein wunderbares Tier, trotz seines bösartigen, unbezähmbaren Wesens! Ich will es behalten«, fügte er nach einer Pause hinzu, »vielleicht kann ein Reiter wie Friedrich von Metzengerstein selbst den Teufel aus dem Stall des Berlifitzing bändigen.«

»Sie täuschen sich, Herr Baron! Das Pferd stammt nicht aus den Ställen des Grafen. Wir kennen unsere Pflicht zu gut und hätten es in diesem Fall nicht vor eine so hohe Persönlichkeit der Familie Metzengerstein gebracht.«

»Das glaube ich allerdings auch«, bemerkte der Baron trocken.

In diesem Augenblick stürzte der Kammerdiener Friedrichs mit hochgerötetem Antlitz eilends herbei. Er flüsterte seinem Herrn ins Ohr, eben sei plötzlich in einem Zimmer, das er genau bezeichnete, ein Stück Wandbekleidung verschwunden. Er erzählte den Vorfall umständlich, aber so leise, daß keiner der neugierigen Stallknechte ein Wort erhaschen konnte. Den jungen Friedrich schien dieser Bericht in seltsamer Weise zu erregen. Doch erlangte er bald wieder vollständige Herrschaft über sich und gab mit einem Ausdruck entschlossener Bosheit kurz den Befehl, das fragliche Zimmer zu verschließen und ihm den Schlüssel zu überbringen.

»Haben Sie schon von dem schrecklichen Tod des alten Berlifitzing gehört?« fragte ihn einer seiner Vasallen, nachdem der Diener ihn verlassen hatte und das wilde Ungeheuer, das er sich eben angeeignet, in verdoppelter Wut mit wilden Sprüngen die Allee hinunterjagte, die zu seinen Stallungen führte.

»Nein«, antwortete der Baron und wandte sich brüsk zu dem Sprecher um; »tot, sagst du?«

»Ja, so ist es, Herr Baron; und ich glaube, einem Edlen Ihres Namens kann diese Nachricht nicht gar zu unangenehm sein.«

Ein rasches Lächeln schoß über das Gesicht des Barons: »Wie starb er?«

»Bei seinen unvernünftigen Bemühungen, einen Teil seiner geliebten Pferde zu retten, kam er elend in den Flammen um.«

»Wahr–haf–tig?« rief der Baron, als würde ihm langsam irgend etwas Geheimnisvolles klar.

»Wahrhaftig!« wiederholte der Vasall.

»Schrecklich!« sagte der junge Mann ruhig und ging gelassen zum Palast zurück. –

Von dieser Zeit an vollzog sich in dem Benehmen des ausschweifenden Barons eine auffallende Veränderung. Er machte jede Erwartung zunichte und durchkreuzte die Pläne mancher schlauen Mutter. Seine Lebensgewohnheiten wichen noch mehr als früher von denen der benachbarten Aristokratie ab. Man sah ihn nie außerhalb der Grenzen seines eigenen Besitztums, nie mit einem Gefährten – wenn man dem unnatürlichen, wilden, feuerfarbenen Roß, das er von jetzt ab täglich ritt, nicht ein geheimnisvolles Recht auf diesen Titel zugestehen will.

Die Nachbarschaft schickte noch lange Zeit hindurch zahlreiche Einladungen. »Wird der Baron unser Fest mit seiner Gegenwart beehren?« »Wird der Baron mit uns auf die Eberjagd gehen?« – »Metzengerstein kommt nicht!« »Metzengerstein jagt nicht!« waren seine kurzen hochmütigen Antworten.

Diese wiederholten Beleidigungen konnte sich der stolze Adel nicht gefallen lassen. Die Einladungen wurden weniger herzlich, weniger häufig – zuletzt blieben sie ganz aus. Die Witwe des unglücklichen Grafen Berlifitzing sprach sogar einmal den Wunsch aus, ›der Baron möge verdammt sein, zu Hause zu weilen, wenn er nicht wolle, da er die Gesellschaft von seinesgleichen verschmähe; und reiten zu müssen, wenn er keine Lust habe, da er ihnen allen ein Pferd vorzöge‹. Diese Verwünschung war ohne Zweifel der alberne Ausbruch einer ererbten langjährigen Abneigung und beweist nur, wie seltsam unsinnig unsere Worte werden, wenn wir sie besonders nachdrücklich wirken lassen wollen.

Die Gutmütigen schrieben diese Veränderung im Betragen des jungen Edelmannes dem nur zu natürlichen Kummer über den

vorzeitigen Tod seiner Eltern zu und schienen die wüsten, ausschweifenden Tage, die diesem Verlust unmittelbar gefolgt waren, ganz zu vergessen. Andere erklärten die Veränderung jedoch aus einer übertriebenen Auffassung seiner Wichtigkeit und Würde. Wieder andere, darunter der Hausarzt, sprachen offen von morbider Melancholie und erblicher Belastung, während im Volk noch schlimmere, zweideutigere Vermutungen laut wurden. In der Tat: die krankhafte Zuneigung des Barons zu seinem neuerworbenen Reitpferd, die nach jedem Beweis von der wilden, dämonischen Gemütsart des Tieres nur zu wachsen schien, mußte bald allen vernünftigen Menschen unnatürlich und gräßlich erscheinen.

Am hellen Mittag, in toter Nachtstunde – gesund oder krank, bei ruhigem Wetter oder im Sturm – saß der junge Metzengerstein wie angewachsen im Sattel des ungeheuren Pferdes, dessen unzähmbare Wildheit so gut mit seinem eigenen Wesen übereinstimmte.

Noch manch anderer Umstand gab in Anbetracht der jüngstvergangenen Ereignisse der Manie des Reiters für sein fürchterliches Roß einen geisterhaften, unheimlichen Charakter. Man hatte den Raum, den das Tier in einem einzigen Sprung zurückgelegt hatte, nachgemessen und gefunden, daß er die tollsten Vermutungen um ein Erstaunliches übertraf. Der Baron hatte dem Tier auch keinen Namen gegeben, obgleich alle übrigen Pferde seines Stalles durch charakteristische Benennungen unterschieden waren. Sein Stall war von den übrigen getrennt, und kein Stallknecht, nur der Eigentümer selbst, wagte sich hinein. Es wurde auch bekannt, daß die drei Knechte, die das Untier nach seiner Flucht vor der Feuersbrunst mit Schlingen eingefangen hatten, nicht behaupten konnten, während dieses gefährlichen Kampfes oder nachher den Körper des Tieres mit der Hand berührt zu haben. Beweise besonderer Intelligenz bei einem edlen, heißblütigen Pferde sind nichts Seltenes und Aufregendes; doch hier ereignete sich mancherlei, das selbst die skeptischsten und phlegmatischsten Geister zum Nachdenken gebracht hätte. Man erzählte, daß manchmal ein ganz mutiger Volkshaufe schreckensvoll vor seinem bedeutsamen, wilden Stampfen zurückgewichen, daß der junge Metzengerstein einst totenblaß vor dem scharfen, forschenden Ausdruck seines ernsten, menschlichen Auges geflohen sei.

Unter der gesamten Dienerschaft des Barons befand sich nicht einer, der die ungewöhnliche Zuneigung, die der Herr seinem feurigen Pferde zuwendete, angezweifelt hätte: nicht einer – außer seinem mißgestalteten kleinen Pagen, dessen Häßlichkeit jedermann belästigte und dessen Worte so wenig beachtenswert waren wie nur möglich. Er war unverfroren genug, zu behaupten – eigentlich ist es kaum der Mühe wert, seine Worte zu wiederholen –, sein Herr stiege nie ohne einen unerklärlichen, kaum unterdrückbaren Schauder in den Sattel und komme nie von den gewohnten langen Ritten zurück, ohne daß ein Ausdruck triumphierender Bosheit jeden Muskel seines Gesichts anspanne. In einer stürmischen Nacht erwachte Metzengerstein aus einem schweren Schlaf, stürzte wie ein Wahnsinniger aus seinem Zimmer, bestieg das Pferd und sprengte in wildem Lauf in den nahen, unwegsamen Wald.

Man war an dergleichen Ereignisse gewöhnt und schenkte ihnen an sich weiter keine Aufmerksamkeit; doch erwartete die Dienerschaft den Herrn mit großer Angst zurück, als nach einigen Stunden die festgegründeten, wundervollen Gebäude des Palastes Metzengerstein unter der Glut einer dichten, bleichen, unermeßlichen Feuermasse zu krachen und zu wanken begannen.

Die Feuersbrunst hatte, als man sie bemerkte, schon so vollständig Besitz von den Gebäuden ergriffen, daß man alle Löschversuche als nutzlos aufgeben mußte. Die erschreckte Volksmenge stand müßig, ja in fast stumpfsinniges Staunen versunken, in der Runde umher, als ein neues, schreckliches Ereignis ihre Aufmerksamkeit erregte. Auf der langen Allee uralter Eichen, die vom Haupteingang des Schlosses bis an den Waldrand reichte, erschien ein Roß, das wilder als der Dämon des Sturmes selbst heranraste und einen Reiter trug, dessen Kleider in Fetzen, vom Unwetter zerrissen, herabhingen.

Er konnte offenbar das Tier in seinem Rasen nicht mehr aufhalten. Die Todesangst, die sein Gesicht verzerrte, die krampfhaften, letzten Anstrengungen seines ganzen Körpers gaben Zeugnis von einem übermenschlichen Kampf; aber außer einem einzigen Schrei kam kein Ton über seine verzerrten Lippen, die er im Übermaß des Entsetzens blutig zernagt hatte. Einen Augenblick lang klangen die Hufschläge scharf und schrill durch das Zischen der Flammen und das Heulen des Windes – dann setzte das Tier mit einem einzigen Sprung über das große Tor und den Graben, raste die wankende Treppe des Palastes empor und verschwand mit seinem Reiter in dem wüsten Wirbelsturm der Flammen.

Die Wut des Sturmes legte sich sofort, und eine tote Ruhe folgte. Eine weiße Flamme umhüllte das Schloß wie ein Leichentuch. Und weit hinten, über den Horizont, schoß ein Streif übernatürlichen Lichtes jäh hinweg, während eine Rauchwolke sich über der zerstörten Stätte bildete und über den rauchenden Ruinen lag in der deutlichen Gestalt eines riesigen – Pferdes.

PU SSUNG-LING

Das Wandbild

Meng Lung-tan, ein Bürger von Kiang-si, wohnte in der Hauptstadt bei einem Kü-jen* namens Tschu. Eines Tages führte sie beide der Zufall in einen Tempel, in dem sie weder weite Hallen noch Zellen der Betrachtung fanden, und niemand außer einem alten Priester in nachlässiger Gewandung. Als er die Besucher erblickte, ordnete er seine Kleider und ging den Kommenden entgegen, führte sie sodann umher und zeigte ihnen die Standbilder der Unsterblichen. Die Wände zu beiden Seiten waren mit lebensähnlichen Bildern von Menschen und Tieren schön ausgemalt. An der Ostwand war eine Schar von Feen dargestellt, unter denen ein Mädchen stand, dessen Jungfrauenlocken noch nicht in den Matronenknoten verschlungen waren. Es pflückte Blumen und lächelte, seine Kirschenlippen schienen sich bewegen, das Feuchte seiner Augen überfließen zu wollen. Herr Tschu schaute sie, ohne den Blick abwenden zu können, eine gute Weile an, bis ihm alle Dinge außer dem Bilde, das ihn umfing, entschwanden. Da fand er sich plötzlich in der Luft schwebend, als ritte er auf einer Wolke, und es geschah ihm, daß er durch die Wand kam und in einem Raume war, wo Hallen und Gezelte von anderer Art als die Wohnungen Sterblicher sich aneinander reihten. Hier predigte ein alter Priester Buddhas Gesetz, und eine dichte Menge von Hörern umgab ihn. Herr Tschu mischte sich unter die Menge. Nach einigen Augenblicken nahm er eine sanfte Berührung an seinem Ärmel wahr. Sich umwendend, sah er das Mädchen aus dem Wandbild, wie es lachend von dannen ging. Herr Tschu folgte ihr sogleich und kam, der Windung eines Geländers folgend, in ein kleines Gemach, in das er sich nicht einzutreten getraute. Aber die junge Dame blickte sich um und schwang die Blumen, die sie in der Hand hatte, ihm zu, als winke sie ihm weiterzugehen. So trat er ein und fand sonst niemand darin. Sogleich umarmte er sie, die sich ihm nicht verwehrte.

* Etwa: Magister.

Sie hatten etliche Tage zusammengelebt, als die Gefährtinnen des Mädchens Verdacht schöpften und Herrn Tschus Versteck entdeckten. Da lachten sie alle und sagten scherzend: »Meine Liebe, nun wirst du wohl bald Mutter werden, und da willst du das Haar noch wie die Jungfrauen tragen?« Sie brachten ihr die geziemenden Nadeln und den Kopfschmuck und hießen sie ihr Haar aufbinden, wobei sie sehr errötete, aber nichts sagte. Dann rief eine von ihnen: »Schwestern, wir wollen gehen. Sonst könnten wir den beiden lästig werden.« Kichernd liefen sie davon.

Herr Tschu fand, daß seine Freundin durch die veränderte Haartracht noch schöner geworden war. Der hohe Knoten und das krönende Gehänge standen ihr wohl zu Gesicht. Er nahm sie in seine Arme, liebkoste sie und trank ihren süßen Duft.

Während sie nun in inniger Gemeinschaft beieinander waren und die Lust sie wie eine Ewigkeit umfing, erscholl plötzlich ein Geräusch wie das Stampfen schwersohliger Stiefel, begleitet von Kettenklirren und dem Lärm einer zornigen Rede. Die junge Frau sprang erschrocken auf, und sie und Herr Tschu lugten hinaus. Sie erblickten einen Herold in goldener Rüstung, mit pechschwarzem Gesicht, der Ketten und einen Hammer in den Händen trug und von allen Mädchen umgeben war. Er fragte: »Seid ihr alle hier?« »Alle«, erwiderten sie. »Wenn ein Mensch«, sagte er, »hier verborgen ist, entdeckt es mir sogleich, daß es euch hernach nicht gereue.« Sie antworteten wie zuvor, es sei keiner da. Der Herold machte nun eine Bewegung, als wolle er den Ort durchsuchen. Das Mädchen stand tief verwirrt, mit aschfahlen Wangen. In ihrem Entsetzen hieß sie Herrn Tschu sich unter dem Bett verbergen, sie selbst aber verschwand durch eine kleine Gittertür. Herr Tschu in seinem Versteck wagte kaum zu atmen. Nach einem Weilchen hörte er die Stiefel in die Stube und wieder hinaus trampeln, der Schall der Stimmen wurde allmählich ferner und schwächer. Das beruhigte ihn ein wenig, aber immer noch hörte er Laute von Wesen, die draußen auf- und niedergingen. Nachdem er eine lange Zeit in seiner beklemmenden Lage zugebracht hatte, begann es ihm in den Ohren zu sausen, als sei eine Grille darin, und seine Augen brannten wie Feuer. Es war fast unerträglich; dennoch verhielt er sich ruhig und wartete auf die Rückkehr des Mädchens, ohne an Ursache und Zweck seines gegenwärtigen Schicksals zu denken.

Indessen hatte Meng Lung-tan das Verschwinden seines Freundes bemerkt. Er dachte sogleich, es müsse ihm etwas zugestoßen sein, und fragte den Priester, wo er sei. »Er ist die Predigt des Gesetzes hören gegangen«, erwiderte der Priester. »Wohin?« sagte Herr Meng. »Oh, nicht sehr weit fort«, war die Antwort. Darauf klopfte der alte Priester mit dem Finger an die Wand und rief: »Freund Tschu! Wie kommt es, daß Sie so lange ausbleiben?« Da war die Gestalt des Herrn Tschu auf der Wand dargestellt, das Ohr geneigt in der Haltung eines Lauschenden. Der Priester fügte hinzu: »Ihr Gefährte hat einige Zeit auf Sie gewartet.« Sogleich stieg Herr Tschu von der Wand herab und stand wie durchbohrt, mit starrenden Augen und zitternden Beinen. Herr Meng war sehr erschrocken, fragte ihn jedoch ruhig, was geschehen sei. Es war aber dies geschehen, daß er, während er unter dem Bett versteckt lag, einen donnergleichen Hall vernommen hatte und hinausgestürzt war, um zu sehen, was es sei.

Jetzt bemerkten sie alle, daß das junge Mädchen auf dem Bilde die Haartracht einer verheirateten Frau angenommen hatte. Herr Tschu war darüber sehr verwundert und fragte den alten Priester nach der Ursache. Der antwortete: »Gesichte haben ihren Ursprung in denen, die sie sehen. Welche Erklärung kann ich da geben?« Diese Antwort war für Herrn Tschu wenig befriedigend; und auch sein Freund, der einige Beängstigung empfand, wußte nicht, wie er sich all das zurechtlegen sollte. Sie stiegen die Stufen des Tempels hinab und gingen von dannen.

M. R. JAMES

Der Kupferstich

Wenn ich mich nicht irre, hatte ich vor einiger Zeit das Vergnügen, Ihnen von einem Abenteuer zu erzählen, das mein Freund Dennistoun einmal hatte, als er auf der Suche nach Kunstgegenständen für das Museum in Cambridge den Kontinent bereiste.

Er sprach nach seiner Rückkehr nur wenig über sein Erlebnis, aber es konnte nicht ausbleiben, daß ein großer Teil seiner Freunde davon erfuhr, unter anderem auch ein Kollege, der zu jener Zeit einem Kunstmuseum an einer andern Universität vorstand. Es war zu erwarten, daß die Geschichte einen Mann, dessen Tätigkeit der Dennistouns so sehr glich, stark beeindruckte. Gierig griff er nach jeder natürlichen Erklärung dafür, die es unwahrscheinlich machte, daß auch er einmal in eine so aufregende und unheimliche Lage geraten könnte. Im übrigen beruhigte es ihn einigermaßen, daß er keine alten Manuskripte für sein Museum zu erwerben brauchte; das war die Aufgabe der Shelburn Bibliothek. Mochten deren Leute irgendwelche dunklen Ecken auf dem Kontinent nach solchen Dingen durchstöbern, er war froh, daß seine Aufgabe vor allem darin bestand, die ohnehin unübertroffene Sammlung von topographischen Zeichnungen und Stichen aus England zu vergrößern, die sein Museum besaß. Es erwies sich jedoch, daß selbst ein so vertrautes Gebiet wie dieses, das so gar nichts Unheimliches an sich hat, seine dunklen Ecken besitzt, und in eine davon geriet Mr. Williams auf eine ganz unerwartete Weise.

Wer sich schon einmal mit dem Sammeln von topographischen Bildern befaßt hat, und sei es auch nur ganz nebenbei, weiß, daß es in London einen Händler gibt, ohne dessen Hilfe er bei seinen Nachforschungen nicht auskommt. Mr. J. W. Britnell veröffentlicht in kurzen Abständen sehr schätzenswerte Kataloge mit einem umfangreichen und ständig wechselnden Angebot von Stichen, Plänen sowie alten Skizzen von Herrensitzen, Kirchen und Städten in England und Wales.

Für Mr. Williams waren diese Kataloge natürlich so etwas wie das ABC seiner Wissenschaft, da aber sein Museum schon bis unters Dach mit topographischen Bildern angefüllt war, war er zwar ein ständiger, aber kein sehr eifriger Käufer. Er erwartete von Mr. Britnell nicht so sehr, daß er ihn mit Raritäten belieferte, als daß er ihm half, Lücken in der großen Masse der gängigen Bilder auszufüllen.

Im Februar letzten Jahres gelangte wieder ein Katalog aus dem Hause Britnell auf Mr. Williams' Schreibtisch, zusammen mit einer maschinengeschriebenen Mitteilung des Händlers selbst. Sie lautete:

»Sehr geehrter Herr,
gestatten Sie uns, daß wir Sie auf die Nummer 978 in dem beiliegenden Katalog aufmerksam machen. Wir senden Ihnen das Blatt gerne zur Ansicht.

Ihr ergebener
J. W. Britnell«

Die Nummer 978 nachzuschlagen war für Mr. Williams, wie er sich bewußt wurde, das Werk eines Augenblicks. An der angegebenen Stelle fand er folgende Notiz:

»978. – Künstler unbekannt. Interessanter Kupferstich. Ansicht eines Herrensitzes, Anfang dieses Jahrhunderts. 38 zu 25 cm; schwarzer Rahmen. 2 Pf. 2 Sch.«

Das war nicht sehr aufregend, und der Preis erschien hoch. Da aber Mr. Britnell, der sowohl sein Geschäft als auch seinen Kunden kannte, offensichtlich etwas von dem Bild hielt, bestellte es Mr. Williams auf einer Postkarte zur Ansicht, zusammen mit einigen anderen Stichen und Skizzen aus demselben Katalog. Und ohne jedes erregende Gefühl irgendeiner Vorahnung kehrte er zu seiner täglichen Arbeit zurück.

Pakete kommen gewöhnlich einen Tag später an, als man erwartet, und das von Mr. Britnell machte darin keine Ausnahme. Es kam mit der Samstagnachmittagspost ins Museum, als Mr. Williams bereits Feierabend gemacht hatte, und damit er nicht über Sonntag warten mußte, bis er es durchsehen und den Teil des Inhalts wieder zurückschicken konnte, den er nicht zu behalten gedachte, wurde es ihm vom Diener in seine Wohnung im College gebracht. Dort fand er es vor, als er mit einem Freund zum Tee hereinkam.

Ich habe mich hier allein mit dem ziemlich großen, schwarz gerahmten Kupferstich zu befassen, dessen kurze Beschreibung in Mr. Britnells Katalog ich bereits angeführt habe. Einige weitere Einzelheiten werden noch hinzuzufügen sein, obwohl ich nicht hoffen kann, Ihnen das Bild ebenso klar vor Augen zu führen, wie es mir selbst gegenwärtig ist. In vielen alten Wirtsstuben und in den Eingangshallen abgelegener Landsitze kann man heute noch recht getreue Abdrucke davon sehen. Es war ein recht mittelmäßiger Kupferstich, und ein mittelmäßiger Kupferstich ist vielleicht die schlechteste Art eines Stiches, die man sich vorstellen kann. Er bot die Gesamtansicht eines nicht sehr großen Herrensitzes aus dem letzten Jahrhundert. Das Haus mit den drei Fensterreihen und dem einfachen Mauerwerk um die Fenster machte einen ländlichen Eindruck. In der Mitte war ein kleiner Portiko, und das Geländer war an den Ecken mit Kugeln oder Vasen geschmückt. Zu beiden Seiten standen Bäume, im Vordergrund breitete sich ein ziemlich großes Stück Rasen aus. Auf dem schmalen Rand waren die Worte »A. W. F. sculpsit« eingraviert. Es war die einzige Inschrift. Man hatte den Eindruck, daß das Ganze die Arbeit eines Amateurs war. Mr. Williams konnte sich nicht vorstellen, was in der Welt Mr. Britnell bewogen haben konnte, für ein solches Objekt zwei Pfund und zwei Schillinge zu verlangen. Ziemlich verächtlich drehte er das Blatt um. Auf der Rückseite war ein Zettel angeklebt, dessen linke Hälfte abgerissen war, so daß man nur noch das Ende zweier untereinander geschriebener Wörter lesen konnte, bestehend aus den Buchstaben -*ngley Hall* und -*ssex*.

Man konnte ja immerhin einmal den abgebildeten Ort nachschlagen, dachte Mr. Williams, das war mit Hilfe eines geographischen Lexikons leicht zu machen, und dann würde er es Mr. Britnell zurückschicken, zusammen mit einer Bemerkung über das künstlerische Urteil dieses Herrn.

Er zündete die Kerzen an, denn es war inzwischen dunkel geworden, machte Tee für sich und seinen Freund und goß ein. Sie hatten Golf gespielt (das ist die Sportart, bei deren Ausübung die Leute jener Universität, von der ich schreibe, Erholung suchen), und so führte man zum Tee eine Unterhaltung, von der Golfspieler sich selbst eine Vorstellung machen können, mit der aber ein gewisser Autor nicht jene Leser langweilen darf, die keine Golfspieler sind.

Man gelangte zu dem Schluß, daß bestimmte Schläge nicht gerade die besten waren und daß man in bestimmten schwierigen Lagen nicht mit so viel Glück bedacht worden war, wie ein Mensch von Rechts wegen erwarten darf. In diesem Augenblick nahm der Freund – wir wollen ihn Professor Binks nennen – den eingerahmten Stich vom Tisch und fragte: »Was ist das für ein Ort, Williams?«

»Das wollte ich vorhin gerade herausfinden«, sagte dieser und ging zur Bücherwand, um sich ein geographisches Lexikon zu holen. »Schau auf die Rückseite! Irgend so ein x-ley Hall, entweder in Sussex oder in Essex. Wie du siehst, ist nur mehr noch die Hälfte des Namens da. Du kennst ihn nicht zufällig?«

»Das Blatt ist wohl von Britnell, nicht wahr?« fragte Binks. »Ist es fürs Museum?«

»Ja. Ich glaube, ich würde es kaufen, wenn es fünf Schillinge kostete. Aber aus irgendeinem unerfindlichen Grund will er zwei Guineen dafür. Ich habe keine Ahnung, warum. Es ist ein armseliger Stich, und es sind nicht einmal irgendwelche Figuren darauf, die das Ganze beleben würden.«

»Ich glaube nicht, daß es zwei Guineen wert ist«, sagte Binks, »aber es scheint mir doch nicht gar so schlecht. Das Licht ist recht gut getroffen, und wenn ich mich nicht irre, sind auch Figuren darauf, oder jedenfalls eine, hier vorne, ganz am Rand.«

»Laß sehen!« bat Williams. »Ja, du hast recht, das Licht ist nicht ungeschickt behandelt. Aber wo ist deine Figur? Ach ja! Da vorne der Kopf, gerade noch sichtbar!«

Am äußersten Rand des Stiches, kaum mehr als ein schwarzer Fleck, war in der Tat der eingehüllte Kopf eines Mannes oder einer Frau zu sehen. Die Gestalt blickte, mit dem Rücken zum Beschauer, nach dem Haus. Williams hatte sie vorher nicht bemerkt.

»Wenn es auch keine so ungeschickte Arbeit ist, wie ich zuerst dachte, kann ich dennoch nicht zwei Guineen aus dem Etat des Museums dafür hinlegen, solange ich den Ort nicht kenne.«

Professor Binks hatte noch zu arbeiten und ging bald, und Williams war fast bis zur Essenszeit erfolglos damit beschäftigt, den Gegenstand des Bildes zu bestimmen. »Wenn der Vokal vor dem -ng noch da wäre«, dachte er, »wäre es eine Leichtigkeit, aber so kann es alles von Guestingley bis Langley heißen, und es gibt mehr Namen mit dieser Endung, als ich dachte. Wie dumm, daß dieses Buch kein Register für Endungen hat.«

Das Abendessen gab es in Mr. Williams' College um sieben Uhr. Ich brauche mich nicht dabei aufzuhalten, zumal er mit Kollegen zusammentraf, die auch den ganzen Nachmittag Golf gespielt hatten. Wörter schwirrten um den Tisch, die unsereinen völlig gleichgültig lassen, Wörter, die alle mit dem Golfspiel zusammenhingen. Nach dem Essen begab man sich noch für eine Stunde ins Dozentenzimmer. Später am Abend kamen dann einige Herren in Williams' Räumen zusammen, um Whist zu spielen und Pfeife zu rauchen. Während einer Pause nahm Williams den Stich vom Tisch und zeigte ihn, ohne selbst einen Blick darauf zu werfen, einem der Herren, der sich ein wenig für Kunst interessierte, sagte ihm auch, woher er ihn hatte, und erwähnte die anderen Einzelheiten, die wir bereits kennen.

Der Angeredete nahm den Stich gleichgültig entgegen, betrachtete ihn und sagte dann mit plötzlich erwachtem Interesse: »Das ist wirklich eine sehr gute Arbeit, Williams. Sie bringt die ganze Gefühlswelt der romantischen Periode zum Ausdruck. Wie der Künstler das Licht behandelt hat, erscheint mir bewundernswert, und die Gestalt hier, wenn sie auch geradezu grotesk wirkt, ist doch irgendwie sehr eindrucksvoll.«

»Nicht wahr?« sagte Williams, der den andern gerade Whisky und Soda einschenkte und nicht zu ihm hinübergehen konnte, um nochmals einen Blick auf das Blatt zu werfen.

Es war inzwischen ziemlich spät geworden, und die Besucher begannen sich zu verabschieden. Nachdem die letzten gegangen waren, hatte Williams noch ein oder zwei Briefe zu schreiben und verschiedene kleinere Arbeiten zu erledigen. Mitternacht war schon vorbei, als er es schließlich an der Zeit hielt, zu Bett zu gehen. Er löschte das Licht, zündete aber vorher die Kerze auf seinem Nachttischchen an. Das Bild lag sichtbar auf dem Tisch, wo der letzte Betrachter es hingelegt hatte. Als er mit der Kerze vorbeiging, fiel sein Blick darauf. Was er sah, erschreckte ihn so, daß er fast die Kerze fallen ließ. Später erklärte er, wenn es in diesem Augenblick wirklich dunkel geworden wäre, hätte er einen Anfall erlitten. So aber war er noch fähig, das Licht auf den Tisch zu stellen und das Bild genauer zu betrachten. Es gab keinen Zweifel, so völlig unmöglich es schien: in der Mitte des Rasens vor dem unbekannten Haus war eine Gestalt, wo nachmittags um fünf Uhr noch keine zu sehen war. Sie schlich auf allen vieren auf das Haus zu, und sie war umhüllt von einem fremdartigen, schwarzen Gewand mit einem weißen Kreuz auf dem Rücken.

Ich weiß nicht, was man in einer solchen Situation am besten tut. Ich kann Ihnen nur sagen, was Mr. Williams tat. Er nahm das Bild an einer Ecke und trug es über den Flur zu einer zweiten Zimmerreihe, die ihm gehörte. Dort verschloß er es in einer Schublade, sperrte sämtliche Türen ab, und bevor er ins Bett ging, schrieb er noch einen Bericht über die ungewöhnliche Veränderung, die das Bild durchgemacht hatte, seit es in seinen Besitz gekommen war, und unterzeichnete ihn.

Sehr spät erst kam der Schlaf über ihn. Immerhin tröstete ihn der Gedanke, daß er die Verhaltensweise des Bildes nicht allein zu bezeugen brauchte. Der Besucher, der es am Abend vorher noch betrachtet hatte, hatte offensichtlich etwas Ähnliches gesehen wie er. Andernfalls wäre wohl Grund zu der Annahme vorhanden gewesen, daß seine Augen oder gar sein Verstand ernstlich Schaden gelitten hatten. Nachdem diese Möglichkeit sich glücklicherweise ausschloß, erwarteten ihn am Morgen zwei Aufgaben. Er mußte das Bild gründlich in Augenschein nehmen und zu diesem Zweck einen Zeugen beiziehen, und er mußte sich ernsthaft daranmachen, herauszufinden, was für ein Haus darauf abgebildet war. Er würde deshalb seinen Nachbarn Nisbet zum Frühstück bitten und dann den Morgen über einem geographischen Lexikon verbringen.

Nisbet hatte an dem Morgen nichts weiter vor und kam etwa um halb zehn. Es tut mir leid, sagen zu müssen, daß sein Gastgeber selbst zu dieser späten Stunde noch nicht ganz angezogen war. Während des Frühstücks erwähnte Williams nur, daß er ein Bild da habe und daß er Nisbets Meinung darüber zu hören wünsche. Wer mit dem Universitätsleben vertraut ist, kann sich die lange Reihe erhebender Themen selbst vorstellen, über die sich die Unterhaltung zweier Professoren des Canterbury College während eines sonntäglichen Frühstücks wohl verbreitet haben mochte. Kaum ein Gegenstand von Golf bis zu Tennis blieb unberührt. Trotzdem muß ich sagen, daß Williams ziemlich zerstreut war, da sich sein ganzes Interesse auf jenes seltsame Bild konzentrierte, das jetzt mit der Rückseite nach oben in einer Schublade im Raum gegenüber lag.

Als sie sich schließlich die Morgenpfeife anzündeten, war der Augenblick gekommen, auf den Williams längst gewartet hatte. Zitternd vor Erregung eilte er über den Flur, schloß die Schublade auf, nahm, ohne die Vorderseite zu betrachten, das Bild heraus, eilte zurück und legte es in Nisbets Hände.

»Nun, Nisbet«, sagte er, »ich möchte von Ihnen möglichst genau wissen, was Sie auf diesem Bild sehen. Beschreiben Sie es bitte in allen seinen Einzelheiten. Warum Sie das tun sollen, erzähle ich Ihnen nachher.«

»Ist gut«, sagte Nisbet. »Das dürfte die Ansicht eines englischen Herrensitzes sein, und zwar bei Mondschein.«

»Bei Mondschein? Sind Sie sicher?«

»Gewiß. Der Mond ist anscheinend im Abnehmen begriffen, wenn Sie Einzelheiten wünschen, und der Himmel ist bewölkt.«

»Gut! Fahren Sie bitte fort! – Ich möchte wetten«, fügte Williams, mehr zu sich selbst, hinzu, »daß der Mond noch nicht da war, als ich das Bild zum ersten Mal sah.«

»Nun, sehr viel mehr gibt es nicht darüber zu sagen«, meinte Nisbet. »Das Haus hat eins – zwei – drei Fensterreihen, jede Reihe mit fünf Fenstern, außer der untersten, die in der Mitte durch einen Portiko unterbrochen ist, und...«

»Und was sind für Figuren auf dem Bild?« fragte Williams, aufs äußerste gespannt.

»Gar keine«, antwortete Nisbet, »aber...«

»Was? Auch keine auf dem Rasen vorn?«

»Nein!«

»Können Sie das beschwören?«

»Warum nicht? Aber etwas anderes fällt mir auf.«

»Was?«

»Das Fenster links von der Tür im Erdgeschoß ist offen.«

»Wirklich? Mein Gott, dann muß er hineingestiegen sein«, sagte Williams in höchster Erregung, eilte hinter das Sofa, auf dem Nisbet saß, und riß ihm das Bild aus der Hand, um sich selbst zu überzeugen.

Es stimmte. Keine Figur war zu sehen, aber das Fenster war offen. Sprachlos vor Schrecken ging Williams zum Schreibtisch und kritzelte schnell etwas auf ein Blatt Papier. Dann reichte er es, zusammen mit einem anderen Blatt, Nisbet und bat ihn, es zu unterzeichnen. Es war dessen eigene Beschreibung des Bildes, wie wir sie eben mitangehört haben. Auf dem andern Blatt stand Williams Erklärung, die er in der Nacht vorher niedergeschrieben hatte: sie sollte er lesen.

»Was kann das alles bedeuten?« fragte Nisbet.

»Das ist die Frage«, antwortete Williams. »Ich muß jetzt jedenfalls dreierlei tun. Garwood, der letzte Nacht hier war, muß mir sagen, was er auf dem Bild gesehen hat, sodann muß es photographiert werden, bevor es sich weiter verändert, und schließlich muß ich herausfinden, um was für einen Ort es sich handelt.«

»Die Aufnahme kann ich machen«, sagte Nisbet, »ich werde sofort darangehen. Aber wissen Sie, es scheint ganz so, als wirkten wir da bei einer Tragödie mit, und die Frage ist nur, hat sie sich bereits abgespielt, oder wird sie sich erst ereignen. Sie müssen unbedingt herausbringen, was für ein Ort es ist.« Er blickte nochmals auf das Bild. »Ich glaube, Sie haben recht: er muß ins Haus gedrungen sein. Und ich wette mit dem Teufel, daß er in einem der oberen Räume ist.«

»Wissen Sie, was?« sagte Williams, »ich nehme das Bild mit zum alten Green hinüber. Es ist möglich, daß er das Haus kennt. Wir haben in Essex und Sussex mehrere Liegenschaften, und er muß früher viel in den beiden Grafschaften gewesen sein.« (Green war der Vorstand des College und hatte viele Jahre das Amt des Schatzmeisters innegehabt.)

»Das ist gar nicht ausgeschlossen«, sagte Nisbet, »aber lassen Sie mich vorher die Aufnahme machen. Halt, da fällt mir ein, Green ist heute wahrscheinlich gar nicht hier. Er hatte gestern abend beim Essen gefehlt, und wenn mir recht ist, hörte ich ihn sagen, daß er über Sonntag wegfahren wolle.«

»Das stimmt«, sagte Williams, »soviel ich weiß, ist er nach Brighton gefahren. Nun gut, wenn Sie es jetzt photographieren wollen, werde ich zu Garwood hinübergehen, damit er mir eine Erklärung schreibt. Behalten Sie das Bild inzwischen im Auge! Ich beginne langsam zu glauben, daß zwei Guineen gar kein so hoher Preis dafür sind.«

Nach kurzer Zeit kehrte er mit Mr. Garwood zurück. Garwood erklärte, daß die Gestalt letzte Nacht deutlich vom Rand des Bildes abgesetzt war, aber nicht sehr weit im Rasen stand. Er erinnerte sich an einen weißen Fleck auf ihrem Rücken, konnte aber nicht sagen, ob es ein Kreuz war. Man setzte ein Dokument darüber auf, und Garwood unterschrieb es. Nisbet ging daran, das Bild zu photographieren.

»Was wollen Sie jetzt tun?« fragte er. »Sie werden sich doch nicht den ganzen Tag vor das Bild setzen, um es zu beobachten!«

»Natürlich nicht«, sagte Williams, »ich zweifle aber nicht daran, daß wir das Ende der Geschichte schon noch zu Gesicht bekommen werden. Überlegen Sie: In der Zeit zwischen gestern nacht, als ich das Bild zum letztenmal sah, und heute morgen hätte sich eine Menge ereignen können; statt dessen ist einzig und allein die Gestalt in das Haus eingedrungen. Sie hätte in dieser Zeit längst ihr dunkles Geschäft zu Ende führen und wieder verschwinden können. Da aber das Fenster noch offen ist, muß sie im Augenblick wohl noch im Haus sein. Deshalb glaube ich, wir können das Bild ruhig allein lassen. Außerdem habe ich so das Gefühl, daß es sich am Tag, wenn überhaupt, dann nicht viel verändern wird. Wir können heute nachmittag einen Spaziergang machen und zum Tee wieder zurückkehren, oder wann es sonst dunkel wird. Ich will es offen hier am Tisch liegen lassen, aber die Tür verschließen. Der einzige, der herein kann, ist mein Diener.«

Die beiden andern waren mit Williams Vorschlag einverstanden, zumal dann eher die Gewähr bestand, daß sie nicht zu andern von der ganzen Sache sprachen, wenn sie den Nachmittag zusammen verbrachten. Sie wußten, das leiseste Gerücht davon würde ihnen sogleich die ganze Phasmatologische Gesellschaft auf den Hals hetzen.

Bis fünf Uhr wollen wir die drei allein lassen. Um diese Stunde stiegen sie wieder zu Williams Wohnung hinauf. Es beunruhigte sie zuerst etwas, daß die Tür nicht verschlossen war, aber dann erinnerten sie sich, daß an Sonntagen die Diener eine Stunde früher als an Werktagen kamen. Dennoch stand ihnen eine Überraschung bevor. Als sie eintraten, sahen sie als erstes das Bild auf dem Tisch, gegen einen Stapel Bücher gelehnt, so wie sie es zurückgelassen hatten, und als nächstes Williams Diener, der dem Bild auf einem Stuhl gegenübersaß und es mit unverhohlenem Schrecken betrachtete. Das war seltsam. Mr. Filcher (der Mann ist keine Erfindung von mir) war die Korrektheit und Würde in Person und bestimmte die Etikette nicht nur in seinem eigenen College, sondern auch in verschiedenen anderen, die in der Nähe waren, und nichts konnte in seinem Tun und Lassen fremdartiger anmuten, als wenn er sich auf den Stuhl seines Herrn setzte, da er gewöhnlich überhaupt keine Notiz von dessen Mobiliar oder Bildern nahm. Er schien das auch selbst zu fühlen, denn er erschrak heftig, als die drei Herren das Zimmer betraten, und es kostete ihn eine deutliche Anstrengung, sich zu erheben. Dann sagte er: »Ich bitte vielmals um Verzeihung, Herr, daß ich mir die Freiheit herausnahm, mich hier niederzusetzen.«

»Keine Ursache, Robert«, unterbrach ihn Williams, »ich wollte Sie ohnehin einmal fragen, was Sie von diesem Bild halten.«

»Je nun, Herr, ich möchte mir da kein Urteil anmaßen, aber wenn Sie mich fragen, dann würde ich so 'n Bild nicht da hinhängen, wo meine Kleine es sehen könnte.«

»Und warum nicht, Robert?«

»Ich würd's nicht tun, Herr. Wissen Sie, das arme Kind, das hat da mal so 'ne Bibel mit Bildern darin in die Finger gekriegt, die waren aber nicht halb so schlimm wie das hier, und dann durften wir drei oder vier Nächte hindurch nicht mehr von ihrem Bett gehen. Dieses Gespenst aber da, oder was es sonst ist, das da das arme Baby wegträgt, wenn sie das sehen würde, das würde sie ja noch viel mehr durcheinanderbringen. Sie wissen ja, Herr, wie das so ist mit den Kindern, da braucht's ja nicht viel, und gleich haben sie fürchterlich Angst. Aber ich wollte nur sagen, so 'n Bild, das ist nicht das Richtige, wenn man es offen liegen läßt, wo jeder erschrecken muß, wenn er es sieht. – Wünschen Sie noch etwas für heute, Herr? Ich danke Ihnen sehr.«

Mit diesen Worten verabschiedete sich der Alte, um die Runde bei seinen Herrn fortzusetzen, während sich die Zurückgebliebenen so schnell wie möglich um das Bild versammelten. Das Haus stand wieder da wie am Anfang, mit dem abnehmenden Mond und den treibenden Wolken darüber. Das Fenster war wieder geschlossen, und auf dem Rasen war wieder die Gestalt zu sehen, nur daß sie diesmal nicht vorsichtig auf Händen und Füßen nach dem Hause hinschlich, sondern sich aufrecht und schnell mit langen Schritten dem Vordergrund des Bildes zubewegte. Sie hatte den Mond im Rücken, und der schwarze Umhang verdeckte halb das Gesicht, so daß nicht viel davon zu sehen war. Man erkannte die hohe Wölbung der bleichen Stirn, in die ein paar Haarsträhnen hingen, und war froh, daß man nicht mehr sehen konnte. Die Gestalt hielt den Kopf gesenkt und die Hände umklammerten einen undeutlichen Gegenstand, offensichtlich ein Kind. Ob es lebte oder tot war, war nicht auszumachen. Von der ganzen Erscheinung waren nur die Beine deutlich zu erkennen, und die waren zum Erschrecken dünn.

Von fünf bis sieben beobachteten die drei abwechselnd das Bild, aber es veränderte sich während dieser Zeit nicht. So glaubten sie, daß sie es bis nach dem Essen gut allein lassen könnten. Dann würde man ja weiter sehen.

Sie kamen so früh wie möglich wieder zusammen. Das Bild lag auf dem Tisch, aber die Gestalt war verschwunden. Ruhig stand das Haus im Mondschein da.

Nun war weiter nichts zu tun, als den Abend über Lexika und Reiseführern zu verbringen. Williams hatte schließlich Glück, und er hatte es wohl auch verdient. Eine halbe Stunde vor Mitternacht las er aus Murrays »Führer durch Essex« folgende Zeilen:

»16 1/2 Meilen: – Anningley. Die Kirche stellte ein interessantes Beispiel normannischer Baukunst dar, wurde aber im letzten Jahrhundert stark im klassizistischen Stil umgebaut. In ihr finden sich die Gräber der Familie Francis. Deren Sitz, Anningley Hall, ein gediegenes Bauwerk aus der Zeit der Königin Anna, liegt in einem 80 Morgen großen Park, der unmittelbar an den Kirchhof angrenzt. Die Familie ist ausgestorben. Der letzte Erbe war 1802 als Kind auf eine mysteriöse Weise verschwunden. Der Vater, Mr. Arthur Francis, hatte als begabter Amateur-Kupferstecher lokale Berühmtheit erlangt. Nach dem Verschwinden seines Sohnes lebte er in völliger Zurückgezogenheit auf Anningley Hall. Am dritten Jahrestag des Unglücks fand man ihn tot in seinem Atelier, wo er gerade den Stich seines Hauses vollendet hatte. Die Abzüge dieses Stiches stellen heute eine große Rarität dar.«

Das schien es zu sein, und in der Tat erkannte Mr. Green bei seiner Rückkehr das Haus sofort als Anningley Hall.

Natürlich fragte ihn Williams: »Gibt es irgendeine Erklärung für die geheimnisvolle Gestalt, Green?«

»Ich weiß es nicht, Williams. Als ich den Ort zum erstenmal kennenlernte, noch bevor ich hierherkam, erzählte man sich folgendes: Der alte Francis war immer stark hinter den Wilderern her, und sobald sich gegen jemanden ein Verdacht ergab, jagte er ihn fort, und so wurde er sie allmählich alle los bis auf einen. Damals konnten sich die Gutsbesitzer noch so manches leisten, woran sie heute gar nicht mehr denken dürfen. Nun, dieser Mann, den Francis als einzigen noch nicht erwischt hatte, war der heruntergekommene letzte Sproß einer sehr alten Familie – in dieser Gegend übrigens keine Seltenheit. Ich glaube, diese Familie hatte selbst einmal eine grundherrliche Stellung innegehabt. Ich erinnere mich an einen ähnlichen Fall in meiner eigenen Gemeinde.«

»Etwa wie der Mann in ›Tess of the D'Urbervilles‹?« warf Williams ein.

»Das mag wohl sein; ich habe das Buch nie selbst gelesen. Dieser Mann jedenfalls konnte in der Kirche eine Reihe von Gräbern vorweisen, in denen seine Vorfahren lagen, und so verbitterte ihn die eigene Stellung. Francis konnte ihm nie an den Kragen, er blieb immer innerhalb der Grenzen des Gesetzes, bis ihn die Wildhüter eines Nachts in einem Wald ganz am Ende des Besitztums fanden. Ich könnte Ihnen den Platz zeigen, er grenzt an ein Stück Land, das einmal einem Onkel von mir gehörte. Sie können sich vorstellen, was für ein Aufsehen das erregte. Und dieser Mann – Gawdy hieß er, ja, richtig, Gawdy, wie konnte ich nur den Namen vergessen! – dieser Unglücksrabe hatte zudem noch das Pech, einen der Hüter zu erschießen. Das war natürlich genau das, was Francis brauchte. Es gab eine große Gerichtsverhandlung – Sie wissen, wie das damals vor sich ging –, und in kürzester Frist wurde der arme Gawdy aufgeknüpft. Ich ließ mir den Platz zeigen, wo man ihn einscharrte, an der Nordseite der Kirche. So ist es dort üblich: Jeder, der gehängt worden ist oder Selbstmord begangen hat, wird auf dieser Seite begraben. Man glaubte allgemein, daß ein Freund Gawdys – kein Verwandter, denn der arme Teufel hatte keine Verwandten, er war der letzte seines Stammes, eine Art spes ultima gentis – daß also einer seiner Freunde den Plan gefaßt hatte, Francis' Sohn zu entführen und auch dessen Stamm ein Ende zu bereiten. Ich weiß nicht, für einen Wilderer aus Essex ist das zwar eine ziemlich ungewöhnliche Sache, und man möchte kaum glauben, daß er auf so etwas käme, aber es scheint mir nun doch fast so, als ob Gawdy dieses Geschäft selbst vollführt hätte. – Brrrr! Ich will gar nicht daran denken. Geben Sie mir doch einen Whisky, Williams!«

Williams teilte die ganze Geschichte Dennistoun mit, und dieser gab sie einem gemischten Kreis zum besten, zu dem außer mir auch der sadduzäische Professor der Ophiologie gehörte. Leider muß ich sagen, daß der letztere auf die Frage, was er von der Sache halte, nur bemerkte: »Ach, diese Cambridge- und Oxford-Leute sagen viel, wenn der Tag lang ist.« Doch fand diese Äußerung bei den anderen jene Aufnahme, die sie verdiente.

Ich habe nur noch hinzuzufügen, daß sich das Bild jetzt im Ashley-Museum befindet, daß man es daraufhin untersucht hat, ob Geheimtinte dafür verwendet worden ist, was übrigens nicht der Fall war, daß Mr. Britnell keine Ahnung von der seltsamen Eigenschaft des Bildes gehabt hatte, vielmehr nur wußte, daß es sich um ein seltenes Stück handelte, und schließlich, daß es sich niemals mehr verändert hat, so genau man es auch beobachtete.

ALBRECHT SCHAEFFER

Herschel und das Gespenst

Der folgende Bericht möge ein einfaches und doch, scheint mir, schätzbares Zeugnis ablegen von der besonderen Geistesart Sir William Herschels, des Astronomen. Das Mitgeteilte ereignete sich zu der Zeit, da der Vierunddreißigjährige sich – 1772 war das Jahr – als Musiklehrer in Bath in Somerset niedergelassen hatte. Gleichzeitig war er Organist der sogenannten Oktagon-Kapelle; er komponierte Motetten und Gesänge, ja ganze Kirchenmusiken, studierte sie ein und führte sie auf; und er dirigierte öffentliche Konzerte. Doch diente all diese aufreibende Tätigkeit ihm nur zum Broterwerb, um nämlich in den Mußestunden seiner eigentlichen Leidenschaft und Berufung, der Himmels-Erforschung, sich hingeben zu können. Auch das forderte von ihm neben der geistigen eine schwere körperliche Leistung, indem alle nötigen Instrumente noch fehlten, so daß er seine Teleskope, das erste zwanzigfüßige wie später das große vierzigfüßige, ganz und gar selber erbaute, selber die Spiegel schliff und mit der Hilfe seiner Schwester Caroline, die sein Haus betreute und vom Strickstrumpf bis zum Logarithmus alles erlernte, jeden Einzelteil an der Drehbank selber herstellte.

In dieser arbeitsfiebernden, für unendliche Fruchtbarkeit feurig wirkenden Zeit klagte er einmal in einem kleinen Kreis freundgesinnter, das Beste von ihm erwartender Männer über ein Nachlassen seiner Kräfte – und daß ihm nur wenige Wochen einsamer Hingabe an eine gewisse Arbeit fehlten, um sie zu Ende zu bringen. Wenn er auch den nötigen Urlaub von seiner sonstigen Tätigkeit sich aneignen könne, so mangle ihm doch eine Stätte, wo er nicht, wie im belebten Bath, beständigen Störungen ausgeliefert bleibe. Einer der Anwesenden, ein begüterter Aristokrat, äußerte, da die übrigen schwiegen, nach einer Weile, halb verlegen und halb im Scherz: Er wisse vielleicht eine solche Stätte, doch würde sie Herschel kaum zusagen. Dies sei, erklärte er auf Befragen, ein unfern, am Ausgange eines Dorfes gelegenes Schlößchen, das im

Besitz seiner Familie, jedoch unbewohnt, nämlich unbewohnbar sei, weil es darinnen spuke. Ein Vetter hatte sich dort das Leben genommen; jahrelang blieb es leer; dann vertrieb der Ungeist die wieder Wohnung Versuchenden; nun war es wohl tief im Verfall.

Es läßt sich in Kürze sagen, daß Herschel einige Wochen später das Spukhaus bezog; auch seine (damals sechsundzwanzigjährige) Schwester begleitete ihn ohne Anstand – vielmehr, um es genau zu sagen, sie folgte ihm einige Tage, nachdem er sich Quartier in dem Hause zurechtgemacht hatte, nach. Er fand für sich selbst in dem allerdings sich schon auflösenden Gebäude einen großen Raum mit drei Fenstern, den er zu zwei Dritteln als Werkstätte herrichtete. Das letzte Drittel wurde als Schlafkabinett durch einen billigen, über eine Stange laufenden Vorhang abgeteilt; und anders als durch diese Wand von Kattun hatte es keinen Zugang. Für seine Schwester fand er bewohnbar nur eine Kammer, die am Ende eines vielleicht zwanzig Schritt langen Ganges lag.

Unholdes nahm er in den Tagen der Vorbereitung nicht wahr. Von den Dorfbewohnern aber war nicht einer zum Betreten des Grundstückes zu bewegen, und das Mädchen, das allmorgendlich während des Aufenthaltes der Geschwister mit der Milchkanne kam, setzte sie nur an der Gartentür nieder und entfloh.

Freilich, als Caroline, die Schwester, das erstemal den zu ihrem Zimmer führenden Gang betreten sollte, da fuhr sie ihn nach einem Zusammenzucken in vollem Lauf hinunter und so in die Kammer hinein, deren Tür sie hinter sich zuschlug. Aber daß sie den Flur nur im Lauf überwinden konnte, atem- und herzbeklommen von etwas grausig Unnennbarem in der Luft – dies blieb, wie die Geschwister erzählten, alles nur Schrecknis. Und sie begannen ein jeder seine Arbeit und wohnten sich ein.

Nun saß eines Abends Herschel an seinem Tisch, den er vor das eine Fenster gerückt hatte, das letzte Licht über den Gartenbäumen ausnützend für seine Tabellen und Rechnungen, als er die Ringe des oben beschriebenen Vorhangs leise klirren hörte. Sich wendend, sah er eine Person im Raum stehen, einen Mann in jungen Jahren, fein, als Stutzer gekleidet, Spitzen an Hals und Ärmeln, eine Hand am Degengefäß, den Hut unterm Arm und gepudert. Gleich machte er einige Schritte, kam bis zum Tisch und setzte sich, übrigens völlig stumm, auf einen davor stehenden

Stuhl. Herschel anblickend, ließ er ihn in der Dämmerung ein bleiches, etwas gedunsenes Antlitz und schwarze, ein wenig traurige Augen sehen.

Herschel, die Feder in der Hand, hier – der aus dem unbetretbaren Raum Gekommene da; so saßen sie, beide wortlos, eine Zeitlang. Und da, wie der Astronom später erzählte, stieg ein tiefer Widerwille in ihm auf gegen dieses unnütze, dieses schauderhaft unsinnige Wesen, das nur so daherkam, ein bloßes Negativ des Lebens, in seinem erbärmlichen Unvermögen... Überdem aber geschah's: das Phantom verlor seine Haltbarkeit, seine Umrisse verschoben sich, lösten sich auf, durch seine Kleider wurde der Vorhang sichtbar, und so verschwand es...

Caroline ihrerseits konnte, obschon der Bruder ihr erst viel später von dem Begebnis Mitteilung machte, an diesem Abend in ihrer gewöhnlichen Gangart zu Kammer und Schlaf gelangen.

Ich habe dieses Erlebnis meines Ururgroßonkels der Aufzeichnung für wert gehalten, weil es sich zutrug in jenen eifrigen Jahren, wo der eigentlich Nüchterne, Phantasielose, nur eine einzige Bewegung seines Innern kannte: seinen Geist an die wahren Bewohner unseres Jenseits, die Sterne, näher heranzuschwingen. Und weil unter vielen Berichten von Geistern und Geistervertreibungen einzig sein dürfte diese – mit ihrer geraden Verneinung eines der Ungestorbenen durch einen nur von der Würde seines Nutzens und freilich anderer Unsterblichkeit überzeugten Menschen.

PROSPER MÉRIMÉE

Ein Gesicht Karls XI.

Man spöttelt über Gesichte und Erscheinungen; doch sind ihrer einige so wohl bezeugt, daß man sich, verweigerte man ihnen den Glauben, um gerecht zu sein, dazu entschließen müßte, alle geschichtlichen Beweise in Bausch und Bogen zu verwerfen.

Ein Protokoll in aller Form, von vier glaubwürdigen Zeugen namentlich gefertigt, verbürgt die Wahrheit des Ereignisses, das ich erzählen will. Ich habe hinzuzufügen, daß die in jenem Protokoll enthaltene Vorhersagung bekannt war und oftmals angeführt wurde, lang ehe Ereignisse, die sich in unsern Tagen abgespielt haben, sie erfüllt zu haben scheinen.

Karl XI., der Vater des berühmten Karl XII., war ein Despot wie wenige von den Herrschern Schwedens, aber auch einer der weisesten unter ihnen. Er verkürzte die ungeheuerlichen Vorrechte des Adels, brach die Macht des Senats und gab Gesetze kraft eigener Befugnis; kurz, er schuf die Verfassung des Landes, die vor ihm ein oligarchisches Gepräge getragen hatte, völlig um und zwang die Stände, ihm die unumschränkte Gewalt zu übertragen. Im übrigen war er ein aufgeklärter, tapferer Mann, der fest am lutherischen Bekenntnisse hielt, ein unbeugsamer, kalter, nüchterner Charakter, bar jeder Spur von Einbildungskraft.

Vor kurzem erst hatte er seine Gattin Ulrike Eleonore verloren. Obgleich, wie es heißt, seine Härte gegen die Fürstin ihr Ende beschleunigt hatte, zeigte er sich durch ihren Tod tiefer berührt, als man es von einem so trocknen Herzen gewärtigt hätte. Er hatte sie geschätzt. Seit diesem Ereignis ward er noch düsterer und verschlossener, als er es früher gewesen war, und widmete sich den Geschäften mit einem Eifer, der ein zwingendes Bedürfnis bekundete, peinlichen Gedanken auszuweichen.

Eines Abends im Herbste saß er in Hauskleid und Pantoffeln spät noch vor einem großen Feuer in seinem Arbeitszimmer im Schlosse zu Stockholm. Bei sich hatte er seinen Kämmerer, den Grafen Brahé, den er durch seine Huld auszeichnete, und den Arzt

Baumgarten, der, nebenbei bemerkt, den Freigeist spielte und Zweifel an allem forderte, die Heilkunde ausgenommen. Karl hatte ihn an diesem Abende kommen lassen, ihn über irgendwelche Unpäßlichkeit zu Rat zu ziehen.

Es ging tief in die Nacht, und gegen seine Gewohnheit gab der König den beiden durch den Gute-Nacht-Gruß diesmal nicht zu verstehen, daß es Zeit wäre, sich zurückzuziehen. Gesenkten Hauptes unverwandt in die Flammen starrend, beharrte er in tiefem Schweigen. Seine Gesellschaft langweilte ihn, aber er fürchtete sich, ohne recht zu wissen, warum, allein zu bleiben.

Der Graf Brahé, der wohl merkte, daß seine Anwesenheit nicht allzu genehm wäre, hatte bereits wiederholentlich seiner Besorgnis Ausdruck gegeben, ob Seine Majestät nicht das Bedürfnis zu ruhen fühlte: eine Handbewegung des Königs hatte ihn jedesmal auf seinem Sitze zurückgehalten. Seinerseits fing nun der Arzt an, von den Schäden zu sprechen, die Nachtwachen der Gesundheit zufügten; aber Karl stieß durch die Zähne: »Bleibt, ich habe noch keine Lust, zu schlafen.«

So versuchte man denn an verschiedenen Gegenständen, ein Gespräch in Gang zu bringen. Aber jedes erschöpfte sich bereits nach der zweiten oder dritten Wendung; es war ganz offenbar, daß sich Seine Majestät einer der an ihr nicht ungewöhnlichen düstern Stimmungen überließ, und unter solchen Umständen befindet sich ein Höfling in einigermaßen heikler Lage.

Der Graf Brahé, der vermutete, daß die Traurigkeit des Königs in schmerzlichen Empfindungen ob des Verlustes seiner Gattin ihren Grund hätte, betrachtete eine Weile das Bild der Königin, das im Gemache hing, seufzte sodann tief und sprach: »Wie ähnlich doch das Bildnis ist! Ja, das ist dieser zugleich so majestätische und so sanfte Ausdruck!...«

Der König, der jedesmal, wenn man vor ihm den Namen der Fürstin nannte, einen Vorwurf zu vernehmen glaubte, antwortete kurz: »Pah! Das Bild ist zu sehr geschmeichelt. Die Königin war häßlich.« Dann, ärgerlich über sein hartes Wort, stand er auf und unternahm einen Rundgang durchs Zimmer, eine Erregung zu verbergen, die ihm die Schamröte ins Gesicht trieb. Er blieb am Fenster stehen, das auf den Hof ging. Die Nacht war finster, der Mond im ersten Viertel.

Die heutige Residenz der Könige von Schweden war damals noch nicht vollendet, und Karl XI., der den Bau begonnen hatte, bewohnte zur Zeit das alte Schloß, das auf der Spitze des Ritterholms über dem Mälarsee steht. Es ist ein großes, in Hufeisenform angelegtes Gebäude. Das Arbeitszimmer des Königs befand sich an einem Ende, und fast gegenüber lag der große Saal, wo sich die Stände versammelten, wenn sie irgendeine Botschaft von der Krone entgegennahmen.

Die Fenster dieses Saales schienen in dem Augenblick hell erleuchtet. Dem König deuchte das seltsam. Anfangs nahm er an, die Fackel eines Lakaien wäre die Ursache der starken Helle. Aber was hatte man um diese Stunde in einem Saale zu schaffen, der seit langer Zeit nicht geöffnet worden war? Auch war das Licht viel zu lebhaft, als daß es von einer einzigen Fackel herrühren konnte. Man hätte es einer Feuersbrunst zuschreiben mögen; aber es war kein Rauch zu sehen, die Fensterscheiben waren nicht zersprungen, kein Geräusch vernehmbar; alles ließ auf eine Beleuchtung schließen.

Karl betrachtete die Fenster eine Weile, ohne ein Wort zu reden. Inzwischen war der Graf Brahé, indem er die Hand nach einem Glockenstrang ausstreckte, im Begriff, einem Pagen zu läuten, den er, die Ursache dieser sonderbaren Helligkeit zu erkunden, entsenden wollte.

Aber der König hinderte ihn daran. »Ich will selbst in den Saal gehn«, sagte er. Während er diese Worte sprach, erbleichte er sichtlich, und sein Antlitz drückte eine Art von frommem Schrecken aus. Trotzdem verließ er das Gemach mit festen Schritten. Der Kämmerer und der Leibarzt folgten ihm, jeder eine angezündete Kerze in der Hand.

Der Pförtner, dem die Hut der Schlüssel oblag, war bereits zu Bette. Baumgarten ging, ihn zu wecken, und befahl ihm im Namen des Königs, auf der Stelle die Türen zum Ständesaal zu öffnen. Groß war die Überraschung des Mannes ob dieses unerwarteten Gebotes; hastig warf er sich in die Kleider und erschien alsbald mit seinem Schlüsselbunde vor dem König. Zunächst öffnete er die Türe zu einem Hallengang, der dem Ständesaal als Vorzimmer oder Nebenraum diente. Der König trat ein. Aber wie erstaunte er, als er alle Wände schwarz ausgeschlagen sah.

»Wer hat den Auftrag erteilt«, fragte er zornig, »diesen Saal so zu bespannen?«

»Sire«, antwortete ganz bestürzt der Pförtner, »soviel ich weiß, niemand. Und als ich das letzte Mal die Halle kehren ließ, war sie, wie immer, eichengetäfelt. Sicherlich rührt diese Wandbespannung nicht von Eurer Majestät Gerätebewahrer her.«

Und schon war der König, mit heftigen Schritten ausschreitend, ins letzte Drittel des Ganges gelangt. Der Graf und der Pförtner hielten sich dicht hinter ihm. Der Leibarzt Baumgarten war etwas zurückgeblieben; er schwankte zwischen der Angst, allein gelassen zu werden, und der Scheu, sich den Folgen eines Abenteuers auszusetzen, das sich in sattsam sonderbarer Weise ankündigte.

»Gehn Sie nicht weiter, Sire!« rief der Pförtner. »Bei meiner armen Seele, hier ist ein Hexenspuk im Spiel! Um diese Stunde – seit die Königin, Eure allergnädigste Gemahlin, tot ist – heißt es, sie wandle in dieser Galerie... Gott soll uns bewahren!«

»Halten Sie ein, Sire«, rief seinerseits der Graf. »Hört Ihr nicht den Lärm, der aus dem Saale der Stände dringt? Wer weiß, welchen Gefahren Eure Majestät sich aussetzen!«

»Sire«, sagte Baumgarten, dem ein Windstoß die Kerze ausgeblasen hatte, »gestatten Sie zumindest, daß ich einige zwanzig Mann von der Leibwache hole.«

»Treten wir ein«, sagte der König mit fester Stimme. Er hielt vor der Pforte des großen Saales. »Und du, Schließer, öffne schnell diese Türe.«

Er stieß mit dem Fuß daran, und wie ein Kanonenschuß dröhnte, von den Wölbungen widerhallend, der Krach durch die Galerie. Der Pförtner zitterte derart, daß der Schlüssel ans Schloß schlug, ohne daß er ihn in die Öffnung hineinzubringen imstande war.

»Ein alter Soldat, der zittert!« sagte Karl und zuckte die Achseln. »Wohlan, Graf, öffnet uns diese Pforte!«

»Sire«, der Graf wich einen Schritt zurück, »mögen mir Eure Majestät befehlen, der Mündung einer dänischen oder deutschen Kanone mich entgegenzustellen, ich würde, ohne zu zaudern, gehorchen, aber Ihr heißet mich, die Hölle selbst herausfordern.«

Der König entriß den Händen des Pförtners den Schlüssel. »Ich sehe wohl«, sagte er verächtlich, »daß mich das allein angeht«; und ehe ihn noch seine Begleiter daran zu hindern vermochten, hatte er die schwere Eichenpforte geöffnet und war mit den Worten »Mit Gottes Hilfe!« in den großen Saal getreten.

Seine drei Genossen, von der Neugierde getrieben, die sich stärker erwies als ihre Angst, vielleicht auch aus Scham, ihren König im Stich zu lassen, traten mit ihm ein.

Der große Saal war von unzähligen Flammen erleuchtet. Eine schwarze Bespannung hüllte an Stelle der alten Figurentapete die Wände. Diesen entlang reihten sich in ihrer gewohnten Anordnung deutsche, dänische und russische Fahnen, die Siegestrophäen von Gustav Adolfs Heer. Man unterschied inmitten schwedische Banner, die Trauerflore bedeckten.

Eine unermeßliche Versammlung füllte die Bänke. Da saßen, jeder nach seinem Rang, die vier Stände*. Alle waren in Schwarz gekleidet, und diese vielen menschlichen Gesichter, die sich leuchtend vom schwarzen Grund abzuheben schienen, blendeten die Augen dermaßen, daß keiner der vier Zeugen dieses außerordentlichen Auftritts in der Menge ein bekanntes Antlitz aufzufinden vermochte. Also sieht auch ein Schauspieler, der einer zahlreichen Zuhörerschaft gegenübersteht, nur eine verworrene Masse, darin seine Blicke kein einzelnes Wesen unterscheiden können.

Auf dem erhöhten Throne, von wo der König die Versammlung anzusprechen pflegte, sahen sie einen blutigen Leichnam, angetan mit den äußern Zeichen der königlichen Würde. Zu seiner Rechten stand ein Kind und hielt, die Krone auf dem Haupte, das Zepter in der Hand; zur Linken stützte sich ein bejahrter Mann, vielmehr ein andres Gespenst auf den Thron. Es war mit dem feierlichen Mantel bekleidet, den früher die Verweser Schwedens trugen, ehe Wasa es zum Königreich umgeschaffen hatte.

Dem Throne gegenüber saßen vor einem Tische, darauf man große Folianten und einige Pergamentrollen sah, mehrere Personen von strenger und hoheitsvoller Haltung. Sie waren in lange, schwarze Gewänder gehüllt und schienen Richter zu sein. Zwischen dem Throne und den Bänken der Versammlung stand ein schwarz verhängter Richtblock, und ein Beil lag daneben.

* Der Adel, die Geistlichkeit, die Bürger und die Bauern.

Niemand in dieser übermenschlichen Versammlung schien die Anwesenheit Karls und seiner drei Begleiter zu bemerken. Als sie eintraten, vernahmen sie zunächst nur ein verworrenes Stimmengeraune, daraus das Ohr keine verlautenden Worte entnehmen konnte.

Dann erhob sich der älteste der schwarz gekleideten Richter, der das Amt des Vorsitzenden auszuüben den Anschein hatte, und schlug dreimal mit der Hand auf einen Folioband, der geöffnet vor ihm lag. Augenblicklich ward ein tiefes Schweigen.

Einige junge Leute von gutem Aussehen, reich gekleidet, die Hände auf dem Rücken gefesselt, traten in den Saal, durch eine Türe der gegenüber, die Karl eröffnet hatte. Sie schritten erhobenen Hauptes vorwärts. Ihr Blick drückte Entschlossenheit aus. Hinter ihnen ging ein Mann von kräftiger Gestalt, bekleidet mit einem Wams aus braunem Leder; er hielt die Enden der Stricke, die ihre Hände umwanden.

Der an der Spitze der andern, offenbar der bedeutendste der Gefangenen, blieb in der Mitte des Saales vor dem Richtblock stehen, den er mit einer Miene voll der großartigsten Verachtung betrachtete. In diesem Augenblick schien der Leichnam in krampfhaften Zuckungen zu erbeben, und frisches, purpurrotes Blut rann aus seiner Wunde.

Der junge Mann kniete nieder, hielt das Haupt hin: das Beil blitzte in der Luft und fiel allsogleich mit dumpfem Schlag herab. Ein Blutstrahl spritzte auf die Bühne des Thrones und mischte sich mit dem Blute des Leichnams; der Kopf aber rollte, mehrmals von dem sich rötenden Pflaster aufschnellend, vor Karls Füße, die er mit Blut besudelte.

Bis dahin hatte den König das Staunen stumm bleiben lassen; aber bei diesem schauderhaften Anblick ›löste sich seine Zunge‹. Er machte einige Schritte zur Bühne, und indem er sich an die Gestalt im Mantel des Verwesers wandte, sprach er kühnlich die wohlbekannte Formel aus: »Wenn du von Gott bist, rede; wenn aber von jenem andern, dann laß uns in Frieden.«

Langsam und in feierlichem Tone antwortete ihm das Gespenst: »König Karl, dieses Blut wird nicht unter deiner Herrschaft fließen...« (hier ward die Stimme weniger deutlich), »sondern fünf Herrscherfristen später. Unheil, Unheil, Unheil dem Blute Wasas!«

Da begannen die Umrisse der zahlreichen Personen dieser erstaunlichen Versammlung minder unterscheidbar zu werden, schon schienen sie bloß farbige Schatten, bald schwanden sie gänzlich; die fabelhaften Flammen erloschen, und die Lichter Karls und seiner Gefolgschaft beleuchteten nichts als die alten Wandgewebe, die ein leiser Hauch bewegte. Noch hörte man eine Weile ein ganz wundersames Getön, das einer der Zeugen dem Rauschen des Windes in den Blättern verglich, ein andrer dem Laut von Harfensaiten, wenn sie beim Stimmen des Instruments springen. Alle waren über die Dauer der Erscheinung einig. Sie schätzten sie auf etwa zehn Minuten.

Die schwarzen Behänge, der abgeschlagene Kopf, die Blutströme, die den Fußboden färbten, alles war mit den Gespenstern verschwunden; nur Karls Pantoffel hatte einen roten Fleck behalten, der allein genügt hätte, ihm die Szenen dieser Nacht ins Gedächtnis zurückzurufen, wenn sie darin nicht allzu gut sich eingegraben hätten.

In sein Arbeitszimmer zurückgekehrt, ließ der König den Bericht über das, was er gesehen hatte, niederschreiben, ihn von seinen Begleitern unterzeichnen und unterzeichnete ihn selbst. Was für Vorsichtsmaßregeln man auch beobachtete, den Inhalt dieses Aktenstückes der Öffentlichkeit zu verbergen, es war nicht zu verhindern, daß er bald bekannt wurde, sogar schon zu Lebzeiten Karls XI. selbst; noch liegt es vor, und bis zum heutigen Tage hat niemand Zweifel an seiner Richtigkeit zu erheben gewagt.

Der Schluß der Schrift ist bemerkenswert. Der König sagt da: »Und wenn das, was ich hier niedergelegt habe, nicht die lautre Wahrheit ist, so verzichte ich auf jede Hoffnung eines bessern Lebens, das ich etwa durch einige gute Werke, vorzüglich aber durch meinen Eifer möchte verdient haben, am Glück meiner Untertanen zu schaffen und die Gerechtsame des Glaubens meiner Vorväter zu erhalten.«

Wenn man sich nunmehr des Todes Gustavs III. und des Gerichtes über Ankarstroem, seinen Mörder, erinnert, wird man mehr als ein Merkmal des Zusammenhanges zwischen diesem Ereignis und den Umständen jener einzigartigen Vorhersagung sich bestätigen.

Der junge Mann, der angesichts der Stände enthauptet wurde, hätte Ankarstroem vorzustellen gehabt.

Der gekrönte Leichnam wäre Gustav III. gewesen.

Das Kind sein Sohn und Nachfolger, Gustav Adolf IV.

Der Greis endlich wäre der Herzog von Södermanland, Gustavs IV. Oheim, der, anfangs Regent des Königreichs, später, nach der Abdankung seines Neffen, König wurde.

WILHELM HAUFF

Die Geschichte von dem Gespensterschiff

Mein Vater hatte einen kleinen Laden in Balsora. Er war weder arm noch reich und war einer von jenen Leuten, die nicht gerne etwas wagen, aus Furcht, das wenige zu verlieren, das sie haben. Er erzog mich schlicht und recht und brachte es bald so weit, daß ich ihm an die Hand gehen konnte. Gerade als ich achtzehn Jahr alt war, als er die erste größere Spekulation machte, starb er, wahrscheinlich aus Gram, tausend Goldstücke dem Meere anvertraut zu haben. Ich mußte ihn bald nachher wegen seines Todes glücklich preisen; denn wenige Wochen hernach lief die Nachricht ein, daß das Schiff, dem mein Vater seine Güter mitgegeben hatte, versunken sei. Meinen jugendlichen Mut konnte aber dieser Unfall nicht beugen. Ich machte alles vollends zu Geld, was mein Vater hinterlassen hatte, und zog aus, um in der Fremde mein Glück zu probieren, nur von einem alten Diener meines Vaters begleitet, der sich aus alter Anhänglichkeit nicht von mir und meinem Schicksal trennen wollte.

Im Hafen von Balsora schifften wir uns mit günstigem Winde ein. Das Schiff, auf dem ich mich eingemietet hatte, war nach Indien bestimmt. Wir waren schon fünfzehn Tage auf der gewöhnlichen Straße gefahren, als uns der Kapitän einen Sturm verkündete. Er machte ein bedenkliches Gesicht; denn es schien, er kenne in dieser Gegend das Fahrwasser nicht genug, um einem Sturm mit Ruhe begegnen zu können. Er ließ alle Segel einziehen, und wir trieben ganz langsam hin. Die Nacht war angebrochen, war hell und kalt, und der Kapitän glaubte schon, sich in den Anzeichen des Sturmes getäuscht zu haben. Auf einmal schwebte ein Schiff, das wir vorher nicht gesehen hatten, dicht an dem unsrigen vorbei. Wildes Jauchzen und Geschrei erscholl aus dem Verdeck herüber, worüber ich mich zu dieser angstvollen Stunde vor einem Sturm nicht wenig wunderte. Aber der Kapitän an meiner Seite wurde blaß wie der Tod. »Mein Schiff ist verloren«, rief er, »dort segelt der Tod!« Ehe ich ihn noch über diesen sonderbaren Ausruf befragen konnte, stürzten schon heulend und schreiend die Matrosen herein. »Habt ihr ihn gesehen?« schrien sie. »Jetzt ist's mit uns vorbei!«

Der Kapitän aber ließ Trostsprüche aus dem Koran vorlesen und setzte sich selbst ans Steuerruder. Aber vergebens! Zusehends brauste der Sturm auf, und ehe eine Stunde verging, krachte das Schiff und blieb sitzen. Die Boote wurden ausgesetzt, und kaum hatten sich die letzten Matrosen gerettet, so versank das Schiff vor unsern Augen, und als ein Bettler fuhr ich in die See hinaus. Aber der Jammer hatte noch kein Ende. Fürchterlicher tobte der Sturm; das Boot war nicht mehr zu regieren. Ich hatte meinen alten Diener fest umschlungen, und wir versprachen uns, nie voneinander zu weichen. Endlich brach der Tag an. Aber mit dem ersten Blick der Morgenröte faßte der Wind das Boot, in welchem wir saßen, und stürzte es um. Ich habe keinen meiner Schiffsleute mehr gesehen. Der Sturz hatte mich betäubt, und als ich aufwachte, befand ich mich in den Armen meines alten treuen Dieners, der sich auf das umgeschlagene Boot gerettet und mich nachgezogen hatte. Der Sturm hatte sich gelegt. Von unserem Schiff war nichts mehr zu sehen; wohl aber entdeckten wir nicht weit von uns ein anderes Schiff, auf das die Wellen uns hintrieben. Als wir näher hinzukamen, erkannte ich das Schiff als dasselbe, das in der Nacht an uns vorbeifuhr und welches den Kapitän so sehr in Schrecken gesetzt hatte. Ich empfand ein sonderbares Grauen vor diesem Schiffe. Die Äußerung des Kapitäns, die sich so furchtbar bestätigt hatte, das öde Aussehen des Schiffes, auf dem sich, so nahe wir auch herankamen, so laut wir schrien, niemand zeigte, erschreckten mich. Doch es war unser einziges Rettungsmittel; darum priesen wir den Propheten, der uns so wundervoll erhalten hatte.

Am Vorderteil des Schiffes hing ein langes Tau herab. Mit Händen und Füßen ruderten wir darauf zu, um es zu erfassen. Endlich glückte es. Noch einmal erhob ich meine Stimme; aber immer blieb es still auf dem Schiff. Da klimmten wir an dem Tau hinauf, ich als der Jüngste voran. Aber Entsetzen! Welches Schauspiel stellte sich meinem Auge dar, als ich das Verdeck betrat! Der Boden war mit Blut gerötet, zwanzig bis dreißig Leichname in türkischen Kleidern lagen auf dem Boden, am mittleren Mastbaum stand ein Mann, reich gekleidet, den Säbel in der Hand, aber das

Gesicht war blaß und verzerrt, durch die Stirne ging ein großer Nagel, der ihn an den Mastbaum heftete; auch er war tot. Schrekken fesselte meine Schritte, ich wagte kaum zu atmen. Endlich war auch mein Begleiter heraufgekommen. Auch ihn überraschte der Anblick des Verdeckes, das gar nichts Lebendiges, sondern nur so viele schreckliche Tote zeigte. Wir wagten es endlich, nachdem wir in der Seelenangst zum Propheten gefleht hatten, weiter vorzuschreiten. Bei jedem Schritte sahen wir uns um, ob nicht etwas Neues, noch Schrecklicheres sich darbiete; aber alles blieb, wie es war, weit und breit nichts Lebendiges als wir und das Weltmeer. Nicht einmal laut zu sprechen wagten wir aus Furcht, der tote, am Mast angespießte Kapitano möchte seine starren Augen nach uns hindrehen oder einer der Getöteten möchte seinen Kopf umwenden. Endlich waren wir bis an eine Treppe gekommen, die in den Schiffsraum führte. Unwillkürlich machten wir dort Halt und sahen einander an; denn keiner wagte es recht, seine Gedanken zu äußern.

»O Herr«, sprach mein treuer Diener, »hier ist etwas Schreckliches geschehen. Doch wenn auch das Schiff da unten voll Mörder steckt, so will ich mich ihnen doch lieber auf Gnade und Ungnade ergeben, als längere Zeit unter diesen Toten zubringen.« Ich dachte wie er; wir faßten ein Herz und stiegen voll Erwartung hinunter. Totenstille war aber auch hier, und nur unsere Schritte hallten auf der Treppe. Wir standen an der Türe der Kajüte. Ich legte mein Ohr an die Türe und lauschte; es war nichts zu hören. Ich machte auf. Das Gemach bot einen unordentlichen Anblick dar. Kleider, Waffen und anderes Geräte lag untereinander. Nichts in Ordnung. Die Mannschaft oder wenigstens der Kapitano mußte vor kurzem gezecht haben; denn es lag alles noch umher. Wir gingen weiter von Raum zu Raum, von Gemach zu Gemach; überall fanden wir herrliche Vorräte in Seide, Perlen, Zucker usw. Ich war vor Freude über diesen Anblick außer mir; denn da niemand auf dem Schiff war, glaubte ich, alles mir zueignen zu dürfen; Ibrahim aber machte mich aufmerksam darauf, daß wir wahrscheinlich noch sehr weit vom Land seien, wohin wir allein und ohne menschliche Hilfe nicht kommen könnten.

Wir labten uns an den Speisen und Getränken, die wir in reichlichem Maß vorfanden, und stiegen endlich wieder aufs Verdeck.

Aber hier schauderte uns immer die Haut ob dem schrecklichen Anblick der Leichen. Wir beschlossen, uns davon zu befreien und sie über Bord zu werfen; aber wie schauerlich ward uns zumut, als wir fanden, daß sich keiner aus seiner Lage bewegen ließ. Wie festgebannt lagen sie am Boden, und man hätte den Boden des Verdecks ausheben müssen, um sie zu entfernen, und dazu gebrach es uns an Werkzeugen. Auch der Kapitano ließ sich nicht von seinem Mast losmachen; nicht einmal seinen Säbel konnten wir der starren Hand entwinden. Wir brachten den Tag in trauriger Betrachtung unserer Lage zu, und als es Nacht zu werden anfing, erlaubte ich dem alten Ibrahim, sich schlafen zu legen; ich selbst aber wollte auf dem Verdeck wachen, um nach Rettung auszuspähen. Als aber der Mond heraufkam und ich nach den Gestirnen berechnete, daß es wohl um die elfte Stunde sei, überfiel mich ein so unwiderstehlicher Schlaf, daß ich unwillkürlich hinter ein Faß, das auf dem Verdeck stand, zurückfiel. Doch war es mehr Betäubung als Schlaf, denn ich hörte deutlich die See an der Seite des Schiffes anschlagen und die Segel vom Winde knarren und pfeifen. Auf einmal glaubte ich Stimmen und Männertritte auf dem Verdeck zu hören. Ich wollte mich aufrichten, um darnach zu schauen. Aber eine unsichtbare Gewalt hielt meine Glieder gefesselt; nicht einmal die Augen konnte ich aufschlagen. Aber immer deutlicher wurden die Stimmen; es war mir, als wenn ein fröhliches Schiffsvolk auf dem Verdeck sich herumtriebe. Mitunter glaubte ich die kräftige Stimme eines Befehlenden zu hören; auch hörte ich Taue und Segel deutlich auf und ab ziehen. Nach und nach aber schwanden mir die Sinne, ich verfiel in einen tieferen Schlaf, in dem ich nur noch ein Geräusch von Waffen zu hören glaubte, und erwachte erst, als die Sonne schon hoch stand und mir aufs Gesicht brannte. Verwundert schaute ich mich um; Sturm, Schiff, die Toten und was ich in dieser Nacht gehört hatte, kam mir wie ein Traum vor; aber als ich aufblickte, fand ich alles wie gestern. Unbeweglich lagen die Toten, unbeweglich war der Kapitano an den Mastbaum geheftet. Ich lachte über meinen Traum und stand auf, um meinen Alten zu suchen.

Dieser saß ganz nachdenklich in der Kajüte. »O Herr!« rief er aus, als ich zu ihm hereintrat, »ich wollte lieber im tiefsten Grund des Meeres liegen, als in diesem verhexten Schiff noch eine Nacht

zubringen.« Ich fragte ihn nach der Ursache seines Kummers, und er antwortete mir: »Als ich einige Stunden geschlafen hatte, wachte ich auf und vernahm, wie man über meinem Haupt hin und her lief. Ich dachte zuerst, Ihr wäret es; aber es waren wenigstens zwanzig, die oben umherliefen; auch hörte ich rufen und schreien. Endlich kamen schwere Tritte die Treppe herab. Da wußte ich nichts mehr von mir, nur hie und da kehrte auf einige Augenblicke meine Besinnung zurück, und da sah ich dann denselben Mann, der oben am Mast angenagelt ist, an jenem Tisch dort sitzen, singend und trinkend: aber der, der in einem roten Scharlachkleid nicht weit von ihm am Boden liegt, saß neben ihm und half ihm trinken.« Also erzählte mir mein alter Diener.

Ihr könnt es mir glauben, meine Freunde, daß mir gar nicht wohl zumut war; denn es war keine Täuschung, ich hatte ja auch die Toten wohl gar gehöret. In solcher Gesellschaft zu schiffen, war mir greulich. Mein Ibrahim aber versank wieder in tiefes Nachdenken. »Jetzt hab ich's!« rief er endlich aus; es fiel ihm nämlich ein Sprüchlein ein, das ihn sein Großvater, ein erfahrener, weitgereister Mann, gelehrt hatte und das gegen jeden Geister- und Zauberspuk helfen sollte; auch behauptete er, jenen unnatürlichen Schlaf, der uns befiel, in der nächsten Nacht verhindern zu können, wenn wir nämlich recht eifrig Sprüche aus dem Koran beteten.

Der Vorschlag des alten Mannes gefiel mir wohl. In banger Erwartung sahen wir die Nacht herankommen. Neben der Kajüte war ein kleines Kämmerchen; dorthin beschlossen wir uns zurückzuziehen. Wir bohrten mehrere Löcher in die Türe, hinlänglich groß, um durch sie die ganze Kajüte zu überschauen; dann verschlossen wir die Türe, so gut es ging, von innen, und Ibrahim schrieb den Namen des Propheten in alle vier Ecken. So erwarteten wir die Schrecken der Nacht. Es mochte wieder ungefähr elf Uhr sein, als es mich gewaltig zu schläfern anfing. Mein Gefährte riet mir daher, einige Sprüche des Korans zu beten, was mir auch half. Mit einem Male schien es oben lebhaft zu werden; die Taue knarrten, Schritte gingen über das Verdeck, und mehrere Stimmen waren deutlich zu unterscheiden. Mehrere Minuten hatten wir so in gespannter Erwartung gesessen; da hörten wir etwas die Treppe der Kajüte herabkommen. Als dies der Alte hörte, fing er an, seinen Spruch, den ihn sein Großvater gegen Spuk und Zauberei gelehrt hatte, herzusagen:

>»Kommt ihr herab aus der Luft,
>Steigt ihr aus tiefem Meer,
>Schlieft ihr in dunkler Gruft,
>Stammt ihr vom Feuer her:
>Allah ist euer Herr und Meister,
>Ihm sind gehorsam alle Geister.«

Ich muß gestehen, ich glaubte gar nicht recht an diesen Spruch, und mir stieg das Haar zu Berg, als die Türe aufflog. Herein trat jener große, stattliche Mann, den ich am Mastbaum angenagelt gesehen hatte. Der Nagel ging ihm auch jetzt mitten durchs Hirn, das Schwert aber hatte er in die Scheide gesteckt; hinter ihm trat noch ein anderer herein, weniger kostbar gekleidet; auch ihn hatte ich oben liegen sehen. Der Kapitano, denn dies war er unverkennbar, hatte ein bleiches Gesicht, einen großen schwarzen Bart, wildrollende Augen, mit denen er sich im ganzen Gemach umsah. Ich konnte ihn ganz deutlich sehen, als er an unserer Türe vorüberging; er aber schien gar nicht auf die Türe zu achten, die uns verbarg. Beide setzten sich an den Tisch, der in der Mitte der Kajüte stand, und sprachen laut und fast schreiend miteinander in einer unbekannten Sprache. Sie wurden immer lauter und eifriger, bis endlich der Kapitano mit geballter Faust auf den Tisch hineinschlug, daß das Zimmer dröhnte. Mit wildem Gelächter sprang der andere auf und winkte dem Kapitano, ihm zu folgen. Dieser stand auf, riß seinen Säbel aus der Scheide, und beide verließen das Gemach. Wir atmeten freier, als sie weg waren; aber unsere Angst hatte noch lange kein Ende. Immer lauter und lauter ward es auf dem Verdeck. Man hörte eilends hin und her laufen und schreien, lachen und heulen. Endlich ging ein wahrhaft höllischer Lärm los, so daß wir glaubten, das Verdeck mit allen Segeln komme zu uns herab, Waffengeklirr und Geschrei – auf einmal aber tiefe Stille. Als wir es nach vielen Stunden wagten hinaufzugehen, trafen wir alles wie sonst; nicht einer lag anders als früher, alle waren steif wie Holz.

So waren wir mehrere Tage auf dem Schiffe; es ging immer

nach Osten, wohin zu, nach meiner Berechnung, Land liegen mußte; aber wenn es auch bei Tag viele Meilen zurückgelegt hatte, bei Nacht schien es immer wieder zurückzukehren; denn wir befanden uns immer wieder am nämlichen Fleck, wenn die Sonne aufging. Wir konnten uns dies nicht anders erklären, als daß die Toten jede Nacht mit vollem Winde zurücksegelten. Um nun dies zu verhüten, zogen wir, ehe es Nacht wurde, alle Segel ein und wandten dasselbe Mittel an wie bei der Türe in der Kajüte; wir schrieben den Namen des Propheten auf Pergament und auch das Sprüchlein des Großvaters dazu und banden es um die eingezogenen Segel. Ängstlich warteten wir in unserem Kämmerchen den Erfolg ab. Der Spuk schien diesmal noch ärger zu toben; aber siehe, am anderen Morgen waren die Segel noch aufgerollt, wie wir sie verlassen hatten. Wir spannten den Tag über nur so viele Segel auf, als nötig waren, das Schiff sanft fortzutreiben, und so legten wir in fünf Tagen eine gute Strecke zurück.

Endlich, am Morgen des sechsten Tages, entdeckten wir in geringer Ferne Land, und wir dankten Allah und seinem Propheten für unsere wunderbare Rettung. Diesen Tag und die folgende Nacht trieben wir an einer Küste hin, und am siebenten Morgen glaubten wir in geringer Entfernung eine Stadt zu entdecken; wir ließen mit vieler Mühe einen Anker in die See, der alsobald Grund faßte, setzten ein kleines Boot, das auf dem Verdeck stand, aus und ruderten mit aller Macht der Stadt zu. Nach einer halben Stunde liefen wir in einen Fluß ein, der sich in die See ergoß, und stiegen ans Ufer. Im Stadttor erkundigten wir uns, wie die Stadt heiße, und erfuhren, daß es eine indische Stadt sei, nicht weit von der Gegend, wohin ich zuerst zu schiffen willens war. Wir begaben uns in eine Karawanserei und erfrischten uns von unserer abenteuerlichen Reise. Ich forschte daselbst auch nach einem weisen und verständigen Manne, indem ich dem Wirt zu verstehen gab, daß ich einen solchen haben möchte, der sich ein wenig auf Zauberei verstehe. Er führte mich in eine abgelegene Straße, an ein unscheinbares Haus, pochte an, und man ließ mich eintreten mit der Weisung, ich solle nur nach Muley fragen.

In dem Hause kam mir ein altes Männlein mit grauem Bart und langer Nase entgegen und fragte nach meinem Begehr. Ich sagte ihm, ich suche den weisen Muley, und er antwortete mir, er seie es selbst. Ich fragte ihn nun um Rat, was ich mit den Toten machen solle, und wie ich es angreifen müsse, um sie aus dem Schiff zu bringen. Er antwortete mir, die Leute des Schiffes seien wahrscheinlich wegen irgendeines Frevels auf das Meer verzaubert; er glaube, der Zauber werde sich lösen, wenn man sie ans Land bringe; dies könne aber nicht geschehen, als wenn man die Bretter, auf denen sie lägen, losmache. Mir gehöre von Gott und Rechts wegen das Schiff samt allen Gütern, weil ich es gleichsam gefunden habe; doch solle ich alles sehr geheim halten und ihm ein kleines Geschenk von meinem Überfluß machen; er wolle dafür mit seinen Sklaven mir behilflich sein, die Toten wegzuschaffen. Ich versprach, ihn reichlich zu belohnen, und wir machten uns mit fünf Sklaven, die mit Sägen und Beilen versehen waren, auf den Weg. Unterwegs konnte der Zauberer Muley unseren glücklichen Einfall, die Segel mit den Sprüchen des Korans zu umwinden, nicht genug loben. Er sagte, es sei dies das einzige Mittel gewesen, uns zu retten.

Es war noch ziemlich früh am Tage, als wir beim Schiff ankamen. Wir machten uns alle sogleich ans Werk, und in einer Stunde lagen schon vier in dem Nachen. Einige der Sklaven mußten sie ans Land rudern, um sie dort zu verscharren. Sie erzählten, als sie zurückkamen, die Toten haben ihnen die Mühe des Begrabens erspart, indem sie, sowie man sie auf die Erde gelegt habe, in Staub zerfallen seien. Wir fuhren fort, die Toten abzusägen, und bis vor Abend waren alle ans Land gebracht. Es war endlich keiner mehr an Bord als der, welcher am Mast angenagelt war. Umsonst suchten wir den Nagel aus dem Holz zu ziehen; keine Gewalt vermochte ihn nur ein Haar breit zu verrücken. Ich wußte nicht, was anzufangen war; man konnte doch nicht den Mastbaum abhauen, um ihn ans Land zu führen. Doch aus dieser Verlegenheit half Muley. Er ließ schnell einen Sklaven ans Land rudern, um einen Topf mit Erde zu bringen. Als dieser herbeigeholt war, sprach der Zauberer geheimnisvolle Worte darüber aus und schüttete die Erde auf das Haupt des Toten. Sogleich schlug dieser die Augen auf, holte tief Atem, und die Wunde des Nagels in seiner Stirne fing an zu bluten. Wir zogen den Nagel jetzt leicht heraus, und der Verwundete fiel einem der Sklaven in die Arme.

»Wer hat mich hieher geführt?« sprach er, nachdem er sich ein wenig erholt zu haben schien. Muley zeigte auf mich, und ich trat zu ihm. »Dank dir, unbekannter Fremdling, du hast mich von langen Qualen errettet. Seit fünfzig Jahren schifft mein Leib durch diese Wogen, und mein Geist war verdammt, jede Nacht in ihn zurückzukehren. Aber jetzt hat mein Haupt die Erde berührt, und ich kann versöhnt zu meinen Vätern gehen.« Ich bat ihn, uns doch zu sagen, wie er zu diesem schrecklichen Zustand gekommen sei, und er sprach: »Vor fünfzig Jahren war ich ein mächtiger, angesehener Mann und wohnte in Algier; die Sucht nach Gewinn trieb mich, ein Schiff auszurüsten und Seeraub zu treiben. Ich hatte dieses Geschäft schon einige Zeit fortgeführt; da nahm ich einmal auf Zante einen Derwisch an Bord, der umsonst reisen wollte. Ich und meine Gesellen waren rohe Leute und achteten nicht auf die Heiligkeit des Mannes; vielmehr trieb ich mein Gespött mit ihm. Als er aber einst in heiligem Eifer mir meinen sündigen Lebenswandel verwiesen hatte, übermannte mich nachts in meiner Kajüte, als ich mit meinem Steuermann viel getrunken hatte, der Zorn. Wütend über das, was mir ein Derwisch gesagt hatte und was ich mir von keinem Sultan hätte sagen lassen, stürzte ich aufs Verdeck und stieß ihm meinen Dolch in die Brust. Sterbend verwünschte er mich und meine Mannschaft, nicht sterben und nicht leben zu können, bis wir unser Haupt auf die Erde legen. Der Derwisch starb, und wir warfen ihn in die See und verlachten seine Drohungen. Aber noch in derselben Nacht erfüllten sich seine Worte. Ein Teil meiner Mannschaft empörte sich gegen mich. Mit fürchterlicher Wut wurde gestritten, bis meine Anhänger unterlagen und ich an den Mast genagelt wurde. Aber auch die Empörer unterlagen ihren Wunden, und bald war mein Schiff nur ein großes Grab. Auch mir brachen die Augen, mein Atem hielt an, und ich meinte zu sterben. Aber es war nur eine Erstarrung, die mich gefesselt hielt; in der nächsten Nacht, zur nämlichen Stunde, da wir den Derwisch in die See geworfen, erwachte ich und alle meine Genossen; das Leben war zurückgekehrt, aber wir konnten nichts tun und sprechen, als was wir in jener Nacht gesprochen und getan hatten. So segeln wir seit fünfzig Jahren, können nicht leben, nicht sterben; denn wie konnten wir das Land erreichen? Mit toller Freude segelten wir allemal mit vollen Segeln in den Sturm, weil wir hofften, endlich an einer Klippe zu zerschellen und das müde Haupt auf dem Grund des Meeres zur Ruhe zu legen. Es ist uns nicht gelungen. Jetzt aber werde ich sterben. Noch einmal meinen Dank, unbekannter Retter! Wenn Schätze dich lohnen können, so nimm mein Schiff als Zeichen meiner Dankbarkeit!«

Der Kapitano ließ sein Haupt sinken, als er so gesprochen hatte, und verschied. Sogleich zerfiel er auch, wie seine Gefährten, in Staub. Wir sammelten diesen in ein Kästchen und begruben ihn am Lande; aus der Stadt nahm ich aber Arbeiter, die mir mein Schiff in guten Zustand setzten. Nachdem ich die Waren, die ich an Bord hatte, gegen andere mit großem Gewinn eingetauscht hatte, mietete ich Matrosen, beschenkte meinen Freund Muley reichlich und schiffte mich nach meinem Vaterland ein. Ich machte aber einen Umweg, indem ich an vielen Inseln und Ländern landete und meine Waren zu Markt brachte. Der Prophet segnete mein Unternehmen. Nach dreiviertel Jahren lief ich, noch einmal so reich, als mich der sterbende Kapitän gemacht hatte, in Balsora ein. Meine Mitbürger waren erstaunt über meine Reichtümer und mein Glück und glaubten nicht anders, als ich habe das Diamantental des berühmten Reisenden Sindbad gefunden. Ich ließ sie auf ihrem Glauben; von nun an aber mußten die jungen Leute von Balsora, wenn sie kaum achtzehn Jahre alt waren, in die Welt hinaus, um gleich mir ihr Glück zu machen. Ich aber lebte ruhig und in Frieden, und alle fünf Jahre mache ich eine Reise nach Mekka, um dem Herrn an heiliger Stätte für seinen Segen zu danken und für den Kapitano und seine Leute zu bitten, daß er sie in sein Paradies aufnehme. –

MARK TWAIN

Eine Gespenstergeschichte

Ich mietete ein großes Zimmer oben am Broadway, in einem weitläufigen, alten Haus, dessen obere Stockwerke jahrelang nicht bewohnt gewesen waren. Der Ort war lange dem Staub und den Spinnweben, der Einsamkeit und dem Schweigen überlassen worden. Es war mir, als tastete ich mich zwischen Gräbern dahin, als dringe ich in das Privatleben der Toten ein, als ich in der ersten Nacht in mein Quartier hinaufkletterte. Zum erstenmal in meinem Leben überkam mich eine abergläubische Furcht; und als ich auf der Treppe um eine dunkle Ecke bog und das weiche Gewebe eines unsichtbaren Spinnennetzes mir ins Gesicht schwebte und sich darin festsetzte, da schauderte ich zusammen wie jemand, der einem Gespenst begegnet.

Wie froh war ich, als ich mein Zimmer erreicht hatte und dem Moder und der Finsternis die Tür vor der Nase zumachen konnte. Ein fröhliches Feuer brannte im Kamin, und ich setzte mich davor mit der behaglichen Empfindung der Erleichterung.

Zwei Stunden lang saß ich dort. Ich gedachte entschwundener Zeiten; ich rief mir frühere Erlebnisse in die Erinnerung und lud halb vergessene Gesichter aus dem Nebel der Vergangenheit zu mir ein, indem ich im Geist Stimmen lauschte, die schon längst für immer verstummt waren – und einst beliebten Liedern, die jetzt niemand mehr singt. Und als meine Träumerei sich zu einer immer schwermütigeren Trauer dämpfte, stimmten die heulenden Winde da draußen sich zu sanften Klagen herab, das wütende Klatschen des Regens gegen die Fensterscheiben milderte sich zu ruhigem Klopfen, und nach und nach erstarb auch der Lärm auf den Straßen, bis die eiligen Schritte des letzten verspäteten Nachzüglers in der Ferne verhallten und kein Ton mehr zu vernehmen war.

Das Feuer war herabgebrannt. Ein Gefühl der Vereinsamung beschlich mich. Ich stand auf und entkleidete mich, wobei ich auf den Zehen im Zimmer umherging und nur verstohlen tat, was ich zu tun hatte, als ob ich von schlafenden Feinden umgeben wäre, deren Schlummer zu stören verhängnisvoll werden könnte. Ich deckte mich im Bett zu und lauschte still dem Regen und dem Wind und dem leisen Knarren ferner Fensterläden, bis sie mich endlich in Schlaf lullten.

Ich schlief fest, aber wie lange, weiß ich nicht. Urplötzlich fand ich mich wach und erfüllt von einer schaudernden Erwartung. Tiefes Schweigen ringsum. Nichts war zu vernehmen als das Klopfen meines Herzens. Da, nach einer Weile, begann die Bettdecke langsam fortzurutschen nach dem Fußende des Bettes, als ob jemand an ihr zerrte! Ich vermochte mich nicht zu rühren; ich vermochte keinen Laut hervorzubringen. Noch immer rutschte die Bettdecke sacht fort, bis meine Brust unbedeckt war. Da erfaßte ich sie mit einer großen Anstrengung und zog sie mir über den Kopf. Ich wartete, lauschte, wartete. Abermals begann das beharrliche Zerren, und abermals lag ich starr während eines Jahrhunderts sich träge hinschleppender Sekunden, bis meine Brust wieder nackt war. Endlich nahm ich alle meine Energie zusammen, riß die Decke an ihre Stelle zurück und hielt sie mit kräftigem Griff fest.

Ich wartete. Allmählich fühlte ich ein schwaches Zupfen, und ich griff wieder fester zu. Das Zupfen ward kräftiger, steigerte sich zu heftigem Reißen – es wurde stärker und stärker. Ich mußte die Decke loslassen, und zum dritten Male schlüpfte sie fort. Ich stöhnte. Ein Stöhnen kam als Antwort vom Fußende des Bettes. Dicke Schweißtropfen standen mir auf der Stirn. Ich war mehr tot als lebendig.

Da hörte ich einen schweren Tritt in meinem Zimmer – den Tritt eines Elefanten, schien es mir –, der dem eines menschlichen Wesens nicht glich. Aber er entfernte sich von mir – darin lag einiger Trost. Ich hörte ihn sich der Tür nähern – durch dieselbe hinausgehen, ohne Riegel und Schloß zu bewegen – und die finsteren, trübseligen Gänge entlang sich entfernen, wobei auf die Dielen und Balkenfugen gedrückt wurde, bis sie beim Vorübergehen knarrten – und dann herrschte wieder tiefes Schweigen.

Als meine Aufregung sich gelegt hatte, sagte ich zu mir selbst: »Das ist ein Traum – einfach ein häßlicher Traum.«

Und so lag ich da und dachte darüber nach, bis ich mich vollständig überzeugt hatte, daß es wirklich ein Traum war, und da kam ein behagliches Lachen von meinen Lippen, und ich war wieder guter Dinge.

Ich stand auf und steckte Licht an; und als ich fand, daß Schlösser und Riegel sich just in der Verfassung befanden, in der ich sie gelassen, da quoll wieder ein beruhigendes Lachen in meinem Herzen auf und kräuselte meine Lippen. Ich ergriff meine Pfeife und steckte sie an und war gerade im Begriff, mich vor das Feuer zu setzen, als – – mir die Pfeife aus den kraftlosen Fingern sank, das Blut meine Wangen verließ und mein ruhiges Atemholen von einem hastigen Luftschnappen abgelöst wurde! In der Asche vor dem Kamin, Seite an Seite mit dem Abdruck meiner eigenen nackten Füße, befand sich ein zweiter, der so ungeheuer groß war, daß im Vergleich damit der meine nur der eines Kindes war! Ich hatte also wirklich Besuch gehabt, und der Elefantentritt war erklärt.

Ich blies das Licht aus und kehrte, von Furcht wie gelähmt, ins Bett zurück. Dort lag ich lange Zeit, in die Finsternis hinausstarrend und lauschend. Da hörte ich ein scharrendes Geräusch über mir, wie wenn ein schwerer Körper über den Boden geschleift wird; darauf das Hinabwerfen des Körpers und infolge des Falles das Erbeben meiner Fenster. In fernen Teilen des Gebäudes hörte ich das dumpfe Zuschlagen von Türen. Ich vernahm, wie von Zeit zu Zeit Fußtritte verstohlen sich in die Gänge hinein und wieder hinaus sowie die Treppen hinauf- und hinunterschlichen. Zuweilen näherten sich diese Fußtritte meiner Tür, zauderten und entfernten sich dann wieder. Ich hörte in abgelegenen Gängen schwaches Klirren von Ketten und lauschte, während das Klirren näher kam – während es mühsam die Treppe heraufkletterte und jede Bewegung mit dem losen Kettenende bezeichnete, das mit kräftigem Rasseln auf die Stufen fiel, indes das Gespenst, das die Kette trug, sich näherte. Ich hörte gemurmelte Sätze; halb ausgestoßenes Geschrei, das mit Gewalt unterdrückt zu werden schien, das Schleifen unsichtbarer Gewänder und das Rauschen unsichtbarer Flügel.

Da kam ich zu dem Bewußtsein, daß man in mein Zimmer eingedrungen war – daß ich mich nicht allein befand. Ich hörte es um mein Bett herum seufzen und atmen und geheimnisvoll flüstern. Drei kleine Kugeln von sanft phosphoreszierendem Licht erschienen an der Decke gerade über meinem Kopf, setzten sich dort fest und glühten einen Augenblick, und dann fielen sie herab – zwei von ihnen auf mein Gesicht und die dritte auf das Kissen. Sie sprühten, waren flüssig und fühlten sich warm an. Alle Erfahrung belehrte mich, daß sie sich im Herabfallen in Blutstropfen verwandelten – ich brauchte kein Licht, um mich davon zu überzeugen. Dann erblickte ich blasse, trüb erhellte Gesichter und weiße emporgehobene Hände, die körperlos einen Augenblick in der Luft umherschwammen und dann verschwanden. Das Geflüster und die Stimmen und die Töne verstummten, und ein feierliches Schweigen trat ein. Ich wartete und horchte. Ich fühlte, daß ich Licht haben oder sterben müsse. Vor Furcht war ich schwach geworden. Langsam erhob ich mich in eine sitzende Stellung – da kam mein Gesicht in Berührung mit einer klebrigen Hand! Alle Kraft verließ mich offenbar, und ich sank wie ein vom Schlage gerührter Kranker zurück. Dann vernahm ich das Rascheln eines Kleides – es schien nach der Tür und hinaus zu gehen.

Als wieder alles still war, kroch ich krank und schwach aus dem Bett und steckte mit einer Hand, die zitterte, als wäre sie hundert Jahre alt, das Gas an. Das Licht brachte mein Gemüt in eine etwas heiterere Verfassung. Ich setzte mich hin und versank in eine träumerische Betrachtung der großen Fußstapfen in der Asche. Allmählich begannen ihre Umrisse zu zittern und unbestimmt zu werden. Ich blickte hinauf, und da war die breite Gasflamme langsam am Verlöschen.

In demselben Augenblick hörte ich wieder den Elefantentritt. Ich bemerkte, wie er sich durch die muffigen Vorsäle näherte, immer mehr, immer mehr, und das Licht ward trüb und trüber. Der Tritt erreichte meine Tür und hielt inne – das Licht hatte sich in ein schwächliches Blau aufgelöst, und alles um mich herum lag in einem geisterhaften Zwielicht. Die Tür wurde nicht geöffnet, dennoch fühlte ich, wie ein schwacher Lufthauch meine Wangen fächelte, und bald darauf ward ich mir bewußt, daß ein ungeheures wolkiges Wesen sich vor mir befand. Ich beobachtete es mit meinen gleichsam in Bann gehaltenen Augen. Ein blasses Glühen stahl sich über das Wesen; nach und nach nahmen seine wolkigen Falten Gestalt an – es erschien ein Arm, dann Beine, darauf ein Rumpf, und endlich blickte ein großes, schwermütiges Gesicht aus dem Dunst hervor. Seiner Nebelhüllen entkleidet, nackt, muskulös und wohlgestaltet erhob sich über mir der majestätische Riese von Cardiff.

All mein Elend verschwand – denn jedes Kind weiß, daß von diesem wohlwollenden Gesicht nichts Böses ausgehen kann. Meine heitere Laune kehrte augenblicklich zurück, und zugleich flammte das Gaslicht, als hätte es mit ihr sympathisiert, wieder hell auf. Niemals war ein einsamer Verbannter so froh, Gesellschaft willkommen heißen zu können, wie ich es war, daß ich diesen freundlichen Riesen begrüßen durfte. Ich sagte:

»Wie, ist es niemand anders als du? Weißt du auch, daß ich mich während der letzten zwei, drei Stunden fast zu Tode geängstigt habe? Ich bin wirklich ganz aufrichtig froh, dich zu sehen. Ich wollte, ich hätte einen Stuhl – hier, hier, versuch es nicht, dich auf das Ding da zu setzen!«

Aber es war zu spät. Eh ich ihn zurückhalten konnte, hatte er sich darauf niedergelassen, und zu Boden ging es mit ihm – niemals sah ich einen Stuhl so in Stücke fliegen!

»Halt, halt, du zertrümmerst mir alle...«

Wieder zu spät. Abermaliges Krachen, und ein zweiter Stuhl hatte sich in seine ursprünglichen Elemente aufgelöst.

»Zum Teufel, bist du nicht bei Sinnen! Willst du mir denn meine sämtlichen Möbel zertrümmern? Hier, hier, du versteinerter Narr...«

Aber es nützte nichts. Bevor ich ihn zurückhalten konnte, hatte er sich auf das Bett gesetzt, und augenblicklich war es eine trübselige Ruine.

»Ist mir das eine Art und Weise, sich zu benehmen! Erst kommst du und stolperst in meiner Wohnung herum und bringst eine Legion herumstrolchender Gespenster mit dir, auf daß sie mich zu Tode peinigen, und dann, da ich über eine Unfeinheit im Kostüm hinwegsehe, die von anständigen Leuten nirgendwo anders als in einem ehrbaren Theater und auch dort nicht einmal dann geduldet werden würde, wenn die Nacktheit deinem Geschlecht anstünde, lohnst du mir meine Nachsicht damit, daß du mir sämtliche Möbel, die du finden kannst, durch deine Sitzversuche zertrümmerst. Und warum willst du dich denn absolut setzen? Du schädigst dich selbst ebensosehr wie mich. Du hast dir

das Ende deiner Wirbelsäule zerbrochen und den Boden mit Splittern deines Gesäßes so bestreut, daß die Wohnung aussieht wie die Werkstätte eines Steinmetzen. Du sollst dich was schämen – du bist groß genug, um es besser zu wissen!«

»Nun, nun, ich will keine Möbel mehr zerschlagen. Aber was soll ich anfangen? Seit einem Jahrhundert habe ich keine Gelegenheit zum Sitzen gehabt.«

Und die Tränen traten ihm in die Augen.

»Armer Teufel«, sagte ich, »ich hätte nicht so barsch gegen dich sein sollen. Und vermutlich bist du noch obendrein eine Waise! Aber setz dich hier auf den Boden – nichts anderes vermag dein Gewicht auszuhalten –, und zudem können wir uns nicht gemütlich unterhalten, wenn ich so hoch zu dir hinaufblicken muß; ich muß dich hier unten haben, hier bei diesem hohen Kontorstuhl, auf den ich klettern will, um von Angesicht zu Angesicht mit dir zu plaudern.«

Er setzte sich also auf den Boden und steckte sich eine Pfeife an, die ich ihm gab, warf sich eine meiner roten Decken über die Schultern, stülpte sich meine Badewanne nach Art eines Helmes auf den Kopf und machte es sich auf malerische Weise behaglich. Dann kreuzte er seine Beine, während ich das Feuer schürte, und setzte die platten, honigwabenähnlichen Sohlen seiner ungeheuren Füße der angenehmen Wärme aus.

»Was hast du denn da an den Fußsohlen deiner Beine, daß sie so durchlöchert sind?«

»Verfluchte Frostbeulen – ich bekam sie hinauf bis zum Hinterkopf, als ich da unter Newalls Farm lag. Allein der Ort gefällt mir; ich liebe ihn, wie jemand seine alte Heimat liebt. Es gibt nirgends eine Ruhe für mich, die mir so wohl bekäme wie die, welche ich dort genießen kann.«

Wir plauderten noch eine halbe Stunde miteinander, und da bemerkte ich, daß er müde aussah, und sagte es ihm.

»Müde?« antwortete er. »Nun ja, wie kann's anders sein? Und nun will ich dir alles erzählen, was damit zusammenhängt, da du mich so gut behandelt hast. Ich bin der Geist des versteinerten Mannes, der da drüben über der Straße in dem Museum liegt. Ich bin der Geist des Riesen von Cardiff. Ich habe weder Ruhe noch Frieden, bis man diesen armen Leib wieder beerdigt hat. Was war nun das natürlichste, was ich tun konnte, um die Menschen zu bewegen, mir diesen Wunsch zu erfüllen? Du erschrickst: an dem Ort spuken, wo der Körper lag! Und so spukte ich allnächtlich in dem Museum herum. Ich überredete sogar andere Geister, mir dabei behilflich zu sein. Aber damit war nichts erreicht, denn noch niemals ist jemand um Mitternacht ins Museum gekommen. Da hatte ich den Einfall, über die Straße zu gehen und hier in diesem Hause ein bißchen zu spuken. Ich fühlte, daß ich Glück haben müsse, wenn ich Gehör fände, denn ich hatte die wirkungsvollste Gesellschaft bei mir, welche die Hölle nur liefern könnte. Nacht auf Nacht sind wir, vor Kälte schaudernd, durch diese modrigen Zimmer gewandert, haben Ketten geschleppt, gestöhnt, geflüstert, sind die Treppen hinauf- und hinuntergetrampelt, bis ich, offen gestanden, vor Erschöpfung ganz matt war. Aber als ich heute nacht in deinem Zimmer Licht sah, raffte ich alle meine Kräfte noch einmal zusammen und kam mit einem Rest der alten Frische hierher. Allein ich bin ganz ermüdet – vollständig erschöpft. Gib mir, ich bitte dich dringend, gib mir einige Hoffnung!«

Ich sprang mit einem Ausbruch von Erregtheit von meinem erhabenen Sitze herunter und rief aus:

»Das überschreitet jedes Maß – alles, was bisher vorgekommen ist! Ei, du armes, altes, herumirrendes Fossil, du hast dir ganz umsonst all die Mühe gegeben: du hast wegen eines Gipsabgusses herumgespukt. Der wahre Riese von Cardiff befindet sich in Albany! Zum Teufel, kennst du deine eigenen Überreste nicht?«*

Niemals habe ich eine Miene voll so beredter Scham, so voller bedauernswerter Demütigung gesehen, wie sie sich hier über sein ganzes Gesicht verbreitete.

Der versteinerte Mann erhob sich langsam auf seine Füße und sagte:

»Aufrichtig, ist das wahr?«

»So wahr ich hier sitze.«

---

* Tatsache. Der ursprüngliche Schwindel mit dem »Riesen von Cardiff« wurde sinnreich wiederholt und das Duplikat in New York zum größten Ärger der Besitzer des ersten Kolosses als der »einzig wahre« Riese von Cardiff ausgestellt – und zwar zu derselben Zeit, als der Originalriese im Museum von Albany große Menschenmassen herbeilockte. Anm. d. Verf.

Er nahm die Pfeife aus dem Munde und legte sie auf den Kaminsims, dann stand er einen Augenblick unentschlossen – wobei er unbewußt, nur aus alter Gewohnheit, seine Hände dahin brachte, wo seine Hosentaschen hätten sein sollen, und gedankenvoll das Kinn auf die Brust sinken ließ – und sprach endlich:

»Nun – nie in meinem Leben kam ich mir so albern vor wie jetzt. Der versteinerte Mann hat alle Welt zum Narren gehabt, und nun endigt der gemeine Betrug damit, daß er seinen eigenen Geist zum besten hält! Mein Sohn, wenn in deinem Herzen noch ein Funke von Mitleid ist für ein armes, einsames Gespenst wie ich bin, so laß diesen Vorfall nicht unter die Leute kommen. Bedenke, wie dir zumute sein würde, wenn du eine so eselhafte Dummheit begangen hättest!«

Ich hörte, wie er majestätisch die Treppe hinunter und hinaus auf die verlassene Straße schritt; das Geräusch seiner Tritte ward immer schwächer, und ich traurig, daß er fortgegangen war, der arme Teufel – und noch trauriger darüber, daß er meine rote Decke und meine Badewanne mitgenommen hatte.

NIKOLAJ LJESSKOW

Der weiße Adler

*Vom Brote träumt der Hund,
Der Fischer träumt vom Fische.
Aus Theokrits Idyllen*

I

Es gibt mehr Dinge auf der Welt. Mit diesen Worten läßt man bei uns gewöhnlich Geschichten dieser Art beginnen, um sich mit Shakespeare vor den Pfeilen des Scharfsinns, für den es auf Erden nichts Unbekanntes mehr gibt, zu decken. Ich allerdings, ich glaube immer noch, daß es »Dinge gibt«, und zwar sehr sonderbare und unverständliche, die man manchmal als übernatürlich bezeichnet, und höre darum gern solche Erzählungen an. Und so habe ich mich denn vor zwei, drei Jahren, als wir, in die Kindheit zurückfallend, grade Geisterseherei zu spielen begannen, gern einem jener Kreise angeschlossen, deren Regeln sich ausbedangen, daß an keinem der Abende weder von der Obrigkeit noch vom Ursprung der irdischen Welt gesprochen werden dürfte, sondern einzig von den körperlosen Geistern – von ihrem Auftreten und Mitwirken in den Schicksalen der lebenden Menschen. Sogar »Rußland zu erhalten und zu retten« war untersagt, denn auch in diesem Fall gab es viele, die, »von der Gesundheit ausgehend, alles auf die gottselige Ruhe zurückführen«.

Aus diesem Grunde wurde auch jede Erwähnung irgendwelcher »großer Namen« auf das strengste verfolgt, mit einziger Ausnahme des Namens Gottes, den man ja, wie sattsam bekannt, am häufigsten in der Form einer schönen Redewendung gebraucht. Freilich gab es auch gelegentlich Verstöße, aber man befleißigte sich im allgemeinen der größten Vorsicht. Und nur hie und da konnte man zwei der ungeduldigsten Politiker wahrnehmen, die sich etwa zum Fenster schlugen oder zum Kamin und dort flüsterten, wobei immer einer den anderen warnte: »Pas si haut!« Und der Wirt äugte schon hin und drohte, freilich mehr zum Spaß, mit der Strafe.

Der Reihenfolge nach mußte ein jeder irgendeine phantastische Begebenheit aus seinem Leben erzählen; da jedoch bei weitem nicht einem jeden die Fähigkeit zu erzählen gegeben ist, so wurde die künstlerische Seite der Erzählungen nicht beanstandet. Es wurde auch kein Beweismaterial verlangt; denn teilte der Erzählende zuvor mit, daß er die von ihm zu erzählende Begebenheit tatsächlich erlebt hätte, so glaubte man ihm, oder man gab sich zum mindesten den Anschein, ihm zu glauben. Das schrieb die Etikette vor.

Hauptsächlich interessierte mich am Ganzen die rein subjektive Seite. Daran, daß es »mehr Dinge auf der Welt gibt, von denen sich unsere Schulweisheit nichts träumen läßt« – daran zweifelte ich nicht, aber wie diese Dinge sich dem andern darstellten, das interessierte mich höchlichst. Und in der Tat, das Subjektive, das Persönliche war hier der größten Aufmerksamkeit wert. Wie große Mühe sich ein Erzähler auch gäbe, in die höhere Sphäre der körperlosen Welt zu dringen, immer doch wird unwillkürlich bemerkbar, daß der fremde Saft von jenseits des Grabes ein wenig gefärbt in diese Welt tritt, so wie ein Lichtstrahl gefärbt wird, der durch ein farbiges Glas dringt. Und da kennt sich keiner mehr aus, was Lüge ist, was Wahrheit, aber es ist immer von Interesse, das zu verfolgen, und einen solchen Vorfall will ich hier erzählen.

II

Märtyrer du jour oder Erzähler in der festgesetzten Reihenfolge war diesmal eine ziemlich hochgestellte und zudem sehr originelle Persönlichkeit, Galaktjon Iljitsch, scherzhaft auch der »mißgeborene Würdenträger« genannt. Hinter diesem Scherznamen verbarg sich eine Art von Kalauer: denn war er auch in der Tat so was wie ein Würdenträger, so war er doch andrerseits fast mißgestalt hager und zudem von keiner nennenswerten Herkunft. Galaktjon Iljitschs Vater war noch Leibeigener gewesen und Speisemeister in einem hochherrschaftlichen Hause; späterhin wurde er Branntweinpächter und endlich Wohltäter und Kirchenstifter, und das sicherte ihm in diesem vergänglichen Leben einen Orden und in jenem zukünftigen – den Platz im Himmelreich. Den Sohn schickte er auf die Universität und brachte ihn unter Menschen, aber das »ewige Angedenken«, das man über seinem Grabe im Newskij-Kloster ihm nachsang, das erhielt sich leider und hing bedrückend über seinem Erben. Der Sohn des »Leibeigenen« erkletterte zwar gewisse Würden und wurde auch in der Gesellschaft geduldet, aber dennoch blieb der Titel des »Mißgeborenen« an ihm haften.

Es gab wohl niemand, der über Galaktjon Iljitschs Verstand oder über seine Talente ein klares Urteil hätte fällen können. Wozu er fähig war und wozu nicht – das wußte niemand genau zu sagen. Seine Dienstliste war kurz und einfach: dank der Umsicht seines Vaters war er gleich zu Beginn seiner Dienstzeit in das Ressort des Grafen Viktor Nikititsch Panin geraten, der dem alten Herrn auf Grund gewisser ihm bekannter Eigenschaften sehr gewogen war und nun den Sohn unter seine Fittiche nahm und ihn ziemlich schnell avancieren ließ, und zwar über jenen Rang hinaus, von wo es dann von selber »vorwärts« geht.

Es ist jedenfalls anzunehmen, daß er gewisse Vorzüge besaß, die den Grafen veranlaßten, ihn so schnell zu befördern. In der Gesellschaft aber, in der großen Welt hatte Galaktjon Iljitsch keinerlei Erfolg, und was gar die Freuden des Lebens betraf, so konnte man von ihm nicht behaupten, daß er hierin verwöhnt war. Seine Gesundheit war durchaus schwankend und mäßig, und sein Äußeres war geradezu fatal. Er war genauso lang wie sein verstorbener Patron, der Graf Viktor Nikititsch – doch ihm fehlte vollkommen das Imponierende der gräflichen Größe. Im Gegenteil, Galaktjon Iljitsch konnte man nur mit einem gewissen Schaudern betrachten, gemischt mit einem eigenartigen Abscheu. Denn sah er einerseits wie ein typischer Dorflakai aus, so glich er andererseits wiederum dem typischen lebenden Leichnam. Eine dünne graue Haut spannte sich über seinen langen und dürren Körper, seine unverhältnismäßig hohe Stirn war schmal und gelb, auf seinen Schläfen aber lag die grünliche Blässe eines Sterbenden, und seine breite und kurze Nase glich der eines Totenschädels; auch nicht die leiseste Andeutung von Augenbrauen war zu bemerken, der Mund mit den blitzenden, viel zu langen Zähnen stand immer ein wenig geöffnet, die dunklen und trüben Augen blickten farblos und lagen in völlig schwarzen und tiefen Höhlen. Man mußte erschrecken, wenn man ihm begegnete.

Eine besondere Eigentümlichkeit seines Äußeren war auch die, daß er in seiner Jugend noch viel schauderhafter war und gegen das Alter hin nach und nach besser auszusehen begann, so daß man ihn späterhin ohne Furcht anschauen konnte.

Und dennoch war sein Charakter weich, und er hatte ein gutes, gefühlvolles und, wie wir sogleich sehen werden, sogar sentimentales Herz. Er träumte gern, aber wie die meisten Menschen mit häßlichen Gesichtern verbarg auch er seine Träume zutiefst. In seiner Seele war er viel mehr Poet als Beamter, und leidenschaftlich liebte er das Leben, obwohl es ihm nie vergönnt war, es in vollem Maße zu genießen.

Sein Unglück trug er still und wußte nur zu gut, daß es unvermeidbar war und ihn bis zum Grabe verfolgen würde. Ja sogar in seiner Dienstbeförderung wurde ihm eine reichliche Schale der Bitternis zuteil, denn schon bald schwante ihm, daß Graf Viktor Nikititsch ihn als Referenten nur deswegen bei sich behielt, weil er auf die Bittsteller einen qualvollen Eindruck machte. Galaktjon Iljitsch sah nur zu deutlich, daß noch einem jeden, der ihm, bevor er vom Grafen empfangen wurde, den Zweck seines Kommens zu schildern hatte, der Blick sich trübte und die Knie schlotterten... Und schon hierdurch wurde die Wirkung erzielt, daß hernach im persönlichen Gespräch mit dem Grafen selber ein jeder Besucher einen leichten und freudigen Eindruck gewann.

Aber mit den Jahren wurde Galaktjon Iljitsch aus einem Referenten selber zu einer Persönlichkeit, der man referierte, und man übertrug ihm sogar eine sehr ernste und verzwickte Untersuchung in einer entfernten Ortschaft, wo ihm eben jenes übernatürliche Ereignis zustieß, von dem wir nunmehr seine eigene Erzählung folgen lassen wollen.

III

»Vor etwas mehr als fünfundzwanzig Jahren«, begann der mißgeborene Würdenträger, »verbreiteten sich in Petersburg Gerüchte über den Gouverneur P... w und in wie hohem Maße er seine

Macht mißbrauche. Die Mißbräuche waren zahllos, und fast alle Verwaltungszweige schienen in Mitleidenschaft gezogen zu sein. Man schrieb uns, daß der Gouverneur eigenhändig Menschen schlage und sogar prügle, daß er gemeinsam mit dem Adelsmarschall für seine Betriebe die ganze örtliche Schnapslieferung eingezogen, daß er eigenmächtig Anleihen aus der Kasse nähme, daß er sich von der Post die gesamten Briefschaften kommen ließe und daß nur das ihm Zusagende befördert würde, während er alles, was ihm nicht paßte, zerriß und ins Feuer warf und sich nachher an den Schreibern rächte, und endlich, daß er Menschen ihrer Freiheit willkürlich beraube und sie schmachten lasse. Und dabei war er ein Kunstliebhaber, unterhielt ein reich besetztes und ausgezeichnetes Orchester, liebte klassische Musik und spielte selber vortrefflich Cello.

Geraume Zeit hindurch blieb es bei Gerüchten über die Unzuträglichkeiten, aber dann fand sich dort ein kleiner Beamter, der nach Petersburg rollte, die ganze Epopöe mit allen Details auf das genaueste schilderte und alles in die richtigen Hände legte.

Die Sache war derart, daß man eigentlich sofort einen Senator hätte hinschicken müssen, um eine Untersuchung einzuleiten. Und das wäre wohl auch geschehen, wenn nicht der Gouverneur und der Adelsmarschall sich der Gunst des verstorbenen Zaren erfreut hätten; unter diesen Umständen jedoch war es nicht ganz so einfach, sie zu packen. Darum zog Graf Viktor Nikititsch es vor, sich vorher auf das genaueste durch einen seiner eigenen Leute informieren zu lassen, und seine Wahl fiel auf mich.

Er läßt mich rufen und sagt: ›So und so, die und die traurigen Nachrichten sind zu uns gedrungen, und sie scheinen bedauerlicherweise zutreffend zu sein; bevor jedoch die Angelegenheit ins Rollen gebracht wird, wünsche ich mich noch mehr zu vergewissern und habe hierzu Sie ausersehen.‹

Ich verneige mich und antworte: ›Wenn es in meinen Kräften steht, so werde ich mich sehr glücklich schätzen.‹

›Ich bin davon überzeugt‹, entgegnete der Graf, ›daß Sie es können, und ich verlasse mich ganz auf Sie. Sie haben eben diese Begabung: Ihnen wird man kein dummes Zeug vorschwatzen, sondern Ihnen gegenüber wird man mit der Wahrheit herausrücken.‹

Mit dieser Gabe«, erklärte der Erzähler mit einem leisen Lächeln, »meinte er meine traurige Erscheinung, die freilich geeignet ist, eine ganze Front zu bedrücken; aber was wem gegeben ist, damit soll er sich auch durchschlagen.
›Ihre Papiere liegen bereit‹, fährt der Graf fort, ›und Geld für Sie ist angewiesen. Jedoch geschieht Ihre Reise ausschließlich im Auftrage unseres Ressorts... Sie verstehen mich, ausschließlich!‹
›Ich verstehe‹, entgegnete ich.
›Um die Mißbräuche in den anderen Ressorts kümmern Sie sich scheinbar überhaupt nicht. Doch es ist selbstverständlich, daß Sie sich nur scheinbar um nichts kümmern, in der Tat müssen Sie alles in Erfahrung bringen. Zwei geschickte Beamte reisen mit Ihnen. Wenn Sie ankommen, machen Sie sich sofort an die Arbeit und kümmern sich am offensichtlichsten um die Büroordnung und um die Art der Gerichtspflege und schauen sich insgeheim nach allem anderen um... Beordern Sie die dortigen Beamten zu sich, damit sie Ihnen Aufklärung geben, und – seien Sie streng. Beeilen Sie sich nicht, zurückzukommen. Ich lasse Sie wissen, wann wir Sie zurückerwarten. Welches war doch gleich Ihre letzte Auszeichnung?‹
Ich entgegne: ›Wladimir der zweiten Klasse mit der Krone.‹
Mit seiner riesigen Hand hob der Graf den bekannten schweren bronzenen Briefbeschwerer ›Das erschlagene Vöglein‹ auf und zog darunter sein ständiges Notizheft hervor, darauf ergriff er mit den fünf Fingern der rechten Hand den dicken und geradezu gigantischen Bleistift aus Ebenholz und schrieb, ohne es vor mir zu verbergen, meinen Namen auf und dazu: ›Weißer Adler‹.
Mithin kannte ich nun die Auszeichnung, die mich für die Durchführung des mir erteilten Auftrages erwartete, und fuhr befriedigt am nächsten Tage aus Petersburg fort.
Mein Diener Jegor fuhr mit mir und die zwei Senatsbeamten – beides geschickte und gesellschaftlich gewandte Leute.

IV

Unsere Reise ging, wie es sich von selber versteht, gut vonstatten; angekommen, war es unser erstes, eine Wohnung zu mieten und uns in ihr einzurichten: ich, meine zwei Beamten und der Diener.

Die Räume waren so bequem, daß ich eine noch angenehmere Wohnung, die mir der Gouverneur auf das zuvorkommendste anbot, ruhig ablehnen konnte; denn ich wollte wohlweislich vermeiden, ihm auch nur für das Geringste Dank schulden zu müssen, obwohl wir einander freilich unseren Besuch abstatteten und ich ferner ein- oder zweimal zu seinen Haydnschen Quartetten eingeladen war. Aber weder bin ich ein Kenner noch bin ich ein Liebhaber von Musik, und begreiflicherweise konnte es auch nicht in meinen Absichten liegen, mich ihm mehr, als unbedingt notwendig war, zu nähern, denn ich war ja nicht da, um seine Liebenswürdigkeit kennenzulernen, sondern seine dunklen Taten.

Der Gouverneur war übrigens ein kluger und gewandter Mann, der mir mit übertriebenen Aufmerksamkeiten nicht lästig fiel. Es machte sogar den Eindruck, als sähe er seelenruhig zu, wie ich mich mit den ein- und auslaufenden Registern und Protokollen beschäftigte; trotzdem fühlte ich, wie es unablässig rings um mich herum wühlte, und ich merkte, wie gewisse Leute ihre Fühler ausstreckten, um herauszubekommen, von welcher Seite man mich packen könnte, um mich späterhin unschädlich zu machen.

Zur Beschämung des menschlichen Geschlechtes muß ich erwähnen, daß auch die Vertreterinnen des schönen Geschlechts hieran nicht unbeteiligt waren. Bald mit Klagen, bald mit Bitten erschienen allerhand Damen bei mir, aber immer hatten sie noch Hintergedanken, über die ich geradezu staunen mußte.

Eingedenk jedoch des Rates des Grafen Viktor Nikititsch war ich ›streng‹, und so verschwanden denn die graziösen Erscheinungen nach und nach von meinem nicht für sie geeigneten Horizont. Meine Beamten hatten freilich in dieser Hinsicht Erfolge aufzuweisen. Ich wußte das und hinderte sie nicht, den Weibern nachzustellen und sich für die einflußreichen Männer auszugeben, für die man sie überall hielt. Es war mir sogar von Nutzen, daß sie dort irgendwo in der Gesellschaft verkehrten und in der Eroberung von Herzen Fortschritte machten. Ich verlangte einzig, daß es zu keinem Skandal kommen dürfte und daß mir alles mitgeteilt würde, besonders aber, welche Seiten ihrer Umgänglichkeit am heftigsten von der Provinzpolitik bearbeitet würden.

Beide waren pflichtbewußt und erzählten mir, was sie wußten. Alle wollten meine Schwächen von ihnen erfahren und wollten erkunden, was ich besonders liebe. Letzteres hätte niemand herausbekommen können, denn Gott sei Dank kann ich mich rühmen, keine besonderen Schwächen zu haben, und auch mein Geschmack war, seit ich mich erinnern kann, immer schon leicht zu befriedigen. Mein Leben lang habe ich mich stets an einen einfachen Tisch gehalten, ich trinke meistens nicht mehr als ein Glas gewöhnlichen Sherrys, und sogar was Leckerbissen anbetrifft, die ich als Kind sehr liebte, so ziehe ich dem feinsten Gelee und der köstlichsten Ananas eine Wassermelone aus Astrachan, eine Birne aus Kursk oder gar nach Art der Kinder einen Honigkuchen vor. Ich beneidete keinen seines Reichtums wegen oder weil er berühmt war, schön oder besonders glücklich – beneidenswert schien mir einzig und allein die *Gesundheit* zu sein. Aber dies Gefühl wird durch den Ausdruck ›Neid‹ in eine schiefe Beleuchtung gerückt. Wenn ich einen Menschen sah, dessen Gesundheit blühend war, so entstand nicht etwa verärgert der Gedanke in mir: Warum ist er so, und warum bist du nicht so? Im Gegenteil, ich sah ihn an und freute mich für ihn, welch ein Meer von Glückseligkeiten und schönen Dingen ihm erreichbar wäre, und manchmal träumte ich auch bald so, bald anders von dem für mich unerreichbaren Glück, jene Gesundheit, die mir nicht gegeben war, zu erlangen.

Der Genuß, den mir der Anblick eines gesunden Menschen bereitet, hat auch in meinem ästhetischen Geschmack einige sonderbare Neigungen gezeigt: weder die Taglioni noch Bosio zogen mich an, und überhaupt sagten mir sowohl die Oper als auch das Ballett nicht viel, denn dort war alles künstlich, ich zog ihnen die Zigeuner auf dem Krestowskij bei weitem vor. Ihr Feuer, ihr Eifer, die leidenschaftliche Kraft ihrer Bewegungen, das war es, was mir mehr als alles gefiel. Und ist auch manch einer von ihnen gar nicht schön, pockennarbig gar, indes, wenn er tanzt, so ist es, als ob ihn der Satan reite: die Beine hüpfen, die Arme schlüpfen, der Kopf biegt sich, die Taille wiegt sich – der ganze Körper ein Stampfen und Hämmern. Und wenn man an sich selber nichts als Siechtum kennt, da kommt man unwillkürlich ins Schauen und aus dem Schauen ins Träumen. Was könnte man alles auf dem

Fest des Lebens ausrichten, wenn man dies hätte! Und so sagte ich denn zu meinen Beamten:

›Wenn man Sie, mein Lieber, noch weiter ausfragen sollte, was mir am besten gefiele, so antworten Sie, es sei Gesundheit, und ich liebe frische, glückliche und muntere Leute am meisten.‹

Nicht wahr, darin kann doch niemand eine zu große Unvorsichtigkeit erblicken?« fragte der Erzähler, indem er seine Geschichte unterbrach.

Die Zuhörer dachten nach, und einige Stimmen entgegneten: »Selbstverständlich, niemand!«

»Ja, freilich, das dachte auch ich, aber nun hören Sie einmal weiter.

V

Ein Beamter war mir zugeteilt worden, der nun bei mir Dienst tat und mir tagsüber zur Verfügung stand. Er meldete mir, wer mich zu sprechen wünschte, machte sich Notizen und teilte im Notfall Adressen mit, wenn jemand geholt oder etwas in Erfahrung gebracht werden mußte. Dieser Beamte paßte gut zu mir – er war nicht mehr jung, er war dürr und verdrossen. Er machte keinen angenehmen Eindruck, und ich beachtete ihn wenig; er hieß, wenn ich mich recht erinnere, Ornatskij. Der Name war prächtig, er hätte zu einem Helden aus einem altertümlichen Roman gepaßt. Da hieß es eines Tages, Ornatskij sei krank und man habe mir einen neuen Beamten zukommandiert.

›Warum einen neuen?‹ fragte ich. ›Wäre es nicht vielleicht besser gewesen, zu warten, bis Ornatskij wieder gesund wird?‹

›O nein‹, entgegnete der Exekutor, ›das wird nicht so bald erfolgen – es ist die Trunksucht, und die dauert bei ihm so lange, bis Iwan Petrowitschs Mutter ihn davon kuriert; und bezüglich des neuen Beamten brauchen Sie sich nicht zu beunruhigen: an Stelle von Ornatskij hat man Ihnen Iwan Petrowitsch selber zugeteilt.‹

Ich schaue ihn an und verstehe ihn nicht ganz: Wer ist das, dieser Iwan Petrowitsch selber, von dem er mir erzählt und dessen Namen er in einer Minute zweimal nennt?

›Was ist das‹, frage ich, ›für ein Iwan Petrowitsch?‹

›Iwan Petrowitsch... Das ist doch der, der in der Registratur arbeitet, der Gehilfe. Ich dachte, er wäre Ihnen aufgefallen: er ist der hübscheste Beamte, man bemerkt ihn allgemein.‹

›Nein‹, entgegnete ich, ›ich habe ihn nicht gesehn; und wie heißt er?‹

›Iwan Petrowitsch.‹

›Und sein Familienname?‹

›Sein Familienname....‹

Der Exekutor wurde verlegen, er legte drei Finger an die Stirne und dachte tief nach und fügte schließlich mit einem respektvollen Lächeln hinzu:

›Verzeihen, Exzellenz, man ist manchmal ganz konfus, und mir wollte sein Name nicht einfallen. Er heißt Aquilalbow, aber wir nennen ihn allgemein Iwan Petrowitsch und manchmal aus Scherz den ›weißen Adler‹, weil er eben so hübsch ist. Ein vortrefflicher Mensch, den die Obrigkeit sehr schätzt, sein Gehalt als Gehilfe beträgt vierzehn Rubel und fünfzehn Kopeken, und er lebt bei seinem Mütterchen, das manchmal die Karten schlägt und hie und da auch jemand kuriert. Darf ich ihn Ihnen vorstellen? Iwan Petrowitsch wartet draußen.‹

›Wenn es also notwendig ist, dann bitten Sie ihn hereinzukommen, diesen Iwan Petrowitsch.‹

Der weiße Adler ...! denke ich unterdessen. Ist das nicht sonderbar? Ich sollte doch den Orden ›Weißer Adler‹ erhalten und nicht diesen Iwan Petrowitsch.

Der Exekutor öffnete inzwischen die Tür und rief:

›Iwan Petrowitsch, darf ich bitten!‹

Wenn ich ihn Ihnen beschreiben wollte, Sie würden lachen, denn welche Vergleiche ich auch wählte, Sie müßten sie für Übertreibungen halten, aber ich versichere Ihnen, daß, wie sehr ich mir auch Mühe gäbe, Iwan Petrowitsch zu schildern, meine Malerei doch nur imstande wäre, höchstens die Hälfte der Schönheiten des Originals wiederzugeben.

Vor mir stand ein wahrhafter ›weißer Adler‹, ein leibhaftiger Aquila alba, wie man ihn auf den Galaempfängen im Olymp gezeichnet sieht. Es war ein großer, kräftiger, aber außerordentlich wohlproportionierter Mann, der so gesund aussah, als hätte ihn nie Leidenschaft versehrt, als wäre er nie krank gewesen und als ob niemals weder Langeweile noch Müdigkeit ihn überkommen hätten. Er atmete Gesundheit, doch nichts Prahlerisches war daran, harmonisch war alles und anziehend. Iwan Petrowitschs Gesichtsfarbe war rosig, die Backen lebhaft rot und umrahmt von hellblondem Flaum, der freilich hier und da schon ein gehöriges Wachstum aufwies. Er war genau fünfundzwanzig Jahre alt, seine Haare waren blond und leicht gewellt, sein Bärtchen ebenso, und blau schauten die Augen unter dunklen Brauen, beschattet von dunklen Wimpern. Der sagenhafte Held Tschurila konnte nicht besser aussehn. Und fügen Sie dann noch den kühnen, verständigen und heiter offenen Blick dazu, und Sie haben das Bild eines vollkommen schönen Menschen. Er trug die kleine Uniform, die ihm wie angegossen saß, und ein breites dunkelgranatrotes Halstuch.

Damals trug man nämlich noch Halstücher.

Ich konnte mich an Iwan Petrowitsch nicht satt sehen und redete ihn, da es mir bekannt war, daß ich auf Menschen, die mich zum erstenmal sahen, einen niederdrückenden Eindruck mache, möglichst herzlich an: ›Guten Tag, Iwan Petrowitsch!‹

›Guten Morgen zu wünschen, Exzellenz!‹ entgegnete er mit einem seelenvollen Klang in der Stimme, die mir ebenfalls außerordentlich sympathisch war.

Obwohl seine Antwort eine solche war, wie sie Soldaten ihren Vorgesetzten zu geben pflegen, so verstand er es doch meisterhaft, dem Ton eine natürliche und durchaus erlaubte Schalkhaftigkeit zu geben, und durch diese Antwort wurde das ganze fernere Gespräch bestimmt, indem es den Charakter einer ungezwungenen Plauderei im Familienkreise annahm.

Und mir wurde verständlich, wieso es kam, daß alle diesen Menschen liebten. Ich sah keinen Anlaß, Iwan Petrowitsch diesen Ton zu untersagen, und teilte ihm kurzerhand mit, ich freute mich, mit ihm bekannt zu werden.

›Ich darf wohl sagen, daß ich es meinerseits sowohl für eine Ehre als auch für ein Vergnügen halte‹, entgegnete er und trat dabei einen Schritt vor.

Wir verneigten uns, der Exekutor verließ mich, Iwan Petrowitsch aber blieb in meinem Vorzimmer.

Nach einer Stunde rief ich ihn herein und fragte:

›Schreiben Sie eine gute Hand?‹

›Der Charakter meiner Handschrift ist sehr ausgesprochen‹, entgegnete er und fügte sogleich hinzu: ›Ist es Ihnen gefällig, daß ich etwas aufschreibe?‹

›Ich bitte darum.‹

Er nahm an meinem Schreibtisch Platz und überreichte mir nach einem Augenblick ein Blatt Papier, auf das er schnell mit seiner ›ausgesprochenen Charakterschrift‹ hingeschrieben hatte: ›Das Leben ist uns zur Freude gegeben. Iwan Petrowitsch Aquilalbow.«

Dies lesen und auflachen war für mich eines: besser konnte ja nichts zu ihm passen als das, was dort geschrieben stand. ›Das Leben ist uns zur Freude gegeben‹ – sein ganzes Leben war eine fortgesetzte Freude!

Ein Mensch ganz nach meinem Geschmack!

Darauf bat ich ihn, eine Abschrift von einem unwichtigen Papier zu machen, und er verrichtete diese Arbeit schnell und ohne den geringsten Fehler.

Dann trennten wir uns. Iwan Petrowitsch ging; ich war allein zu Hause und gab mich meinem krankhaften Trübsinn hin, und ich gestehe, daß ich, weiß der Teufel warum, einige Male unwillkürlich an ihn denken mußte, das heißt an Iwan Petrowitsch. Der ächzte nicht, und für ihn gab es keinen Trübsinn. Ihm war das Leben zur Freude gegeben. Aber woher nimmt er sie, diese Freude, mit seinen vierzehn Rubeln? – Hat er am Ende Glück in den Karten, oder nimmt er Schmiergelderchen? – Oder gar die Kaufmannsfrauen? – Und freilich, er trug so ein frisches granatrotes Halstuch...

Und so sitze ich vor den aufgeschlagenen Akten und Protokollen und denke an sinnloses und mich gar nichts angehendes dummes Zeug, doch da tritt mein Bedienter ein und meldet, der Gouverneur warte draußen.

VI

Der Gouverneur sagt: ›Übermorgen wird ein Quintett bei mir gespielt, und ich hoffe, daß die Musik gut sein wird; es kommen auch Damen, und da Sie, wie ich höre, in unserer Wildnis ganz melancholisch geworden sind, so kam ich Sie besuchen und Sie

auffordern, eine Tasse Tee bei mir zu trinken – die kleine Zerstreuung wird Ihnen gewiß nicht schlecht bekommen.‹
›Ergebenen Dank, und warum glauben Sie denn, daß ich melancholisch geworden sei?‹
›Eine Bemerkung von Iwan Petrowitsch.‹
›Ach, Iwan Petrowitsch! Der Beamte, der jetzt bei mir du jour ist? Kennen Sie ihn denn?‹
›Freilich, freilich. Unser Student, unser Artist und Chorist, wenn auch nicht Affairist.‹
›Er ist also kein Affairist?‹
›Nein, er ist glücklich wie Polykrates und braucht keine Affairen. Er ist der Liebling der Stadt und ständiges Mitglied im Departement unserer Lustigkeit.‹
›Ist er musikalisch?‹
›Er kann alles: singen, spielen, tanzen, Pfänderspiele arrangieren – alles kann Iwan Petrowitsch. Wo es ein Fest gibt, ist auch Iwan Petrowitsch dabei; eine Lotteria-allegra oder ein Theater zu wohltätigem Zweck – man braucht Iwan Petrowitsch dazu. Er verteilt die Gewinne, und er stellt die Sächelchen viel hübscher als jeder andere auf; er malt die Kulissen und wird eins-zwei-drei aus dem Anstreicher zum Schauspieler, der jede beliebige Rolle spielt. Und wie er spielt! Könige, komische Onkels, feurige Liebhaber – man kann sich nicht satt schauen, aber ganz besonders gut macht er alte Weiber.‹
›Was Sie sagen! Alte Weiber!‹
›Erstaunlich! Für übermorgen bereite ich nämlich mit Iwan Petrowitschs Hilfe eine kleine Überraschung vor. Es sollen lebende Bilder gestellt werden. Iwan Petrowitsch hat das übernommen. Selbstverständlich sind einige Bilder darunter, die nur für die Damen sind, die sich zeigen wollen, aber drei der Bilder werden auch dem wirklichen Kunstkenner etwas zu sagen haben.‹
›Und Iwan Petrowitsch macht das?‹
›Iwan Petrowitsch. Die Bilder stellen ›Saul bei der Hexe von Endor‹ dar. Das Sujet ist, wie bekannt, biblisch, und die Stellung der Figuren ist ein wenig geschwollen, was man ja im allgemeinen ›akademisch‹ nennt, doch Iwan Petrowitsch reißt alles heraus. Ihn allein werden alle anschaun – und besonders im zweiten Bild, wenn unsere Überraschung deutlich wird. Ich kann es Ihnen im

Vertrauen verraten. Im ersten Bild sehen Sie Saul als König, und zwar als König vom Kopf bis zum Fuß! Angezogen ist er wie alle. Nicht der geringste Unterschied, denn es heißt ja, daß Saul verkleidet zur Hexe kam, damit sie ihn nicht erkenne, und doch ist es unmöglich, ihn nicht zu erkennen. Er ist König, und zwar der echte biblische Hirtenkönig. Dann fällt der Vorhang, und die Figuren verändern schnell ihre Stellungen: Saul liegt auf dem Boden vor dem Geist Samuels. Saul ist jetzt so gut wie nicht mehr da, aber welch einen Samuel werden Sie, umhüllt von seinem Leichentuch, erblicken! – Ein begeisterter Prophet, auf seinen Schultern ruhen Macht, Größe und Weisheit. Wahrhaftig, dieser konnte *dem König befehlen*, nach Bethel zu gehn und nach Galgala!‹

›Und das ist wieder Iwan Petrowitsch?‹

›Iwan Petrowitsch! Aber es ist noch nicht zu Ende. Wenn nun das Dacapo kommen wird – wovon ich überzeugt bin und wozu ich selber beitragen werde –, dann lassen wir uns nicht etwa auf eine ermüdende Wiederholung ein, sondern wir zeigen, wie die Geschichte weitergeht. Das neue Bild aus Sauls Leben wird jedoch diesmal ohne Saul sein. Das Gespenst ist verschwunden, der König und sein Gefolge haben das Gemach verlassen, in der Tür sieht man noch einen Mantelzipfel der letzten fortschreitenden Person, und auf der Bühne ist nur noch die Zauberin...‹

›Wieder Iwan Petrowitsch?‹

›Versteht sich! Aber Sie werden keine Hexe zu sehen bekommen, wie sie im ›Macbeth‹ dargestellt wird – kein höllisches Entsetzen, keine Affektiertheit, keine Mätzchen, ein Gesicht werden Sie zu sehen bekommen, das all das weiß, wovon die Weisen sich nichts träumen lassen. Sehen sollen Sie, wie grauenvoll es ist, mit einem zu sprechen, der der Gruft entstiegen ist.‹

›Ich kann es mir vorstellen‹, entgegnete ich, und dabei lag mir der Gedanke völlig fern, daß keine drei Tage vergehen und ich nicht mehr nötig haben würde, sie mir vorzustellen, nein, daß ich diese Folter am eigenen Leibe erfahren würde.

Doch all das kam erst nachher, zunächst war ich noch ganz von Iwan Petrowitsch erfüllt – von diesem lustigen und lebhaften Menschen, der plötzlich da war, so wie ein Steinpilz nach einem warmen Regen aus dem frischen Grase aufschießt, und ist er auch noch nicht groß, der Steinpilz, man sieht ihn überall, und alle schauen auf ihn und lächeln dabei: ›Wie saftig er ist und wie hübsch er ist.‹

VII

Ich sagte Ihnen bereits, wie der Exekutor über ihn sprach und was der Gouverneur von ihm erzählte; als ich mich aber erkundigte, ob nicht auch einer meiner Beamten weltlicher Richtung von ihm gehört hätte, da fingen beide mit einem Male an, sie seien ihm begegnet und er sei in der Tat sehr nett und er sänge famos zur Gitarre und auch mit Klavierbegleitung. Den beiden gefiel er ebenfalls.

Am nächsten Tage erschien der Oberpriester bei mir. Nachdem ich einmal in seiner Kirche gewesen, kam er an jedem Feiertag zu mir und brachte mir die Hostie und klatschte, wie es seine Kirchengewohnheit war, über alle. Er sprach einfach über alle schlecht und machte in dieser Hinsicht auch bei Iwan Petrowitsch keine Ausnahme; dafür aber wußte diese Kirchenklatschbase nicht nur die Natur einer jeden Sache, sondern auch ihre Herkunft. Von Iwan Petrowitsch fing er selber zu sprechen an:

›Man hat Ihnen einen neuen Beamten gegeben. Das wird seine Ursachen haben...‹

›Ja‹, entgegnete ich, ›ein gewisser Iwan Petrowitsch.‹

›Kennen wir, freilich, kennen wir zur Genüge. Mein Schwager, an dessen Stelle ich hierher versetzt wurde, mit der Verpflichtung, die Waisen zu erziehen, der hat ihn getauft... Sein Vater war nicht weit her, kleiner Beamtenadel – später Verwalter... Und die Mutter... Kira Ippolitowna... Auch ein Name – erst den Vater gepflegt und dann ihn geheiratet –, hat aber bald schon die Bitterkeit des Liebeskrautes zu kosten bekommen und wurde darauf Witwe.‹

›Und hat sie selber den Sohn aufgezogen?‹

›Hat sich was, aufgezogen: fünf Klassen Gymnasium und wurde Schreiber im Kriminalgericht... Später hat man ihn zum Gehilfen gemacht... Aber Glück hat er: im vorigen Jahr gewann er bei einer Lotterie ein Pferd mitsamt dem Sattel und war heuer beim Gouverneur zur Hasenjagd eingeladen... Das Pianino – als

damals die Regimentslotterie war –, das fiel ihm auch zu. Ich hatte fünf Lose genommen und bekam's nicht, und er hatte nur eines, und auf das eine hin gewann er es. Jetzt spielt er darauf und gibt auch Tatjana Stunden.‹
›Tatjana, wer ist das?‹
›Ein Waisenkind, das sie zu sich genommen haben – ganz niedlich – ein braunes Gesichtchen. Der gibt er Stunden.‹
Und so verging der Tag in Gesprächen über Iwan Petrowitsch, abends aber höre ich ein Summen im Zimmer meines Dieners Jegor. Ich rufe ihn und frage: ›Was ist das da bei dir?‹
›Laubsägen tu ich‹, antwortete er.
›Laubsägen, wie das?‹
Und nun stellte sich heraus, Iwan Petrowitsch hatte bemerkt, daß Jegor sich ohne Beschäftigung immer langweilte, und ihm eine Laubsäge und Zigarrendeckel mit daraufgeklebtem Muster gebracht und hatte ihm sogar gezeigt, wie man Untersetzer daraus sägt, und auch gleich einige für die nächste Lotterie bestellt.

VIII

Am Morgen des Tages, an dem Iwan Petrowitsch abends im Hause des Gouverneurs zu spielen und mit seinen lebenden Bildern uns in Erstaunen zu versetzen hatte, wollte ich ihn eigentlich nicht lange aufhalten, aber er blieb bis zum Mittagessen da und brachte mich sogar oftmals zum Lachen. Ich neckte ihn, es wäre Zeit für ihn, zu heiraten, doch er entgegnete, er zöge es vor, ›jungfräulich‹ zu bleiben. Ich versuchte ihn für Petersburg zu gewinnen.
›Nein, Exzellenz‹, erwiderte er, ›hier lieben mich alle, und hier ist meine Mutter, und auch das Waisenkind Tanja ist da, und ich liebe die beiden, und die sind nichts für Petersburg.‹
Erstaunlich, wie harmonisch dieser junge Mann war! Seine Liebe zur Mutter und zu dem Waisenkinde rührte mich so, daß ich ihn umarmte; wir trennten uns erst drei Stunden vor dem Beginn der lebenden Bilder.
Zum Abschied sagte ich ihm: ›Ich bin ganz ungeduldig, Sie in den verschiedenen Bildern zu sehn.‹

›Sie werden mich bald satt haben‹, entgegnete Iwan Petrowitsch.
Er ging, ich speiste allein zu Mittag und machte nachher in meinem Sessel ein kleines Schläfchen, um abends frischer zu sein; aber Iwan Petrowitsch ließ mich nicht einschlafen, denn schon bald darauf störte er mich ein wenig sonderbar aus meiner Ruhe. Mit schnellen Schritten trat er ins Zimmer, stieß geräuschvoll die in der Mitte des Zimmers stehenden Stühle mit dem Fuß beiseite und sagte:

›Nun können Sie mich sehen; doch ich danke gehorsamst – mit Ihrem bösen Blick haben Sie mich verhext. Dafür werde ich mich rächen.‹

Ich fuhr aus dem Schlaf, rief den Diener und befahl ihm, mir meinen Anzug zu bringen, und mußte doch die ganze Zeit über staunen: so deutlich war mir Iwan Petrowitsch im Traum erschienen!

Beim Gouverneur war alles hell erleuchtet, und es waren auch bereits viele Gäste da, der Gouverneur aber eilte mir entgegen und flüsterte mir zu:

›Der beste Teil unseres Programms ist hin, aus den Bildern kann nichts werden.‹

›Was ist denn geschehen?‹

›Ssst ... Ich will nicht laut sprechen, um die allgemeine Stimmung nicht zu verderben. Iwan Petrowitsch ist tot.‹

›Wie? – Iwan Petrowitsch? – Tot?!‹

›Ja, ja ja – er ist gestorben.‹

›Aber ich bitte Sie, noch vor drei Stunden war er bei mir und pudelgesund.‹

›Gewiß, und kam von ihnen und streckte sich auf dem Diwan aus und starb ... Und wissen Sie – ich muß es Ihnen sagen, für den Fall, daß seine Mutter ... Sie ist in einem Zustande, es wäre denkbar, daß sie zu Ihnen käme ... Die Unglückliche ist nämlich davon überzeugt, daß an dem Tod ihres Sohnes Sie schuld sind.‹

›Aber wie denn? Hat man ihn vielleicht in meinem Hause vergiftet, was?‹

›Davon war nicht die Rede.‹

›Aber wovon denn?‹

›Daß Sie Iwan Petrowitsch mit Ihrem *bösen Blick getötet* hätten!‹

›Aber erlauben Sie mal‹, entgegnete ich, ›was sind das für Narrheiten!‹

›Ja, ja, ja‹, meinte der Gouverneur, ›alles Dummheiten, versteht sich; doch vergessen Sie nicht, wir leben in der Provinz, und hier glaubt man viel eher an Torheiten als an Gescheitheiten. Im übrigen brauchen Sie es natürlich nicht weiter zu beachten.‹

In diesem Augenblick rief mich die Frau des Gouverneurs zum Kartentisch.

Ich nahm Platz, indes: was alles ich während dieses qualvollen Spieles auszustehen hatte – ich kann es Ihnen gar nicht sagen. Erstens peinigte mich das Bewußtsein, daß dieser liebe junge Mensch, der mir so gut gefallen hatte, jetzt aufgebahrt liege, und zweitens war es mir, als tuschelten alle Anwesenden unablässig von ihm und als zeigten sie auf mich: ›Durch seinen bösen Blick getötet!‹ Und es kam mir sogar vor, als hörte ich dieses Wort: ›Böser Blick, böser Blick!‹ – Nun, und drittens – und ich bitte Sie, mir Glauben zu schenken –, ich sah ihn überall, ihn selber, ich sah Iwan Petrowitsch! – War etwa mein Auge daran schuld oder was – doch wohin ich auch blickte, überall war Iwan Petrowitsch ... Bald sah ich ihn im leeren Salon, dessen Türen geöffnet waren, auf und ab gehen, dann wieder sah ich ihn neben zwei anderen, die sich unterhielten, stehen und zuhören. Und plötzlich war er bei mir und schaute mir in die Karten ... Und natürlich konnte ich in dem Augenblick nicht anders als töricht ausspielen – und mein Partner vis-à-vis ärgerte sich darüber. Und endlich bemerkten es auch die anderen, und der Gouverneur flüsterte mir ins Ohr:

›Iwan Petrowitsch läßt Sie nicht spielen: er rächt sich.‹

›Ja‹, erwiderte ich, ›in der Tat, ich bin zerstreut und fühle mich nicht wohl. Ich bitte um Erlaubnis, abrechnen und mich entfernen zu dürfen.‹

Man erlaubte es mir, und ich fuhr sogleich heim. Allein selbst im Schlitten verließ mich Iwan Petrowitsch nicht – bald war er neben mir, bald saß er, das Gesicht mir zugekehrt, neben dem Kutscher auf dem Bock. Und es schoß mir durch den Kopf: ob das wohl am Ende ein hitziges Fieber sei, das sich anmelde?

Zu Hause war es noch schlimmer. Kaum lag ich im Bett und hatte das Licht ausgelöscht – da saß Iwan Petrowitsch auf dem Bettrand, und diesmal sprach er sogar:

›Sie‹, sagte er, ›Sie haben mich in der Tat mit dem bösen Blick verhext, und nun bin ich tot, aber es lag für mich gar keine Notwendigkeit vor, so jung zu sterben. So steht die Sache! – Alle liebten mich und meine Mutter ebenfalls und auch Tanjuscha, die ihre Schule noch nicht beendet hat. Wie groß ist jetzt ihr Kummer!‹

Ich rief meinen Diener und bat ihn, so sonderbar es ihm auch erscheinen mochte, auf dem Teppich in meinem Zimmer zu schlafen; Iwan Petrowitsch jedoch war das gleichgültig, denn wohin ich mich auch wendete – immer war er da, und damit basta.

Ich ersehnte ordentlich den Morgen, und mein erstes war es, einen meiner Beamten zur Mutter des Verstorbenen zu schicken, und zwar mit dem Auftrag, ihr möglichst taktvoll dreihundert Rubel für die Beerdigung zu übermitteln.

Aber er kehrte zurück und brachte das Geld zurück. ›Sie hat es nicht angenommen‹, meldete er.

›Und hat sie was gesagt?‹ fragte ich.

›Sie sagte: es sei nicht nötig, *gute* Menschen würden ihn beerdigen.‹

Also war ich auf der Liste der *Bösen*.

Kaum gedachte ich seiner, da war Iwan Petrowitsch augenblicks da.

Als es dämmerte, kam die Unruhe über mich; ich setzte mich in einen Schlitten und fuhr, um Iwan Petrowitsch im Sarge zu sehen und von ihm Abschied zu nehmen. Das ist ja so hergebracht, und ich dachte, ich würde niemand lästig fallen. Und bei mir hatte ich alles, was ich damals entbehren konnte – siebenhundert Rubel; die wollte ich sie bitten anzunehmen, und sei es auch nur Tanjas wegen.

IX

Ich sah Iwan Petrowitsch: der ›weiße Adler‹ lag da, als wäre er abgeschossen worden.

Tanja war da. Sie hatte tatsächlich ein bräunliches Gesichtchen und mochte fünfzehn Jahre alt sein, sie trug ein billiges Trauerkleidchen aus Kaliko und hatte immer etwas am Verstorbenen zu richten. Sie rückte ihm den Kopf zurecht und küßte ihn.

Eine Qual, das mit ansehen zu müssen!

Ich fragte sie, ob es mir nicht möglich sei, die Mutter Iwan Petrowitschs zu sprechen.

Das Mädchen entgegnete: ›Schon recht!‹ und ging ins Nebenzimmer; gleich darauf öffnete sie die Tür und forderte mich auf hereinzukommen, aber kaum hatte ich das Zimmer betreten, in welchem die alte Frau saß, da stand diese auf und entschuldigte sich:

›Nein, verzeihen Sie schon, ich habe mich vergebens auf meine Kraft verlassen – ich kann Sie nicht sehen!‹ Und mit diesen Worten verließ sie das Zimmer.

Es beleidigte mich nicht, und es brachte mich auch nicht in Verwirrung, jedoch es bedrückte mich, und darum wendete ich mich an Tanja:

›Vielleicht sind Sie, junges Kind, eher imstande, ein wenig freundlich zu mir zu sein. Glauben Sie mir doch: weder wünschte ich noch hatte ich irgendwelche Ursache, Iwan Petrowitsch ein Unglück zu wünschen, geschweige denn den Tod.‹

›Ich glaube es‹, meinte sie, ›denn keiner konnte ihm etwas Übles wünschen, alle liebten ihn ja.‹

›Und wollen Sie mir glauben, daß auch ich in den zwei, drei Tagen, da er um mich war, ihn sehr liebgewann?‹

›Ja, ja‹, entgegnete sie, ›oh, diese schrecklichen ›zwei, drei Tage‹ – warum nur? Aber Tante ist in ihrem Kummer zu hart gegen Sie gewesen, und mir tun Sie leid.‹ Und mit diesen Worten streckte sie mir ihre beiden Händchen hin.

Ich nahm sie und sagte:

›Ich danke Ihnen, liebes Kind, dafür; dies Gefühl macht sowohl Ihrem Herzen als auch Ihrem Verstand Ehre. Es ist doch völlig töricht, einen solchen Unsinn zu glauben, ich hätte ihn mit dem bösen Blick verhext!‹

›Ich weiß es‹, erwiderte sie.

›Nun, dann seien Sie auch lieb – und erweisen Sie mir einen Gefallen aus Liebe zu ihm!‹

›Was für einen Gefallen?‹

›Nehmen Sie diesen Umschlag hier – es ist ein wenig Geld darin, zur Bestreitung der Kosten, für die Tante.‹

›Sie wird es nicht annehmen.‹

›Oder für Sie selber – für Ihren Unterricht, um den sich Iwan

Petrowitsch so kümmerte. Ich bin fest davon überzeugt, daß er es gutheißen würde.‹

›Nein, vielen Dank, ich kann es nicht annehmen. Er hat niemals und von keinem Menschen Geld genommen. Er war sehr, sehr anständig.‹

›Aber Sie kränken mich durch die Ablehnung ... Sie sind also auf mich böse?‹

›Nein, keineswegs. Ich kann es beweisen.‹

Sie öffnete ein auf dem Tisch liegendes französisches Lehrbuch von Ollendorf und nahm hastig eine dort zwischen den Blättern liegende Photographie von Iwan Petrowitsch heraus, gab sie mir und sagte: ›Die hat er hier hineingelegt. Bis zu der Seite kamen wir gestern. Nehmen Sie sie zum Andenken.‹

Hiermit endete unsere Zusammenkunft. Am Tage darauf wurde Iwan Petrowitsch beerdigt, ich jedoch mußte noch weitere acht Tage in der Stadt verbringen, und wie quälend war meine Lage. Nachts konnte ich nicht schlafen, jedes Geräusch zwang mich aufzuhorchen, und ich öffnete das Fenster, damit wenigstens hie und da eine frische menschliche Stimme von der Straße hereindränge. Doch es half nicht viel: alle sprachen – wenn ich genau hinhörte – von Iwan Petrowitsch und von mir.

›Hier‹, pflegten sie zu sagen, ›hier wohnt dieser Teufel, der Iwan Petrowitsch mit dem bösen Blick verhext hat.‹

Oder es singt jemand, durch die Stille der Nacht heimkehrend, und ich höre, wie der Schnee unter seinen Füßen knirscht, und vernehme sogar die Worte: ›Gestern doch lebt ich noch‹ – und wenn ich achtgebe, ob der Sänger an meinem Hause vorübergeht, dann ist es Iwan Petrowitsch.

Und immer wieder der Oberpriester, jammernd und flüsternd:

›Bösen Blick, behext und basta, aber das kann man vielleicht mit Küken machen, Iwan Petrowitsch jedoch, den hat man vergiftet...‹

Einfach qualvoll!

›Aber wer und warum vergiftet?‹

›Aus Angst, damit er Ihnen nicht am Ende alles erzählt... Man hätte seine Eingeweide untersuchen müssen. Schade, daß man nicht an die Eingeweide gedacht hat. Da hätte man Gift drin gefunden.‹

Herr! Verschone mich wenigstens vor diesem Verdacht!

Plötzlich traf völlig unverhofft ein vertraulicher Brief des Kanzleidirektors ein, in welchem er mir den Befehl des Grafen übermittelte, mich auf das zu beschränken, was ich bisher erreicht, und unverzüglich nach Petersburg zurückzukehren.

Ich freute mich darüber, traf sogleich alle Vorbereitungen und reiste nach zwei Tagen ab.

Iwan Petrowitsch ließ auch während der Fahrt nicht ab, mich zu verfolgen: kaum dachte ich, er sei fort – da war er da; aber sei es nun durch die Ortsveränderung oder nur dadurch hervorgerufen, daß der Mensch sich bekanntlich an alles gewöhnt, ich wurde nach und nach dreister, und ich gewöhnte mich sogar an ihn. Er schwirrte vor meinen Augen, doch es berührte mich nicht mehr so wie zuvor, als hätten wir unseren Spaß miteinander.

Er droht: ›Dir hab ich's gezeigt!‹ Und ich antworte: ›Aber deine französischen Stunden hast du dennoch nicht zu Ende geführt!‹ Und er: ›Macht nichts, ich schlage mich mit Selbstbüffeln ausgezeichnet durch.‹

X

In Petersburg eingetroffen, fühlte ich sofort, daß man mit mir nicht eigentlich unzufrieden war, sondern schlimmer, ich wurde mit einem gewissen Mitleid betrachtet, sonderbar genug.

Den Grafen sah ich alles in allem nur eine Minute, und er sprach in dieser kein Wort; dem Direktor aber, der eine Verwandte von mir zur Frau hatte, sagte er nachher, ihm käme vor, ich sei nicht ganz gesund...

Es erfolgte keine weitere Erklärung. Eine Woche darauf war Weihnachten, und dann kam das neue Jahr und wie immer, versteht sich, der Festtagstrubel und die Erwartung der Auszeichnungen. Mich regte es diesmal wenig auf, um so weniger, als ich ja meine Auszeichnung kannte – den ›Weißen Adler‹. Meine Verwandte, die Frau des Direktors, hatte schon einige Tage vorher den Orden und das Ordensband besorgt und mir geschenkt, und nun lag der Orden in meiner Schreibtischlade und daneben ein Kuvert mit hundert Rubel für die Kuriere, die das amtliche Schreiben zu überbringen hatten.

Aber in der Nacht erhalte ich plötzlich einen Rippenstoß: Iwan Petrowitsch ist das und schlägt mir dicht vor meinem Gesicht mit den Fingern ein Schnippchen. Als er noch lebte, war er bedeutend taktvoller, so was hätte gar nicht zu seinem ausgeglichenen Charakter gepaßt, jetzt aber schlug er mir wie ein echter Taugenichts ein Schnippchen und sagte:

›Dir genügt zunächst einmal das. Ich muß jetzt zur armen Tanja.‹ Und er verschwand.

Am nächsten Morgen – kein Kurier mit dem Amtsschreiben. Ich eile zu meinen Verwandten, um zu erfahren, was los ist.

›Ich kann es nicht fassen‹, sagte der Direktor. ›Dein Name stand groß und breit da, und plötzlich war er weg. Der Graf strich ihn aus und sagte, er würde persönlich vorstellig werden... Weißt du, da ist irgendeine Geschichte, die dir schadet... Ein Beamter soll, nachdem er dich verlassen, unter verdächtigen Begleiterscheinungen gestorben sein... Weißt du etwas darüber?‹

›Ach geh‹, entgegnete ich, ›was für Dummheiten!‹

›Nein, nein, es ist tatsächlich so... Der Graf hat schon mehrere Male nach deinem Befinden gefragt... Verschiedene Persönlichkeiten von dort haben hierher geschrieben, darunter auch der beiderseitige Seelsorger, der Oberpriester... Wie konntest du es zulassen, daß man dich in eine so seltsame Geschichte verwikkelte?‹

Und ich höre zu und fühle dabei nur den einen Wunsch, ihm – genauso wie Iwan Petrowitsch es aus dem Jenseits tat – die Zunge herauszustrecken oder ein Schnippchen zu schlagen.

Iwan Petrowitsch aber verschwand, nachdem ich als Auszeichnung an Stelle des ›Weißen Adlers‹ ein Schnippchen erhalten hatte, und blieb drei Jahre lang fort; dann jedoch machte er mir seine letzte und diesmal die allergreifbarste Visite.

XI

Und wieder Weihnachten und Neujahr, und wieder wurden die Auszeichnungen erwartet. Ich wurde schon seit Jahren übergangen und machte mir nicht viel daraus. Gibt man mir keine, brauch ich auch keine. Silvesterabend feierte ich bei meinen Verwandten, viele Gäste waren da, und es war sehr lustig. Die gesunden Leute blieben zum Essen da, ich aber paßte einen geeigneten Augenblick ab, um zu verschwinden, und näherte mich bereits der Türe, da drangen plötzlich durch das Gespräch folgende Worte an mein Ohr:

›Meine Wanderungen sind zu Ende, Mama ist bei mir. Tanjuscha hat eine gute Partie gemacht, und nun kommt mein letzter Spaß und – schö mang weh!‹

Und es begann plötzlich gedehnt zu singen:
›Leb wohl, du meine traute,
Leb wohl, du liebe Welt.‹

Aha – fuhr es mir durch den Kopf –, da haben wir ihn wieder, und Französisch kann er jetzt auch schon ... Ich will warten, ob nicht noch jemand fortgeht, allein mag ich nicht über die Treppe.

Und immer noch in derselben kleinen Uniform mit dem prunkvollen granatroten Halstuch steigt er an mir vorüber, und kaum ist er verschwunden, da fällt krachend die Haustür ins Schloß, so daß das ganze Haus erzittert.

Der Hausherr und die Diener eilten ins Vorzimmer, zu schauen, ob sich nicht jemand über die Pelzmäntel der Gäste hergemacht habe, doch alles hing an seinem Platz, und die Tür war verschlossen. Ich hütete mich, das Geringste zu sagen, damit nicht am Ende wieder von mir gesprochen würde, daß ich an Halluzinationen leide, oder gar Erkundigungen eingezogen würden, ob ich gesund sei. Die Haustür krachte, schon gut – warum sollte sie nicht krachen?

Ich wartete, bis noch einer ging, und kam wohlbehalten nach Hause. Den Diener, der damals mit mir gefahren war und dem Iwan Petrowitsch das Laubsägen beigebracht, hatte ich schon lange nicht mehr, an seine Stelle war ein neuer getreten; ein wenig verschlafen machte er Licht. Wir gingen an meinem Schreibtisch vorüber, und ich sah, dort lag etwas, bedeckt von weißem Papier ... Mein Weißer-Adler-Orden, den mir seinerzeit – Sie erinnern sich wohl noch? – meine Verwandte schenkte ... Er lag immer in einer abgesperrten Lade. Wie kam es, daß er nun plötzlich auf dem Tisch lag? Man wird natürlich sagen, ich selber hätte ihn in der Zerstreutheit hervorgeholt. Gut, darüber will ich nicht streiten, aber wer kann mir folgendes erklären: Auf dem Nachttisch an meinem Bett lag ein kleines Kuvert, auf dem mein

Name zu lesen war, und auch die Handschrift kam mir bekannt vor ... Es war die gleiche Hand, die vormals ›Das Leben ist uns zur Freude gegeben‹ geschrieben hatte.

›Wer hat das gebracht?‹ fragte ich.

Und da zeigt mein Diener auf die Photographie Iwan Petrowitschs, die mir Tanjuscha geschenkt hatte und die ich noch immer aufbewahre, und sagt:

›Der Herr hier.‹

›Du irrst dich.‹

›Bestimmt nicht‹, entgegnete er. ›Ich habe ihn auf den ersten Blick erkannt.‹

Im Kuvert lag ein gedrucktes Exemplar des amtlichen Erlasses: mir war der ›Weiße Adler‹ verliehen worden. Und was noch besser war: ich konnte nachts schlafen, obwohl mir die ganze Zeit war, ich hörte irgendwen irgendwo diese ganz dummen Worte singen: ›O rewuar, rewerans – schö alleh o kontratans.‹

Da ich durch Iwan Petrowitschs Unterricht eine gewisse Erfahrung im Leben der Geister gewonnen hatte, erkannte ich, daß das Iwan Petrowitsch war, der sich ›mit Selbstbüffeln‹ im Französischen durchschlug und der nun fortflog, und ich begriff, daß er mich nun nie wieder quälen würde. Und so war es auch: er hatte sich an mir gerächt und mir jetzt verziehen. Begreiflich. Aber warum dort in der Geisterwelt alles so durcheinander und kreuz und quer geht, warum ein Menschenleben, das doch mehr wert ist als alles, durch törichten Spuk und einen Orden gerächt wird und warum endlich ein Herniedersteigen aus den höchsten Sphären mit dem dummen Gesang: ›O rewuar, rewerans – schö alleh o kontratans‹ verbunden ist – das kann ich einfach nicht begreifen.«

E. T. A. HOFFMANN

Eine Spukgeschichte

Cyprian stand auf und ging, wie er zu tun pflegte, wenn irgend etwas so sein ganzes inneres Gemüt erfüllte, daß er die Worte ordnen mußte, um es auszusprechen, im Zimmer einigemal auf und ab.

Die Freunde lächelten sich schweigend an. Man las in ihren Blicken: »Was werden wir nur wieder Abenteuerliches hören!« –

Cyprian setzte sich und begann:

»Ihr wißt, daß ich mich vor einiger Zeit, und zwar kurz vor dem letzten Feldzuge, auf dem Gute des Obristen von P. befand. Der Obriste war ein muntrer, jovialer Mann, so wie seine Gemahlin die Ruhe, die Unbefangenheit selbst.

Der Sohn befand sich, als ich dorten war, bei der Armee, so daß die Familie außer dem Ehepaar nur noch aus zwei Töchtern und einer alten Französin bestand, die eine Art von Gouvernante vorzustellen sich mühte, unerachtet die Mädchen schon über die Zeit des Gouvernierens hinaus schienen. Die älteste war ein munteres Ding, bis zur Ausgelassenheit lebendig, nicht ohne Geist, aber so wie sie nicht fünf Schritte gehen konnte, ohne wenigstens drei Entrechats zu machen, so sprang sie auch im Gespräch, in all ihrem Tun rastlos von einem Dinge zum andern. Ich hab es erlebt, daß sie in weniger als zehn Minuten stickte – las – zeichnete – sang – tanzte – daß sie in einem Moment weinte und den armen Cousin, der in der Schlacht geblieben und, die bittern Tränen noch in den Augen, in ein hell aufquiekendes Gelächter ausbrach, als die Französin unversehens ihre Tabaksdose über den kleinen Mops ausschüttete, der sofort entsetzlich zu niesen begann, worauf die Alte lamentierte: ›Ah che fatalità! ah carino – poverino!‹ – Sie pflegte nämlich mit besagtem Mops nur in italienischer Zunge zu reden, da er aus Padua gebürtig – und dabei war das Fräulein die lieblichste Blondine, die es geben mag, und in allen ihren seltsamen Capriccios voll Anmut und Liebenswürdigkeit, so daß sie überall einen unwiderstehlichen Zauber übte, ohne es zu wollen.

Das seltsamste Widerspiel bildete die jüngere Schwester, Adelgunde geheißen. Vergebens ringe ich nach Worten, euch den ganz eignen wunderbaren Eindruck zu beschreiben, den das Mädchen auf mich machte, als ich sie zum ersten Male sah. Denkt euch die schönste Gestalt, das wunderherrlichste Antlitz. Aber eine Totenblässe liegt auf Lipp' und Wangen, und die Gestalt bewegt sich leise, langsam, gemessenen Schrittes, und wenn dann ein halblautes Wort von den kaum geöffneten Lippen ertönt und im weiten Saal verklingt, fühlt man sich von gespenstischen Schauern durchbebt. – Ich überwand wohl bald diese Schauer und mußte, als ich das tief in sich gekehrte Mädchen zum Sprechen vermocht, mir selbst gestehen, daß das Seltsame, ja Spukhafte dieser Erscheinung nur im Äußern liege, keineswegs sich aber aus dem Innern heraus offenbare. In dem wenigen, was das Mädchen sprach, zeigte sich ein zarter weiblicher Sinn, ein heller Verstand, ein freundliches Gemüt. Keine Spur irgendeiner Überspannung war zu finden, wiewohl das schmerzliche Lächeln, der tränenschwere Blick wenigstens irgendeinen physischen Krankheitszustand, der auch auf das Gemüt des zarten Kindes feindlich einwirken mußte, vermuten ließ. Sehr sonderbar fiel es mir auf, daß die Familie, keinen, selbst die alte Französin nicht, ausgeschlossen, beängstet schien, sowie man mit dem Mädchen sprach, und versuchte, das Gespräch zu unterbrechen, sich darin manchmal auf gar erzwungene Weise einmischend. Das seltsamste war aber, daß, sowie es abends acht Uhr geworden, das Fräulein erst von der Französin, dann von Mutter, Schwester, Vater gemahnt wurde, sich in ihr Zimmer zu begeben, wie man kleine Kinder zu Bette treibt, damit sie nicht übermüden, sondern fein ausschlafen. Die Französin begleitete sie, und so kam es, daß beide niemals das Abendessen, welches um neun Uhr angerichtet wurde, abwarten durften. – Die Obristin, meine Verwunderung wohl bemerkend, warf einmal, um jeder Frage vorzubeugen, leicht hin, daß Adelgunde viel kränkle, daß sie vorzüglich abends um neun Uhr von Fieberanfällen heimgesucht werde, und daß daher der Arzt geraten, sie zu dieser Zeit der unbedingtesten Ruhe zu überlassen. – Ich fühlte, daß es noch eine ganz andere Bewandtnis damit haben müsse, ohne irgend Deutliches ahnen zu können. Erst heute erfuhr ich den wahren entsetzlichen Zusammenhang der Sache und das Ereignis, das den kleinen glücklichen Familienkreis auf furchtbare Weise verstört hat. –

Adelgunde war sonst das blühendste, munterste Kind, das man nur sehen konnte. Ihr vierzehnter Geburtstag wurde gefeiert, eine Menge Gespielinnen waren dazu eingeladen. – Die sitzen in dem schönen Boskett des Schloßgartens im Kreise umher und scherzen und lachen und kümmern sich nicht darum, daß immer finstrer und finstrer der Abend heraufzieht, da die lauen Juliuslüfte erquickend wehen und erst jetzt ihre Lust recht aufgeht. In der magischen Dämmerung beginnen sie allerlei seltsame Tänze, indem sie Elfen und andere flinke Spukgeister vorstellen wollen. ›Hört‹, ruft Adelgunde, als es im Boskett ganz finster geworden, ›hört, Kinder, nun will ich euch einmal als die weiße Frau erscheinen, von der unser alte verstorbene Gärtner so oft erzählt hat. Aber da müßt ihr mit mir kommen bis ans Ende des Gartens, dorthin, wo das alte Gemäuer steht.‹ – Und damit wickelt sie sich in ihren weißen Shawl und schwebt leichtfüßig fort durch den Laubgang, und die Mädchen laufen ihr nach in vollem Schäkern und Lachen. Aber kaum ist Adelgunde an das alte, halb eingefallene Gewölbe gekommen, als sie erstarrt – gelähmt an allen Gliedern stehen bleibt. Die Schloßuhr schlägt neun. ›Seht ihr nichts‹, ruft Adelgunde mit dem dumpfen hohlen Ton des tiefsten Entsetzens, ›seht ihr nichts – die Gestalt – die dicht vor mir steht – Jesus – sie streckt die Hand nach mir aus – seht ihr denn nichts?‹ – Die Kinder sehen nicht das mindeste, aber alle erfaßt Angst und Grauen. Sie rennen fort, bis auf eine, die, die beherzteste, sich ermutigt, auf Adelgunden zuspringt, sie in die Arme fassen will. Aber in dem Augenblick sinkt Adelgunde todähnlich zu Boden. Auf des Mädchens gellendes Angstgeschrei eilt alles aus dem Schlosse herzu. Man bringt Adelgunde hinein. Sie erwacht endlich aus der Ohnmacht und erzählt, an allen Gliedern zitternd, daß, kaum sei sie vor das Gewölbe getreten, dicht vor ihr eine luftige Gestalt, wie in Nebel gehüllt, gestanden und die Hand nach ihr ausgestreckt habe. – Was war natürlicher, als daß man die ganze Erscheinung den wunderbaren Täuschungen des dämmernden Abendlichts zuschrieb. Adelgunde erholte sich in derselben Nacht so ganz und gar von ihrem Schreck, daß man durchaus keine böse Folgen befürchtete, sondern die ganze Sache für völlig abgetan hielt. – Wie ganz anders begab sich alles! – Kaum schlägt es den Abend darauf neun Uhr, als Adelgunde mitten in der Gesellschaft, die sie umgibt, entsetzt aufspringt und ruft: ›Da ist es – da ist es – seht ihr denn nichts! – dicht vor mir steht es!‹ – Genug, seit jenem unglückseligen Abende behauptete Adelgunde, sowie es abends neune schlug, daß die Gestalt dicht vor ihr stehe und einige Sekunden weile, ohne daß irgendein Mensch außer ihr auch nur das mindeste wahrnehmen konnte oder in irgendeiner psychischen Empfindung die Nähe eines unbekannten geistigen Prinzips gespürt haben sollte. Nun wurde die arme Adelgunde für wahnsinnig gehalten, und die Familie schämte sich in seltsamer Verkehrtheit dieses Zustandes der Tochter, der Schwester. Daher jene sonderbare Art sie zu behandeln, deren ich erst erwähnte. Es fehlte nicht an Ärzten und an Mitteln, die das arme Kind von der fixen Idee, wie man die von ihr behauptete Erscheinung zu nennen beliebte, befreien sollten, aber alles blieb vergebens, und sie bat unter vielen Tränen, man möge sie doch nur in Ruhe lassen, da die Gestalt, die in ihren ungewissen, unkenntlichen Zügen an und vor sich selbst gar nichts Schreckliches habe, ihr kein Entsetzen mehr errege, wiewohl es jedesmal nach der Erscheinung ihr zumute sei, als wäre ihr Innerstes mit allen Gedanken hinausgewendet und schwebe körperlos außer ihr selbst umher, wovon sie krank und matt werde. – Endlich machte der Obrist die Bekanntschaft eines berühmten Arztes, der in dem Ruf stand, Wahnsinnige auf eine überaus pfiffige Weise zu heilen. Als der Obrist diesem entdeckt hatte, wie es sich mit der armen Adelgunde begebe, lachte er laut auf und meinte, nichts sei leichter, als diesen Wahnsinn zu heilen, der bloß in der überreizten Einbildungskraft seinen Grund finde. Die Idee der Erscheinung des Gespenstes sei mit dem Ausschlagen der neunten Abendstunde so fest verknüpft, daß die innere Kraft des Geistes sie nicht mehr trennen könne, und es käme daher nur darauf an, diese Trennung von außen her zu bewirken. Dies könne aber nun wieder sehr leicht dadurch geschehen, daß man das Fräulein in der Zeit täusche und die neunte Stunde vorübergehen lasse, ohne daß sie es wisse. Wäre dann das Gespenst nicht erschienen, so würde sie selbst ihren Wahn einsehen, und physische Erkräftigungsmittel würden dann die Kur glücklich vollenden. – Der unselige Rat wurde ausgeführt! – In einer Nacht stellte man sämtliche Uhren im Schlosse, ja selbst die Dorfuhr, deren dumpfe Schläge herabsummten, um eine Stunde zurück, so daß Adelgunde, sowie sie am frühen Morgen erwachte, in der Zeit um eine Stunde irren mußte. Der Abend kam heran. Die kleine Familie war wie gewöhnlich in einem heiter verzierten Eckzimmer versammelt, kein Fremder zugegen. Die Obristin mühte sich, allerlei Lustiges zu erzählen, der Obrist fing an, wie es seine Art war, wenn er vorzüglich bei Laune, die alte Französin ein wenig aufzuziehen, worin ihm Auguste (das ältere Fräulein) beistand. Man lachte, man war fröhlicher als je. – Da schlägt die Wanduhr achte (es war also die neunte Stunde), und leichenblaß sinkt Adelgunde in den Lehnsessel zurück – das Nähzeug entfällt ihren Händen! Dann erhebt sie sich, alle Schauer des Entsetzens im Antlitz, starrt hin in des Zimmers öden Raum, murmelt dumpf und hohl: – ›Was! – eine Stunde früher? – ha, seht ihr's? – seht ihr's? – da steht es dicht vor mir – dicht vor mir!‹ – Alle fahren auf, vom Schrecken erfaßt, aber als niemand auch nur das mindeste gewahrt, ruft der Obrist: ›Adelgunde! – fasse dich! – es ist nichts, es ist ein Hirngespinst, ein Spiel deiner Einbildungskraft, was dich täuscht, wir sehen nichts, gar nichts und müßten wir, ließe sich wirklich dicht vor dir eine Gestalt erschauen, müßten wir sie nicht ebensogut wahrnehmen als du? – Fasse dich – fasse dich, Adelgunde!‹ – ›O Gott – o Gott‹, seufzt Adelgunde, ›will man mich denn wahnsinnig machen! – Seht, da streckt es den weißen Arm lang aus nach mir – es winkt.‹ – Und wie willenlos, unverwandten starren Blickes, greift nun Adelgunde hinter sich, faßt einen kleinen Teller, der zufällig auf dem Tische steht, reicht ihn vor sich hin in die Luft, läßt ihn los – und der Teller, wie von unsichtbarer Hand getragen, schwebt langsam im Kreise der Anwesenden umher und läßt sich dann leise auf den Tisch nieder! – Die Obristin, Auguste lagen in tiefer Ohnmacht, der ein hitziges Nervenfieber folgte. Der Obrist nahm sich mit aller Kraft zusammen, aber man merkte wohl an seinem verstörten Wesen die tiefe feindliche Wirkung jenes unerklärlichen Phänomens.

Die alte Französin hatte, auf die Knie gesunken, das Gesicht zur Erde gebeugt, still gebetet, sie blieb so wie Adelgunde frei von allen bösen Folgen. In kurzer Zeit war die Obristin hingerafft. Auguste überstand die Krankheit, aber wünschenswerter war gewiß ihr Tod, als ihr jetziger Zustand. – Sie, die volle herrliche Jugendlust selbst, wie ich sie erst beschrieben, ist von einem Wahnsinn befallen, der mir wenigstens grauenvoller, entsetzlicher vorkommt, als irgendeiner, den jemals eine fixe Idee erzeugte. Sie bildet sich nämlich ein, *sie* sei jenes unsichtbare körperlose Gespenst Adelgundens, flieht daher alle Menschen oder hütet sich wenigstens, sobald ein anderer zugegen, zu reden, sich zu bewegen. Kaum wagt sie es zu atmen, denn fest glaubt sie, daß, verrate sie ihre Gegenwart auf diese, jene Weise, jeder vor Entsetzen des Todes sein müsse. Man öffnet ihr die Türe, man setzt ihr Speisen hin, dann schlüpft sie verstohlen hinein und heraus – ißt ebenso heimlich usw. Kann ein Zustand qualvoller sein? –

Der Obrist, ganz Gram und Verzweiflung, folgt den Fahnen zum neuen Feldzuge. Er blieb in der siegreichen Schlacht bei W. – Merkwürdig, höchst merkwürdig ist es, daß Adelgunde seit jenem verhängnisvollen Abende von dem Phantom befreit ist. Sie pflegt getreulich die kranke Schwester, und ihr steht die alte Französin bei. So wie Sylvester mir heute sagte, ist der Oheim der armen Kinder hier, um mit unserm wackern R– über die Kurmethode, die man allenfalls bei Augusten versuchen könne, zu Rate zu gehen. – Gebe der Himmel, daß die unwahrscheinliche Rettung möglich.«

Cyprian schwieg, und auch die Freunde blieben still, indem sie gedankenvoll vor sich hinschauten. Endlich brach Lothar los: »Das ist ja eine ganz verdammte Spukgeschichte! – Aber ich kann's nicht leugnen, mir bebt die Brust, unerachtet mir das ganze Ding mit dem schwebenden Teller kindisch und abgeschmackt bedünken will.« »Nicht so rasch«, nahm Ottmar das Wort, »nicht so rasch, lieber Lothar! – Du weißt, was ich von Spukgeschichten halte, du weißt, daß ich mich gegen alle Visionärs damit brüste, daß die Geisterwelt, unerachtet ich sie oft mit verwogener Keckheit in die Schranken rief, noch niemals sich bemühte, mich für meinen Frevel zu züchtigen, aber Cyprians Erzählung gibt einen ganz andern Punkt zu bedenken, als den der bloßen chimärischen Spukerei. – Mag es mit Adelgundens Phantom, mag es mit dem schwebenden Teller dann nun eine Bewandtnis gehabt haben, welche es wolle, genug, die Tatsache bleibt stehen, daß sich an jenem Abende in dem Kreise der Familie des Obristen von P. etwas zutrug, worüber drei Personen zu gleicher Zeit in einen solchen verstörten Gemütszustand gerieten, der bei einer den Tod, bei der andern Wahnsinn herbeiführte, wollen wir nicht auch, wenigstens *mittelbar*, den Tod des Obristen jenem Ereignis zuschreiben. Denn eben fällt mir ein, von Offizieren gehört zu haben, der Obrist sei beim Angriff plötzlich, wie von Furien getrieben, ins feindliche Feuer hineingesprengt. Nun ist aber auch die Geschichte mit dem Teller so ohne alle Staffierung gewöhnlicher Spukgeschichten, selbst die Stunde allem spukischen Herkommen entgegen, und das Ganze so ungesucht, so einfach, daß gerade in der Wahrscheinlichkeit, die das Unwahrscheinlichste dadurch erhält, für mich das Grauenhafte liegt. Doch, nehmen wir an, daß Adelgundens Einbildung Vater, Mutter, Schwester mit fortriß, daß der Teller nur innerhalb ihres Gehirns im Kreise umherschwebte, wäre diese Einbildung, in einem Moment wie ein elektrischer Schlag drei Personen treffend, nicht eben der entsetzlichste Spuk, den es geben könnte?«

»Allerdings«, sprach Theodor, »und ich teile mit dir, Ottmar, das lebhafte Gefühl, daß gerade in der Einfachheit der Geschichte ihre tiefsten Schauer liegen. – Ich kann mir es denken, daß ich den plötzlichen Schreck irgendeiner grauenhaften Erscheinung wohl ertragen könnte, das unheimliche, den äußern Sinn in Anspruch nehmende Treiben eines unsichtbaren Wesens würde mich dagegen unfehlbar wahnsinnig machen. Es ist das Gefühl der gänzlichen hilflosesten Ohnmacht, das den Geist zermalmen müßte. Ich erinnere mich, daß ich dem tiefsten Grausen kaum widerstehen konnte, daß ich wie ein einfältiges, verschüchtertes Kind nicht allein in meinem Zimmer schlafen mochte, als ich einst von einem alten Musiker las, den ein entsetzlicher Spuk mehrere Zeit hindurch verfolgte und ihn auch beinahe zum hellen Wahnsinn trieb. Nachts spielte nämlich ein unsichtbares Wesen auf seinem Flügel die wunderbarsten Kompositionen mit der Kraft und Fertigkeit des vollendeten Meisters. Er hörte jeden Ton, er sah, wie die Tasten niedergedrückt wurden, wie die Saiten zitterten, aber nicht den leisesten Schimmer einer Gestalt.« –

»Nein«, rief Lothar, »nein, es ist nicht auszuhalten, wie das Tolle wieder unter uns lustig fortwuchert! – Ich hab es euch gestanden, daß mir der verdammte Teller das Innerste aufgeregt hat. Ottmar hat recht; hält man sich nur an das Resultat irgendeines Ereignisses, das sich wirklich begeben, so ist dies Resultat der gräßlichste Spuk, den es geben kann.«

HEINRICH HEINE

Doktor Ascher und die Vernunft

In jener Nacht, die ich in Goslar zubrachte, ist mir etwas höchst Seltsames begegnet. Noch immer kann ich nicht ohne Angst daran zurückdenken. Ich bin von Natur nicht ängstlich, und Gott weiß, daß ich niemals eine sonderliche Beklemmung empfunden habe, wenn zum Beispiel eine blanke Klinge mit meiner Nase Bekanntschaft zu machen suchte oder wenn ich mich nachts in einem verrufenen Walde verirrte oder wenn mich im Konzert ein gähnender Lieutenant zu verschlingen drohte – aber vor Geistern fürchte ich mich fast so sehr wie der »Östreichische Beobachter«. Was ist Furcht? Kommt sie aus dem Verstande oder aus dem Gemüt? Über diese Frage disputierte ich so oft mit dem Doktor Saul Ascher, wenn wir zu Berlin, im »Café Royal«, wo ich lange Zeit meinen Mittagstisch hatte, zufällig zusammentrafen. Er behauptete immer, wir fürchten etwas, weil wir es durch Vernunftschlüsse für furchtbar erkennen. Nur die Vernunft sei eine Kraft, nicht das Gemüt. Während ich gut aß und gut trank, demonstrierte er mir fortwährend die Vorzüge der Vernunft. Gegen das Ende seiner Demonstration pflegte er nach seiner Uhr zu sehen, und immer schloß er damit: »Die Vernunft ist das höchste Prinzip!« – Vernunft! Wenn ich jetzt dieses Wort höre, so sehe ich noch immer den Doktor Saul Ascher mit seinen abstrakten Beinen, mit seinem engen, transzendentalgrauen Leibrock und mit seinem schroffen, frierend kalten Gesichte, das einem Lehrbuche der Geometrie als Kupfertafel dienen konnte. Dieser Mann, tief in den Funfzigern, war eine personifizierte grade Linie. In seinem Streben nach dem Positiven hatte der arme Mann sich alles Herrliche aus dem Leben herausphilosophiert, alle Sonnenstrahlen, allen Glauben und alle Blumen, und es blieb ihm nichts übrig als das kalte, positive Grab. Auf den Apoll von Belvedere und auf das Christentum hatte er eine spezielle Malice. Gegen letzteres schrieb er sogar eine Broschüre, worin er dessen Unvernünftigkeit und Unhaltbarkeit bewies. Er hat überhaupt eine ganze Menge Bücher geschrieben, worin immer die Vernunft von ihrer eigenen Vortrefflichkeit renommiert und wobei es der arme Doktor gewiß ernsthaft genug meinte und also in dieser Hinsicht alle Achtung verdiente. Darin aber bestand ja eben der Hauptspaß, daß er ein so ernsthaft närrisches Gesicht schnitt, wenn er dasjenige nicht begreifen konnte, was jedes Kind begreift, eben weil es ein Kind ist. Einigemal besuchte ich auch den Vernunftdoktor in seinem eigenen Hause, wo ich schöne Mädchen bei ihm fand; denn die Vernunft verbietet nicht die Sinnlichkeit. Als ich ihn einst ebenfalls besuchen wollte, sagte mir sein Bedienter: »Der Herr Doktor ist eben gestorben.« Ich fühlte nicht viel mehr dabei, als wenn er gesagt hätte: Der Herr Doktor ist ausgezogen.

Doch zurück nach Goslar. »Das höchste Prinzip ist die Vernunft!« sagte ich beschwichtigend zu mir selbst, als ich ins Bett stieg. Indessen, es half nicht. Ich hatte eben in Varnhagen von Enses »Deutsche Erzählungen«, die ich von Klaustal mitgenommen hatte, jene entsetzliche Geschichte gelesen, wie der Sohn, den sein eigener Vater ermorden wollte, in der Nacht von dem Geiste seiner toten Mutter gewarnt wird. Die wunderbare Darstellung dieser Geschichte bewirkte, daß mich während des Lesens ein inneres Grauen durchfröstelte. Auch erregen Gespenstererzählungen ein noch schauerlicheres Gefühl, wenn man sie auf der Reise liest, und zumal des Nachts, in einer Stadt, in einem Hause, in einem Zimmer, wo man noch nie gewesen. ›Wieviel Gräßliches mag sich schon zugetragen haben auf diesem Flecke, wo du eben liegst?‹ so denkt man unwillkürlich. Überdies schien jetzt der Mond so zweideutig ins Zimmer herein, an der Wand bewegten sich allerlei unberufene Schatten, und als ich mich im Bett aufrichtete, um hinzusehen, erblickte ich –

Es gibt nichts Unheimlicheres, als wenn man bei Mondschein das eigene Gesicht zufällig im Spiegel sieht. In demselben Augenblicke schlug eine schwerfällige, gähnende Glocke, und zwar so lang und langsam, daß ich nach dem zwölften Glockenschlage sicher glaubte, es seien unterdessen volle zwölf Stunden verflossen und es müßte wieder von vorn anfangen, zwölf zu schlagen. Zwischen dem vorletzten und letzten Glockenschlage schlug noch eine andere Uhr, sehr rasch, fast keifend gell und vielleicht ärgerlich über die Langsamkeit ihrer Frau Gevatterin. Als beide eiserne Zungen schwiegen und tiefe Todesstille im ganzen Hause herrschte, war es mir plötzlich, als hörte ich auf dem Korridor, vor meinem Zimmer, etwas schlottern und schlappen, wie der unsichere Gang eines alten Mannes. Endlich öffnete sich meine Tür, und langsam trat herein der verstorbene Doktor Saul Ascher. Ein kaltes Fieber rieselte mir durch Mark und Bein, ich zitterte wie Espenlaub, und kaum wagte ich das Gespenst anzusehen. Er sah aus wie sonst, derselbe transzendentalgraue Leibrock, dieselben abstrakten Beine und dasselbe mathematische Gesicht; nur war dieses etwas gelblicher als sonst, auch der Mund, der sonst zwei Winkel von $22^{1}/_{2}$ Grad bildete, war zusammengekniffen, und die Augenkreise hatten einen größern Radius. Schwankend und wie sonst sich auf sein spanisches Röhrchen stützend, näherte er sich mir, und in seinem gewöhnlichen mundfaulen Dialekte sprach er freundlich: »Fürchten Sie sich nicht, und glauben Sie nicht, daß ich ein Gespenst sei. Es ist Täuschung Ihrer Phantasie, wenn Sie mich als Gespenst zu sehen glauben. Was ist ein Gespenst? Geben Sie mir eine Definition. Deduzieren Sie mir die Bedingungen der Möglichkeit eines Gespenstes. In welchem vernünftigen Zusammenhange stände eine solche Erscheinung mit der Vernunft? Die Vernunft, ich sage die Vernunft —« Und nun schritt das Gespenst zu einer Analyse der Vernunft, zitierte Kants »Kritik der reinen Vernunft«, 2. Teil, 1. Abschnitt, 2. Buch, 3. Hauptstück, die Unterscheidung von Phänomena und Noumena, konstruierte alsdann den problematischen Gespensterglauben, setzte einen Syllogismus auf den andern und schloß mit dem logischen Beweise, daß es durchaus keine Gespenster gibt. Mir unterdessen lief der kalte Schweiß über den Rücken, meine Zähne klapperten wie Kastagnetten, aus Seelenangst nickte ich unbedingte Zustimmung bei jedem Satz, womit der spukende Doktor die Absurdität aller Gespensterfurcht bewies, und derselbe demonstrierte so eifrig, daß er einmal in der Zerstreuung statt seiner goldenen Uhr eine Handvoll Würmer aus der Uhrtasche zog und, seinen Irrtum bemerkend, mit possierlich ängstlicher Hastigkeit wieder einsteckte. »Die Vernunft ist das höchste —«, da schlug die Glocke eins, und das Gespenst verschwand.

KNUT HAMSUN
Das Gespenst

Mehrere Jahre meiner Kindheit verbrachte ich bei meinem Onkel auf dem Pfarrhof im Nordland. Es war eine harte Zeit für mich, viel Arbeit, viel Prügel und selten eine Stunde zu Spiel und Vergnügen. Da mein Onkel mich so streng hielt, bestand allmählich meine einzige Freude darin, mich zu verstecken und allein zu sein; hatte ich ausnahmsweise einmal eine freie Stunde, so begab ich mich in den Wald, oder ich ging auf den Kirchhof und wanderte zwischen Kreuzen und Grabsteinen herum, träumte, dachte und unterhielt mich laut mit mir selber.

Der Pfarrhof lag ungewöhnlich schön, dicht bei der Glimma, einem breiten Strom mit vielen großen Steinen, dessen Brausen Tag und Nacht, Nacht und Tag ertönte. Die Glimma floß einen Teil des Tags südwärts, den übrigen Teil nordwärts, je nachdem Flut oder Ebbe war – immer aber brauste ihr ewiger Gesang, und ihr Wasser rann mit gleicher Eile im Sommer wie im Winter dahin, welche Richtung es auch nahm.

Oben auf einem Hügel lagen die Kirche und der Kirchhof. Die Kirche war eine alte Kreuzkirche aus Holz, und die Gräber waren ohne Blumen; hart an der steinernen Mauer aber pflegten die üppigsten Himbeeren zu wachsen, die ihre Nahrung aus der fetten Erde der Toten sogen. Ich kannte jedes Grab und jede Inschrift, und ich erlebte, daß Kreuze, die ganz neu aufgestellt wurden, im Laufe der Zeit sich zu neigen begannen und schließlich in einer Sturmnacht umstürzten.

Waren da auch keine Blumen auf den Gräbern, so wuchs doch im Sommer hohes Gras auf dem ganzen Kirchhof. Es war so hoch und so hart, daß ich oft da saß und dem Winde lauschte, der in diesem sonderbaren Grase sauste, das mir bis an die Hüften ging. Und mitten in dies Gesause hinein konnte die Wetterfahne auf dem Kirchturm knarren, und dieser rostige, eiserne Ton klang jammernd über den Pfarrhof hin. Es war, als ob dies Stück Eisen mit den Zähnen knirschte.

Wenn der Totengräber bei der Arbeit war, hatte ich oft eine Unterhaltung mit ihm. Er war ein ernster Mann, er lächelte selten, aber er war sehr freundlich gegen mich, und wenn er so dastand und Erde aus dem Grabe aufschaufelte, kam es wohl vor, daß er mir zurief, ein wenig aus dem Wege zu gehen, denn jetzt habe er ein großes Stück Hüftknochen oder den Schädel eines Toten auf dem Spaten.

Ich fand oft Knochen und Haarbüschel von Leichen auf den Gräbern, die ich dann wieder in die Erde eingrub, wie es der Totengräber mich gelehrt hatte. Ich war hieran so gewöhnt, daß ich kein Grausen empfand, wenn ich auf diese Menschenreste stieß. Unter dem einen Ende der Kirche befand sich ein Leichenkeller, wo Unmengen von Knochen lagen, und in diesem Keller saß ich gar manches Mal, spielte mit den Knochen und bildete aus dem zerbröckelten Gebein Figuren auf dem Boden.

Eines Tages aber fand ich einen Zahn auf dem Kirchhof.

Es war ein Vorderzahn, schimmernd weiß und stark. Ohne mir weiter Rechenschaft darüber abzulegen, steckte ich den Zahn zu mir. Ich wollte ihn zu etwas gebrauchen, irgendeine Figur daraus zurechtfeilen und ihn in einen der wunderlichen Gegenstände einfügen, die ich aus Holz schnitzte.

Ich nahm den Zahn mit nach Hause.

Es war Herbst, und die Dunkelheit brach früh herein. Ich hatte noch allerlei anderes zu besorgen, und es vergingen wohl ein paar Stunden, bis ich mich in die Gesindestube hinüber begab, um an meinem Zahn zu arbeiten. Indessen war der Mond aufgegangen; es war Vollmond.

In der Gesindestube war kein Licht, und ich war ganz allein. Ich wagte nicht, ohne weiteres die Lampe anzuzünden, ehe die Knechte hereinkamen; aber mir genügte das Licht, das durch die Ofenklappe fiel, wenn ich tüchtig Feuer anmachte. Ich ging deshalb in den Schuppen hinaus, um Holz zu holen.

Im Schuppen war es dunkel.

Als ich mich nach dem Holz vorwärts tastete, fühlte ich einen leichten Schlag, wie von einem einzelnen Finger, auf meinem Kopf.

Ich wandte mich hastig um, sah aber niemand.

Ich schlug mit den Armen um mich, fühlte aber niemand.

Ich fragte, ob jemand da sei, erhielt aber keine Antwort.

Ich war barhäuptig, griff nach der berührten Stelle meines Kopfes und fühlte etwas Eiskaltes in meiner Hand, das ich sofort wieder losließ. Das ist doch sonderbar! dachte ich bei mir. Ich griff wieder nach dem Haar hinauf – da war das Kalte weg.

Ich dachte: Was mag das wohl gewesen sein, das von der Decke herunterfiel und mich auf den Kopf traf?

Ich nahm einen Arm voll Holz und ging wieder in die Gesindestube, heizte ein und wartete, bis ein Lichtschein durch die Ofenklappe fiel.

Dann holte ich den Zahn und die Feile hervor.

Da klopfte es an das Fenster.

Ich sah auf. Vor dem Fenster, das Gesicht fast an die Fensterscheibe gedrückt, stand ein Mann. Er war mir ein Fremder, ich kannte ihn nicht, und ich kannte doch das ganze Kirchspiel. Er hatte einen roten Vollbart, eine rote wollene Binde um den Hals und einen Südwester auf dem Kopfe. Worüber ich damals nicht nachdachte, was mir aber später einfiel: wie konnte sich mir dieser Kopf so deutlich in der Dunkelheit zeigen, namentlich an einer Seite des Hauses, wo nicht einmal der Vollmond schien? Ich sah das Gesicht mit erschreckender Deutlichkeit, es war bleich, beinahe weiß, und seine Augen starrten mich an.

Es verging ein Minute.

Da fing der Mann an zu lachen.

Es war kein hörbares Lachen, sondern der Mund öffnete sich weit, und die Augen starrten wie vorher, aber der Mann lachte.

Ich ließ fallen, was ich in der Hand hatte, und ein eisiger Schauer durchrieselte mich vom Scheitel bis zur Sohle. In der ungeheuren Mundhöhle des lachenden Gesichts vor dem Fenster entdeckte ich plötzlich ein schwarzes Loch in der Zahnreihe – es fehlte ein Zahn.

Ich saß da und starrte in meiner Angst geradeaus. Es verging noch eine Minute. Das Gesicht wurde stark grün, dann wurde es stark rot; das Lachen aber blieb. Ich verlor die Besinnung nicht, ich bemerkte alles um mich herum; das Feuer leuchtete ziemlich hell durch die Ofenklappe und warf einen kleinen Schein bis auf die andere Wand hinüber, wo eine Leiter stand. Ich hörte auch aus der Kammer nebenan, daß eine Uhr an der Wand tickte. Ganz deutlich sah ich alles; ich bemerkte sogar, daß der Südwester, den

der Mann vor dem Fenster aufhatte, oben im Kopfstück von schwarzer, abgenützter Farbe war, daß er aber einen grünen Rand hatte.

Da senkte sich der Kopf nach unten, ganz langsam, immer weiter, so daß er sich schließlich unterhalb des Fensters befand. Es war, als gleite er in die Erde hinein. Ich sah ihn nicht mehr.

Meine Angst war entsetzlich, ich fing an zu zittern. Ich suchte auf dem Fußboden nach dem Zahn, wagte aber nicht, die Augen von dem Fenster zu entfernen – vielleicht konnte das Gesicht ja wiederkehren.

Als ich den Zahn gefunden hatte, wollte ich ihn gleich wieder nach dem Kirchhof bringen, hatte aber nicht den Mut dazu. Ich saß noch immer allein und konnte mich nicht rühren. Ich hörte Schritte draußen auf dem Hof und meinte, daß es eine der Mägde sei, die auf ihren Holzpantoffeln geklappert kam; ich wagte aber nicht, sie anzurufen, und die Schritte gingen vorüber. Eine Ewigkeit verging. Das Feuer im Ofen fing an auszubrennen, und keine Rettung zeigte sich mir.

Da biß ich die Zähne zusammen und stand auf. Ich öffnete die Tür und ging rückwärts aus der Gesindestube heraus, unverwandt nach dem Fenster starrend, an dem der Mann gestanden hatte. Als ich auf den Hof hinausgekommen war, rannte ich nach dem Stall hinüber, um einen der Knechte zu bitten, mich nach dem Kirchhof hinüber zu begleiten. Die Knechte befanden sich aber nicht im Stall.

Jetzt unter freiem Himmel war ich kühner geworden, und ich beschloß, allein nach dem Friedhof hinaufzugehen; dadurch würde ich es auch vermeiden, mich jemandem anzuvertrauen und dann später in des Onkels Finger zu geraten.

So ging ich denn allein den Hügel hinan.

Den Zahn trug ich in meinem Taschentuch.

Oben an der Kirchhofspforte blieb ich stehen – mein Mut versagte mir seinen ferneren Beistand. Ich hörte das ewige Brausen der Glimma, sonst war alles still. In der Kirchhofspforte war keine Tür, nur ein Bogen, durch den man hindurchging; ich stellte mich voller Angst auf die eine Seite dieses Bogens und steckte den Kopf vorsichtig durch die Öffnung, um zu sehen, ob ich es wagen könne, weiterzugehen.

Da sank ich plötzlich platt auf die Knie.

Ein Stück jenseits der Pforte stand mein Mann mit dem Südwester. Er hatte wieder das weiße Gesicht, und er wandte es mir zu, gleichzeitig aber zeigte er vorwärts nach dem Kirchhof hinauf. Ich sah dies als Befehl an, wagte aber nicht, zu gehen. Ich lag lange da und sah den Mann an, ich flehte ihn an, und er stand unbeweglich und still.

Da geschah etwas, was mir wieder ein wenig Mut machte: ich hörte einen der Knechte unten am Stallgebäude geschäftig umhergehen und pfeifen. Dieses Lebenszeichen bewirkte, daß ich mich erhob. Da entfernte sich der Mann ganz allmählich, er ging nicht, er glitt über die Gräber dahin, immer vorwärts zeigend. Ich trat durch die Pforte. Der Mann lockte mich weiter. Ich tat einige Schritte und blieb dann stehen; ich konnte nicht mehr. Mit zitternder Hand nahm ich den weißen Zahn aus dem Taschentuch und warf ihn mit aller Macht auf den Kirchhof. In diesem Augenblick drehte sich die eiserne Stange auf dem Kirchturm, und der schrille Schrei ging mir durch Mark und Bein. Ich stürzte zur Pforte hinaus, den Hügel hinab und nach Hause. Als ich in die Küche kam, sagten sie mir, mein Gesicht sei weiß wie Schnee.

Es sind jetzt viele Jahre seitdem vergangen, aber ich entsinne mich jeder Einzelheit. Ich sehe mich noch auf den Knien vor der Kirchhofspforte liegen, und ich sehe den rotbärtigen Mann.

Sein Alter kann ich nicht einmal ungefähr angeben. Er konnte zwanzig Jahre alt sein, er konnte auch vierzig sein. Da es nicht das letztemal sein sollte, daß ich ihn sah, habe ich auch später noch über diese Frage nachgedacht; aber noch immer weiß ich nicht, was ich über sein Alter sagen soll.

Manchen Abend und manche Nacht kam der Mann wieder. Er zeigte sich, lachte mit seinem weitgeöffneten Munde, in dem ein Zahn fehlte, und verschwand. Es war Schnee gefallen, und ich konnte nicht mehr auf den Kirchhof gehen und ihn in die Erde legen. Und der Mann kam wieder und wieder, aber mit immer längeren Zwischenräumen, den ganzen Winter hindurch. Meine haarsträubende Angst vor ihm nahm ab; aber er machte mein Leben sehr unglücklich, ja unglücklich bis zum Überdruß. In jenen Tagen war es mir oft eine gewisse Freude, wenn ich daran dachte, daß ich meiner Qual ein Ende machen könnte, indem ich mich in die Glimma stürzte ...

Dann kam der Frühling, und der Mann verschwand gänzlich. Gänzlich? Nein, nicht gänzlich, aber für den ganzen Sommer. Den nächsten Winter stellte er sich wieder ein. Nur einmal zeigte er sich, dann blieb er lange Zeit fern. Drei Jahre nach meiner ersten Begegnung mit ihm verließ ich das Nordland und blieb ein Jahr fort. Als ich zurückkehrte, war ich konfirmiert und, wie ich selber meinte, groß und erwachsen. Ich wohnte nun nicht mehr bei meinem Onkel auf dem Pfarrhof, sondern daheim bei Vater und Mutter.

Eines Abends zur Herbstzeit, als ich gerade schlafen gegangen war, legte sich eine kalte Hand auf meine Stirn. Ich schlug die Augen auf und erblickte den Mann vor mir. Er saß auf meinem Bett und blickte mich an. Ich lag nicht allein im Zimmer, sondern mit zweien von meinen Geschwistern zusammen; aber ich rief sie trotzdem nicht. Als ich den kalten Druck gegen meine Stirn fühlte, schlug ich mit der Hand um mich und sagte: »Nein, geh weg!« Meine Geschwister fragten aus ihren Betten, mit wem ich spräche.

Als der Mann eine Weile still gesessen hatte, fing er an, den Oberkörper hin und her zu wiegen. Dabei nahm er mehr und mehr an Größe zu, schließlich stieß er beinahe an die Decke, und da er offenbar nicht viel weiter kommen konnte, erhob er sich, entfernte sich mit lautlosen Schritten von meinem Bett, durch das Zimmer, nach dem Ofen, wo er verschwand. Ich folgte ihm die ganze Zeit mit den Augen.

Er war mir noch nie so nahe gewesen wie diesmal; ich sah ihm gerade ins Gesicht. Sein Blick war leer und erloschen, er sah zu mir hin, aber wie durch mich hindurch, weit in eine andere Welt hinein. Ich bemerkte, daß er graue Augen hatte. Er bewegte sein Gesicht nicht, und er lachte nicht. Als ich seine Hand von meiner Stirn wegschlug und sagte: »Nein, geh weg!«, zog er seine Hand langsam zurück. Während der Minuten, die er auf meinem Bett saß, blinzelte er niemals mit den Augen.

Einige Monate später, als es Winter geworden und ich wieder von Hause gereist war, hielt ich mich eine Zeitlang bei einem Kaufmann auf, dem ich im Laden und auf dem Kontor half. Hier sollte ich dem Mann zum letztenmal begegnen.

Ich gehe eines Abends auf mein Zimmer hinauf, zünde die

Lampe an und entkleide mich. Ich will wie gewöhnlich meine Schuhe für das Mädchen hinaussetzen, ich nehme die Schuhe in die Hand und öffne die Tür.

Da steht er auf dem Gang, dicht vor mir, der rotbärtige Mann.

Ich weiß, daß Leute im Nebenzimmer sind, daher bin ich nicht bange. Ich murmele: »Bist du schon wieder da!« Gleich darauf öffnet der Mann seinen großen Mund wieder und fängt an zu lachen. Dies macht keinen erschreckenden Eindruck mehr auf mich; und diesmal merke ich: der fehlende Zahn ist wieder da!

Er war vielleicht von irgend jemand in die Erde hineingesteckt worden. Oder er war in diesen Jahren zerbröckelt, hatte sich in Staub aufgelöst und mit dem übrigen Staub vereint, von dem er getrennt gewesen war. Gott allein weiß das.

Der Mann schloß seinen Mund wieder, während ich noch in der Tür stand, wandte sich um, ging die Treppe hinab und verschwand.

Seither habe ich ihn nie wieder gesehen. Und es sind jetzt viele Jahre vergangen.

Dieser Mann, dieser rotbärtige Bote aus dem Lande des Todes, hat mir durch das unbeschreibliche Grauen, das er in mein Kinderleben gebracht, sehr viel Schaden zugefügt. Ich habe mehr als eine Vision gehabt, mehr als eine seltsame Begegnung mit dem Unerklärbaren – nichts aber hat mich so tief bewegt wie dies.

Und doch hat er mir vielleicht nicht nur Schaden zugefügt – dieser Gedanke ist mir oft gekommen. Vielleicht ist er eine der ersten Ursachen gewesen, daß ich gelernt habe, die Zähne zusammenzubeißen und mich zu bezwingen. In meinem späteren Leben habe ich hin und wieder Verwendung dafür gehabt.

VALERIJ BRJUSSOW

Verteidigung

Die folgende Geschichte wurde mir von Oberst R. erzählt. Wir waren damals beide auf dem Gute der M.s, unserer gemeinsamen Verwandten, zu Gast. Es war um die Weihnachtszeit, und wie das so hergebracht ist, kam man abends im Salon auch auf Gespenster zu sprechen. Der Oberst nahm an diesem Gespräch nicht teil, als wir jedoch später allein waren (wir schliefen im selben Zimmer), steckte er sich seine Zigarre an und begann zu erzählen:

Es war vor fünfundzwanzig Jahren, es kann freilich auch länger her sein, jedenfalls geschah es um die Mitte der siebziger Jahre. Ich war gerade Offizier geworden. Unser Regiment lag damals in X, einem kleinen Städtchen des ***schen Gouvernements. Wir vertrieben uns die Zeit, wie Offiziere es immer tun: wir betranken uns, wir spielten und stellten den Frauen nach.

Frau S., sie hieß Jelena Grigorjewna, stach fast alle anderen Damen der Gesellschaft aus. Das heißt, sie gehörte eigentlich gar nicht zu der dortigen Gesellschaft, denn vorher war sie ständig in Petersburg gewesen. Vor einem Jahre jedoch Witwe geworden, hatte sie sich für ganz auf ihr Gut, das einige zehn Werst vom Städtchen entfernt lag, zurückgezogen. Sie mochte so um die Dreißig sein, doch lag in ihren übernatürlich großen Augen immer noch etwas Kindliches, das ihr einen unbeschreiblichen Zauber verlieh. Keiner von unseren Offizieren war gleichgültig zu ihr, ich aber verliebte mich in sie, wie man sich eben nur mit zwanzig Jahren verlieben kann.

Unser Kompanieführer war mit Jelena Grigorjewna verwandt, und so kam es, daß uns alsbald ihr Haus offenstand. Sie spielte keineswegs die Rolle der Einsiedlerin und empfing, lebte sie auch fast allein, junge Leute gern bei sich. Wir waren zuweilen zum Mittagessen eingeladen und verbrachten manchmal auch ganze Abende bei ihr. Aber mit wieviel Takt und Würde wußte sie immer ihre Haltung zu wahren, und niemand vermochte sich zu rühmen, ihr nähergekommen zu sein. Sogar die spitzesten Zungen des Provinznestes fanden keinerlei Gelegenheit, sie durch irgendeinen Klatsch zu verleumden.

Meine Liebe nahm überhand. Doch am quälendsten war mir, daß es unmöglich war, sie ihr offen zu gestehen. Ich war zu allem auf der Welt bereit, um nur vor Jelena Grigorjewna einmal knien zu dürfen und ihr dies eine sagen zu können: Ich liebe Sie! Jugend ist immer ein wenig wie Trunkenheit. Und um mit ihr, die ich liebte, eine halbe Stunde allein sein zu können, griff ich zu einem verzweifelten Mittel. In jenem Winter fiel besonders viel Schnee. Als die Weihnachtszeit herankam, gab es jeden Tag die tollsten Schneestürme. Und an einem Abend, als der Sturm wilder als sonst wütete, befahl ich, mein Pferd zu satteln, und ritt *ins Feld.*

Ich verstehe immer noch nicht, wieso ich eigentlich damals nicht umkam. Zwei Schritte vor mir stand es wie eine dicke graue Wand. Auf dem Wege lag der Schnee kniehoch. Zwanzigmal irrte ich von der Straße ab. Zwanzigmal sträubte sich mein Pferd weiterzutraben. Ich hatte eine Flasche Kognak dabei, und das ist wohl der einzige Grund, warum ich nicht erfroren bin. Für die zehn Werst brauchte ich gegen drei Stunden.

Wahrhaftig, es war ein Wunder, daß ich überhaupt das Gut der Frau S. erreichte. Da es schon spät war, hatte ich große Mühe, das Haus wachzuklopfen. Der Wächter war starr, als er mich erkannte. In meiner Schnee-und-Eis-Kruste glich ich fast einer Maske. Ich hatte mir natürlich eine Geschichte ausgedacht, die mein unerwartetes Auftauchen erklären sollte. Meine Absicht gelang. Es ging nicht anders, Jelena Grigorjewna mußte mich wohl oder übel empfangen und ließ mir ein Zimmer für die Nacht richten.

Und kaum war eine halbe Stunde vergangen, da saß ich bereits im Speisezimmer, und Jelena Grigorjewna leistete mir Gesellschaft. Sie setzte mir ein Abendessen vor und Wein und Tee. Im Kamin knisterte das Holz, und das Licht der Hängelampe schloß uns in seinen Kreis, der mir wie ein Zauberkreis vorkam. Alle Müdigkeit war fort, und ich war verliebt wie nie zuvor.

Jung war ich damals und hübsch, und ich war wahrhaftig nicht dumm. Ich glaubte ein Anrecht darauf zu haben, von den Frauen bemerkt zu werden. Jelena Grigorjewna jedoch wußte mit einer geradezu ungewöhnlichen Geschicklichkeit alle Gespräche über die

Liebe zu vermeiden. Sie veranlaßte mich, genauso mit ihr zu sprechen, als wären wir in der größten Gesellschaft. Und obwohl sie herzlich über meine Bosheiten lachte, gab sie sich den Anschein, keine einzige meiner Anspielungen zu verstehen.

Und dennoch stieg in uns beiden nach und nach eine besondere Art von Zusammengehörigkeit auf, die es uns erlaubte, immer offener miteinander zu sprechen. Und da ich gewahr wurde, daß die Stunde der Trennung immer näher rückte, faßte ich mir endlich ein Herz. Das Bewußtsein, daß diese Gelegenheit sich nie wiederholen würde, trieb mich geradezu vorwärts. Wenn du den heutigen Tag ungenützt vorübergehen läßt – sagte ich mir –, dann bist du selber an allem schuld. Und endlich nahm ich mich zusammen und unterbrach unser Gespräch mitten in einem Satz und sprudelte aufs Geratewohl all das, was ich so lange verborgen gehalten hatte, zusammenhanglos und ziemlich töricht heraus:

»Wozu die Verstellung, Jelena Grigorjewna! Sie wissen genau, warum ich hier bin. Ich kam, um Ihnen zu sagen, daß ich Sie liebe. Und nun ist es ausgesprochen. Ich kann nicht anders, ich muß Sie lieben, und auch Sie sollen mich lieben. Jagen Sie mich fort, und ich werde gehen. Aber wenn Sie mich nicht fortjagen, so soll mir das ein Zeichen sein, daß Sie mich lieben. Etwas Halbes ist nichts für mich. Entweder Ihr Zorn oder Ihre Liebe.«

Jelena Grigorjewnas Kinderaugen blickten kalt wie Kristall. Ihr Gesicht sprach eine so deutliche Antwort, daß ich mich stumm erhob und mich anschickte aufzubrechen. Sie hielt mich davon ab.

»Was soll das! Wohin? Seien Sie kein Kind. Setzen Sie sich.«

Und sie zwang mich, an ihrer Seite Platz zu nehmen, und sprach mit mir, wie nur eine erwachsene Schwester mit einem verzogenen Kind spricht.

»Sie sind so jung, und die Liebe ist Ihnen noch neu. Wäre hier an meiner Stelle eine andere Frau, Sie würden sich in die verlieben. Und nach einem Monat werden Sie eine dritte lieben. Aber es gibt noch eine andere Liebe, eine Liebe, die die Seele bis auf den Grund ausschöpft. Und mit dieser Liebe liebte ich Sergej, meinen verstorbenen Mann. Ihm opferte ich restlos alle meine Gefühle. Möge man mir auch von Liebe sprechen, ich höre es an und bin wie ein Leichnam. Begreifen Sie doch, daß ich gar nicht mehr fähig bin, solche Worte zu verstehen. Es ist, als sprächen Sie zu einer

Tauben. Geben Sie sich damit zufrieden. Es kann ja für Sie nicht kränkend sein, daß Ihre Liebe eine Erstorbene nicht mitzureißen vermochte.«

Jelena Grigorjewna sprach es mit einem leichten Lächeln. Ich sah etwas Beleidigendes darin. Es kam mir vor, als sei es ein blanker Hohn, daß sie sich mir gegenüber auf ihre Liebe zu ihrem verstorbenen Gatten berief. Ich erblaßte. Und in meine Augen traten Tränen, ich kann mich noch gut daran erinnern.

Meine Erregung konnte Jelena Grigorjewna nicht entgehen. Ich sah, daß ein neuer Ausdruck in ihre Augen trat. Sie erfaßte, daß ich jetzt litt. Und da ich wiederum schweigend aufstehen wollte, ergriff sie meine Hand und rückte sogar ihren Sessel näher heran. Ihr Atem lag auf meinem Gesicht. Und mit aufrichtiger Offenheit und einer zärtlichen Nachdenklichkeit sprach sie, und ihre Stimme wurde, obwohl nur wir beide im Zimmer waren, immer leiser dabei:

»Wenn ich Ihnen weh tat, so verzeihen Sie mir. Möglich, daß ich mich in Ihrem Gefühle täuschte und daß es ernstlicher ist, als ich anfangs annahm. Und nun will ich Ihnen die ganze Wahrheit sagen. Hören Sie. In meiner Liebe zu Sergej ist nichts Totes, sie ist lebendig, diese Liebe. Und ich liebe Sergej nicht in der Vergangenheit, nein, in der Gegenwart liebe ich ihn. Denn wir sind nicht voneinander getrennt. Ich habe nicht über Ihr Geständnis gelacht, darum lachen auch Sie nicht über das meine. Seit dem Tage seines Todes ist Sergej mir erschienen, und war er auch unsichtbar, er war doch da. Ich fühle seine Nähe, sein Atem umgibt mich, und ich höre sein zärtliches Flüstern. Und ich gebe ihm Antwort, und so führen wir lautlose Zwiegespräche. Und manchmal küßt er mich so zart, daß ich es kaum spüren kann, auf meine Haare, auf meine Wangen und auf meine Lippen. Und manchmal kann ich sogar verschwommen im Halbschatten oder im Spiegel seine Umrisse wahrnehmen. Sobald ich allein bin, ist er sogleich in meiner Nähe. Ich habe mich schon so sehr an dieses Leben mit einem Schatten gewöhnt. Ich fahre fort, Sergej zu lieben, und ward auch seine Gestalt eine andere, ich liebe ihn ebenso zärtlich, ebenso leidenschaftlich wie vordem. Was soll mir eine andere Liebe? Ich werde ihm, der mich selbst jenseits der Grenzen dieses Lebens nicht im Stich gelassen hat, niemals die Treue brechen. Und mögen Sie auch sagen, daß ich irre rede, daß das alles nur Halluzinationen seien, ich will nichts entgegnen als nur dies eine: Es ist mir gleich! Diese Liebe macht mich glücklich, warum sollte ich meinem Glück entsagen! Lassen Sie mich auf meine Art glücklich sein!«

Dies alles sagte Jelena Grigorjewna sehr sanft und ohne die Stimme zu erheben, aber wieviel tiefste Überzeugung lag in ihren Worten. Die Ernsthaftigkeit ihres Tones überraschte mich so sehr, daß ich nichts zu entgegnen wußte. Ich beschränkte mich darauf, sie ein wenig besorgt und voll Mitleid anzublicken, als wäre sie von Sinnen. Sie jedoch fiel in ihre Hausfrauenrolle zurück und sagte, wobei ihre Stimme eine Klangfarbe annahm, als wollte sie alles Vorhergegangene in einem Scherz enden lassen:

»Höchste Zeit, schlafen zu gehen. Matwej wird Ihnen das Zimmer zeigen, in welchem Sie übernachten werden.«

Matwej war im Dienst grau geworden. Ganz mechanisch küßte ich die Hand, die sie mir hinstreckte. Und nach einem Augenblick war auch Matwej bereits da und lud mich mit mürrischer Stimme ein, ihm zu folgen. Er führte mich durchs ganze Haus, zeigte mir das Bett, das man für mich hergerichtet hatte, wünschte mir eine gute Nacht und ließ mich allein.

Und erst da gelang es mir, ein wenig Fassung zu gewinnen. Und, ist das nicht sonderbar, mein erstes Gefühl war das der Beschämung. Ich schämte mich ordentlich, eine so jämmerliche Rolle gespielt zu haben. Ich schämte mich, daß ich, zwei Stunden mit einer jungen Frau in einem fast leeren Hause mutterseelenallein, nicht einmal einen Kuß von ihr erhalten hatte. In jenen Minuten war es nicht Liebe, es war eher ein Gefühl des Zornes, das ich für Jelena Grigorjewna empfand, und jedenfalls der Wunsch, mich zu rächen. Ich dachte nicht mehr daran, daß sie vielleicht von Sinnen sei, es schien mir, daß sie sich über mich lustig gemacht hatte.

Ich setzte mich aufs Bett und sah mich im Zimmer um. Die Räumlichkeiten des Hauses waren mir bekannt. Ich befand mich im Arbeitszimmer des verstorbenen Sergej Dimitrijewitsch. Nebenan war sein Schlafzimmer, in dem alles noch genauso war, wie es sich zu seinen Lebzeiten befunden hatte.

An der Wand vor mir hing sein Porträt, ein Bild in Ölfarben. Es stellte ihn in einem schwarzen Gehrock dar, im Knopfloch das Bändchen der französischen Ehrenlegion, das ihm irgendwie und für irgendwas zur Zeit des Zweiten Kaiserreichs verliehen worden war. Und eben dieses Bändchen brachte durch eine sonderbare Ideenassoziation meine Gedanken auf den seltsamsten und tollsten Plan.

Mein Gesicht hatte eine gewisse entfernte Ähnlichkeit mit dem Gesicht des verstorbenen Sergej Dmitrijewitsch. Er war freilich viel älter als ich. Aber wir beide trugen den gleichen Schnurrbart und die gleiche Frisur. Allerdings waren seine Haare stellenweise bereits grau geworden. Ich betrat sein Schlafzimmer. Der Kleiderschrank war nicht abgesperrt. Und schon hatte ich den Gehrock, den er auf dem Porträt trug, gefunden und angezogen. Ich suchte und fand das Ordensbändchen. Ich puderte meine Haare und meinen Schnurrbart. Mit einem Wort, ich bemühte mich, den Verstorbenen darzustellen.

Vielleicht würde es mir, wenn mir meine Absicht gelungen wäre, peinlich sein, Ihnen dies alles zu erzählen. Denn, ich gestehe es offen, was ich tat, war kein Scherz mehr, es war viel, viel schlimmer. Man könnte es unverzeihlich nennen, diente mir nicht meine damalige Jugend einigermaßen zur Entschuldigung. Aber freilich wurde ich für mein Vergehen auch gebührend gestraft.

Nachdem ich mich, wie geschildert, hergerichtet hatte, begab ich mich zu Jelena Grigorjewnas Zimmer. Sind Sie einmal in der Lage gewesen, nachts durch ein schlafendes Haus schleichen zu müssen? Wie durchdringend jedes Geräusch, wie laut knarrt der Fußboden! Einige Male war mir, die ganze Dienerschaft müßte aufwachen.

Endlich stand ich vor ihrer Tür. Mein Herz pochte laut. Meine Hand lag auf der Türklinke. Lautlos öffnete sich die Tür. Ich trat ein. Das Zimmer war von einem Lämpchen, das sehr hell brannte, notdürftig erleuchtet. Jelena Grigorjewna war noch auf. Ganz in Erinnerungen vertieft, saß sie in ihrem Nachtgewande in einem tiefen Lehnstuhl vor ihrem Tisch. Mein Kommen hatte sie überhört.

Ich blieb in meinem Halbdunkel und rührte mich nicht. Und plötzlich drehte sich Jelena Grigorjewna um, als hätte sie meine Anwesenheit gefühlt oder irgendein Geräusch gehört. Sie erblickte mich und erzitterte. Der Streich war besser gelungen, als ich zu hoffen gewagt hatte. Sie hielt mich für ihren verstorbenen Mann. Ein leiser Schrei, sie flog vom Sessel auf und streckte mir ihre

Hände hin, und wie froh klang ihre Stimme: »Sergej, bist du endlich gekommen!«

Doch die Erregung war zu erschütternd, sie fiel wieder in den Sessel zurück und verlor offenbar das Bewußtsein.

Ohne recht zu wissen, was ich wollte, eilte ich zu ihr. Doch im gleichen Augenblick, als ich mich über ihren Sessel beugte, sah ich die Gestalt eines anderen Mannes vor mir. Es kam so überraschend, daß ich auf der Stelle erstarrte. Mir war, es befinde sich ein ungeheurer Spiegel vor mir. Jener andere Mann war nämlich eine genaue Wiederholung von mir selber. Er trug ebenfalls einen schwarzen Gehrock, und auf seiner Brust war gleichfalls das Bändchen der Ehrenlegion. Aber gleich darauf wußte ich bereits, daß er es war, dessen Erscheinung ich gestohlen hatte und der nun von jenseits des Grabes gekommen war, seine Frau zu verteidigen. Stechendes Entsetzen zuckte durch meine Glieder.

Durch den Sessel getrennt, in dem die von uns umstrittene Frau bewußtlos lag, standen wir einige Sekunden einander gegenüber. Ich konnte mich nicht rühren. Und da hob er, das Gespenst, lautlos die Hand und drohte mir.

Ich habe späterhin an der Türkenkampagne teilgenommen. Ich sah dem Tod in die Augen und erlebte all das, was man gemeinhin für unerträglich hält. Aber das Grauen, das mich hier packte, habe ich nie wieder gefühlt. Die Drohung jenes Bewohners einer anderen Welt ließ meinen Herzschlag stillstehen und das Blut in meinen Adern stocken. Und einen Augenblick lang war ich fast selber wie ein Leichnam. Dann aber stürzte ich Hals über Kopf zur Türe hinaus.

Ich tastete mich an den Wänden entlang, ich taumelte, es war mir gleichgültig, wie laut meine Schritte schallten – und endlich erreichte ich mein Zimmer. Ich wagte nicht, das Porträt an der Wand anzuschauen. Ich warf mich auf mein Bett, und eine schwarze Erstarrung nagelte mich daran fest.

Ums Morgengrauen fuhr ich auf. Ich hatte noch immer die fremden Kleider an. Von nagender Scham bedrückt, zog ich sie aus und hängte sie an ihren früheren Platz. Dann warf ich mich in meine Uniform, rief Matwej und teilte ihm mit, ich müßte unverzüglich fort. Er schien darüber nicht im mindesten erstaunt zu sein. Die Zofe Glascha fragte ich, ob die gnädige Frau noch schlafe. Sie entgegnete mir, daß sie allerdings noch »zu schlafen geruhe«. Diese Antwort gab mir wiederum einigen Mut. Ich bat, meine Entschuldigung auszurichten, da ich fort müsse, ohne Abschied zu nehmen, und ritt davon.

Einige Tage darauf kam ich mit mehreren Kameraden in Jelena Grigorjewnas Haus. Sie empfing uns freundlich wie immer. Sie ließ mir gegenüber auch nicht die geringste Anspielung auf jene Nacht fallen. Und es ist mir bis auf den heutigen Tag ein Rätsel, ob sie überhaupt begriffen hat, was damals vorfiel.

MARIE LUISE KASCHNITZ

Gespenster

Ob ich schon einmal eine Gespenstergeschichte erlebt habe? O ja, gewiß – ich habe sie auch noch gut im Gedächtnis und will sie Ihnen erzählen. Aber wenn ich damit zu Ende bin, dürfen Sie mich nichts fragen und keine Erklärung verlangen, denn ich weiß gerade nur so viel, wie ich Ihnen berichte, und kein Wort mehr.

Das Erlebnis, das ich im Sinn habe, begann im Theater, und zwar im Old Vic Theater in London, bei einer Aufführung Richards II. von Shakespeare. Ich war damals zum ersten Mal in London und mein Mann auch, und die Stadt machte einen gewaltigen Eindruck auf uns. Wir wohnten ja für gewöhnlich auf dem Lande, in Österreich, und natürlich kannten wir Wien und auch München und Rom, aber was eine Weltstadt war, wußten wir nicht. Ich erinnerte mich, daß wir schon auf dem Weg ins Theater, auf den steilen Rolltreppen der Untergrundbahn hinab- und hinaufschwebend und im eisigen Schluchtenwind der Bahnsteige den Zügen nacheilend, in eine seltsame Stimmung von Erregung und Freude gerieten und daß wir dann vor dem noch geschlossenen Vorhang saßen, wie Kinder, die zum ersten Mal ein Weihnachtsmärchen auf der Bühne sehen. Endlich ging der Vorhang auf, das Stück fing an, bald erschien der junge König, ein hübscher Bub, ein Playboy, von dem wir doch wußten, was das Schicksal mit ihm vorhatte, wie es ihn beugen würde und wie er schließlich untergehen sollte, machtlos aus eigenem Entschluß. Aber während ich an der Handlung sogleich den lebhaftesten Anteil nahm und hingerissen von den glühenden Farben des Bildes und der Kostüme keinen Blick mehr von der Bühne wandte, schien Anton abgelenkt und nicht recht bei der Sache, so als ob mit einem Male etwas anderes seine Aufmerksamkeit gefangengenommen hätte. Als ich mich einmal, sein Einverständnis suchend, zu ihm wandte, bemerkte ich, daß er gar nicht auf die Bühne schaute und kaum darauf hörte, was dort gesprochen wurde, daß er vielmehr eine Frau ins Auge faßte, die in der Reihe vor uns, ein wenig weiter rechts, saß und die sich auch einige Male halb nach ihm umdrehte, wobei auf ihrem verlorenen Profil so etwas wie ein schüchternes Lächeln erschien.

Anton und ich waren zu jener Zeit schon sechs Jahre verheiratet, und ich hatte meine Erfahrungen und wußte, daß er hübsche Frauen und junge Mädchen gern ansah, sich ihnen auch mit Vergnügen näherte, um die Anziehungskraft seiner schönen, südländisch geschnittenen Augen zu erproben. Ein Grund zu rechter Eifersucht war solches Verhalten für mich nie gewesen, und eifersüchtig war ich auch jetzt nicht, nur ein wenig ärgerlich, daß Anton über diesem stärkenden Zeitvertreib versäumte, was mir so besonders erlebenswert erschien. Ich nahm darum weiter keine Notiz von der Eroberung, die zu machen er sich anschickte; selbst als er einmal, im Verlauf des ersten Aktes, meinen Arm leicht berührte und mit einem Heben des Kinns und Senken der Augenlider zu der Schönen hinüberdeutete, nickte ich nur freundlich und wandte mich wieder der Bühne zu. In der Pause gab es dann freilich kein Ausweichen mehr. Anton schob sich nämlich, so rasch er konnte, aus der Reihe und zog mich mit sich zum Ausgang, und ich begriff, daß er dort warten wollte, bis die Unbekannte an uns vorüberging, vorausgesetzt, daß sie ihren Platz überhaupt verließ. Sie machte zunächst dazu freilich keine Anstalten, es zeigte sich nun auch, daß sie nicht allein war, sondern in Begleitung eines jungen Mannes, der, wie sie selbst, eine zarte bleiche Gesichtsfarbe und rötlichblonde Haare hatte und einen müden, fast erloschenen Eindruck machte. Besonders hübsch ist sie nicht, dachte ich, und übermäßig elegant auch nicht, in Faltenrock und Pullover, wie zu einem Spaziergang über Land. Und dann schlug ich vor, draußen auf und ab zu gehen, und begann über das Stück zu sprechen, obwohl ich schon merkte, daß das ganz sinnlos war.

Denn Anton ging nicht mit mir hinaus, und er hörte mir auch gar nicht zu. Er starrte in fast unhöflicher Weise zu dem jungen Paar hinüber, das sich jetzt erhob und auf uns zukam, wenn auch merkwürdig langsam, fast wie im Schlaf. Er kann sie nicht ansprechen, dachte ich, das ist hier nicht üblich, das ist nirgends üblich, aber hier ist es ein unverzeihliches Vergehen. Indessen ging das Mädchen schon ganz nahe an uns vorbei, ohne uns anzusehen, das Programm fiel ihm aus der Hand und wehte auf den Teppich, wie früher einmal ein Spitzentüchlein, suivez-moi, Anknüpfungsmittel einer lange vergangenen Zeit. Anton bückte sich nach dem glänzenden Heftchen, aber statt es zurückzureichen, bat er, einen Blick hineinwerfen zu dürfen, tat das auch, murmelte in seinem kläglichen Englisch allerlei Ungereimtes über die Aufführung und die Schauspieler und stellte den Fremden endlich sich und mich vor, was den jungen Mann nicht wenig zu erstaunen schien. Ja, Erstaunen und Abwehr zeigten sich auch auf dem Gesicht des jungen Mädchens, obwohl es doch sein Programm augenscheinlich mit voller Absicht hatte fallen lassen und obwohl es jetzt meinem Mann ganz ungeniert in die Augen schaute, wenn auch mit trübem, gleichsam verhangenem Blick. Die Hand, die Anton nach kontinentaler Sitte arglos ausgestreckt hatte, übersah sie, nannte auch keinen Namen, sondern sagte nur, wir sind Bruder und Schwester, und der Klang ihrer Stimme, der überaus zart und süß und gar nicht zum Fürchten war, flößte mir einen merkwürdigen Schauder ein. Nach diesen Worten, bei denen Anton wie ein Knabe errötete, setzten wir uns in Bewegung, wir gingen im Wandelgang auf und ab und sprachen stockend belanglose Dinge, und wenn wir an den Spiegeln vorüberkamen, blieb das fremde Mädchen stehen und zupfte an seinen Haaren und lächelte Anton im Spiegel zu. Und dann läutete es, und wir gingen zurück auf unsere Plätze, und ich hörte zu und sah zu und vergaß die englischen Geschwister, aber Anton vergaß sie nicht. Er blickte nicht mehr so oft hinüber, aber ich merkte doch, daß er nur darauf wartete, daß das Stück zu Ende war, und daß er sich den entsetzlichen und einsamen Tod des gealterten Königs kein bißchen zu Herzen nahm. Als der Vorhang gefallen war, wartete er das Klatschen und das Wiedererscheinen der Schauspieler gar nicht ab, sondern drängte zu den Geschwistern hinüber und sprach auf sie ein, offenbar überredete er sie, ihm ihre Garderobemarken zu überlassen, denn mit einer ihm sonst ganz fremden, unangenehmen Behendigkeit schob und wand er sich gleich darauf durch die ruhig wartenden Zuschauer und kehrte bald mit Mänteln und Hüten beladen zurück; und ich ärgerte mich über seine Beflissenheit und war überzeugt davon, daß wir von unseren neuen Bekannten am Ende kühl entlassen werden würden und daß mir, nach der Erschütterung, die ich durch das Trauerspiel erfahren hatte, nichts anderes bevorstand, als mit einem enttäuschten und schlechtgelaunten Anton nach Hause zu gehen. Es kam aber alles ganz anders, weil es, als wir angezogen vor die Tür traten, stark regnete, keine Taxis zu haben waren und wir uns in dem einzigen, das Anton mit viel Rennen und Winken schließlich auftreiben konnte, zu viert zusammenzwängten, was Heiterkeit und Gelächter hervorrief und auch mich meinen Unmut vergessen ließ. Wohin? fragte Anton, und das Mädchen sagte mit seiner hellen süßen Stimme: Zu uns. Es nannte dem Chauffeur Straße und Hausnummer und lud uns, zu meinem großen Erstaunen, zu einer Tasse Tee ein. Ich heiße Vivian, sagte sie, und mein Bruder heißt Laurie, und wir wollen uns mit den Vornamen nennen. Ich sah das Mädchen von der Seite an und war überrascht, um wieviel lebhafter es geworden war, so als sei es vorher gelähmt gewesen und sei erst jetzt in unserer oder in Antons körperlicher Nähe imstande, seine Glieder zu rühren. Als wir ausstiegen, beeilte sich Anton, den Fahrer zu bezahlen, und ich stand da und sah mir die Häuser an, die aneinandergebaut und alle völlig gleich waren, schmal mit kleinen, tempelartigen Vorbauten und mit Vorgärten, in denen überall die gleichen Pflanzen wuchsen, und ich dachte unwillkürlich, wie schwer es doch sein müsse, ein Haus hier wiederzuerkennen, und war fast froh, im Garten der Geschwister doch etwas Besonderes, nämlich eine sitzende steinerne Katze zu sehen. Währenddessen hatte Laurie die Eingangstür geöffnet, und nun stiegen er und seine Schwester vor uns eine Treppe hinauf. Anton nahm die Gelegenheit wahr, um mir zuzuflüstern, ich kenne sie, ich kenne sie gewiß, wenn ich nur wüßte, woher. Oben verschwand Vivian gleich, um das Teewasser aufzusetzen, und Anton fragte ihren Bruder aus, ob sie beide in letzter Zeit im Ausland gewesen seien und wo. Laurie antwortete zögernd, beinahe gequält, ich konnte nicht unterscheiden, ob ihn die persönliche Frage abstieß oder ob er sich nicht erinnern konnte, fast schien es so, denn er strich sich ein paarmal über die Stirn und sah unglücklich aus. Er ist nicht ganz richtig, dachte ich, alles ist nicht ganz richtig, ein sonderbares Haus, so still und dunkel und die Möbel von Staub bedeckt, so als seien die Räume seit langer Zeit unbewohnt. Sogar die Birnen der elektrischen Lampen waren ausgebrannt oder ausgeschraubt, man mußte Kerzen anzünden, von denen viele in hohen Silberleuchtern auf den alten Möbeln standen. Das sah nun freilich hübsch aus und verbreitete Gemütlichkeit. Die Tassen, welche Vivian auf einem gläsernen Tablett hereinbrachte, waren auch hübsch, zart und schön blau gemustert, ganze Traumlandschaften waren auf dem Porzellan zu erkennen. Der Tee war stark und schmeckte bitter, Zucker und Rahm gab es dazu nicht. Wovon sprecht ihr, fragte Vivian, und sah Anton an, und mein Mann wiederholte seine Fragen mit beinahe unhöflicher Dringlichkeit. Ja, antwortete Vivian sofort, wir waren in Österreich, in – aber nun brachte auch sie den Namen des Ortes nicht heraus und starrte verwirrt auf den runden, von einer feinen Staubschicht bedeckten Tisch.

In diesem Augenblick zog Anton sein Zigarettenetui heraus, ein flaches goldenes Etui, das er von seinem Vater geerbt hatte und das er, entgegen der herrschenden Mode, Zigaretten in ihren Pakkungen anzubieten, noch immer benutzte. Er klappte es auf und bot uns allen an, und dann machte er es wieder zu und legte es auf den Tisch, woran ich mich am nächsten Morgen, als er es vermißte, noch gut erinnern konnte.

Wir tranken also Tee und rauchten, und dann stand Vivian plötzlich auf und drehte das Radio an, und über allerhand grelle Klang- und Stimmfetzen glitt der Lautsprecherton in eine sanft klirrende Tanzmusik. Wir wollen tanzen, sagte Vivian und sah meinen Mann an, und Anton erhob sich sofort und legte den Arm um sie. Ihr Bruder machte keine Anstalten, mich zum Tanzen aufzufordern, so blieben wir am Tisch sitzen und hörten der Musik zu und betrachteten das Paar, das sich im Hintergrund des großen Zimmers hin und her bewegte. So kühl sind die Engländerinnen also nicht, dachte ich und wußte schon, daß ich etwas anderes meinte, denn Kühle, eine holde, sanfte Kühle ging nach wie vor von dem fremden Mädchen aus, zugleich aber auch eine seltsame Gier, da sich ihre kleinen Hände wie Saugnäpfe einer Kletterpflanze an den Schultern meines Mannes festhielten und ihre Lippen sich lautlos bewegten, als formten sie Ausrufe der höchsten Bedrängnis und Not. Anton, der damals noch ein kräftiger junger Mann und ein guter Tänzer war, schien von dem ungewöhnlichen Verhalten seiner Partnerin nichts zu bemerken, er sah ruhig und liebevoll auf sie herunter, und manchmal schaute er auf dieselbe

Weise auch zu mir herüber, als wolle er sagen, mach dir keine Gedanken, es geht vorüber, es ist nichts. Aber obwohl Vivian so leicht und dünn mit ihm hinschwebte, schien dieser Tanz, der, wie es bei Radiomusik üblich ist, kein Ende nahm und nur in Rhythmus und Melodie sich veränderte, ihn ungebührlich anzustrengen, seine Stirn war bald mit Schweißtropfen bedeckt, und wenn er einmal mit Vivian nahe bei mir vorüberkam, konnte ich seinen Atem fast wie ein Keuchen oder Stöhnen hören. Laurie, der ziemlich schläfrig an meiner Seite saß, fing plötzlich an, zu der Musik den Takt zu schlagen, wozu er geschickt bald seine Fingerknöchel, bald den Teelöffel verwendete, auch mit dem Zigarettenetui meines Mannes synkopisch auf den Tisch klopfte, was alles der Musik etwas atemlos Drängendes verlieh und mich in plötzliche Angst versetzte. Eine Falle, dachte ich, sie haben uns hier heraufgelockt, wir sollen ausgeraubt oder verschleppt werden, und gleich darauf, was für ein verrückter Gedanke, wer sind wir schon, unwichtige Fremde, Touristen, Theaterbesucher, die nichts bei sich haben als ein bißchen Geld, um notfalls nach der Vorstellung noch etwas essen zu gehen. Plötzlich wurde ich sehr schläfrig, ich gähnte ein paarmal verstohlen. War nicht der Tee, den wir getrunken hatten, außergewöhnlich bitter gewesen, und hatte Vivian die Tassen nicht schon eingeschenkt hereingebracht, so daß sehr wohl in den unseren ein Schlafmittel hätte aufgelöst sein können und in denen der englischen Geschwister nicht? Fort, dachte ich, heim ins Hotel, und suchte den Blick meines Mannes wieder, der aber nicht zu mir hersah, sondern jetzt die Augen geschlossen hielt, während das zarte Gesicht seiner Tänzerin ihm auf die Schulter gesunken war.

Wo ist das Telephon? fragte ich unhöflich, ich möchte ein Taxi bestellen. Laurie griff bereitwillig hinter sich, der Apparat stand auf einer Truhe, aber als Laurie den Hörer abnahm, war kein Summzeichen zu vernehmen. Laurie zuckte nur bedauernd mit den Achseln, aber Anton war jetzt aufmerksam geworden, er blieb stehen und löste seine Arme von dem Mädchen, das verwundert zu ihm aufschaute und beängstigend schwankte, wie eine zarte Staude im Wind. Es ist spät, sagte mein Mann, ich fürchte, wir müssen jetzt gehen. Die Geschwister machten zu meiner Überraschung keinerlei Einwände, nur noch ein paar freundliche und höfliche Worte wurden gewechselt, Dank für den reizenden Abend und so weiter, und dann brachte der schweigsame Laurie uns die Treppe hinunter zur Haustür, und Vivian blieb auf dem Absatz oben stehen, lehnte sich über das Geländer und stieß kleine, vogelleichte Laute aus, die alles bedeuten konnten oder auch nichts.

Ein Taxistand war in der Nähe, aber Anton wollte ein Stück zu Fuß gehen, er war zuerst still und wie erschöpft und fing dann plötzlich lebhaft zu reden an. Gesehen habe er die Geschwister bestimmt schon irgendwo und vor nicht langer Zeit, wahrscheinlich in Kitzbühel im Frühjahr, das sei ja gewiß ein für Ausländer schwer zu behaltender Name, kein Wunder, daß Vivian nicht auf ihn gekommen sei. Er habe jetzt sogar etwas ganz Bestimmtes im Sinn, vorhin, beim Tanzen sei es ihm eingefallen, eine Bergstraße, ein Hinüber- und Herübersehen von Wagen zu Wagen, in dem einen habe er gesessen, allein, und in dem andern, einem roten Sportwagen, die Geschwister, das Mädchen am Steuer, und nach einer kurzen Stockung im Verkehr, einem minutenlangen Nebeneinanderfahren, habe es ihn überholt und sei davongeschossen auf eine schon nicht mehr vernünftige Art. Ob sie nicht hübsch sei und etwas Besonderes, fragte Anton gleich darauf, und ich sagte, hübsch schon und etwas Besonderes schon, aber ein bißchen unheimlich, und ich erinnerte ihn an den modrigen Geruch in der Wohnung und an den Staub und das abgestellte Telephon. Anton hatte von dem allem nichts bemerkt und wollte auch jetzt nichts davon wissen, aber streitlustig waren wir beide nicht, sondern sehr müde, und darum hörten wir nach einer Weile auf zu sprechen und fuhren ganz friedlich nach Hause ins Hotel und gingen zu Bett.

Für den nächsten Vormittag hatten wir uns die Tate-Galerie vorgenommen, wir besaßen auch schon einen Katalog dieser berühmten Bildersammlung, und beim Frühstück blätterten wir darin und überlegten uns, welche Bilder wir anschauen wollten und welche nicht. Aber gleich nach dem Frühstück vermißte mein Mann sein Zigarettenetui, und als ich ihm sagte, daß ich es auf dem Tisch bei den englischen Geschwistern zuletzt gesehen hätte, schlug er vor, daß wir es noch vor dem Besuch des Museums dort abholen sollten. Ich dachte gleich, er hat es absichtlich liegenlassen, aber ich sagte nichts. Wir suchten die Straße auf dem Stadtplan, und dann fuhren wir mit einem Autobus bis zu einem Platz in der Nähe. Es regnete nicht mehr, ein zartgoldener Frühherbstnebel lag über den weiten Parkwiesen, und große Gebäude mit Säulen und Giebel tauchten auf und verschwanden wieder geheimnisvoll im wehenden Dunst. Anton war sehr guter Laune und ich auch. Ich hatte alle Beunruhigung des vergangenen Abends vergessen und war gespannt, wie sich unsere neuen Bekannten im Tageslicht ausnehmen und verhalten würden. Ohne Mühe fanden wir die Straße und auch das Haus und waren nur erstaunt, alle Läden heruntergelassen zu sehen, so als ob drinnen noch alles schliefe oder die Bewohner zu einer langen Reise aufgebrochen seien. Da sich auf mein erstes schüchternes Klingeln hin nichts rührte, schellten wir dringlicher, schließlich fast ungezogen lange und laut. Ein altmodischer Messingklopfer befand sich auch an der Tür, und auch diesen betätigten wir am Ende, ohne daß sich drinnen Schritte hören ließen oder Stimmen laut wurden. Schließlich gingen wir fort, aber nur ein paar Häuser weit die Straße hinunter, dann blieb Anton wieder stehen. Es sei nicht wegen des Etuis, sagte er, aber es könne den jungen Leuten etwas zugestoßen sein, eine Gasvergiftung zum Beispiel, Gaskamine habe man hier überall, und er habe auch einen im Wohnzimmer gesehen. Auf jeden Fall müsse die Polizei gerufen werden, und er habe auch jetzt nicht die Ruhe, im Museum Bilder zu betrachten. Inzwischen hatte sich der Nebel gesenkt, ein schöner, blauer Nachsommerhimmel stand über der wenig befahrenen Straße und über dem Haus Nr. 79, das, als wir nun zurückkehrten, noch ebenso still und tot dalag wie vorher.

Die Nachbarn, sagte ich, man muß die Nachbarn fragen, und schon öffnete sich ein Fenster im nächsten, zur Rechten gelegenen Haus, und eine dicke Frau schüttelte ihren Besen über den hübschen Herbstastern des Vorgärtchens aus. Wir riefen sie an und versuchten, uns ihr verständlich zu machen. Einen Familiennamen wußten wir nicht, nur Vivian und Laurie, aber die Frau schien sofort zu wissen, wen wir meinten. Sie zog ihren Besen zurück, legte ihre starke Brust in der geblümten Bluse auf die Fensterbank und sah uns erschrocken an. Wir waren hier im Haus, sagte Anton, noch gestern abend, wir haben etwas liegengelassen, das möchten wir jetzt abholen, und die Frau machte plötzlich ein mißtrauisches Gesicht. Das sei unmöglich, sagte sie mit ihrer schrillen

Stimme, nur sie habe den Schlüssel, das Haus stünde leer. Seit wann, fragte ich unwillkürlich und glaubte schon, daß wir uns doch in der Hausnummer geirrt hätten, obwohl im Vorgarten, nun im hellen Sonnenlicht, die steinerne Katze lag.

Seit drei Monaten, sagte die Frau ganz entschieden, seit die jungen Herrschaften tot sind. Tot? fragten wir und fingen an, durcheinander zu reden, lächerlich, wir waren gestern zusammen im Theater, wir haben bei ihnen Tee getrunken und Musik gemacht und getanzt.

Einen Augenblick, sagte die dicke Frau und schlug das Fenster zu, und ich dachte schon, sie würde jetzt telephonieren und uns fortbringen lassen, ins Irrenhaus oder auf die Polizei. Sie kam aber gleich darauf auf die Straße hinaus, mit neugierigem Gesicht, ein großes Schlüsselbund in der Hand. Ich bin nicht verrückt, sagte sie, ich weiß, was ich sage, die jungen Herrschaften sind tot und begraben, sie waren mit dem Wagen im Ausland und haben sich dort den Hals gebrochen, irgendwo in den Bergen, mit ihrem blödsinnig schnellen Fahren.

In Kitzbühel, fragte mein Mann entsetzt, und die Frau sagte, so könne der Ort geheißen haben, aber auch anders, diese ausländischen Namen könne niemand verstehen. Indessen ging sie uns schon voraus, die Stufen hinauf, und sperrte die Tür auf, wir sollten nur sehen, daß sie die Wahrheit spreche und daß das Haus leer sei, von ihr aus könnten wir auch in die Zimmer gehen, aber Licht könne sie nicht anmachen, sie habe die elektrischen Birnen für sich herausgeschraubt, der Herr Verwalter habe nichts dagegen gehabt.

Wir gingen hinter der Frau her, es roch dumpf und muffig, und ich faßte auf der Treppe meinen Mann bei der Hand und sagte, es war einfach eine ganz andere Straße, oder wir haben alles nur geträumt, zwei Menschen können genau denselben Traum haben in derselben Nacht, so etwas gibt es, und jetzt wollen wir gehen. Ja, sagte Anton ganz erleichtert, du hast recht, was haben wir hier zu suchen, und er blieb stehen und griff in die Tasche, um etwas Geld herauszuholen, das er der Nachbarsfrau für ihre Mühe geben wollte. Die war aber schon oben ins Zimmer getreten, und wir mußten ihr nachlaufen und auch in das Zimmer hineingehen, obwohl wir dazu schon gar keine Lust mehr hatten und ganz sicher waren, daß das Ganze eine Verwechslung oder eine Einbildung war. Kommen Sie nur, sagte die Frau und fing an, einen Laden heraufzuziehen, nicht völlig, nur ein Stückchen, nur so weit, daß man alle Möbel deutlich erkennen konnte, besonders einen runden Tisch mit Sesseln drum herum und mit einer feinen Staubschicht auf der Platte, einen Tisch, auf dem nur ein einziger Gegenstand, der jetzt von einem Sonnenstrahl getroffen aufleuchtete, ein flaches, goldenes Zigarettenetui, lag.

ANDRÉ MAUROIS

Das Haus

Als ich krank war vor zwei Jahren, erzählte sie, wurde mir bewußt, daß ich jede Nacht den gleichen Traum hatte. Ich ging übers Land; von weitem bemerkte ich ein weißes Haus, niedrig und langgestreckt, umgeben von einem Lindenwäldchen. Zur Linken des Hauses durchbrach eine von Pappeln begrenzte Wiese angenehm die Symmetrie des Bildes, und ihre Wipfel, die man von weitem erblickte, wiegten sich über den Linden.

Im Traum fühlte ich mich zu diesem Hause hingezogen, und ich schritt darauf zu. Ein weißgestrichenes Tor versperrte die Einfahrt. Der Weg war mit Bäumen eingefaßt, unter denen ich Frühlingsblumen fand: Schlüsselblumen, Leberblümchen und Anemonen, die welkten, sobald ich sie pflückte. Hatte man die Allee durchschritten, war man nicht mehr weit vom Haus entfernt. Ein breiter Rasen lag davor, nach englischer Art geschoren und beinahe kahl. Einzig ein Beet violetter Blumen zog sich durch das Grün.

Das Haus war aus weißen Steinen erbaut und trug ein Schieferdach. Zur Tür aus heller Eiche mit geschnitzter Füllung führte eine Freitreppe hinauf. Ich wollte das Haus besichtigen, doch niemand antwortete meinem Klopfen. Ich war tief enttäuscht, klingelte, rief und wachte endlich auf.

Das war mein Traum – und er kehrte während vieler Monate immer wieder, er wiederholte sich mit einer Stetigkeit und Genauigkeit, daß ich schließlich dachte, ich hätte in meiner Kindheit dieses Schloß und den Park schon einmal gesehen. Dennoch konnte ich, wenn ich wach war, mich nicht daran erinnern, und das Nachgrübeln wurde zu einer Art von Besessenheit, so daß ich eines Sommers, als ich gelernt hatte, selbst einen kleinen Wagen zu lenken, beschloß, während meiner Ferien ganz Frankreich auf der Suche nach dem Haus meines Traumes zu durchfahren.

Ich erzähle Ihnen nichts von meiner Reise. Ich durchstreifte die Normandie, die Touraine und das Poitou; nichts fand ich und war darüber nicht erstaunt. Im Oktober kehrte ich nach Paris zurück und fuhr fort, während des ganzen Winters von meinem weißen Haus zu träumen... Doch eines Tages, ich fuhr durch ein der Isle-Adam benachbartes Tal, überkam mich ein angenehmer Schreck, jene merkwürdige Erschütterung, die einen ergreift, wenn man nach langer Abwesenheit Menschen oder Orten wiederbegegnet, die man sehr geliebt hat.

Obschon ich niemals in dieser Gegend gewesen war, erschien mir die Landschaft, die sich zu meiner Rechten dehnte, ganz vertraut. Pappelwipfel überragten eine Lindengruppe. Durch das Laubwerk hindurch gewahrte man ein weißes Haus. Da wußte ich, daß ich das Schloß meiner Träume gefunden hatte. Ich wußte genau, daß hundert Meter weiter ein schmaler Weg die Straße kreuzen mußte. Der Weg war da. Ich schlug ihn ein. Ich folgte ihm bis vor ein weißes Gartentor.

Dahinter erstreckte sich die Allee, der ich schon oft gefolgt war. Unter den Bäumen bewunderte ich den Teppich zarter Farben, den die Leberblümchen, Himmelsschlüssel und Anemonen bildeten. Als ich das Lindengewölbe durchschritten hatte, bemerkte ich sogleich den grünen Rasen und die Freitreppe, die zu der hellen, eichenen Tür hinaufführte. Ich stieg aus meinem Wagen, lief eilig die Stufen hinauf und klingelte.

Ich fürchtete sehr, daß niemand kommen würde, jedoch fast im gleichen Augenblick öffnete ein Diener. Er blickte traurig drein, war sehr alt und trug einen schwarzen Rock. Er schien sehr erstaunt, mich zu sehen, und betrachtete mich aufmerksam ohne zu sprechen.

»Ich werde Ihnen jetzt«, sagte ich, »eine recht seltsame Bitte vortragen. Ich kenne die Eigentümer dieses Hauses nicht, aber ich wäre glücklich, wenn Sie mir gestatten würden, es anzusehen.«

»Das Schloß«, sprach er wie bedauernd, »ist zu vermieten, gnädige Frau, und ich bin hier, um es bei Besichtigungen zu zeigen.«

»Man kann es mieten?« sagte ich. »Welch unerhoffter Zufall... Warum bewohnen denn die Besitzer nicht selbst ein so schönes Haus?«

»Sie haben es bewohnt, Madame, und sie haben es verlassen, seitdem es hier im Hause spukt.«

»Es spukt hier?« fragte ich. Das sollte mich nicht abhalten. »Ich wußte nicht, daß man in Frankreich auf dem Lande noch an Geister glaubt.«

»Auch ich nicht, Madame«, sprach er ernst, »wenn ich nicht selber dem Gespenst, das meine Herrschaft vertrieb, so oft des Nachts im Park begegnet wäre.«

»Unglaublich!« meinte ich und versuchte zu lächeln.

»Nicht ganz so unglaublich«, sagte der Greis in vorwurfsvollem Tone, »daß gerade Sie darüber lachen dürften, denn das Gespenst, Madame, waren Sie.«

TRUMAN CAPOTE

Miriam

Mehrere Jahre lang hatte Frau H. T. Miller allein in ihrer gemütlichen Wohnung (zwei Zimmer mit kleiner Küche) in einem umgebauten Sandstein-Haus nahe am East River gewohnt. Sie war Witwe: Herr H. T. Miller hatte ihr einen angemessenen Versicherungsbetrag hinterlassen. Ihre Interessen waren beschränkt, sie hatte keine nennenswerten Freunde und wanderte selten weiter als bis zum Lebensmittelgeschäft an der Ecke. Die andern Leute im Haus nahmen anscheinend niemals Notiz von ihr: ihre Kleider waren nüchtern, ihr Haar eisengrau, kurz geschnitten und nachlässig onduliert; sie gebrauchte keine Schönheitsmittel, ihre Züge waren schlicht und unauffällig, und an ihrem letzten Geburtstag war sie einundsechzig geworden. Sie handelte selten spontan; sie hielt ihre beiden Zimmer tadellos, rauchte ab und zu eine Zigarette, bereitete sich selbst ihre Mahlzeiten und pflegte ihren Kanarienvogel.

Dann traf sie Miriam. Es schneite an jenem Abend. Frau Miller war fertig mit dem Abtrocknen ihres Abendbrotgeschirrs und blätterte eine Nachmittagszeitung durch, in der sie einen Film angekündigt sah, der in einem Kino in der Nachbarschaft lief. Der Titel klang gut, also fuhr sie in ihren Biberpelz, schnürte ihre Galoschen zu und verließ die Wohnung; sie ließ im Flur eine Lampe brennen; nichts machte sie nervöser als das Gefühl der Dunkelheit.

Der Schnee war fein, er fiel sacht herab und hinterließ noch keine Spuren auf dem Pflaster. Der Wind vom Fluß her war nur an den Straßenkreuzungen zu spüren. Frau Miller eilte mit gesenktem Kopf dahin, unbeirrt wie ein Maulwurf, der sich blind seinen Weg gräbt. Sie hielt bei einem Drugstore inne und kaufte sich ein Päckchen Pfefferminzbonbons.

Vor der Kasse stand eine lange Schlange; sie nahm ihren Platz am Ende ein. Wahrscheinlich, brummte eine müde Stimme, würde man für alle Plätze ein wenig warten müssen. Frau Miller kramte in ihrer ledernen Handtasche, bis sie genau die richtigen Münzen für das Eintrittsgeld fand. Die Schlange schien sich Zeit zu lassen, und als sich Frau Miller, Abwechslung suchend, umsah, bemerkte sie plötzlich ein kleines Mädchen, das unter dem Rand der Markise stand.

Sie hatte das längste und eigenartigste Haar, das Frau Miller je gesehen hatte: vollkommen silberweiß, wie bei einem Albino. Es floß in glatten, lockeren Linien bis zur Taille. Sie war dünn und zart gebaut. Eine schlichte, besondere Vornehmheit war in der Art, wie sie dastand, die Daumen in den Taschen eines nach Maß gearbeiteten pflaumenblauen Samtmantels.

Frau Miller empfand eine merkwürdige Erregung, und als das kleine Mädchen zu ihr hinsah, lächelte sie warm. Das Kind kam herüber und sagte: »Würden Sie mir wohl einen Gefallen tun?«

»Aber gern, wenn ich kann«, sagte Frau Miller.

»Oh, es ist ganz leicht. Ich möchte nur, daß Sie mir eine Eintrittskarte kaufen; sonst lassen sie mich nicht hinein. Hier, das Geld habe ich.« Und anmutig händigte sie Frau Miller zwei Zehncentstücke und einen Fünfer ein.

Sie gingen zusammen in das Theater. Eine Platzanweiserin führte sie in einen Vorraum; in zwanzig Minuten würde der Film zu Ende sein.

»Ich komme mir wie ein richtiger Verbrecher vor«, sagte Frau Miller heiter, als sie sich setzten. »Ich meine, so etwas ist ungesetzlich, nicht wahr? Ich hoffe, ich habe nichts Verkehrtes getan. Deine Mutter weiß, wo du bist, Herzchen? Ich meine, sie weiß es doch, nicht wahr?«

Das kleine Mädchen sagte nichts. Sie knöpfte ihren Mantel auf und faltete ihn über ihrem Schoß. Das Kleid darunter war fein und dunkelblau. Eine goldene Kette hing an ihrem Hals, und ihre Finger – sie sahen empfindsam und musikalisch aus – spielten damit. Während Frau Miller sie aufmerksam musterte, kam sie zu dem Schluß, daß ihr wirklich charakteristisches Merkmal nicht das Haar, sondern die Augen waren; sie waren nußbraun, stetig, ohne die geringste Spur von Kindlichkeit, und schienen – so groß waren sie – das kleine Gesicht aufzuzehren.

Frau Miller bot ihr ein Stück Pfefferminz an: »Wie heißt du denn, Herzchen?«

»Miriam«, sagte sie, als sei das eine auf irgendeine sonderbare Art bereits bekannte Auskunft.
»Oh – ist das nicht drollig – ich heiße ebenfalls Miriam. Und dabei ist das gar kein schrecklich gebräuchlicher Name. Nun sag mir nur nicht, daß dein Nachname Miller ist!«
»Bloß Miriam.«
»Aber ist das nicht eigenartig?«
»Gewissermaßen«, sagte Miriam und rollte den Pfefferminzbonbon auf der Zunge.
Frau Miller errötete und rutschte unbehaglich hin und her. »Du hast einen recht großen Wortschatz für ein so kleines Mädchen.«
»So?«
»Nun ja«, sagte Frau Miller, eilig das Thema wechselnd: »Gehst du gern ins Kino?«
»Das weiß ich wirklich noch nicht«, sagte Miriam. »Ich bin noch nie drin gewesen.«
Frauen fingen an, die Vorhalle zu füllen; dann dröhnten Wochenschaubomben, die in der Ferne explodierten. Frau Miller stand auf, schob die Handtasche unter den Arm. »Ich glaube, ich beeile mich jetzt lieber, wenn ich einen Sitzplatz haben will«, sagte sie. »Es war nett, dich kennenzulernen.«
Miriam nickte ungemein nachlässig.

Es schneite die ganze Woche. Räder und Schritte bewegten sich unhörbar auf der Straße, als liefe das tätige Leben heimlich weiter hinter einem blassen, aber undurchdringlichen Vorhang. In der Stille, die sich auf alles senkte, gab es weder Himmel noch Erde, nur Schnee, den der Wind emporwehte, der das Fensterglas einfrieren ließ, die Zimmer auskühlte, die Stadt tötete und verstummen ließ. Zu allen Stunden mußte man die Lampen brennen lassen, und Frau Miller verlor die Tage aus den Augen: der Freitag unterschied sich nicht vom Samstag, und am Sonntag ging sie zum Lebensmittelgeschäft: natürlich geschlossen.
An jenem Abend machte sie sich Rührei und kochte einen Teller Tomatensuppe. Nachdem sie einen flanellenen Morgenrock angezogen hatte, rieb sie sich das Gesicht mit Coldcreme ein und machte es sich mit einer Wärmflasche unter den Füßen im Bett bequem. Sie las die *New York Times*, als die Türglocke anschlug.

Zuerst dachte sie, es sei ein Irrtum, und wer da auch klingelte, würde weggehen. Aber es läutete und läutete und ging in ein beharrliches Schrillen über. Sie sah nach der Uhr: kurz nach elf; es schien ihr unmöglich, sie schlief immer schon um zehn.

Sie kletterte aus dem Bett und trabte barfuß durch das Wohnzimmer. »Ich komme, bitte gedulden Sie sich!« Der Drücker klemmte; sie drehte ihn hin und her und die Klingel setzte nicht einen Augenblick aus. »Hören Sie auf!« rief sie. Der Drücker gab nach und sie machte die Tür ein paar Zentimeter auf. »Was um Himmels willen...?«

»Hallo«, sagte Miriam.

»Oh ... ach so ... hallo«, sagte Frau Miller und trat zögernd ins Treppenhaus. »Du bist dieses kleine Mädchen.«

»Ich dachte, Sie würden überhaupt nicht aufmachen, aber ich ließ den Finger auf der Klingel; ich wußte, daß Sie zu Hause sind. Freuen Sie sich nicht, mich zu sehen?«

Frau Miller wußte nichts zu sagen. Miriam trug, wie sie sah, denselben pflaumenblauen Samtmantel, und jetzt hatte sie auch eine dazu passende Mütze; ihr weißes Haar war in zwei glänzende Zöpfe geflochten und am Ende mit riesigen weißen Schleifen zusammengebunden.

»Nachdem ich so lange gewartet habe, könnten Sie mich wenigstens hineinlassen«, sagte sie.

»Es ist schrecklich spät...«

Miriam musterte sie unbeeindruckt. »Was macht das aus? Lassen Sie mich hinein. Hier draußen ist es kalt, und ich habe ein seidenes Kleid an.« Dann schob sie mit sanfter Gebärde Frau Miller beiseite und ging in die Wohnung.

Sie ließ Mantel und Mütze auf einen Stuhl fallen. Wirklich, sie trug ein seidenes Kleid. Weiße Seide. Weiße Seide im Februar. Der Rock war schön gefältelt und die Ärmel lang; es raschelte leise, als sie im Zimmer umherging. »Ihre Wohnung gefällt mir«, sagte sie. »Den Teppich mag ich gern. Blau ist meine Lieblingsfarbe.« Sie berührte eine Papierrose in einer Vase auf dem Kaffeetisch. »Imitation«, sagte sie mit gezwungenem Lächeln. »Wie traurig. Sind Imitationen nicht traurig?« Sie setzte sich aufs Sofa, ihren Rock zierlich ausbreitend.

»Was willst du?« fragte Frau Miller.

»Setzen Sie sich«, sagte Miriam. »Es macht mich nervös, die Leute stehen zu sehen.«

Frau Miller sank auf einen Puff. »Was willst du?« wiederholte sie.

»Nun, Sie freuen sich wohl gar nicht, mich zu sehen.«

Zum zweiten Mal hatte Frau Miller keine Antwort; sie machte eine ungewisse Handbewegung. Miriam kicherte und drückte sich in einen Berg von Chintzkissen. Frau Miller bemerkte, daß das Mädchen nicht so blaß war, wie sie es in der Erinnerung hatte; ihre Wangen waren erhitzt.

»Wieso wußtest du, wo ich wohne?«

Miriam runzelte die Stirn. »Das ist doch gar keine Frage! Wie ist Ihr Name? Und wie ist meiner?«

»Aber ich stehe nicht im Telephonbuch.«

»Oh, wir wollen lieber von etwas anderem sprechen.«

Frau Miller sagte: »Deine Mutter muß ja von Sinnen sein, daß sie ein Kind wie dich zu allen Nachtstunden herumlaufen läßt – und in so lächerlichen Kleidern. Sie muß den Verstand verloren haben.«

Miriam stand auf und ging in die Ecke, wo ein zugedeckter Käfig an einer Kette von der Decke herabhing. Sie lugte unter das Tuch. »Es ist ein Kanarienvogel«, sagte sie. »Darf ich ihn wecken? Ich würde ihn gern singen hören.«

»Laß Tommy in Ruhe«, sagte Frau Miller gereizt. »Untersteh dich nicht, ihn zu wecken.«

»Schon gut«, sagte Miriam. »Aber ich sehe nicht ein, warum ich ihn nicht singen hören soll.« Und dann: »Haben Sie nicht irgend etwas zu essen? Ich habe Hunger! Sogar Milch und ein Marmeladebrot wären mir recht.«

»Hör zu«, sagte Frau Miller, sich von dem Puff erhebend, »wenn ich dir jetzt ein paar nette Brote mache – wirst du dann ein gutes Kind sein und rasch nach Hause laufen? Es ist sicher Mitternacht vorbei.«

»Es schneit«, sagte Miriam vorwurfsvoll. »Und es ist kalt und dunkel.«

»Nun, zunächst mal hättest du gar nicht herkommen sollen«, sagte Frau Miller, bemüht, ihre Stimme zu beherrschen. »Ich kann das Wetter nicht ändern. Wenn du etwas zu essen haben willst, mußt du mir versprechen, wegzugehen.«

Miriam rieb sich mit einem Zopf die Wange. Ihre Augen waren nachdenklich, als prüfe sie einen Vorschlag. Sie wandte sich nach dem Käfig um. »Also gut«, sagte sie, »ich verspreche es Ihnen.«

Wie alt ist sie? Zehn? Elf? Frau Miller machte in der Küche ein Glas Erdbeermarmelade auf und schnitt vier Scheiben Brot ab. Sie goß einen Becher voll Milch und hielt inne, um sich eine Zigarette anzuzünden. *Und warum ist sie gekommen?* Ihre Hand zitterte, während sie selbstvergessen das Streichholz hielt, bis es ihr die Finger verbrannte. Der Kanarienvogel sang und sang, wie er morgens und zu keiner andern Zeit zu singen pflegte. »Miriam«, rief sie, »Miriam, ich habe dir doch gesagt, du sollst Tommy nicht stören.« Es kam keine Antwort. Sie rief nochmals; nur der Kanarienvogel war zu hören. Sie zog den Rauch der Zigarette ein und entdeckte, daß sie das Korkmundstück angesteckt hatte und – oh, wirklich, sie durfte nicht die Fassung verlieren!

Sie trug das Essen auf einem Tablett hinein und setzte es auf den Kaffeetisch. Als erstes sah sie, daß der Vogelkäfig noch seine nächtliche Decke trug. Und Tommy sang! Es erregte sie merkwürdig. Und niemand war im Zimmer. Frau Miller ging durch den Alkoven, der ins Schlafzimmer führte; an der Tür hielt sie den Atem an.

»Was tust du?« fragte sie.

Miriam schaute auf, und in ihren Augen war ein ungewöhnlicher Blick. Sie stand bei der Kommode, vor ihr eine offene Schmuckkassette. Eine Minute musterte sie Frau Miller, zwang ihre Augen, den ihren zu begegnen, und lächelte. »Es ist nichts Gutes dabei«, sagte sie, »aber dies hier gefällt mir.« Sie hielt eine Kameenbrosche in der Hand. »Das ist reizend.«

»Wie wäre es – vielleicht legst du es lieber wieder zurück«, sagte Frau Miller; plötzlich empfand sie das Bedürfnis, sich zu stützen. Sie lehnte sich an den Türrahmen; ihr Kopf war unerträglich schwer; ein Druck belastete den Rhythmus ihres Herzschlages. Das Licht schien mangelhaft und flackernd. »Bitte, Kind – ein Geschenk von meinem Mann...«

»Aber es ist schön und ich will es haben«, sagte Miriam. »Geben Sie es mir.«

Während Frau Miller dastand und versuchte, einen Satz zu finden, der ihr die Brosche rettete, kam ihr der Gedanke, daß sie niemanden hatte, an den sie sich wenden konnte: sie war allein; eine Tatsache, an die sie lange nicht gedacht hatte. Niederschmetternd schon dadurch, daß sie ihr nur bewußt wurde. Aber hier in ihrem eigenen Zimmer in der stummen Schneestadt war sie so augenscheinlich, daß sie sie weder übersehen noch – das wußte sie mit erschreckender Deutlichkeit – ihr widerstehen konnte.

Miriam aß heißhungrig, und als die Brote und die Milch verzehrt waren, bewegten sich ihre Finger wie Spinnweben über den Teller, die Krumen sammelnd. Die Kamee schimmerte auf ihrer Bluse, das blonde Profil darauf wie ein täuschendes Spiegelbild seiner Trägerin. »Das war fein«, seufzte sie, »aber jetzt wären Mandelkuchen oder Kirschen ganz herrlich. Süßigkeiten sind was Feines, meinen Sie nicht auch?«

Frau Miller hockte unsicher, eine Zigarette rauchend, auf dem Kissen. Ihr Haarnetz war schiefgerutscht, und lose Strähnen hingen ihr unordentlich ins Gesicht. Ihre Augen waren wie betäubt, auf nichts konzentriert, und ihre Wangen waren mit roten Flecken durchsetzt, als hätte ein scharfer Schlag dauernde Spuren hinterlassen.

»Ist nichts Süßes da – kein Kuchen?«

Frau Miller klopfte die Asche auf den Teppich. Ihr Kopf schwankte ein wenig, als sie versuchte, ihren Blick auf einen Punkt zu sammeln. »Du hast mir doch versprochen, wegzugehen, wenn ich dir Sandwiches mache«, sagte sie.

»Ach nein – hab ich das wirklich?«

»Es war ein Versprechen, und ich bin müde und fühle mich durchaus nicht wohl.«

»Machen Sie sich nichts draus«, sagte Miriam. »Ich wollte Sie nur necken.«

Sie nahm ihren Mantel, schlang ihn über den Arm und setzte vor dem Spiegel ihre Mütze zurecht. Plötzlich beugte sie sich dicht zu Frau Miller herunter und flüsterte: »Geben Sie mir einen Gutenachtkuß!«

»Bitte ... das möchte ich lieber nicht«, sagte Frau Miller.
Miriam hob ein wenig die Schulter, zog eine Braue hoch. »Wie Sie wollen«, sagte sie, ging geradenwegs zum Kaffeetisch, ergriff die Vase mit den Papierrosen, trug sie dorthin, wo die harte Fläche des Fußbodens unbedeckt war, und schmetterte sie hin. Das Glas sprühte nach allen Seiten, und sie stampfte mit dem Fuß auf den Strauß.
Dann ging sie langsam zur Tür, aber ehe sie sie schloß, sah sie mit schlauer kindlicher Neugier zurück auf Frau Miller.

Frau Miller verbrachte den nächsten Tag im Bett, stand nur einmal auf, um den Kanarienvogel zu füttern und eine Tasse Tee zu trinken; sie maß ihre Temperatur und hatte keine, dennoch waren ihre Träume fiebrig lebendig; ihre unausgeglichene Stimmung hielt sogar an, als sie dalag und mit großen Augen zur Decke starrte. Ein Traum zog sich wie ein Faden durch die anderen, dem nicht greifbaren geheimnisvollen Thema einer verwirrenden Symphonie gleich, und die Bilder, die er malte, waren scharf umrissen, als habe sie eine mit Eindringlichkeit begnadete Hand hingeworfen: ein kleines Mädchen, das ein Brautkleid und einen Laubkranz trug, führte einen grauen Zug einen Bergpfad hinunter, und in dem Zug war ungewöhnliches Schweigen, bis eine Frau weit hinten fragte: »Wohin bringt sie uns?« »Das weiß keiner«, sagte ein alter Mann, der voranschritt. »Aber ist sie nicht hübsch?« warf eine dritte Stimme hin. »Ist sie nicht wie eine Eisblume – so schimmernd und weiß?«
Am Dienstagmorgen fühlte sie sich beim Erwachen besser; die harten Streifen der Sonnenstrahlen, die schräg durch die Jalousien fielen, gossen ein Licht aus, in dem ihre ungesunden Grillen zergingen. Sie machte das Fenster auf und entdeckte einen aufgetauten, frühlingsmilden Tag; eine Schar reiner neuer Wolken ballte sich vor einem weiten, blauen Himmel, der noch gar nicht zur Jahreszeit gehörte; und hinter der niedrigen Linie der Giebel konnte sie den Fluß sehen und den Rauch, der sich im warmen Wind aus den Schornsteinen der Schlepper emporkräuselte. Ein großer silberner Lastwagen pflügte die Straße mit den Schneewällen, das Geräusch des Motors hing summend in der Luft.
Nachdem sie ihre Wohnung aufgeräumt hatte, ging sie in das

Lebensmittelgeschäft, ließ sich einen Scheck diskontieren und ging weiter zu Schrafft, wo sie ein Frühstück einnahm und fröhlich mit der Kellnerin plauderte. Oh, es war ein prachtvoller Tag – fast ein Feiertag –, und es wäre töricht, nach Hause zu gehen!

Sie stieg in einen Bus Richtung Lexington-Avenue und fuhr bis zur Sechsundachtzigsten Straße; sie hatte sich entschlossen, hier ein paar kleine Einkäufe zu machen.

Sie hatte keine Ahnung, was sie haben wollte oder brauchte, aber sie schlenderte dahin, nur auf die lebhaften, mit sich selbst beschäftigten Vorübergehenden achtend, die in ihr ein merkwürdiges Gefühl der Isoliertheit auslösten.

Während sie an der Ecke der Dritten Avenue wartete, sah sie den Mann: einen alten Mann, krummbeinig und gebückt unter einem Armvoll umfangreicher Pakete, er trug einen schäbigen braunen Mantel und eine karierte Mütze. Plötzlich wurde ihr bewußt, daß sie einander zulächelten: es war nichts Freundschaftliches in diesem Lächeln, es waren lediglich zwei kalte Funken des Wiedererkennens. Aber sie war überzeugt, daß sie ihn nie zuvor gesehen hatte.

Er stand neben einem Hochbahn-Träger, und als sie die Straße überquerte, wandte er sich um und folgte ihr. Er hielt sich ganz dicht hinter ihr; aus dem Augenwinkel beobachtete sie sein schwankendes Spiegelbild in den Schaufenstern.

Dann, am halben Block, blieb sie stehen und sah ihm ins Gesicht. Auch er blieb stehen, warf den Kopf hoch und lächelte schief. Aber was konnte sie sagen, tun? Hier, im hellen Tageslicht, auf der Sechsundachtzigsten Straße? Es hatte keinen Sinn, und sie beschleunigte den Schritt, ihre eigene Hilflosigkeit verachtend.

Nun ist die Zweite Avenue eine häßliche Straße, aus Bruch und Resten gemacht; zum Teil Kopfpflaster, zum Teil Asphalt, zum Teil Zement; mit einer beharrlichen Atmosphäre der Verlassenheit. Frau Miller ging fünf Blocks weiter, ohne jemand zu treffen, und die ganze Zeit blieb das feste Knirschen seiner Schritte im Schnee in ihrer Nähe. Als sie zu einem Blumengeschäft kam, war das Geräusch noch hinter ihr. Sie trat schnell hinein und sah durch die Glastür den alten Mann vorbeigehen; er hielt die Augen fest geradeaus gerichtet und hemmte seinen Schritt nicht, aber er tat etwas Seltsames, Vielsagendes: er griff grüßend an seine Mütze.

»Sechs weiße, sagten Sie?« fragte der Blumenhändler.

»Ja«, antwortete sie, »weiße Rosen.« Von dort aus ging sie in einen Glasladen und suchte eine Vase aus, vermutlich einen Ersatz für die, die Miriam zerbrochen hatte, obwohl der Preis unverschämt und die Vase (wie sie fand) unsagbar gewöhnlich war. Aber sie hatte eine Reihe unverantwortlicher Einkäufe begonnen, wie nach einem vorgefaßten Plan: einem Plan, den sie nicht im mindesten kannte oder kontrollieren konnte. Sie kaufte eine Tüte glasierter Kirschen, und in einem Laden, der sich »Knickerbocker Bäckerei« nannte, zahlte sie vierzig Cents für sechs Mandelkuchen.

Während der letzten Stunde war das Wetter wieder kalt geworden; die Winterwolken warfen wie getrübte Glaslinsen einen Schatten über die Sonne, und das Gespenst einer frühen Dämmerung färbte den Himmel; ein feuchter Dunst mischte sich mit dem Wind, und die Stimmen einiger Kinder, die oben auf den Bergen von Gossenschnee tobten, kamen ihr einsam und unfroh vor. Bald fiel die erste Flocke, und als Frau Miller das Sandstein-Haus erreichte, sank der Schnee wie ein rascher Vorhang herab, und die Fußspuren verschwanden so schnell wie sie eingedrückt worden waren.

Die weißen Rosen waren dekorativ in der Vase geordnet. Die glasierten Kirschen schimmerten auf einem Keramikteller. Die Mandelkuchen, mit Zucker bestreut, warteten auf die Hand, die sie nehmen würde. Der Kanarienvogel flatterte auf seiner Schaukel und pickte an einem Samentäfelchen.

Genau um fünf läutete die Türglocke. Frau Miller wußte, wer es war. Der Saum ihres Hauskleides schleifte nach, als sie über den Flur ging. »Bist du es?« rief sie.

»Natürlich«, sagte Miriam; das Wort hallte schrill im Treppenhaus wider. »Mach die Tür auf.«

»Geh weg!« sagte Frau Miller.

»Bitte beeile dich ... ich habe ein schweres Paket.«

»Geh weg!« sagte Frau Miller. Sie kehrte ins Wohnzimmer zurück, zündete sich eine Zigarette an, setzte sich und horchte ruhig auf den Summer; noch und noch und noch. »Du kannst genausogut weggehen. Ich habe nicht die Absicht, dich hereinzulassen.«

Das Klingeln brach kurz ab. Etwa zehn Minuten rührte sich Frau Miller nicht. Als sie keinen Laut hörte, nahm sie an, daß Miriam gegangen sei. Auf Zehen ging sie zur Tür und öffnete sie einen Spalt; Miriam saß halb zurückgelehnt auf einem Pappkarton, eine schöne französische Puppe im Arm.

»Ich habe wirklich gedacht, du würdest nicht mehr kommen!« sagte sie verdrießlich. »Hier, hilf mir, dies hineintragen – es ist schrecklich schwer!«

Frau Miller spürte keinen verhexten Zwang, sondern eher eine sonderbare Passivität; sie trug den Karton hinein, Miriam die Puppe. Miriam machte sich's auf dem Sofa bequem, ohne sich die Mühe zu nehmen, Mantel und Mütze abzulegen, und beobachtete gleichgültig, wie Frau Miller den Karton fallen ließ und zitternd dastand und nach Atem rang.

»Danke«, sagte sie. Im Tageslicht sah sie bedrückt und abgehetzt aus, ihr Haar nicht so glänzend. Die französische Puppe, die sie liebte, trug eine selten schöne gepuderte Perücke, und ihre idiotischen Glasaugen suchten in Miriams Augen Trost. »Ich habe eine Überraschung«, fuhr Miriam fort. »Schau einmal in meinen Karton.«

Kniend schlug Frau Miller die Seitenklappen zurück und nahm eine andere Puppe hoch; dann ein blaues Kleid – sie erinnerte sich, es war dasjenige, das Miriam an jenem ersten Abend im Kino angehabt hatte; und von dem restlichen Inhalt sagte sie: »Das sind lauter Kleider. Warum?«

»Weil ich hergekommen bin, um bei dir zu wohnen«, sagte Miriam, an einem Kirschenstiel drehend. »War es nicht nett von dir, mir die Kirschen zu kaufen?«

»Aber das kannst du nicht! Um Gottes willen – geh fort – geh fort und laß mich in Frieden!«

»...und die Rosen und die Mandelkuchen? Wie wunderbar aufmerksam, wirklich. Weißt du, diese Kirschen sind köstlich. Ich wohnte zuletzt bei einem alten Mann; er war schrecklich arm, und wir hatten nie etwas Gutes zu essen. Aber hier werde ich zufrieden sein, glaube ich.« Sie hielt inne, um ihre Puppe dichter an sich zu schmiegen. »Wenn du mir nur noch zeigst, wo ich meine Sachen hintun kann...«

Frau Millers Gesicht zerfloß zu einer Maske von häßlichen roten

Linien. Sie fing an zu weinen, und es war ein unnatürliches, tränenloses Weinen, als habe sie, lang außer Übung, vergessen, wie man weint. Vorsichtig wich sie zurück, bis sie die Tür berührte.

Sie stolperte wie blind durch die Halle und die Treppe hinunter zu dem unteren Treppenabsatz. Sie klopfte ungestüm an die Tür der ersten Wohnung, zu der sie kam. Ein stämmiger, rothaariger Mann machte auf und sie stürzte an ihm vorbei. »Was zum Teufel soll das?« fragte er. »Ist etwas los, Schatz?« fragte eine junge Frau, die aus der Küche kam; sie trocknete sich die Hände. An sie wandte sich Frau Miller.

»Hören Sie«, rief sie, »ich schäme mich, mich so zu benehmen, aber ... nun ja, ich bin Frau H. T. Miller und ich wohne oben und ...« Sie preßte die Hände vor das Gesicht. »Es klingt so verrückt ...«

Die Frau führte sie zu einem Stuhl, während der Mann aufgeregt mit dem Kleingeld in seiner Tasche klimperte. »Ja – und?«

»Ich wohne oben, und da ist ein kleines Mädchen, das mich besucht, und ich glaube, ich habe Angst vor ihr. Sie will nicht weggehen, und ich kann sie nicht dazu zwingen, und ... sie wird etwas Schreckliches tun. Sie hat mir schon meine Kamee gestohlen, aber sie hat etwas Schlimmeres vor ... etwas Schreckliches!«

Der Mann fragte: »Ist sie eine Verwandte, wie?«

Frau Miller schüttelte den Kopf. »Ich weiß nicht, wer sie ist. Sie heißt Miriam, aber ich weiß nicht, wer sie ist – bestimmt nicht.«

»Nun beruhigen Sie sich erst mal, meine Süße«, sagte die Frau und streichelte Frau Millers Arm. »Mein Harry hier – der wird schon fertig mit dem Kind. Geh rauf, Schatz!« Und Frau Miller sagte: »Die Tür ist offen – 5 A.«

Nachdem der Mann gegangen war, brachte die Frau ein Tuch und wischte Frau Miller das Gesicht ab. »Sie sind sehr freundlich«, sagte Frau Miller, »es tut mir leid, daß ich mich wie eine Närrin betrage, aber dieses fürchterliche Kind ...«

»Freilich, meine Süße«, tröstete die Frau. »Nun, nehmen Sie's lieber nicht so tragisch.«

Frau Miller legte ihren Kopf in die Beuge ihres Armes; sie war ruhig genug, um einzuschlafen. Die Frau drehte am Radioschalter; ein Klavier und eine heisere Stimme erfüllten den Raum, und die

Frau klopfte mit dem Fuß sehr genau den Takt. »Vielleicht sollten wir auch 'raufgehen«, sagte sie.

»Ich möchte sie nicht wiedersehen. Ich möchte überhaupt nicht in ihrer Nähe sein!«

»Nun, nun – aber wissen Sie, was Sie hätten tun sollen? Sie hätten einen Polizisten rufen sollen!«

Gleich darauf hörten sie den Mann auf der Treppe. Stirnrunzelnd kam er ins Zimmer, er kratzte sich den Nacken. »Niemand da«, sagte er, ehrlich verlegen. »Sie muß getürmt sein.«

»Harry, du machst vielleicht Witze!« erklärte die Frau. »Wir haben die ganze Zeit hier gesessen und hätten doch gesehen ...«, sie brach plötzlich ab, denn der Blick ihres Mannes war scharf.

»Ich habe überall nachgesehen«, sagte er, »und es ist einfach niemand da. Niemand, verstehst du?«

»Sagen Sie«, fragte Frau Miller und stand auf, »sagen Sie, haben Sie einen großen Karton gesehen? Oder eine Puppe?«

»Nein, Madame, nichts.«

Und die Frau, als spräche sie ein Urteil aus, sagte: »Na, das ist ja nun die Höhe...«

Leise betrat Frau Miller ihre Wohnung; sie ging in die Mitte des Zimmers und stand ganz still. Nein, in einer Hinsicht hatte es sich nicht verändert: die Rosen, die Kuchen und die Kirschen waren an ihrem Platz. Aber dies war ein leerer Raum, leerer, als wenn keine Möbel und nichts Vertrautes da wären, leblos und versteinert wie eine Leichenkammer. Das Sofa ragte mit einer neuen Fremdheit vor ihr auf: seine Leere hatte eine Bedeutung, die weniger eindringlich und schrecklich gewesen wäre, wenn sich Miriam hineingeschmiegt hätte. Sie starrte fest auf die Stelle, wo sie, wie sie sich erinnerte, den Karton hingestellt hatte, und einen Augenblick lang drehte sich der gepolsterte Puff wild im Kreise. Und sie sah durchs Fenster; sicher war der Fluß wirklich, sicher fiel draußen Schnee – aber schließlich, man konnte nichts mit Sicherheit bezeugen: Miriam, die so lebendig da war – und dennoch, wo war sie? Wo? Wo?

Und als bewege sie sich in einem Traum, sank sie auf einen Stuhl. Der Raum verlor seine Gestalt; es war dunkel und wurde noch dunkler, und dagegen war nichts zu machen; sie konnte nicht die Hand heben, um eine Lampe anzuschalten.

Plötzlich verspürte sie, die Augen schließend, einen Sog nach oben, wie ein Taucher, der aus einer tiefen, grüneren Tiefe aufsteigt. In Zeiten des Schreckens oder der ungeheuren Trübsal gibt es Augenblicke, in denen die Seele wartet wie auf eine Offenbarung, während sich ein Gewebe von Ruhe über das Denken legt; es ist wie ein Schlaf, wie eine übernatürliche Entrücktheit; und während dieser Stille wird man sich einer Kraft ruhiger Vernunft bewußt: nun ja ... Wie, wenn sie in Wirklichkeit niemals ein Mädchen namens Miriam gekannt hätte? Wenn man ihr auf der Straße törichte Angst eingejagt hatte? Letzten Endes war es, wie alles andere, nicht wichtig. Denn das einzige, was Miriam ihr hatte nehmen können, war ihr Ich – aber jetzt wußte sie, daß sie die Person wiedergefunden hatte, die in diesem Zimmer wohnte, die sich ihre Mahlzeiten kochte, die einen Kanarienvogel besaß, die jemand war, dem sie trauen, an den sie glauben konnte: Frau H. T. Miller.

Zufrieden lauschend bemerkte sie einen doppelten Laut: eine Kommodenlade öffnete und schloß sich; sie schien es lange nach dem tatsächlichen Vorgang zu hören – öffnete und schloß sich. Dann, nach und nach, wurde das harte Geräusch verdrängt durch das leise Rauschen eines Seidenkleides, und dieses Rauschen, köstlich zart, kam näher und schwoll zu einer Heftigkeit an, daß die Wände von der Schwingung bebten und der ganze Raum unter einer Woge von Rascheln begraben war. Frau Miller erstarrte und öffnete die Augen zu einem betäubten, starren Blick.

»Hallo!« sagte Miriam.

JOHANN AUGUST APEL

Die schwarze Kammer

Unser Journalistikum bestand aus drei Personen. Aktuarius Wermuth gab die gelehrten Blätter, Stadtphysikus Bärmann die eleganten, und ich, was weder gelehrt noch elegant, oder beides zusammen war. Gleichwohl hatten wir unsre Konvente und Schmäuse so gut als andre Journalgesellschaften, ja, wir übertrafen alle andre darin, denn wir hatten täglich Konvent und Schmaus, sobald der Aktuarius seine Delinquenten und der Stadtphysikus seine Patienten abgefertigt hatte. Diese beiden kamen dann zu mir, und bei einer Pfeife Tabak und einem Krug Bier lasen wir uns das Neueste aus der Literatur vor und machten unsre Bemerkungen darüber.

Der Aktuarius ließ heute länger als gewöhnlich auf sich warten. Jetzt half es nichts, der Stadtphysikus mußte von der schwarzen Kammer erzählen. Nach kurzem Weigern stopfte er sich eine frische Pfeife, verbat sich alles Lachen und fing an:

»Ich hatte meine Universitätsstudien beschlossen und famulierte, um mir Bekanntschaft zu machen, einige Jahre bei dem Doktor Wendeborn, der damals die stärkste Praxis hatte. Weil ich für einen guten Reiter galt, so überließ er mir hauptsächlich seine auswärtigen Kranken und machte es sich auf seine alten Tage bequem. So schickte er mich unter anderm einmal auf ein benachbartes Rittergut zu dem Oberstlieutenant von Silberstein, dessen Tochter an einem heftigen Nervenfieber lag. Viel zu helfen war nicht mehr, indessen verordnete ich Medizin und Diät, wie die Umstände es mit sich brachten, und wollte mich wieder auf den Weg machen. Aber die Eltern ließen mich schlechterdings nicht fort, wiewohl ich ihnen meine Verordnung schriftlich hinterlassen wollte, damit kein Mißgriff in der Behandlung der Kranken möglich sei. Ich mußte also bleiben. Die Frau vom Hause ließ mir geschwind ein Zimmer zurecht machen, und weil die Kranke etwas ruhig war, entfernte ich mich beizeiten abends von der Familie.

Das ganze Schloß sah ziemlich finster aus, und mein Stübchen war eben nicht das freundlichste darin. Die altväterischen schweren Türen waren schwarz angestrichen und ebenso die getäfelte Decke und das Holzwerk, das sich von den Fenstern unten an den Wänden hinzog. Kurz, mir gefiel nichts als das Bett, das, schneeweiß überzogen, an der Wand hinter schweren grünseidenen Vorhängen stand.

Ich setzte noch einen ausführlichen Bericht über den Krankheitszustand des Fräuleins an meinen alten Herrn auf und gähnte bei jedem Komma. Da pochte etwas an meine Türe. Ich fuhr ein wenig zusammen, faßte mich aber geschwind und rief, so barsch ich konnte: Herein! Dasmal aber war es nichts Bedenkliches, sondern der Jäger des Oberstlieutenants, der nachfragen wollte, ob ich vielleicht noch etwas zu befehlen hätte. Ich erzähle mit Vorsatz jede Kleinigkeit, denn in solchen Dingen muß man pünktlich sein bis zur Pedanterei, wie bei einem *Visum repertum*. Der Jäger war ein junger, artiger Mensch, wir sprachen von diesem und jenem, unter andrem fragte er mich, ob es mir nicht zu einsam in dem Stübchen vorkäm, und erbot sich, bei mir zu bleiben. Ich lachte ihn aus, denn er schien mir sogar selbst in dem düstern Behältnis ängstlich zu werden und sah sich bei dem geringsten Geräusch bedenklich in allen Winkeln um. Endlich erzählte er mir, mein Stübchen heiße die schwarze Kammer, und man trage sich mit allerhand seltsamen Erzählungen davon, welche jedoch der Herrschaft verborgen bleiben müßten, um ihr nicht den Aufenthalt zu verleiden. Er erzählte mir auch manches Histörchen von Spukereien und erbot sich nochmals recht angelegentlich, bei mir zu bleiben oder sein Schlafzimmer, welches weit freundlicher gelegen sei, mit mir zu teilen. Ich wollte aber durchaus keinen Vorschlag annehmen, der meine Herzhaftigkeit kompromittiert hätte, und weil er sah, daß ich unbeweglich auf meinem Vorsatz blieb, so ging er endlich und wiederholte noch in der Tür seine Warnung gegen den Unglauben, der schon manchen ins Verderben gestürzt hätte.

Ich war nun allein in der übel berüchtigten schwarzen Kammer. Damals, wo ich noch über Geister leichtsinniger dachte und ungefähr so wie – gewisse aufgeklärte Leute, glaubte ich Gelegenheit zu finden, meinem Heldenmute durch die abgerissene

Larve eines Gespenstes ewige Lorbeeren zu verdienen, und freute mich auf die nahe Mitternacht. Zuvörderst aber untersuchte ich mein Zimmer auf das genaueste. Ich verschloß beide Türen und verriegelte sie von innen mit einem besonderen, vom Schlosse ganz verschiedenen Riegel. Ein gleiches geschah mit den Fenstern. Zum Überfluß störte ich mit meinem Reisesäbel unter dem Bett und allen Tischen und Schränken umher, und erst, als ich mich genau von der Unmöglichkeit überzeugt hatte, daß Mensch oder Tier mir einen Besuch machen konnte, kleidete ich mich aus. Das Nachtlicht stellte ich in den Ofen, so daß mein Zimmer völlig dunkel war, denn die Beleuchtung macht mir die Furcht mehr rege, als daß sie mich davon befreien sollte.

Nach diesen Vorbereitungen legte ich mich nieder und schlief von der vielfachen Ermüdung früher ein, als ich gehofft hatte. Ich war noch im ersten Schlafe, da dünkte es mich, als hört ich meinen Namen ganz leise nennen. Ich fuhr zusammen und horchte auf, da hört ich nochmals ganz deutlich rufen: ›August!‹ Der Schall kam, wie es schien, aus den Vorhängen meines Bettes. Ich riß die Augen weit auf, sah aber nichts als dichte Dunkelheit um mich. Indessen hatte mich doch der leise Ruf mit einem Fieberfrost übergossen, ich drückte die Augen fest zu und fing an, wieder einzuschlummern. Auf einmal weckt mich ein Rauschen in den Bettvorhängen, und der Ruf meines Namens tönt mir noch deutlicher zu. Ich öffne die Augen halb, mein Zimmer kommt mir irgendwie verwandelt vor; es ist von einem wunderbaren Lichte durchdämmert, eine eiskalte Hand berührt mich, und neben mir im Bett liegt eine todbleiche Gestalt im Leichenhemd, die ihren kalten Arm nach mir ausstreckt. Ich schrie im ersten Schreck laut auf und prallte zurück, im Augenblick geschah ein heftiger Schlag, die Gestalt war verschwunden, und ich sah nichts um mich als die vorige Dunkelheit. Ich zog die Decke über den Kopf, da schlug die Turmuhr, ich zählte, es war Mitternacht.

Jetzt ermannte ich mich und sprang ohne Verzug aus dem Bett, um mich sicher zu überzeugen, daß kein Traum mich getäuscht haben könnte. Ich zündete zwei Lichter an und untersuchte wie zuvor das ganze Zimmer. Alles war noch in demselben Zustand, wie ich es verlassen hatte, kein Riegel an den Türen verschoben, kein Fensterwirbel verrückt. Ich ward schon versucht, meine Erscheinung, so klar ich mir auch ihrer bewußt war, dennoch einem Traume und meiner durch des Jägers Erzählungen aufgeregten Fantasie zuzuschreiben, als ich, um nichts unversucht zu lassen, noch mit dem Licht an mein Bett leuchtete. Hier lag eine lange schöne dunkle Locke auf meinem Kissen. Diese konnte doch nicht durch Traum und Täuschung hergekommen sein. Ich hob sie auf und wollte eben die ganze Begebenheit dieser Nacht niederschreiben, als ein fernes Geräusch mich aufmerksam machte. Ich unterschied bald ängstliches Laufen und Werfen mit den Türen; endlich kommt es gegen mein Zimmer, und es wird hastig und stark an die Türe gepocht. Ich rufe: ›Wer da?‹ ›Stehn Sie schnell auf, Herr Bärmann‹, antwortet es draußen, ›das gnädige Fräulein will sterben!‹ Ich warf mich in möglichster Eil in meine Kleider und flog nach dem Krankenzimmer; es war zu spät, das Fräulein lag entseelt vor mir. Kurz vor Mitternacht, hieß es, war sie vom Schlafe erwacht und nach wenigen schnellen Atemzügen verschieden. Die Eltern waren untröstlich, sie brauchten jetzt selbst meinen ärztlichen Beistand, besonders die Mutter, die durchaus die Leiche nicht verlassen wollte, so daß man sie fast mit Gewalt von ihr trennen mußte. Endlich gab sie nach, doch mußte ich ihr gestatten, eine Locke vom Haupt der Toten als Reliquie und Andenken mit sich zu nehmen. Denke, wie mich schauerte, als ich jetzt in den langen dunklen Ringeln, die vom Haupt der Leiche herabwallten, die Ebenbilder jenes nächtlichen Geschenks erblickte. Ich ward den Tag darauf gefährlich krank, und, merke wohl! an derselben Krankheit, an welcher meine Patientin verschieden war. Was sagst du nun zu dieser Tatsache, deren Gewißheit ich mit jedem Eide bekräftigen kann?«

»Es ist in der Tat sehr sonderbar«, antwortete ich. »Sprächst du nicht ernsthaft, und hättest du mich nicht versichert, daß du das ganze Zimmer auf das genaueste durchsucht hättest, so möcht ich fast einige Bedenklichkeiten haben.«

»Wie ich dir sage«, fiel der Stadtphysikus ein, »Täuschung war hier durchaus unmöglich. Ich habe mit wachendem Sinn gesehn und gehört, und die Locke setzt vollends alles außer Zweifel.«

»Gleichwohl muß ich dir gestehn«, erwiderte ich, »ist gerade diese Locke mir ein Anstoß. War deine Erscheinung nicht Täuschung, so mußte sie von einer geistigen Einwirkung, oder wie du es sonst nennen willst, herrühren, diese aber wird mir durch die Dazwischenkunft einer körperlichen Locke etwas zweideutig. Ein Geist, der körperliche Dinge hinterläßt, wird mir sehr verdächtig und macht auf mich denselben widrigen Eindruck wie ein Schauspieler, der aus seinem Charakter in einen unschicklichen fällt.«

Der Stadtphysikus rückte hier ungeduldig mit seinem Stuhle. »Gott ehre mir die Konsequenz!« rief er. »Erst glaubt ihr gar keine Geister und werft sie meilenweit von euch; und nun habt ihr gar eine Theorie des gespenstischen Charakters fertig und kritisiert danach die Erscheinungen!«

Hier trat der Aktuarius ein und trocknete sich die Stirn. »Gewiß aus dem Theater!« riefen wir ihm entgegen und hielten ihm die Strafbüchse vor.

»Ihr habt gut reden«, antwortete er, »setzt euch nur hinauf und vernehmt von frühem Morgen an den ganzen geschlagenen Tag durch Spitzbuben, Vagabunden und ander solch Gesindel. Gestern ist wieder ein Pärchen eingebracht worden, das mich heute ein gut Stück Lunge gekostet hat.«

»Um des Himmels willen«, rief der Stadtphysikus, »bleib mir heut mit allen Spitzbuben- und Vagabundenhistorien vom Halse!«

»Ja, ja!« wiederholte der Aktuarius, »hört an, eine brillante Spitzbuben- und Gespensterhistorie.«

»Da bin ich doch kurios«, murmelte der Stadtphysikus und trommelte dazu auf dem Tische.

»Ihr kennt doch«, fing der Aktuarius an, »den Advokat Tippel? – den kleinen Hanswurst, der immer um die Weiber herumflattert – ihr müßt ihn ja kennen!«

»Ja doch, ja!« riefen wir beide, »komm nur zur Sache!«

»Nun«, fuhr er fort, »der hat neulich draußen in Rabenau einen Termin vor den Silbersteinischen Gerichten. Die Sache mag sich aber etwas in die Länge ziehn, kurz, der Abend kommt heran, ehe Tippel abgefertigt ist. Von Natur, wißt ihr, ist er eben nicht der Herzhafteste, und jetzt haben ihn die Geschichten

von Posträubern und Zungenabschneidern so besorgt gemacht, daß ihn kein Mensch durch alle Versprechungen in der Welt des Nachts auf die Straße locken könnte. Silbersteins sind gute Leute, und weil sie seine Angst sehen, so offerieren sie ihm ein Nachtlager auf dem Schlosse. Tippel nimmt es mit dem größten Dank an und bittet nur im voraus um Entschuldigung, wenn er vielleicht zu früh Lärm im Hause machen sollte, denn er müsse mit Tagesanbruch fort. Den andern Morgen läßt sich aber kein Tippel hören und sehen. Eine Stunde nach der andern vergeht, man klopft an seine Türe, man ruft, man lärmt; kein Mensch antwortet. Endlich wird es den Leuten bedenklich, und sie machen die Türe mit Gewalt auf. Da liegt Tippel totenblaß und ohne Besinnung im Bett und sieht aus, als wollt er eben abscheiden. Endlich, durch viel Bemühungen wird er wieder zu sich gebracht und erzählt nun fürchterliche Dinge, die ihm in der Nacht begegnet waren. Er hatte sich abends zeitig zu Bett gelegt, um bei rechter früher Tageszeit sich auf den Weg machen zu können. Wie er noch im ersten Schlafe liegt, weckt ihn ein Pochen an der Türe. Tippel hat gleich den Kopf voll Schreckenshistorien, schmiegt sich möglichst an die Wand und versteckt den Kopf unter die Decke. Kaum ist er wieder einen Augenblick eingeschlummert, so weckt ihn von neuem ein dumpfes Rauschen an seinem Bett, und wie er aufblickt, da steht eine weiße Figur vor einem Schranke, den er zuvor in seiner Stube gar nicht gesehen hat, und in dem Schranke glänzt es wie lauter Gold und Silber und Edelstein. Der Geist überzählt seinen Reichtum, klimpert mit Geld, schließt dann den Schrank zu und nähert sich endlich dem Bette. Da sieht denn Tippel ein kleines blasses Totengesicht mit einer altväterischen Kopfbinde um die schwarzen Haare. Es weht ihn eine eiskalte Luft an, und der Geist macht Anstalt, sein moderfleckiges Grabtuch abzuwerfen und sich mit Tippeln in das Bett zu teilen. In der Todesangst dreht sich Tippel um, schließt die Augen fest zu und rückt so weit er kann nach der Wand zu. Im Augenblick tut es einen lauten Schrei und einen heftigen Fall in seiner Nähe, der ihm vollends alle Besinnung raubt. So hat er nun gelegen bis frühmorgens, wo ihn die Leute, wie ich euch erzählt habe, halb tot im Bette fanden.

Ihr könnt leicht denken, daß die Sache gewaltiges Aufsehen

im Hause machte. Silbersteins, die ohnedies immer Visionen haben, erzählten von einer alten Tante, die sich schon eher sollte gezeigt haben, und von vermauerten Schätzen, die ein Rutengänger schon dem vorigen Gutsbesitzer angezeigt haben sollte. Dabei beteuerte Tippel jedes Wort seiner Erzählung und vermaß sich hoch und teuer, sie mit tausend Eiden zu bekräftigen. Er deponierte auch wirklich seine Aussage gerichtlich, aber der Gerichtshalter, der auch zu den Ungläubigen gehört, bestand auf einer Lokalbesichtigung des Zimmers, wo Tippel geschlafen hatte. Der alte Silberstein wollte zwar nicht daran und meinte, er möge in seinem Hause mit Geistern nicht anbinden, er könne die schwarze Kammer entbehren und sei zufrieden, wenn der Geist sich mit dieser begnüge; allein der Gerichtshalter behauptete seinen Satz als ein entschlossener Mann und setzte dasmal seine Meinung gegen den Gerichtsherrn durch. Die schwarze Kammer wurde also geöffnet. Tippel konnte kaum angeben, wo der Schrank mit dem Schatz sollte gestanden haben, denn dem Bett gegenüber waren Fenster und kein Platz, wo ein Schrank sichtbar oder unsichtbar stehen konnte. Man untersuchte das ganze enge Zimmerchen, aber nirgends fand sich auch nur die geringste Spur von etwas Unheimlichem oder Verdächtigem. Die Gerichtspersonen und alle Zuschauer bewiesen nun unwidersprechlich, daß das Geschehen nicht mit rechten Dingen zugegangen sein könne. Tippel erbat sich eine beglaubigte Abschrift des Protokolls und seiner Aussage, um sich in allen Zeitungen als echten und aufrichtigen, gerichtlich attestierten Geisterseher aufführen zu können; da fällt es aber dem Gerichtshalter noch ein, das Bett zu untersuchen, worin der Geisterseher geschlafen hatte. Er schüttelt, rüttelt, pocht und visitiert darin herum, da fährt auf einmal die Brettwand hinter dem Bett wie ein Schieber in Fugen in die Höhe, und es öffnet sich eine Kommunikation mit einem zweiten Bett auf der andren Seite der Wand und durch dessen Vorhänge die Aussicht in ein allerliebstes nettes Zimmerchen.«

»I, der Donner!« fiel der Stadtphysikus hier mit drolligem Ärger ein und schlug sich vor die Stirn. Der Aktuarius verstand die rechte Beziehung seines Ausrufes nicht und fuhr fort:

»Gerade so rief auch Tippel, als der unerwartete Prospekt

sich öffnete. Die ganze Gesellschaft passierte nun durch die beiden Betten in das benachbarte Zimmer. Tippel rekognoszierte hier den Wandschrank seines Geistes und die Gutsherrschaft das Schlafzimmer des Kammermädchens. Man eröffnete den Schrank, der nun zwar nicht, wie Tippel gesehn haben wollte, von Juwelen und Gold und Silber flimmerte, aber doch manch hübsches Stückchen an Silbergerät, Schmuck und Geldröllchen enthielt. Die hübsche Bewohnerin des Stübchens sollte nun über den Schatz und die nächtlichen Erscheinungen näher Auskunft geben, aber sie hatte sich mit dem Jäger des Oberstlieutenants unsichtbar gemacht.«

»Mit dem Jäger?« wiederholte der Stadtphysikus.

»Mit dem herrschaftlichen Revierjäger August Leisegang«, bekräftigte der Erzähler.

»August heißt der Spitzbube?« fiel der Stadtphysikus nochmals mit Heftigkeit ein. »Weißt du das gewiß?«

»Warum soll ich's denn nicht wissen«, erwiderte der Aktuarius etwas verdrießlich, »ich hab ihn ja eben mit seiner Schönen vernommen. Warum fällt dir der Name auf?«

»Mein Namensvetter«, murmelte der Stadtphysikus gelassen und zupfte an der Halskrause. »Erzähl nur weiter!«

»Nun, das übrige könnt ihr erraten«, fuhr jener fort. »Die bewegliche Wand, die in uralten Zeiten einem Schloßherrn Dienste geleistet haben mochte, war vergessen und von dem Liebespärchen neu entdeckt und benutzt worden. Tippel hatte nun im Schlaf an die Feder gedrückt und die Wand gehoben, das war das Rauschen, das ihn geweckt hatte, das Kammermädchen hatte dann, wie sie statt des Jägers den fremden Gast in ihrem Bett fand, aufgeschrien und den Schieber fallen lassen, das war der Fall, den Tippel gehört hatte. So erklärte sich nun alles ganz natürlich. Man schickte nun den Leutchen Steckbriefe nach, und gestern wurden sie richtig von unsern Gerichtsdienern eingebracht. Da hab ich denn seit morgens gesessen und vernommen, der größte Spaß aber dabei war, daß Tippel von ungefähr dazu kommen mußte und sich nun totärgern wollte, wie er das nette rotbäckige Schwarzköpfchen sah, vor dem er, als vor einem leichenblassen toten Geizhalse, in der Nacht die Augen fest zugedrückt hatte. ›Das soll mir nicht wieder passieren‹, sagte er und wollte einen von den versäumten Küssen nachholen, aber der kleine, schwarzäugige Schelm drehte sich so flink, daß Tippels Lippen gerade mit der roten Nase des Gerichtsfrons zusammenstießen. ›Nehmen Sie sich in acht‹, sagte sie, ›der erste April kommt alle Jahre wieder und will jedesmal sein Recht haben.‹«

»Krabbe du!« murmelte der Stadtphysikus, der nun sein Abenteuer noch einmal zum besten geben mußte.

»Geht mir«, rief er, »wir leben in einer schlechten Zeit! Alles Alte geht zu Grunde, nicht einmal ein rechtschaffenes Gespenst kann sich mehr halten. Komme mir keiner wieder mit einer Gespensterhistorie.«

»Bewahre!« erwiderten wir andern beiden. »Gerade wenn es mit den Gespenstern aus ist, geht das rechte Zeitalter für ihre Geschichte an. Kommt doch jede Geschichte erst *hinter* der Wirklichkeit und der Leser dadurch, wenn das Glück gut ist, hinter die *Wahrheit!*«

SHERIDAN LE FANU

Grüner Tee

Prolog

Der deutsche Arzt Martin Hesselius

Obwohl ich Chirurgie und allgemeine Medizin eingehend studierte, habe ich doch nie praktiziert. Trotzdem interessierte ich mich auch weiterhin ungemein dafür. Weder Trägheit noch Laune veranlaßten mich, einen so ehrenvollen Beruf, den ich mir gerade erst gewählt hatte, nicht auszuüben. Die Ursache war vielmehr ein unbedeutender Kratzer, den ich mir mit dem Seziermesser zugefügt hatte. Diese Kleinigkeit kostete mich den Verlust zweier Finger, die umgehend amputiert werden mußten, und den weit schmerzlicheren Verlust meiner Gesundheit; denn ich habe mich seither nie wieder richtig wohl gefühlt und selten länger als ein Jahr an ein und demselben Ort gewohnt.

Während meiner Reisen wurde ich auch mit Doktor Martin Hesselius bekannt, der gleich mir ein Nomade, gleich mir Mediziner und gleich mir von seinem Fach begeistert war. Nur darin glich er mir nicht, daß sein Nomadendasein freiwillig und er, wenn auch nicht gerade das war, was wir in England einen Mann von Vermögen nennen, so doch mindestens das, was unsre Vorfahren als »in guten Verhältnissen lebend« bezeichneten. Als ich ihm zum erstenmal begegnete, war er bereits ein alter Mann und fast fünfunddreißig Jahre älter als ich.

In Doktor Hesselius erblickte ich meinen Meister. Sein Wissen war ungeheuer, sein Erfassen eines Falles die reinste Intuition. Er war ganz der Mann, einen begeisterungsfähigen jungen Menschen wie mich mit Ehrfurcht und Bewunderung zu erfüllen. Etwa zwanzig Jahre lang war ich als Sekretär bei ihm tätig. Er hat mir eine riesige Sammlung von Aufzeichnungen anvertraut, damit ich sie ordne, mit Sachregistern versehe und binden lasse. Hier und da stoße ich auf Fälle, die auch einen Laien zu ergötzen vermögen oder ihn erschauern lassen könnten. Mit geringfügigen Änderungen, vor allem der Sprache und natürlich der Namen, gebe ich die folgende Krankengeschichte wieder. Der Erzähler ist Doktor Martin Hesselius. Ich fand sie unter den umfangreichen Notizen, die er sich vor etwa vierundsechzig Jahren während einer Reise durch England machte.

Der Bericht besteht aus einer Reihe von Briefen an seinen Freund, Professor van Loo in Leyden. Der Professor war nicht Arzt, sondern Chemiker und belesen in Geschichte, Medizin und Metaphysik. Übrigens hatte er seinerzeit auch ein Schauspiel verfaßt. Diese Krankengeschichte ist daher für einen Mediziner etwas weniger wertvoll und logischerweise mehr dazu angetan, auch den Laien zu interessieren.

Die Briefe scheinen, wie aus einer angehefteten Notiz hervorgeht, beim Tode des Professors im Jahre 1819 an Doktor Hesselius zurückgeschickt worden zu sein. Sie wurden teils englisch, teils französisch, zum größten Teil jedoch deutsch geschrieben. Ich bin ein getreuer, wenn auch, dessen bin ich mir bewußt, keinesfalls eleganter Übersetzer; obwohl ich hier und da Stellen auslasse und andere kürze oder Namen ändere, so habe ich doch nichts durch Einschiebungen verfälscht.

I

*Doktor Hesselius berichtet, wie er den Reverend
Mr. Jennings kennenlernt*

Der Reverend Mr. Jennings ist groß und hager. Er steht in mittleren Jahren und kleidet sich adrett, altmodisch und akkurat. Natürlich gebärdet er sich ein wenig feierlich, jedoch durchaus nicht etwa steif. Sein Gesicht ist nicht hübsch, aber gut geschnitten, und der Ausdruck ist äußerst gütig, aber auch scheu.

Ich lernte ihn eines Abends bei Lady Mary Heyduke kennen. Die Ehrbarkeit und Güte seiner Züge sind ungemein einnehmend. Wir waren nur eine kleine Gesellschaft, und er schloß sich der Unterhaltung aufs liebenswerteste an. Anscheinend zieht er es bei weitem vor, den Gesprächen zuzuhören, anstatt sich selbst einzuschalten; doch was er zu sagen hat, ist immer gut formuliert und treffend. Er steht in besonderer Gunst bei Lady Mary, die ihn vermutlich in vielen Dingen um Rat fragt und ihn für den glücklichsten und begnadetsten aller Menschen hält. Wie wenig sie doch über ihn weiß!

Der Reverend ist Junggeselle und hat, wie es heißt, sechzigtausend Pfund Kapital. Er ist eifrig bedacht, seinen heiligen Beruf aktiv auszuüben, und doch – obgleich er sich andernorts immer einigermaßen wohl fühlt –, sowie er auf seine Pfarre in Warwickshire zurückkehrt, um seinen Seelsorgerpflichten nachzukommen, läßt ihn alsbald seine Gesundheit im Stich, und zwar auf höchst seltsame Art. So behauptet es jedenfalls Lady Mary.

Es steht außer Frage, daß Mr. Jennings meistens sehr überraschend und auf mysteriöse Art erkrankt, manchmal sogar, wenn er in seiner hübschen, alten Kirche in Kenlis den Gottesdienst versieht. Herz oder Nerven scheinen die Ursache zu sein. Drei- oder viermal oder noch öfters geschah es nämlich, daß er mitten in der Ausübung seines Amtes innehalten mußte und nach einer kurzen Stille offenbar unfähig war, fortzufahren, sondern sich statt dessen mit erhobenen Blicken und Händen einem stummen Gebet hingab, wonach er, bleich wie der Tod und in einer aus Entsetzen und Scham gemischten, merkwürdigen Erregung zitternd die Kanzel hinabstieg und seine Gemeinde ohne weitere Erklärung sich selbst überließ. Das ereignete sich während der Abwesenheit seines Hilfspfarrers. Wenn er sich jetzt nach Kenlis begibt, trägt er stets Sorge, sich eines Geistlichen zu versichern, der im gleichen Augenblick für ihn einspringen kann, falls er wieder so plötzlich behindert werden sollte.

Wenn Mr. Jennings nach einem völligen Zusammenbruch seine Pfarre verläßt und nach London zurückkehrt, wo er in einer düsteren Seitenstraße hinter Piccadilly ein sehr schmales Haus bewohnt, dann geht es ihm, wie Lady Mary sagt, ausgezeichnet. Doch hege ich diesbezüglich meine eigenen Ansichten. Natürlich können Gradunterschiede bestehen. Das wird sich zeigen.

Mr. Jennings ist in jeder Beziehung ein Gentleman. Im Umgang mit ihm fällt den Leuten jedoch etwas Eigenartiges auf. Sie bekommen einen etwas mysteriösen Eindruck von ihm. Mr. Jennings hat es an sich, seitlich über den Teppich zu blicken, als ob sein Auge einem sich dort bewegenden Etwas folge. Das geschieht nicht häufig. In der Art, wie seine Blicke über den Boden gleiten, liegt sowohl Angst wie Scheu. Natürlich bemerkte ich noch andere Dinge an ihm, mehr, als ich hier niederschreibe; doch behalte ich mir das alles für eine rein wissenschaftliche Arbeit vor.

Ich möchte bemerken, daß, wenn ich von der medizinischen Wissenschaft spreche, ich es in einem weit umfassenderen Sinne als bisher üblich tue. Ich glaube, daß die ganze sichtbare Welt nur der letzte Ausdruck einer geistigen Welt ist, von der und durch die allein sie Bestand hat. Ich glaube, daß der eigentliche Mensch Geist ist, daß der Geist eine organische Substanz ist, doch hinsichtlich des Stoffes so verschieden von dem, was wir gemeinhin als Materie bezeichnen, wie es etwa Licht und Elektrizität sind; ferner glaube ich, daß der physische Leib im wörtlichen Sinne eine Hülle ist, und der Tod infolgedessen keine Unterbrechung der Existenz des lebendigen Menschen, sondern einfach eine Befreiung aus dem sichtbaren Leibe – ein Vorgang, der in jenem Augenblick beginnt, den wir als Tod bezeichnen, und dessen Abschluß allerhöchstens einige Tage darauf die Wiederauferstehung »zur Macht« ist.

Wer die Folgerungen dieses Grundsatzes erwägt, wird wahrscheinlich seine praktische Tragweite für die medizinische Wissenschaft ermessen können. Hier ist jedoch keineswegs der geeignete Ort, die Beweise zu entwickeln und die Folgen eines noch völlig unerkannten Tatsachenbestandes zu erörtern.

Wie es meine Gewohnheit ist, beobachtete ich Mr. Jennings im Verborgenen und mit größter Vorsicht, glaube aber, daß er es bemerkte, und ich gewahrte ganz deutlich, daß er mich ebenso vorsichtig beobachtete. Da Lady Mary mich zufällig mit meinem Namen Hesselius anredete, sah ich, daß er mich aufmerksam betrachtete und dann eine Weile in Gedanken zu versinken schien.

Als ich mich danach eine Zeitlang mit jemandem im entgegengesetzten Teil des Zimmers unterhielt, spürte ich, daß er mich anhaltender beobachtete, und zwar mit einer Absicht, die ich zu durchschauen glaubte. Ich sah dann, wie er die Gelegenheit suchte, mit Lady Mary zu plaudern, und war mir – wie es immer der Fall ist – vollkommen im klaren, daß ich der Gegenstand einer bestimmten Frage und Antwort war.

Allmählich näherte sich mir der geistliche Herr, und es dauerte nicht lange, so waren wir in ein Gespräch vertieft. Wenn zwei Menschen, die gerne lesen, viel gereist sind und Bücher und Länder kennen, miteinander plaudern wollen, so wäre es seltsam, wenn sie nicht reichlich Unterhaltungsstoff fänden. Er sprach auch Deutsch und hatte meine Essays über Metaphysische Medizin gelesen, in denen aber mehr angedeutet, als tatsächlich ausgesprochen wird.

Dieser höfliche, sanfte, scheue Mensch, offensichtlich ein Mann von Geist und sehr belesen, befand sich hier in unsrer Mitte und unterhielt sich mit uns, ohne doch ganz zu uns zu gehören. Ich ahnte bereits, daß er ein Leben führte, dessen Ängste er sorgfältig geheimhielt, nicht nur vor der Welt, sondern auch vor seinen besten Freunden; und trotzdem erwog er jetzt den Gedanken, sich mir gegenüber zu einem bestimmten Schritt durchzuringen.

Wir sprachen eine Zeitlang über gleichgültige Themen; dann endlich sagte er: »Ich interessiere mich außerordentlich für einige Ihrer Arbeiten über, wie Sie es bezeichnen, Metaphysische Medizin, Herr Doktor. Ich las sie auf Deutsch, etwa vor zehn oder zwölf Jahren. Sind sie inzwischen übersetzt worden?«

»Nein, sicher nicht. Ich würde sonst davon gehört haben. Jedenfalls wäre ich um meine Zustimmung gefragt worden, nehme ich an.«

»Ich bat den Verleger hier vor einiger Zeit, mir das Buch in der Originalausgabe zu besorgen, doch wurde mir gesagt, es sei vergriffen.«

»Das stimmt, und zwar schon seit einigen Jahren; doch schmeichelt es mir als Verfasser, daß Sie sich meines bescheidenen Werkes noch erinnern, obgleich«, setzte ich lachend hinzu, »zehn oder zwölf Jahre eine beträchtliche Zeit sind, in der Sie ohne dasselbe auskamen! Doch vermute ich, daß Ihnen das Thema von neuem durch den Kopf ging oder daß sich letzthin etwas ereignet hat, das Ihr Interesse von neuem weckte.«

Bei dieser Bemerkung, die ich mit einem fragenden Blick begleitete, überfiel ihn eine plötzliche Verlegenheit, ähnlich der, die ein junges Mädchen erröten und töricht aussehen läßt. Er schlug die Augen nieder, faltete unruhig die Hände und sah einen

Augenblick wunderlich, fast hätte man sagen können, schuldbewußt drein.

Ich half ihm auf die schnellste Art aus seiner Verlegenheit, indem ich so tat, als ob ich nichts bemerke, und fuhr einfach fort: »Solch Wiederaufleben eines Interesses für gewisse Themen passiert mir häufig selber; ein Buch gemahnt mich an ein anderes, nach dem ich dann manchmal zwanzig Jahre lang vergeblich fahnde. – Wenn Sie also immer noch den Wunsch haben, ein Exemplar meines Buches zu besitzen, so würde ich mich nur zu glücklich schätzen, es Ihnen zu verschaffen; ich muß noch zwei oder drei haben, und wenn ich Ihnen eins davon schenken darf, wäre es mir eine besondere Ehre!«

»Sehr liebenswürdig von Ihnen«, erwiderte er und war nun wieder ganz ausgeglichen. »Ich hatte schon alle Hoffnung aufgegeben und weiß nicht, wie ich Ihnen danken soll.«

»O bitte, es ist wirklich eine solche Kleinigkeit, nicht der Rede wert, und wenn Sie fortfahren, mir dafür zu danken, muß ich es vor lauter Beschämung ins Feuer werfen.«

Mr. Jennings lachte. Er erkundigte sich, wo ich mich in London aufhielte, und nachdem wir uns noch eine Weile über verschiedene Dinge unterhalten hatten, verabschiedete er sich.

II

*Doktor Hesselius befragt Lady Mary,
und sie gibt Auskunft*

»Ihr Pfarrer gefällt mir außerordentlich, Lady Mary«, sagte ich, sobald er gegangen war. »Er hat viel gelesen, ist herumgekommen und hat nachgedacht, und da er auch gelitten hat, sollte er ein idealer Freund sein.«

»Das ist er, und obendrein ist er auch ein wirklich guter Mensch!« sagte sie. »Sein Rat ist mir bei meinen Schulen und all den andern kleinen Vorhaben in Dawlbridge sehr wertvoll, und er gibt sich solche Mühe, davon machen Sie sich keinen Begriff: überall, wo er glaubt, er könne von Nutzen sein! So gutherzig und vernünftig ist er!«

»Es freut mich, so viel Gutes über ihn als Ihren Nachbarn zu hören. Ich kann nur bestätigen, daß ich ihn liebenswert und angenehm finde, und könnte Ihnen, glaube ich, noch zwei oder drei andre Dinge über ihn berichten, außer dem, was Sie mir eben sagten.«

»Tatsächlich?«

»Ja. Erstens: er ist Junggeselle.«

»Stimmt, ja. Fahren Sie fort!«

»Er hat an einem Werk gearbeitet; doch seit einigen Jahren hat er die Arbeit daran abgebrochen, und das Buch behandelte einen etwas abstrakten Gegenstand, vielleicht Theologie.«

»Ja, allerdings schrieb er an einem Buch; aber ich weiß nicht ganz genau, wovon es handelte, nur, daß es mich nicht sonderlich interessierte. Sehr wahrscheinlich haben Sie recht mit dem Thema, und er unterbrach auch tatsächlich die Arbeit daran.«

»Und obwohl er heute abend nur sehr wenig Kaffee trank, liebt er Kaffee und vor allem Tee über die Maßen, oder vielmehr, bisher liebte er ihn sehr.«

»Ja, da haben Sie wirklich recht!«

»Er trank grünen Tee, nicht wahr? Und zwar beinahe unmäßig?«

»Das ist aber toll! Grüner Tee war's ja gerade, weswegen wir Streit miteinander bekamen.«

»Aber jetzt hat er das fast aufgegeben«, sagte ich.

»Richtig!«

»Und nun noch eine Tatsache: kannten Sie seinen Vater oder seine Mutter?«

»Ja, beide. Sein Vater starb vor zehn Jahren, und sie hatten ihren Besitz in der Nähe von Dawlbridge. Wir kannten beide sehr gut.«

»Und ich behaupte, daß entweder sein Vater oder seine Mutter – eigentlich wohl eher der Vater – einen Geist erblickt hat.«

»Nein, wirklich, das grenzt an Zauberei, Doktor Hesselius!«

»Zauberei oder nicht, habe ich recht?« fragte ich vergnügt.

»Allerdings, und zwar war's der Vater. Es war ein stiller, absonderlicher Mensch, und er pflegte meinen Vater mit seinen Träumen zu langweilen, und schließlich erzählte er ihm eine Geschichte von einem Geist, den er gesehen und angeredet habe, und es war eine sehr seltsame Geschichte. Ich erinnere mich genau daran, weil ich mich vor ihm fürchtete. Diese Sache passierte sehr lange vor seinem Tode; ich war damals noch ein Kind. Seine ganze Art war so still und kopfhängerisch, und meistens pflegte er um die Dämmerstunde bei uns hereinzuschauen, wenn ich gerade ganz allein im Wohnzimmer saß, und dann bildete ich mir ein, ihn in Gesellschaft von Geistern zu erblicken.«

Ich lächelte und nickte.

»Und jetzt, da ich mich als Zauberkünstler ausgewiesen habe, muß ich mich verabschieden«, sagte ich.

»Aber wie haben Sie das nur herausbekommen?«

»In den Sternen gelesen, wie die Zigeuner«, sagte ich und wünschte ihr heiter gute Nacht.

Am nächsten Morgen sandte ich das Buch, nach dem Mr. Jennings sich erkundigt hatte, mit einem Briefchen in seine Wohnung, und als ich spät abends heimkehrte, hörte ich, daß er bei mir vorgesprochen und seine Karte hinterlassen hatte. Er hatte gefragt, ob ich zu Hause sei, und dann, zu welcher Tageszeit er mich am leichtesten würde antreffen können.

Ob er mir seinen Fall eröffnen und mich beruflich zu Rate ziehen will? Hoffentlich! Ich habe mir bereits eine Meinung über ihn gebildet, und sie stützt sich auf Lady Marys Antworten. Diese Theorie möchte ich mir nun gern von seinem Munde bestätigen lassen. Doch wie könnte ich ihn zu solchem Bekenntnis auffordern? Jedenfalls, mein lieber van Loo, werde ich es ihm nicht schwermachen, sich mir zu nähern. Und seinen Besuch werde ich morgen erwidern. Es ist ein Gebot der Höflichkeit, ihm einen Gegenbesuch zu machen. Vielleicht ergibt sich etwas daraus. Mag es nun viel, wenig oder nichts sein, mein lieber van Loo, ich werde Ihnen darüber berichten.

III

Was Doktor Hesselius in lateinischen Büchern entdeckt

Ich habe also in der Blankstraße einen Besuch abgestattet.

Als ich an der Haustür nach Mr. Jennings fragte, sagte mir

sein Diener, daß er eine sehr wichtige Besprechung mit einem Geistlichen aus Kenlis, seiner Pfarre auf dem Lande, habe. Ich deutete an, daß ich ein andermal vorsprechen würde, und wandte mich schon zum Gehen, als der Diener sich entschuldigte, mich etwas freimütiger ansah, als es gutgeschulte Diener gemeinhin zu tun pflegen, und fragte, ob ich etwa Doktor Hesselius sei. Und als er erfuhr, daß es stimmte, fuhr er fort: »Vielleicht erlauben Sie dann, Sir, daß ich es Mr. Jennings mitteile; denn ich weiß, daß er Sie sprechen möchte.«

Der Diener kehrte alsbald mit einer Botschaft von Mr. Jennings zurück, der mich bat, in sein Studierzimmer zu gehen, er würde mich in wenigen Minuten begrüßen.

Es war allerdings ein rechtes Studierzimmer, fast schon eine Bibliothek. Ein hoher Raum war es, mit zwei hohen, schmalen Fenstern und schweren, dunklen Vorhängen. Es war ein viel größeres Zimmer, als ich es erwartet hatte, und alle Wände waren vom Fußboden bis zur Decke mit Büchern bedeckt. Der oberste Teppich – es kam mir vor, als müßten mindestens zwei oder drei auf dem Fußboden liegen – war ein Perser. Meine Schritte waren unhörbar. Die Büchergestelle ragten ins Zimmer vor, so daß die Fenster, die besonders schmal waren, wie in tiefen Nischen lagen. Die Wirkung, die der ganze Raum auf mich ausübte, war, wenn auch äußerst gediegen und sogar prunkvoll, doch entschieden düster und infolge der Stille fast bedrückend. Aber das läßt sich vielleicht durch besondere Gedankenverbindungen erklären. In meinem Geist hatten sich schon bestimmte Vorstellungen, Mr. Jennings betreffend, festgesetzt. Ich betrat das völlig lautlose Zimmer dieses sehr ruhigen Hauses mit einem merkwürdigen Vorgefühl; und die Dunkelheit und die feierlichen Einbände der Bücher, die überall standen, ausgenommen dort, wo zwei schmale Spiegel in die Wand gefügt waren, verstärkten noch diesen Eindruck.

Während ich auf Mr. Jennings wartete, vertrieb ich mir die Zeit damit, in einigen Büchern zu blättern, die sich auf den Regalen drängten. Ich stieß dabei auf eine vollständige Ausgabe von Swedenborgs *Arcana Coelestia* in der lateinischen Originalausgabe. In mehreren dieser Bände steckten Lesezeichen, und ich legte sie einen nach dem andern auf den Tisch, schlug sie bei den

Lesezeichen auf und las eine Reihe von Sätzen, die am Rande mit Bleistift angestrichen waren. Von diesen schreibe ich hier einige nieder, indem ich sie gleichzeitig übersetze:

»Wenn des Menschen inneres Auge, welches das des Geistes ist, aufgetan wird, dann erscheinen ihm Dinge einer anderen Daseinsstufe, die dem leiblichen Auge nicht sichtbar gemacht werden können...«

»Durch das innere Auge ist es mir gewährt, Dinge einer andern Daseinsstufe deutlicher zu sehen als diejenigen dieser Welt. Aus solchen Erwägungen geht hervor, daß das leibliche Auge auf Grund einer tieferen Vision existiert, und diese auf Grund einer noch viel tieferen, und so fort...«

»Jeden Menschen begleiten zum mindesten zwei böse Geister...«

»Böse Genii haben eine fließende Sprechweise; doch ist sie sehr schroff und kratzend. Außerdem haben sie eine Sprechweise, welche nicht kontinuierlich ist, und in welcher die Andersgeartetheit ihrer Gedanken sich als etwas kundtut, das im Verschwiegenen weiterschwelt...«

»Böse Geister, die den Menschen begleiten, stammen aus den Höllen; aber zur Zeit, da sie den Menschen begleiten, sind sie nicht in ihrer Hölle, sondern von dort ausgesandt. Der Ort, an dem sie sich dann befinden, liegt in der Mitte zwischen Himmel und Hölle und wird die Welt der Geister genannt. Wenn die bösen Geister, die den Menschen begleiten, in jener Welt sind, dann erdulden sie keinerlei höllische Qualen; doch sind sie in jeglichem Denken und Fühlen eines solchen Menschen, und folglich in allem, was ein solcher genießt. Doch, wenn sie der Hölle wieder übergeben werden, kehren sie zu ihrem ursprünglichen Zustand zurück...«

»Wenn böse Geister gewahr würden, daß sie mit einem Menschen verbunden und doch wiederum Geister sind, dann würden sie mit tausend Mitteln versuchen, ihn zu vernichten; denn sie hassen den Menschen mit tödlichem Hasse...«

»Und da sie also wußten, daß ich ein Mensch von Fleisch und Blut war, versuchten sie beständig, mich zu vernichten, nicht nur, was den Körper, sondern auch, was die Seele anbelangt; denn einen Menschen zu vernichten, ist die höchste Freude all derer, die in der Hölle sind; doch hat mich der Herr hinfort behütet. Daraus geht hervor, wie gefährlich es für den Menschen ist, im Umgang mit Geistern zu stehen; es sei denn, er verharre fest im Glauben...«

»Die Freude der Hölle ist es, dem Menschen Übles zu tun und seine ewige Vernichtung herbeizuführen...«

Eine lange, ausführliche Randbemerkung am Fuß der Seite, die in Mr. Jennings' deutlicher Handschrift und mit einem sehr scharfen, feinen Bleistift geschrieben war, fiel mir ins Auge. Da ich seinen Kommentar zu dieser Textstelle zu sehen erwartete, las ich ein paar Worte, brach aber ab, weil es etwas ganz anderes war, und begann weiter unten zu lesen: »*Deus misereatur mei:* Möge Gott sich meiner erbarmen.« Das belehrte mich, welch persönlicher Natur die Bemerkung sein mußte, und ich wandte die Augen ab und schloß das Buch und stellte alle Bände wieder dorthin, wo ich sie gefunden hatte, ausgenommen einen einzigen, der mich interessierte und in den ich mich, wie es lernbegierigen, einsamen Menschen zu ergehen pflegt, derart vertiefte, daß die Außenwelt mir entschwand und ich mir nicht mehr bewußt war, wo ich mich befand.

Ich las gerade eine Textstelle, die besagte, daß böse Geister, wenn sie von andern Augen als denen ihrer höllischen Gefährten erblickt werden, sich in der Gestalt eines Tieres zeigen, das ihre besonderen Lüste repräsentiert und einen grauenhaften und abscheulichen Anblick bietet. Es ist eine sehr lange Stelle, die eine Anzahl jener tierischen Erscheinungsformen ausführlich schildert.

IV

Vier Augen lesen die Textstelle

Ich glitt beim Lesen mit der Spitze meiner Bleistifthülle die Seite entlang, bis mich etwas zwang, den Blick zu heben.

Genau mir gegenüber befand sich einer der Spiegel, die ich schon erwähnte, und darin spiegelte sich die hohe Gestalt meines Freundes, Mr. Jennings, der mir über die Schulter sah und die Stelle mitlas, die mich beschäftigte, und zwar mit einem so dü-

steren und grimmigen Gesicht, daß ich ihn fast nicht erkannt hätte.

Ich wandte mich um und richtete mich auf. Er streckte sich ebenfalls, bemühte sich, ein wenig zu lächeln, und sagte: »Ich kam ins Zimmer und sagte etwas zu Ihnen, vermochte aber nicht, Ihre Aufmerksamkeit vom Buch abzulenken. Daher konnte ich meine Neugier nicht länger beherrschen und blickte Ihnen leider zu dreist über die Schulter. Es ist nicht das erstemal, daß Sie diese Seiten lesen, nicht wahr? Sicher haben Sie Swedenborg schon früher gelesen!«

»O Himmel, ja, ich verdanke Swedenborg sehr viel. Spuren davon werden Sie in meinem kleinen Werk über Metaphysische Medizin entdecken, an das Sie sich liebenswürdigerweise erinnerten.«

Obwohl mein Freund sich heiter gab, war sein Gesicht leicht gerötet, und ich stellte fest, daß er sehr erregt war.

»Ich bin kaum dazu imstande«, erwiderte er; »ich kenne so wenig von Swedenborg. Diese Bücher habe ich erst seit vierzehn Tagen hier, und ich glaube, sie sind dazu angetan, einem einsamen Menschen angst zu machen, das heißt, wenn ich nach dem wenigen urteilen darf, was ich bisher gelesen habe. Ich behaupte nicht, das sie *mich* beunruhigen«, lachte er nun. »Und ich danke Ihnen sehr für Ihr Buch! Hoffentlich haben Sie meinen Brief erhalten?«

Ich wies allen Dank zurück und bestätigte den Empfang seiner Zeilen.

»Noch nie habe ich ein Buch gelesen, dem ich in jeder Hinsicht so völlig beipflichte wie dem Ihren«, fuhr er fort. »Ich bemerkte sogleich, daß sich viel Tieferes dahinter verbirgt. – Kennen Sie Doktor Harley?« fragte er ziemlich unvermittelt.

Ich kannte diesen bedeutenden Arzt, da ich mit ihm in Briefwechsel gestanden und während meines Besuches in England mancherlei Beweise großer Höflichkeit und beträchtlicher Hilfsbereitschaft von ihm erhalten hatte.

»Ich halte diesen Mann für einen der allergrößten Toren, die mir je im Leben begegnet sind!« rief Mr. Jennings.

Es war das erstemal, daß ich ihn eine so scharfe Bemerkung über jemand äußern hörte, und es erschreckte mich ein wenig,

weil er einen so berühmten Namen mit einem derartigen Beiwort verknüpfte.
»Wirklich? Und inwiefern denn?« fragte ich.
»Beruflich«, erwiderte er.
Ich lächelte.
»Ich meine«, sagte er, »daß er mir halb blind zu sein scheint. Die Hälfte seiner Ansichten ist nämlich düster, und alles andre sieht er in abnorm strahlendem Glanz, und das Schlimmste ist, daß er dabei so launisch verfährt. Ich kann ihn nicht bewegen ... oder vielmehr, er läßt's nicht zu, daß ... ich habe mir von ihm als Arzt ein Bild machen können; doch halte ich ihn, wie gesagt, eher für einen Menschen von paralytischem Geist ... halb erloschen ... und ich werde Ihnen ... ja, bestimmt werde ich es gelegentlich tun und Ihnen ausführlicher darüber berichten«, schloß er erregt. »Sie bleiben doch noch ein paar Monate hier? Sollte ich während dieser Zeit einmal von London abwesend sein, würden Sie mir dann erlauben, Sie mit einem Brief zu belästigen?«
»Es wäre mir eine Freude«, erwiderte ich.
»Sehr gütig von Ihnen. Ich bin so durchaus unzufrieden mit Harley!«
»Er neigt eben ein wenig der materialistischen Schule zu«, meinte ich.
»Ein *krasser* Materialist«, berichtigte er mich. »Sie können sich nicht vorstellen, wie ärgerlich so etwas für jemanden ist, der besser Bescheid weiß. Sagen Sie bitte niemandem, keinem meiner Freunde, daß ich Hypochonder bin. Es weiß zum Beispiel niemand, nicht einmal Lady Mary, daß ich Doktor Harley oder sonst einen Arzt konsultiert habe. Erwähnen Sie es also bitte nicht! Und wenn ich einen Anfall nahen fühle, darf ich Ihnen schreiben oder, sollte ich in der Stadt sein, mit Ihnen darüber sprechen?«
Ich war voller Vermutungen und entdeckte, daß ich ihn rein instinktiv mit ernsten Blicken gemustert haben mußte; denn er senkte die Augen und sagte: »Ich glaube, Sie denken, ich könnte es Ihnen ebensogut jetzt gleich berichten, damit Sie sich keinen falschen Vermutungen hingeben. Aber das brauchen Sie nicht zu befürchten. Denn was Sie auch vermuten mögen, erraten werden Sie es nie...«

Er schüttelte lächelnd den Kopf, und plötzlich senkte sich über diesen Wintersonnenschein seiner Miene eine schwarze Wolke, und seufzend sog er den Atem ein, wie es Menschen tun, die große Schmerzen haben.

»Es tut mir natürlich leid, daß Sie sich scheuen, einen meiner Kollegen hier zu konsultieren; aber verfügen Sie über mich, wann und wie es Ihnen beliebt, und ich brauche Ihnen hoffentlich nicht erst zu versichern, daß mir Ihr Vertrauen heilig ist!« sagte ich.

Danach sprach er von ganz anderen Dingen, und in verhältnismäßig heiterer Stimmung. Nach einer kleinen Weile verabschiedete ich mich von ihm.

V

Doktor Hesselius wird nach Richmond gerufen

Wir trennten uns scheinbar heiter; doch war er's nicht, und ich war es ebensowenig. Es gibt einen gewissen Ausdruck auf jenem mächtigen Vehikel des Geistes – dem menschlichen Gesicht –, der, obgleich ich ihn oft gesehen habe und eines Arztes Nerven besitze, mich doch aufs tiefste beunruhigen vermag. Der Anblick seines Gesichts verfolgte mich. Er überfiel meine Phantasie mit so düsterer Gewalt, daß ich mein Programm für diesen Abend umstieß und statt dessen in die Oper ging, da ich spürte, wie sehr mir andere Gedanken not taten.

Zwei oder drei Tage lang hörte ich nichts mehr von ihm, und dann erreichte mich ein Briefchen in seiner Handschrift. Es klang froh und hoffnungsvoll. Er sagte, daß es ihm seit einer kleinen Zeitspanne besser ginge, recht gut sogar, so daß er einen Versuch wagen und für etwa einen Monat in seine Pfarrgemeinde gehen wolle, um zu sehen, ob nicht ein wenig Arbeit ihn vielleicht gänzlich in die Reihe brächte. Es lag ein frommer Ausdruck heißer Dankbarkeit wegen seiner »Genesung« in den Zeilen – denn so hoffte er jetzt seinen Zustand nennen zu können.

Ein paar Tage darauf sah ich Lady Mary, die mir bestätigte, was in seinem Brief gestanden hatte, und mir erzählte, daß er jetzt in Warwickshire sei und sein Seelsorgeramt in Kenlis wieder aufgenommen habe. Und sie fügte hinzu: »Ich fange an zu glauben, daß es ihm wirklich vollkommen gut geht und daß es sich nie um etwas Ernstliches gehandelt hat, nur um Nerven und Einbildung. Wir sind alle nervös, und ich finde, gegen diese Art Schwäche ist nichts so gut wie ein wenig Arbeit, und nun hat er sich entschlossen, das zu versuchen. Es würde mich gar nicht wundern, wenn er diesmal ein ganzes Jahr durchhielte.«

Trotz all dieser Zuversicht empfing ich zwei Tage später folgenden aus seinem Haus hinter Piccadilly datierten Brief:

»Verehrter Herr, ich bin voller Enttäuschungen zurückgekehrt. Falls ich überhaupt fähig sein sollte, Sie zu empfangen, werde ich Ihnen schreiben und Sie um Ihren gütigen Besuch bitten. Gegenwärtig fühle ich mich zu deprimiert und sogar einfach unfähig, alles zu berichten, was ich Ihnen zu sagen habe. Bitte, erwähnen Sie meinen Namen nicht vor meinen Freunden! Mit der Zeit werden Sie, wenn es Gott gefällt, wieder von mir hören. Ich beabsichtige, mich nach Shropshire zu begeben, wo ich Verwandte habe. Gott mit Ihnen! Auf daß wir uns bei meiner Rückkehr in glücklicherer Stimmung wiedersehen als in der, die mich jetzt umfängt.«

Etwa eine Woche nach Erhalt dieses Briefes sah ich Lady Mary in ihrem Hause in London, als die letzte Dame, die noch in der Stadt geblieben, wie sie erklärte; sie war im Begriff, nach Bad Brighton zu fahren; denn die Londoner Saison sei endgültig vorüber. Sie erzählte mir, daß sie von Mr. Jennings' Nichte Martha in Shropshire gehört habe. Aus ihrem Brief könne sie nichts weiter entnehmen, als daß er deprimiert und nervös sei. – Was für eine Welt von Leid verbirgt sich hinter diesen Worten, die gesunde Menschen viel zu leicht nehmen! Fast fünf Wochen verstrichen so, ohne daß ich weitere Nachrichten von Mr. Jennings hatte. Dann erhielt ich einen Brief von ihm. Er schrieb:

»Ich bin auf dem Lande gewesen und hatte andere Luft, andere Umgebung, andere Gesichter, alles und jedes war anders – nur ich selbst nicht! Ich habe mich entschlossen (soweit das unentschlossenste Geschöpf auf Gottes Erdboden solches tun kann), Ihnen mein Problem rückhaltlos darzulegen. Wenn es Ihre Zeit

erlaubt, kommen Sie bitte heute oder morgen oder übermorgen; doch säumen Sie nicht zu lange. Sie ahnen nicht, wie sehr ich der Hilfe bedarf. Ich habe ein ruhiges Haus in Richmond, wo ich mich jetzt aufhalte. Vielleicht können Sie es so einrichten, zum Mittag- oder Abendessen oder zum Tee zu kommen? Mich zu finden, wird Ihnen keinerlei Schwierigkeiten bereiten. Der Diener aus der Blankstraße, der Ihnen diesen Brief überbringt, wird zu jeder Ihnen genehmen Stunde einen Wagen vor Ihre Haustür beordern; und mich werden Sie jederzeit daheim antreffen. Sie werden sagen, daß ich nicht so allein sein sollte: ach, ich habe alles versucht! Kommen Sie und überzeugen Sie sich selbst!«

Ich ließ mir den Diener kommen und beschloß, am gleichen Abend hinauszufahren, was ich auch tat.

Er wäre in einer Pension oder in einem Hotel weit besser untergebracht, dachte ich, als ich durch eine kurze Doppelreihe düsterer Ulmen einem altmodischen Backsteinhaus entgegenfuhr, das im Schatten der Baumkronen lag, die es überwölbten und fast ringsum einschlossen. Es war eine verkehrte Wahl; denn man konnte sich kein traurigeres und stilleres Haus vorstellen. Es gehörte ihm, wie ich erfuhr. Er war vor zwei Tagen in London gewesen, hatte es dort aus irgendeinem Grunde unerträglich gefunden und war nun hierhergekommen, wahrscheinlich, weil das Haus möbliert war und ihm gehörte.

Die Sonne war schon untergegangen, und die rote Glut, die der Abendhimmel noch widerstrahlte, hüllte den Schauplatz in jene eigentümliche Stimmung, die uns allen wohlbekannt ist. Die Halle war sehr düster; doch als ich dann in das rückwärtige Wohnzimmer trat, dessen Fenster nach Westen blickten, stand ich wieder im gleichen rötlichen Dämmerlicht.

Ich setzte mich und sah auf die baumbestandene Landschaft, die in jenem großartigen, schwermütigen Licht glomm, das von Sekunde zu Sekunde bleicher wurde. Die Ecken des Zimmers waren schon dunkel; alle Umrisse verschwammen, und das Düster beeinflußte unwillkürlich auch mein Gemüt, das auf Unheilvolles vorbereitet war. Ich saß allein und erwartete sein Kommen. Dann öffnete sich die Verbindungstür zum Vorderzimmer, und die hohe Gestalt Mr. Jennings', die im Zwielicht nur schwach zu erkennen war, trat mit leisen, unhörbaren Schritten ins Zimmer.

Wir reichten uns die Hand, und, nachdem er einen Stuhl am Fenster gewählt hatte, wo noch so viel Licht war, daß wir unsre Gesichter erblicken konnten, setzte er sich neben mich, legte mir die Hand auf den Arm und begann ohne längere Einleitung mit seinem Bericht.

VI

Wie Mr. Jennings zu seinem Gefährten kam

Das matte Glühen des westlichen Himmels und die Pracht der einsamen Waldungen von Richmond befanden sich uns gegenüber, während hinter und um uns das dunkler werdende Zimmer lag. Über dem fast versteinerten Antlitz des Leidenden – sein Gesichtsausdruck, obwohl immer noch sanft und gütig, war nämlich verändert –, hing jener trübe, seltsame Schimmer, der, wo er auch hinfällt, überraschende, wenn auch matte Lichter hervorruft, die fast ohne Übergang plötzlich im Dunkel erlöschen. Es herrschte äußerste Stille; kein fernes Räderknarren oder Bellen, kein Pfeifen drang von draußen an unser Ohr, und drinnen hing das niederdrückende Schweigen eines Hauses, das nur von einem kranken Junggesellen bewohnt wurde.

Ich erriet sehr wohl die Natur, obwohl nicht einmal annäherungsweise die Einzelheiten der Enthüllung, die er mir machen sollte, und las manches von dieser starren Leidensmaske ab, die sich, merkwürdig überglüht und fast wie ein Porträt Schalkens, vom dunklen Hintergrund abhob.

»Es begann«, sagte er, »am fünfzehnten Oktober, vor drei Jahren, elf Wochen und zwei Tagen – ja, ich verbuche die Zeit genauestens; denn jeder Tag ist eine Folterqual. – Wenn sich im Verlauf meiner Schilderung eine Lücke ergeben sollte, so fragen Sie nur.

Vor etwa vier Jahren fing ich eine Arbeit an, die viel Nachdenken und Lesen erforderte. Sie handelte von der religiösen Metaphysik der Alten.«

»Ich verstehe«, sagte ich. »Die eigentliche Religion des denkenden Heidentums, fern aller symbolischen Götterverehrung? Ein sehr weites und interessantes Gebiet!«

»Ja, aber nicht gut fürs Gemüt, für das christliche Gemüt, meine ich. Das Heidentum stellt eine wesentliche Einheit dar, und seine Religion umfaßt in falsch angebrachter Sympathie die Künste und die Sitten; ein solches Thema ist von einer Faszination, die erniedrigt, und die Rache ist gewiß. Gott möge mir vergeben! Ich schrieb sehr viel. Ich schrieb bis tief in die Nacht hinein. Ich dachte dauernd an mein Thema, wo ich ging und stand, überall. Es hatte mich bereits völlig infiziert. Sie müssen bedenken, daß alle damit verknüpften Ideen mehr oder weniger das Schöne betreffen, daß dieser Gegenstand hinreißend interessant ist und daß ich selber unbesorgt war.«

Er seufzte tief.

»Ich glaube, daß jedermann, der sich ernstlich ans Schreiben begibt, seine Arbeit, wie einer meiner Freunde es ausdrückt, *kraft* irgendeines Reizmittels, des Tees oder des Kaffees oder Tabaks, vollbringt. Ich vermute, daß bei dieser Beschäftigung ein materieller Verlust stattfindet, der stündlich ersetzt werden muß, sonst würden wir zu abstrakt, und der Geist würde gewissermaßen den Körper verlassen, wenn er nicht des öfteren durch eine wirkliche Empfindung an den Zusammenhang mit dem Körper erinnert würde. Ich jedenfalls spürte diesen Verlust und trug ihm Sorge. Der Tee wurde mir zu einem Bedürfnis. Zuerst der gewöhnliche schwarze Tee, auf die übliche Art zubereitet, und nicht zu stark. Doch trank ich große Mengen und machte ihn allmählich immer stärker. Ich beobachtete nie nachteilige Symptome. Dann begann ich, etwas grünen Tee zu mir zu nehmen. Ich fand ihn in der Wirkung angenehmer, da er die Denkkraft klärt und vertieft. Ich hatte mir angewöhnt, ihn häufig zu trinken, jedoch nicht stärker, als man es um des Genusses willen tun mag. Einen großen Teil meiner Arbeit schrieb ich hier draußen; es war so still, und in eben diesem Zimmer. Ich pflegte lange aufzubleiben, und es wurde mir zur Gewohnheit, während des Arbeitens immer wieder ein wenig Tee – grünen Tee – zu nippen. Auf meinem Tisch befand sich ein kleiner Kessel, der über einem Flämmchen hing, und zwischen elf Uhr und drei Uhr nachts, meiner üblichen Zubettgehstunde, machte ich mir zwei- bis dreimal Tee. Damals pflegte ich täglich in die Stadt zu fahren. Ich lebte nicht wie ein Einsiedler, und wenn ich auch ein bis zwei Stunden des Tages in einer Bibliothek zubrachte, Quellenmaterial aufstöberte und klärende Stellen nachlas, war mein Zustand doch, soweit ich es beurteilen kann, keineswegs morbid. Ich war fast genau so häufig wie sonst mit meinen Freunden zusammen und genoß ihre Gesellschaft; ja, im großen und ganzen, scheint es mir, war mein Leben noch nie so angenehm gewesen.

Ich lernte damals einen Mann kennen, der ein paar merkwürdige alte Bücher besaß, deutsche Ausgaben eines mittelalterlichen Lateins, und war nur zu glücklich, daß sie mir zugänglich gemacht werden sollten. Die Bücher dieses hilfsbereiten Mannes befanden sich in der City in einem sehr abgelegenen Stadtteil. Ich hatte an jenem Abend meine ursprünglich beabsichtigte Aufbruchszeit beträchtlich überschritten, und als ich aus dem Hause trat und keine Droschke in der Nähe sah, trieb es mich, in den Omnibus zu steigen, der dort vorüberfuhr. Es war dunkler als eben jetzt. Der Omnibus hatte mittlerweile ein altes Haus erreicht, das Ihnen vielleicht schon aufgefallen ist: mit vier Pappeln auf jeder Seite der Haustür. Dort verließ der letzte Fahrgast den Wagen, und wir fuhren nun bedeutend schneller weiter. Es war Dämmerlicht. Ich lehnte mich in eine Wagenecke zunächst der Tür und hing angenehmen Gedanken nach.

Das Innere des Wagens war fast völlig dunkel. Ich hatte in der Ecke mir gegenüber, gleich am Eingang, zwei kleine kreisrunde Lichter bemerkt, die mir etwas rötlich vorkamen. Sie standen etwa zwei Zoll voneinander entfernt und waren von der Größe jener Messingknöpfe, die manche Jachtbesitzer auf ihren Jacken zu tragen pflegen. Wie es sorglosen Menschen geht, begann ich über diese, wie mir schien, unbedeutende Tatsache nachzusinnen. Von welcher Lichtquelle mochte das schwache, aber tiefrote Licht kommen, und von was für Knöpfen, Glasperlen oder Spielzeugkram wurde es aufgefangen? Wir rumpelten weiter und hatten noch etwa eine Meile vor uns. Ich konnte dem Rätsel nicht auf den Grund kommen, und bald wurde es noch seltsamer; denn mit jähem Schwung sprangen die beiden leuchtenden Punkte näher auf den Fußboden zu, behielten ihre Entfernung und die horizontale Lage bei, und dann plötzlich stiegen sie bis zur Höhe des Sitzes, auf dem ich mich befand, und ich konnte sie nicht mehr sehen.

Nun war meine Neugierde wirklich geweckt, und ehe ich Zeit hatte, darüber nachzudenken, erblickte ich die beiden matten Lämpchen wieder, diesmal dem Fußboden noch näher. Dann entschwanden sie wieder, und schließlich sah ich sie auf ihrem alten Eckplatz.

Es war nur sehr wenig Licht im Omnibus, fast war es völlig dunkel. Ich neigte mich vor, um zu entdecken, was die kleinen roten Scheiben eigentlich zu bedeuten hatten. Während ich es tat, wechselten auch sie ihre Stellung ein wenig. Ich begann nun, schwarze Umrisse zu erkennen, und bald sah ich ziemlich deutlich, daß es ein kleiner schwarzer Affe war, der sein Gesicht, mich nachäffend, vorwärtsneigte, mir entgegen. Seine Augen waren es also gewesen, und jetzt bemerkte ich undeutlich, daß er die Zähne nach mir bleckte.

Ich wich zurück, da ich nicht wußte, ob er nicht etwa im Sinn hatte, mich anzuspringen. Ich nahm an, daß einer der Fahrgäste sein scheußliches Schoßtierchen vergessen hatte, und da ich mich seiner Gemütsart vergewissern, jedoch lieber nicht meine Finger dazu benutzen wollte, stieß ich sanft mit meiner Schirmspitze nach ihm. Das Tier blieb unbeweglich sitzen, angesichts des Schirms, der es – *durchbohrte!* Ja, er durchbohrte es, hin und her, ohne den geringsten Widerstand.

Ich kann Ihnen auch nicht im entferntesten das Grauen beschreiben, das ich empfand. Als ich mich überzeugt hatte, daß das Ding da vor mir eine Sinnestäuschung war (wie ich damals annahm), überfielen mich Zweifel an mir selbst und ein so lähmendes Entsetzen, daß ich meinen Blick ein paar Sekunden lang nicht von den Augen der Bestie abwenden konnte. Während ich noch hinsah, hüpfte sie ein klein wenig nach rückwärts, ganz in die Ecke hinein und plötzlich stand ich, von einer Panik ergriffen, an der Tür, steckte den Kopf ins Freie und sog die frische Luft ein, während ich auf die Lichter und Bäume blickte, an denen wir vorüberfuhren, und nur zu froh war, ihrer Wirklichkeit gewiß sein zu können.

Ich ließ halten und stieg aus. Es fiel mir auf, daß der Mann mich seltsam ansah, als ich bezahlte. Sicher muß etwas Ungewöhnliches in meiner Miene und meinen Gebärden gelegen haben; denn noch nie vorher war mir so zumute gewesen.«

VII

Der Reise erstes Stadium

»Als der Omnibus weiterfuhr und ich allein auf der Landstraße stand, blickte ich aufmerksam nach allen Seiten, um mich zu vergewissern, daß das Ding mir nicht gefolgt war. Zu meiner unbeschreiblichen Erleichterung sah ich es nirgends. Ich kann Ihnen kaum schildern, was für einen Schreck ich gehabt hatte und welch Dankgefühl ich nun empfand, weil ich, wie ich annahm, die Bestie losgeworden war.

Ich war etwas frühzeitig ausgestiegen und hatte bis zu meinem Hause hier noch etwa zweihundert bis dreihundert Schritte zurückzulegen. Eine Backsteinmauer begleitet den Fußweg, und jenseits der Mauer verläuft eine Hecke aus Taxus oder sonst einem dunklen Immergrün und dahinter die Reihe schöner Bäume, die Sie wohl bei Ihrer Ankunft bemerkt haben.

Diese Backsteinmauer ist ungefähr so hoch wie meine Schulter, und als ich zufällig den Blick aufhob, sah ich den Affen, der in vornübergeneigter Haltung auf allen Vieren oben auf der Mauer entlanglief oder -klomm. Ich blieb stehen und starrte ihn mit einem Gefühl unsäglichen Widerwillens und Grauens an. Als ich stehenblieb, wartete auch er. Er saß auf der Mauer, die langen Hände auf den Knien, und blickte mich an. Es war nicht hell genug, um mehr als die bloßen Umrisse zu erkennen, und es war wiederum nicht dunkel genug, das seltsame Licht seiner Augen stark hervortreten zu lassen. Doch sah ich das rötlich-nebelhafte Glimmen hinreichend deutlich. Das Tier fletschte weder die Zähne, noch zeigte es sonst irgendwelche Erregung; doch schien es erschöpft und verdrießlich und starrte mich ständig an.

Ich zog mich auf die Mitte der Fahrstraße zurück. Es war ein instinktives Zurückweichen, und da stand ich nun und blickte es an: es rührte sich nicht.

In der unbewußten Absicht, etwas zu unternehmen, nur irgend etwas, kehrte ich um und ging schnell auf die Stadt zu, wobei ich die ganze Zeit über mit Seitenblicken die Bewegungen des Tieres im Auge behielt. Es kroch flink die Mauerkrönung entlang, genau in meinem Tempo.

Wo die Mauer endet, nahe der Straßenbiegung, schoß es hinunter und gelangte mit zwei kräftigen Sprüngen mir dicht vor die Füße und hielt mit mir Schritt, als ich schneller ausholte. Es blieb mir zur Linken, so dicht neben mir, daß ich ständig glaubte, ich müsse es treten.

Die Landstraße war ganz verlassen und still, und mit jedem Augenblick wurde es dunkler. Ich blieb bestürzt und ratlos stehen und wandte mich dabei um, in die entgegengesetzte Richtung, das heißt, wieder meinem Hause zu. Als ich stehenblieb, wich der Affe auf eine Entfernung von etwa fünf Metern zurück, blieb dort und starrte mich an.

Ich hatte mich stärker aufgeregt, als es jetzt klingen mag. Natürlich hatte ich, wie jedermann, von Halluzinationen gelesen, wie die Ärzte derartige Phänomene bezeichnen. Ich bedachte meine Situation und nahm mein Unglück auf mich.

Diese Erkrankungen, hatte ich gelesen, sind manchmal vorübergehend und manchmal langwierig. Ich hatte von Fällen gelesen, in denen die Erscheinung anfänglich harmlos gewesen war und dann allmählich, Schritt um Schritt, zu etwas Scheußlichem und Unerträglichem ausartete und mit dem Zusammenbruch des Opfers endete. Doch immerhin, als ich – von meinem bestialischen Gefährten abgesehen – verlassen dastand, versuchte ich mich zu beruhigen, indem ich mir wieder und wieder vorsagte: ›Das Ganze ist nur eine Erkrankung, ein wohlbekanntes körperliches Leiden, genau so feststellbar wie Blattern oder Neuralgie. Alle Ärzte stimmen darin überein. Ich darf nicht töricht sein. Ich bin dauernd zu lange aufgeblieben, und ich kann wohl sagen, daß meine Verdauung völlig in Unordnung geraten ist. Es ist nur ein Symptom nervöser Dyspepsie, und mit Gottes Hilfe wird alles wieder gut werden.‹ Glaubte ich das? Kein Wort davon! Ebensowenig, wie jedes andere menschliche Wesen es geglaubt hätte, das einmal davon gepackt und in solch satanischen Banden gehalten wurde. Gegen meine Überzeugung, ich kann wohl sagen, gegen mein Wissen, redete ich mich in einen falschen Mut hinein.

Jetzt ging ich nach Hause. Ich hatte nur noch ein paar hundert Meter zurückzulegen. Ich hatte mich zu einer Art Resignation durchgerungen; doch war ich noch nicht über den ersten grauenhaften Schreck und die Aufregung ob der Gewißheit meines Unglücks hinaus.

Ich entschloß mich, den Abend zu Hause zu verbringen. Das Vieh hielt sich dicht neben mir. Ich hatte Angst, in die Stadt zu gehen; ich hatte Angst, jemanden zu sehen oder von jemand erkannt zu werden. Ich fühlte eine unbezwingliche Erregung bei allem, was ich tat. Ich fürchtete mich auch vor einem jähen Abweichen von meinen sonstigen Gewohnheiten, etwa, mich irgendwo zu amüsieren oder spazierenzugehen, um mich müde zu machen. An der Haustür wartete das Vieh, bis ich die Stufen hinaufgestiegen war, und als die Tür sich öffnete, trat es gleichzeitig mit mir ein.

An jenem Abend trank ich keinen Tee. Ich holte mir Zigarren und Kognak. Der Beweggrund hierzu war die Idee, meinen Körper irgendwie zu beeinflussen und eine Weile in der Welt der Empfindungen und nicht der Gedanken zu leben, mich gewissermaßen mit Gewalt in ein neues Geleise zu werfen. Ich kam hier in das Wohnzimmer. Dort saß ich. Der Affe sprang auf ein Tischchen, das damals da drüben stand. Er sah betäubt und müde aus. Eine Unruhe zwang mich, seine Bewegungen ständig im Auge zu behalten. Seine Augen waren halb geschlossen; doch sah ich sie glimmen. Er starrte mich dauernd an. In jeder Lage, zu jeder Stunde ist er wach und starrt mich an. Das ändert sich niemals.

Ich will nicht im einzelnen mit meinem Bericht über jenen ersten Abend fortfahren. Vielmehr möchte ich die Erscheinungen des ersten Jahres schildern, die sich nie wesentlich änderten. Ich möchte den Affen beschreiben, wie er bei Tage aussieht. Es ist ein kleiner, vollkommen schwarzer Affe. Er hat einen einzigen Charakterzug: den unergründlicher Bosheit. Im ersten Jahr sah er nur mürrisch und kränklich aus. Doch während der ganzen

Zeit ließ er nie die Augen von mir. Und ich habe ihn nie aus den Augen verloren, ausgenommen, wenn ich schlief, doch sonst weder im Hellen noch im Dunkeln, weder bei Tage noch bei Nacht, und nur dann, wenn er ausnahmsweise einmal für einige Wochen sehr überraschend verschwindet.

In völliger Finsternis ist er genau so sichtbar wie bei Tage. Ich meine nicht nur seine Augen. Er ist ganz und gar zu sehen und von einer Aura umgeben, die dem Glimmen glühender Asche gleicht. Sie begleitet all seine Bewegungen.

Wenn er mich eine Zeitlang verläßt, so immer bei Nacht, im Dunkeln und auf die gleiche Art. Zuerst wird er unruhig, dann geht er auf mich los, grinst und schüttelt die geballten Fäuste, und gleichzeitig erscheint in meinem Kamin ein Feuer. Ich brenne nie ein Feuer im Kamin. Ich kann nicht schlafen, wenn ein Feuer in meinem Kamin brennt. Der Affe rutscht näher und auf den Kamin zu, zittert, wie es scheint, vor Wut, und wenn sein Zorn aufs höchste gestiegen ist, springt er auf den Kaminrost und in den Schlot hinauf, und ich sehe ihn nicht mehr.

Als ich dies zum erstenmal sah, dachte ich, nun sei ich von ihm befreit. Ich war wie neugeboren. Ein Tag ging vorüber, eine Nacht – und er kam nicht wieder. Dann eine gesegnete Woche, noch eine Woche – und noch eine Woche. Ich war immer auf den Knien, Doktor Hesselius, und dankte Gott und betete. Einen vollen Monat währte meine Freiheit – und dann war er ganz unvermittelt wieder um mich.«

VIII

Zweites Stadium

»Er war wieder um mich, und die Bosheit, die bisher unter einer trägen Oberfläche schlummerte, wurde jetzt aktiv. In jeder andern Hinsicht war er völlig unverändert. Die neue Energie verriet sich in seinem Tun und Mienenspiel, und bald auch auf andere Art. Eine Zeitlang, müssen Sie wissen, zeigte sich die Veränderung nur in erhöhter Lebhaftigkeit und einer drohenden Haltung, als ob er bereits über einen scheußlichen Plan nachsänne. Und wie bisher ließ er nie die Augen von mir.«

»Ist er jetzt hier?« fragte ich.

»Nein«, erwiderte Mr. Jennings, »seit genau zwei Wochen und einem Tag ist er fort. Manchmal war er sogar fast zwei Monate und einmal drei Monate nicht da. Die Abwesenheit überschreitet immer vierzehn Tage, wenn auch oft nur um einen einzigen Tag. Fünfzehn Tage sind verstrichen, seit ich ihn das letztemal sah, und jetzt kann er jeden Augenblick zurückkehren.«

»Ist seine Rückkehr von irgendwelchen sonderbaren Umständen begleitet?« fragte ich.

»Nein«, erwiderte er. »Er ist einfach wieder da. Wenn ich meine Augen von einem Buch aufhebe oder den Kopf wende, sehe ich ihn auf die übliche Art mich anstarren, und dann bleibt er seine bestimmte Zeit. – Und nie vorher habe ich dies alles jemandem so genau und in allen Einzelheiten beschrieben!«

Ich bemerkte, daß er erregt war und bleich wie der Tod aussah, und er tupfte sich wiederholt mit dem Taschentuch über die Stirn. Ich sagte, daß er vielleicht müde sei und daß ich gern am folgenden Tag vorsprechen würde; doch er antwortete: »Nein, wenn es Ihnen nichts ausmacht, jetzt alles anzuhören, bleiben Sie bitte! Ich habe nun so weit berichtet und ziehe es vor, zum Ende zu kommen. Als ich mit Doktor Harley sprach, habe ich ihm nicht so viel mitgeteilt. Sie aber sind gleichzeitig Philosoph und lassen dem Geiste sein Recht. Wenn das Ding Wirklichkeit ist...«

Er hielt inne und sah mich aufgeregt fragend an.

»Wir werden bald sehr eingehend darüber sprechen. Ich werde mit nichts zurückhalten«, erwiderte ich nach einer Pause.

»Gut, sehr gut! Wenn das Ding also Wirklichkeit ist, dann gewinnt es allmählich die Oberhand und wird mich in die Hölle bringen! ›Sehstörungen‹, sagte Harley. Als ob es nicht noch andre Sinnesorgane gäbe! Oh, möge der Allmächtige mir beistehen! Aber hören Sie weiter!

Seine Tatkraft hatte also, wie ich Ihnen sagte, zugenommen. Seine Bosheit wurde irgendwie angreiferisch. Vor zwei Jahren, nachdem einige zwischen dem Bischof und mir anhängige Fragen erledigt waren, ging ich in meine Pfarrgemeinde, da ich sehr gern wieder meinen Beruf ausüben wollte. Ich war nicht vorbereitet auf das, was geschah, obwohl ich jetzt glaube, daß ich schon damals gewisse Befürchtungen hegte.«

Er sprach bedeutend mühsamer, seufzte oft und schien zeitweise völlig überwältigt. Doch war er jetzt nicht länger erregt. Er hatte eher etwas von einem Patienten an sich, mit dem es zu Ende geht und der sich aufgegeben hat.

»Zuerst will ich Ihnen von meiner Pfarre erzählen. Das Tier war um mich, als ich von hier aufbrach. Es war mein stummer Reisegefährte und blieb auch in der Pfarre um mich. Als ich mit der Ausübung meines Seelsorgeramtes begann, trat eine neue Wendung ein. Das Ding entfaltete eine widerwärtige Energie, mein Tun zu durchkreuzen. Es begleitete mich in die Kirche, auf die Kanzel, ans Lesepult, an die Abendmahlsschranken. Schließlich trieb es alles auf die Spitze und sprang, während ich der Gemeinde vorlas, auf das offene Buch und hockte dort, so daß es mir unmöglich war, die Seite vorzulesen. Dies geschah mehr als einmal.

Ich verließ meine Pfarre eine Zeitlang. Ich konsultierte Doktor Harley. Ich tat alles, was er mir riet. Er hat über meinen Fall oft nachgedacht. Ich vermute, daß er sich dafür interessierte. Er schien Erfolg zu haben. Fast drei Monate war ich vollkommen frei. Ich begann zu glauben, daß ich gerettet sei. Mit ärztlicher Einwilligung kehrte ich in meine Pfarrgemeinde zurück.

Ich reise in einer Kutsche. Ich war guter Laune. Mehr als das, ich war glücklich und dankbar. Ich kehrte zurück, befreit von einer scheußlichen Halluzination, zurück zu meinen Pflichten, denen ich so gern wieder nachkommen wollte. Es war ein schöner, sonniger Abend; alles sah so friedlich und heiter aus, und ich war begeistert. Ich erinnere mich, wie ich aus dem Fenster blickte, um den Kirchturm von Kenlis zu suchen, dort, wo man ihn zum erstenmal erblickt. Es ist an der Stelle, wo der kleine Bach, der die Pfarre begrenzt, unter der Landstraße durch eine Röhre fließt. Wo er wieder zutage tritt, steht eine Steintafel mit einer alten Inschrift. Als wir diese Stelle passiert hatten, zog ich den Kopf wieder ins Innere und setzte mich. In der Ecke der Kutsche saß der Affe.

Einen Augenblick lang war ich einer Ohnmacht nahe und dann vor Entsetzen und Verzweiflung ganz rasend. Ich befahl dem Kutscher, zu halten, und stieg aus, setzte mich am Wegrande nieder und betete stumm zu Gott um Barmherzigkeit. Eine verzweifelte Resignation überkam mich. Mein Gefährte war um mich, als ich die Pfarre betrat. Das gleiche Verfolgungsspiel begann. Nach kurzem Kampf gab ich nach und verließ meine Gemeinde.

Ich berichtete Ihnen, daß das Ding auf gewisse Weise angreiferisch geworden war. Das möchte ich näher erklären. Es schien sich in eine ungeheure, zunehmende Raserei zu steigern, sobald ich meine Gebete sprach oder auch nur an Beten dachte. Schließlich wurde es zu einer furchtbaren Störung. Sie werden fragen, wie konnte eine stumme, nichtkörperliche Erscheinung so etwas erreichen? Aber so war es eben, sobald ich ans Beten dachte. Immer war es vor mir, und immer rückte es nah und näher.

Es pflegte auf einen Tisch zu springen, auf eine Stuhllehne, auf den Kaminsims, um sich langsam hin- und herzuschwingen, und die ganze Zeit starrte es mich an. In seiner Bewegung lag eine undefinierbare Macht, alles Denken zu vereiteln, so daß man seine Aufmerksamkeit nur auf diese monotone Bewegung konzentriert, bis alles Denken gewissermaßen auf einen Punkt zusammenschrumpft und schließlich nichts mehr bleibt – falls ich nicht vorher hochfahre und die Lähmung abschüttele.« Er seufzte tief. »Noch anderes geschieht. Wenn ich zum Beispiel mit geschlossenen Augen bete, kommt es näher und näher, bis ich es sehe. Ich weiß, daß es körperlos ist, und doch sehe ich es bei geschlossenen Lidern, und so schaukelt es vor meinem geistigen Auge und überwältigt mich, bis ich gezwungen bin, mich von den Knien zu erheben. Wenn Sie je etwas Ähnliches erlebt hätten, würden Sie wissen, was Verzweiflung ist.«

IX

Das dritte Stadium

»Wie ich sehe, Doktor Hesselius, entgeht Ihnen kein Wort meines Berichts. Deshalb brauche ich Sie nicht erst zu bitten, mir jetzt besonders aufmerksam zuzuhören. Man spricht von optischen Täuschungen und Halluzinationen, als ob das Gesichtsorgan der einzige Angriffspunkt der bösen Einflüsse wäre, die mich bedrängen. Ich weiß es besser. Zwei Jahre lang blieb mein gräßliches Leiden auf dieses Sinnesorgan beschränkt. Wie jedoch die Nahrung sanft mit den Lippen empfangen und dann unter die Zähne gebracht wird, wie die im Mahlgang gefangene Fingerspitze die ganze Hand nach sich zieht und dann den Arm und den ganzen Körper, so wird der arme Sterbliche, der erst einmal bei der feinsten Faser eines Nervs erwischt wurde, allmählich von der ungeheuren Höllenmaschinerie eingesogen, bis er so ist, wie ich's bin. Ja, Herr Doktor, wie *ich*; denn während ich Ihnen hier berichte und um Errettung flehe, fühle ich doch, daß mein Gebet Unmögliches verlangt und daß mein Flehen unerhört bleibt.«

Ich bemühte mich, seine sichtlich wachsende Erregung zu dämpfen, und sagte ihm, er dürfe nicht verzweifeln.

Während des Gespräches war die Nacht hereingebrochen. Ein verschleiertes Mondlicht hing über dem Bild, das wir von unserm Fenster aus sahen, und ich sagte: »Vielleicht wäre es besser, wir zündeten die Kerzen an. Diese Beleuchtung ist nämlich eigenartig. Ich möchte gern, daß Sie weitestgehend in Ihrer gewohnten Umgebung sind, während ich meine Diagnose stelle – sonst aber wäre es mir einerlei.«

»Für mich ist jedes Licht gleich«, erwiderte er; »ausgenommen, wenn ich lese oder schreibe, könnte ebensogut ewige Nacht um mich sein. Ich werde Ihnen nun berichten, was vor einem Jahr geschah. Das Ding begann zu sprechen!«

»Sprechen? Wie meinen Sie das? So wie Menschen sprechen?«

»Ja, in Worten und folgerichtigen Sätzen, tadellos zusammenhängend und genau artikuliert. Doch eine Besonderheit ist da: es klingt nicht wie eine menschliche Stimme. Es erreicht mich nämlich nicht über mein äußeres Ohr, sondern es geht mir wie ein Singen durch den Kopf.

Diese Fähigkeit, zu mir zu sprechen, wird mein Verderben sein. Es läßt mich nicht beten; es unterbricht mich mit scheußlichen Lästerungen. Ich wage nicht, im Gebet fortzufahren – ich darf es nicht! O Herr Doktor, können menschliche Geschicklichkeit und Gebete und Gedanken mir nicht helfen?«

»Sie müssen mir versprechen, mein Lieber, daß Sie sich nicht durch unnötig erregende Gedanken krankmachen! Beschränken

Sie sich strengstens auf den *Tatsachen*-Bericht! Und vor allem erinnern Sie sich daran, daß das Ding, welches Sie plagt, selbst wenn es, wie Sie zu glauben scheinen, Wirklichkeit und von wirklichem, unabhängigem Leben wäre, doch nicht die Macht hat, Sie zu verletzen, falls es von Gott nicht so bestimmt ist. Wenn es Zutritt zu Ihren Sinnen hat, dann vor allem, weil es von Ihrem körperlichen Zustand abhängig ist. Das ist Ihr Trost und Ihre Zuflucht: Wir sind alle gleichermaßen gefährdet. Nur ist in Ihrem Falle die *paries*, die Fleischeshülle, der Schleier, etwas aus der Ordnung geraten, und deshalb werden Vision und Töne transmittiert. Wir müssen einen neuen Weg einschlagen. Haben Sie Mut! Ich will mich heute nacht aufs sorgfältigste mit Ihrem Fall beschäftigen.«

»Sie sind sehr gütig. Sie halten es für der Mühe wert, Sie geben mich nicht ganz auf. Aber, verehrter Herr, Sie wissen nicht, welchen Einfluß es über mich gewinnt: es kommandiert mich umher; es ist so ein Tyrann, und ich werde immer hilfloser. Möge Gott mich erretten!«

»Es kommandiert Sie umher? Meinen Sie durch Worte?«

»Ja, ja! Es stiftet mich immerfort zu Verbrechen an, anderen oder mir selbst Verletzungen beizufügen. Wie Sie sehen, Herr

Doktor, ist die Sache wirklich dringend. Als ich vor einer Woche in Shropshire war« (Mr. Jennings sprach jetzt schneller und zitterte, packte mit einer Hand meinen Arm und sah mir ins Gesicht), »da ging ich eines Tages mit einer Gruppe von Freunden spazieren. Mein Verfolger war um mich. Ich blieb hinter den andern zurück. Sie wissen, wie schön die Landschaft am Dee-Fluß ist. Unser Pfad führte an einer verlassenen Kohlengrube vorüber, und am Waldrand ist ein senkrechter Schacht, der hundertfünfzig Fuß tief sein soll. Meine Nichte war neben mir – sie ahnt natürlich nichts von der Art meines Leidens. Doch wußte sie, daß ich krank gewesen und daß ich deprimiert war; und sie war mit mir zurückgeblieben, um mich nicht ganz allein zu lassen. Während wir langsam weiterschlenderten, forderte mich die Bestie, die immer um mich ist, mit Worten auf, mich in den Schacht zu stürzen. Die einzige Erwägung, bedenken Sie das, mein Herr, die mich vor diesem scheußlichen Tod bewahrte, war die Befürchtung, daß der Schreck, Augenzeuge des Geschehens zu sein, dem armen Mädchen schaden könne. Ich bat sie, vorauszugehen und sich den Freunden wieder anzuschließen, indem ich sagte, ich wolle nicht weitergehen. Sie machte Ausflüchte, und je mehr ich sie bat, um so fester wurde sie. Sie sah ratlos und ängstlich aus. Es muß wohl etwas in meiner Miene oder in meinem Verhalten gewesen sein, das sie beunruhigte, daher ging sie nicht, und das war meine Rettung. Sie können sich nicht vorstellen, wie sehr ein Mensch zum Sklaven Satans werden kann«, sagte er, ächzte grausig und schauderte.

Eine Pause entstand, und dann sagte ich: »Trotzdem wurden Sie errettet! Es war Gottes Wille. Sie stehen in seiner Hand und nicht unter der Gewalt eines anderen Wesens. Vertrauen Sie deshalb auf die Zukunft!«

X

Daheim

Ich bat ihn, die Kerzen anzünden zu lassen, und achtete darauf, daß das Zimmer heiter und wohnlich aussah, ehe ich ihn verließ. Ich erklärte ihm, er müsse sein Leiden durchaus als ein körperlich bedingtes ansehen, wenn auch auf feinster Basis. Ich sagte ihm, er habe Beweise von Gottes Fürsorge und Liebe in der Errettung, die er mir soeben geschildert hatte, und ich hätte voller Kummer bemerkt, er schiene zu glauben, daß die besonderen Eigenheiten seines Leidens darauf hindeuteten, er sei der ewigen Verdammnis ausgeliefert. Ich bestand auf meiner Ansicht, daß nichts falscher sein könne als eine solche Schlußfolgerung; und nicht nur das, sondern es widerspräche ja direkt den Tatsachen, nämlich der wunderbaren Errettung vor dem mörderischen Einfluß während seines Shropshire-Ausfluges. Erstens sei seine Nichte mit ihm zurückgeblieben, ohne daß er es gewollt habe, und zweitens sei in seiner Seele ein unwiderstehlicher Abscheu entstanden, in der Gegenwart des armen Mädchens den scheußlichen Suggestionen Folge zu leisten.

Als ich diesen Punkt mit ihm erörtert hatte, weinte Mr. Jennings. Er schien getröstet. Auf *einem* Versprechen beharrte ich sehr ausdrücklich: daß er sofort nach mir schicken solle, sobald sich das Ding wieder zeigen würde. Nachdem ich meine Versicherung wiederholt hatte, daß ich mich mit keinem andern Krankheitsfall befassen würde, ehe ich nicht den seinen eingehend untersucht hätte, und daß er morgen das Resultat meiner Überlegungen hören würde, verabschiedete ich mich.

Bevor ich in den Wagen stieg, sagte ich dem Diener, daß sein Herr alles andere als gesund sei, und daß er sich's zur Pflicht machen müsse, sooft als möglich nach ihm zu sehen.

Danach traf ich Vorkehrungen, um vor jeder Störung sicher zu sein. Ich hielt mich nur kurz zu Hause auf und fuhr, mit Reisepult und Plaidrolle versehen, in einer Droschke zu einem Gasthof etwa zwei Meilen außerhalb der Stadt, einem sehr ruhigen und angenehmen Haus mit soliden Wänden. Dort wollte ich, ohne abgelenkt und unterbrochen zu werden, dem Leiden Mr. Jennings' einige Stunden der Nacht und, wenn es nötig sein sollte, auch noch des Vormittags widmen.

(Hier folgt eine ausführliche Notiz über die Diagnose Doktor Hesselius' und die Medizinen, die er verschreiben wollte. Offensichtlich wurde der Brief bis zu dieser Notiz in dem Gasthof geschrieben, in den er sich zurückgezogen hatte. Die Fortsetzung stammt aus seiner Stadtwohnung. *Der Herausgeber*).

Ich kehrte erst gegen ein Uhr mittags in meine Wohnung zurück und fand einen Brief in Mr. Jennings' Handschrift auf dem Tisch. Er war nicht mit der Post gekommen, und auf mein Fragen hin erfuhr ich, daß Mr. Jennings' Diener ihn gebracht hätte. Als er gehört hatte, daß ich erst heute wiederkäme und daß niemand ihm meine Adresse geben könne, sei er sehr niedergeschlagen gewesen und habe erzählt, sein Herr habe ihm befohlen, nicht ohne Antwort zurückzukehren.

Ich öffnete den Brief und las:

»*Lieber Herr Doktor Hesselius!*
Er ist da. Sie waren noch keine Stunde gegangen, als er zurückkehrte. Er spricht. Er weiß alles, was geschehen ist. Er weiß alles; er kennt Sie und ist rasend und gräßlich. Er ergeht sich in Schmähreden. Ich sende Ihnen diese Zeilen. Er weiß um jedes Wort, das ich geschrieben habe und noch schreibe. Ich versprach es Ihnen; daher schreibe ich, doch leider nur sehr verworren und, fürchte ich, unzusammenhängend. Ich bin so fassungslos, so verstört.
Immer der Ihre. *Ergebenst*
Robert Lynder Jennings.«

»Wann kam dieser Brief?« fragte ich.

»Gestern nacht gegen zwölf Uhr. Der Mann kam noch einmal wieder, und heute vormittag war er dreimal hier. Das letztemal vor etwa einer Stunde.«

Mit diesem Bescheid und meinen Notizen machte ich mich in wenigen Minuten auf den Weg nach Richmond, um Mr. Jennings aufzusuchen.

Wie Sie bemerkt haben werden, mein lieber van Loo, betrachtete ich Mr. Jennings' Fall durchaus nicht als aussichtslos. Er hatte sich an einen Grundsatz erinnert, den ich in meiner Metaphysischen Medizin bespreche, wenn er ihn auch ganz irrtümlich gedeutet hat. Ich wollte ihn nun richtig handhaben. Ich war äußerst interessiert und sehr begierig, Mr. Jennings zu sehen und ihn zu untersuchen, während der »Feind« wirklich anwesend war.

Ich fuhr auf das düstere Haus zu und sprang aus dem Wagen und die Stufen hinan und läutete. Kurz darauf öffnete mir eine große Frau in schwarzer Seide. Sie sah schlecht aus und als ob sie geweint habe. Sie knickste und hörte sich meine Frage an, antwortete aber nicht. Sie wandte das Gesicht ab und deutete mit der Hand auf zwei Männer, die die Treppe herunterkamen. Nachdem sie mich solchermaßen an diese überwiesen hatte, verschwand sie hastig durch eine Seitentür, die sie hinter sich schloß.

Den Mann, der mir am nächsten stand, sprach ich sofort an, war aber entsetzt, als ich sah, daß seine beiden Hände mit Blut bedeckt waren.

Ich fuhr zurück, und der Mann sagte leise: »Dort ist sein Diener, Sir!«

Der Diener war, als er mich sah, stumm und verwirrt auf der Treppe stehengeblieben. Er wischte sich die Hände am Taschentuch ab; es war blutgetränkt.

»Jones, was gibt's, was ist geschehen?« fragte ich, während mich ein lähmender Verdacht überfiel.

Der Mann bat mich, ihm ins Vorzimmer zu folgen. Ich war sofort neben ihm. Bleich und mit zusammengezogenen Augenbrauen berichtete er mir von der Schreckenstat, die ich schon halb erriet.

Sein Herr hatte sich umgebracht.

Ich folgte ihm nach oben in das Zimmer, und was ich dort sah, möchte ich Ihnen nicht beschreiben. Er hatte sich mit dem Rasiermesser die Kehle durchgeschnitten. Es war eine entsetzliche, klaffende Wunde. Die beiden Männer hatten ihn aufs Bett getragen und zurechtgelegt. Wie die riesige Blutlache anzeigte, war die Tat zwischen Bett und Fenster geschehen. Ein Teppich lag rings um sein Bett, ein andrer unter dem Ankleidetisch; doch sonst war der Fußboden unbedeckt, und der Diener erklärte, sein Herr habe im Schlafzimmer keine Teppiche leiden mögen. In diesen düsteren und jetzt grauenhaften Raum ließ eine der großen Ulmen, die das Haus verdunkelten, den Schatten eines dicken Astes über den furchtbaren Fußboden fallen.

Ich winkte dem Diener, und wir gingen zusammen nach unten. Aus der Halle trat ich in ein altmodisches, getäfeltes Zimmer, und dort blieb ich stehen und hörte mir an, was der Diener zu berichten hatte. Es war nicht viel.

»Aus Ihren Worten, Sir, und aus Ihrer Miene, als Sie gestern abend fortgingen, schloß ich, daß Sie meinen Herrn für sehr krank hielten. Ich glaubte, Sie befürchteten vielleicht einen Schlaganfall oder etwas Ähnliches. Deshalb hielt ich mich streng an Ihre Anweisungen. Er blieb lange auf, bis nach drei Uhr nachts. Er schrieb aber nicht und las auch nicht. Er führte lange Selbstgespräche; doch das war nichts Ungewöhnliches. Um drei Uhr half ich ihm dann, sich zu entkleiden und Hausschuhe und Schlafrock anzulegen. Nach einer halben Stunde kehrte ich leise zurück. Er war im Bett, völlig unbekleidet, und auf dem Tisch neben seinem Bett brannten zwei Kerzen. Als ich ins Zimmer trat, hatte er sich auf den Ellbogen gestützt und blickte auf die andre Seite. Ich fragte ihn, ob er etwas wünsche, und er sagte nein.

Ich weiß nicht, Sir, ob es deshalb war, weil Sie etwas angedeutet hatten, oder ob auch ich fand, daß er anders war; jedenfalls war ich unruhig, außerordentlich unruhig seinetwegen.

Nach wiederum einer halben Stunde oder vielleicht etwas später ging ich nochmals nach oben. Diesmal hörte ich ihn nicht sprechen. Ich hatte einen Leuchter bei mir und ließ ein wenig von dessen Licht ins Zimmer fallen und blickte mich behutsam um. Ich sah, daß er im Stuhl neben dem Ankleidetisch saß, aber wieder völlig angezogen. Er drehte sich um und sah mich an. Ich fand es seltsam, daß er aufgestanden war und sich angezogen hatte und dann die Kerzen auslöschte und nun so im Dunkeln saß. Doch fragte ich ihn nur wieder, ob ich etwas für ihn tun könne. Er erwiderte: ›Nein!‹ ziemlich scharf, schien mir. Ich fragte, ob ich die Kerze anzünden solle, und er sagte: ›Wie Sie wollen, Jones.‹ Also zündete ich sie an und säumte noch etwas im Zimmer, und dann fragte er: ›Jones, weshalb kamen Sie noch einmal? Sagen Sie mir die Wahrheit! Hörten Sie jemand fluchen?‹ – ›Nein, Sir!‹ erwiderte ich und wunderte mich, was er wohl meinen könne.

›Nein, nein, natürlich nicht‹, wiederholte er. Und ich fragte: ›Wäre es nicht gut, Sir, wenn Sie jetzt zu Bette gingen? Es ist schon fünf Uhr.‹ Doch er sagte nichts als: ›Sehr wahrscheinlich. Gute Nacht, Jones!‹ Also ging ich, kam aber nach einer knappen Stunde wieder zurück. Die Tür war verschlossen; aber er hörte mich und rief, wie mir schien, von seinem Bett aus, was ich denn wolle, und verlangte, ich solle ihn nicht stören. Ich legte mich nieder und schlief ein wenig. Es muß zwischen sechs und sieben Uhr gewesen sein, als ich wieder nach oben ging. Die Tür war noch verschlossen, und er antwortete nicht, also wollte ich ihn nicht stören, und da ich glaubte, er schlafe, ließ ich ihn bis neun Uhr in Ruhe. Er hatte die Gewohnheit, nach mir zu klingeln, wenn ich kommen sollte, und es war keine bestimmte Stunde festgesetzt, ihn zu wecken. Ich klopfte sehr leise, und da ich keine Antwort erhielt, blieb ich lange weg und dachte bei mir, er habe endlich etwas Schlaf gefunden. Erst gegen elf Uhr wurde es mir ängstlich zumute; denn wenn er einmal sehr spät war, so doch nie später als halb elf. Ich erhielt keine Antwort. Ich klopfte und rief und erhielt noch immer keine Antwort. Da ich die Tür nicht öffnen konnte, holte ich Thomas aus dem Stall, und gemeinsam brachen wir die Tür auf und fanden ihn in dem entsetzlichen Zustand, in dem Sie ihn gesehen haben.«

Jones hatte nichts weiter zu sagen. Der arme Mr. Jennings war sehr milde und gütig gewesen. Seine Leute liebten ihn. Ich sah, daß sein Diener tief bewegt war.

Und so, erregt und niedergeschmettert, verließ ich das schreckliche Haus unter seinem dunklen Ulmenbaldachin und hoffte, es nie wiederzusehen. Während ich dies schreibe, komme ich mir wie ein Mensch vor, der erst halb aus einem furchtbaren und monotonen Traum erwacht ist. Mein Gedächtnis weist das Bild voller Unglauben und Abscheu von sich. Und doch weiß ich, daß es wahr ist. Es ist die Geschichte von der Wirkung eines Giftes; eines Giftes, das die wechselseitige Tätigkeit von Geist und Nerven anregt und das Gewebe lähmt, welches jene verwandten Sinnesfunktionen, die äußeren und die inneren, voneinander scheiden sollte. Solchermaßen schließen Sterbliches und Unsterbliches vorzeitig miteinander Bekanntschaft.

Schluß

Ein Wort an die Leidenden

Mein lieber van Loo, Sie waren an einem Leiden erkrankt, sehr ähnlich dem, das ich soeben beschrieb. Zweimal beschwerten Sie sich über dessen Wiederkehr. Wer, bei Gott, heilte Sie? Ihr ergebener Diener Martin Hesselius. Doch will ich mich lieber der ausdrücklichen Frömmigkeit eines biedern alten französischen Arztes anschließen, der vor dreihundert Jahren lebte und zu sagen pflegte: »Ich behandelte, und Gott heilte.«

Nein, mein guter Freund, lassen Sie den Kopf nicht hängen! Halten Sie sich eine Tatsache vor Augen:

Ich habe, wie es mein Buch beweist, fünfundsiebzig Fälle dieser Art von Vision angetroffen und behandelt, und ich habe sie je nachdem als »sublimiert«, »vorzeitig« oder »innerlich« bezeichnet.

Es gibt eine andere Gruppe von Leiden, die man zu Recht Halluzination nennen kann, obgleich sie gemeinhin mit den von mir beschriebenen verwechselt werden. Letztere erachte ich als für genau so einfach zu behandeln wie einen Schnupfen oder eine unbedeutende Verdauungsstörung.

Die von mir beschriebenen Fälle dagegen erfordern all unsre Gedankenschärfe. Fünfundsiebzig solcher Fälle sind mir begegnet, nicht mehr und nicht weniger. Und bei wie vielen versagte meine Kunst? Bei keinem einzigen!

Sie müssen bedenken, daß ich noch nicht einmal begonnen hatte, Mr. Jennings zu behandeln. Ich hege nicht den geringsten Zweifel, daß ich ihn in achtzehn Monaten völlig hätte heilen können oder schlimmstenfalls in zwei Jahren. Einige Fälle sind sehr schnell heilbar, andere außerordentlich hartnäckig. Jeder intelligente Arzt, der mit Nachdenken und Sorgfalt an die Aufgabe herangeht, kann eine Heilung erzielen.

Sie kennen meine Abhandlung über die Kardinalfunktionen des Gehirns. Ich beweise darin an Hand unzähliger Tatsachen die hohe Wahrscheinlichkeit eines Kreislaufs in den Nerven, der in seinem Mechanismus dem der Arterien und Venen entspricht. In diesem System entspräche das Gehirn dem Herzen. Die Flüssigkeit, die sich durch die eine Nervengruppe weiterbreitet, kehrt in verändertem Zustand durch die andere zurück, und die Natur dieser Flüssigkeit ist spirituell, wenn auch nicht stofflos, genau so wenig wie das Licht oder die Elektrizität.

Auf Grund von mancherlei Schädigungen, wozu auch der gewohnheitsmäßige Genuß von Reizmitteln wie grüner Tee gehört, kann diese Flüssigkeit in bezug auf ihre Beschaffenheit verändert werden, häufiger jedoch ist es eine Störung des Gleichgewichts. Zwischen der Zirkulation von Herz und Hirn besteht ein inniger Zusammenhang. Der Sitz oder vielmehr das Instrument der äußeren Vision ist das Auge. Der Sitz der inneren Vision ist das Nervengewebe und Gehirn unmittelbar über den Brauen. Sie erinnern sich, wie wirkungsvoll ich Ihre Bildvorstellungen durch die einfache Anwendung von eisgekühltem Eau de Cologne beseitigte. Die Kälte wirkt auf die nervliche Flüssigkeit wie eine mächtige Repulsionskraft. Wird sie lange genug angewandt, so führt sie sogar jene anhaltende Unempfindlichkeit herbei, die wir Starre nennen, und, bei noch längerer Anwendung, eine Lähmung der Muskeln und Empfindungen.

Ich wiederhole es, ich habe nicht den leisesten Zweifel, daß es mir gelungen wäre, jenes innere Auge, das Mr. Jennings unvorsichtigerweise geöffnet hatte, wieder zu trüben und schließlich ganz zu versiegeln. Die gleichen Sinne werden im *Delirium tremens* geöffnet; wenn durch eine ausgesprochene Veränderung im Körperbefinden die übersteigerte Tätigkeit des Zerebralherzens beendigt wird, schließen sie sich wieder. Durch einen einfachen Prozeß, den man gleichmäßig auf den Körper einwirken läßt, wird dieses Resultat erzielt – ganz unvermeidlich erzielt. Ich habe noch nie einen Mißerfolg gehabt.

Der arme Mr. Jennings brachte sich um. Dieses Unglück war jedoch die Folge einer durchaus anderen Krankheit, die gewissermaßen auf das schon bestehende Leiden reflektiert wurde. Die Krankheit, an der er tatsächlich zugrunde ging, war erbliche Selbstmordmanie. Ich kann den armen Mr. Jennings nicht als meinen Patienten bezeichnen; denn ich hatte noch nicht einmal begonnen, seinen Fall zu behandeln, und er hatte mir, dessen bin ich sicher, noch nicht sein volles, rückhaltloses Vertrauen geschenkt. Wenn der Patient sich nicht auf die Seite der Krankheit schlägt, ist die Heilung gewiß.

EDUARD MÖRIKE

Der Spuk im Pfarrhause zu Cleversulzbach
Bericht an Justinus Kerner
1841

Sie haben, verehrtester Freund, sowohl in der »Seherin von Prevorst«, als auch neuerdings in einem Hefte Ihres »Magikon« von dem Spuke des hiesigen Pfarrhauses gesprochen, und unter anderem die Art und Weise, wie ich, bald nach meiner Hieherkunft im Sommer 1834, die Entdeckung dieses Umstandes machte, nach meiner mündlichen Erzählung berichtet. Ich will nun, Ihrem Verlangen gemäß, zunächst aus meinem Tagebuche, soweit es überhaupt fortgeführt ist, dasjenige, was ich in dieser Beziehung etwa Bemerkenswertes finde, zu beliebigem Gebrauche hiemit für Sie ausziehen.

Vom 19.–30. August 1834. Ich fange an zu glauben, daß jene ›Siebente Tatsache‹ Grund haben möge. Zweierlei vorzüglich ist's, was mir auffällt. Ein Fallen und Rollen, wie von einer kleinen Kugel unter meiner Bettstatt hervor, das ich bei hellem Wachen und völliger Gemütsruhe mehrmals vernahm, und wovon ich bei Tage trotz allem Nachsuchen keine natürliche Ursache Ursache finden konnte. Sodann, daß ich einmal mitten in einem harmlosen, unbedeutenden Traum plötzlich mit einem sonderbaren Schrecken erweckt wurde, wobei mein Blick zugleich auf einen hellen, länglichten Schein unweit der Kammertüre fiel, welcher nach einigen Sekunden verschwand. Weder der Mond noch ein anderes Licht kann mich getäuscht haben.

Auch muß ich bemerken, daß ich bereits, eh Kerners Buch in meinem Hause war, während eines ganz gleichgültigen Traums durch die grauenhafte Empfindung geweckt wurde, als legte sich ein fremder, harter Körper in meine Hüfte auf die bloße Haut. Ich machte damals nichts weiter daraus und war geneigt, es etwa einem Krampfe zuzuschreiben, woran ich freilich sonst nicht litt.

Indes hat mir ein hiesiger Bürger, der ehrliche Balthasar Hermann, etwas ganz Ähnliches erzählt, das ihm vor Jahren im

Haus widerfuhr. Herr Pfarrer Hochstetter ließ nämlich, sooft er mit seiner Familie auf mehrere Tage verreiste, diesen Mann, der ebenso unerschrocken als rechtschaffen ist, des Nachts im Hause liegen, damit es etwa gegen Einbruch usw. geschützt sein möge, und zwar quartierte er den Mann in jenes Zimmer auf der Gartenseite, worin nachher mein Bruder so vielfach beunruhigt wurde. Einst nun, da Hermann ganz allein im wohlverschlossenen Hause lag (die Magd schlief bei Bekannten im Dorfe) und sich nur eben zu Bett gelegt hatte, fühlte er, vollkommen wach wie er noch war, mit einem Male eine gewaltsame Berührung an der linken Seite auf der bloßen Haut, als wäre ihm ein fremder Gegenstand, ›so rauh wie Baumrinde‹, rasch unter das Hemde gefahren, wie um ihn um den Leib zu packen. Die Empfindung war schmerzhaft, er fuhr auf und spürte nichts mehr. Die Sache wiederholte sich nach wenigen Minuten, er stand auf und ging, ich weiß nicht mehr in welcher Absicht, auf kurze Zeit nach Haus, kam wieder und blieb ungestört für diese Nacht.

Inzwischen haben auch die Meinigen mehr oder weniger Auffallendes gehört. Ich kann vorderhand nichts tun, als mir den Kopf frei halten; auch hat es damit keine Not, bei Tage müssen wir uns Gewalt antun, um uns nicht lustig darüber zu machen, bei Nacht gibt sich der Ernst von selbst.

Vom 2.–6. September. Die Geister-Indizien dauern fort, und zwar jetzt in verstärktem Grade. Am 2. dieses Monats nach dem Abendessen zwischen 9 und 10 Uhr, als eben die Mutter durch den Hausöhrn ging, vernahm sie ein dumpfes starkes Klopfen an der hintern Haustür, die auf ebenem Boden in den Garten hinausführt. Ihr erster Gedanke war, es verlange noch jemand herein; nur war das Klopfen von einem durchdringenden Seufzer gefolgt, der sogleich eine schauderhafte Idee erweckte. Man riegelte unverzüglich auf und sah im Garten nach, ohne irgendeine menschliche Spur zu entdecken. Auch Karl (mein älterer Bruder), dessen Zimmer zunächst an jener Tür ist, sowie Klärchen (meine Schwester) und die Magd hatten das Klopfen gehört. Meine Mutter, von jeher etwas ungläubig in derlei Dingen und bisher immer bemüht, sie uns auszureden, bekennt sich zum ersten Male offen zu der Überzeugung, daß es nicht geheuer um uns her zugehe.

Am 4. September, vor 10 Uhr abends, da wir schon alle uns niedergelegt hatten, kam Karl in meine Schlafstube hereingestürzt und sagte, er sei durch einen fürchterlichen Knall, ähnlich dem eines Pistolenschusses, der innerhalb seines Zimmers geschehen, erweckt worden. Wir untersuchten augenblicklich alles, doch ohne den mindesten Erfolg. K. behauptet, ohne alle besorgliche Gedanken sich zu Bette begeben zu haben, und will auf keine Weise meine natürlichen Erklärungsgründe gelten lassen, die ich von der eigentümlichen Reizbarkeit des Organismus beim Übergang vom Wachen zum Schlafe hernahm, sowie daher, daß wir übrigen, Wachenden, nichts hörten, ungeachtet K.s Stube nur wenige Schritte von uns liegt.

Anderer kleiner Störungen, die mir gleichwohl ebenso unerklärbar sind, gedenke ich hier nur mit wenigem. So hörte ich in den verflossenen Nächten oft eine ganz unnachahmliche Berührung meiner Fensterscheiben bei geschlossenen Laden, ein sanftes, doch mächtiges Andrängen an die Laden von außen, mit einem gewissen Sausen in der Luft verbunden, während die übrige, äußere Luft vollkommen regungslos war; ferner schon mehrmals dumpfe Schütterungen auf dem obern Boden, als ginge dort jemand, oder als würde ein schwerer Kasten gerückt.

Am 6. September. Abends gegen 9 Uhr begegnete Karl folgendes: Er war, um zu Bette zu gehen, kaum in sein Schlafzimmer getreten, hatte sein Licht auf den Tisch gesetzt und stand ruhig, da sah er einen runden Schatten von der Größe eines Tellers die weiße Wand entlang auf dem Boden gleichsam kugeln, ungefähr vier bis fünf Schritte lang hinschweben und in der Ecke verschwinden. Der Schatten konnte, wie ich mir umständlich dartun ließ, schlechterdings nicht durch die Bewegung eines Lichts und dergleichen entstanden sein. Auch von außen konnte kein fremder Lichtschein kommen, und selbst diese Möglichkeit vorausgesetzt, so hätte dadurch jene Wirkung nicht hervorgebracht werden können.

In der Nacht, vom Sonntag auf den Montag, 14.–15. September, herrschte eine ungewöhnliche Stille im Hause. Dagegen fingen am Montag abend die Unruhen schon um 9 Uhr an. Als ich mich mit Karl ohne Licht in den Hausgang stellte, um zu lauschen, vernahmen wir bald da, bald dort seltsame Laute und

Bewegungen, namentlich einmal ganz dicht neben uns an der Wand ein sehr bestimmtes Klopfen, recht als geschähe es, unsere Neugierde zu necken. Um 4 Uhr des Morgens aber, da es noch ganz dunkel war und ich hell wachend im Bette lag, geschahen (wie mir vorkam auf dem obern Boden) zwei bis drei dumpfe Stöße. Während ich weiter aufhorchte und im stillen wünschte, daß auch mein Bruder dies gehört haben möchte, kam dieser bereits herbeigelaufen und erzählte mir das gleiche.

Dienstag, den 16. September, abends 10 Uhr, ich war kaum eingeschlafen, weckte mich Klärchen mit der Nachricht, daß, während sie noch eben am Bette der Mutter gesessen und ihr vorgelesen, sie beide durch einen dumpfen, starken Schlag auf dem oberen Boden schreckhaft unterbrochen worden seien.

In derselben Nacht erfuhr Karl folgendes, was ich mit seinen eigenen Worten hersetze. Er schrieb das Ereignis auf meine Bitte mit größter Genauigkeit auf.

»Mein Schlafzimmer hat zwei Fenster und jedes Fenster zwei Laden aus dickem Holze ohne andere Öffnungen als solche, welche altershalber durch Ritzen usw. in denselben entstanden, aber unbedeutend sind. Von diesen Laden waren in der Nacht von gestern auf heute drei verschlossen, nur einer, derjenige, welcher meinem Bette am nächsten ist, war offen. Durch dieses halbe Fenster und dessen halbdurchsichtigen Vorhang schien der Vollmond hell in das Zimmer und bildete an der Wand rechts neben meinem Bette, wie natürlich, ein erleuchtetes längliches Viereck. Es war etwa um halb 4 Uhr morgens, als ich aufwachte. Nun bemerkte ich außer jenem Viereck auf einer andern Seite und mir ungefähr gegenüber, ganz oben, wo die Wand und die Decke zusammenstoßen, einen hellen runden Schein, im Durchmesser von ungefähr $1/4$ Fuß. Es schien ein Licht zu sein wie Mondlicht; ich hielt es auch anfangs dafür, wiewohl es mir sonderbar deuchte, so hoch oben und so isoliert einen Schein zu sehen. Ich schaute nun zu dem offenen Laden hinaus und überzeugte mich, daß dieser Schimmer weder vom Monde noch von einem Kerzenlicht in der Nachbarschaft herrühre. Dann legte ich mich wieder und dachte über diese außerordentliche Erscheinung nach. Aber während ich starr meinen Blick darauf heftete, verschwand sie ziemlich schnell vor meinen Augen. Dies fiel mir noch mehr auf, und ich machte mir noch immer Gedanken darüber, als die Stille, die tiefe Stille, die sonst herrschte, unterbrochen wurde und ich ein leises Geräusch hörte, als wenn sich jemand auf Socken von der östlichen Seite des Ganges her der Türe meines Schlafzimmers näherte, und gleich darauf entstand draußen an der Türe ein starkes Gepolter, als stieße ein schwerer Körper heftig gegen dieselbe, sie wurde zugleich mit Gewalt einwärts gedrückt. Es war kein einfacher Schall, denn es schien, als wenn verschiedene Teile dieses Körpers schnell aufeinander an die Türe anprallten. Ich erschrak tief in die Seele hinein und wußte anfangs nicht, ob ich Lärm machen, läuten oder fliehen sollte. Letzteres wollte ich sogleich nicht, weil ich im ersten Schrecken fürchtete, auf die unbekannte Ursache jenes Gepolters zu stoßen, ich entschloß mich nun, ein Licht zu machen. Bevor ich aber dieses tat, geschah noch folgendes: Bald nachdem das Getöse schwieg und wieder die vorige Stille herrschte, erschien der nämliche runde Schein an der nämlichen Stelle wieder, blieb einige Zeit und verschwand dann vor meinen Augen.

Während dieser Zeit blieb der Laden, der Vorhang und der natürliche Mondschein rechts an der Wand unverändert.

Mit dem angezündeten Licht ging ich sofort in den Hausgang, als ich aber in diesem nichts Besonderes entdeckte und noch überdies den Hund in den vorderen Zimmern eingesperrt und ruhig fand, überzeugte ich mich, daß hier ein Spukgeist sein Wesen trieb.

Heute nun, über Tag, überzeugte man sich auch durch wiederholte, fast zwei Stunden lang fortgesetzte Versuche mit sämtlichen spiegelnden und glänzenden Gegenständen des Zimmers und mit Berücksichtigung aller möglichen Standpunkte des Mondes, daß der sonderbare Schein an der höchsten Höhe des Zimmers auch nicht durch Spiegelung hervorgebracht werden konnte, sowie auch aus der Stellung der Nachbarhäuser und andern Umständen leicht ersichtlich war, daß von dort kein Strahl eines Kerzenlichts an die gedachte Stelle gelangen konnte.«

So weit die Angabe meines Bruders. Noch ist aber von dieser unruhigen Nacht das Auffallendste zu bemerken übrig. Meine Mutter erzählte, sie habe zwischen 10 und 11 Uhr ganz ruhig, wachend im Bette gelegen, als sie an ihrem Kissen auf einmal eine besondere Bewegung verspürt. Das Kissen sei wie von einer untergeschobenen Hand ganz sachte gelüpft worden. Sie selbst habe mit dem Rücken etwas mehr seitwärts gelegen, sonst hätte sie es wohl mit aufgehoben. Dabei sei es ihr selbst verwunderlich, daß sie weder vor, noch während, noch auch nach diesem Begebnis die mindeste Furcht empfunden.

Vom 9.–15. Oktober (in welcher Zeit ich den Besuch meines Freundes M. hatte). Seit kurzem regt sich das unheimliche Wesen aufs neue, und zwar stark genug. Eine auffallende Erscheinung wurde auch dem Freunde zuteil. Nicht lange nach Mitternacht, d. h. immerhin mehrere Stunden, bevor an ein Grauen des Tages oder an eine Morgenröte zu denken war, sah er in dem Fenster, das seinem Bette gegenübersteht, eine purpurrote Helle sich verbreiten, welche allmählich wieder verschwand, kurz nachher aufs neue entstand und so lange anhielt, daß M. sich vollkommen versichern konnte, es liege hier keine Augentäuschung zugrunde.

Die Geltung dieses Phänomens bestätigte sich in einer der folgenden Nächte durch meine Mutter, die denselben Schein in ihrem Schlafzimmer an der ihrem Bette gegenüberstehenden Wand erblickte. Sogar Klärchen, von der Mutter darauf aufmerksam gemacht, sah ihn noch im Verschwinden.

16. Oktober. Heute nacht abermals Unruhen im Haus. Ein starkes Klopfen auf dem obern Boden. Dann war es auch einmal, als würden Ziegelplatten vom Dach in den Hof auf Bretter geworfen. Es ging jedoch kein Wind die ganze Nacht, und morgens konnten wir keine Spur von jenem Wurfe finden.

25. Oktober. In einer der letzten Nächte sah Karl gerade über dem Fuße seines Bettes eine feurige Erscheinung, eben als beschriebe eine unsichtbare Hand mit weißglühender Kohle oder mit glühender Fingerspitze einen Zickzack mit langen Horizontalstrichen in der Luft. Der Schein sei ziemlich matt gewesen. Hierauf habe sich ein eigentümliches Schnarren vernehmen lassen.

In der Nacht vom 7. auf den 8. Oktober sah meine Mutter einen länglichen, etwa drei Spannen breiten, hellweißen Schein in der Ecke ihres Schlafzimmers, ziemlich hoch überm Boden und bis an die Zimmerdecke reichend, zu einer Zeit, wo der Mond längst nicht mehr am Himmel stand.

13. November. In der Nacht, etwa zwischen 1 und 2 Uhr, erwachte meine Schwester, wie sie sagt, ganz wohlgemut, und setzte sich, um eine Traube zu essen, aufrecht im Bette. Vor ihr, auf der Bettdecke, saß ihr kleines, weißes Kätzchen und schnurrte behaglich. Es war durchs Mondlicht hell genug im Zimmer, um alles genau zu erkennen. Klärchen war noch mit ihrer Traube beschäftigt, als sie, mit völligem Gleichmut, ein vierfüßiges Tier von der Gestalt eines Hundes durch die offne Tür des Nebenzimmers herein und hart an ihrem Bette vorüberkommen sah, wobei sie jeden Fußtritt hörte. Sie denkt nicht anders als: es ist Joli, und sieht ihm nach, ob er wohl wieder, seiner Gewohnheit nach, sich unter das gegenüberstehende Bett meiner Mutter legen werde. Sie sah dies aber schon nicht mehr, weil er unter dem zunächst stehenden Sessel ihr aus dem Gesicht kommen mußte. Den andern Morgen ist davon die Rede, ob denn auch der Hund, den mein Bruder abends zuvor beim Heimgehen von dem 1 1/2 Stunden von hier entfernten Eberstadt, ganz in der Nähe dieses Dorfes verloren hatte, nun wohl nach Haus gekommen sei? Klärchen, welche nichts von seinem Abhandenkommen gewußt, stutzt nun auf einmal, fragt und erfährt, daß man im Begriffe sei, den Hund im Pfarrhaus zu Eberstadt abholen zu lassen, wo Karl gestern gewesen und man das Tier vermutlich über Nacht behalten haben werde. So war es auch wirklich; ein Bote brachte es am Strick geführt.

So viel aus dem Diarium, das hie und da von mir ergänzt wurde. Im folgenden Jahr bricht es ab, weil ich schwer und auf lange erkrankte.

Schlimmer als im Jahr 1834 ist auch das Spukwesen nachher und bis auf die heutige Zeit niemals geworden; vielmehr hat es sich inzwischen seltener, obwohl nicht weniger charakteristisch geäußert. Merkwürdig ist, daß es sich meist gegen den Herbst und im Winter vermehrt, im Frühling und die Sommermonate hindurch auch wohl schon ganz ausblieb. Der Zeitpunkt morgens früh 4 Uhr ist, nach meinen Beobachtungen, vorzugsweise spukhaft. Sehr häufig endigen auch die nächtlichen Störungen um diese Zeit mit merklichem Nachdruck.

Eine Erfahrung aus neuerer Zeit, welche mein gegenwärtiger Amtsgehilfe, Herr Sattler, in dem mehrerwähnten Zimmer auf der Gartenseite machte, soll hier mit seinen eignen Worten stehen.

»Ich war am 29. November 1840 abends um 8 ½ Uhr zu Bette gegangen und hatte sogleich das Licht gelöscht. Ich saß nun etwa ½ Stunde noch aufrecht im Bette, indem ich meine Gedanken mit einem mir höchst wichtigen Gegenstande beschäftigte, der meine ganze Aufmerksamkeit so sehr in Anspruch nahm, daß er keiner Nebenempfindung Raum gab. Weder den Tag über, noch besonders solange ich im Bette war, hatte ich auch nur im entferntesten an Geisterspuk gedacht. Plötzlich, wie mit einem Zauberschlage, ergriff mich ein Gefühl der Unheimlichkeit, und wie von unsichtbarer Macht war ich innerlich gezwungen, mich umzudrehen, weil ich etwas an der Wand zu Haupte meines Bettes sehen müsse. Ich sah zurück und erblickte an der Wand (welche massiv von Stein und gegipst ist), in gleicher Höhe mit meinem Kopfe, zwei Flämmchen, ungefähr in der Gestalt einer mittleren Hand, ebenso groß, nur nicht ganz so breit und oben spitz zulaufend. Sie schienen an ihrem unteren Ende aus der Wand herauszubrennen, flackerten an der Wand hin und her, im Umkreis von etwa zwei Schuh. Es waren aber nicht sowohl brennende Flämmchen als vielmehr erleuchtete Dunstwölkchen von rötlichblassem Schimmer. Sowie ich sie erblickte, verschwand alles Gefühl der Bangigkeit, und mit wahrem Wohlbehagen und Freude betrachtete ich die Lichter eine Zeitlang. Ob sie doch wohl brennen? dachte ich, und streckte meine Hand nach ihnen aus. Allein das eine Flämmchen, das ich berührte, verschwand mir unter der Hand und brannte plötzlich daneben; drei-, viermal wiederholte ich den nämlichen Versuch, immer vergeblich. Das berührte Flämmchen erlosch jedesmal nicht allmählich und loderte ebenso wieder nicht allmählich sich vergrößernd am andern Orte auf, sondern in seiner vollen Gestalt verschwand es, und in seiner vollen Gestalt erschien es wieder daneben. Die zwei Flämmchen spielten hie und da ineinander über, so daß sie eine größere Flamme bildeten, gingen aber dann immer bald wieder auseinander. So betrachtete ich die Flämmchen vier bis fünf Minuten lang, ohne eine Abnahme des Lichts an ihnen zu bemerken, wohl aber kleine Biegungen und Veränderungen in der Gestalt.

Ich stand auf, kleidete mich an, ging zur Stube hinaus (wo ich in der Türe noch die Lichter erblickte) und bat den Herrn Pfarrer, der im vorderen Zimmer allein noch auf war, zu mir herüberzukommen und die Erscheinung mit anzusehen. Allein, wie wir kamen, war sie verschwunden, und obgleich wir wohl noch eine halbe Stunde lang mit gespannter Aufmerksamkeit acht gaben, zeigte sich doch nichts mehr. Ich schlug nun ein Licht, allein mit diesem konnte ich so wenig als morgens darauf am hellen Tage auch nur die geringste Spur an der, auch ganz trockenen, Wand wahrnehmen. Die vom Herrn Pfarrer aufgeworfene Frage, ob in den vorhergehenden Tagen oder Wochen nicht etwa ein phosphorisches Schwefelholz an jener Wand möchte gestrichen worden sein, mußte ich mit Bestimmtheit verneinen. Zu allem Überflusse machten wir indes ausführliche Versuche mit Zündhölzchen, davon das Resultat jedoch ein von meiner Beobachtung sehr verschiedenes war.«

Als ziemlich gewöhnliche Wahrnehmungen im Hause, die teilweise eben gegenwärtig wieder an der Reihe sind, muß ich in der Kürze noch anführen: Ein sehr deutliches Atmen und Schnaufen in irgendeinem Winkel des Zimmers, zuweilen dicht am Bette der Personen. Ein Tappen und Schlurfen durchs Haus, verschiedene Metalltöne: als ob man eine nicht sehr straff gespannte Stahlsaite durch ein spitzes Instrument zum Klingen oder Klirren brächte; als ob ein Stückchen Eisen, etwa ein Feuerstahl, etwas unsanft auf den Ofen gelegt würde. Ferner Töne, als führte jemand zwei bis drei heftige Streiche mit einer dünnen Gerte auf den Tisch; auch ein gewisses Schnellen in der Luft, dann Töne, wie wenn ein dünnes Reis zerbrochen oder, besser, ein seidner Faden entzweigerissen würde. (So unterhielt ich mich eines Abends bei Licht und bei der tiefsten Stille mit einem meiner Hausgenossen allein in jenem Gartenzimmer, als dieser Ton in einer Pause des Gesprächs zwischen unsern beiden Köpfen mit solcher Deutlichkeit sich hören ließ, daß wir zugleich uns lächelnd ansahen.)

Zum erstenmal, wie man hier sagt, wurde der Spuk im Pfarrhaus unter dem Herrn Pfarrer Leyrer (1811–1818) ruchbar. Am lebhaftesten war er unter Herrn Pfarrer Hochstetter (1818 bis 1825), der mir die auffallendsten Dinge erzählt hat; auch nachher, noch zur Zeit des Herrn Pfarrer Rheinwald, war er um vieles stärker als bei mir.

Ich schließe mit der Versicherung, daß ich bei allen diesen Notizen ein jedes meiner Worte auf das gewissenhafteste abwog, um nirgend zu viel noch zu wenig zu sagen, und alle Zweideutigkeit zu vermeiden, besonders auch, daß ich, was die Angaben anderer betrifft, an der Wahrheitsliebe und Urteilsfähigkeit der angeführten Hausgenossen nicht im geringsten zu zweifeln Ursache habe.

Cleversulzbach im Januar 1841   *Eduard Mörike, Pfarrer*

NIKOLAI GOGOL

Der verhexte Platz
*Eine wahre Geschichte,
erzählt vom Küster der ***schen Kirche*

Bei Gott, ich habe es bereits satt, zu erzählen! Was meint ihr denn? Wahrlich, fad ist es; immerzu heißt es: Erzähl und erzähl, und man kann sich nicht losmachen! Na schön, dann will ich erzählen, nur, bei Gott, das ist zum allerletztenmal. Ihr spracht davon, ein Mensch könne, wie man sagt, mit dem unsauberen Geist fertig werden. Das stimmt natürlich, obwohl, wenn man recht überlegt, die verschiedensten Dinge auf der Welt vorkommen... Darum sollt ihr das nicht sagen. Wenn eine teuflische Kraft wen bemogeln will, den bemogelt sie eben. Bei Gott, die bemogelt ihn! – Seid so gut und überlegt mal: Unser Vater hatte vier Kinder. Ich persönlich war damals noch ein rechter Dummkopf. Ich zählte alles in allem elf Jahre; aber nein, keineswegs elf; ich erinnere mich noch wie heute, daß ich einmal auf allen vieren lief und wie ein Hund bellte, da schrie mich der Alte an und schüttelte den Kopf dabei: »He, Foma, Foma! Für dich wird's Zeit zum Heiraten, und da blödelst du umher wie ein junges Maultier!« Großvater war damals noch am Leben und war – möge er ein leichtes Schnackerl haben in jener Welt – ziemlich gut zu Fuß. Wenn es ihm in den Sinn kam... Aber meint ihr denn, daß ich auf diese Weise erzählen werde? Der eine gräbt schon seit einer Stunde Kohle aus dem Ofen für seine Pfeife, der andere ist aus anderen Gründen hinter die Kammer gelaufen. Was soll das in Wahrheit, frage ich? – Noch gut, wenn es unabsichtlich geschehen wäre, so aber habt ihr mich doch selber darum gebeten. Wenn man hören will, muß man zuhören! Der Vater fuhr noch im frühen Frühjahr in die Krim, Tabak zu verkaufen. Ich erinnere mich nicht mehr, ob er zwei oder drei Fuhren auf den Weg brachte. Tabak war damals sehr gefragt. Mit auf die Reise nahm er den dreijährigen Bruder, ihn möglichst früh an das Werkeln des Frachtfuhrmanns zu gewöhnen. Zurück blieben: Großvater, Mutter, ich, dazu ein Bruder und noch ein Bruder. Großvater hatte das Melonenfeld dicht an der Landstraße ausgesät und war selber in die Köhlerhütte hinausgezogen; er nahm auch uns mit, die Spatzen und Elstern aus dem Melonenfeld zu jagen. Man kann nicht sagen, daß uns das übel angekommen wäre. Wir konnten des Tags so viele Gurken, Melonen, Rettiche, Zwiebeln und Erbsen fressen, daß es bei Gott in unseren Bäuchen rumorte, als krähten darin die Hähne. Je nun, und außerdem brachte es doch auch Gewinn. Die Hinzureisenden drängten sich nur so, ein jeder wollte sich an einer Arbuse oder einer Melone delektieren. Außerdem pflegten sie aus den Vorwerken in der Umgebung Hühner, Eier und Truthähne zum Tausch zu bringen. Es war ein gutes Leben. Großvater freilich war es dabei das liebste, daß jeden Tag an die fünfzig Fuhren von Frachtfuhrleuten vorbeifuhren. Ihr wißt, das ist ein erfahrenes Volk: wenn so einer zu erzählen beginnt, dann halt die Ohren steif. Für Großvater aber war das wie Quarkkuchen für einen Hungrigen. Wenn er gelegentlich, wie es sich häufig traf, einem alten Bekannten begegnete (Großvater kannte ein jeder), dann könnt ihr euch selber denken, was geschah, wenn sich so 'ne Gesellschaft von Leuten aus der alten Zeit versammelte. Tara, tara, so ging's dann, dazumalen und dazumal, da trug sich das zu und da trug sich jenes zu... Je nun, und dann quollen sie nur so über! Dann gedachten sie Gott weiß welcher Zeiten. Einmal aber – nun, wahrhaftig, als wenn es jetzt geschehen wäre; die Sonne begann bereits sich zu senken, Großvater ging durchs Melonenfeld und entfernte die Blätter von den größeren Früchten, mit denen er sie tagsüber zudeckte, damit sie nicht zu stark von der Sonne gebraten würden. »Schau, Ostap!« sprach ich zum Bruder. »Da fahren Frachtfuhrleute herbei!« – »Wo sind die Fuhrleute?« fragte der Großvater und legte ein Kennzeichen auf eine große Melone, damit die nicht so nebenbei von uns Burschen verspeist würde. Und in der Tat, des Weges zogen an die sechs Fuhren. Voran schritt ein Fuhrmann, der schon graue Schnurrbarthaare hatte. Noch war er keine zehn Schritt, so was in der Art, von uns entfernt, da blieb er stehen. »Grüß dich, Maxim! Das hat Gott gefügt, daß wir uns wiedersehen!«

Großvater kniff die Augen zusammen: »Ah, grüß dich, grüß dich! Von woher trägt Gott dich her? Auch Boljatschka hier? Grüß dich, grüß dich, Bruder! Ja was Teufel! Da sind ja alle:

sowohl Krutotrystschenko – und Petscheryzja – und Koweljok und Stezko – Gesundheit zu wünschen! Ah, haha! Hoho...«, und schon ging's ans Abschlecken. Die Ochsen wurden ausgespannt, und man ließ sie ins Freie, im Gras zu weiden. Die Fuhren blieben am Wege stehen; selber aber setzten sie sich rund um die Köhlerhütte und steckten ihre Pfeifen an. Doch was machten die sich schon aus ihren Pfeifen! Bei den Geschichterln und dem Geschwätz kam es kaum zu einer Pfeife pro Kopf. Nach der Brotzeit bewirtete Großvater seine Gäste mit Melonen. Ein jeder bekam seine Melone und reinigte die sorgfältig mit seinem Messerchen. (Das waren geriebene Burschen, waren genug in der Welt herumgekommen, wußten Bescheid, wie man schicklich zu speisen hatte; da hätte ein jeder davon sich meinetwegen gleich an den Herrentisch setzen können!) Nachdem sie die saubergeputzt, stieß jeder mit dem Finger ein Löchlein hinein, wonach er den sauren Saft trank, um erst danach die Frucht zu zerschneiden und in den Mund zu stecken. »Na, und ihr, Burschen«, sagte Großvater, »nichts als die Mäuler aufsperren? Tanzt mal, ihr Hundesöhne! Ostap, wo hast du deine Hirtenflöte? Spiel uns mal einen Kosakentanz! Foma, stemm die Arme in die Seiten! Los! Genau so! He, hopp!«

Ich war damals klein und flink. Verdammtes Alter! Jetzt kann ich nicht mehr so lostanzen; statt aller schönen Sprünge schlottern mir nur die Beine. Großvater schaute uns lange zu, derweil er mit seinen Fuhrleuten saß. Ich merkte jedoch, daß seine Füße nicht ruhig blieben; mir war, als zwicke sie was, sich zu bewegen.

»Schau zu, Foma«, sagte Ostap, »wenn unser alter Knaster nicht gar selber tanzen möchte.« Und was denkt ihr? Kaum hatte er das gesagt – da hielt das gute alte Stück es nicht länger aus! Anscheinend, wißt ihr, wollte er sich vor den Fuhrleuten aufspielen. »Da schaut her, ihr Teufelskinder! Nennt ihr das tanzen? So tanzt man!« sagte er, stand auf, reckte die Arme vor und stampfte mit den Absätzen.

Je nun, dagegen war nichts zu sagen, tanzen tat er, wie wenn er mit der Hetmansfrau hätte antreten müssen. Wir machten ihm Platz, und alsbald begann der alte Knaster auf dem ganzen ebenen Platz, der neben dem Gurkenbeet lag, seine Hupfer zu machen. Indes er war gerade bis zur Mitte gelangt und wollte erst richtig loslegen und mit den Füßen einen besonderen Wirbel auf seine Weise schlagen, da versagten ihm die Beine den Dienst und damit basta! Eine Schweinerei! Von neuem fetzte er los und kam bis zur Mitte – da ging's nicht weiter! Mach, was immer – er packte es nicht und packte es nicht! Die Beine waren ihm, als seien sie aus Holz. »Ist anscheinend ein Teufelsplatz! Anscheinend eine satanische Behexung! Da mengt sich Herodes ein, der Feind des Menschengeschlechtes!« Doch wie mochte das angehen, vor den Fuhrleuten solch eine Schande hinzunehmen? Von neuem ging er los und wirbelte mit kurzen kleinen Schritten dahin, immer schneller; es war prächtig anzuschauen; bis zur Mitte – nichts da, das tanzte sich nicht aus und damit basta! »Ah, du betrügerischer Satanas! Ersticken mögst du an einer faulen Melone! Noch als kleines Kind sollst du verrecken, Hundesohn! Da hast du mir auf die alten Tage solch eine Schande bereitet!« Und wahrlich, hinter ihm begann wer zu lachen. Er blickte sich um: kein Melonenfeld, kein Fuhrmann war mehr zu sehen, nichts davon war da; hinten und vorn und auf den Seiten nur ein ebenes Feld. »Eh! Sss ... na hat man sowas gesehen!« Er kniff die Augen zu – der Ort schien ihm nicht völlig unbekannt zu sein! Auf der Seite der Wald, hinter dem Wäldchen ragte eine Stange und schaute weit in den Himmel hinein. Was ein Teufelsspuk: das war doch der Taubenschlag, der beim Popen im Gemüsegarten stand! Von der anderen Seite jedoch dunkelte was Graues; er schaute genauer hin: die Heutenne war es des Kreisschreibers. Dahin also hatte ihn die unsaubere Kraft verschleppt! Während er noch so in der Runde kreiste, stieß er auf einen Fußsteig. Kein Mond war am Himmel; ein weißer Flecken flimmerte statt dessen durch die Wolken. Morgen wird's mächtigen Wind geben! dachte Großvater. Aber da, abseits vom Fußweg, flackerte auf einem Grabhügel ein Lichtlein auf. Da schau her! Großvater stand still, stemmte die Arme in die Seiten und schaute nur so: das Lichtlein erlosch in der Ferne, doch ein wenig weiter entbrannte ein anderes. »Ein Schatz!« rief Großvater. »Ich will Gott weiß was wetten, wenn das kein Schatz ist!« Und er spuckte bereits in die Hände, um zu graben; da fiel ihm ein, daß er weder eine Schaufel noch einen Spaten dabeihabe. »Ach, schade, indes wer weiß? Vielleicht muß man nur den Rasen aufheben, und schon liegt er da, das Täubchen! Nichts zu machen, zum mindesten aber muß man den Ort kennzeichnen, um ihn nicht nachher zu vergessen!«

Er zog einen ansehnlichen Ast, den anscheinend der Wirbelsturm abgerissen, heran und lud den auf den Grabhügel, wo das Lichtlein gebrannt hatte, und folgte danach dem Fußweg. Das junge Eichengehölz wurde immer lichter, und da war auch schon die Zaunhecke. Na also! Habe ich es nicht gesagt – dachte Großvater –, das ist des Popen Garten; denn das ist ja seine Zaunhecke! Jetzt ist es keine Werst mehr bis zum Melonenfeld. – Immerhin kam er recht spät nach Hause und mochte keine Quarkküchlein mehr essen. Er weckte nur den Bruder Ostap und fragte den, ob die Fuhrleute schon lange fortgefahren seien, und wickelte sich dann in seinen Schafspelz. Doch als der Bruder ihn ausfragen wollte, wohin ihn denn heute die Teufel verschleppt hätten, erwiderte er: »Frag nicht«, und wickelte sich noch fester ein, »frag nicht, Ostap, könntest sonst grau werden!« Und er begann alsbald so zu schnarchen, daß die Sperlinge, die sich auf dem Melonenfeld versammelt hatten, vor Schreck aufflogen. Doch meint ihr, der habe geschlafen? Kein Wort zu verlieren, war eine schlaue Bestie, Gott schenke ihm das Himmelreich! Der wußte stets einen Ausweg zu finden. Manchmal, da konnte er ein Lied anstimmen, daß man sich die Lippen wund biß.

Andern Tages, kaum daß es im Felde zu dämmern begann, zog Großvater seinen Kittel an, gürtete sich, klemmte Schaufel und Spaten unter den Arm, stülpte die Mütze auf den Kopf, trank eine Kruke Brotkwaß, wischte sich die Lippen mit dem Saum und begab sich geradenwegs zum Gemüsegarten des Popen. Den Heckenzaun und das niedere Eichengehölz ließ er im Rükken. Durch die Bäume wand sich ein Fußweg, der ins Feld hinausführte. Es schien derselbe zu sein! Er trat ins Feld hinaus: tupfengleich derselbe Ort wie gestern. Und da ragte auch schon der Taubenschlag; die Tenne jedoch war nicht zu sehen. »Nein, das ist nicht der Platz. Der war wohl weiter; ich seh schon, muß zur Tenne zurückgehen!« Er wandte sich und ging zurück. Er schritt auf einem anderen Wege – da sah er die Tenne, dagegen vom Taubenschlag keine Spur! So wandte er sich mehr zum Taubenschlag – da versteckte sich die Tenne. Und wie mit Absicht begann ein Regen zu fallen. So lief er aufs neue zur Tenne – da war der Taubenschlag verschwunden; zum Taubenschlag – da war die Tenne verschwunden. »Daß dich doch, verdammter Satanas, auf daß du deine Kinder nicht erblicken dürftest!« Und dabei goß es wie aus einem Faß. Die neuen Stiefel in einem Nu abstreifend und sie mit einem Tuch umwickelnd, damit sie nicht vom Regen verzogen würden, schlug er so einen Renner an, als wäre er ein herrschaftlicher Paßgänger. Durch und durch naß, kroch er in die Köhlerhütte, deckte sich mit dem Schafspelz zu, knurrte und brummte durch die Zähne und begann den Teufel mit solchen Worten zu liebkosen, wie ich sie zeitlebens noch nicht vernommen. Ich gestehe, ich wäre bestimmt errötet, wenn mir das am hellichten Tage zugestoßen wäre. Als ich am anderen Tage erwacht, sah ich folgendes: Als wäre nichts passiert, spazierte Großvater im Melonenfeld auf und ab und deckte die Früchte mit großen Klettenblättern zu. Bei Tisch begann der gute Alte gesprächig zu werden. Er schreckte den jüngeren Bruder damit, er würde ihn an Stelle der Arbusen um Hühner eintauschen, und nachdem er gespeist, fertigte er mit eigener Hand eine Lockpfeife aus Holz und begann darauf zu spielen; außerdem schenkte er uns, um uns zu belustigen, eine Melone, die ganz und gar zusammengekrümmt war, so daß sie einer Schlange glich, die er als eine Türkenschlange bezeichnete. Heutigentages habe ich solche Melonen nirgends mehr zu Gesicht bekommen. Es ist freilich auch wahr, die Samen dazu kamen ihm irgendwie aus weiter Ferne zu. Abends, nachdem er gevespert, ging Großvater mit dem Spaten fort, ein neues Beet für Spätkürbis zu graben. Dabei kam er an dem verhexten Platz vorbei, und da hielt es ihn nicht mehr; er murrte durch die Zähne: »Verdammter Platz!« und begab sich auf dieselbe Mitte, wo er gestern mit dem Tanz nicht zu Rande gekommen; wütend schlug er mit dem Spaten zu. Er sah sich um, ringumher lag wieder dasselbe Feld: auf der einen Seite ragte der Taubenschlag, auf der anderen Seite stand die Tenne. »Nur gut, daß ich's erraten und den Spaten mitgenommen habe. Und da ist ja auch der Fußweg! Und dort das kleine Grab! Und da ist der Ast, den ich draufgelegt! Und schau, da brennt auch das Lichtlein! Wenn ich mich nur jetzt nicht noch täusche!« Leise lief er heran, den Spaten schwingend, als wolle er mit diesem einen Wildeber beglücken, der sich ins Melonenfeld gezwängt, und machte erst vor dem kleinen Grabhügel halt. Das Lichtlein erlosch; auf dem Grab lag ein Stein, von Gras überwuchert. Diesen Stein muß man heben, überlegte Großvater und begann ihn von allen Seiten freizulegen. Doch der verdammte Stein war groß! Immerhin gelang es ihm, sich mit den Beinen fest an die Erde stemmend, ihn vom Grab hinunterzuwälzen. »Hu!« ging es durch die Ebene. »Dort gehörst du hin! Und jetzt flink ans Werk!« Hierbei setzte Großvater ab, suchte nach dem Schnupftabakshorn, schüttete Tabak auf die Faust und wollte die zur Nase führen, als plötzlich über seinem Kopf ein »Haptschi!« so gewaltig geniest wurde, daß die Bäume zu schwanken begannen und Großvaters ganzes Gesicht vollgespritzt wurde. »Könnte sich auch beiseite wenden, wenn er niesen will!« meinte Großvater, sich die Augen putzend. Er schaute auf; nichts zu sehen. »Nein, man sieht, der Teufel mag keinen Tabak!« fuhr er fort, tat das Schnupftabakshorn hinten in seinen Rock und machte sich über den Spaten her. »So ein Dummkopf, solchen Tabak hat weder sein Großvater noch sein Vater geschnupft!« Und er begann zu graben. Weich war die Erde, der Spaten biß nur so hinein. Und da klirrte schon was. Die Erde wegschaufelnd, sah er einen Kessel. »Ah, mein Täubchen, da bist du also!« schrie Großvater und fuhr mit dem Spaten darunter. »Ah, Täubchen, da bist du also!« piepste ein Vogelschnabel, der an den Kessel pickte. Großvater trat beiseite und ließ den Spaten fallen. »Ah, Täubchen, da bist du also!« blökte ein Hammelkopf vom Wipfel eines Baumes. »Ah, Täubchen, da bist du also!« brüllte ein Bär, der seine Schnauze durchs Gehölz schob. Ein Zittern überlief Großvater. »Hier ist's ja gefährlich, ein Wort zu sprechen!« knurrte er vor sich hin. »Hier ist's gefährlich, ein Wort zu sprechen!« piepste der Vogelschnabel. »Gefährlich, ein Wort sprechen!« blökte der Hammelkopf. »Ein Wort sprechen!« brüllte der Bär. »Hm...«, meinte Großvater und war sehr erschrocken. »Hm!« piepste der Schnabel. »Hm!« blökte der Hammel. »Hum!« brüllte der Bär.

Voll Angst drehte er sich um: Mein Gott, welch eine Nacht!

Weder Sterne noch Mond; ringsum Abgründe; vor den Füßen eine bodenlose Tiefe; zu Häupten hing ein Berg, und es schien, der wolle über ihn stürzen, und es war Großvater, ihm winke daraus eine schreckliche Fratze: Uh! Uh! – die Nase wie ein Blasebalg in der Schmiede; die Naslöcher – in jedes könnte man leicht einen Eimer Wasser hineingießen! Die Lippen, bei Gott, wie zwei Balken! Die roten Augen nach oben hervorgequollen und zu allem eine Zunge, die herausgestreckt war und ihn reizte! »Der Teufel sei mit dir!« sagte Großvater und ließ den Kessel sein. »Das soll mir ein Schatz sein! So eine greuliche Fratze!« Und er wollte bereits das Hasenpanier ergreifen, da sah er sich um und blieb wieder stehen, weil er bemerkte, daß alles wie zuvor war. »Ist nur die unsaubere Kraft, die einen schrecken will!« Und so machte er sich aufs neue an seinen Kessel – doch der war zu schwer! Also was tun? Das konnte man doch nicht so lassen! Alle Kräfte zusammennehmend, packte er ihn aufs neue gewaltig an: »Nun, mit ganzer Kraft, mit ganzer Kraft! Noch und noch!« und hob ihn heraus. »Och! Jetzt mal Tabak schnupfen!« Und er zog das Schnupftabakshorn hervor; indes bevor er den Tabak auszustreuen begann, blickte er sich fest um, ob da nicht wer zu sehen wäre. Es schien, daß keiner da sei; allein da war ihm: der Baumstumpf schnaufe und schwelle an, es zeigten sich die Ohren, die roten Augen liefen blutig an, die Nüstern weiteten sich, die Nase rümpfte sich, und schon schien ihm, jener schicke sich zu niesen an. Nein, da werde ich lieber keinen Tabak schnupfen – überlegte Großvater, das Schnupftabakshorn wieder einsteckend –, auf daß mir der Satanas nicht wieder die Augen vollspritze! Er packte schnell den Kessel und lief davon, so eilig er konnte; doch immer war ihm dabei, als raschle irgendwer hinter ihm mit den Beinen durchs Gebüsch... »Ai, ai, ai!« schrie Großvater und raste weiter, so gut er konnte, und machte erst halt, um ein wenig zu verschnaufen, als er des Popen Gemüsegarten erreichte.

Wohin mag Großvater bloß gegangen sein? dachten wir, nachdem wir drei Stunden gewartet. Längst war Mutter vom Vorwerk gekommen und hatte einen Topf heißer Quarkküchlein gebracht. Großvater aber war nicht da und war nicht da! So begannen wir aufs neue, ohne ihn zu vespern. Nach der Brotzeit spülte Mutter den Topf aus und suchte mit den Augen, wohin sie das Spülicht verschütten könnte, denn rings waren ja nichts als Beete; da gewahrte sie plötzlich, wie ein Faß direkt auf sie losging. Es war überaus dunkel. Wahrscheinlich machte einer der Burschen nur Spaß und hatte sich dahinter versteckt und stieß das Faß vor. »Kommt wie gerufen, um das Spülicht auszugießen!« sagte sie und schüttete das heiße Spülwasser hinein.

»Au weh!« schrie ein Baß los. Sie sah hin, da war es Großvater. Wer hätte den erkennen mögen! Bei Gott, wir dachten doch, ein Faß krieche heran. Ich gestehe, obwohl es leicht sündhaft war, mir schien es wahrhaftig recht komisch, zu sehen, wie der graue Kopf Großvaters ganz von Spülicht getränkt und von Arbusen- und Melonenschalen umhängt war.

»Schau mir einer das Teufelsweib an!« sagte Großvater, den Kopf mit dem Saum seines Kittels abwischend. »Wie die mich verbrüht hat! Geradezu wie das Schwein vor Weihnachten! Nun, ihr Bursche, jetzt gibt es was für Kringel! Ihr Hundesöhne, ihr werdet von nun ab in goldgestickten Überröcken spazieren können! Da schaut her, schaut immer her, was ich euch gebracht habe!« sagte Großvater und deckte den Kessel auf. Und was meint ihr wohl, was war darin? Na, wenn ihr mal gut nachdenkt – wie? Was? Doch sicher Gold? Das ist es ja, kein Gold war das: Dreck, Kehricht ... eine Schande, auszusprechen, was das war. Der Großvater spuckte aus, schmiß den Kessel hin und ging sich die Hände waschen.

Und seit der Zeit beschwor uns Großvater, niemals dem Teufel zu glauben. »Kein Gedanke daran!« so sprach er häufig zu uns. »All was der Feind des Herrn Christi auch sagen möge, das lügt er alles, der Hundesohn! Nicht für eine Kopeke Wahrheit steckt in ihm drin!« Und wenn der Alte zu hören bekam, daß es an irgendeinem Orte nicht geheuer wäre: »Alsdann los, Kinder, fangt an, euch zu bekreuzigen!« schrie er uns zu. »Gebt es ihm, gebt es ihm! Nur wacker drauflos!« Und er hub an, das Kreuzzeichen zu schlagen. Den verfluchten Platz aber, wo er mit dem Tanz nicht zu Rande gekommen, den zäunte er mit einer Hecke ein und befahl, alles, was es an untauglichem Zeugs gäbe, dorthin zu schütten: den ganzen Kehricht und das Steppengras, das aus dem Melonenfeld ausgejätet wurde. Ja, so ist es, so kann eine unsaubere Kraft den Menschen verwirren! Gut kenne ich dies Stück Land: die Nachbarkosaken hatten es einige Zeit darauf von Großvater gepachtet, Melonen darauf zu ziehen. Eine reiche Erde! Und gab stets eine wunderbare Ernte; nur der verhexte Platz, da war nichts Gutes zu erwarten. Eingesät wurde auch er, wie es sich gehört; allein was dort wuchs, das war einfach nicht auszumachen: das war auch keine Arbuse, das war auch kein Kürbis, das war auch keine Gurke ... der Teufel mag wissen, was das war!

FRIEDRICH HEBBEL

Eine Nacht im Jägerhause

»Kommen wir denn nicht bald nach D.? – rief Otto ungeduldig seinem Freunde Adolph zu und fuhr heftig mit der Hand nach seiner linken Wange, weil er sich an einem Zweig geritzt hatte, – die Sonne ist längst hinunter, die Finsternis kann kaum noch größer werden, und die Beine wollen mich nicht mehr tragen.« »Ich glaube, daß wir uns verirrt haben – entgegnete Adolph kleinmütig – wir müssen uns wohl darauf gefaßt machen, die Nacht im Walde zuzubringen!« »Das habe ich längst gedacht – versetzte Otto ärgerlich – aber du weißt allenthalben Bescheid, auch da, wo du nie gewesen bist. Hungrig bin ich auch, wie der Wolf, wenn er ein Schaf blöken hört.« »Ich habe noch eine Semmel in der Tasche! – erwiderte Adolph, indem er danach zu suchen begann – doch nein – setzte er sogleich hinzu – ich habe sie dem ausgehungerten Schäferhunde zugeworfen, der uns im letzten Dorf vorüberschlich.«

Eine lange Pause, wie sie nur dann unter Studenten möglich ist, wenn sie bis aufs Blut ermüdet sind, trat ein. Die Freunde wanderten, sich beide gereizt fühlend und sich beide dieser Kleinlichkeit schämend, bald stumm, bald pfeifend, nebeneinander hin. »Nun fängts auch noch zu regnen an!« begann Otto endlich wieder. »Wer eine Haut hat, fühlt es – versetzte Adolph – aber, wenn mich mein Auge nicht täuscht, so seh ich drüben ein Licht schimmern!« »Ein Irrlicht, was wohl anders! – sagte Otto halblaut – es wird hier an Sümpfen nicht fehlen!« Dessen ungeachtet verdoppelte er seine Schritte. »Wer da?« rief Adolph und stand auf einmal still. Es erfolgte keine Antwort. »Ich meinte Fußtritte hinter uns zu hören!« sagte er dann. »Man verhört sich leicht!« entgegnete Otto.

Währenddessen waren sie an ein einsam gelegenes Haus gelangt. Sie traten unter die Fenster und schauten hinein. Ein weites, ödes Zimmer zeigte sich ihren Blicken; die schlechten Lehmwände hatten ihre ehemalige Kalk-Besetzung zum Teil verloren, einige Strohstühle standen umher und über dem halb niedergebrochnen Ofen hingen zwei Pistolen, nebst einem Hirschfänger. Im Hintergrund saß an einem Tisch ein altes Weib, zahnlos und einäugig, zu ihren Füßen lag ein großer Hund, der sich mit seinen ungeschlachten Pfoten zuweilen kratzte.

»Ich denke, – begann Adolph nach vollbrachter Musterung – wir nehmen unser Quartier lieber unter einem Busch, als in dieser Höhle. Es sieht ja ganz verflucht darin aus!« Otto hatte dieselbe Äußerung auf der Zunge gehabt. Wie aber in solchen Stunden des äußersten Mißbehagens der Mensch sich zu beständigem Widerspruch aufgelegt fühlt, setzte sich seine Meinung schnell in ihr Gegenteil um, und er erwiderte spöttisch, daß er ein altes Weib nicht eben furchtbar fände und in der Tat nicht wisse, warum sie nicht hineingehen sollten. »Es beliebt dir – versetzte Adolph scharf – mich mißzuverstehen. Die Alte sitzt gewiß nicht unsertwegen da, sie wartet auf Gäste, und welcher Art diese sind, ist schwer zu sagen. Sieh nur, was sie sich das Auge, das ihr von der letzten Schlägerei her übrig blieb, reibt, um den Schlaf, der sie beschleicht, zu verscheuchen, und wie sie das zahnlose Maul verzieht! Eine Schenke ists ohnehin, denn drüben in der Ecke stehen Flaschen und Gläser. Aber, wie du, so ich.«

Bevor Otto etwas erwidern konnte, erscholl hinter beiden ein scharfes: »Guten Abend!« und eine Mannsgestalt wurde in dem schwachen Lichtschimmer, der durchs Fenster drang, sichtbar; kurz, gedrungen, mit Augen, die verschlagen und listig von dem einen zum andern wanderten, den Jägerhut tief in die Stirn hinabgedrückt. »Sie haben sich ohne Zweifel verirrt – fuhr der Unbekannte fort – und suchen ein Unterkommen für die Nacht. Danken Sie dem Himmel, daß ich gerade von meiner Streiferei zurückkehre, meine alte Mutter hätte Sie nicht aufgenommen. Wenn Sie vorlieb nehmen wollen, so folgen Sie mir; etwas besser, als hier draußen, werden Sies in der Bodenkammer finden, die ich Ihnen einräumen kann. Bier und Brot steht zu Diensten, und eine Streu zum Schlafen läßt sich aufschütten!«

Der Hund schlug an, und die Alte stand auf und schleppte sich mit schweren Schritten zum Fenster. »Ich bins!« rief der Jäger. »Du, mein Sohn?« erwiderte sie in näselndem Ton und öffnete langsam die inwendig verschlossene Tür. »Nur immer herein!« sagte der Jäger mit zudringlicher Höflichkeit zu den Freunden. Sie folgten seiner Einladung, nicht ohne Widerwillen, Otto zuerst. Sobald sie die Schwelle überschritten hatten, schloß der Jäger mit sonderbarer Hastigkeit die Tür hinter ihnen ab, während die Alte, ihre Brille zurechtrückend, sie unfreundlich betrachtete. »Noch nicht da?« fragte der Jäger, indem er sie ins Zimmer hineinnötigte, seine Mutter, aber so leise, daß nicht sie, die schwerhörig sein mochte, nur Otto, ihn verstand. Flüsternd trat er nun mit der Alten in eine Ecke und mehr, als einmal, flog ein häßliches Lachen über sein Gesicht. Die Alte ging, einen seltsamen Blick auf die späten Gäste werfend, hinaus und kehrte bald darauf mit Bier, Brot und Käse zurück. Der Jäger schob zwei Stühle an den Tisch; sie lud, sich umsonst zur Freundlichkeit zwingend, mit stummen Gebärden zum Zulangen ein. Hungrig, wie sie waren, ließen die Freunde es sich schmecken; mittlerweile nahm der Jäger die über dem Ofen hängenden Pistolen herab, lud sie, ohne sich an das Befremden seiner Gäste zu kehren, mit großer Förmlichkeit, schüttete sogar Pulver auf die Pfanne und steckte sie zu sich. Stillschweigend ergriff er nun die Lampe und führte die Freunde eine Leiter hinauf in eine alte Bodenkammer hinein, wo sie bereits ein Strohlager vorfanden. Mit einem kurzen: »Gute Nacht!« wollte er sich jetzt wieder mit der Lampe entfernen; beide erklärten ihm aber gleichzeitig ihren Wunsch, mit Licht versehen zu werden. »Mit Licht? – fragte er verwundert – es tut mir leid, aber sie werden bei mir schlafen müssen, wie man im Grabe schläft, nämlich im Dunkeln. Meine Mutter hat selten eine Kerze im Hause, und der Lampe bedürfen wir selbst, um – um« – »Um?« fragte Otto, da er stockte. »Um den Abendsegen zu lesen, natürlich, – versetzte er – nur die Gelehrten wissen ihn auswendig. Doch, wer weiß, vielleicht ist das Glück günstig, und wenn sich nur noch ein Stümpfchen Licht auftreiben läßt, so bringe ich Ihnen die Lampe wieder herauf.«

Der Jäger ging und ließ die Freunde im Dunkeln. »Was meinst du?« sagte Otto zu Adolph. »Wir werden entweder gar nicht, oder sehr lange schlafen!« versetzte dieser ernst. »Ist dort nicht ein Fenster im Dach?« fragte Otto. »So scheints – erwiderte Adolph – ich will doch untersuchen, ob mans öffnen kann.« Er tappte zum Fenster und bemühte sich, es aufzumachen. In demselben Augenblick trat der Jäger wieder mit der Lampe ein. Mit finstrem Gesicht rief er Adolph zu: »Das Fenster hat die Klinke nur zum Staat, es ist von außen vernagelt, auch sind eiserne Stangen angebracht, wie ich glaube; an frischer Luft wirds dennoch nicht fehlen, denn drei Scheiben sind entzwei!« Er ging zur Tür zurück, kehrte sich aber noch einmal um und sagte: »Wenn unten auch noch dies und das vorfällt, so lassen Sie sich nur nicht stören, Sie wird niemand beunruhigen!« »Was gibts denn noch so spät?« fragte Adolph heftig. »Ei nun – versetzte der Jäger spöttisch – eine Waldschenke hat bei Nacht den meisten Zuspruch!« »Aber sicher ist man doch?« rief Adolph ergrimmt aus. »Jedenfalls sind wir mit Waffen versehen!« bemerkte Otto mit erkünstelter Ruhe. »Das freut mich!« entgegnete der Jäger, laut lachend, und warf die Tür hinter sich zu, daß die Pfosten bebten und das Fenster krachte. »Harras!« – rief er draußen – paß auf!« Der Hund lagerte sich knurrend, dann gähnend hart vor der Tür. »Abgeriegelt!« sagte Otto zu Adolph. Dies ward, da die Tür wirklich mit einem Schubriegel versehen war, leicht vollbracht. »Gottlob, daß die Lampe einen hinreichenden Vorrat Öl enthält – sprach Adolph und leuchtete in der Kammer umher – nun wollen wir sehen, ob sich unter all dem Gerümpel, das hier wüst durcheinander liegt, nicht ein Knittel oder was es sei, finden läßt, der uns zur Verteidigung dienen kann.«

Jetzt begannen sie die Musterung der vielen in der Kammer aufgeschichteten Sachen. Otto fiel ein alter Kalender in die Hände, den er nur aufnahm, um ihn gleich wieder von sich zu schleudern. Adolph griff nach ihm und durchblätterte ihn. Nach einigen Minuten ließ er ihn mit leichenblassem Gesichte zur Erde fallen und sagte: »Nun weiß ich, wo wir sind. Dies ist das Mordloch des (er nannte einen in ganz Deutschland berüchtigten Missetäter, der erst vor einem halben Jahre in der Universitätsstadt, wo die Freunde ihren Studien oblagen, wegen vielfacher Mordtaten enthauptet worden war), sein Name ist in den Kalender eingeschrieben und vermutlich sind wir die Gäste seines Sohns.«
– Sich den Tod mit allen seinen Schrecken und Geheimnissen lebhaft denken, ist schon der halbe Tod. In voller Glut des ju-

gendlich überschäumenden Daseins-Gefühls, das, kaum entfesselt, ungestüm durch alle Adern braust und für die Ewigkeit auszureichen scheint, plötzlich und ohne vorbereitenden Übergang am Rande des vom Meuchelmord aufgeworfenen Grabes stehen, ist gewiß des Entsetzlichen Entsetzlichstes. Die Seele zieht sich zusammen, wie ein Wurm sich zusammenzieht im Schatten des schon erhobenen Fußes, der ihn zu zertreten droht; von allen ihren feurigen Wünschen bleibt ihr nur der einzige, noch einmal, dem Wurm gleich, tierisch und ohnmächtig wütend, ihre Lebenskraft und Lebensfähigkeit durch eine letzte Äußerung derselben, durch einen Stich oder einen Schlag am Mörder selbst dartun. Laut aufjubelten die Freunde, als sie, hinter Brettern versteckt, ein rostiges Beil erblickten, im Triumph zogen sie es hervor und schwangen es, einer nach dem andern, ums Haupt.

»Siehst du – sagte Adolph – es ist mit Blut befleckt!« »Bespritzt, – entgegnete Otto schaudernd – wie eine Schlachter-Axt! Adolph, an eine solche Nacht dachten wir nicht, als wir heute morgen ausgingen, um uns einen vergnügten Tag zu machen. Die Sonne schien so hell und freundlich, ein frischer Wind spielte mit unsern Locken, und wir sprachen von dem, was wir nach drei Jahren tun wollten!« »Wer pocht?« fuhr Adolph auf und ging, das Beil zum Schlage emporhaltend, zur Tür. »Es ist der Hund, der sich kratzt!« bemerkte Otto. »Du hast recht – versetzte Adolph – das Tier schnarcht schon wieder laut. Komm, wir wollen uns auf unser Lager setzen und die Lampe auf jenen Block stellen!« Sie taten dies stillschweigend, Otto blätterte in dem Kalender und las eine Heiligen-Legende, die er enthielt, Adolph sah mit unverwandtem Gesicht in den hellen Schein der Lampe hinein. »Es ist doch schauerlich – sprach er nach einem langen Stillschweigen – an einer Stelle zu sitzen, wo der Mord vielleicht mehr, als einmal, an einem harmlosen Schläfer sein fürchterliches Geschäft verrichtete, während unten wahrscheinlich das Messer geschliffen wird, das uns in der nächsten Stunde die eigene Brust durchbohren soll. Ging nicht die Haustür?« »Offenbar – entgegnete Otto, gespannt aufhorchend – auch höre ich ein Geräusch, wie von verhaltnen Fußtritten; die Helfershelfer stellen sich ein!« »Mir lieb – sagte Adolph und sprang rasch auf – ich mag auf nichts warten, und am wenigsten auf den Tod!« »Wir sind unsrer zwei – versetzte Otto – und sie sollen erst die Leiter hinauf. Ich denke, alles geht noch gut. Freilich gegen Schießgewehr – – die Leiter knarrt, sie kommen, auf, ihnen entgegen!« Mit schnellem Ruck schob Otto den Riegel der Tür zurück und wollte hinaustreten. Der Hund fletschte grimmig die Zähne und trieb ihn wieder hinein. Da ertönte die Stimme des Jägers. »Pfui, Harras! – rief er hämisch – laß die Herren; wenn sie deinen Schutz zurückweisen, so dränge du ihn nicht auf!« Der Hund ließ die Ohren hängen und schlich gehorsam auf die Seite, Adolph ergriff die Lampe und trat an die Leiter. »Noch nicht eingeschlafen?« fragte der Jäger. »Was wollt Ihr noch?« entgegnete Adolph. »Ja, was nur gleich? – versetzte, anscheinend verlegen, der Jäger – irgend etwas wars doch!« »Ihr seid mir verdächtig!« rief Adolph, und sein Gesicht sprühte Flammen. »Dann sind Sie wohl irgendwo Amtmann? – erwiderte der Jäger – die Herren Amtleute können meine Nase nicht ausstehen, sie sagen, sie sei schief; finden Sies auch?« »Kerl!« rief Adolph, trat so weit vor, als er konnte und setzte die Lampe auf den Boden. »Kein Schimpfwort!« – versetzte der Jäger heftig – ich glaube es Ihnen auch so, daß Sie von dem Holz sind, aus dem man Geheimräte schnitzt. Aber – fuhr er, den alten Ton wieder annehmend fort – schieben Sie die Lampe etwas weiter weg, ich habe Husten, und wenn ich die Flamme aushustete, so wäre es so schlimm, als hätte ich sie ausgeblasen. Sie sehen mich, wie es scheint, nicht gern oben? Nun, dann tun Sie mir den Gefallen und füllen Sie mir dies Maß aus der Kiste, die neben dem Schornstein steht, mit Hafer für meinen kranken Gaul. Ei, da haben Sie ja ein Beil? Wenn Sie das in der Tasche als Waffe bei sich führten, so muß sie geräumig sein!« Otto tat an Adolphs Statt, was der Jäger begehrte. Er zog sich hierauf zurück, die Freunde gingen wieder in die Kammer, auch der Hund nahm seinen alten Platz aufs neue ein.

»Eine wunderliche Nacht! – sagte Otto zu Adolph – am Ende ist der Gauner doch allein im Hause, die Spießgesellen sind ausgeblieben, und er leistet, da die Überrumpelung ihm mißlang, auf die Ausführung des Bubenstücks Verzicht.« »Möglich – erwiderte Adolph und sah nach seiner Uhr – aber noch ists früh.« Ein Schuß fiel. Gleich darauf entstand ein sonderbares Geräusch vor dem Dachfenster. »Wer da?« rief Adolph und leuchtete mit der Lampe hin. Er brach in lautes Lachen aus, denn er erblickte das philisterhaft-vernünftige Gesicht eines Katers, der, wahrscheinlich durch den Schuß erschreckt und vom Licht angezogen, emporgekrochen war und ihn anfangs, von dem hellen Schein der ihm so nah gebrachten Lampe geblendet, unter possierlichen Gebärden anstierte, dann davonsprang. Bald hernach hörten sie unten einen schweren Fall, wie von einem lebendigen Körper, den plötzlich ein Messerstich hinwirft. Dröhnende Schritte ließen sich vernehmen, dazwischen die näselnde Stimme des alten Weibes. »Wie stehts?« fragte sie. »Tot!« antwortete der Jäger dumpf und stieß einen Fluch aus. »Jesus Christus!« rief die Alte rauh und gellend. Es wurde wieder still. Die Freunde wußten nicht, was sie aus dem Vorgang machen sollten.

Sie setzten sich aufs Bett. Jeder hing seinen Gedanken nach. Endlich verfielen sie, da alles stumm und lautlos blieb, in einen unruhigen Schlummer. In diesem Zustand halben Wachens und halben Träumens kam es Otto zuletzt vor, als ob er die Lampe erlöschen sähe. Hastig fuhr er auf, glaubte sich aber getäuscht zu haben, da er das von der Lampe verbreitete Dämmerlicht noch fortdauern sah. Da bemerkte er mit unaussprechlicher Freude, daß die Morgensonne rot und golden ins Fenster schien, und weckte den finster aussehenden, schlafenden Freund, der, das Beil noch fest umklammernd, auf die Streu zurückgesunken war. »Was gibts?« rief Adolph und sprang auf. »Sieh, sieh!« sagte Otto und führte ihn zum Fenster. »Gelobt sei Gott! – sprach Adolph – ich hatte einen häßlichen Traum. Ich glaubte schon in Italien zu sein und ging durch einen Wald. Da sprang ein Trupp zerlumpter Gesellen aus dichtem Gebüsch hervor und drang unter wildem Geschrei zu Raub und Mord auf mich ein. Ich, in der Todesgefahr, rufe: hackt denn eine Krähe der andern die Augen aus? Ich bin euresgleichen, seht hier den Beweis! Dabei zieh ich den kleinen biegsamen Dolch, den ich, wie du weißt, auf der Frankfurter Messe von einem jüdischen Trödler gekauft habe. Die Räuber schenken meiner Rede keinen Glauben und lachen mich aus. Nun kommt plötzlich auf stattlichem Roß ein zweiter Reisender daher, und einer aus dem Trupp tritt vor mich hin und spricht: du bist, was wir sind? Gut, wir nehmen dich unter uns auf, nun geh und mach an jenem dort dein Probestück! In dem Augenblicke wecktest du mich, und jetzt erinnere ich mich, daß dies die alberne Geschichte ist, die mein verstorbener Oheim sooft, als ihm begegnet, erzählte, und die ich ihm niemals glaubte, weil die Frage nach dem Ausgang des verwickelten Handels ihn immer in Verwirrung brachte.«

»Wir wollen diese Nacht und ihre Träume vergessen – sagte Otto – und uns dem vollen, frischen Gefühl des Lebens hingeben, ohne Maß, wie einem Rausch! Zum ersten Mal dürfen wir es als ein, wenn nicht erworbenes, so doch durch Wachsamkeit und Vorsorge erhaltenes kostbares Gut betrachten, nicht mehr als bloßes Geschenk!« Adolph drückte ihm warm und kräftig die Hand. Jetzt erscholl die Stimme der Alten, die mit Andacht ihr Morgenlied absang. Deutlich vernahm man die fromme Gellertsche Strophe:

> Wach auf, mein Herz, und singe
> Dem Schöpfer aller Dinge,
> Dem Geber aller Güter,
> Dem treuen Menschenhüter!

Unwillkürlich stimmten die Freunde mit ein und stiegen die Leiter hinunter. Am Fuß derselben trat ihnen, freundlich grüßend, der Jäger entgegen. Sein Gesicht kam ihnen bei weitem nicht mehr so unangenehm vor, wie am Abend vorher und in der Nacht. Sie waren schon geneigt, ihm in ihrem Herzen Abbitte zu tun, da bemerkten sie aufs neue jenen boshaften Zug um den Mund und jenes verdächtige Lächeln, und der Mensch wurde ihnen widerlicher, wie je. Er entschuldigte sich, daß er sie noch spät habe stören müssen. »Freilich – setzte er hinzu – konnte ich nicht wissen, daß Sie mit offenen Augen schliefen, wie die Hasen, und mich, so leise ich auftrat, hören würden.« Dann führte er sie in das Wohnzimmer, wo die Alte bereits mit Bereitung eines Kaffees beschäftigt war, dessen aromatischer Duft ihnen kräftig und stärkend entgegendrang. Schweigend, wie sie es der Klugheit gemäß erachten mußten, genossen sie diesen. Hierauf erkundigten sie sich bei dem Jäger, der seinen Hund wusch und kämmte, nach ihrer Schuldigkeit. Lakonisch, und ohne aufzusehen, versetzte er, er habe sich schon bezahlt gemacht. »Fehlt dir etwas von deinen Sachen?« fragte Adolph, der sich nicht länger halten konnte, seinen Freund mit Spott. Als Otto dies verneinte, sagte er zu dem Jäger: »Auch ich habe das Meinige beisammen, darum nennt die Zeche!« »Meine Herren! – rief der Jäger und leerte, an den Tisch tretend, ein Glas Bier – ich will nicht länger Versteckens mit Ihnen spielen. Sie lagen die Nacht hindurch auf der Folter, und die Folter hat man umsonst!« »Eine Aufrichtigkeit sondergleichen!« versetzte Adolph und sah Otto an. »Nicht wahr – fuhr der Jäger fort – ich irrte mich nicht? Ich bin in Ihren Augen, was der Blutmann in den Augen der Kinder ist?« »Ganz recht, mein Freund – sagte Adolph und klopfte ihm mit unterdrücktem Grimm auf die Schulter – Ihr seid der rechte Sohn Eures Vaters!« »Das verstehe ich nicht – entgegnete der Jäger und erglühte über und über – aber, dies versprech ich mir, nicht ohne Schamröte sollen Sie mein schlechtes Haus verlassen. Sehen Sie die alte Frau dort, die Ihnen gestern abend Brot und Bier brachte und heut morgen den Kaffee? Es ist meine Mutter! Sie hat keine Zähne mehr; auch von den Ihrigen werden Sie zweiunddreißig vermissen, wenn Sie einmal siebzig Jahre zählen. Sie ist einäugig, aber nur, weil die Hand eines bösen Buben ihr das linke Auge ausschlug, als sie in ihrer einsamen Hütte überfallen wurde und ihres Mannes sauer verdienten Sparpfennig nicht gutwillig hergeben wollte. Und nun hören Sie. Ich stand gestern abend schon hinter Ihnen, als Sie, ins Fenster schauend, meine arme Wohnung betrachteten, und wollte Sie eben, zuvorkommend, wie es sich geziemt, zum gastlichen Eintritt einladen, da begannen Sie Ihre schnöden Bemerkungen über meine Mutter, die mich umso mehr verdrossen, je besser ich es mit Ihnen im Sinne gehabt hatte. Hitzig, wie ich bin, hätte ich auf der Stelle, verzeihen Sie, daß ich es sage, mit meinem derben Eichenstock dreinschlagen mögen, aber ich ließ den bereits erhobenen Arm wieder sinken, denn mir kam der Gedanke einer gründlicheren Rache, ich nahm mir vor, Sie zur Strafe für Ihren ungerechten Verdacht in der Phantasie alles Schreckliche durchempfinden zu lassen, das Sie in Wirklichkeit bei mir getroffen hätten, wenn ich gewesen wäre, wofür Sie mich halten zu dürfen glaubten. So trat ich denn mit meiner Einladung zu Ihnen heran, suchte Sie aber, sobald ich Sie im Bereich meiner vier Pfähle sah, durch

Zweideutigkeiten aller Art zu den schlimmsten Vermutungen aufzuregen, und konnte dies umso eher die halbe Nacht hindurch fortsetzen, als mich ohnehin die Pflege meines kranken Gauls, der leider um ein Uhr tot umfiel, nicht ans Bett denken ließ.« »Also war es – unterbrach Otto den Jäger – der Tod des Gauls, den Ihr Eurer Mutter auf ihre Frage, wie's stünde, verkündete? »Auch das haben Sie gehört? – versetzte jener – Nun, der Zufall hat mir besser gedient, als ich ahnen konnte! Wahrlich, daran dachte ich nicht, aller Mutwille verging mir, als ich das schöne treue Tier, das ich erst vor wenigen Wochen um teuren Preis erstand, zusammenbrechen und die vier Füße von sich strecken sah, ich schüttete den Hafer über den toten Körper aus und warf das Maß an die Wand, daß es zerbrach!« »Seid Ihr – fragte Adolph – nicht der Sohn des –?« Er nannte den Namen des schon erwähnten berüchtigten Mörders, den er mit eigenen Augen hatte köpfen sehen. »Heiliger Gott, nein – erwiderte der Jäger entsetzt – wie kommen Sie zu einer solchen Frage?« »Ein alter Kalender – warf Otto ein – den wir oben fanden, veranlaßte diesen Irrtum, der uns in der Nacht mit Grauen erfüllte und ohne den Euer Plan gewiß nicht so gut geglückt wäre.« »Was in der Kammer alles liegen mag – versetzte der Jäger – weiß ich nicht, ich habe mich noch nicht darum kümmern können, denn ich bin erst seit kurzem im hiesigen Revier angestellt und habe bis auf weiteres in dieser Mordhöhle, die nächstens eingerissen, und an deren Stelle ein ordentliches Haus aufgeführt werden soll, Quartier nehmen müssen.« »Ihr seid ein braver Mann – rief Adolph aus und legte seine Börse auf den Tisch – nehmet das als Beisteuer zu einem neuen Gaul!« Otto wollte in studentischer Unbekümmertheit um den nächsten Tag dasselbe tun, doch der Jäger schob das Geld zurück und sagte: »Ich nehme keinen Pfennig, es ist genug, wenn wir uns gegenseitig vergeben!«

IWAN TURGENJEW

Der Traum

I

Ich lebte damals mit meiner Mutter in einer kleinen Stadt am Meer. Ich war siebzehn Jahre alt, Mutter aber zählte noch nicht fünfunddreißig; sehr jung hatte sie geheiratet. Als mein Vater starb, war ich sechsjährig, doch kann ich mich gut an ihn erinnern. Meine Mutter war klein an Wuchs, sie war blond, mit einem schönen, aber immer traurigen Gesicht, einer leisen müden Stimme und zaghaften Bewegungen. In ihrer Jugend galt sie für eine Schönheit, und bis zum Tode blieb sie anziehend und lieblich. Tiefere, sanftere und traurigere Augen, feineres und weicheres Haar habe ich nie gesehen; nie sah ich schönere Hände: Ich vergötterte sie, und sie liebte mich.

Doch unser Leben floß nicht fröhlich dahin; geheimes, unheilbares und unverdientes Leid schien geradezu die Wurzeln ihres Daseins zu untergraben. Dies Leid ließ sich nicht allein aus der Trauer um den Vater erklären, wie groß sie auch war, wie leidenschaftlich meine Mutter ihn auch liebte, wie heilig sie auch die Erinnerung an ihn bewahrte. Nein, hier verbarg sich noch etwas anderes, was ich nicht verstand, was ich aber fühlte, dunkel und stark fühlte, sobald ich diese sanften und unbeweglichen Augen, diese schönen, ebenso unbewegten Lippen sah, die nicht in Verbitterung zusammengepreßt, sondern wie für immer erstarrt waren.

Ich sagte, daß Mutter mich liebte; aber es kamen Augenblicke, da sie mich zurückstieß, da meine Gegenwart ihr lastend, ja unerträglich war. Sie fühlte dann förmlich einen unfreiwilligen Abscheu vor mir und entsetzte sich später darüber, klagte sich unter Tränen an, drückte mich an ihr Herz. Diese vorübergehenden Aufwallungen von Feindschaft schrieb ich der Zerrüttung ihrer Gesundheit, ihrem Unglück zu. Freilich konnten diese feindseligen Empfindungen bis zu einem gewissen Grade durch seltsame, mir selbst unverständliche Triebe zu bösen und verbre-

cherischen Gefühlen hervorgerufen sein, die sich zuweilen in mir
erhoben. Diese Stimmungen fielen aber mit jenen Augenblicken
des Abscheus nicht zusammen.

Mutter ging beständig in Schwarz, gleichsam in Trauer. Wir
lebten auf recht großem Fuß, obwohl wir fast keinen Verkehr
hatten.

II

Mutter richtete alle ihre Gedanken und Sorgen auf mich. Ihr
Leben war mit dem meinen eins geworden. Solcherart Beziehungen zwischen Eltern und Kindern sind für die Kinder nicht
immer günstig – sie pflegen eher schädlich zu wirken. Überdies
hatte Mutter nur mich allein, und einzige Kinder entwickeln
sich meist nicht ohne Schwierigkeiten. Bei ihrer Erziehung geht
es den Eltern ebensosehr um sich selbst wie um die Kinder. Das
ist nicht das Richtige. Ich wurde zwar nicht verweichlicht, auch
nicht verhärtet – beides kommt bei einzigen Kindern vor –,
meine Nerven aber waren frühzeitig zerrüttet; zudem war ich
auch sonst gesundheitlich recht schwach. Ich artete der Mutter
nach, der ich auch äußerlich sehr ähnelte. Ich mied die Gesellschaft meiner Altersgenossen, hielt mich überhaupt von den Menschen fern; sogar mit Mutter sprach ich wenig. Am allerliebsten
mochte ich nur lesen, allein herumschweifen und träumen, träumen! Wovon ich träumte, ist schwer zu sagen: bisweilen war es
mir, als stünde ich vor einer halbgeschlossenen Türe, hinter der
sich unbekannte Geheimnisse verborgen hielten. Ich stehe da und
warte und harre und wage nicht die Schwelle zu überschreiten;
und immer sinne ich darüber nach, was sich dort vor mir verbergen mag, und immer warte und harre ich – oder ich schlafe ein.
Hätte ich eine poetische Ader besessen – ich hätte wahrscheinlich
Verse gemacht; hätte ich Neigung zur Frömmigkeit gespürt, ich
wäre vielleicht Mönch geworden. Aber von all dem war nichts
in mir, und ich fuhr fort zu träumen – und zu warten.

III

Ich sprach soeben davon, daß ich bisweilen einschlief, während Gedanken und Träumereien mich überkamen. Überhaupt schlief ich viel, und Träume bedeuteten viel in meinem Leben; Träume sah ich fast jede Nacht. Ich vergaß sie nicht, ich legte ihnen Bedeutung bei, hielt sie für Prophezeiungen und mühte mich, ihren geheimen Sinn zu enträtseln; einige von ihnen wiederholten sich von Zeit zu Zeit, und immer erschien mir das merkwürdig und seltsam.

Besonders war es ein Traum, der mich erregte. Es war mir, als ginge ich über die enge, schlecht gepflasterte Straße einer altertümlichen Stadt zwischen Steinhäusern mit vielen Stockwerken und spitzen Giebeln. Ich bin auf der Suche nach meinem Vater, der gar nicht gestorben ist, sondern sich aus irgendeinem Grunde vor uns verborgen hält und in eben einem dieser Häuser wohnt. Und so gehe ich durch ein niedriges dunkles Tor, schreite über einen langen Hof, auf dem Balken und Bretter herumliegen, und gerate schließlich in ein kleines Zimmer mit zwei Rundfenstern. Mitten im Zimmer steht mein Vater im Schlafrock, er raucht eine Pfeife. Er gleicht durchaus nicht meinem wirklichen Vater: hochgewachsen und mager ist er, hat schwarze Haare, eine Hakennase, finstere und durchdringende Augen. Er scheint an vierzig Jahre alt zu sein. Er ist unzufrieden, weil ich ihn aufgespürt habe; ich selbst freue mich gar nicht über unser Wiedersehen und stehe unschlüssig da. Er wendet sich leicht von mir ab, beginnt etwas vor sich hinzubrummen und mit kleinen Schritten auf und nieder zu gehen. Dann entfernt er sich allmählich, unaufhörlich vor sich hinbrummend, und blickt sich in einem fort über die Schulter um. Das Zimmer weitet sich aus und verschwindet in einem Nebel. Plötzlich erfaßt mich Schrecken bei dem Gedanken, daß ich von neuem meinen Vater verlieren könnte. Ich stürze ihm nach, aber ich sehe ihn schon nicht mehr, und nur noch sein ärgerliches bärenähnliches Brummen ist zu hören. Mein Herz stockt. Ich erwache und kann lange nicht wieder einschlafen. Den ganzen folgenden Tag denke ich an diesen Traum, doch irgend etwas zu ergründen vermag ich nicht.

IV

Der Juni war herangekommen. Die Stadt, in der Mutter und ich lebten, pflegte sich in dieser Zeit ungewöhnlich zu beleben. Viele Schiffe liefen in den Hafen ein, viele neue Menschen waren auf den Straßen zu sehen. Ich liebte es dann auf dem Kai herumzuschlendern, vorbei an den Cafés und Gasthäusern, aufmerksam die mannigfachen Gestalten der Matrosen und andrer Leute zu betrachten, die im Schatten der Leinenmarkisen an weißen Tischchen hinter Zinnkrügen mit Bier saßen.

Eines Tages, als ich an einem Café vorüberging, erblickte ich einen Menschen, der sofort alle meine Aufmerksamkeit fesselte. Gekleidet in einen langen schwarzen Rock mit tief ins Gesicht gedrücktem Strohhut, saß er unbeweglich, die Arme über der Brust gekreuzt. Dünne Strähnen schwarzen Haares fielen ihm fast auf die Nase herab, schmale Lippen preßten das Mundstück einer kurzen Pfeife. Dieser Mensch schien mir derart bekannt, jeder Zug seines sonnengebräunten gelben Gesichts, seine ganze Gestalt war so unauslöschlich meinem Gedächtnis eingeprägt, daß ich vor ihm stehenbleiben, mir die Frage stellen mußte: wer ist dieser Mensch? Wo habe ich ihn gesehen? Da er wahrscheinlich meinen eindringlichen Blick fühlte, hob er auf mich seine schwarzen, stechenden Augen. Unwillkürlich schrie ich auf. Dieser Mensch war jener Vater, nach dem ich immer suchte, den ich im Traume sah! Ich konnte mich unmöglich irren, die Ähnlichkeit war zu auffallend. Selbst der langschössige Rock, der seine hageren Glieder umgab, erinnerte in Farbe und Schnitt an jenen Schlafrock, in dem mir mein Vater im Traume erschien.

Ich schlafe doch wohl nicht? dachte ich. Nein, jetzt ist es Tag, ringsum lärmt die Menge, die Sonne scheint hell vom blauen Himmel herab, und vor mir steht kein Phantom, sondern ein lebender Mensch. Ich ging an ein leeres Tischchen heran, bestellte mir einen Krug Bier, eine Zeitung und setzte mich in geringer Entfernung von jenem geheimnisvollen Wesen hin.

V

Das Zeitungsblatt vor dem Gesicht, fuhr ich fort, den Unbekannten mit den Augen zu verschlingen. Er rührte sich kaum und hob nur selten seinen gesenkten Kopf. Sichtlich erwartete er jemanden. Ich schaute und schaute. Bisweilen schien es mir, ich hätte mir all dies nur ausgedacht, eigentlich wäre überhaupt keine Ähnlichkeit da, und ich sei einer halbunfreiwilligen Täuschung meiner Phantasie unterlegen. Doch plötzlich bewegt sich jener ein wenig auf dem Stuhl und erhebt leicht die Hände, und ich schreie beinahe wieder auf, sehe wieder vor mir meinen nächtlichen Vater.

Schließlich bemerkte er meine beharrliche Aufmerksamkeit, blickte zuerst verwundert, dann ärgerlich zu mir hin, machte Anstalten aufzustehen und ließ sein an den Tisch gelehntes Spazierstöckchen fallen. Augenblicklich sprang ich empor, hob es auf und reichte es ihm. Mein Herz klopfte stark. Er lächelte gezwungen, dankte mir, näherte sein Gesicht meinem Gesicht, zog die Augenbrauen hoch und öffnete, wie von etwas betroffen, ein wenig die Lippen.

»Sie sind sehr höflich, junger Mann«, stieß er plötzlich mit trockener und scharfer näselnder Stimme hervor. »In unserer Zeit eine Seltenheit! Erlauben Sie mir, Sie zu beglückwünschen: Sie sind gut erzogen!«

Ich entsinne mich nicht, was ich ihm zur Antwort gab, doch knüpfte sich zwischen uns rasch eine Unterhaltung an. Ich erfuhr, daß er mein Landsmann; daß er unlängst aus Amerika zurückgekehrt sei, wo er viele Jahre verbracht hätte und wohin er bald zurückzukehren gedenke. Er nannte sich Baron ... seinen Namen verstand ich nicht genau. Ganz wie mein nächtlicher Vater beendete er jede seiner Äußerungen mit einem undeutlichen Brummen. Er wollte meinen Familiennamen wissen. Als er ihn vernahm, schien er wiederum erstaunt. Dann fragte er, ob ich schon lange in dieser Stadt lebe und mit wem. Ich erwiderte ihm, daß ich mit meiner Mutter lebe.

»Und Ihr Vater?«

»Mein Vater ist schon lange tot.«

Er erkundigte sich nach dem Taufnamen meiner Mutter und

lachte sogleich verlegen auf – entschuldigte sich aber damit, daß er solche amerikanische Manieren habe, er sei überhaupt ein rechter Sonderling. Dann wollte er erfahren, wo unsere Wohnung sei. Ich nannte sie ihm.

VI

Die Erregung, die mich zu Beginn unseres Gesprächs beherrscht hatte, legte sich allmählich. Ich fand unsere Annäherung etwas seltsam, mehr nicht. Das Lächeln, mit dem mich der Herr Baron ausfragte, gefiel mir nicht; mir mißfiel auch der Ausdruck seiner Augen, mit denen er gleichsam in mich eindrang. Es lag etwas Raubgieriges und zugleich Gönnerhaftes in ihnen, etwas Unheimliches. Diese Augen hatte ich im Traume nicht gesehen. Seltsam war das Antlitz des Barons! Verwelkt, erschlafft und gleichzeitig irgendwie jugendlich, unangenehm jugendlich. Auch hatte mein nächtlicher Vater nicht jene tiefe Narbe, die schräg die ganze Stirn meines neuen Bekannten durchschnitt und die ich nicht eher bemerkte, als bis ich näher an ihn herangetreten war.

Gerade hatte ich dem Baron die Straße, in der wir wohnten, und die Hausnummer genannt, als ein Neger von hohem Wuchs, bis zu den Augenbrauen in einen Mantel gehüllt, von hinten an ihn herantrat und ihm leicht auf die Schulter klopfte. Der Baron wandte sich um, stieß hervor: »Ah! endlich bist du da!«, nickte mir leicht zu und ging mit dem Neger ins Kaffeehaus hinein. Ich blieb unter der Markise zurück; ich wollte die Rückkehr des Barons abwarten, weniger um ihn wieder ins Gespräch zu ziehen – ich wußte nicht einmal, worüber ich mit ihm hätte sprechen können – als um meinen ersten Eindruck noch einmal zu überprüfen. Doch verging eine halbe Stunde, eine Stunde verging, der Baron erschien nicht mehr. Ich ging in das Kaffeehaus hinein, lief durch alle Zimmer, aber nirgends konnte ich den Baron, nirgends den Neger finden. Offenbar hatten sich beide durch eine Hintertür entfernt.

Der Kopf begann mich ein wenig zu schmerzen, und um mich zu erfrischen, ging ich am Meeresufer entlang zu dem weitläufigen, zweihundert Jahre alten Park. Zwei Stunden etwa erging ich mich im Schatten riesiger Eichen und Platanen und kehrte dann nach Hause zurück.

VII

Unsere Dienerin stürzte ganz aufgeregt mir entgegen, als ich ins Vorzimmer trat. Am Ausdruck ihres Gesichtes erriet ich sogleich, daß in meiner Abwesenheit sich etwas Unerfreuliches in unserem Hause ereignet hatte. Und tatsächlich erfuhr ich, daß vor einer Stunde im Schlafzimmer meiner Mutter plötzlich ein furchtbarer Schrei ertönt war. Die herbeieilende Dienerin hatte meine Mutter ohnmächtig auf dem Fußboden liegend vorgefunden. Schließlich war meine Mutter wieder zur Besinnung gekommen, mußte aber zu Bette gehen und sah seltsam und erschreckt aus. Sie sprach kein Wort, antwortete auf Fragen nicht, zuckte von Zeit zu Zeit zusammen und schaute immer nur umher. Die Dienerin schickte den Gärtner nach dem Arzt. Der Arzt kam und verschrieb ein Beruhigungsmittel; aber auch ihm wollte Mutter nichts sagen.

Der Gärtner versicherte mir, einige Augenblicke, nachdem in Mutters Zimmer der Schrei ertönt war, hätte er gesehen, wie ein unbekannter Mensch eilends über die Gartenbeete zum Eingangstore lief. Wir lebten in einem einstöckigen Haus, dessen Fenster in einen ziemlich großen Garten gingen. Der Gärtner hatte das Gesicht dieses Menschen nicht erkennen können; aber an Gestalt sei er hager gewesen, er habe einen flachen Strohhut und einen langschössigen Rock getragen.

Das ist ja die Kleidung des Barons! schoß es mir sogleich durch den Kopf.

Einholen konnte ihn der Gärtner nicht; außerdem hatte man ihn unverzüglich ins Haus gerufen und nach dem Arzt geschickt.

Ich ging zu Mutter hinein; sie lag zu Bette bleicher als das Kissen, auf dem ihr Kopf ruhte. Sie lächelte schwach, da sie mich erkannte, und streckte die Hand nach mir aus. Ich setzte mich zu ihr hin und begann sie auszufragen. Sie wollte anfangs nicht mit der Sprache heraus. Schließlich aber gestand sie, sie habe etwas gesehen, was sie überaus entsetzt habe.

»Ist hier jemand eingedrungen?« fragte ich.

»Nein«, antwortete sie hastig, »niemand ist hereingekommen, aber mir war es ... es erschien mir ...«

Sie verstummte und bedeckte die Augen mit der Hand. Ich wollte ihr gerade mitteilen, was ich vom Gärtner erfahren hatte und bei der Gelegenheit von meiner Begegnung mit dem Baron erzählen. Aber aus irgendeinem Grund erstarben mir die Worte auf den Lippen. Jedoch entschloß ich mich zu der Bemerkung, daß Erscheinungen sich gewöhnlich am Tage nicht zeigen.

»Laß, bitte«, flüsterte sie, »quäle mich jetzt nicht. Du wirst es einmal erfahren.« Wieder verstummte sie. Ihre Hände waren kalt, schnell und ungleich ging der Puls. Ich ließ sie die Arznei austrinken und ging ein wenig fort, damit sie Ruhe habe.

Den ganzen Tag stand sie nicht auf. Unbeweglich und still lag sie da, nur bisweilen seufzte sie tief und öffnete schreckhaft die Augen. Alle im Hause waren ratlos.

VIII

Zur Nacht trat bei Mutter leichtes Fieber ein, und sie schickte mich weg. Ich ging nicht in meine Stube, sondern legte mich im Zimmer nebenan auf den Diwan. Jede Viertelstunde stand ich auf, trat auf Zehenspitzen zur Tür und horchte. Alles blieb still, doch schwerlich schlief Mutter in dieser Nacht. Als ich in der Morgenfrühe zur ihr hineinging, schien ihr Gesicht fiebrig, und unnatürlich glänzten die Augen. Im Laufe des Tages wurde ihr etwas besser, doch gegen Abend stieg das Fieber wieder an.

Bisher hatte sie hartnäckig geschwiegen, jetzt aber begann sie plötzlich mit hastiger, abgerissener Stimme zu sprechen. Sie phantasierte nicht, ein Sinn war in ihren Worten, aber kein Zusammenhang. Kurz vor Mitternacht setzte sie sich plötzlich mit ruckartiger Bewegung im Bette auf – ich saß neben ihr – und mit derselben hastigen Stimme fing sie zu erzählen an, indem sie schluckweise Wasser aus dem Glase trank, mit matten Handbewegungen und ohne mich auch nur einmal anzusehen. Sie hielt des öfteren inne und fuhr unter Anstrengung von neuem fort. Alles dies war so seltsam, es war, als geschähe es im Traum, als sei sie selbst abwesend, und es spräche jemand anderer mit ihren Lippen oder zwänge sie zu sprechen.

IX

»Höre, was ich dir erzählen will«, so hub sie an. »Du bist kein Kind mehr; alles sollst du wissen. Ich hatte eine gute Freundin. Sie heiratete einen Menschen, den sie von ganzem Herzen liebte, und sie war sehr glücklich mit ihrem Mann. Im ersten Jahr ihrer Ehe fuhren beide in die Residenz, dort einige Wochen zu verbringen und sich zu vergnügen. Sie stiegen in einem guten Gasthof ab und besuchten häufig Theater und Gesellschaften. Meine Freundin war sehr hübsch, alle beachteten sie, und die jungen Leute machten ihr den Hof. Es war aber einer unter ihnen, ein Offizier. Unaufhörlich war er auf ihrer Spur, und wo sie auch war, überall sah sie seine schwarzen bösen Augen. Er machte sich nicht mit ihr bekannt, sprach auch kein einziges Wort mit ihr, schaute sie nur immer an, sehr dreist und sehr seltsam. Alle Vergnügungen der Residenz waren wie vergiftet durch seine Anwesenheit. Sie redete ihrem Manne zu, möglichst rasch wegzufahren, und schon bereiteten sie die Abreise vor. Eines Abends begab sich ihr Mann in den Klub: Offiziere des gleichen Regiments, dem jener angehörte, hatten ihn zum Kartenspiel eingeladen. Zum erstenmal blieb sie allein. Ihr Mann kam lange nicht zurück. Sie entließ die Dienerin und legte sich zu Bett. Und plötzlich wurde ihr sehr bange, es wurde ihr sogar ganz kalt, und sie erzitterte. Sie glaubte ein leichtes Rascheln an der Wand zu hören – ein Hund kratzt so –, und sie schaute starr auf die Wand. In der Ecke brannte das Ewige Licht. An den Wänden waren überall Stofftapeten. Plötzlich regte sich etwas dort, hob sich, öffnete sich, und unmittelbar aus der Wand, ganz dunkel und hoch, trat jener entsetzliche Mensch mit den bösen Augen hervor. Sie wollte aufschreien und vermochte es nicht. Sie war vor Schrecken ganz erstarrt. Er stürzte auf sie zu wie ein wildes Tier, warf ihr etwas über den Kopf, etwas Schweres, Weißes, Erstickendes. Was dann geschah, entsinne ich mich nicht – entsinne ich mich nicht! Das glich dem Tod, glich einem Mord. Als jener furchtbare Nebel zerging – als ich – als meine Freundin wieder zu sich kam, war niemand mehr im Zimmer. Sie war wiederum – und lange – nicht imstande, aufzuschreien – endlich schrie sie auf, und wieder verwirrte sich alles um sie.

Später sah sie ihren Gatten neben sich. Man hatte ihn bis zwei Uhr nachts im Klub festgehalten. Er war ganz verstört. Er begann sie auszufragen, doch sagte sie ihm nichts. Dann wurde sie krank. Doch als sie im Zimmer allein war, untersuchte sie jene Stelle in der Wand. Unter der Stofftapete zeigte sich eine verborgene Tür. Und bei ihr selbst war von der Hand der Trauring verschwunden. Dieser Ring hatte eine ungewöhnliche Form: sieben goldene Sternchen und sieben silberne wechselten an ihm ab. Es war ein altertümliches kostbares Familienstück. Ihr Gatte fragte sie, was mit dem Ringe geschehen sei; sie konnte nichts antworten. Ihr Mann dachte, daß sie ihn irgendwie verloren habe, und suchte ihn überall, fand ihn aber nicht. Die Freude war ihm verdorben, er entschloß sich, möglichst schnell nach Hause zu fahren, und sobald es der Arzt erlaubte, verließen sie die Residenz. Doch stelle dir vor! Am Tage der Abreise stießen sie auf der Straße plötzlich auf eine Bahre. Auf dieser Bahre lag ein Mensch, den man soeben erschlagen hatte, mit klaffender Wunde am Kopf. Und stelle dir vor! Dieser Mensch war eben jener furchtbare nächtliche Gast mit den bösen Augen. Man hatte ihn beim Kartenspiel erschlagen.

Dann fuhr meine Freundin aufs Land. Sie ward zum ersten Male Mutter und brachte einige Jahre mit ihrem Manne zu. Er hat nie etwas erfahren, und was konnte sie auch sagen. Sie selbst wußte ja nichts.

Aber das frühere Glück war dahin. Dunkel ward es in ihrem Leben, und niemals mehr hörte diese Dunkelheit auf. Andere Kinder hatten sie weder vorher noch nachher, aber dieser Sohn...«

Mutter begann am ganzen Leibe zu zittern und bedeckte mit den Händen das Gesicht. »Aber sage jetzt«, fuhr sie mit verdoppelter Kraft fort, »ist denn meine Freundin in irgendeiner Weise schuldig? Hatte sie sich etwas vorzuwerfen? Strafe kam über sie, aber ist sie nicht berechtigt, vor Gottes Angesicht zu erklären, daß die Strafe, die sie traf, ungerecht sei? Warum muß sie nach so viel Jahren wie eine Verbrecherin, die Gewissensbisse peinigen, das Vergangene in so gräßlicher Gestalt vor sich sehen? Macbeth ermordete Banquo. Da ist es nicht wunderbar, daß er ihm erscheint. Aber ich...«

Doch nun ward Mutters Rede so unklar und verworren, daß ich sie nicht mehr verstand. Ich zweifelte schon nicht mehr daran, daß sie phantasierte.

X

Welch erschütternden Eindruck Mutters Erzählung auf mich machte, wird jeder leicht verstehen. Ich erriet bei ihrem ersten Wort, daß sie von sich selbst und nicht von einer Freundin sprach. Daß sie sich versprach, bestätigte meine Vermutung nur. Also war das tatsächlich mein Vater, den ich im Traume gesucht und den ich im Wachen gesehen! Er war nicht erschlagen, wie Mutter meinte, sondern nur verwundet gewesen. Und er war zu ihr gekommen und geflohen, durch ihr Entsetzen entsetzt. Alles wurde mir auf einmal klar: das Gefühl des unfreiwilligen Abscheus vor mir, das sich bisweilen in meiner Mutter erhob, und ihre beständige Traurigkeit und unser einsames Leben. Ich entsinne mich, mir kreiste der Kopf, und mit beiden Händen griff ich nach ihm, wie wenn ich ihn festhalten wollte. Aber ein Gedanke setzte sich in mir fest: ich entschloß mich unverzüglich, koste es, was es wolle, von neuem diesen Menschen zu finden. Warum? Zu welchem Zweck? Darüber gab ich mir keine Rechenschaft, aber ihn finden ... finden – das wurde für mich eine Frage auf Leben und Tod!

Am folgenden Morgen beruhigte sich endlich Mutter. Das Fieber verging, und sie schlummerte ein. Ich vertraute sie der Fürsorge unserer Wirtsleute und Dienerschaft an und machte mich auf die Suche.

XI

Natürlich begab ich mich zuerst in das Café, in dem ich den Baron getroffen hatte; aber niemand kannte ihn dort, niemand hatte ihn auch nur bemerkt. Er war ein zufälliger Besucher des Cafés. Den Neger hatten die Wirtsleute bemerkt, seine Gestalt fiel gar zu sehr in die Augen; doch wer es war, wo er sich aufhielt, das wußte ebenfalls niemand. Ich hinterließ für alle Fälle meine Adresse im Café und begann herumzuwandern auf den

Straßen und Kais der Stadt, am Hafen und auf den Boulevards, ich blickte in alle öffentlichen Gebäude hinein, doch fand ich niemand, der dem Baron oder seinem Gefährten glich. Zur Polizei konnte ich nicht gehen, da ich den Familiennamen des Barons nicht deutlich gehört hatte; indessen deutete ich unterderhand zwei, drei Polizisten an – freilich schauten sie mich voll Erstaunen an und schenkten mir nicht recht Glauben –, daß ich reichlich ihre Bemühungen belohnen würde, wenn es ihnen gelänge, die Spur jener beiden Persönlichkeiten aufzufinden, deren Äußeres ich ihnen möglichst genau beschrieb. Nachdem ich auf solche Weise bis zum Essen herumgelaufen war, kehrte ich ganz ermattet nach Hause zurück. Mutter war aufgestanden; aber zu ihrer gewöhnlichen Traurigkeit war etwas Neues hinzugekommen, eine melancholische Ratlosigkeit, die mir wie ein Messer ins Herz schnitt. Den Abend verbrachte ich mit ihr. Wir sprachen fast nichts. Sie legte Patience, und ich blickte ihr schweigend in die Karten. Sie erwähnte auch nicht mit einem Worte ihre Erzählung oder das, was sich tags zuvor ereignet hatte. Wir hatten uns gleichsam insgeheim beide verabredet, all diese bangen, bedrückenden, seltsamen Geschehnisse nicht zu berühren. Sie ärgerte sich anscheinend über sich und bedauerte ihr unfreiwilliges Geständnis. Vielleicht wußte sie auch nicht genau, was alles sie im halbfiebrigen Phantasieren gesagt, und vertraute darauf, daß ich sie schonen werde. Und wirklich, ich schonte sie, und das fühlte sie. Wie gestern vermied sie meinen Blick. Die ganze Nacht fand ich keinen Schlaf.

Plötzlich erhob sich draußen ein furchtbares Unwetter. Der Sturm heulte und tobte rasend, die Fensterscheiben klirrten und klapperten, verzweifeltes Winseln und Stöhnen erklang in der Luft, wie wenn etwas dort oben sich losrisse und mit wütendem Weinen über den sturmerschütterten Häusern vorüberfliege. Vor der Morgenröte erst sank ich in Schlummer. Und plötzlich schien es mir, jemand käme zu mir ins Zimmer und riefe mich, nannte mich bei Namen, nicht mit lauter, aber mit entschiedener Stimme. Ich erhob meinen Kopf und konnte niemand sehen. Aber seltsam, ich erschrak nicht – nein, ich freute mich. Auf einmal fühlte ich zuversichtlich, daß ich unfehlbar jetzt mein Ziel erreichen würde. Ich zog mich eilig an und verließ das Haus.

XII

Der Sturm hatte nachgelassen, aber sein letztes Beben war noch zu fühlen. Es war ganz früh. Auf den Straßen begegneten mir keine Menschen. Vielfach waren Reste eingestürzter Schornsteine, Ziegel von Dächern, Bretter umgeworfener Zäune, abgebrochene Äste zu finden. »Was mag nachts auf dem Meere geschehen sein?« dachte man unwillkürlich beim Anblick der Spuren des Sturms. Ich wollte eigentlich den Weg zum Hafen einschlagen, aber meine Füße trugen mich, wie wenn sie einem unabweislichen Zwange gehorchten, in eine andere Richtung. Keine zehn Minuten vergingen, und ich befand mich schon in einem Stadtteil, den ich bisher noch nie besucht hatte. Ich ging gemächlich, aber ohne stehenzubleiben, Schritt vor Schritt, und seltsame Empfindungen regten sich im Herzen; ich erwartete etwas Außergewöhnliches, Unmögliches, und war gleichzeitig davon überzeugt, daß dies Außergewöhnliche eintreten würde.

XIII

Und da trat es ein, dies Außergewöhnliche, dies Unerwartete! Plötzlich, etwa zwanzig Schritte vor mir, sah ich eben jenen Neger, der im Café in meiner Gegenwart mit dem Baron gesprochen hatte. In den gleichen Mantel gehüllt, den ich schon damals an ihm bemerkt hatte, wuchs er gleichsam aus der Erde heraus und, mir den Rücken zugewandt, ging er raschen Schrittes über das schmale Trottoir einer krummen Gasse. Sofort setzte ich ihm eilends nach, doch auch er beschleunigte seinen Schritt, obwohl er sich nicht umblickte, und bog ganz plötzlich scharf um die Ecke eines vorspringenden Hauses. Ich lief bis an diese Ecke heran, bog ebenso schnell wie der Neger um sie herum. – Wie wunderbar! Vor mir eine langgestreckte, enge und vollkommen leere Straße. Morgendlicher Nebel umgoß sie ganz mit düsterm Bleigrau – doch dringt mein Blick bis zu ihrem Ende hindurch, ich vermag alle ihre Häuser zu überschauen. Nirgends regt sich ein lebendes Wesen. Der hochgewachsene Neger in seinem Mantel war ebenso plötzlich verschwunden, wie er aufgetaucht war. Ich war bestürzt, aber nur für einen Augenblick. Ein anderes Gefühl beherrschte mich sogleich. Diese Straße, vor meinen Augen sich ausdehnend, ganz stumm und wie tot – ich erkannte sie! Es war die Straße meines Traumes. Ich fahre zusammen und schaudere – der Morgen ist so frisch –, und sofort, ohne jedes Schwanken, mit einer erschreckenden Sicherheit, eile ich vorwärts.

Ich beginne mit den Augen herumzusuchen. Da ist es ja: da zur Rechten, mit der Ecke vorspringend auf den Bürgersteig, da ist ja mein Traumhaus, da ist auch das altertümliche Tor mit den Steinvoluten auf beiden Seiten. Freilich die Fenster des Hauses sind nicht rund, sie sind viereckig, aber das hat nichts zu sagen. Ich poche ans Tor, poche zwei-, dreimal, immer lauter und lauter. Langsam, mit lautem Knarren, öffnet sich gähnend das Tor. Vor mir steht eine junge Magd mit zerzaustem Haar, mit verschlafenen Augen. Sie ist offenbar eben erst aufgewacht.

»Hier wohnt der Baron?« fragte ich. Rasch läuft mein Blick über den tiefen engen Hof. Ja, alles ist so. Da liegen die Bretter, die Balken, die ich im Traume sah.

»Nein«, antwortete die Magd, »der Baron wohnt hier nicht.«

»Wieso nicht? Es kann nicht sein!«

»Jetzt ist er nicht da. Gestern reiste er ab.«

»Wohin?«

»Nach Amerika.«

»Nach Amerika!« wiederholte ich unwillkürlich. »Er wird doch zurückkehren?«

Die Magd sah mich argwöhnisch an.

»Das wissen wir nicht. Vielleicht kehrt er überhaupt nicht zurück.«

»Hat er denn lange hier gewohnt?«

»Nicht lange, etwa eine Woche. Jetzt ist er ganz fort.«

»Und wie war der Familienname dieses Barons?« Die Magd glotzte mich an.

»Sie kennen seinen Familiennamen nicht? Wir nannten ihn einfach Baron. He! Peter!« rief sie, da ich weiter vordringen wollte, »komm mal her: hier ist ein Fremder, der mich so ausfragt.«

Aus dem Hause trat ein kräftiger Knecht von plumper Gestalt.

»Was ist los? Was gibt's?« fragte er mit heiserer Stimme, und nachdem er mich mürrisch angehört, wiederholte er die Angaben der Magd.
»Wer wohnt denn nun hier?« fragte ich.
»Unser Herr.«
»Und wer ist das?«
»Ein Tischler. In dieser Straße wohnen lauter Tischler.«
»Kann man ihn sprechen?«
»Jetzt nicht. Er schläft.«
»Und ins Haus darf man nicht?«
»Nein. Gehen Sie jetzt!«
»Nun, und später kann man Ihren Herrn sprechen?«
»Warum denn nicht? Natürlich. Man kann ihn immer – er ist ja ein Handelsmann. Aber jetzt gehen Sie! Ist ja viel zu früh.«
»Na, und jener Neger?« fragte ich plötzlich.
Erstaunt schaute der Knecht zuerst auf mich, dann auf die Magd.
»Was denn für ein Neger?« fragte er endlich. »Nun gehen Sie doch, Herr. Kommen Sie später wieder. Dann sprechen Sie mit meinem Herrn.«
Ich trat auf die Straße hinaus. Das Tor schlug sofort hinter mir zu, schwer und scharf, ohne Knarren dieses Mal.
Straße und Haus merkte ich mir genau und ging fort, aber nicht nach Hause.
Etwas wie Enttäuschung fühlte ich. Alles, was mir widerfahren, war so seltsam, so ungewöhnlich, und doch, wie läppisch war es ausgegangen! Ich war sicher, ich war überzeugt gewesen, daß ich in diesem Hause das mir bekannte Zimmer sehen würde, und inmitten des Zimmers meinen Vater, den Baron, im Schlafrock und mit der Pfeife. Und statt dessen ist der Herr des Hauses ein Tischler, den man aufsuchen kann, so oft es einem beliebt, und bei dem man wohl gar Möbel bestellen kann.
Aber der Vater fuhr fort nach Amerika! Und was bleibt mir jetzt zu tun? Mutter alles zu erzählen oder für immer die Erinnerung an diese Begegnung zu begraben? Ich war durchaus nicht imstande, mich mit dem Gedanken abzufinden, daß ein so übernatürlicher, geheimnisvoller Anfang ein so sinnloses, gemeines Ende haben soll.

Ich wollte nicht nach Hause zurück und ging geradenwegs aus der Stadt hinaus.

XIV

Gesenkten Kopfes, ohne zu denken, beinahe ohne zu empfinden, aber versunken ganz in mich selbst, ging ich dahin. Gleichmäßiges, dumpfes und zorniges Brausen rüttelte mich aus der Erstarrung auf. Ich sah empor: dumpf tönte und brauste das Meer etwa fünfzig Schritt von mir entfernt. Ich wurde gewahr, daß ich auf dem Sand einer Düne hinging. Das Meer, vom nächtlichen Sturm wild erregt, zeigte bis ganz zum Horizont weiße Schaumwellen, und die steilen Kämme langgestreckter Wogen wälzten sich hintereinander daher und schlugen an den flachen Strand. Ich kam näher an sie heran und ging gerade auf jenem Strich entlang, den sie bei ihrem Auf- und Abströmen auf dem gelben, genarbten Sande gelassen hatten, der besät war mit Fetzen schleimiger Algen, mit Muschelscherben, mit den schlangenartigen Bändern des Seegrases. Spitzflüglige Möwen, kläglich schreiend, flogen mit dem Winde herbei aus dem endlosen fernen Luftraum, schwangen sich empor, schneeweiß auf grauem Wolkenhimmel, stießen steil herab, und wie von Welle zu Welle herüberhüpfend, entfernten sie sich wieder und verschwanden wie silberne Funken in den Streifen des wirbelnden Schaumes. Ich bemerkte, daß einige von ihnen beharrlich einen großen Stein umkreisten, der einsam inmitten der eintönigen Fläche sandiger Ufer emporragte. Grobes Seegras stand in ungleichen Büscheln an einer Seite des Steins. Dort aber, wo des Grases verwirrte Stengel herauswuchsen aus dem gelben salzigen Boden, dort zeichnete sich etwas Schwarzes ab, etwas Längliches, Erhöhtes, nicht allzu Großes. Ich begann schärfer hinzuschauen. Ein dunkler Gegenstand lag da, lag unbeweglich neben dem Stein. Je näher ich kam, um so klarer, um so bestimmter wurde der Gegenstand.

Ich hatte noch etwa dreißig Schritte bis zum Stein.

Das ist ja der Umriß eines menschlichen Körpers! Es ist eine Leiche! Es ist ein Ertrunkener, vom Meer an den Strand gespült!

Ich trat an den Stein heran.

Es ist die Leiche des Barons, meines Vaters! Ich stand wie angewurzelt. Nun erst begriff ich, daß vom frühen Morgen an unbekannte Kräfte mich leiteten, daß ich in ihrer Gewalt war. Und einige Augenblicke war nichts in meiner Seele als das ununterbrochene Branden der See und die stumme Angst vor dem mich beherrschenden Geschick.

XV

Er lag auf dem Rücken, ein wenig seitwärts geneigt, die linke Hand über den Kopf geworfen, die rechte war unter seinen gekrümmten Leib geschoben. Zäher Schlamm hatte die Enden der Füße, die in hohen Seemannsstiefeln steckten, eingesogen; die kurze blaue Jacke, ganz mit Meersalz durchtränkt, war zugeknöpft; ein roter Schal umschlang mit festem Knoten seinen Hals. Das sonngebräunte Gesicht, zum Himmel gewandt, schien leicht zu lächeln. Die emporgezogene Oberlippe ließ dichtstehende kleine Zähne sehen. Die trüben Pupillen der halb geschlossenen Augen unterschieden sich kaum vom dunkel gewordenen Weiß der Augäpfel. Das mit Schaumbläschen bedeckte, verschmutzte Haar lag wirr auf der Erde und entblößte die glatte Stirn mit dem lilafarbenen Narbenstreifen. Die schmale Nase hob sich als scharfer weißlicher Strich zwischen den eingefallenen Wangen ab. Der Sturm der vergangenen Nacht hatte sein Werk getan. Amerika sah er nicht wieder! Der Mensch, der meine Mutter beleidigt, der ihr Leben entstellt hatte, mein Vater, ja! mein Vater – daran war nicht zu zweifeln, lag, kraftlos ausgestreckt, zu meinen Füßen im Schlamm. Ich empfand ein Gefühl befriedigter Rache und des Mitleides und des Abscheus und des Entsetzens, vor allem eines zwiefachen Entsetzens: vor dem, was ich jetzt sah, und vor dem, was sich hier vollendet hatte. Jenes Böse, jenes Verbrecherische, von dem ich sprach, jene unverständlichen Triebe erhoben sich in mir und würgten mich. Aha! dachte ich, darum wurdest du so, so spricht die Stimme des Blutes. Ich stand neben der Leiche und blickte und wartete, ob sich nicht diese toten Pupillen bewegen, diese erstarrten Lippen erzittern würden. Nein! Alles blieb unbewegt; selbst das Seegras dort, wohin ihn die Brandung geworfen, war wie abgestorben; die Möwen sogar waren fortgeflogen. Nirgends Schiffstrümmer, kein Brett, kein Stück von Takelage. Öde überall – nur er und ich und das in der Ferne rauschende Meer. Ich blickte zurück. Die gleiche Öde auch dort: die Kette toter Hügel am Horizont, sonst nichts. Schrecklich war es mir, in dieser Einsamkeit den Unglücklichen liegen zu lassen, im Uferschlamm, den Fischen und Vögeln zum Fraß. Eine innere Stimme sagte mir, daß ich Leute aufsuchen und herbeirufen müsse, wenn nicht zur Hilfe – was war da noch zu helfen! – so wenigstens, um ihn in eine menschliche Behausung zu schaffen. Aber jäh packte mich eine unsagbare Furcht. Dieser Tote, so schien es, wußte, daß ich hierhergekommen war, daß er diese letzte Begegnung bewirkt hatte – mir war es sogar, als vernähme ich jenes bekannte, dumpfe Brummen. Ich stürzte fort, blickte mich noch einmal um. Etwas Glänzendes stach mir in die Augen, es hielt mich zurück. Es war ein goldener Reif an der zurückgeworfenen Hand der Leiche. Ich erkannte den Trauring meiner Mutter. Ich entsinne mich, wie ich mich zurückzukehren, heranzutreten und mich zu bücken zwang; ich entsinne mich der klebrigen Berührung der kalten Finger, entsinne mich, wie ich nach Atem rang und halb die Augen schloß und mit den Zähnen knirschte, als ich den hartnäckigen Ring vom Finger riß. Endlich war er abgezogen – und ich eile, eile fort Hals über Kopf, und etwas jagt hinter mir her und will mich einholen und will mich packen.

XVI

Alles, was ich erlitten und durchfühlt hatte, stand wohl auf meinem Gesicht geschrieben, als ich nach Hause kam. Sobald ich in Mutters Zimmer trat, richtete sie sich jäh auf und blickte mich so beharrlich forschend an, daß ich, nachdem ich vergeblich versucht die Sache aufzuklären, ihr schließlich schweigend den Ring entgegenstreckte. Schrecklich erbleichte sie, unnatürlich öffneten sich ihre Augen und erstarben wie bei ihm. Schwach schrie sie auf, ergriff den Ring, schwankte, fiel mir an die Brust und

verharrte reglos, den Kopf zurückgeworfen und mich anstarrend mit weit aufgerissenen irren Augen. Ich umfaßte ihren Leib und erzählte ihr, so verharrend, ohne mich zu rühren und ohne Eile, mit leiser Stimme alles, ohne etwas zu verbergen: meinen Traum, die Begegnung und alles, alles. Sie hörte mich schweigend bis zu Ende an, nur ihre Brust atmete immer heftiger und heftiger und ihre Augen belebten sich plötzlich und senkten sich. Dann streifte sie den Ring auf den Goldfinger und begann Mantille und Hut hervorzuholen. Ich fragte sie, wohin sie gehen wolle. Sie richtete ihren erstaunten Blick auf mich und wollte antworten, aber die Stimme versagte ihr. Einige Male erbebte sie, rieb sich die Hände, als wollte sie sich erwärmen, und sagte schließlich: »Gehen wir sofort dorthin.«

»Wohin denn, Mutter?«

»Wo er liegt – ich will sehen – ich will erkennen – ich werde erkennen...«

Ich versuchte ihr zuzureden, nicht zu gehen, aber beinahe bekam sie einen nervösen Anfall. Ich begriff, daß es nicht möglich war sich ihrem Wunsch zu widersetzen, und wir begaben uns dorthin.

XVII

Und nun gehe ich wieder auf dem Sand der Düne, aber ich gehe nicht mehr allein. Ich führe Mutter am Arm. Das Meer ist abgeebbt und hat sich noch weiter zurückgezogen, es hat sich beruhigt, aber auch sein schwächeres Rauschen klingt immer noch ebenso furchtbar und bedrohlich.

Da zeigt sich endlich vor uns der einsame Stein. Auch das Seegras ist da. Ich blicke scharf hin, ich versuche jenen erhöhten, auf der Erde liegenden Gegenstand zu unterscheiden, aber ich kann nichts sehen. Wir kommen näher heran. Unwillkürlich verlangsame ich den Schritt. Doch wo ist denn jenes Schwarze, Unbewegliche? Nur die Stengel des Seegrases dunkeln über dem Sand, der schon getrocknet ist. Wir kommen an den Stein heran. Die Leiche ist nirgends zu sehen, und nur an der Stätte, wo sie lag, ist eine Vertiefung, und man kann erkennen, wo Arme und Beine sich befanden. Ringsherum ist das Seegras wie zerdrückt, und Fußspuren eines Menschen sind zu sehen. Sie führen über die Düne und verschwinden dann, nachdem sie den Kieselboden erreicht haben. Mutter und ich, wir sehen uns an und erschrecken vor dem, was wir in unsern Gesichtern lesen.

Ist er etwa selbst aufgestanden und hat sich entfernt?
»Du hast ihn doch tot gesehen?« fragt sie flüsternd.

Ich nickte nur. Kaum drei Stunden waren vergangen, seitdem ich auf die Leiche des Barons gestoßen war. Irgend jemand hatte ihn entdeckt und fortgetragen. Man mußte ermitteln, wer das getan und was aus ihm geworden war.

Aber zunächst mußte ich für meine Mutter sorgen.

XVIII

Solange sie zu der verhängnisvollen Stätte ging, schüttelte sie das Fieber, doch beherrschte sie sich. Das Verschwinden der Leiche entsetzte sie wie ein endgültiges Unglück. Eine Erstarrung kam über sie. Ich fürchtete für ihren Verstand. Mit großer Mühe brachte ich sie nach Hause. Ich legte sie wieder zu Bett, wieder kam der Arzt zu ihr. Kaum aber war Mutter einigermaßen zu sich gekommen, verlangte sie, daß ich mich unverzüglich aufmachte, diesen Menschen zu suchen. Ich gehorchte. Aber trotz aller nur denkbaren Anstrengungen entdeckte ich nichts. Ich war einige Male auf der Polizei, besuchte alle umliegenden Dörfer, ließ einige Anzeigen in den Blättern erscheinen, zog allenthalben Erkundigungen ein – es war umsonst. Einmal gelangte die Kunde zu mir, in eines der Dörfer sei ein Ertrunkener gebracht worden. Sofort eilte ich hin. Aber man hatte ihn schon begraben und allen Anzeichen nach glich er nicht dem Baron. Ich stellte fest, auf welchem Schiff er nach Amerika gereist war. Zunächst waren alle überzeugt, daß dieses Schiff während des Sturmes untergegangen war, aber nach einigen Monaten tauchten Gerüchte auf, man habe es im Hafen von New York vor Anker gesehen. Da ich nicht wußte, was ich unternehmen sollte, verlegte ich mich darauf, Erkundigungen über den Neger einzuziehen, bot ihm, falls er sich in unserm Hause melde, durch die Zeitungen eine recht bedeutende Geldsumme an. Tatsächlich kam ein hochgewachsener Neger im Mantel, als ich einmal nicht zu Hause war, zu uns. Aber nachdem er die Dienerin ausgefragt hatte, entfernte er sich plötzlich und kehrte nicht mehr zurück. So verschwand jegliche Spur von meinem – von meinem Vater; so versank er unwiederbringlich ins stumme Dunkel. Mutter und ich sprachen nie von ihm; ein einziges Mal nur wunderte sie sich, warum ich früher niemals meinen seltsamen Traum erwähnt hatte, und fügte dann hinzu: »Also ist er wirklich...« und sprach ihren Gedanken nicht zu Ende.

Mutter war lange krank, und nach ihrer Genesung waren unsere Beziehungen nicht mehr die alten. Bis zu ihrem Tode lag eine Spannung zwischen uns – eben eine Spannung. Und diesem Leid ist nicht abzuhelfen. Alles gleicht sich aus. Erinnerungen an tragischste Familienereignisse verlieren allmählich ihre brennende Schärfe und Kraft, doch wenn ein Gefühl der Spannung sich zwischen zwei nahen Menschen festsetzt, kann man das auf keine Weise beseitigen!

Niemals mehr sah ich jenen Traum, der mich einst so sehr erregte. Ich suche meinen Vater nicht mehr. Aber bisweilen war es mir im Traum – und noch heute scheint es mir so –, ich vernehme ferne Seufzer, höre unablässige wehmutsvolle Klagen; sie ertönen irgendwo hinter einer hohen Mauer, über die man nicht steigen kann, sie zerreißen mir das Herz, und ich weine mit geschlossenen Augen und bin nicht fähig zu verstehen, was das ist: stöhnt da ein lebender Mensch oder höre ich nur das langgedehnte, wilde Heulen des tobenden Meeres? Und von neuem geht es über in das Brummen eines Tieres – und ich wache auf, Kummer und Entsetzen in der Seele.

AMBROSE BIERCE

Die nächtlichen Vorgänge in der Totenschlucht
Eine unwahrscheinliche Geschichte

Es war eine ungewöhnlich kalte Nacht und so klar wie das Herz eines Diamanten. Klare Nächte sind schneidender als bewölkte. In der Dunkelheit kann man frieren, ohne dessen recht bewußt zu werden; wenn man aber seine Umwelt sieht, leidet man auch. Diese Nacht war hell und beißend kalt. Der Mond glitt geheimnisvoll über die Wipfel der Riesenfichten, die den South Mountain krönen, und schlug kalte Funken aus dem verharschten Schnee. Schwarz ragten im Westen die Umrisse des Küstengebirges auf, hinter dem unsichtbar der Pazifik lag. Der Schnee hatte sich auf dem Grund und an den Hängen der Schlucht zu bizarren Formen aufgetürmt, die im Mondlicht glitzerten.

Etliche Hütten des verlassenen Goldgräberlagers waren vom Schnee zugeweht oder, wie ein Seemann sagen würde, im Schnee untergegangen. Der Schnee hatte sich auch auf die in ungleichmäßigen Abständen stehenden Holzgestelle gelegt, die einst eine kleine Wasserleitung trugen. Vor den Angriffen des Sturms hatte sich der Schnee in jedem Schlupfwinkel verschanzt, den das Gelände bot. Schnee, der vom Sturm verfolgt wird, verhält sich ähnlich wie eine Armee auf dem Rückzug. Auf freiem Feld schwärmt er in breiten Formationen aus; wo er Deckung findet, igelt er sich ein zu geballten Widerstandsnestern. Hinter einer zerfallenden Mauer kann man manchmal ganze Kompanien Schnee kauern sehen. Auch der alte Weg, der sich am Steilhang entlangzog, war voll davon. Schwadron auf Schwadron hatte hier zu flüchten versucht, bis ihre Verfolgung plötzlich endete.

Einen verlasseneren und traurigeren Ort als die Totenschlucht in einer Winternacht kann man sich nicht vorstellen. Und doch beliebte es Mister Hiram Beeson, hier zu leben, und zwar als der einzige Bewohner weit und breit.

Seine kleine Blockhütte, aus deren einzigem Fenster ein dünner Lichtstrahl drang, sah aus wie eine Küchenschabe, die man mit einer hellen Stecknadel an den Hang des South Mountain geheftet hatte. Drinnen saß Mr. Beeson vor einem lodernden Feuer und starrte in das heiße Herz der Flammen, als habe er so etwas noch nie in seinem Leben gesehen. Er war kein attraktiver Mann. Vielmehr wirkte er alt, grau, zerlumpt und nachlässig in seinem Aufzug. Sein Gesicht war hager und verfallen, die Augen zu hell. Sein Alter hätte man ebensogut auf siebenundvierzig wie auf vierundsiebzig schätzen können. Tatsächlich war er achtundzwanzig Jahre alt. Er sah abgezehrt aus wie ein darbender Leichenbestatter oder ein ehrgeiziger Staatsanwalt. Not und Gier sind wie ein Paar Mühlsteine, und wehe dem, der zwischen sie gerät.

Wie Mr. Beeson so dasaß, die lumpenverhüllten Ellbogen auf die lumpenverhüllten Knie gestützt, das hagere Kinn in die hageren Hände, sah er aus, als würde er bei der geringsten Bewegung auseinanderfallen. Dennoch hatte er während der letzten Stunde immerhin schon dreimal geblinzelt.

Plötzlich wurde heftig an die Tür geklopft. Ein Klopfen zu dieser Nachtzeit und in diesem Wetter hätte jeden gewöhnlichen Sterblichen, der seit zwei Jahren in dieser Schlucht lebte, ohne ein menschliches Antlitz zu sehen, und wußte, daß die Gegend unbelebt war, aufs höchste überrascht. Aber Mr. Beeson sah nicht einmal von seinem Holzfeuer auf. Selbst als die Tür geöffnet wurde, kroch er nur noch ein wenig mehr in sich zusammen, wie jemand, der etwas erwartet, was er lieber nicht sehen möchte. Man kann diese Geste bei Frauen beobachten, wenn in einer Totenkapelle der Sarg hinter ihnen den Mittelgang heraufgetragen wird.

Doch als jetzt ein großer alter Mann in einem wollenen Übermantel eintrat, ein Tuch um den Kopf gebunden, das Gesicht fast ganz in einem dicken Schal vergraben, mit einer großen grünen Schutzbrille und fahlweißer Haut, soweit etwas von ihr zu sehen war – als dieser Mann eintrat, langsam durch den Raum schritt und eine schwere, behandschuhte Hand auf Mr. Beesons Schulter legte, da schaute dieser doch mit nicht geringer Verwunderung auf. Wen immer er erwartet haben mochte, mit dieser Erscheinung hatte er offenbar nicht gerechnet. Nichtsdestoweniger drückte sein Gesicht kein Erschrecken aus, sondern zuerst nur Überraschung, dann Genugtuung und schließlich herzliches

Wohlwollen. Er erhob sich, nahm die knochige Hand von seiner Schulter und schüttelte sie mit einer Herzlichkeit, die unbegreiflich schien; denn der alte Mann hatte durchaus nichts Anziehendes, aber sehr viel Abstoßendes an sich. Immerhin liegt Anziehungskraft auch in allem Abstoßenden. Das Anziehendste auf der Welt ist ein Gesicht, das wir instinktiv mit einem Leichentuch verdecken; wenn seine Anziehungskraft schließlich unerträglich wird, häufen wir sieben Fuß Erde darüber.

»Sir«, sagte Mr. Beeson und ließ die Hand seines Besuchers los, die mit einem dumpfen Knarren schlaff gegen dessen Hüfte fiel, »es ist eine abscheuliche Nacht. Bitte nehmen Sie Platz. Ich freue mich, Sie zu sehen.«

Mr. Beeson legte eine feine Lebensart an den Tag, die man in Anbetracht der Umstände schwerlich von ihm erwartet hätte. Seine äußere Erscheinung stand in erstaunlichem Gegensatz zu seinen Manieren.

Der alte Mann trat einen Schritt auf das Feuer zu, das seine grünen Brillengläser aufblitzen ließ.

Mr. Beeson wiederholte: »Ich bin wirklich verdammt froh, Sie zu sehen!«

Mr. Beesons Eleganz ließ einiges zu wünschen übrig; er hatte dem örtlichen Geschmack bereits einige Zugeständnisse machen müssen. Verstohlen betrachtete er seinen Gast. Vom vermummten Kopf glitt sein Blick über die verwitterten Knöpfe des Mantels zu den grünlichen Lederstiefeln, von denen der Schnee zu schmelzen und in kleinen Rinnsalen auf den Fußboden zu tropfen begann. Was er sah, schien ihn zu befriedigen. Wer wäre es in seiner Lage nicht gewesen? Dann fuhr er fort:

»Die Bewirtung, die ich Ihnen bieten kann, ist leider nur dürftig. Aber ich würde es mir zur Ehre anrechnen, wenn Sie damit vorliebnehmen wollten, statt in Bentleys Flat Besseres zu suchen.«

Mit der übertriebenen Bescheidenheit des artigen Gastgebers redete Mr. Beeson so, als sei ein Aufenthalt in seiner warmen Hütte in einer solchen Nacht eine Zumutung, verglichen mit der Aussicht, vierzehn Meilen bis zum Hals im Schnee durch die Nacht stapfen zu müssen.

Als Antwort knöpfte sein Gast den Mantel auf.

Der Gastgeber legte frische Scheite aufs Feuer, fegte die Herdstelle mit einem Wolfsschweif und fügte hinzu:

»Aber ich an Ihrer Stelle würde mich schleunigst aus dem Staub machen.«

Der alte Mann ließ sich vor dem Feuer nieder und streckte seine klobigen Sohlen der Hitze entgegen, ohne den Hut vom Kopf zu nehmen. Unter Goldgräbern ist es nicht üblich, den Hut abzunehmen, solange man die Stiefel anhat. Daraufhin nahm Mr. Beeson ohne weitere Bemerkung auf einem Stuhl Platz, der einmal ein Faß gewesen war, und, da er einiges von seinem alten Charakter bewahrt hatte, dazu bestimmt schien, dereinst die Asche seines Besitzers aufzunehmen.

Eine Weile herrschte Stille. Dann klang draußen, irgendwo zwischen den Fichten, der heulende Ruf eines Kojoten auf, und gleichzeitig rüttelte die Tür in ihren Angeln. Es gab einen ganz natürlichen Zusammenhang zwischen diesen beiden Vorfällen; denn der Wind hatte aufgefrischt und das Rütteln der Tür bewirkt, und der Kojote hegte auch eine Abneigung gegen den Sturm. Dennoch erschien es Mr. Beeson wie eine Verschwörung übernatürlicher Mächte, er schauderte unwillkürlich. Doch faßte er sich rasch und wandte sich wieder an seinen Gast.

»Hier gehen seltsame Dinge vor. Ich will Ihnen alles erzählen, und wenn Sie dann lieber gehen möchten, begleite ich Sie das schlimmste Stück des Weges; jedenfalls bis zu der Stelle, wo Baldy Peterson damals Ben Hike erschoß. Ich nehme an, Sie kennen den Ort.«

Der alte Mann nickte mit großem Nachdruck, als sei ihm die Stelle nur allzugut bekannt.

»Vor zwei Jahren«, begann Mr. Beeson seine Erzählung, »bewohnte ich zusammen mit zwei Kameraden diese Hütte. Als aber der große Wettlauf zum Flat einsetzte, zogen auch wir fort, zusammen mit den andern. Innerhalb von zehn Stunden lag hier die ganze Schlucht verlassen da. Am selben Abend noch merkte ich, daß ich hier eine wertvolle Pistole vergessen hatte – diese hier –, und ich kehrte um und verbrachte die Nacht allein hier, wie alle Nächte seither. Ich muß vorausschicken, daß unser chinesischer Diener kurz zuvor gestorben war. Der Boden war so hart gefroren, daß wir kein Grab hatten ausheben können.

Am Tag unseres eiligen Aufbruchs schaufelten wir daher hier in der Hütte eine Grube und beerdigten ihn unter den Dielenbrettern, so gut es eben ging. Vorher allerdings tat ich etwas äußerst Geschmackloses; ich schnitt ihm nämlich seinen Zopf ab und nagelte ihn an den Balken über seinem Grab, wo Sie ihn jetzt noch sehen können, falls Sie sich bereits soweit aufgewärmt haben, um sich dafür zu interessieren.

Ich muß betonen, daß unser Chinese eines ganz natürlichen Todes gestorben war. Ich hatte durchaus nichts damit zu tun gehabt und bin nicht etwa aus einem unwiderstehlichen Drang umgekehrt, sondern wirklich nur, weil ich meine Pistole vergessen hatte. Glauben Sie mir das, Sir?«

Der Besucher nickte ernst. Er schien kein Freund vieler Worte zu sein, falls er überhaupt über menschliche Sprache verfügte. Mr. Beeson fuhr fort:

»Nach chinesischem Glauben kann ein Mann ohne seinen Zopf ebensowenig in den Himmel gelangen wie ein Drachen ohne Schweif. Um die Geschichte kurz zu machen – in jener Nacht, als ich allein hier lag und an alles andere dachte, kam der Chinese zurück, um sich seinen Zopf zu holen. – Allerdings bekam er ihn nicht.«

An dieser Stelle verfiel Mr. Beeson in ein längeres Schweigen. Vielleicht hatte ihn die ungewohnte Rede ermüdet; vielleicht auch hatte er Erinnerungen heraufbeschworen, die seine ganze Aufmerksamkeit in Anspruch nahmen. Der Wind heulte um die Hütte, und die Bäume an den Berghängen ächzten.

Endlich fuhr der Erzähler fort: »Sie finden nichts dabei, Sir? Nun, ich gestehe, daß auch ich nichts dabei finde. Aber er kommt auch jetzt noch immer wieder!«

Abermals trat ein langes Schweigen ein. Die beiden Männer starrten ins Feuer, ohne sich zu rühren. Dann fuhr Mr. Beeson heftig auf, die Augen fest auf das gerichtet, was er von dem unbeweglichen Gesicht seines Zuhörers sehen konnte. »Ich soll ihn zurückgeben?! Sir, in dieser Angelegenheit frage ich niemand um Rat! Sie werden entschuldigen«, erklärte er höflich, doch bestimmt, »aber ich habe mir gestattet, den Zopf dort oben festzunageln, und ich habe die lästige Verpflichtung auf mich genommen, ihn zu bewachen. Es ist mir also leider unmöglich,

auf Ihren geschätzten Vorschlag einzugehen.« Und mit unerwarteter Heftigkeit schleuderte er seinem Gast die Frage ins Gesicht: »Halten Sie mich vielleicht für einen Modokindianer?«

Das war keine eigentliche Frage, sondern Protest und Herausforderung zugleich. Für einen Feigling oder einen Indianer vom Stamme der Modok gehalten zu werden, ist das gleiche. Dasselbe gilt für die Einschätzung als Chinese.

Mr. Beesons Ausbruch schien keine Wirkung auf seinen Gast zu haben. Wieder schwiegen sie beide. In der Stille konnte man den Wind im Kamin poltern hören; es klang wie das dumpfe Aufschlagen von Erdschollen auf einem Sarg.

»Aber Sie haben recht«, seufzte Mr. Beeson schließlich, »auf die Dauer ist die Sache zermürbend. Ich fühle, daß mein Leben in diesen letzten beiden Jahren ein Irrtum war, der sich jetzt selbst korrigiert. Aber was kann ich tun? Ein Grab kann ich nicht schaufeln, weil der Boden gefroren ist. Immerhin sind Sie willkommen, Sir. In Bentleys Flat können Sie erzählen – ach, wozu? Es ist nicht mehr wichtig. Übrigens war es gar nicht leicht, ihn abzuschneiden. Sie flechten Seide in ihre Zöpfe.«

Seine Rede ging in unverständliches Gemurmel und schließlich in ein Schnarchen über. Einmal noch öffnete er die Augen und bemerkte: »Inzwischen stehlen sie mir meinen Goldstaub.« Dann fiel er in tiefen Schlaf.

Der betagte Fremde, der seit seiner Ankunft kein einziges Wort gesprochen hatte, erhob sich und legte seine Oberbekleidung ab. In Hemd und Flanellunterhosen sah er noch hagerer und knochiger aus. Er kroch in eine der Kojen, nachdem er, der Sitte des Landes entsprechend, einen Revolver in Reichweite gelegt hatte. Diesen Revolver nahm er von einem Regal; und es war die Waffe Mr. Beesons, die diesen vor zwei Jahren zur Rückkehr in die Totenschlucht bewogen hatte.

Kurz darauf erwachte Mr. Beeson, und als er sah, daß sein Gast sich schlafen gelegt hatte, suchte auch er sein Lager auf. Zuvor aber zog er noch einmal kräftig an dem langen, geflochtenen Heidenzopf, um sich zu vergewissern, daß er fest und sicher angenagelt war.

Die beiden einfachen Pritschen mit den nicht übermäßig sauberen Decken standen einander gegenüber an den beiden Längswänden, und die kleine Falltür, unter der das Grab des Chinesen lag, befand sich genau in der Mitte zwischen ihnen. Übrigens war diese Falltür mit zwei Reihen langer Nägel gesichert. In seinem Kampf gegen das Übernatürliche hatte Mr. Beeson nicht auf natürliche Maßnahmen verzichtet.

Das Feuer war jetzt heruntergebrannt; nur noch blasse, blaue Flämmchen zuckten gelegentlich auf und warfen gespenstische Schatten an die Wände. Diese Schatten bewegten sich geheimnisvoll, der des Zopfes an dem Dachbalken sah aus wie ein drohendes Ausrufungszeichen. Das Heulen des Sturms in den Fichten wurde zu einer Hymne des Triumphes. Die Ruhe in den Pausen dazwischen war grausig.

Während einer dieser Intervalle begann sich die Falltür im Boden langsam und stetig zu heben, und ebenso langsam und stetig hob der fremde alte Mann auf seiner Pritsche den Kopf, um sie zu beobachten. Dann schlug sie mit einem Krachen, welches das Haus erschütterte, ganz auf, so daß die langen Spitzen der Nägel drohend aufwärtsragten. Mr. Beeson erwachte und preßte die Finger auf die Augen, ohne sich zu erheben. Er schlotterte am ganzen Körper, und seine Zähne schlugen klappernd aufeinander. Sein Gast hatte sich jetzt auf einen Ellbogen aufgerichtet; seine Brillengläser funkelten wie Laternen.

Plötzlich fuhr ein Windstoß heulend durch den Kamin. Rauch und Asche stoben in den Raum und verdunkelten für einen Augenblick die Szenerie. Als das Feuer wieder heller brannte, sah man auf einem Stuhl neben der Feuerstelle einen neuen Gast sitzen: einen dunkelhäutigen, sehr korrekt und geschmackvoll gekleideten kleinen Mann, der dem Alten mit einem freundlichen und gewinnenden Lächeln zunickte. Offenbar aus San Franzisko, dachte Mr. Beeson, der sich von seinem Schreck erholt hatte und der Lösung aller Ereignisse dieses Abends entgegentappte.

Aber nun erschien eine weitere Person auf dem Schauplatz. Aus dem viereckigen schwarzen Loch in der Mitte des Fußbodens hob sich der Kopf des verstorbenen Chinesen. Die glasigen Augen in ihren breiten Augenschlitzen starrten mit einem Ausdruck unbeschreiblicher Sehnsucht nach dem Zopf, der hoch oben an dem Dachbalken hing. Mr. Beeson stöhnte und drückte die Hände vors Gesicht. Ein schwacher Geruch nach Opium erfüllte den Raum.

Das Gespenst, das mit einer blauseidenen, aber von Moder bedeckten Tunika bekleidet war, schob sich langsam immer höher, wie von einer schwachen Spiralfeder bewegt. Als seine Knie in Bodenhöhe waren, machte es plötzlich einen Satz, schnappte nach dem Zopf und verbiß sich mit seinen scheußlichen, gelben Zähnen in der straff geflochtenen Haarsträhne. Da hing es nun mit gräßlich verzerrtem Gesicht und gefletschten Zähnen, schwang wie ein Pendel hin und her und versuchte verzweifelt, unter grotesken Verrenkungen und Zuckungen, aber ohne einen Laut von sich zu geben, sein Eigentum von dem Balken loszureißen. Gerade der Gegensatz zwischen den übermenschlichen Anstrengungen und der absoluten Lautlosigkeit machte die Erscheinung so grauenvoll.

Mr. Beeson kauerte schlotternd auf seinem Lager. Der dunkle kleine Herr trommelte ungeduldig mit der Schuhspitze auf den Boden und sah auf seine schwere goldene Uhr. Der alte Mann saß aufrecht auf seiner Pritsche und griff ruhig nach dem Revolver. Päng! Wie ein vom Galgen geschnittener Gehenkter plumpste der Chinese, den Zopf zwischen den Zähnen, in das viereckige schwarze Loch zurück. Die Falltür schloß sich mit einem Knall.

Der dunkle kleine Mann aus San Franzisko sprang federnd von seinem Sitz auf, fing mit seinem Hut etwas aus der Luft, wie ein Junge einen Schmetterling fängt, und verschwand im Kamin, wie vom Luftzug hinausgesogen.

Irgendwo draußen in der Dunkelheit klang ein schwacher, ferner Schrei auf. Es klang wie das langgezogene Wimmern eines Kindes, das in der Wüste erwürgt, oder einer armen Seele, die vom Bösen geholt wird. Vielleicht war es der Ruf des Kojoten.

In den ersten Tagen des folgenden Frühjahrs fand eine Gruppe von Goldsuchern, die zu neuen Schürfstätten unterwegs waren und an der Totenschlucht vorbeikamen, in einer verlassenen Blockhütte die Leiche Hiram Beesons. Er lag auf einer Pritsche ausgestreckt; eine Kugel steckte ihm mitten im Herzen. Der Schuß war offenbar von der gegenüberliegenden Seite des Raumes abgefeuert worden, denn in einem Eichenbalken an der Decke war an einem Astknorren eine flache blaue Vertiefung zu sehen, wo die Kugel abgeprallt und in die Richtung ihres Opfers abgelenkt worden war. An einem Nagel hing an demselben Balken ein kleines Büschel kräftiger Haare, offenbar das Ende eines aus Pferdehaaren geflochtenen Seils, das von der Kugel durchschlagen und abgetrennt worden war.

Sonst fand man nichts von Bedeutung; ausgenommen ein paar halbvermoderte Kleidungsstücke. Glaubwürdige Zeugen versicherten später, diese Kleidungsstücke seien Eigentum einiger Bürger der Gegend gewesen, die man vor Jahren in eben dieser Kleidung beerdigt hätte. Aber ein solcher Zusammenhang ließe sich wohl kaum erklären – es sei denn, der Tod selbst hätte diese Hüllen als Verkleidung benutzt, was wohl schwerlich zu glauben ist.

AUGUST STRINDBERG

Die seltsamen Erlebnisse des Lotsen

Der Lotsenkutter lag am Horizont draußen vor dem letzten Leuchtfeuer; die Wintersonne war schon lange untergegangen, und die See ging hoch, das Meer war richtig aufgewühlt. Da signalisierte der Vorschiffgast: Segler in Luv!

Draußen auf dem Meer war eine Brigg zu sehen, die ihre Segel backgebraßt und die Lotsengösch gehißt hatte. Demnach wollte sie in den Hafen.

»Achtung!« kommandierte der Oberlotse am Ruder. »Der wird man bei solchem Seegang nur schwer beikommen können, aber weißt du was, Viktor? Wir entern sie einfach von Lee aus, dann kannst du dich an der besten Stelle ins Takelwerk werfen... – So, jetzt wenden wir: Alles klar?«

Der Kutter wendete vorschriftsmäßig und hielt auf die Brigg zu, die gegen die Wellen ankämpfte.

»Komischer Pott, der nicht voll zurückbraßt! Sind Lichter an Bord zu sehen?« – »Nein!« – »Und nicht mal eine Laterne am Vortopp!« – »Volle Fahrt voraus!« – »Gib acht, Viktor!«

Der Kutter schoß jetzt in voller Fahrt auf die Brigg zu. Viktor stand auf Luvseite an der Reling, und als eine große Welle das Boot wieder hochschleuderte, sprang er in die Wanten der Brigg hinüber, während der Kutter seine Fahrt fortsetzte, erneut wendete und auf das Leuchtfeuer der Hafeneinfahrt zuhielt.

Viktor saß auf halber Höhe der Saling und verschnaufte, ehe er sich auf Deck hinunterließ. Unten angekommen, lief er sofort zum Ruder, wo ja schließlich sein Platz war, aber wer beschreibt seinen Schrecken, als er niemanden am Steuer antraf! Er rief hallo, bekam aber keine Antwort.

Die sitzen sicher drinnen und saufen, dachte er und trat an das Kajütenfenster. Aber nein, dort war keiner. Er lief nach vorn, zur Kombüse und dann zur Schanz, doch auch dort keine Menschenseele! Da wurde ihm klar, daß das Schiff sich selbst überlassen worden war. Es mußte leck geschlagen und im Sinken begriffen sein.

Jetzt erst hielt er nach dem Lotsenkutter Ausschau, aber der war längst in der Dunkelheit verschwunden.

An Land zu steuern, war unmöglich, denn er konnte ja nicht die Brassen, Geitaue und Bulinen bedienen und gleichzeitig das Ruder halten. Nein, das ging beim besten Willen nicht.

Es war also nichts zu machen; man konnte sich nur treiben lassen, obwohl die Strömung das Schiff aufs offene Meer hinaustrug.

Froh war er nicht gerade darüber, aber ein Lotse muß schließlich auf alles gefaßt sein; und sicher würde auch wohl bald ein Segler vorbeikommen. Wenn er doch nur ein Licht gehabt hätte, um Signale geben zu können! Er ging zur Kombüse, um Streichhölzer und eine Laterne zu suchen. Trotz des hohen Seegangs bemerkte er keinerlei Bewegung des Schiffes mehr, was ihn sehr verwunderte. Noch erstaunter war er indessen, als er vor den Großmast kam und feststellte, daß er über einen Parkettboden schritt, auf dem ein langer Läufer mit einem kleinkarierten blauweißen Muster lag. Er ging eine ganze Zeitlang weiter, aber der Läufer wollte kein Ende nehmen, und von der Kombüse war nichts mehr zu sehen. Ihm war zwar etwas unheimlich zumute, doch andererseits fand er es auch ganz unterhaltsam, denn etwas Derartiges hatte er noch nie erlebt.

Der Läufer war immer noch nicht zu Ende, als Viktor sich am Eingang einer Passage mit hell erleuchteten Läden befand. Rechterhand standen eine Personenwaage und ein Automat. Ohne lange zu überlegen, stellte er sich auf die Waage und ließ eine Münze hineinfallen. Weil er wußte, daß er achtzig Kilo wog, mußte er unwillkürlich lächeln, als die Nadel nur acht Kilo anzeigte. Entweder spielt die Waage verrückt, oder ich bin auf einem anderen Planeten gelandet, der zehnmal größer oder kleiner ist als die Erde, dachte er, denn er war ja zur Navigationsschule gegangen und hatte Astronomie studiert.

Nun wollte er mal sehen, was in dem Automaten steckte!

Als das Geldstück hinuntergefallen war, sprang eine Klappe auf. Darin lag ein weißer Umschlag, der mit einem großen roten Lacksiegel verschlossen war. Er konnte das Siegel nicht entziffern, aber das kümmerte ihn wenig, weil er ja doch nicht wußte, wer der Absender war. Er öffnete den Brief indessen und begann zu lesen ... zuerst die Unterschrift, wie es ja so üblich ist. Darin stand ... nun ja, das werden wir später noch erfahren. Kurz und gut, er las den Brief dreimal und steckte ihn dann mit einer sehr gedankenvollen und nachdenklichen Miene in die Brusttasche.

Dann begab er sich tiefer in die Passage hinein, hielt sich aber nunmehr gewissenhaft in der Mitte des Läufers. Zu beiden Seiten gab es Ladengeschäfte aller Art, nur Menschen waren nirgends zu sehen, weder hinter noch vor den Ladentischen. Nachdem er eine Weile so gegangen war, blieb er vor einem großen Fenster stehen, hinter dem eine Schneckensammlung ausgestellt war. Weil die Tür offenstand, trat er ein. Vom Boden bis zur Decke waren Regale angebracht, auf denen Schnecken aller Art aus fast allen Meeren der Erde lagen. Zu sehen war niemand, doch in der Luft schwebte ein Ring von Tabaksrauch, der ganz kürzlich von jemandem geblasen zu sein schien, dem es offenbar Spaß bereitet hatte, solche Rauchringe aufsteigen zu lassen. Viktor, der stets zu Scherzen aufgelegt war, steckte seinen Finger durch den Ring und sagte: »Heissa, nun bin ich mit Fräulein Tabak verlobt!« In diesem Augenblick hörte er ein seltsames Geräusch wie von einer kleinen Glocke, doch eine Glocke war nirgends zu sehen, sondern er fand schließlich heraus, daß das Geräusch von einem Schlüsselbund verursacht wurde. Einer der Schlüssel schien soeben in die Ladenkasse gesteckt worden zu sein, während die anderen mit der regelmäßigen Bewegung eines Pendels hin und her baumelten. So blieb es dann eine ganze Weile, erst allmählich wurde es stiller, und als es ganz still war, vernahm man ein leises Sausen, wie wenn ein Wind durch die Takelage streicht oder Dampf durch eine enge Röhre strömt. Es waren die Schnecken, die so säuselten, aber weil sie verschieden groß waren, erklangen ihre Stimmen auch in verschiedener Höhe, so daß es sich wie ein ganzes Orchester anhörte. Viktor, der an einem Donnerstag geboren war und deswegen Vogelstimmen zu deuten vermochte, spitzte seine Ohren, um zu verstehen, was sie summten, und nach einer Weile konnte er heraushören, was sie sagten:

»Ich habe den schönsten Namen«, behauptete eine, »denn ich heiße Strombus pespelicanus.«

»Und ich bin die Hübscheste«, prahlte die Purpurschnecke,

die Murex hieß und deren Namen noch einen komischen Zusatz hatte.

»Aber dafür singe ich am schönsten«, unterbrach die Tigerschnecke, die man besser Pantherschnecke nennen sollte, weil sie aussieht wie ein Panther.

»Nun haltet mal alle schön den Mund«, trumpfte zuletzt die Gartenschnecke auf. »Ich bin nämlich die, welche am meisten gekauft wird, weil ich in den Sommerfrischen auf den Blumenbeeten liege. Die Leute finden mich zwar langweilig, aber sie brauchen mich nun einmal. Doch im Winter liege ich im Holzschuppen in einem Kohlfaß.«

»Das ist ja eine fürchterliche Gesellschaft, die sich nur selber lobhudelt«, dachte Viktor, und um sich zu zerstreuen, griff er nach einem Buch, das geöffnet auf dem Ladentisch lag. Weil er Augen im Kopf hatte, bemerkte er sofort, daß es auf Seite 240 aufgeschlagen war und daß auf der linken Seite das Kapitel 51 begann. Über dem Kapitel standen als Motto einige Verse von Coleridge, die ihn völlig gefangen nahmen. Mit geröteten Wangen und angehaltenem Atem las er ... nun ja, auch davon können wir später noch erzählen. Von Schnecken war darin jedenfalls bestimmt nicht die Rede; soviel können wir jetzt schon verraten.

Es gefiel ihm hier so sehr, daß er sich niedersetzte, wenn auch nicht zu nahe der Ladenkasse, denn die ist eine gefährliche Nachbarschaft. Und dann begann er über all diese seltsamen Tiere nachzudenken, die die See bevölkerten, wie er es in gewissem Sinne ja auch tat. Warm hatten sie es nicht auf dem Meeresgrund, aber trotzdem schwitzten sie, und der Kalk, den sie herausschwitzten, wurde immer wieder zu einem neuen Gewand. Sie bewegten sich wie Würmer: einige nach rechts und andere nach links, denn irgendwohin mußten sie sich ja drehen, soviel stand fest, und alle konnten ja nicht dieselbe Seite wählen.

Plötzlich erklang eine Stimme aus dem hinter dem Laden liegenden Raum durch die grüne Gardine:

»Schon gut, das wissen wir ja alles, aber was wir nicht wissen, ist: daß die Schnecke des Ohres ein Helix ist und daß die kleinen Knochen am Trommelfell aufs Haar dem Tier in der Limnaeus stagnalis gleichen. Das steht alles im Buch.«

Viktor, dem sofort klar war, daß er es mit einem Gedankenleser zu tun hatte, antwortete freundlich, aber nicht ohne Schärfe, und rief, ohne die geringste Verwunderung zu zeigen, durch die Gardine zurück:

»Oh, doch, das wissen wir. Nur *warum* wir einen Helix im Ohr haben, weiß das Buch genausowenig, wie ein Schneckenhändler sagen kann, ob...«

»Ich bin kein Schneckenhändler«, schimpfte der Unsichtbare aus der Kammer heraus.

»Was sind Sie dann?« rief Viktor zurück.

»Ich bin... ein Troll!«

In diesem Augenblick öffneten sich die Gardinen ein wenig, und aus dem Spalt schaute ein Kopf hervor, der so scheußlich anzusehen war, daß jeder andere als Viktor die Flucht ergriffen hätte. Aber dieser, der genau wußte, wie man mit Trollen umgeht, schaute unbewegt auf den rotglühenden Pfeifenkopf, denn so sah der Troll tatsächlich aus, wie er dort stand und Ringe durch den Gardinenspalt blies. Als solch ein Rauchring in seine Nähe kam, fing Viktor ihn mit dem Finger auf und warf ihn zurück.

»Schau mal an, du kannst ja Ringe werfen!« lachte der Troll höhnisch.

«Oh ja, ein wenig schon«, antwortete Viktor.

»Und ängstlich bist du auch nicht!«

»Das darf ein Seemann auch nicht sein, sonst mag ihn kein Mädchen mehr leiden.«

»Nun gut, wenn du keine Angst hast, dann geh nur etwas weiter in die Passage hinein. Wollen mal sehen, ob du dort nicht doch noch bange wirst.«

Viktor, der von den Schnecken genug hatte, benutzte die Gelegenheit, sich zu entfernen, ohne daß es so aussah, als wolle er davonlaufen, und ging jetzt rückwärts aus dem Laden hinaus, denn er wußte, daß man niemals einer Gefahr den Rücken zukehren soll, weil der empfindlicher ist als eine Brust es jemals werden kann.

Draußen ging er weiter, immer dem blauweiß-karierten Läufer nach. Die Passage verlief nicht in gerader Richtung, sondern in Windungen, so daß man niemals ihr Ende sehen konnte. Immer wieder tauchten neue Läden auf, doch Menschen waren nirgends zu sehen, und auch die Ladeninhaber ließen sich nicht blicken. Aber Viktor, der aus seinen Erfahrungen gelernt hatte, nahm an, daß sie sich in den hinteren Räumen aufhielten.

Als er vor einem Parfümgeschäft anlangte, das nach sämtlichen Blumen der Wiese und des Waldes duftete, dachte er: Ich gehe einfach hinein und kaufe eine Flasche Eau de Cologne für meine Braut. Gesagt, getan! Im Laden sah es ziemlich ähnlich aus wie im Schneckenladen, doch der Duft war so stark, daß Viktor Kopfweh bekam und sich auf einen Stuhl setzen mußte. Besonders ein Duft von Bittermandel verursachte ihm Unbehagen und Ohrensausen, doch erzeugte er einen feinen Geschmack im Munde wie von Kirschwein. Viktor, der nie um Rat verlegen war, zog seine Messingdose mit dem Spiegel hervor und entnahm ihr eine tüchtige Prise Grobgeschnittenen, die seine Gedanken klärte und den Kopfschmerz verjagte. Dann klopfte er auf den Ladentisch und rief mit lauter Stimme:

»Hallo, ist dort jemand?«

Keine Antwort! Dann gehe ich einfach in die Kammer und schließe den Kauf allein ab. Schon legte er die rechte Hand auf den Ladentisch, und war mit einem Sprung auf der anderen Seite. Dann schob er die Gardinen zurück und schaute in die Kammer. Dort bot sich ihm ein Anblick, der ihn völlig blendete. Auf einem langen, mit einem persischen Tuch bedeckten Tisch stand ganz vorn ein Orangenbaum mit Blüten und Früchten und Blättern, die wie das blanke Grün einer Kamelie aussahen. Dahinter waren in langen Reihen geschliffene Kristallgläser aufgestellt, mit lieblich duftenden Blumen aus aller Welt: vom Jasmin über Tuberosen, Veilchen, Maiglöckchen und Rosen bis zum Lavendel. Am einen Ende des Tisches, halb vom Orangenbaum verdeckt, gewahrte er zwei kleine weiße Hände, die sich, unter hochgekrempelten Ärmeln, an einem kleinen silbernen Destillierapparat zu schaffen machten. Das Gesicht der Dame konnte er jedoch nicht erkennen, ebensowenig wie sie ihn sehen konnte. Als er aber bemerkte, daß sie ein gelb-grünes Kleid trug, wurde ihm klar, daß sie eine Zauberin sein mußte, denn gelb und grün ist auch die Larve des Sphinx-Schmetterlings, der seine Feinde so leicht täuschen kann. Was bei ihr hinten ist, sieht aus, als wenn es vorn wäre, denn sie hat dort ein Horn wie das Einhorn. So erschreckt sie ihre Widersacher mit dem falschen Gesicht, während sie mit dem Vorderende, das für ihr Hinterteil gehalten wird, frißt.

Viktor dachte bei sich: »Hier wird es sicher bald einen Tanz geben, aber gut, fang du nur an!« Und das war auch bestimmt richtig, denn wenn man Leute zum Sprechen bringen möchte, braucht man nur zu schweigen.

»Sind Sie der Herr, der das Sommerhäuschen sucht?« fragte die Dame und trat näher.

»So ist es«, antwortete Viktor, nur um überhaupt etwas zu sagen, denn er hatte nie daran gedacht, sich zum Winter ein Sommerhäuschen zu mieten.

Die Dame wurde verlegen, aber sie war sündhaft schön und warf dem Lotsen einen verzaubernden Blick zu.

»Gib dir keine Mühe, mich zu bezaubern, ich bin mit einem netten Mädchen verlobt!« sagte der Lotse und blickte sie zwischen Ring- und Mittelfinger hindurch an, wie Hexen es tun, wenn sie ihren Richter umgarnen wollen.

Die Dame war nach oben zu jung und schön, aber unterhalb der Taille wirkte sie sehr alt, und es sah aus, als wenn sie aus zwei Teilen zusammengesetzt wäre.

»Na, dann lassen Sie mich das Häuschen mal ansehen«, sagte der Lotse.

»Bitte schön«, antwortete die Dame und öffnete eine Tür im Hintergrund.

Sie traten hinaus und befanden sich plötzlich in einem Eichenwald.

»Nur geradeaus durch den Wald, dann sind wir am Ziel«, sagte die Dame und bat den Lotsen voranzugehen, denn sie wollte ihm natürlich nicht den Rücken zuwenden.

»Hier ist wohl die Stelle, wo der Stier herumläuft, nehme ich an«, sagte der Lotse, der sich so seine Gedanken machte.

»Du hast doch wohl keine Angst vor dem Stier?« antwortete die Dame.

»Wir können ihn ja erst mal anschauen«, meinte der Lotse.

Sie bahnten sich ihren Weg über Felshügel und Baumwurzeln, durch Moor und abgebrannte Wälder, vorbei an Kahlschlägen und verlassenen Meilern. Zuweilen wandte Viktor sich um und überzeugte sich, daß sie ihm auch noch folgte, denn er konnte ihre Schritte nicht hören; und selbst wenn er sich umdrehte und sie dicht vor ihm stand, mußte er sich sehr anstrengen, sie zu sehen, denn ihr gelb-grünes Kleid machte sie fast unsichtbar.

Schließlich gelangten sie zu einer Lichtung, einer gerodeten Stelle im Walde, und als Viktor mitten auf der grünen Fläche stand, stürzte der Stier hervor, als ob er nur auf diesen Augenblick gewartet hätte. Er war schwarz, hatte einen weißen Stern auf der Stirn, und seine Augen waren blutunterlaufen.

Weil eine Flucht nicht mehr möglich war, mußte Viktor auf seine Verteidigung bedacht sein. Er warf einen Blick auf den Boden und siehe da: Dort lag eine frisch geschlagene Zaunlatte, die am einen Ende in eine Art Keule auslief. Die nahm er auf und stellte sich in Positur.

»Du oder ich!« kommandierte er. Eins, zwei, drei!

Nun begann der Tanz. Der Stier setzte zunächst zurück wie ein manövrierender Dampfer, aus seinen Nüstern quoll Dampf, und sein Schwanz drehte sich wie ein Propeller. Dann ging es mit voller Fahrt voraus.

Die Latte sauste durch die Luft, und es knallte wie ein Schuß, als sie mitten zwischen die Augen des Stieres krachte. Viktor sprang mit einem Satz zur Seite, doch der Stier kam immer noch geradenwegs auf ihn zugerast. Mit einem Male veränderte sich die Szene: Viktor bemerkte zu seinem großen Schrecken, wie das Untier auf den Waldrand zusteuerte, wo in einem hellen Kleid seine Braut herbeieilte, um ihren Bräutigam zu suchen.

Da schrie er aus Leibeskräften: »Schnell, Anna, auf einen Baum, der Stier kommt!«

Dann lief er geschwind dem Ungeheuer nach und schlug gegen die schmalste Stelle seiner Hinterbeine, um möglichst ein Schienbein zu zerschmettern. Und mit schier übermenschlichen Kräften gelang es ihm tatsächlich, den Koloß zu Boden zu strecken. Anna war gerettet, und der Lotse schloß sie in seine Arme.

»Wohin sollen wir nun gehen?« fragte er. »Wir gehen doch sicher nach Hause.«

Zu fragen, woher sie käme, fiel ihm nicht ein. Warum, das werden wir später noch erfahren.

Nun schritten sie Hand in Hand den schmalen Pfad entlang und waren glücklich über das unerwartete Wiedersehen. Aber nachdem sie eine Weile so gegangen waren, hielt Viktor plötzlich an und sagte: »Warte bitte einen Augenblick, ich muß mal nach dem Stier sehen, denn ein wenig leid tut er mir doch.«

Da verwandelte sich Annas Gesicht, und ihre Augenwinkel füllten sich mit Blut. Mit einem wilden und bösen Ausdruck sagte sie nur: »Geh schon, ich warte!«

Der Lotse betrachtete sie mit betrübten Blicken, denn er spürte deutlich, daß sie die Unwahrheit sprach. Trotzdem blieb er bei ihr. Ihr Gang war jedoch so ungewöhnlich, daß er auf der linken Seite zu frösteln begann.

Als sie noch eine Weile so weitergegangen waren, blieb Viktor wieder stehen.

»Gib mir deine Hand«, bat er. »Nein, die linke.«

Da sah er, daß der Ring fehlte.

»Wo ist der Ring?« fragte er.

»Den habe ich verloren«, antwortete sie.

»Seltsam! Du bist meine Anna, und du bist es auch wieder nicht. Ein fremdes Wesen ist in dich gefahren.«

In diesem Augenblick warf sie ihm von der Seite her einen Blick zu, und er sah, daß es nicht der Blick eines Menschen, sondern der blutunterlaufene Blick eines Stieres war. Nun wußte er, woran er war.

»Weiche von hinnen, Elende!« sagte er und spuckte ihr ins Gesicht.

Was nun folgte, hätte man mal sehen sollen! Die falsche Anna nahm eine andere Gestalt an, ihr Gesicht wurde gelblichgrün wie Galle, und dann zerplatzte sie vor Wut. Fast im gleichen Augenblick aber schoß ein schwarzes Kaninchen in langen Sätzen über das Heidelbeerkraut und verschwand.

Nun stand Viktor dort allein im Dickicht des Waldes, aber er gab sich deswegen nicht etwa verloren, sondern dachte: Ich gehe einfach drauflos; und wenn der Leibhaftige selber kommt, spreche ich getrost das ganze Vaterunser, das wird schon eine Weile reichen.

So schritt er munter weiter und kam schließlich zu einer kleinen Hütte. Dort klopfte er an, und ein altes Weib öffnete ihm.

Viktor fragte sie, ob er hier übernachten könne, und die Alte antwortete ihm, daß er gern bleiben könnte, sie habe aber nur eine sehr bescheidene Kammer auf dem Boden anzubieten.
»Sie mag sein, wie sie will, ich muß jetzt schlafen!«
Nachdem sie sich geeinigt hatten, durfte er ihr auf den Boden und in die Kammer folgen. Über dem Bett hing ein großes Hornissennest, und die Alte entschuldigte sich wegen der ungebetenen Gäste.
»Macht nichts; Hornissen sind genau wie Menschen: Solange man sie nicht reizt, tun sie einem nichts. Gibt es hier denn auch Schlangen?«
»Oh ja, davon haben wir natürlich auch ein paar.«
»Na, wenn schon! Die lieben ja Bettwärme, und wir werden uns schon vertragen. Sind es denn Kreuzottern oder Ringelnattern? Ich lege zwar keinen Wert auf solche Gesellschaft, aber Nattern würde ich in diesem Falle vorziehen!«
Die Alte war sprachlos, als der Lotse das Bett zu richten begann und die bestimmte Absicht zu erkennen gab, in dem Zimmer zu schlafen.
Im gleichen Augenblick war draußen vor dem geschlossenen Fenster ein klägliches Summen zu vernehmen, und eine große Hornisse flog gegen die Scheiben.
»Laßt das arme Ding doch herein!« sagte der Lotse und wollte das Fenster öffnen.
»Was für ein greuliches Biest!« schrie die Alte. »Schlagt es lieber tot!«
»Warum denn? Sie hat vielleicht Junge hier, die Hunger leiden müßten, und ich wär dann gezwungen, hier zu liegen und mir die ganze Nacht das Kindergeschrei anzuhören. Oh nein, besten Dank!... Komm nur herein, kleine Hornisse!«
»Sie wird aber stechen«, beharrte die Alte.
»I bewahre, die sticht nur böse Menschen...«
Er öffnete das Fenster, und die Hornisse, die so groß war wie ein Taubenei, kam hereingeschwirrt. Summend wie eine Baß-Saite flog sie gleich in das Nest hinauf. Dann wurde es still.
Die Alte entfernte sich, und der Lotse kroch ins Bett.
Als er am folgenden Morgen in die Stube hinunterkam, war die Alte nicht da, doch auf dem einzigen Stuhl saß eine schwarze

Katze und schnurrte. Katzen sind nun mal zum Schnurren verurteilt, weil sie so faul sind, und etwas müssen sie ja schließlich auch tun.

»Mach Platz, Katze!« sagte der Lotse. »Ich will sitzen.«

Mit diesen Worten nahm er die Katze und setzte sie auf den Herd. Aber es war keine gewöhnliche Katze, denn aus ihren Rückenhaaren begannen plötzlich Funken zu sprühen, so daß die Späne Feuer fingen.

»Wenn du Feuer machen kannst, wirst du auch Kaffee kochen können«, sagte der Lotse.

Doch die Katze war nicht gesonnen, das zu tun, was ein anderer von ihr wollte; sie begann zu fauchen und zu spucken, bis das Feuer erlosch.

Im selben Augenblick hörte der Lotse, wie ein Spaten gegen die Wand des Häuschens gestellt wurde, und als er hinausschaute, erblickte er die Alte. Sie stand neben einer Grube, die sie soeben im Garten ausgehoben hatte.

»So so, du schaufelst also mein Grab, Alte«, sagte er.

Gleich darauf trat diese zur Tür herein. Als sie sah, daß Viktor gesund und munter war, geriet sie außer sich vor Verwunderung und gestand, daß noch nie zuvor jemand lebend aus der Kammer herausgekommen wäre. Deswegen habe sie das Grab schon im voraus geschaufelt. Weil sie aber schlechte Augen hatte, schien es ihr, daß der Lotse ein seltsames Halstuch trüge.

»Solch ein Halstuch hast du sicher noch nie gesehen«, sagte Viktor und strich mit der Hand unter seinem Kinn entlang.

Dort saß eine Schlange, die sich zu einem feinen Knoten mit zwei gelben Flecken geringelt hatte; das waren ihre Ohren, und die Augen funkelten wie Edelsteine.

»Zeig mal der Tante deine Krawattennadeln«, sagte der Lotse. Und als er der Schlange den Kopf kraulte, kamen in ihrem Rachen zwei Zähne zum Vorschein.

Da verlor die Alte vollkommen die Fassung und rief:

»Jetzt sehe ich, daß du meinen Brief bekommen und verstanden hast. Du scheinst das Herz auf dem rechten Fleck zu haben.«

»Ach so, der Brief im Automaten kam von dir«, sagte der Lotse und holte ihn aus seiner Brusttasche. »Den will ich mir hinter Glas einrahmen, sobald ich nach Hause komme.«

Und was stand in dem Briefe? Nun, nur diese paar Worte in deutscher Sprache: »Man soll sich nie verblüffen lassen«, die man auch so übersetzen kann: »Dem Mutigen steht das Glück zur Seite.«

Als Annemarie hörte, daß ihre Mutter die Geschichte mit diesen Worten beenden wollte, fragte sie:

»Ja, aber wie war es denn nur möglich, daß der Lotse auf dem Schiff in eine Passage gelangen konnte, und kehrte er denn nicht von dort zurück? Oder hatte er das alles nur geträumt?«

»Das sollst du ein andermal erfahren, du kleiner neugieriger Fratz«, antwortete die Mutter.

»Ja, aber da standen doch auch noch ein paar Verse in einem Buch...«

»Was für Verse? Ach so, du meinst dort im Schneckenladen... Ja, die habe ich vergessen...«, sagte die Mutter. »Aber nach so etwas fragt man nicht; es ist doch nur ein Märchen, liebes Kind!«

AMOS TUTUOLA

Der vollendete Herr

Ein sehr großer Markt

Es war ein sehr großer Markt in dieser Stadt, von wo die Tochter entführt worden war, und der Markttag war auf jeden fünften Tag festgesetzt, und die ganze Bevölkerung der Stadt und aller Dörfer ringsum und auch Geister und seltsame Wesen aus mancherlei Wäldern und aus diesem oder jenem Busch kamen an jedem fünften Tag auf den Markt, um Waren zu verkaufen oder zu kaufen. Um vier Uhr nachmittags wurde der Markt dann geschlossen, und jedermann machte sich auf nach dem Ort seiner Bestimmung oder kehrte dahin zurück, woher er gekommen war.

Die Tochter des Stadtoberhauptes trieb ein klein wenig Handel, sie war ein heiratsfähiges Mädchen zu der Zeit, da sie entführt wurde. Schon vorher hatte ihr der Vater zu heiraten nahegelegt, aber sie hatte nicht auf ihren Vater gehört. Er hatte sich daraufhin selbst nach einem Mann für sie umgesehen, doch das Fräulein hatte sich hartnäckig geweigert, den Mann, den ihr der Vater vorstellte, zu heiraten. Danach hatte der Vater sie sich selbst überlassen.

Dieses Fräulein war schön wie ein Engel, aber kein Mann konnte sie zur Heirat bewegen. Und eines Tages ging sie, wie sie es immer getan hatte, am Markttag zum Markt, ihre Waren zu verkaufen. Da sah sie an diesem Markttag auf dem Markt ein seltsames Wesen, einen Mann, den sie niemals vorher gesehen hatte und von dem sie nicht wußte, woher er kam.

Ein sehr feiner Herr

Er war ein schöner vollkommener Herr, er trug die feinsten und kostbarsten Kleider, alle Teile seines Körpers waren vollendet, er war ein großer, aber kräftiger Mann. Wie er so auf den Markt kam an diesem Tag – wäre er ein verkäufliches Tier oder eine Ware gewesen, er hätte mindestens zweitausend Pfund Sterling gebracht. Im gleichen Augenblick, da das Fräulein ihn sah, fragte sie ihn auch schon, wo er denn lebe. Aber der feine Herr gab ihr gar keine Antwort, er kümmerte sich überhaupt nicht um sie. Als sie aber merkte, daß er keine Notiz von ihr nahm, ließ sie ihre Waren im Stich, begann, den Weg des vollendeten Herrn über den Markt zu verfolgen, und verkaufte nichts mehr.

Nach und nach schloß der Markt für den Tag, und die Leute auf dem Markt machten sich auf den Heimweg, auch der vollendete Herr schickte sich an, zum Ort seiner Bestimmung zu gehen – aber da ihm das Fräulein die ganze Zeit über mit den Augen gefolgt war, sah sie, wie er seinen Heimweg antrat, und sie ging hinter ihm (dem vollendeten Herrn) her, einem unbekannten Ziel zu. Doch wie sie dem vollendeten Herrn so die Straße entlang folgte, forderte er sie auf, umzukehren oder doch wenigstens ihm nicht mehr zu folgen; das Fräulein hörte aber nicht auf das, was er sagte, und als es der vollendete Herr müde geworden war, ihr zu sagen, sie möge ihm nicht mehr folgen und umkehren, da ließ er sie folgen.

Als sie aber ungefähr zwölf Meilen vom Markte entfernt waren, verließen sie die Straße, auf der sie gewandert waren, und begannen, in einen endlosen Wald einzudringen, den nur schreckliche Wesen bewohnten.

Die geliehenen Teile sind zurückzuerstatten

Und wie sie nun so in diesem endlosen Walde dahingingen, begann der vollkommene Herr vom Markt, dem das Fräulein folgte, die geliehenen Teile seines Körpers den Eigentümern zurückzugeben und ihnen das Leihgeld dafür zu zahlen. Als sie da hinkamen, wo er den linken Fuß ausgeliehen hatte, zog er ihn aus, gab ihn dem Eigentümer zurück, zahlte, und sie gingen weiter. Als sie dort hinkamen, wo er den rechten Fuß ausgeliehen hatte, zog er ihn aus, gab ihn dem Eigentümer und zahlte. Nun waren beide Füße zurück an die Besitzer gegeben, und er fing an, auf der Erde zu kriechen. Da hatte das Fräulein den Wunsch, umzukehren in ihre Stadt und zu ihrem Vater, aber das schreckliche Wesen erlaubte ihr's nicht, umzukehren in ihre Stadt und zu ihrem Vater, und sagte: »Ich hatte dir gesagt, du sollst mir nicht folgen, bevor wir noch in diesen Wald einbogen, der allein den schrecklichen und seltsamen Geschöpfen gehört. Aber erst als ich ein unvollkommener Herr wurde, da wolltest du gehen; das ist nun vorbei, das hast du versäumt. Außerdem hast du ja noch gar nichts gesehen. Jetzt folgst du mir.«

Und so gingen sie weiter und kamen dahin, wo er den Bauch, die Rippen, die Brust und das andere ausgeliehen hatte, und er zog Bauch, Rippen, Brust und das andere aus, gab es dem Eigentümer und zahlte die Leihgebühr.

Da blieben dem Herrn oder schrecklichen Wesen allein der Kopf mit dem Hals und beide Arme, und er konnte auch nicht mehr kriechen wie vorher, sondern kam nur noch hüpfend voran wie ein Ochsenfrosch. Nun wurde das Fräulein beinahe ohnmächtig beim Anblick dieses furchtbaren Wesens, dem sie gefolgt war. Und wie sie so sah, daß aber auch jeder Teil dieses vollendeten Herrn vom Markt gemietet oder ausgeliehen war und zurückgegeben wurde an die Besitzer, begann sie alles zu versuchen, damit sie zurückkehren könne zur Stadt ihres Vaters, aber das furchtbare Wesen erlaubte ihr's nicht.

So kamen sie an die Stelle, wo er beide Arme geliehen hatte; er zog sie aus, gab sie dem Eigentümer und zahlte dafür. Und immer weiter gingen sie in diesem endlosen Wald; sie kamen an den Ort, wo der Hals ausgeliehen war, und er zog ihn aus, gab ihn dem Eigentümer, und auch für ihn zahlte er.

Ein vollendeter Herr, bis auf den Kopf zusammengeschrumpft

Und nun war der vollendete Herr bis auf den Kopf zusammengeschrumpft, und sie kamen an den Ort, wo er die Haut und das Fleisch des Kopfes ausgeliehen hatte, er gab sie zurück, zahlte dem Eigentümer und war jetzt (der vollendete Herr vom Markt) nur noch ein Schädel, und dem Fräulein verblieb einzig die Gesellschaft des Schädels. Und als das Fräulein das sah: daß sie nur noch mit einem Schädel zusammen war, da begann sie davon zu sprechen, daß ihr Vater ihr nahegelegt habe zu heiraten, aber daß sie nicht auf ihn gehört und ihm nicht vertraut habe.

Und sie drohte, angesichts des Herrn, der zum Schädel geworden war, ohnmächtig zu werden, aber der Schädel sagte ihr nur, wenn sie sterben würde, würde sie eben sterben, aber sie würde ihm doch zu seinem Haus folgen müssen.

Und gleich nachdem er das zu ihr gesagt hatte, fing er an, mit einer schrecklichen Stimme wie ein Brummkreisel zu brummen, und die Stimme wuchs mächtig an, so daß jemand, der zwei Meilen entfernt war, ihn gehört hätte, ohne lauschen zu müssen. Da rannte das Fräulein weg in den Wald um ihr Leben, aber der Schädel verfolgte sie und holte sie nach ein paar Yards wieder ein, denn er war sehr flink und geschickt und konnte Sprünge machen von einer Meile, bevor er den Boden berührte. Er fing das Fräulein, indem er sie überholte und ihr den Weg wie ein Baumstumpf versperrte.

Eine sehr tiefe Höhle

Und so folgte das Fräulein dem Schädel zu seinem Haus, und das Haus war eine sehr tiefe Höhle unter der Erde. Als sie ankamen, traten sie ein in die Höhle. Und es waren nur Schädel, die darin lebten. Und während sie die Höhle betraten, befestigte er eine einzelne Muschel am Halse des Fräuleins mit einer Art Schnur, danach brachte er einen riesigen Frosch, auf den sie sich als Stuhl niederließ, und einem Schädel von seiner Art gab er eine Pfeife und den Auftrag, achtzuhaben auf dieses Fräulein, wenn sie davonlaufen wolle. Denn der Schädel wußte bereits, daß das Fräulein versuchen würde, aus seiner Höhle zu fliehen. Dann aber ging er in den hinteren Raum der Höhle, wo seine Familie sich tagsüber aufhielt.

Eines Tages jedoch versuchte das Fräulein tatsächlich, aus der Höhle zu fliehen, aber im gleichen Augenblick, da der Schädel, der das Fräulein bewachte, den anderen Schädeln im Hintergrund der Höhle pfiff, kamen sie alle herausgestürzt an die Stelle, wo das Fräulein sonst auf dem Ochsenfrosch saß, und wie sie so alle herausgestürzt kamen, rollten sie über den Boden, als wenn tausend Petroleumfässer eine gepflasterte Straße entlanggerollt würden.

Nachdem sie das Fräulein gefangen hatten, brachten sie sie zurück auf den Frosch. Und wenn der Schädel, der sie bewachte, in Schlaf fiel und das Fräulein zu entkommen versuchte, würde nun die Muschel, die an ihrem Halse befestigt war, den Schädel, der das Fräulein bewachte, mit einem schrecklichen Lärm alarmieren, so daß der Schädel sofort aufwachen würde, und dann käme der Rest der Schädelfamilie zu Tausenden aus dem Hintergrund der Höhle gestürzt, und sie würden mit seltsamen und furchtbaren Stimmen fragen, was sie denn wolle.

Aber das Fräulein würde gar nicht antworten können, weil sie stumm war von dem Augenblick an, da man ihr die Muschel befestigt hatte am Hals.

GÉRARD DE NERVAL

Das grüne Scheusal

I

Das Teufelsschloß

Ich will von einem der ältesten Bewohner von Paris erzählen, den man einst den Teufel Vauvert nannte. Daher auch die Redensart: »Das ist ja beim Teufel Vauvert! Geht zum Teufel Vauvert!« Was bedeuten soll: Schert euch zum Teufel auf dem Rinnstein! Und Dienstleute pflegen zu sagen: »Das ist ja beim Teufel aux vert«, was im Grünen heißt, wenn sie nämlich einen entlegenen Ort meinen und sich den Auftrag sehr teuer bezahlen lassen wollen. Das ist natürlich eine fehlerhafte, entstellte Redensart, wie so vieles, was unter den Parisern gang und gäbe ist.

Tatsächlich haust der Teufel Vauvert in Paris, und zwar seit einigen Jahrhunderten, wenn man den Historikern Glauben schenken darf. Sauval, Félibien, Sainte-Foix und Dulaure haben des langen und breiten über seine Eskapaden berichtet. Zuerst scheint er im Schloß Vauvert gewohnt zu haben, das sich einmal dort befand, wo heute das muntere Tanzlokal »Zur Kartause« steht, am äußersten Ende des Jardin du Luxembourg und gegenüber den Alleen des Observatoriums, in der Rue d'Enfer.

Das Schloß hatte keinen guten Ruf, es wurde zerstört, und seine Trümmer kamen in den Besitz jenes Kartäuserklosters, in dem 1414 Jean de la Lune verstarb, der Neffe des Gegenpapstes Benedikt XIII. Jean de la Lune stand in dem Verdacht, mit einem Teufel in Verbindung zu stehen, der vielleicht der Hausgeist des alten Schlosses Vauvert gewesen war. Bekanntlich hat ja jedes dieser Herrschaftshäuser seinen eigenen Hausgeist.

Über diese interessante Episode ist uns seitens der Historiker nichts Genaues überliefert.

Zur Zeit Ludwigs XIII. machte der Teufel Vauvert wieder von sich reden.

Seit längerer Zeit schon hatte man jeden Abend beträchtlichen Lärm in jenem Haus gehört, das sich über den Trümmern des ehemaligen Klosters erhob und dessen gegenwärtige Besitzer mehrere Jahre nicht anwesend waren. Die Nachbarn beunruhigte das sehr.

Sie gingen zum Polizeipräfekten und machten ihm Mitteilung; er schickte ein paar Gendarmen hin.

Aber wie staunten die Hüter der Ordnung, als sie an Ort und Stelle nicht nur schallendes Gelächter, sondern auch Gläserklirren hörten!

Sie dachten, Geldfälscher seien dabei, eine Orgie zu feiern, und da sie aus dem vollführten Lärm auf viel Leute schlossen, holten sie erst einmal Verstärkung heran.

Dann waren sie der Meinung, auch die Korporalschaft reiche noch nicht aus, denn keinem Sergeanten war es wohl bei dem Gedanken, seine Männer in diese Räuberhöhle zu schicken, wo sich eine ganze Armee auszutoben schien. Schließlich traf gegen Morgen ein ausreichender Polizeikordon ein. Das Haus wurde besetzt. Man fand nichts.

Die Sonne verscheuchte die Schatten.

Den ganzen Tag über wurde alles gründlich durchsucht; man kam zu dem Schluß, daß der Lärm aus den Katakomben komme, die sich bekanntlich unter dem ganzen Viertel hinziehen.

Der Entschluß wurde gefaßt, in die Katakomben einzusteigen. Aber während noch die Polizei ihre Anstalten dazu traf, war es wieder Abend geworden, und der Lärm begann von vorn und diesmal stärker denn je.

Nun wagte niemand mehr hinunterzusteigen, denn jedermann wußte, daß es im Keller ausschließlich Flaschen gab. Folglich mußte es der Teufel selbst sein, der sie tanzen ließ. Man gab sich damit zufrieden, die Zugänge zur Straße abzuriegeln und die Geistlichkeit um Gebete zu bitten.

Die Geistlichkeit betete mit Eifer, und mit Hilfe von Spritzen wurde der Keller durch einen Lichtschacht sogar mit Weihwasser besprengt.

Der Lärm dauerte an.

II

Der Sergeant

Beharrlich verstopfte das Volk von Paris eine ganze Woche lang alle Zugänge zu diesem Viertel, entsetzte sich laut und wollte Neues wissen.

Schließlich erklärte sich ein Sergeant, der beim Henker diente und beherzter war als alle anderen, bereit, in den verwünschten Keller hinabzusteigen – unter der Bedingung, daß man ihm eine Pension versprach, die im Fall seines Ablebens an eine Näherin namens Margot ausgezahlt werden sollte.

Er war ein tapferer Mann, eher verliebt als glaubensfromm. Ihn hatte nämlich die Leidenschaft zu dieser Näherin ergriffen, die recht angesehen und vor allem sparsam, man könnte sogar sagen ein bißchen geldgierig war und einen einfachen Sergeanten ganz ohne Mittel unter keinen Umständen geheiratet hätte.

Wenn er sich jedoch diese Pension verdiente, so war der Sergeant in ihren Augen plötzlich ein anderer.

Angespornt von dieser Aussicht, rief er aus, er glaube weder an Gott noch an den Teufel und werde mit diesem Lärm schon fertig werden.

»Woran glaubst du denn?« fragte ihn einer seiner Kameraden.

»Ich glaube an den Herrn Strafrichter und an den Henker von Paris«, erwiderte er.

Womit er ein großes Wort gelassen aussprach.

Er nahm seinen Dolch zwischen die Zähne und in jede Hand eine Pistole, so begab er sich mutig zur Treppe.

Als er den Fuß auf den Kellerboden setzte, empfing ihn ein höchst ungewöhnliches Schauspiel. Alle Flaschen tanzten eine Sarabande und vollführten die graziösesten Figuren.

Die grün versiegelten Flaschen stellten die Männer dar, die roten die Frauen. Sogar ein Orchester war vorhanden, das es sich auf den Flaschenregalen bequem gemacht hatte.

Die leeren Flaschen klangen wie Blasinstrumente, die zerbrochenen wie Glockenspiel und Triangel, und die gesprungenen hatten einen so eindringlichen Ton, daß man sie für Geigen halten konnte.

Der Sergeant hatte einige Gläser getrunken, bevor er sich auf das Abenteuer eingelassen hatte, und als er jetzt nichts als Flaschen um sich sah, fühlte er sich vollkommen am Platze und begann ebenfalls zu tanzen.

Da die allgemeine Fröhlichkeit und das Spektakel ihn mutiger machten, ergriff er eine reizende Flasche mit langem Hals, anscheinend weißer Bordeaux mit sauberem roten Siegel, und drückte sie zärtlich an seine Brust.

Von allen Seiten schlug ihm wahnsinniges Gelächter entgegen; verwirrt ließ der Sergeant die Flasche fallen, und sie zersprang in tausend Stücke.

Der Tanz hörte auf. Schreckensschreie erschallten aus allen Ecken des Kellers, und dem Sergeanten sträubten sich die Haare, als er sah, daß der verschüttete Wein eine Blutlache bildete.

Der Leib einer nackten Frau, das blonde Haar benetzt von der Flüssigkeit auf dem Boden, lag zu seinen Füßen.

Der Teufel in Person hätte dem Sergeanten keine Furcht eingejagt, aber dieser Anblick erfüllte ihn mit Grauen, und als er sich darauf besann, daß er ja über die Erfüllung seiner Mission werde berichten müssen, ergriff er eine Flasche mit grünem Siegel, die sich vor Lachen über ihn auszuschütten schien, und rief:

»Eine hab ich wenigstens!«

Ungeheures Gelächter war die höhnische Antwort.

Inzwischen hatte er die Treppe wieder erreicht und zeigte seinen Kameraden die Flasche:

»Hier habt ihr das Gespenst! Ihr seid ja zu feige« (er drückte sich noch etwas deftiger aus), »daß ihr euch nicht traut, da hinunterzusteigen!«

Sein Spott ärgerte die anderen Gendarmen; sie eilten in den Keller, wo sie nichts andres fanden als eine zerbrochene Flasche Bordeaux. Alle anderen standen ordentlich an ihrem Platz. Den Gendarmen tat die zerbrochene Flasche leid. Weil sie aber nun mal gerade tapfer waren, konnte sie niemand daran hindern, pro Kopf eine Flasche mitgehen zu lassen.

Sie durften sie sogar austrinken.

Der Sergeant meinte allerdings dazu:

»Was mich angeht, so hebe ich mir meine Flasche für die Hochzeit auf.«

Die in Aussicht gestellte Pension konnte man ihm nicht versagen, er heiratete seine Näherin und...
Meint ihr, sie hätten viele Kinder bekommen?
Sie bekamen nur eins.

III

Was weiter geschah

Als er in der Rapée Hochzeit feierte, stellte der Sergeant seine ominöse Flasche mit dem grünen Weinsiegel zwischen sich und seine Frau und bestimmte, daß nur ihr und ihm daraus eingeschenkt werden dürfe.
Die Flasche war grün wie Klee, der Wein rot wie Blut.
Neun Monate später brachte die Näherin ein kleines Scheusal zur Welt. Es war vollkommen grün und hatte rote Hörner auf der Stirn. Auf denn, ihr lieben jungen Mädchen, zum Tanz in der »Kartause«, wo sich einst das Schloß Vauvert erhob!
Inzwischen wuchs das Kind heran und nahm, wenn nicht gerade an Tugend, so doch an Körpergröße zu. Zweierlei gefiel seinen Eltern gar nicht: seine grüne Haut und sein Schwanzstummel, der zuerst nichts als eine Verlängerung des Steißbeins zu sein schien, sich allmählich aber zu einem richtigen Schwanz auswuchs.
Sie befragten die Professoren, die es für unmöglich hielten, den Auswuchs operativ zu entfernen, ohne dabei das Leben des Kindes aufs Spiel zu setzen. Es sei, fügten sie hinzu, ein ziemlich seltener Fall, doch hätten schon Herodot und der jüngere Plinius solche Beispiele erwähnt. Das System Fourier hat also damals noch niemand vorausgesehen.
Und was die Hautfarbe angeht, so führten die Professoren sie auf eine übermäßige Gallenabsonderung zurück. Immerhin versuchte man mit verschiedenen Bleichmitteln, die allzu dunkle Hautfarbe aufzuhellen, und nach einer ganzen Reihe von Waschungen und Einreibungen gelang das auch wirklich; zuerst wurde die Haut flaschengrün, dann wassergrün und schließlich apfelgrün. Einen Augenblick hatte es sogar den Anschein, als sollte sie ganz weiß werden, aber am Abend nahm sie wieder die alte Tönung an.

Der Sergeant und die Näherin konnten sich gar nicht trösten über den Kummer, den ihnen das kleine Scheusal bereitete, denn es wurde immer dickköpfiger, jähzorniger und boshafter.

Ihr Kummer führte sie einem Laster in die Arme, das unter Leuten ihrer Art nur allzu verbreitet ist. Sie ergaben sich dem Trunk.

Allerdings wollte der Sergeant immer nur Wein mit roten Siegeln und seine Frau nur Wein mit grünen Siegeln trinken.

Jedesmal, wenn der Sergeant sternhagelvoll war, sah er dann im Traum die blutende Frau, deren Anblick ihn im Keller, als er die Flasche zerbrochen hatte, so entsetzte.

Diese Frau sagte dann zu ihm:

»Warum hast du mich so ans Herz gedrückt und dann umgebracht, da ich dich doch so liebte?«

Und jedesmal, wenn die Frau des Sergeanten zuviel von dem grünversiegelten Wein zu sich genommen hatte, erblickte sie im Traum einen schrecklich aussehenden, großen Teufel, der zu ihr sagte:

»Warum wunderst du dich, mich zu sehen? Schließlich hast du doch aus der Flasche getrunken. Bin ich etwa nicht der Vater deines Kindes?«

Welch Geheimnis!

Als das Kind dreizehn Jahre alt war, verschwand es.

Seine Eltern waren untröstlich und tranken weiter, aber niemals wieder sahen sie im Traum jene grauenhaften Erscheinungen, die ihnen den Schlaf gestört hatten.

IV

Moral

So wurde der Sergeant für seine Ungläubigkeit und die Näherin für ihre Geldgier bestraft.

V

Was aus dem grünen Scheusal wurde

Das hat nie jemand erfahren.

ROBERT LOUIS STEVENSON

Der Leichenräuber

Das ganze Jahr hindurch saßen wir vier jeden Abend in dem kleinen Gastzimmer des »George« beieinander – der Inhaber des Beerdigungsinstituts, der Gastwirt, Fettes und ich. Manchmal waren auch noch andere dabei. Aber ob gutes oder schlechtes Wetter, ob Regen, Schnee oder Frost, wir vier jedenfalls saßen dort, jeder in seinem bestimmten Lehnstuhl. Fettes war ein alter, dem Alkohol ergebener Schotte, ein Mann von offenbar guter Herkunft und mit einigem Vermögen, da er sein Leben mit Nichtstun verbrachte. Vor Jahren, als junger Mann, war er nach Debenham gekommen und hatte sich nur durch seine lange Ansässigkeit hier das Bürgerrecht erworben. Sein blauer Kamelottmantel gehörte ebenso wie der Kirchturm zu den Altertümern der Stadt. Sein Stammplatz in der Gaststube des »George«, sein Fernbleiben von der Kirche, seine alte, scheußliche Trunksucht gehörten in Debenham durchaus zu den Alltäglichkeiten. Er hatte etwas verschwommene, radikale Anschauungen und eine gewisse oberflächliche Ungläubigkeit, zu der er sich immer wieder bekannte und bei deren Verkündigung er mit zittriger Hand auf den Tisch schlug. Er trank Rum – regelmäßig jeden Abend seine fünf Glas – und saß dann fast die ganze Zeit hindurch da, das Glas in der rechten Hand, in einem Dämmerzustand melancholischer alkoholischer Zufriedenheit. Wir nannten ihn den Doktor, denn es hieß, er habe einige medizinische Kenntnisse und könne notfalls einen Knochenbruch richten und eine Verrenkung wieder in Ordnung bringen. Aber abgesehen von diesen wenigen Einzelheiten wußten wir kaum etwas von seinem Wesen und seinem Vorleben.

An einem dunklen Winterabend – es hatte bereits vor einiger Zeit neun Uhr geschlagen, ehe der Wirt sich zu uns setzte – war ein Kranker in den »George« gebracht worden, ein reicher Grundbesitzer aus der Nachbarschaft, der auf dem Wege zum Parlament plötzlich einen Schlaganfall erlitten hatte. Des großen Mannes noch größerer Arzt war aus London telegrafisch an sein Krankenbett gerufen worden. Es war das erstemal, daß sich in Debenham so etwas ereignete, denn die Eisenbahnstrecke war erst vor kurzem eröffnet worden. Wir alle waren daher über diesen Zwischenfall recht erregt.

»Er ist da«, sagte der Wirt, nachdem er seine Pfeife gestopft und angezündet hatte.

»Er?« fragte ich. »Wer – doch nicht der Doktor?«

»Doch, er selbst«, erwiderte unser Wirt.

»Wie heißt er denn?«

»Doktor Macfarlane«, sagte der Wirt.

Fettes war mit seinem dritten Glase fertig und schon ziemlich angetrunken. Bald nickte er ein, bald blickte er verwirrt um sich. Doch bei dem letzten Wort schien er zu erwachen und wiederholte den Namen Macfarlane zweimal, zuerst noch ganz ruhig, aber das zweitemal in plötzlicher Erregung.

»Ja«, sagte der Wirt, »so heißt er, Doktor Wolfe Macfarlane.«

Im Augenblick war Fettes nüchtern. Seine Augen öffneten sich, seine Stimme wurde klar, laut und bestimmt, seine Sprache fest und ernst. Wir alle waren über diese Wandlung so bestürzt, als wäre ein Mensch von den Toten auferstanden.

»Ich bitte um Verzeihung«, sagte er. »Ich fürchte, ich habe Ihrer Unterhaltung nicht viel Aufmerksamkeit geschenkt. Wer ist dieser Wolfe Macfarlane?« Als er dem Wirt zugehört hatte, fuhr er fort: »Das kann doch nicht sein, das kann doch nicht sein. Und doch würde ich ihn gern von Angesicht zu Angesicht sehen.«

»Kennen Sie ihn, Doktor?« fragte der Leichenbestatter atemlos.

»Gott bewahre«, kam die Antwort; »und doch, der Name ist so seltsam. Die Annahme, daß zwei so heißen, wäre doch ziemlich unwahrscheinlich. Sagen Sie mir, Herr Wirt, ist er alt?«

»Nun«, erwiderte der, »er ist sicher kein junger Mann mehr, und sein Haar ist weiß; aber er sieht jünger aus als Sie.«

»Trotzdem ist er älter, Jahre älter, aber« – mit einem Schlag auf den Tisch – »das ist der Rum, der mein Gesicht gezeichnet hat – der Rum und das Laster. Dieser Mann hat vielleicht ein leichtes Gewissen und eine gute Verdauung. – Gewissen! Hören

Sie einmal zu. Sie denken vielleicht, ich sei ein guter, alter, ehrlicher Christenmensch, nicht wahr? Aber nein, das stimmt nicht. Ich habe mich nie verstellt. Voltaire hätte vielleicht geheuchelt, wenn er in meiner Haut gesteckt hätte. Aber das Hirn« – damit klopfte er kräftig auf seinen kahlen Kopf –, »das Hirn ist stets klar und lebhaft, und ich habe stets die Augen offengehalten und mir nie etwas vorgemacht.«

»Wenn Sie diesen Doktor kennen«, wagte ich nach einer etwas peinlichen Pause zu bemerken, »so muß ich annehmen, daß Sie die gute Meinung des Wirtes nicht teilen.«

Fettes beachtete mich gar nicht.

»Ja«, sagte er mit einem plötzlichen Entschluß, »ich muß ihn von Angesicht zu Angesicht sehen.«

Wieder entstand eine Pause, dann wurde im oberen Stockwerk eine Tür ziemlich laut geschlossen, und auf der Treppe hörte man Schritte.

»Das ist der Doktor«, rief der Wirt. »Passen Sie auf, dann erwischen Sie ihn.«

Es waren nur zwei Schritte aus der kleinen Gaststube bis zur Tür des alten Wirtshauses. Die breite Eichentreppe führte fast bis auf die Straße. Zwischen der Schwelle und der letzten Treppenstufe war gerade noch Platz für einen türkischen Teppich und sonst nichts. Aber dieser kleine Raum war jeden Abend hell erleuchtet, nicht nur durch die Lampe im Treppenhaus und die große Laterne unter dem Wirtshausschild, sondern auch durch das warme Licht aus dem Fenster der Gaststube. So pries sich der »George« den auf der Straße Vorübergehenden mit hellem Schein selbst an. Festen Schrittes ging Fettes dorthin, und wir, die wir zurückgeblieben waren, beobachteten, wie sich die beiden Männer, so wie es der eine ausgedrückt hatte, von Angesicht zu Angesicht erblickten. Dr. Macfarlane ging rasch und lebhaft. Von seinem weißen Haar stach sein bleiches, sanftes, doch auch energisches Gesicht betont ab. Er trug einen teuren Anzug von feinstem Tuch und schneeweiße Wäsche, eine auffallend goldene Uhrkette, dazu goldene Manschettenknöpfe und eine Brille aus demselben kostbaren Material. Um den Hals hatte er einen breiten, weißen Schal mit lila Punkten geschlungen, und über dem Arm hing ein bequemer Reisepelz. Zweifellos nahm er eine seinen Jahren angemessene Stellung ein. Alles an ihm deutete auf Wohlstand und Ansehen hin. Es war ein überraschender Gegensatz, unseren Zechbruder – kahlköpfig, schmutzig, mit finnigem Gesicht und in seinem alten Kamelottrock – diesem Manne am Fuß der Treppe entgegentreten zu sehen.

»Macfarlane!« sagte er ziemlich laut, mehr wie ein Ausrufer als wie ein Freund.

Als ob ihn die Vertraulichkeit der Anrede überraschte und irgendwie in seiner Würde kränkte, blieb der große Arzt auf der vierten Stufe stehen.

»Toddy Macfarlane!« wiederholte Fettes.

Der Herr aus London taumelte beinahe. Nur eine Sekunde lang starrte er den Mann vor sich an, blickte sich dann fast ängstlich um und flüsterte erschreckt: »Fettes! Du?«

»Ja«, erwiderte der andere, »ich selbst. Hast du gedacht, ich wäre auch tot? So leicht endet unsere Bekanntschaft nicht.«

»Pst, pst«, rief der Arzt. »Still, still! Diese Begegnung kommt so unerwartet – ich sehe, es geht dir nicht besonders. Ich muß gestehen, zuerst habe ich dich kaum erkannt. Aber ich bin glücklich – sehr glücklich über diesen Zufall. Im Augenblick allerdings muß es beim ›guten Tag‹ und ›auf Wiedersehn‹ bleiben, denn mein Wagen wartet, und ich darf den Zug nicht versäumen. Aber du mußt – wart einmal, ja, du mußt mir deine Adresse geben, und du kannst bestimmt damit rechnen, daß ich mich bald melde. Wir müssen etwas für dich tun, Fettes. Ich fürchte, du lebst in schlechten wirtschaftlichen Verhältnissen. Aber wir wollen unbedingt etwas für dich tun, schon um der schönen alten Zeiten willen, da wir einst des Abends zusammen gesungen haben.«

»Geld?« schrie Fettes, »Geld von dir? Das Geld, das du mir gegeben hast, liegt noch dort, wo ich es im Regen hingeschmissen habe.«

Dr. Macfarlane hatte sich in eine gewisse Überlegenheit und Vertraulichkeit hineingeredet, aber die ungewöhnliche Schärfe dieser Zurückweisung warf ihn wieder in seine anfängliche Verwirrung zurück.

Ein erschreckend häßlicher Ausdruck ging über seine fast ehrwürdigen Züge. »Mein lieber Junge«, sagte er, »damit kannst

du es halten, wie es dir paßt. Es war wirklich nicht meine Absicht, dich zu kränken. Ich will mich niemandem aufdrängen. Aber hier hast du meine Adresse –«
»Ich will sie nicht wissen, ich will das Dach nicht kennen, das dich schützt«, unterbrach ihn der andere. »Ich hörte deinen Namen. Ich fürchtete, du könntest es sein. Trotz allem wollte ich wissen, ob es einen Gott gibt. Jetzt weiß ich, es gibt keinen. Mach, daß du wegkommst!«
Immer noch stand er mitten auf dem Teppich zwischen Treppe und Tür. Der große Londoner Arzt hätte zur Seite treten müssen, um an ihm vorbei und hinauszukommen. Offensichtlich zögerte er bei dem Gedanken an diese Demütigung. Kreidebleich stand er da, hinter seinen Brillengläsern funkelte es gefährlich. Aber während er noch unschlüssig zauderte, bemerkte er, daß sein Kutscher von der Straße her diese ungewöhnliche Szene beobachtete, und gleichzeitig sah er die Blicke unserer kleinen Gesellschaft in der Stammtischecke der Gaststube auf sich gerichtet. Die Anwesenheit so vieler Zeugen bestimmte ihn zu sofortiger Flucht. Er duckte sich zusammen, drückte sich an die Wandtäfelung und schnellte wie eine Schlange vor, um die Tür zu erreichen. Aber seine Prüfung war noch nicht zu Ende, denn gerade als er vorbeischlüpfen wollte, ergriff Fettes ihn am Arm und fragte flüsternd, aber peinlich deutlich: »Hast du es wiedergesehen?«
Der große, reiche Londoner Arzt stieß einen scharfen erstickten Schrei aus, schleuderte den Fragenden quer über den Vorplatz und floh, die Hände über dem Kopf, wie ein ertappter Dieb aus dem Hause. Ehe noch einer von uns eine Bewegung hatte machen können, rasselte der Wagen bereits zum Bahnhof. Wie ein Traum war das Schauspiel vorübergegangen, aber der Traum hatte Beweise und Spuren hinterlassen. Am nächsten Tag fand der Hausdiener die schöne goldene Brille zerbrochen auf der Schwelle und an demselben Abend standen wir alle atemlos am Fenster der Gaststube, neben uns Fettes, nüchtern, bleich und mit entschlossenen Mienen.
»Gott schütze uns, Fettes«, sagte der Wirt, der als erster seine Fassung zurückgewann. »Was in aller Welt hat das zu bedeuten? Das sind ja seltsame Dinge, die Sie da gesagt haben.«

Fettes wandte sich uns zu. Einem nach dem anderen blickte er ins Gesicht. »Sehen Sie zu, daß Sie den Mund halten«, sagte er. »Es ist gefährlich, den Weg dieses Mannes Macfarlane zu kreuzen. Wer das je getan hat, der ist mit seiner Reue zu spät gekommen.«

Damit verabschiedete er sich, ohne sein drittes Glas auszutrinken, geschweige denn auf die beiden anderen zu warten, und ging unter der Laterne des Gasthauses in die dunkle Nacht hinaus.

Wir drei kehrten zu unseren Plätzen in der Gaststube mit dem großen roten Feuer und den vier hellen Kerzen zurück, und als wir alles, was sich zugetragen hatte, noch einmal durchsprachen, wurde der erste Schauder der Überraschung bald zu brennender Neugier. Lange noch saßen wir zusammen. Es war die längste Sitzung, die ich in dem alten »George« erlebt habe. Ehe wir uns trennten, hatte jeder seine eigene Theorie, die er beweisen wollte. Und jeder von uns betrachtete es als seine dringlichste Aufgabe, der Vergangenheit unseres unseligen Genossen nachzuspüren und das Geheimnis aufzudecken; das ihn mit dem großen Londoner Arzt verband. Es ist kein besonderes Verdienst, aber ich glaube, ich verstand es besser als meine beiden Freunde im »George«, eine Geschichte ans Tageslicht zu ziehen, und vielleicht lebt heute sonst niemand mehr, der euch die folgenden unerfreulichen und widernatürlichen Begebenheiten berichten könnte.

In seinen jungen Jahren studierte Fettes an der Universität von Edinburgh Medizin. Er hatte eine gewisse Begabung, nämlich das, was er hörte, schnell aufzufassen und schleunigst als eigene Weisheit weiterzugeben. Zu Hause arbeitete er wenig, war aber in Gegenwart seiner Lehrer höflich, aufmerksam und gescheit. Bald hatten sie herausgefunden, daß er ein Bursche war, der genau zuhörte und sich des Gehörten gut erinnerte. Ja, so seltsam es mir vorkam, als ich es zuerst vernahm: man hat ihn in jenen Tagen wegen seines Äußeren sehr geschätzt und bevorzugt. Damals gab es in Edinburgh einen nicht zur Universität gehörenden Anatomen, den ich hier K. nennen will. Sein Name wurde später nur allzu bekannt. Der Mann, der diesen Namen trug, schlich vermummt durch die Straßen von Edinburgh, während der Pöbel die Hinrichtung Burkes* mit lautem Beifall aufnahm und das Blut seines Auftraggebers forderte. K. stand damals auf dem Gipfel seines Ruhmes. Er war hochangesehen, teils dank seiner Begabung und Geschicklichkeit, teils infolge der Unfähigkeit seines Rivalen, des Universitätsprofessors. Die Studenten wenigstens schworen auf ihn. Fettes war überzeugt, und die anderen glaubten es ihm, daß er den Grundstein zu beruflichem Erfolg gelegt hatte, als er die Gunst dieses Mannes gewann, dessen Berühmtheit damals meteorhaft aufleuchtete. K. war zugleich ein Bonvivant und ein vorzüglicher Lehrer. Er schätzte kluge Anspielungen ebensosehr wie ein sorgfältig gearbeitetes Präparat. Mit beiden Fähigkeiten erwarb und verdiente sich Fettes seine Beachtung. Im zweiten Jahre seines Studiums bereits erhielt er daher in seinem Kursus die halbamtliche Stellung eines zweiten Prosektors oder Hilfsassistenten.

In dieser Eigenschaft oblag ihm insbesondere die Betreuung des Seziersaales und des Vorlesungsraumes. Er war für die Sauberkeit der Räumlichkeiten und die Disziplin unter den Studenten verantwortlich. Ebenso gehörte es zu seinen Pflichten, die verschiedenen Materialien zu beschaffen, in Empfang zu nehmen und zu verteilen. Mit Rücksicht auf diese Aufgabe – damals eine sehr delikate Angelegenheit – wurde er von K. in derselben Gasse und schließlich in demselben Gebäude einquartiert, in dem sich auch der Seziersaal befand. Hier wurde er oft an Wintertagen nach einer Nacht zügelloser Vergnügungen, wenn ihm die Hände noch zitterten und wenn seine Augen noch glasig und verwirrt waren, in den dunkelsten Stunden vor Anbruch des Tages von den unsauberen, verwegenen Schleichhändlern aus dem Bett getrieben, die den Seziertisch des Instituts mit Studienmaterial versorgten. Diesen Männern, seither im ganzen Lande berüchtigt, öffnete er die Tür; er half ihnen beim Tragen ihrer traurigen Last, zahlte ihnen ihren schmutzigen Lohn und blieb, wenn sie gegangen waren, mit den unerfreulichen menschlichen Resten allein. Nach einer solchen Szene pflegte er sich noch ein

---

* William Burke, Schuhmacher in Edinburgh, wurde wegen sechzehnfachen Mordes und gewerbsmäßiger Leichenräuberei 1828 zum Tode verurteilt.

paar Stunden Schlaf zu stehlen, um die nächtlichen Orgien wiedergutzumachen und sich für die Arbeit des Tages zu stärken. Nicht viele Burschen wären so unempfindlich gewesen für die Eindrücke eines Lebens, das so ständig unter dem Zeichen der Sterblichkeit verlief. Sein Geist aber war allgemeinen Überlegungen verschlossen. Lediglich der Sklave seiner eigenen Wünsche und seines niedrigen Ehrgeizes, brachte er keinerlei Teilnahme für das Glück und Unglück anderer auf. Kalt, leichtsinnig und selbstsüchtig bis zum äußersten, wie er nun einmal war, verfügte er nur über das bißchen Klugheit, fälschlich Moralität genannt, das einen Mann vor völliger Trunkenheit oder strafbarem Diebstahl bewahrt. Außerdem aber strebte er nach einem gewissen Grad von Achtung seitens seiner Lehrer und Kommilitonen und war nach Kräften bemüht, was seine äußeren Lebensumstände anging, jeden Mißerfolg zu vermeiden. Es machte ihm daher Vergnügen, sich in seinen Studien auszuzeichnen, und seinem Auftraggeber K. leistete er Tag für Tag untadeligen Augendienst. Für seinen Arbeitstag entschädigte er sich durch lärmende, gemeine nächtliche Zerstreuungen. Zog er dann die Bilanz, so erklärte sich das Organ, das er sein Gewissen nannte, für befriedigt.

Die Beschaffung von Studienobjekten war für ihn wie für seinen Vorgesetzten ein Gegenstand fortwährender Sorge. In diesem großen, fleißigen Lehrgang war anatomisches Rohmaterial ständig knapp, und die Arbeit, die sich daraus ergab, war nicht nur unerfreulich, sondern auch für alle, die damit zu tun hatten, gefährlich. Es gehörte zu K.s Politik, bei seinen Verhandlungen mit den Händlern keine Fragen zu stellen. »Sie bringen den Burschen, und wir geben das Geld«, pflegte er zu sagen, wobei er den Stabreim betonte: »quid pro quo*.« Auch empfahl er seinen Assistenten in etwas frivolem Ton: »Eurem Gewissen zuliebe stellt keine Fragen.« Das wollte er allerdings nicht so verstanden wissen, als ob es sich bei den Studienobjekten etwa um Ermordete handelte. Hätte man diesen Gedanken ihm gegenüber ausgesprochen, er wäre entsetzt zurückgefahren. Aber die Leichtfertigkeit seiner Reden bei einer so ernsten Angelegenheit war an sich schon ein Verstoß gegen die guten Sitten und eine Versu-

* Etwas für etwas, im Sinne von: Verwechslung, Ersatz.

chung für die Leute, mit denen er zu tun hatte. Fettes zum Beispiel hatte sich schon oft Gedanken gemacht über die merkwürdige Frische der Leichen. Immer und immer wieder war er über die widerlichen Galgengesichter der Halunken entsetzt, die vor Morgengrauen zu ihm kamen. Indem er so in seinen Überlegungen einen Umstand an den anderen reihte, maß er den unvorsichtigen Ratschlägen seines Vorgesetzten vielleicht eine zu unmoralische und zu kategorische Bedeutung bei. Kurz gesagt, er teilte seine Pflicht in drei Tätigkeiten auf: annehmen, was gebracht wurde, den Preis zahlen und die Augen vor der Wahrscheinlichkeit eines Verbrechens verschließen.

An einem Novembermorgen wurde diese seine Politik des Schweigens allerdings auf eine sehr harte Probe gestellt. Er hatte die ganze Nacht mit rasenden Zahnschmerzen durchwacht – wie ein Raubtier im Käfig war er in seinem Zimmer auf und ab gelaufen oder hatte sich wütend auf sein Bett geworfen – und war schließlich in jenen tiefen, jedoch keineswegs erquickenden Schlaf gefallen, der so oft auf eine Nacht voller Schmerzen folgt, als er durch die dritte oder vierte wütende Wiederholung des verabredeten Zeichens geweckt wurde. Der Mond schien blaß und hell; es war bitter kalt, und es stürmte und fror. Noch war die Stadt nicht erwacht, aber unbestimmte Geräusche kündigten bereits das Getriebe und die Hast des Tages an. Die Vampire waren später als gewöhnlich gekommen und schienen es eiliger als sonst zu haben, wieder verschwinden zu können. Schlaftrunken leuchtete Fettes ihnen die Treppe hinauf. Wie im Traum hörte er ihr irisches Gemurmel, und während sie den Sack von der traurigen Ware streiften, lehnte er verschlafen mit der Schulter gegen die Wand. Er mußte sich zusammenreißen, um den Leuten ihr Geld zu geben. Während er zahlte, fiel sein Blick auf das Gesicht der Leiche. Er stutzte. Mit erhobener Kerze trat er zwei Schritte näher.

»Allmächtiger Gott!« rief er, »das ist ja Jane Galbraith!«

Die Männer antworteten nichts, sondern schlurften zur Tür hin. »Ich kenne sie, sage ich euch«, fuhr er fort. »Gestern noch war sie frisch und munter. Das ist unmöglich, daß sie gestorben ist. Unmöglich, daß ihr diese Leiche auf ehrliche Weise bekommen habt.«

»Aber gewiß doch, Sir, da täuschen Sie sich gewaltig«, erwiderte der eine der beiden Männer.

Der andere aber blickte Fettes finster an und verlangte unverzüglich sein Geld.

Es war unmöglich, die Drohung mißzuverstehen oder die Gefahr zu übertreiben. Dem jungen Mann stockte das Herz. Er stotterte ein paar entschuldigende Worte, zahlte den Betrag und sah seine verhaßten Besucher abziehen. Kaum waren sie gegangen, da beeilte er sich, seine Zweifel zu bestätigen. An einem Dutzend unverkennbarer Merkmale erkannte er das Mädchen, mit dem er noch am Abend vorher gescherzt hatte. Entsetzt sah er an ihrem Körper Male, die auf Gewaltanwendung hindeuteten. Panische Furcht ergriff ihn, und er flüchtete sich in sein Zimmer. Dort dachte er lange über die Entdeckung nach, die er gemacht hatte, erwog nüchtern die Tragweite von K.s Anweisungen und die Gefahr, die ihm selbst aus seiner Verwicklung in eine so ernste Angelegenheit drohte. Schließlich entschloß er sich in seiner tiefen Bestürzung, den Rat seines unmittelbaren Vorgesetzten, des Lehrgangsassistenten, abzuwarten.

Der Assistent war ein junger Arzt namens Wolfe Macfarlane. Er war vor allem bei den leichtsinnigen Studenten sehr beliebt, war gewandt, verschwenderisch und gewissenlos bis zum äußersten. Er hatte Reisen gemacht und im Ausland studiert. Sein Benehmen war sonst sympathisch, nur etwas vorlaut. Er verstand etwas vom Theater und war ebenso geschickt auf der Eisbahn wie auf dem Golfplatz. Er kleidete sich mit gewagter Eleganz, und um seinem Ansehen den letzten Schliff zu geben, hielt er sich ein Gig und einen kräftigen Traber. Mit Fettes verkehrte er auf freundschaftlichem Fuß. Ihr gegenseitiges dienstliches Verhältnis verlangte ja auch eine gewisse Gemeinschaftlichkeit der Lebensführung. Wenn die Studienobjekte knapp wurden, pflegten beide in Macfarlanes Gig weit aufs Land hinauszufahren, irgendeinen einsamen Friedhof aufzusuchen und zu entweihen. Dann kehrten sie vor Morgengrauen mit ihrer Beute zur Tür des Sezierraumes zurück.

An diesem Morgen erschien Macfarlane etwas früher als sonst. Fettes hörte ihn kommen und empfing ihn auf der Treppe. Er erzählte ihm seine Geschichte und zeigte ihm den Anlaß seiner

Besorgnis. Macfarlane untersuchte die Male an dem Körper der Toten.

»Ja«, sagte er kopfnickend, »das sieht faul aus.«

»Aber was soll ich denn tun?« fragte Fettes.

»Tun?« erwiderte der andere. »Möchtest du etwas tun? Je weniger man davon spricht, desto besser, möchte ich sagen.«

»Aber es könnte sie jemand erkennen«, widersprach Fettes. »Sie war so bekannt wie der Burgberg.«

»Wir wollen's nicht hoffen«, erwiderte Macfarlane. »Und wenn es jemand tut – na, du hast sie nicht erkannt, nicht wahr, und damit Schluß. Tatsache ist, daß dies alles schon zu lange so geht. Rühr den Schlamm auf, und du bringst K. in die heillosesten Schwierigkeiten. Und auch du selbst gerätst in die Klemme und ich obendrein, wenn dir etwas zustößt. Ich möchte tatsächlich wissen, wie sich einer von uns in einem christlichen Zeugenstand ausnehmen würde oder wie, zum Teufel, wir uns herausreden sollten. Für mich, weißt du, ist das eine klare Sache, daß es sich bei all unseren Leichen, im Vertrauen gesagt, um Ermordete handelt.«

»Macfarlane!« schrie Fettes.

»Na, hör mal«, höhnte der andere, »als ob du das nicht schon selbst vermutet hättest!«

»Vermuten ist eine Sache –«

»Und beweisen eine andere. Ja, ich weiß, und ich bedaure es ebenso wie du, daß die hierhergekommen ist«, damit tippte er mit seinem Stock an die Leiche. »Das Beste, was ich tun kann, ist, sie nicht zu erkennen; und«, fuhr er kaltblütig fort, »ich erkenne sie nicht. Du kannst es ja tun, wenn es dir Spaß macht. Ich mache dir keine Vorschriften, aber ich meine, ein Mann von Welt würde so handeln wie ich. Und das will ich dir noch sagen: Ich glaube, diesen Standpunkt erwartet K. von uns. Die Frage ist, warum hat er uns beide zu seinen Assistenten gemacht? Meine Antwort: weil er keine alten Weiber gebrauchen kann.«

Das war der richtige Ton, um auf einen Burschen wie Fettes zu wirken. Er willigte ein, sich so wie Macfarlane zu verhalten. Die Leiche des unglücklichen Mädchens wurde fachgerecht seziert und niemand machte eine Bemerkung oder schien sie zu erkennen.

Eines Nachmittags kam Fettes, als er seine Tagesarbeit beendet hatte, zufällig in ein bekanntes Lokal und traf dort Macfarlane, der mit einem Fremden zusammensaß. Das war ein kleiner, sehr blasser, finsterer Mann mit kohlschwarzen Augen. Sein Gesicht verriet Klugheit und Bildung. In seinem Benehmen jedoch spiegelten sich diese Vorzüge nur schwach wider, denn bei näherer Bekanntschaft erwies er sich als roh, gewöhnlich und dumm. Indes übte er auf Macfarlane einen sehr bemerkenswerten Einfluß aus, erteilte ihm Befehle wie der Großpascha, erregte sich beim geringsten Widerspruch oder Zögern und nahm unterwürfigen Gehorsam mit brutaler Selbstverständlichkeit entgegen. Dieser höchst widerwärtige Kerl faßte auf der Stelle eine Zuneigung zu Fettes, trank ihm zu und beehrte ihn im Hinblick auf seinen bisherigen Lebenslauf mit ungewöhnlichem Vertrauen. Wenn auch nur ein Zehntel von dem, was er berichtete, der Wahrheit entsprach, dann war er schon ein ekelhafter Schurke. Aber die Aufmerksamkeit eines so erfahrenen Mannes schmeichelte der Eitelkeit des Jungen.

»Ich bin selbst ein ziemlich übler Bursche«, bemerkte der Fremde, »aber Macfarlane erst, das ist der Richtige – Toddy Macfarlane nenne ich ihn. Toddy, bestell für deinen Freund noch ein Glas.« Oder es hieß: »Toddy, spring auf und mach die Tür zu. – Toddy haßt mich«, sagte er dann wieder. »Ja, sicher, Toddy, das tust du.«

»Nenn mich doch nicht immer mit diesem verfluchten Namen«, knurrte Macfarlane.

»Hören Sie ihn! Haben Sie je gesehen, wenn sich Kerle mit Messern bearbeiten? Das möchte er am liebsten mit mir am ganzen Leibe tun«, bemerkte der Fremde.

»Wir Mediziner haben eine bessere Methode«, bemerkte Fettes. »Wenn wir einen toten Freund nicht mögen, sezieren wir ihn.«

Macfarlane blickte böse auf, als wäre dieser Scherz nicht nach seinem Geschmack.

Der Nachmittag verging. Gray, so hieß der Fremde, lud Fettes ein, mit ihm zu Abend zu essen. Er bestellte ein so kostspieliges Mahl, daß die ganze Kneipe in Aufregung geriet. Als sie mit dem Essen fertig waren, befahl er Macfarlane, die Rechnung zu bezahlen. Als sie sich trennten, war es schon spät. Gray war sinnlos betrunken. Macfarlane, den seine Wut ernüchterte, gingen das Geld, das er hatte vergeuden, und die Mißachtung, die er hatte schlucken müssen, immer wieder durch den Sinn. Fettes, dem die verschiedenen Schnäpse zu Kopf gestiegen waren, kehrte mit schwankenden Schritten und völlig benebelt nach Hause zurück. Am nächsten Tage blieb Macfarlane dem Unterricht fern, und Fettes mußte bei dem Gedanken lächeln, daß er vielleicht den unausstehlichen Gray immer noch von Kneipe zu Kneipe begleiten mußte. Sobald es zum Schluß des Unterrichts geläutet hatte, eilte er auf der Suche nach den Kumpanen des gestrigen Abends von Lokal zu Lokal, doch konnte er sie nirgends finden. So kehrte er zeitig nach Hause zurück, legte sich früh zu Bett und schlief den Schlaf des Gerechten.

Um vier Uhr in der Frühe wurde er durch das wohlbekannte Signal geweckt. Als er zur Tür hinabging, war er überrascht, dort Macfarlane mit seinem Gig vorzufinden, und in dem Gefährt befand sich eines dieser schaurigen langen Pakete, die er nur zu gut kannte.

»Was?« rief er, »bist du allein fortgewesen? Wie hast du das fertiggebracht?«

Aber grob gebot Macfarlane ihm zu schweigen und forderte ihn auf, mit anzupacken. Als sie die Leiche nach oben geschafft und auf den Tisch gelegt hatten, machte Macfarlane zuerst Anstalten, als wollte er gleich gehen. Doch dann blieb er stehen und schien zu zögern. »Du solltest dir lieber das Gesicht ansehen«, sagte er. »Ja, das solltest du tun«, wiederholte er, als Fettes ihn nur erstaunt anstarrte.

»Aber wo und wann und wie bist du dazu gekommen?« rief er.

»Schau dir das Gesicht an«, war die einzige Antwort.

Fettes war bestürzt. Seltsame Zweifel bestürmten ihn. Er blickte von dem jungen Arzt auf die Leiche und dann wieder zurück. Schließlich gab er sich einen Ruck und tat, wozu man ihn aufgefordert hatte. Fast hatte er den Anblick erwartet, der sich seinen Augen bot, und doch war der Schock furchtbar. Den Mann, den er gut gekleidet und wohlgenährt und in seiner Sünden Blüte auf der Schwelle der Kneipe verlassen hatte, jetzt in der Starre des Todes, nackt und bloß, auf diesem elenden Lager von Sackleinwand liegen zu sehen, das weckte selbst in dem gedankenlosen Fettes Gewissensängste. Cras tibi*, so hallte es in seiner Seele wider, nachdem zwei, die er gekannt hatte, auf diesen eisigen Tisch niedergelegt worden waren. Aber das waren nur nebensächliche Erwägungen. Seine Hauptsorge richtete sich auf Wolfe. Auf eine so ungeheure Herausforderung war er nicht vorbereitet, und er wußte nicht, wie er seinem Kameraden ins Gesicht schauen sollte. Er wagte es nicht, seinen Blicken zu begegnen und brachte kein Wort und keinen Ton heraus.

Macfarlane selbst machte den Anfang. Ruhig trat er hinter ihn und legte ihm sanft, aber fest die Hand auf die Schulter.

»Richardson« sagte er, »kann den Kopf bekommen.«

Richardson war ein Student, der schon seit langem darauf bedacht war, diesen Teil des menschlichen Körpers sezieren zu dürfen. Es kam keine Antwort, und der Mörder fuhr fort: »Um vom Geschäftlichen zu sprechen: Du mußt mich bezahlen. Weißt du, deine Abrechnungen müssen stimmen.«

Fettes fand endlich die Sprache wieder, aber es war nur der Hauch einer Sprache. »Dich bezahlen?« rief er. »Dich dafür bezahlen?«

»Ja doch! Natürlich mußt du das! Unter allen Umständen und in jeder Beziehung mußt du das«, erwiderte der andere. »Ich kann es nicht riskieren, das umsonst zu liefern, und du nicht, es umsonst anzunehmen. Das würde uns beide belasten. Das ist ein zweiter Fall Jane Galbraith. Je weniger die Dinge in Ordnung sind, desto mehr müssen wir so tun, als wäre alles klar. Wo hat der alte K. sein Geld?«

»Dort«, antwortete Fettes heiser und zeigte auf einen Schrank in der Ecke.

»Also gib mir den Schlüssel«, sagte der andere ruhig und streckte die Hand aus.

Fettes zögerte einen Augenblick – dann war der Würfel gefallen. Macfarlane konnte ein nervöses Zucken, das fast unmerkliche Zeichen grenzenloser Erleichterung, nicht unterdrücken, als er den Schlüssel zwischen den Fingern fühlte. Er öffnete

---

* Morgen geht es dir genauso.

den Schrank, nahm Feder, Tinte und ein Schreibheft heraus, das in dem einen Fach lag, und nahm von dem in einer Schublade aufbewahrten Geld eine der Gelegenheit angemessene Summe.

»So, jetzt schau her. Damit ist die Zahlung geleistet – der erste Beweis unseres guten Glaubens, der erste Schritt zu deiner Sicherheit. Jetzt mußt du die Sache durch einen zweiten bekräftigen. Verbuche die Summe ordnungsgemäß, dann kannst du für dein Teil dem Teufel trotzen.«

In den nächsten Sekunden befand sich Fettes in einem Stadium völliger Gedankenleere. Aber als er dann seine Befürchtungen abwog, behielt die zunächstliegende die Oberhand. Jede spätere Schwierigkeit schien ihm fast willkommen, wenn er nur jetzt einen Streit mit Macfarlane vermeiden konnte. Er setzte die Kerze nieder, die er die ganze Zeit über gehalten hatte, und trug mit fester Hand das Datum, den Geschäftsgegenstand und den Betrag ein.

»Und jetzt«, fuhr Macfarlane fort, »ist es nur recht und billig, daß du deinen Gewinn einsteckst. Ich habe bereits meinen Anteil. Im übrigen: Hat ein Mann von Welt einmal Glück und ein paar Schillinge extra in der Tasche – ich schäme mich fast, dir das zu sagen –, dann gibt es in diesem Falle eine bestimmte Regel: kein Freihalten, kein Kauf von teuren Lehrbüchern, kein Bezahlen alter Schulden – Borgen, aber nicht Verleihen!«

»Macfarlane«, begann Fettes noch immer etwas heiser, »ich habe meinen Hals in eine Schlinge gesteckt, um dir gefällig zu sein.«

»Mir gefällig zu sein?« rief der andere. »Ach, geh doch! Wie ich die Sache sehe, hast du das getan, was du zu deiner Selbstverteidigung tun mußtest. Angenommen, ich käme in Schwierigkeiten, was würde dann wohl aus dir? Diese zweite kleine Angelegenheit ergibt sich klar aus der ersten. Mr. Gray ist die Fortsetzung von Miss Galbraith. Du kannst nicht eine Sache beginnen und dann einfach aufhören. Wenn du erst damit angefangen hast, mußt du auch dabeibleiben. Das ist die Wahrheit. Keine Ruhe für den Übeltäter.«

Ein furchtbares Gefühl des Unheils und der Treulosigkeit des Schicksals breitete sich in der Seele des unglücklichen Studenten aus.

»Mein Gott«, rief er, »was habe ich denn getan? Und wann habe ich begonnen? Hilfsassistent zu werden – was, im Namen der Vernunft, ist denn dabei unrecht? Service wollte den Posten haben, er hätte ihn auch bekommen können. Aber wäre er da, wo ich jetzt stehe?«

»Mein lieber Junge«, entgegnete Macfarlane, »was für ein Kind bist du doch! Was ist dir denn Schlimmes passiert? Und was kann dir noch Schlimmes geschehen, wenn du den Mund hältst? Hör mal zu, Mann, weißt du überhaupt, was dieses Leben bedeutet? Es gibt zwei Sorten von Menschen – die Löwen und die Lämmer. Wenn du ein Lamm bist, liegst du eines Tages auf diesem Tisch wie Gray oder Jane Galbraith. Bist du aber ein Löwe, wirst du weiterleben und ein Pferd halten wie ich, wie K., wie alle Leute, die etwas Klugheit oder Mut besitzen. Zuerst bist du natürlich beunruhigt. Aber sieh dir K. an. Mein lieber Junge, du bist doch geschickt und hast Mumm. Ich mag dich, und K. mag dich. Du bist geboren, die Meute zu führen, und ich sage dir bei meiner Ehre und meiner Lebenserfahrung: Nach drei Tagen wirst du über diese Schreckbilder lachen wie ein Gymnasiast über eine Posse.«

Mit diesen Worten verabschiedete sich Macfarlane und fuhr in seinem Gig die Gasse hinauf, um noch vor Tagesanbruch nach Hause zu kommen. So blieb Fettes mit seinem Kummer allein. Er sah die schreckliche Gefahr, in die er verstrickt war. Mit unaussprechlicher Bestürzung erkannte er, daß ihm keinerlei Schwäche gestattet war und daß er durch seine Zugeständnisse vom Richter über Macfarlanes Geschick zu dessen bezahltem, hilflosem Komplicen herabgesunken war. Die ganze Welt würde er dafür hingegeben haben, wenn er zur rechten Zeit mehr Mut gezeigt hätte. Darauf jedoch kam er nicht, daß er auch jetzt noch Mut beweisen konnte. Das Geheimnis um Jane Galbraith und die verfluchte Eintragung in das Ausgabenbuch verschlossen ihm den Mund.

Stunden vergingen. Die Studierenden fanden sich ein. Die Gliedmaßen des unglücklichen Gray wurden hierhin und dorthin ausgegeben und ohne Bemerkung entgegengenommen. Richardson wurde mit dem Kopf beglückt, und ehe noch die Glocke das Ende des Unterrichts anzeigte, stellte Fettes vor Frohlocken zitternd fest, wie weit sie bereits auf dem Wege zur Sicherheit fortgeschritten waren.

Mit wachsender Freude beobachtete er in den nächsten zwei Tagen den furchtbaren Prozeß der Unkenntlichmachung.

Am dritten Tage tauchte Macfarlane wieder auf. Er war krank gewesen, so sagte er wenigstens. Aber durch die Energie, mit der er die Studenten anleitete, machte er die verlorene Zeit wieder wett. Besonders Richardson ließ er seine höchst wertvolle Hilfe und seine Ratschläge zukommen, und der junge Student, ermutigt durch das Lob des Prosektors, sah in seinen ehrgeizigen Träumen die Medaille bereits greifbar nahe.

Noch ehe eine Woche vergangen war, hatte sich Macfarlanes Voraussage erfüllt. Fettes hatte den Schrecken überstanden, seine Niederträchtigkeit vergessen. Er begann sich mit seinem Mut zu brüsten und hatte sich bereits in seiner Vorstellung die Geschichte so schön zurechtgelegt, daß er mit einem unheilvollen Stolz auf die Ereignisse zurückblicken konnte. Von seinem Komplicen sah er nur wenig. Sie trafen sich natürlich bei ihren Unterrichtsobliegenheiten und empfingen gemeinsam ihre Weisungen von K. Bisweilen wechselten sie ein paar private Worte, und Macfarlane war von Anfang bis zu Ende besonders freundlich und entgegenkommend. Aber es war offensichtlich, daß er jede Anspielung auf ihr gemeinsames Geheimnis vermied. Selbst als Fettes ihm zuflüsterte, er habe sein Schicksal den Löwen geweiht und den Lämmern abgeschworen, bedeutete er ihm nur lächelnd, den Mund zu halten.

Schließlich ergab sich eine weitere Gelegenheit, die die beiden noch enger aneinander fesselte. K. war wieder einmal knapp an Unterrichtsmaterial. Die Schüler waren fleißig, und es gehörte zum Ehrgeiz dieses Lehrers, stets gut versorgt zu sein. Zur gleichen Zeit hörte man von einer Beerdigung auf dem ländlichen Friedhof von Glencorse. Die Zeit hat den fraglichen Ort nur wenig verändert. Damals wie heute lag er an einem Kreuzweg außerhalb der Rufweite menschlicher Wohnungen und tief unter den Zweigen von sechs mächtigen Zedern verborgen. Das Blöken der Schafe auf den umliegenden Höhen, die Bäche zu beiden Seiten, von denen der eine laut zwischen den Kieseln plätscherte und der andere verstohlen zwischen zwei Weihern dahinfloß, das Rauschen des Windes in den mächtigen, alten, blühenden Kastanien und alle sieben Tage einmal das Glockengeläut und die alten Weisen des Kantors waren die einzigen Laute, die das Schweigen rings um das ehrwürdige ländliche Kirchlein unterbrachen.

Ein »Auferstehungsmann« – um die damals übliche Bezeichnung zu gebrauchen – ließ sich durch die Heiligkeit pietätvoller Andenken nicht abschrecken. Es gehörte zu seinem Handwerk, die Schnörkel und Posaunen auf den alten Gräbern, die von den Füßen der Andächtigen und Trauernden ausgetretenen Pfade und die Gaben und Inschriften verwaister Liebe zu mißachten und zu schänden. Gerade ländliche Gegenden, in denen Liebe und Anhänglichkeit treuer als gemeinhin bewahrt werden, wo die ganze Gemeinde durch Bluts- oder Freundschaftsbande miteinander verknüpft ist, lockten die Leichenräuber, die sich von keinerlei natürlicher Ehrfurcht abschrecken ließen, durch die Leichtigkeit und Sicherheit des Unternehmens an. Über die Leichen, die man in hoffnungsfroher Erwartung einer ganz anderen Auferstehung in die Erde gebettet hatte, kam plötzlich die angstbeflügelte Auferstehung mit Spaten und Hacke bei flüchtigem Laternenlicht. Der Sarg wurde erbrochen, das Leichenhemd heruntergerissen, und die traurigen Reste, in Sackleinwand eingehüllt, wurden nach stundenlangem Rumpeln über mondlose Seitenwege schließlich vor einer Versammlung gaffender Jungen der äußersten Erniedrigung ausgeliefert.

Wie zwei Geier sich auf ein sterbendes Lamm stürzen, so sollten Fettes und Macfarlane auf ein Grab in jener stillen friedlichen Ruhestätte losgelassen werden. Die Frau eines Bauern, die sechzig Jahre alt geworden und sonst nur wegen ihrer guten Butter und ihrer gottgefälligen Reden bekannt gewesen war, sollte um Mitternacht aus ihrem Grabe herausgeholt und tot und nackt in jene ferne Stadt gebracht werden, die sie stets nur in ihrem Sonntagsstaat beehrt hatte. Bis zum Weltuntergang sollte ihr Platz bei ihrer Familie leer bleiben und ihre unschuldigen, fast ehrwürdigen Glieder der kalten Neugier der Anatomen ausgeliefert werden.

Spät am Nachmittag machten sich die beiden auf den Weg, fest in ihre Mäntel gehüllt und mit einer riesigen Flasche versehen. Es regnete ohne Unterlaß – ein kalter, dichter, peitschender Regen. Hier und da blies ein Windstoß, aber die Ströme stürzenden Wassers hielten ihn nieder. Trotz Flasche und allem war es eine trübselige, schweigende Fahrt bis nach Penicuik, wo sie den Abend verbringen wollten. Einmal hielten sie an, um ihr Werkzeug in einem dichten Buschwerk unweit des Friedhofes zu verstecken, und ein zweites Mal bei »Fisher's Tryst«, um sich am Küchenfeuer etwas geröstetes Brot geben zu lassen und auf ihren Whisky noch ein Glas Starkbier zu trinken. Als sie das Ziel ihrer Fahrt erreicht hatten, wurde das Gig untergestellt, das Pferd gefüttert und versorgt, und die beiden jungen Ärzte setzten sich in einem Hinterzimmer zum besten Essen und feinsten Wein nieder, den das Haus bieten konnte. Die Kerzen, das Feuer, der gegen das Fenster prasselnde Regen, die kalte, finstere Arbeit, die ihnen bevorstand, würzten den Genuß ihres Mahles in besonderer Weise. Mit jedem Glas wurden sie ausgelassener. Nach einer Weile händigte Macfarlane seinem Begleiter einen kleinen Haufen Goldstücke aus.

»Mein Kompliment«, sagte er. »Unter Freunden sollten diese verfluchten kleinen Gefälligkeiten so gängig sein wie Fidibusse.« Fettes steckte das Geld ein und spendete diesem weisen Gedanken Beifall. »Du bist ein Philosoph!« rief er. »Ich war ein Esel, ehe ich dich kennenlernte, dich und K. Ihr beide – Gott verdamm mich! –, ihr werdet noch einen Mann aus mir machen.«

»Natürlich werden wir das«, pflichtete Macfarlane bei. »Einen Mann? Ich will dir sagen, es erforderte schon einen ganzen Mann, mich am anderen Tage wieder hochzubringen. Manchem dicken, lärmenden, vierzig Jahre alten Schurken wäre es übel geworden bei dem Anblick jenes verfluchten Dinges. Dir nicht – du hast den Kopf oben behalten. Ich habe dich beobachtet.«

»Na, und warum nicht?« prahlte Fettes. »Es war ja nicht meine Angelegenheit. Auf der einen Seite war nichts zu gewinnen außer Ungelegenheiten, auf der anderen aber konnte ich mit deiner Erkenntlichkeit rechnen, nicht wahr?« Und er klopfte an seine Tasche, daß die Goldstücke klimperten.

Bei diesen unerfreulichen Worten empfand Macfarlane eine gewisse Besorgnis. Er mochte vielleicht bedauern, seinen jungen Kollegen mit solchem Erfolg belehrt zu haben, aber er kam nicht dazu, etwas zu erwidern, denn der andere fuhr laut in diesem prahlerischen Ton fort.

»Die Hauptsache ist, keine Angst zu haben. Na, unter uns gesagt, ich möchte nicht hängen – das ist sicher. Aber jede Heuchelei, Macfarlane, ist mir von Geburt an zuwider. Hölle, Gott, Teufel, Gut und Böse, Sünde, Verbrechen und die ganze alte Kuriositätengalerie – das kann einem Knaben vielleicht Angst einjagen, aber Männer von Welt wie du und ich sehen darauf nur mit Verachtung herab! Prosit! Auf das Gedenken von Gray!«

Inzwischen war es ziemlich spät geworden. Auf ihre Anweisung führte man das Gig mit den beiden hellbrennenden Laternen vor die Tür. Die jungen Leute bezahlten ihre Rechnung und machten sich auf den Weg. Sie gaben an, daß sie nach Peebles fahren müßten, und schlugen auch diese Richtung ein, bis sie die letzten Häuser hinter sich gelassen hatten. Dann löschten sie die Laternen, kehrten um und folgten einer Nebenstraße nach Glencorse. Kein Laut war zu hören außer dem Rasseln ihres Wagens und dem pausenlos hernniederrauschenden Regen. Es war pechschwarze Nacht. Hier und da zeigten ein weißes Tor oder ein weißer Stein in der Mauer den Weg. Meist mußten sie im Schritt fahren, und langsam tastend suchten sie ihren Pfad durch die widerhallende Finsternis zu ihrem ernsten, einsamen Ziel. In den tiefen Wäldern, die den Friedhof umgaben, schwand auch der letzte Lichtschimmer. Man mußte ein Streichholz anzünden und eine der Giglaternen anstecken. So kamen sie unter den tropfenden Bäumen inmitten von riesigen, schwankenden Schatten zum Schauplatz ihrer ruchlosen Tat.

Beide waren sie in solchen Dingen bewandert und handhabten geschickt den Spaten. Sie hatten kaum zwanzig Minuten gearbeitet, als sie durch ein dumpfes Poltern auf dem Sargdeckel belohnt wurden. Im gleichen Augenblick schleuderte Macfarlane einen Stein, der ihm zufällig in die Hand geraten war, achtlos über seinen Kopf hinweg. Das Grab, in dem sie jetzt bis zu den Schultern standen, lag dicht am Rande des Friedhofsplateaus. Die Wagenlaterne hatten sie, um bei ihrer Arbeit Licht zu haben, gegen einen Baum gelehnt, unmittelbar neben dem steil zum Bach abfallenden Abhang. Der Zufall hatte dem Stein mit Sicherheit sein Ziel gewiesen. Es klirrte von zerbrochenem Glas, und Nacht

senkte sich auf sie. Abwechselnd dumpfe und klappernde Geräusche verrieten ihnen den Weg der über den Hang hinabrollenden und hier und da gegen die Bäume anprallenden Laterne. Ein paar Steine, die sie beim Fallen mitriß, prasselten hinter ihr drein in die tiefe Schlucht. Dann herrschten nur noch Stille und Finsternis. Sie mochten noch so angestrengt lauschen, nichts war zu hören, nur der Regen, der bald vom Winde gepeitscht wurde, bald monoton meilenweit über das Land hin niederfiel.

Sie waren mit ihrer scheußlichen Arbeit schon weit fortgeschritten und hielten es daher für am klügsten, sie im Dunkeln zu beenden. Der Sarg wurde herausgehoben und aufgebrochen. Dann steckten sie die Leiche in den triefenden Sack und trugen ihn gemeinsam zum Wagen. Einer stieg hinauf, um ihn an seinem Platz zu verstauen, und der andere ergriff das Pferd am Zügel und tastete sich an Mauer und Gebüsch entlang, bis sie bei »Fisher's Tryst« auf die breitere Straße kamen. Hier hatten sie wenigstens einen schwachen Lichtschimmer, den sie wie Tageslicht begrüßten. Sie setzten das Pferd in lebhaften Trab und ratterten guten Mutes in Richtung auf die Stadt los.

Beide waren während ihrer Arbeit bis auf die Haut durchnäßt worden, und als das Gig jetzt über die tiefen Räderspuren holperte, fiel das Ding, das zwischen ihnen stand, bald auf den einen und bald auf den anderen. Sooft sich diese schreckliche Berührung wiederholte, stieß jeder es mit größerer Hast wieder zurück. Es war nur natürlich, daß dieser Vorgang mit der Zeit den beiden Komplicen auf die Nerven ging. Macfarlane machte über die Bauersfrau ein paar unpassende Witze, aber sie klangen unecht und verhallten im Schweigen. Immer noch taumelte ihre unnatürliche Fracht von einer Seite zur anderen. Bald legte die Leiche den Kopf wie vertrauensvoll auf ihre Schultern, bald klatschte ihnen die durchnäßte Sackleinwand eisig ins Gesicht. Schleichende Kälte begann sich Fettes' Seele zu bemächtigen. Er schielte nach dem Bündel, und es kam ihm plötzlich irgendwie größer vor als bisher. Auf der ganzen weiten Strecke über Land begleiteten von nah und fern die Hofhunde ihre Fahrt mit klagendem Geheul. Und mehr und mehr hatte Fettes das Gefühl, als hätte sich etwas Übernatürliches ereignet, als wäre irgendeine nicht zu erklärende Veränderung mit dem toten Körper vor sich gegangen, so daß sogar die Hunde über diese frevelhafte Fracht heulten.

»Um Himmels willen«, sagte er, nur mühsam stammelnd, »um Himmels willen, laß uns Licht machen.«

Anscheinend war Macfarlane in der gleichen seelischen Verfassung. Denn ohne zu antworten, hielt er das Pferd an, gab seinem Begleiter die Zügel und stieg ab, um die ihnen verbliebene Laterne anzuzünden. Sie waren gerade erst bis an die Abzweigung nach Auchendinny gekommen. Der Regen strömte immer noch, als wäre die Sintflut zurückgekehrt. Es war keine Kleinigkeit, in einer solchen Welt von Nässe und Finsternis ein Licht anzuzünden. Als sich endlich die flackernde blaue Flamme auf den Docht übertragen hatte, größer und größer wurde und einen weiten trüben Lichtkreis rings um das Gig bildete, konnten die beiden jungen Männer sich gegenseitig und das Ding, das sie bei sich hatten, endlich sehen. Infolge des Regens klebte die grobe Sackleinwand dicht auf dem Körper der Leiche. Der Kopf unterschied sich deutlich vom Rumpf, und die Schultern waren genau abgezeichnet. Etwas zugleich Geisterhaftes und Menschliches zog mit magischer Kraft ihre Blicke auf den gespenstischen Fahrgast.

Eine Zeitlang stand Macfarlane bewegungslos mit hoch erhobener Laterne da. Namenloses Grauen legte sich wie ein nasses Bettuch um Fettes' Körper und straffte die fahle Haut auf seinem Gesicht. Eine sinnlose Angst, das Entsetzen vor dem, was jetzt kommen würde, befiel ihn. Noch eine Sekunde, und er hätte gesprochen, aber sein Komplice kam ihm zuvor.

»Das ist keine Frau«, sagte er mit leiser Stimme.

»Es war aber eine Frau, als wir sie hineinsteckten«, flüsterte Fettes. – »Halt mal die Laterne«, sagte der andere, »ich muß ihr Gesicht sehen.«

Und während Fettes die Laterne hielt, löste sein Begleiter die Stricke von dem Sack und zog die Hülle von dem Kopf herunter. Hell fiel das Licht auf die finsteren, wohlgeformten Züge und die glattrasierten Wangen eines nur allzu bekannten Gesichts, das diese beiden jungen Leute so oft in ihren Träumen heimgesucht hatte. Ein wilder Schrei gellte durch die Nacht. Nach beiden Seiten sprangen sie auf die Straße. Die Laterne fiel zu Boden, zerbrach und verlöschte. Erschreckt durch die ungewohnte Bewegung, bäumte das Pferd sich auf und raste im Galopp in Richtung Edinburgh davon, hinter sich den Wagen und darin als einzigen Insassen den Leichnam des toten, längst zerstückelten Gray.

GUY DE MAUPASSANT

Wer weiß?

I

Mein Gott! Mein Gott! Ich bin also endlich so weit, daß ich niederschreiben kann, was ich erlebt habe! Aber werde ich es auch können? Werde ich es über mich bringen? Es ist alles so seltsam, so unerklärlich und unbegreiflich, so irrsinnig!

Wäre ich nicht sicher, daß ich das alles gesehen habe, wüßte ich nicht genau, daß in meinen Folgerungen keinerlei Fehlschluß möglich ist, daß kein Irrtum in meinen Wahrnehmungen vorliegt, keine Lücke in der unerbittlichen Kette meiner Beobachtungen besteht, dann würde ich glauben, ich sei einfach einer Sinnestäuschung zum Opfer gefallen, ich hätte mich von einer rätselhaften Vision narren lassen. Schließlich, wer weiß!

Heute lebe ich in einer Heilanstalt. Aber ich bin freiwillig hineingegangen, aus Vorsicht, aus Angst! Ein einziger Mensch kennt meine Geschichte. Der Arzt hier. Jetzt will ich sie aufschreiben. Ich weiß selbst nicht recht, warum. Um sie loszuwerden, denn ich fühle sie in mir wie einen unerträglichen Alpdruck.

Folgendes hat sich zugetragen:

Ich bin seit jeher ein Einzelgänger gewesen, ein Träumer, eine Art Sonderling und Grübler, wohlwollend, mit wenigem zufrieden, ohne Bitterkeit gegen die Menschen und ohne Hader gegen den Himmel. Ich habe mich zeitlebens abgesondert und einsam gelebt, aus einer Art Schamgefühl, das mich in Gegenwart anderer beschleicht. Wie kann man das erklären? Ich könnte es nicht. Ich sperre mich nicht dagegen, unter die Menschen zu gehen, mit meinen Freunden zu plaudern oder zu speisen; aber wenn ich sie geraume Zeit in meiner Nähe habe, spüre ich, wie sie alle, auch die nächststehenden, mich müde machen, wie sie mir zum Hals heraushängen und auf die Nerven gehen, und ich empfinde ein mehr und mehr wachsendes Verlangen, den geradezu quälenden Wunsch, sie möchten jetzt fortgehen, oder ich selbst könnte mich davonmachen und allein sein.

Dieser Wunsch ist mehr als ein bloßes Bedürfnis, er ist eine zwingende Notwendigkeit. Und würden die Leute, mit denen ich zusammen bin, länger bleiben, müßte ich ihre Gespräche länger mit anhören, geschweige denn gar ihnen ein aufmerksames Ohr leihen, dann würde mir bestimmt etwas Schlimmes zustoßen. Doch was? Ach, wer weiß? Vielleicht nur eine Ohnmacht? Ja! Wahrscheinlich!

Ich bin so gern allein, daß ich nicht einmal die Nähe anderer Menschen, die im selben Haus schlafen, ertragen kann. In Paris zu wohnen ist mir unmöglich, weil ich mich dort in einem fort sterbenselend fühle. Ich gehe seelisch zugrunde, und mein Körper wie auch meine Nerven machen wahre Martern durch, so bringt mich die unzählbare Menschenmasse, die rings um mich wimmelt und lebt, herunter, selbst wenn sie schläft. Ach, der Schlaf der andern peinigt mich noch ärger, als was sie sprechen. Und ich kann mich nie ausruhen, wenn ich weiß, ja wenn ich nur spüre, daß hinter einer Wand Menschen atmen, deren Leben durch dieses regelmäßige Aussetzen der Vernunft unterbrochen ist.

Warum bin ich so? Wer weiß? Vielleicht ist es sehr einfach zu erklären: Ich werde sehr rasch all dessen überdrüssig, was nicht in meinem Innern vorgeht. Und es gibt viele Menschen, die im gleichen Falle sind wie ich.

Wir sind zweierlei verschieden geartete Menschen auf Erden. Diejenigen, die andere Menschen nötig haben, denen die andern Ablenkung, Beschäftigung, Ruhe bieten, die vom Alleinsein ermattet, erschöpft, völlig entkräftet werden wie durch die Besteigung eines gefährlichen Gletschers oder die Durchquerung der Wüste – und diejenigen, die im Gegenteil durch andere ermüdet, gelangweilt, belästigt, richtig gerädert werden, während die Abgeschiedenheit sie beruhigt und mit Ruhe erquickt und ihrem Denken Unabhängigkeit und ungebundene Phantasie beschwert.

Im ganzen genommen handelt es sich hier um ein normales psychisches Phänomen. Die einen haben die Gabe, nach außen zu leben, die andern, ihr Leben nach innen zu führen. Bei mir ist die Aufmerksamkeit für äußere Dinge nur beschränkt rege und rasch erschöpft, und sobald sie ihre Grenzen erreicht hat, empfinde ich in meinem ganzen Körper und in meinem ganzen Fühlen und Denken ein unerträgliches Unbehagen.

Daraus folgte, daß ich mein Herz – früher und auch jetzt noch – an unbelebte Gegenstände hängte. Sie bekommen für mich die Bedeutung von lebenden Wesen, und mein Haus ist (oder war) mir zu einer Welt geworden, in der ich ein abgeschiedenes und tätiges Leben führte, umgeben von lauter Dingen, Möbeln, altvertrauten Nippsachen, die meinen Augen wohltun wie sympathische Gesichter. Ich hatte das Haus nach und nach damit vollgestellt, ich hatte es damit geschmückt und fühlte mich darin zufrieden, getröstet, glücklich wie in den Armen einer liebenswerten Frau, deren gewohnte Zärtlichkeit zu einem stillen und sanften Bedürfnis geworden ist.

Ich hatte dieses Haus in einem schönen Garten erbauen lassen, der es von den Landstraßen absonderte, und zwar vor den Toren einer Stadt, in der ich gelegentlich gesellschaftlichen Umgang finden konnte, wenn ich vielleicht hie und da Verlangen danach verspürte. Alle meine Dienstboten schliefen in einem abgelegenen Gebäude hinten im Gemüsegarten, der von einer hohen Mauer umschlossen war. In der Stille meiner entlegenen Wohnstätte, die verborgen und versunken unter dem Laub der mächtigen Bäume lag, wirkte die dunkle Nacht, die mich umhüllte, so ausruhend und wohltuend auf mich, daß ich jeden Abend stundenlang das Zubettgehen hinauszögerte, um diese Stimmung länger genießen zu können.

An jenem Tag hatte man im Stadttheater *Sigurd* gespielt. Ich hatte diese herrliche, zauberhafte Oper zum erstenmal gehört und mich sehr daran gefreut.

Ich ging zu Fuß nach Hause, munteren Schrittes, den Kopf voll von Melodien und Tönen, und meine Augen waren noch trunken von anmutigen Bildern. Es war finster, stockfinster, so finster, daß ich kaum die Landstraße erkennen konnte und ein paarmal fast in den Graben gepurzelt wäre. Von der Stadtgrenze bis zu meinem Haus hat man ungefähr einen Kilometer zu gehen, vielleicht ist es etwas weiter, also rund zwanzig Minuten, wenn man gemächlich geht. Es war ein Uhr morgens, ein Uhr oder auch halb zwei. Der Himmel hellte sich vor mir etwas auf, und der Mond wurde sichtbar, die traurige Mondsichel des letzten Viertels. Der Mond im ersten Viertel, der um vier oder fünf Uhr abends aufgeht, ist hell, fröhlich, silbrig glänzend; aber die Sichel, die nach Mitternacht am Himmel emporsteigt, ist rötlich, trüb, beängstigend, ein Mond, der so recht zum Hexensabbat paßt. Alle, die in der Nacht unterwegs sind, haben das vermutlich schon beobachtet. Die erstere, und wäre sie fadendünn, wirft einen zwar schwachen, doch frohgemuten Schein, der das Herz erfreut und auf der Erde scharf umrissene Schatten zeichnet. Die zweitgenannte verbreitet kaum ein blasses Licht, das so trüb ist, daß es fast keine Schatten wirft.

Ich nahm in der Ferne die dunkle Masse meines Gartens wahr, und da befiel mich – ich weiß nicht, wie es kam – ein unerklärliches Unbehagen bei der Vorstellung, ich müsse dort hineingehen. Ich ging langsamer. Die Luft war sehr mild. Die mächtige Baumgruppe sah aus wie eine Gruft, unter der mein Haus begraben lag.

Ich öffnete mein Gartentor und betrat die lange Sykomorenallee, die auf das Haus zuführte. Sie wölbte sich über dem Weg wie ein hoher Tunnel und führte durch dichte Gebüsche und um Rasenflächen herum, in denen die Blumenbeete unter der weniger undurchdringlichen Finsternis sich wie ovale Flecken mit verschwommenen Umrissen abhoben.

Als ich näher auf das Haus zukam, wurde mir mit einemmal seltsam beklommen zumute. Ich blieb stehen. Nichts war zu hören. Kein Lufthauch bewegte die Blätter. Was habe ich bloß? dachte ich. Seit zehn Jahren kam ich so nach Hause, ohne daß mich je auch nur im entferntesten die leiseste Unruhe angewandelt hätte. Angst hatte ich nicht. Ich habe mich nachts nie gefürchtet. Hätte ich einen Menschen, einen Halunken, einen Dieb gesehen, so hätte mich eine rasende Wut gepackt, und ich hätte mich ohne Zögern auf ihn gestürzt. Außerdem war ich bewaffnet. Ich hatte meinen Revolver bei mir. Aber ich ließ ihn, wo er war, denn ich wollte das Angstgefühl nicht in mir aufkommen lassen, das mich beschlich.

Was war es nur? Eine Vorahnung? Das rätselhafte, bange Vorgefühl, das sich der Sinne der Menschen bemächtigt, wenn sie etwas Unerklärliches kommen sehen? Vielleicht. Wer weiß?

Während ich vorwärtsging, überlief es mich allmählich kalt

und kälter, und als ich vor der Umfriedungsmauer meiner weitläufigen Behausung mit ihren geschlossenen Läden stand, fühlte ich, daß ich ein paar Minuten warten müsse, ehe ich die Tür aufmachte und hineinging. Ich setzte mich also auf eine Bank unter den Fenstern meines Wohnzimmers. Dort blieb ich sitzen, leicht zitternd, den Kopf gegen die Mauer gelehnt, und schaute in das dunkle Laubwerk. In diesen ersten Augenblicken bemerkte ich nichts Ungewöhnliches ringsum. In meinen Ohren brummte es von Zeit zu Zeit; doch das habe ich oft. Manchmal meine ich Eisenbahnzüge vorbeifahren zu hören, es ist mir, als hörte ich Glocken läuten, als hörte ich eine Menschenmenge vorübergehen.

Bald wurde dieses Brummen deutlicher, präziser, erkennbarer. Ich hatte mich getäuscht. Es war nicht das gewöhnliche Sausen meiner Arterien, das solche Geräusche in meine Ohren übertrug, sondern ein ganz besonderes, freilich sehr verworrenes Geräusch, das ohne jeden Zweifel aus dem Innern meines Hauses kam.

Ich vernahm es durch die Mauer hindurch, dieses unausgesetzte Geräusch. Es war eher ein Scharren als ein Geräusch, ein schwer bestimmbares Rumoren vieler Dinge, als hätte jemand alle meine Möbel leise gerüttelt, vom Platz gerückt und hin und her geschoben.

Oh, ich habe noch ziemlich lange daran gezweifelt, ob ich recht gehört hatte. Doch als ich mein Ohr an einen Laden hielt, um den seltsamen Aufruhr in meiner Wohnung besser wahrzunehmen, war ich schließlich überzeugt, völlig sicher, daß in meinem Hause etwas Ungewöhnliches und Unbegreifliches vorging. Ich hatte keine Angst, aber ich war... Wie soll ich es in Worte fassen? ... Ich war entsetzt und erstaunt zugleich. Ich machte meinen Revolver nicht schußfertig – ich ahnte, ja ich wußte, daß er mir nichts nützen würde. Ich wartete.

Ich wartete lange, ich konnte mich zu nichts entschließen. Mein Geist war völlig licht, aber ich stand irrsinnige Ängste aus. Ich wartete. Ich war aufgestanden und lauschte noch immer dem Geräusch, das stetig zunahm, das manchmal eine heftige Intensität annahm und fast zu einem ungeduldigen, zornigen Grollen, zu einem geheimnisvollen Aufruhr ausartete.

Dann nahm ich plötzlich, voll Scham über meine Feigheit, meinen Schlüsselbund hervor, suchte den passenden heraus, steckte ihn ins Schloß, drehte ihn zweimal um und stieß die Tür mit aller Kraft auf, so daß der Flügel gegen die Wand prallte.

Der Aufprall knallte wie ein Gewehrschuß, und da antwortete diesem Knall ein fürchterlicher Tumult, der von unten bis oben in meinem Haus losbrach. Das kam so unerwartet, so entsetzlich, so ohrenbetäubend, daß ich ein paar Schritte zurückwich und, obwohl ich deutlich fühlte, daß es nutzlos war, meinen Revolver aus dem Futteral zog.

Noch immer wartete ich, oh, nur eine kleine Weile. Jetzt vernahm ich deutlich ein sonderbares Trampeln auf den Stufen meiner Treppe, auf den Parkettböden, den Teppichen, ein Getrappel, das nicht von Schuhsohlen, nicht von menschlichem Schuhwerk herrührte, sondern von Krücken, von Krücken aus Holz und Eisen, die wie Zimbeln dröhnten. Und dann sah ich auf einmal unter meiner Tür einen Lehnstuhl, meinen großen Armstuhl, in dem ich zu lesen pflegte. Er kam im Schlendergang herausgewackelt und ging durch den Garten davon. Hinter ihm her kamen andere, die Sessel aus meinem Wohnzimmer, dann die niedrigen Ruhebetten, die wie Krokodile auf ihren kurzen Beinen fortkrochen. Dann hüpften alle meine Stühle wie Ziegen munter hopsend vorbei, und zuletzt die kleinen Hocker, die wie Kaninchen vorüberhoppelten.

Oh! wie aufregend! Ich verkroch mich in ein dichtes Gebüsch, kauerte mich darin nieder und schaute gespannt dem Vorbeizug der Möbel zu. Denn sie machten sich alle davon, eines hinter dem andern, rasch oder langsam, je nach Größe und Gewicht. Mein Klavier, mein großer Flügel, galoppierte vorbei wie ein durchgehendes Pferd, und in seinem Innern klirrten leise die Saiten. Die kleinsten Ausstattungsgegenstände flitzten über den Sand gleich Ameisen, die Bürsten, Kristallfläschchen, Schalen, und schillerten im Mondenschein wie Leuchtkäferchen. Die Stoffe krochen daher, legten sich dann wie Seepolypen, Lachen gleich, breit hin. Ich sah meinen Schreibtisch herauskommen, ein seltenes, wertvolles, zierliches Möbel aus dem letzten Jahrhundert. Darin verwahrte ich alle meine Briefe, die ich erhalten hatte, die ganze Geschichte meines Herzens, eine alte Geschichte, unter der ich so schwer gelitten hatte! Und darin waren auch Fotografien.

Plötzlich hatte ich keine Angst mehr. Ich stürzte mich auf meinen Schreibtisch und packte ihn, wie man einen Dieb packt, wie man eine Frau festhält, wenn sie davonlaufen will. Aber er rannte unaufhaltsam weiter, und trotz all meinem Kraftaufwand und ungeachtet meines Zorns konnte ich nicht einmal seinen Lauf etwas aufhalten. Wie ich mich nun verzweifelt gegen diese fürchterliche Kraft anstemmte, schlug ich bei diesem wütenden Ringen lang auf den Boden hin. Da kugelte er mich vor sich her, schleifte mich durch den Sand, und schon begannen die Möbel, die hinter ihm kamen, über mich hinwegzugehen; sie trampelten auf mir herum, daß meine Beine ganz zerquetscht und wund waren. Als ich ihn dann fahrenließ, rannten die andern alle über mich hinweg wie eine Kavallerieattacke über einen vom Pferd gestürzten Soldaten.

Halb wahnsinnig vor Entsetzen, konnte ich mich schließlich aus der großen Allee abseits schleppen und mich aufs neue unter den Bäumen verstecken, und so sah ich zu, wie die winzigsten, die geringsten, die bescheidensten Dinge verschwanden, Sachen, von denen ich überhaupt nichts mehr wußte, kurz, alles, was mein Eigentum gewesen war.

Dann hörte ich weit hinten in meinem Haus, das jetzt hohl klang wie alle leeren Häuser, ein fürchterliches Getöse zuschlagender Türen. Sie fielen im ganzen Hause krachend ins Schloß, von oben bis unten, bis schließlich die Tür des Vestibüls, die ich Unsinniger diesem Auszug selbst geöffnet hatte, sich als letzte geschlossen hatte.

Jetzt ergriff auch ich die Flucht und rannte stadtwärts, und erst als ich in den Straßen Leuten begegnete, die zu dieser späten Stunde auf dem Heimweg waren, fand ich mein kaltes Blut wieder. Ich klingelte an der Tür eines Hotels, wo ich bekannt war. Ich hatte mit den Händen den Staub von meinen Kleidern geklopft und erzählte nun, ich hätte meinen Schlüsselbund verloren, und daran sei auch der Schlüssel zum Gemüsegarten gewesen, wo meine Dienstboten in einem Haus für sich schliefen, hinter der Umfriedungsmauer, die mein Obst und mein Gemüse vor Dieben schütze.

Ich vergrub mich bis zu den Augen in dem Bett, das man mir gab. Aber ich fand keinen Schlaf und wartete auf den grauenden

Morgen, während ich dem rasenden Pochen meines Herzens lauschte. Ich hatte Weisung gegeben, mein Gesinde, sobald es tagte, zu benachrichtigen, und so klopfte denn mein Kammerdiener schon um sieben Uhr früh an meine Tür.

Sein Gesicht sah ganz verstört aus.

»Es ist heute nacht etwas Schreckliches passiert«, sagte er.

»Was denn?«

»Man hat das ganze Mobiliar gestohlen, alles, alles ohne Ausnahme, sogar die kleinsten Dinge.«

Diese Nachricht freute mich. Warum? Wer weiß? Ich war vollkommen Herr meiner selbst, ich war sicher, daß ich alles, was ich mit angesehen hatte, für mich behalten könne, daß ich es verhehlen, in meinem Bewußtsein begraben könne wie ein furchtbares Geheimnis. Ich antwortete also:

»Dann sind es bestimmt die gleichen Diebe gewesen, die mir auch meine Schlüssel gestohlen haben. Man muß sofort die Polizei benachrichtigen. Ich stehe gleich auf und bin in ein paar Minuten auch dort.«

Die Untersuchung zog sich über fünf Monate hin. Sie führte zu keinerlei Ergebnissen, man fand nichts, nicht das kleinste meiner Möbel und Kunstgegenstände, noch die leiseste Spur der Diebe. Ja, zum Donnerwetter! Hätte ich gesagt, was ich wußte... Hätte ich es gesagt ... dann hätte man mich eingesperrt und nicht die Diebe! Mich, als den Menschen, der so etwas hatte sehen können.

Oh, ich war klug und schwieg. Aber mein Haus habe ich nicht wieder möbliert. Das hätte ja keinen Sinn gehabt. Es hätte immer wieder von vorne angefangen. Ich wollte nicht mehr dorthin zurück. Ich ging auch nicht mehr dorthin zurück. Ich habe mein Haus nicht wiedergesehen.

Ich fuhr nach Paris, wohnte in einem Hotel und konsultierte mehrere Ärzte über meinen Nervenzustand, der mich seit jener beklagenswerten Nacht sehr beunruhigte.

Sie rieten mir, auf Reisen zu gehen. Ich befolgte ihren Rat.

II

Ich machte zunächst einen Abstecher nach Italien. Die Sonne tat mir gut. Ein halbes Jahr lang reiste ich ohne festes Ziel von Genua nach Venedig, von Venedig nach Florenz, von Florenz nach Rom, von Rom nach Neapel. Dann streifte ich durch Sizilien, ein Land, das wegen seiner Naturpracht und seiner Bauwerke, um all der Überreste aus der Zeit der Griechen und Normannen willen bewundernswert ist. Ich fuhr nach Afrika hinüber und durchquerte gemächlich die große gelbe und schweigende Wüste, in der Kamele, Gazellen und wandernde Araber umherziehen. In ihrer leichten, klaren Luft kann es weder tagsüber noch nachts spuken.

Ich kehrte über Marseille nach Paris zurück, und trotz der provenzalischen Lebensfreude stimmte mich das trübere Licht des Himmels traurig. Ich verspürte bei meiner Heimkehr nach Europa das beängstigende Gefühl, das ein Kranker empfindet, der sich geheilt glaubt, bis ihn ein dumpfer Schmerz warnt, daß der Herd des Übels nicht erloschen ist.

Dann fuhr ich nach Paris. Schon nach einem Monat wurde es mir dort langweilig. Es war Herbst, und ich beschloß, noch vor Einbruch des Winters eine kleine Reise durch die Normandie zu machen, da ich sie noch gar nicht kannte.

Selbstverständlich ging ich zuerst nach Rouen, und acht Tage lang wanderte ich, wohltuend abgelenkt, entzückt, begeistert, in dieser mittelalterlichen Stadt, diesem erstaunlichen Museum außerordentlicher Baudenkmäler umher.

Als ich nun aber eines Abends gegen vier Uhr in eine unwahrscheinlich seltsame Gasse einbog, in der ein tintenschwarzer Bach, *Eau de Robec* genannt, dahinfloß, wurde meine völlig durch das sonderbare, altertümliche Aussehen der Häuser gefesselte Aufmerksamkeit auf einmal durch den Anblick einer ganzen Reihe von Trödlerläden abgelenkt, die einer neben dem andern folgten.

Ah, sie hatten ihren Aufenthaltsort gut gewählt, diese schmierigen Händler mit allerhand altem Ramsch, in diesem phantastischen Gäßchen über dem finsteren Wasserlauf, unter diesen spitzigen Ziegel- und Schieferdächern, auf denen immer noch dieselben alten Wetterfahnen knarrten wie in früheren Zeiten.

Hinten in den dunklen Läden sah man haufenweise geschnitzte Truhen, Fayencen aus Rouen, Nevers, Moustiers, buntbemalte Statuen, andere aus Eichenholz, Christusbilder, Madonnen, Heilige, Kirchenzierat, Meßgewänder, Chorröcke, sogar heilige Gefäße und ein altes Tabernakel aus vergoldetem Holz, das außer Gebrauch war. Oh, was für seltsame Höhlen waren doch in diesen hohen Häusern, diesen großen Häusern, die vom Keller bis zum Dachboden vollgepfropft waren mit Dingen aller Art, deren Zeit vorüber schien, die ihre ursprünglichen Besitzer, ihr Jahrhundert, ihre Zeit, ihre Moden überlebt hatten und jetzt von nachfolgenden Geschlechtern als Kuriosität gekauft werden sollten.

In dieser Hochburg der Antiquitätenhändler erwachte meine Liebe zu schönen Möbeln und Gegenständen wieder. Ich ging von Laden zu Laden, überquerte mit zwei langen Schritten die Brücken aus vier morschen Brettern, die über den übelriechenden Wasserlauf der *Eau de Robec* führten.

Barmherziger Himmel! Was für ein Schrecken durchfuhr mich! Einer meiner schönsten Schränke stand vor mir, am Rande eines Gewölbes, das mit den verschiedenartigsten Gegenständen vollgestopft war und aussah wie der Eingang zu den Katakomben eines Friedhofs für alte Möbel! An allen Gliedern zitternd ging ich näher heran. Ich zitterte so schrecklich, daß ich ihn nicht anzurühren wagte. Ich streckte die Hand aus, zögerte aber. Und doch: er war es wirklich! Ein Louis-XIII-Schrank, ein einzigartiges Stück, das jeder, der es nur einmal gesehen hatte, sogleich wiedererkennen mußte. Als ich dann unwillkürlich meine Augen über die dunklen Tiefen des Gewölbes hinschweifen ließ, da gewahrte ich drei meiner Lehnstühle mit Petit-Point-Bezügen, dann noch weiter hinten meine beiden Henri-II-Tische, die so große Raritäten waren, daß oft Leute aus Paris gekommen waren, um sie sich anzusehen.

Man stelle sich meine seelische Verfassung vor!

Und ich ging weiter hinein, halb gelähmt, halb tot vor Erregung, aber ich ging vorwärts, denn ich bin nicht feige, ich ging weiter, immer weiter, wie ein Ritter in uralten Zeiten in eine Zauberhöhle eindrang. Schritt um Schritt fand ich alles wieder, was mir gehört hatte, meine Leuchter, meine Bücher, meine Ge-

mälde, meine Stoffe, meine Waffen, alles, außer dem Schreibtisch mit meinen Briefen. Den sah ich nirgends.

Ich ging weiter, stieg in dunkle Gänge hinab und hernach in die oberen Stockwerke hinauf. Ich war allein. Kein Mensch war in diesem weitläufigen, wie ein Labyrinth verwinkelten Haus zu sehen.

Die Nacht brach herein, und ich mußte mich in der Finsternis auf einen meiner Stühle setzen, denn ich wollte auf keinen Fall weggehen. Von Zeit zu Zeit rief ich: »Hallo! Hallo! Ist niemand da?«

Ich war bestimmt schon über eine Stunde da, als ich Schritte hörte, leichte, langsame Schritte, ich weiß nicht, wo. Es fehlte nicht viel, und ich wäre davongelaufen. Doch dann ermannte ich mich und rief von neuem, und nun gewahrte ich einen Lichtschimmer im anstoßenden Zimmer.

»Wer ist da?« sagte eine Stimme.

Ich antwortete:

»Ein Käufer.«

Die Stimme erwiderte:

»Es ist reichlich spät, um einfach so in einen Laden hereinzukommen.«

Ich versetzte:

»Ich warte seit mehr als einer Stunde auf Sie.«

»Sie hätten ja morgen wieder vorbeikommen können.«

»Morgen bin ich nicht mehr in Rouen.«

Ich wagte nicht weiterzugehen, und er kam und kam nicht. Ich sah immer den Schein seines Lichts, das einen Wandteppich beleuchtete, auf dem zwei Engel über den Gefallenen eines Schlachtfeldes schwebten. Auch dieser Teppich gehörte mir.

Ich sagte:

»Was ist? Kommen Sie bald?«

Er antwortete: »Ich warte auf Sie.«

Da stand ich auf und ging zu ihm hinüber.

Mitten in einem geräumigen Zimmer stand ein ganz winziges Männchen. Es war ganz klein und sehr dick, dick wie eine gespenstische Erscheinung, ein grauenhafter Nachtmahr.

Er hatte einen spärlichen Bart mit ungleich langen, schütteren, gelblichen Haaren, und nicht ein einziges Haar auf dem ganzen

Kopf! Nicht ein einziges Haar! Da er seine Kerze mit ausgestrecktem Arm hochhielt, um mich sehen zu können, erschien mir sein Schädel wie ein kleiner Mond in diesem großen, mit alten Möbeln vollgestopften Raum. Das Gesicht war verrunzelt und aufgedunsen, die Augen nicht wahrnehmbar.

Ich handelte drei Stühle ein, die eigentlich mir gehörten, und zahlte auf der Stelle eine erkleckliche Summe. Dann gab ich nur die Nummer meines Zimmers im Hotel an. Sie sollten am nächsten Morgen vor neun Uhr dort abgeliefert werden.

Dann ging ich hinaus. Er begleitete mich äußerst höflich bis zur Haustür.

Ich begab mich unverzüglich zum Hauptpolizeikommissar und erzählte ihm, wie mir mein Mobiliar gestohlen worden war und was ich soeben entdeckt hatte.

Er verlangte sofort telegrafisch Auskunft bei der Staatsanwaltschaft, die die Untersuchung dieses Diebstahls durchgeführt hatte und bat mich, die Antwort abzuwarten. Eine Stunde später traf sie ein. Sie lautete für mich sehr zufriedenstellend.

»Ich werde den Mann festnehmen und sofort verhören lassen«, sagte der Kommissar zu mir, »denn er könnte Verdacht geschöpft haben und Ihr Eigentum verschwinden lassen. Wollen Sie inzwischen zu Abend essen und in etwa zwei Stunden wieder hierher kommen? Dann ist er hier, und ich kann ihn in Ihrem Beisein einem neuen Verhör unterziehen.«

»Sehr gern, Herr Kommissar. Ich danke Ihnen herzlich.«

Ich ging zum Abendessen ins Hotel und aß mit besserem Appetit, als ich gedacht hatte. Ich war trotz allem recht zufrieden. Er war dingfest gemacht.

Zwei Stunden später ging ich wieder zu dem Polizeikommissar. Er erwartete mich.

»Tja, lieber Herr«, sagte er, als er mich erblickte. »Ihr Mann ist unauffindbar. Meine Leute haben ihn nicht festnehmen können.«

Ah! Ich fühlte, wie mir die Sinne schwanden.

»Aber Sie haben doch sein Haus gefunden?« fragte ich.

»Gewiß. Es wird sogar überwacht und scharf im Auge behalten, bis er zurückkommt. Was ihn betrifft, so ist er verschwunden.«

»Verschwunden?«

»Ja, verschwunden. Er verbringt gewöhnlich seine Abende bei seiner Nachbarin, ebenfalls einer Trödlerin, einer sonderbaren Hexe, der Witwe Bidoin. Sie hat ihn heute abend nicht gesehen und kann keinerlei Auskunft über ihn geben. Wir müssen bis morgen warten.«

Ich ging. Ach, wie düster, beklemmend, wie gespenstisch kamen mir die Straßen von Rouen vor!

Ich schlief schlecht, wachte immer wieder, von Alpdrücken gequält, aus unruhigem Schlummer auf.

Da ich aber nicht wollte, daß es aussah, als wäre ich sehr beunruhigt oder hätte es besonders eilig, wartete ich bis zehn Uhr am nächsten Morgen und ging erst dann zur Polizei.

Der Händler war nicht wieder aufgetaucht. Sein Laden blieb geschlossen. Der Kommissar sagte mir:

»Ich habe alle notwendigen Schritte unternommen. Die Staatsanwaltschaft ist über den Fall im Bilde. Wir gehen jetzt zusammen in diesen Laden, lassen ihn öffnen, und Sie können mir dann alles zeigen, was Ihr Eigentum ist.«

Wir nahmen eine Droschke und fuhren hin. Vor der Tür des Ladens standen Polizisten und ein Schlosser. Man brach die Tür auf.

Als wir eintraten, sah ich weder meinen Schrank noch meine Tische, nichts, rein gar nichts von allem, was zum Mobiliar meines Hauses gehörte, nichts war mehr vorhanden, während ich am vergangenen Abend keinen Schritt machen konnte, ohne auf eines meiner Möbel zu stoßen.

Überrascht warf mir der Kommissar zuerst einen mißtrauischen Blick zu.

»Mein Gott, Herr Kommissar«, sagte ich, »das Verschwinden meiner Möbel fällt seltsam auf die Minute mit der Flucht des Händlers zusammen.«

Er lächelte und meinte:

»Sie haben recht. Sie hätten gestern keine Möbel kaufen und bezahlen sollen, die Ihnen gehörten. Das hat ihn stutzig gemacht.«

Ich erwiderte:

»Was mir unbegreiflich scheint, ist der Umstand, daß überall da, wo gestern noch meine Möbel standen, jetzt andere Möbel hingestellt sind.«

»Oh!« gab der Kommissar zur Antwort, »er hatte die ganze Nacht Zeit und fraglos auch Komplicen. Das Haus hat vermutlich eine geheime Verbindung mit den Nachbarhäusern. Seien Sie unbesorgt, ich werde mich sehr aktiv mit der Sache befassen. Der Gauner wird uns nicht lange entkommen. Wir bewachen ja seine Räuberhöhle.«

Ach, mein Herz, mein Herz! Mein armes Herz, wie wild es klopfte.

Ich blieb vierzehn Tage in Rouen. Der Mann tauchte nicht wieder auf. Mich nahm das nicht wunder! Wer hätte diesem Menschen auch etwas anhaben oder ihn gar erwischen können?

Am sechzehnten Tag aber erhielt ich frühmorgens von meinem Gärtner, der mein ausgeplündertes und seither leerstehendes Haus hütete, folgenden seltsamen Brief:

Verehrter Herr,
ich habe die Ehre, Ihnen mitzuteilen, daß in der vergangenen Nacht etwas vorgefallen ist, was kein Mensch begreifen kann, die Polizei sowenig wie unsereiner. Alle unsere Möbel sind wieder da, ausnahmslos alle, alle bis auf die kleinsten Gegenstände! Das Haus sieht jetzt genauso aus, wie es am Tage vor dem Diebstahl ausgesehen hatte. Man könnte darüber den Verstand verlieren. Das ist in der Nacht vom Freitag zum Samstag vor sich gegangen. Die Wege sind zerwühlt, wie wenn man alles vom Gartenzaun bis zur Haustür geschleift hätte. So hat es auch am Tag ausgesehen, als die Möbel verschwanden.
Wir erwarten Sie. Ihr ergebener Diener
Raudin, Philippe.

Ah, nein! Nein, nein, nein! Ich gehe nicht dorthin zurück!

Ich brachte den Brief dem Kommissar von Rouen.

»Eine sehr geschickte Rückerstattung«, meinte er. »Stellen wir uns tot. Wir werden den Mann demnächst einmal schnappen.«

Aber man hat ihn nicht geschnappt. Nein, sie haben ihn nicht geschnappt, und jetzt habe ich Angst vor ihm, als wäre er ein reißendes Tier, das man auf meine Fersen gehetzt hat.

Unauffindbar! Es ist unauffindbar, dieses Ungetüm mit dem Mondschädel! Man wird ihn nie festnehmen. Er wird nicht wieder in das Haus kommen. Was kann ihm schon daran liegen! Nur ich kann ihm begegnen, und ich will nicht.
Ich will nicht! Ich will es nicht! Nein, ich will nicht!
Und wenn er zurückkommt, wenn er in seinen Laden zurückkehrt, wer kann ihm schon beweisen, daß meine Möbel bei ihm waren? Nur ich kann gegen ihn zeugen, und ich fühle wohl, daß meine Aussage verdächtig wird.
Ach, nein! Dieses Leben war nicht länger zu ertragen. Und ich konnte das Geheimnis der Vorgänge, die ich mit angesehen habe, nicht länger für mich behalten. Ich konnte nicht weiterleben wie andere Menschen, mit der dauernden Angst, ähnliche Dinge würden sich vielleicht erneut abspielen.
Ich habe also den Arzt aufgesucht, der diese Heilanstalt leitet, und habe ihm alles erzählt.
Er hat mich lange ausgefragt und schließlich gesagt:
»Wären Sie damit einverstanden, für einige Zeit hierzubleiben?«
»Sehr gerne.«
»Besitzen Sie Vermögen?«
»Ja.«
»Wünschen Sie einen Pavillon für sich allein?«
»Ja.«
»Möchten Sie Freunde empfangen?«
»Nein, Herr Doktor, nein, keinen Menschen. Der Mann aus Rouen könnte mich aus Rachsucht bis hierher verfolgen...«

Und jetzt bin ich allein, allein, ganz allein, seit drei Monaten. Ich bin einigermaßen ruhig. Nur vor etwas habe ich Angst... Wenn der Trödler wahnsinnig würde... und wenn man ihn in diese Irrenanstalt brächte... Sogar Gefängnisse sind nicht sicher...

W. W. JACOBS

Die Affenpfote

Die Nacht war kalt und naß, doch in dem kleinen Wohnzimmer der Villa Lakesnam waren die Rollvorhänge heruntergezogen, und es loderte ein helles, lustiges Feuer. Vater und Sohn saßen beim Schach. Der Vater, der sich immer darauf versteifte, bei seiner Spielführung ganz neue Wege einzuschlagen, brachte seinen König unnötigerweise in so schwere Gefahr, daß sich selbst die weißhaarige alte Dame, die ruhig strickend beim Feuer saß, eine entsprechende Bemerkung nicht versagen konnte. »Hör mal den Wind«, sagte Mr. White, nachdem er seinen verhängnisvollen Fehler zu spät bemerkt hatte, beflissen, durch freundliche Ablenkung den Sohn daran zu verhindern, ihn ebenfalls zu bemerken.

»Ich höre schon«, sagte dieser, während er, den Blick immer verbissen auf das Brett geheftet, die Hand ausstreckte. »Schach.«

»Ich hatte nicht gedacht, daß er heute noch einsetzen würde«, sagte der Vater, die Hand über dem Brett still haltend.

»Und Matt«, war die Antwort des Sohnes.

»Das ist das Schlimmste, wenn man so weit draußen wohnt«, brauste Mr. White mit unvermittelter Heftigkeit auf; »von all den widerwärtigen, versumpften, ausgefallenen Gegenden, wo einer wohnen kann, ist das hier die allerschlimmste. Der Fußweg ist ein Morast, und die Fahrstraße ist ein Gießbach. Ich weiß gar nicht, was die Leute sich denken. Wahrscheinlich, weil an der Straße nur zwei Häuser vermietet sind, bilden sie sich ein, es kommt nicht darauf an.«

»Laß gut sein, mein Lieber«, beschwichtigte ihn seine Frau, »vielleicht gewinnst du die nächste Partie.«

Mr. White blickte scharf hoch, gerade rechtzeitig, um einen verständnisinnigen Blickwechsel zwischen Mutter und Sohn aufzufangen. Die Worte erstarben ihm auf den Lippen, und er bemühte sich, ein schuldbewußtes Schmunzeln in seinem dünnen grauen Bart verschwinden zu lassen.

»Da ist er«, sagte Herbert White, als das Gartenpförtchen laut zufiel und schwere Schritte sich der Haustür näherten.

Gastfreundlich beflissen sprang der Alte auf, um die Tür zu öffnen, und man hörte alsbald, wie er dem Ankömmling sein Mitleid ausdrückte. Dieser bemitleidete sich ebenfalls, so daß Mrs. White ein »Na, na, na!« von sich gab und sanft hüstelte, als ihr Gatte, gefolgt von einem großen, vierschrötigen Mann mit kleinen schwarzen Augen und stark geröteter Gesichtsfarbe das Zimmer betrat.

»Feldwebel Morris«, stellte Mr. White vor.

Der Feldwebel schüttelte Mutter und Sohn die Hände, setzte sich dann auf den ihm angebotenen Sessel beim Kamin und sah mit Befriedigung zu, wie der Hausherr Whisky und Gläser herbeiholte und einen kleinen Kupferkessel auf das Feuer stellte.

Beim dritten Glas wurden seine Augen heller, und er fing an, gesprächig zu werden, indes der kleine Familienkreis gespannt diesen Besucher aus fernen Landen betrachtete, der, die breiten Schultern reckend, von merkwürdigen Begebenheiten und tollkühnen Taten, von Kriegen, Seuchen und fremden Völkerschaften erzählte.

»Einundzwanzig Jahre hat er so durchgemacht«, sagte Mr. White, Frau und Sohn zunickend. »Als er von hier wegging, war er ein schmächtiges Bürschchen. Und schaut ihn jetzt an!«

»Es scheint ihm nicht schlecht bekommen zu sein«, sagte Mrs. White höflich.

»Ich ginge selbst gern einmal nach Indien«, sagte der Alte, »bloß um mich ein bißchen umzuschauen, wissen Sie.«

»Seien Sie froh, daß Sie hier sind«, sagte der Feldwebel, den Kopf schüttelnd. Leise aufseufzend stellte er das leergetrunkene Glas hin und schüttelte noch einmal den Kopf.

»Ich möchte gern die alten Tempel sehen, die Fakire und Gaukler«, sagte der Alte. »Was haben Sie mir doch kürzlich von einer Affenpfote oder dergleichen zu erzählen angefangen, Morris?«

»Nichts«, sagte der Soldat hastig. »Wenigstens nichts, was sich zu hören lohnt.«

»Eine Affenpfote?« fragte Mrs. White, neugierig geworden.

»Nun, es ist so ein bißchen was dran, was Sie vielleicht Zauberei nennen könnten«, sagte der Feldwebel leichthin.

Die drei Zuhörer beugten sich gespannt vor. Der Gast führte zerstreut sein leeres Glas an die Lippen und stellte es wieder ab. Der Hausherr füllte es frisch.

»Anzusehen ist das Ding«, sagte der Feldwebel, in seine Tasche greifend, »bloß wie eine ganz gewöhnliche Affenpfote in mumienhaft vertrocknetem Zustand.«

Er brachte etwas aus der Tasche zum Vorschein. Mrs. White fuhr, das Gesicht verzerrend, zurück, doch der Sohn nahm den Gegenstand in die Hand und betrachtete ihn neugierig.

»Und was hat es für eine besondere Bewandtnis damit?« fragte Mr. White, der die Pfote seinem Sohn abgenommen, sie genau betrachtet hatte und nun auf den Tisch legte.

»Es wohnt ihr ein Zauber inne«, sagte der Feldwebel, »der ihr von einem sehr heiligen Manne, einem alten Fakir, verliehen wurde. Dieser wollte den Beweis führen, daß das Schicksal das Leben der Menschen beherrsche und daß wer immer ihm zuwiderhandle, dies zu seinem Schaden tue. Der Zauber geht dahin, daß drei verschiedene Leute die Erfüllung dreier Wünsche erlangen können.«

Er sagte das in so eindringlichem Ton, daß seine Hörer die Empfindung hatten, leichtfertiges Lachen sei nicht am Platze.

»Nun, warum haben Sie nicht dreimal gewünscht, Herr Feldwebel?« fragte Herbert White dreist.

Der Soldat warf ihm einen Blick zu, wie ihn ältere Leute für vorlaute junge Menschen übrig haben. »Das habe ich getan«, sagte er ruhig, und sein rotfleckiges Gesicht erbleichte.

»Und sind Ihnen die drei Wünsche tatsächlich erfüllt worden?« fragte Mrs. White. — »Jawohl«, sagte der Feldwebel, und sein Glas klapperte gegen seine kräftigen Zähne.

»Und hat sonst noch jemand einen Wunsch ausgesprochen?« erkundigte sich die alte Dame.

»Der erste Mann äußerte seine drei Wünsche, jawohl«, war die Antwort. »Ich weiß nicht, worum es sich bei den zwei ersten handelte, der dritte aber war der Wunsch zu sterben. So kam ich in den Besitz der Pfote.«

Sein Ton war jetzt so ernst und schwer, daß die andern drei verstummten.

»Wenn Ihnen schon Ihre drei Wünsche erfüllt worden sind,

dann hat die Pfote doch keinen Wert mehr für Sie, Morris«, sagte der alte Mr. White schließlich. »Wozu behalten Sie sie dann?«

Der Feldwebel schüttelte den Kopf. »Ist wohl eine Grille von mir«, sagte er langsam. »Ich dachte schon manchmal daran, sie zu verkaufen, aber ich glaube, ich tue es doch nicht. Sie hat schon genug Unheil angerichtet. Übrigens will sie niemand kaufen. Entweder halten die Leute das Ganze für ein Märchen, oder wenn sie doch etwas darauf geben, so wollen sie erst einmal eine Probe machen und mich hinterher bezahlen.«

»Wenn Sie noch einmal drei Wünsche frei hätten«, sagte der Alte, ihn scharf anblickend, »würden Sie sie dann äußern?«

»Ich weiß nicht«, sagte der Feldwebel. »Ich weiß nicht.«

Er nahm die Pfote, ließ sie zwischen Daumen und Zeigefinger hin- und herschwingen und warf sie plötzlich auf das Feuer. White entfuhr ein leichter Aufschrei, dann bückte er sich hinunter und riß die Pfote vom Feuer weg.

»Lassen Sie sie lieber verbrennen«, sagte der Feldwebel ernst.

»Wenn Sie sie nicht mehr wollen, Morris«, sagte der Alte, »dann schenken Sie sie mir.«

»Nein«, sagte sein Freund verbissen. »Ich habe sie ins Feuer geworfen. Wenn Sie sie behalten, machen Sie mir dann keine Vorwürfe über das, was geschieht. Seien Sie vernünftig, werfen Sie sie wieder ins Feuer.«

Der Alte schüttelte den Kopf und betrachtete seinen neuen Besitz genau. »Wie macht man es?« fragte er.

»Halten Sie sie mit der rechten Hand hoch, und wünschen Sie laut«, sagte der Feldwebel, »aber ich warne Sie vor den Folgen.«

»Es klingt wie aus Tausendundeiner Nacht«, sagte Mrs. White, indem sie aufstand, um den Tisch zum Abendessen herzurichten. »Könntest du mir nicht vielleicht vier Paar Hände wünschen?«

Ihr Mann zog den Talisman aus der Tasche, und dann brachen alle drei in Lachen aus, als der Feldwebel mit einer Miene des Schreckens den alten Herrn beim Arm ergriff.

»Wenn Sie unbedingt etwas wünschen müssen«, fuhr er ihn barsch an, »dann wünschen Sie etwas Vernünftiges.«

Mr. White steckte die Pfote wieder in die Tasche, stellte die Stühle zurecht und bat seinen Freund zu Tisch. Unterm Essen wurde kaum mehr des Talismans gedacht, und danach waren die drei vollauf damit beschäftigt, einer vom Feldwebel gegebenen zweiten Auflage seiner Abenteuer in Indien mit Hingerissenheit zu lauschen.

Als die Haustür hinter dem Gast – gerade noch rechtzeitig, daß er den letzten Zug erreichen konnte – ins Schloß gefallen war, sagte Herbert: »Wenn die Geschichte mit der Affenpfote nicht wahrer ist als die übrigen, die er erzählt hat, dann wird nicht viel dabei herauskommen.«

»Hast du ihm etwas dafür gegeben, Vater?« fragte Mrs. White, ihren Mann scharf ansehend.

»Nicht der Rede wert«, sagte dieser, ein bißchen rot werdend. »Er wollte es nicht nehmen, aber ich bestand darauf. Und er drang noch einmal in mich, das Ding wegzuwerfen.«

»Wahrscheinlich!« sagte Herbert mit gespieltem Entsetzen. »Ei, wir werden doch jetzt reich, berühmt, glücklich. Wünsche zunächst einmal, daß du Kaiser wirst, Vater; dann brauchst du dich von deiner Frau nicht mehr kommandieren zu lassen.«

Er flüchtete eiligst um den Tisch herum, verfolgt von der erbosten und mit einem Sofaschoner bewaffneten Mrs. White.

Mr. White nahm die Pfote aus der Tasche und betrachtete sie unschlüssig. »Ich weiß nicht, was ich wünschen soll, soviel steht fest«, sagte er. »Es scheint, ich habe alles, was ich brauche.«

»Wenn du noch das Haus schuldenfrei hättest, dann wärst du vollkommen glücklich, nicht wahr?« sagte Herbert, dem Vater die Hand auf die Schulter legend. »Nun, wünsche dir also zweihundert Pfund; das langt gerade dazu.«

Mit einem über seine eigene Wundergläubigkeit beschämten Lächeln hielt der Vater den Talisman hoch, während der Sohn sich mit einer Miene, deren feierlicher Ernst dadurch etwas beeinträchtigt wurde, daß er der Mutter spöttisch zuzwinkerte, an das Klavier setzte und ein paar wirkungsvolle Akkorde anschlug. »Ich wünsche mir zweihundert Pfund«, sagte der Alte laut und deutlich.

Auf diese Worte hin erfolgte vom Klavier her ein wohlklingender Tusch, der jedoch durch einen markerschütternden Aufschrei des alten Herrn unterbrochen wurde. Frau und Sohn liefen zu ihm hin.

»Sie hat sich bewegt«, schrie er mit einem von Widerwillen erfüllten Blick auf den am Boden liegenden Gegenstand. »Als ich den Wunsch aussprach, wand sie sich in meiner Hand wie eine Schlange.«

»Nun, ich sehe kein Geld«, sagte der Sohn, während er die Pfote aufhob und sie auf den Tisch legte, »und werde auch keins zu sehen kriegen.« – »Das mußt du dir eingebildet haben, Vater«, sagte seine Frau, ihn angstvoll betrachtend.

Er schüttelte den Kopf. »Nun, gleichviel; Schaden ist ja keiner geschehen, aber einen schönen Schreck habe ich doch bekommen.«

Sie setzten sich wieder an den Kamin; die beiden Männer rauchten ihre Pfeifen zu Ende. Heftiger als je blies der Wind ums Haus, und der alte Herr fuhr beim Knall einer im Oberstock zufallenden Tür nervös hoch. Ungewohntes, beklommenes Schweigen legte sich über die drei Menschen, das anhielt, bis die beiden Alten aufstanden, um schlafen zu gehen.

»Ich nehme an, du findest das Geld bar in einem dicken Beutel mitten auf deinem Bett«, meinte Herbert, als er den Eltern gute Nacht sagte, »und einen gruseligen Kobold, der auf dem Kleiderschrank hockt und sich daran weidet, wie du das unrecht erworbene Gut einsackst.«

Im hellen Glanz der Wintersonne, die am andern Morgen den Frühstückstisch bestrahlte, lachte Herbert über seine Ängste. Das Zimmer erfüllte eine Stimmung prosaischer Gesundheit, die ihm am gestrigen Abend gemangelt hatte, und die schmutzige, verschrumpfte kleine Affenpfote lag mit einer Achtlosigkeit hingeworfen auf der Kredenz, die keinen allzugroßen Glauben an ihre Zaubermacht bezeugte.

»Mir scheint, alle alten Soldaten gleichen einander«, sagte Mrs. White. »Und sich vorzustellen, daß wir solchem Unsinn Gehör schenken! Wie sollen denn heutzutage Wünsche in Erfüllung gehen können?«

»Morris sagte, es ginge alles mit so natürlichen Dingen zu«, sagte Mr. White, »daß man es, wenn man wolle, einem Zufall zuschreiben könne.«

»Nun, brich das Geld nicht an, bevor ich heimkomme«, sagte

Herbert, vom Tisch aufstehend. »Ich fürchte, es wird dich zu einem kleinlichen, habsüchtigen Menschen machen, und wir werden uns von dir lossagen müssen.«

Die Mutter lachte, begleitete den Sohn zur Tür, sah ihm nach, wie er die Straße hinunterging, kehrte dann zum Frühstückstisch zurück und erging sich in Scherzen über die Wundergläubigkeit ihres Mannes. Was sie jedoch weder hinderte, eiligst zur Haustür zu stürzen, als der Briefträger klopfte, noch einige kurze Anspielungen auf die Trinkfreudigkeit pensionierter Feldwebel zu machen, als sie festgestellt hatte, daß die Post lediglich in einer Schneiderrechnung bestand.

»Da wird ja Herbert wieder allerhand Witze machen, wenn er heimkommt«, sagte sie, als sie sich zum Mittagessen setzten.

»Das schon«, sagte Mr. White, der sich gerade Bier einschenkte, »aber wie dem auch sei, das Ding hat sich in meiner Hand bewegt; das kann ich beschwören.«

»Das hast du dir eingebildet«, sagte die alte Dame begütigend.

»Ich sage dir, es hat sich bewegt«, entgegnete der Alte. »Daran ist nicht zu zweifeln. Ich hatte gerade... Was ist denn?«

Sie gab keine Antwort. Sie beobachtete das geheimnisvolle Gebaren eines Mannes draußen, der, ungewisse Blicke auf das Haus werfend, anscheinend mit dem Entschluß rang, es zu betreten. Aus der Gedankenverbindung an die zweihundert Pfund heraus schenkte sie dem Umstand Beachtung, daß der Mann fein gekleidet war und einen funkelnagelneuen Zylinder aufhatte. Dreimal stockte er am Pförtchen und ging dann weiter. Beim vierten Mal blieb er erst noch mit der Hand auf dem Pförtchen stehen, stieß es dann, plötzlich entschlossen, auf und ging über den Gartenpfad auf das Haus zu. Als sie das sah, fuhr Mrs. White sofort mit den Händen nach hinten, um eilends ihre Schürze loszubinden, die sie dann unter dem Polster des Sessels verschwinden ließ.

Sie ging dem Fremden, der etwas verlegen schien, entgegen und führte ihn ins Zimmer. Er warf verstohlene Seitenblicke auf Mrs. White und hörte etwas zerstreut die Entschuldigungen der alten Dame über das Aussehen des Zimmers und den Kittel ihres Gatten an, ein Kleidungsstück, das er sonst nur zur Gartenarbeit benutze. Danach wartete sie mit so viel Geduld, wie sie dem weiblichen Geschlecht gegeben ist, darauf, daß der Herr sein Anliegen vorbringe; doch dieser verhielt sich vorerst merkwürdig schweigend.

»Ich ... man hat mich gebeten, Sie aufzusuchen«, sagte er schließlich, stockte wieder und beugte sich vor, um ein Flöckchen von seinen Hosen wegzunehmen. »Ich komme von Maw & Meggins.« Die alte Dame fuhr auf. »Ist etwas passiert?« fragte sie atemlos. »Ist Herbert etwas passiert? Was ist? Was ist denn?«

Der Hausherr legte sich ins Mittel. »Nun, nun, Mutter« fiel er rasch ein. »Setz dich hin und denke nicht gleich Gott weiß was. Sie bringen doch wohl keine unangenehmen Nachrichten, mein Herr«, und er blickte den Besucher besorgt fragend an.

»Leider...«, fing dieser an. Doch die Mutter unterbrach ihn: »Ist er verletzt?«

Der Gast machte eine bejahende Verneigung. »Schwer verletzt«, sagte er ruhig, »aber er leidet keine Schmerzen.«

»Gott sei's gedankt!« rief die alte Dame, die Hände zusammenschlagend, aus. »Gott sei dafür gedankt! Gott...«

Sie brach jedoch ab, da sie zu ahnen begann, welch unheilvoller Sinn in dieser Versicherung steckte, eine Ahnung, deren Bestätigung sie dem abgewandten Gesicht des Gastes entnahm. Mit versagendem Atem drehte sie sich ihrem begriffsstutzigen Ehemann zu und legte ihre zitternde Greisenhand auf die seine. Es blieb ein langes Schweigen.

»Er ist in die Maschine geraten«, sagte der Besucher schließlich leise. »In die Maschine geraten«, wiederholte der alte Herr wie betäubt, »soso.«

Mit leerem Blick schaute er durch das Fenster, nahm die Hand seiner Frau in die seine und drückte sie, wie er das vor vierzig Jahren getan hatte, da sie Braut und Bräutigam waren.

»Es war das einzige Kind, das uns geblieben ist«, sagte er in weichem Ton zu dem Besucher. »Das ist hart.«

Der Fremde hüstelte, stand auf und trat langsam zum Fenster. »Die Firma hat mich beauftragt, Ihnen ihr aufrichtiges Beileid zu dem schweren Verlust zu übermitteln«, sagte er, ohne sich umzublicken. »Ich bitte Sie, verstehen zu wollen, daß ich nur im Dienste meiner Firma und auf deren Weisung handle.«

Er erhielt keine Antwort. Das Gesicht der alten Dame war

weiß, ihr Blick starr und ihr Atem kaum wahrnehmbar geworden. Das Gesicht des Vaters zeigte eine Miene, wie sie wohl sein Freund, der Feldwebel, vor seiner ersten Schlacht getragen haben mochte.

»Mein Auftrag geht noch dahin, Ihnen mitzuteilen, daß Maw & Meggins jede Verantwortung ablehnen«, fuhr der Besucher fort. »Die Firma erkennt keinerlei Haftpflicht an, ist jedoch, in Ansehung der von Ihrem Sohn geleisteten Dienste, erbötig, Ihnen einen bestimmten Betrag als Schadensersatz anzuweisen.«

Mr. White ließ die Hand seiner Frau los, sprang auf und sah den Besucher mit einem Blick an, in dem sich Grauen malte. Und seine trocken gewordenen Lippen formten mehr, als sie sie sprachen, die Silben: »Wieviel?«

»Zweihundert Pfund«, lautete die Antwort.

Ohne den gellenden Aufschrei seiner Frau wahrzunehmen, lächelte der Alte schwach, streckte seine Hände vor sich aus wie ein Blinder und fiel ohnmächtig zusammen.

Auf dem riesigen neuen Friedhof, der etwa zwei Meilen entfernt lag, begruben die beiden Alten ihren Sohn und kehrten in ein von Dunkel und Stille erfülltes Haus zurück. Es war alles so schnell gegangen, daß sie es kaum recht begriffen hatten und daß sie in einem Zustand der Erwartung verharrten, als müsse sich etwas ereignen, etwas, das die schwere, für ihre alten Herzen allzuschwere Last zu erleichtern geeignet wäre. Doch die Tage gingen hin; an die Stelle der Erwartung trat Resignation, die hoffnungslose Resignation der alten Menschen, die zuweilen

fälschlich als Apathie bezeichnet wird. Zeitweise wechselten sie kaum ein Wort miteinander; denn sie hatten ja jetzt nichts mehr zu reden; in müder Langeweile schleppten sich ihre Tage hin.

Etwa eine Woche danach geschah es, daß der Alte, plötzlich in der Nacht erwachend und seine Hand ausstreckend, merkte, daß er allein war. Es war dunkel im Zimmer; vom Fenster her war unterdrücktes Schluchzen zu hören.

»Komm, geh wieder ins Bett«, sagte der Alte liebevoll. »Es wird dir kalt werden.«

»Meinem Sohn ist es kälter«, sagte die alte Frau und schluchzte wieder auf.

Schwächer und schwächer hallte ihr Schluchzen in seinem Ohr. Das Bett war warm; die Augen fielen ihm zu. Unruhiger Schlummer übermannte ihn; schließlich sank er in tiefen Schlaf, aus dem er erst durch einen wilden Schrei seiner Frau aufgeschreckt emporfuhr.

»Die Affenpfote!« schrie sie gellend. »Die Affenpfote!«

Angstvoll setzte er sich hoch. »Wo? Wo ist sie? Was ist denn?«

Stolpernd kam sie durchs Zimmer auf ihn zu. »Ich will sie haben«, sagte sie ruhiger. »Du hast sie doch nicht verbrannt?«

»Sie ist im Wohnzimmer, auf dem Kaminsims liegt sie«, gab er erstaunt zur Antwort. »Wozu?«

Weinend und lachend zugleich beugte sie sich über ihn und küßte ihn auf die Wange.

»Eben erst habe ich an sie gedacht«, sagte sie übererregt. »Warum habe ich auch nicht früher daran gedacht? Warum hast du nicht daran gedacht?«

»An was?« fragte er.

»An die beiden andern Wünsche«, sagte sie hastig. »Wir haben doch erst einen ausgesprochen.«

»Genügt das etwa nicht?« fragte er wütend.

»Nein«, schrie sie triumphierend, »wir werden einen zweiten aussprechen. Geh hin, hol sie sofort und wünsche, daß unser Junge wieder lebendig wird.«

Der Alte richtete sich ganz auf und riß das Bettzeug von seinen zitternden Gliedmaßen. »Großer Gott, du bist wahnsinnig!« rief er entsetzt.

»Hol sie«, keuchte sie, »hol sie sofort und sprich den Wunsch aus... Ach, mein Junge, mein Junge!«

Der Alte strich ein Zündholz und zündete die Kerze an. »Geh wieder ins Bett«, sagte er in nicht sehr festem Ton. »Du weißt ja nicht, was du redest.«

»Der erste Wunsch ist uns erfüllt worden«, sagte die Alte fiebernd, »warum soll es nicht auch der zweite werden?«

»Es war ein Zufall«, stotterte der Alte.

»Geh, hol sie und sprich den Wunsch aus«, schrie die Alte, zerrte ihn hoch und zur Tür.

Er tastete sich durch die Finsternis zum Wohnzimmer hin und dort zum Kaminsims. Der Talisman lag noch da; den Alten packte eine gräßliche Angst, der unausgesprochene Wunsch könnte ihm womöglich seinen verstümmelten Sohn vor Augen bringen, ehe er imstande sei, dem Zimmer zu entrinnen, und es verschlug ihm den Atem, als er merkte, daß er nicht mehr wußte, in welcher Richtung sich die Tür befand. Kalter Schweiß trat ihm auf die Stirn, er tastete sich um den Tisch herum, dann die Wand entlang, bis er sich, immer das unheimliche Ding in der Hand, in dem kleinen Zwischengang befand.

Als er wieder ins Schlafzimmer kam, schien auch das Gesicht seiner Frau verändert. Es war kreideweiß, verzerrt und zeigte einen ungewohnten, beängstigenden Ausdruck.

»Wünsche!« schrie sie überlaut.

»Das ist wahnsinnig und gottlos«, stammelte er.

»Wünsche!« schrie sie wieder.

Er hob die Hand. »Ich wünsche, daß mein Sohn wieder lebendig wird.«

Der Talisman fiel zu Boden; mit Schaudern sah er darauf herunter. Dann sank er zitternd in einen Sessel, während die Alte, deren Augen brannten, zum Fenster ging und den Rollvorhang hochzog.

Hin und wieder einen Blick nach der Gestalt der alten Frau werfend, die zum Fenster hinausschaute, blieb er sitzen, bis er vor Kälte fröstelte. Die Kerze in dem Porzellanleuchter, die bis auf ein winziges Stümpfchen heruntergebrannt war, warf schwankende Schatten auf Zimmerdecke und Wände, bis sie mit einem letzten langen Aufflackern verlosch. Unsagbar erleichtert darüber, daß der Talisman versagt hatte, kroch der Alte wieder ins Bett, und kurz darauf legte sich die Frau schweigend und abgespannt neben ihn.

Keines von beiden sprach ein Wort; lautlos lagen sie da und lauschten auf das Ticken der Uhr. Ein Stuhl knarrte; hinter der Wand huschte mit quietschendem Geräusch eine Maus. Die Dunkelheit wurde beklemmend. Schließlich nahm der Alte seinen Mut zusammen, griff nach der Zündholzschachtel, strich ein Hölzchen an und ging ins Erdgeschoß, um eine frische Kerze zu holen.

Am Fuße der Treppe ging das Zündholz aus; er blieb stehen, um ein neues anzuzünden, da klopfte es mit einmal an der Haustür, so still und heimlich, daß es fast nicht zu hören war.

Die Zündhölzer entfielen ihm. Reglos stand er da und hielt den Atem an, bis sich das Klopfen wiederholte. Dann machte er kehrt; floh eilends wieder hinauf ins Schlafzimmer und schloß die Tür. Da schallte ein drittes Klopfen durch das Haus.

»Was ist das?« schrie die Alte hochschreckend.

»Eine Ratte«, sagte der Alte an allen Gliedern zitternd, »eine Ratte. Sie ist auf der Treppe an mir vorbeigelaufen.«

Die Frau richtete sich im Bett auf und horchte. Wiederum durchhallte das Haus ein Klopfton.

»Es ist Herbert!« schrie sie. »Es ist Herbert!«

Sie lief zur Tür, doch der Gatte war ihr zuvorgekommen, hatte sie am Arm gefaßt und hielt sie fest.

»Wo willst du hin?« flüsterte er ihr heiser zu.

»Es ist mein Junge; es ist Herbert!« rief sie und versuchte, sich loszumachen. »Ich dachte ja nicht daran, daß es zwei Meilen von hier ist. Was hältst du mich denn fest? Laß mich los. Ich muß die Tür aufmachen.«

»Um Gottes willen, laß es nicht herein«, schrie der Alte zitternd.

»Du hast Angst vor deinem eigenen Sohn«, schrie sie, sich seinem Griff entwindend. »Laß mich los. Ich komme, Herbert, ich komme.«

Abermals klopfte es, und noch einmal. Mit einem Ruck riß sich die Alte los und lief aus dem Zimmer. Der Mann folgte und rief der Hinuntereilenden vom Treppenabsatz aus verzweifelt bittend nach. Er hörte, wie die Kette zurückrasselte und der untere Riegel langsam und schwer aus der Tülle gezogen wurde. Dann die vor Anstrengung keuchende Stimme der Alten.

»Der Riegel!« schrie sie. »Komm herunter. Ich kann nicht dran!« Der Alte jedoch lag mit Händen und Knien auf dem Fußboden und suchte in wahnwitziger Hast nach der Affenpfote. Wenn er sie nur fand, ehe das Ding da draußen eindrang! Nun schallte es wie eine wahre Salve von Klopftönen durchs Haus; er hörte, wie seine Frau unten im Korridor scharrend einen Stuhl zur Tür hinrückte, dann den Riegel langsam zurückgehen..., da, in diesem Augenblick fand er die Affenpfote; er hob sie hoch und stieß halb wahnsinnig den dritten, den letzten Wunsch aus.

Augenblicklich verstummte das Klopfen, allein der Widerhall zitterte noch durchs Haus. Der Alte hörte, wie der Stuhl zurückgeschoben und die Tür geöffnet wurde. Ein kalter Wind fuhr durchs Treppenhaus, und ein lauter, langgezogener Klageschrei der Enttäuschung und des Jammers tönte herauf. Da ermannte sich der Alte, zu seiner Frau hinunter und dann hinaus zum Gartenpförtchen zu laufen. Die Laterne auf der andern Seite warf ihren Flackerschein über die stille, verödete Straße.

AMPARO DAVILA

Der Spiegel

Als meine Mutter mir berichtete, was ihr zugestoßen war, wurde ich von furchtbaren Zweifeln und von einer sich steigernden Besorgnis befallen, auch wenn ich nicht daran denken wollte.
Vor zwanzig Tagen hat sich meine Mutter ihr Bein gebrochen, sie war auf der Treppe ausgerutscht. Es war dann gar nicht so einfach, ein Zimmer im Santa Rosa-Hospital, in dem besten unserer Stadt, zu bekommen. Da ich eilig verreisen mußte, tat ich alles mögliche, damit Mama gut untergebracht sei, sie in einer Klinik liege, wo man ihren Wünschen Aufmerksamkeit schenke und sie gut behandeln würde. Und trotzdem machte ich mir Vorwürfe, daß ich sie so allein mit ihrem Gipsverband und ihren Schmerzen im Hospital zurückließ. Doch meine Arbeit in der Tractors and Agricultural Machinery Co. machte diese Reise notwendig. Ich war Verkaufsinspektor und mußte von Zeit zu Zeit die verschiedenen Reviere der Vertreter kontrollieren, denn oft war es so, daß einige Vertreter ihre Gebiete nicht oft genug besuchten und die Konkurrenz sich dann breitmachen konnte. Ich mochte meine Arbeit, und meine Firma hat sich mir gegenüber immer sehr anständig benommen und mich, wie meine Vorgesetzten meinten, als ›wertvolles Element‹ bezeichnet. Mein Gehalt war gut, und im großen ganzen war man mir gegenüber sehr zuvorkommend. Deswegen konnte ich auch nicht nein sagen, wenn man mich brauchte, wie es jetzt der Fall war. Das einzige, was ich also tun konnte, war, meine Mutter in einer guten Klinik unterzubringen unter der Aufsicht einer verantwortungsbewußten Schwester.

Während der drei Wochen, die meine Reise dauerte, informierte man mich täglich über ihren Gesundheitszustand. Die Nachrichten, die ich erhielt, waren zufriedenstellend, nur erwähnte man, daß ihre Temperatur regelmäßig steige und eine eigenartige Nervosität sich ihrer bemächtige.

Sofort nach meiner Rückkehr begab ich mich ins Büro, um

mich dort zu melden, und eilte von dort aus ins Krankenhaus. Als meine Mutter mich erblickte, stieß sie einen eigenartigen Schrei aus, der weder Überraschung noch Freude verriet. Der Schrei war so, als ob jemand im Innern eines brennenden Hauses den Retter nahen sieht. So schien es mir. Es war die Essenszeit. Ich wunderte mich, daß Mama keinen Bissen über ihre Lippen brachte, obwohl die servierte Mahlzeit – geräucherte Schweinekoteletts und Spinatpüree – ihr Lieblingsgericht war. Sie war blaß, eingefallen und ihre unruhigen, zittrigen Hände verrieten ihren Nervenzustand. Ich konnte mir nicht erklären, was ihr zugestoßen war. Sie hatte immer Selbstbeherrschung und Optimismus gezeigt.

Seit dem Tod meines Vaters, der zehn Jahre zurücklag, lebten wir allein mit der Dienerschaft in unserem großen Haus. Obwohl meine Mutter meinen Vater sehr geliebt hatte, überwand sie seinen Verlust. Seit jener Zeit haben wir uns sehr aneinander gewöhnt, so daß wir fast zu einer einzigen Person und zugleich zu unseren gegenseitigen Richtern wurden. Das Leben meiner Mutter war einfach, sie hatte keine Geldsorgen. Mit dem, was uns mein Vater hinterlassen hatte und mit dem Verdienst meiner Arbeit kamen wir wunderbar aus. Die Dienstboten hielten das Haus vollkommen in Ordnung, und meine Mutter hatte ihre ganze Zeit für sich; sie machte Besuche, Einkäufe, ging in den Schönheitssalon, spielte ein- bis zweimal in der Woche Bridge, besuchte Theater, Kinos und so fort.

Doch nun war seit drei Wochen diese totale Veränderung eingetreten. Sie war nicht wiederzuerkennen. Ich überzeugte mich gleich selbst von dieser nervösen Veränderung, von der man mir berichtet hatte. Als die Krankenschwester mit dem fast unberührten Eßtablett aus dem Zimmer ging, flüsterte mir meine Mutter mit einer Stimme voller Angst und Verzweiflung zu: »Liebes, ich muß dich sprechen. Mir ist etwas Furchtbares zugestoßen, doch niemand darf davon wissen. Niemand darf etwas davon merken. Komm bitte morgen wieder. Um ein Uhr, bitte. Sobald die Krankenschwester dann das Zimmer verlassen hat, sprechen wir darüber.«

Ich versprach ihr, am folgenden Tag wiederzukommen. Sehr beunruhigt über das Aussehen meiner Mutter, suchte ich ihren

Arzt auf. »Sie leidet an einer Nervenerschütterung, die sie durch den Sturz erlitten hat, das unvermeidliche Trauma aller Unfälle«, sagte er mir, ohne der Sache weiter Aufmerksamkeit zu schenken. Ich antwortete ihm darauf, daß meine Mutter bis heute sich noch nie etwas so zu Herzen genommen hätte. »Sie müssen auch ihr Alter bedenken«, sagte er. »Man findet oft Fälle bei Frauen, die ihr Leben lang ruhig und selbstbeherrscht gelebt haben und dann auf einmal, in einem gewissen Alter, plötzlich sehr nervös werden und an hysterischen Anfällen leiden...« Ich verließ die Praxis verwirrt und erregt. Die Meinung des Arztes hatte mich nicht überzeugen können. An jenem Abend konnte ich nicht einschlafen und auch am folgenden Tag nicht ins Büro gehen. Vor ein Uhr war ich wieder in der Klinik. Mamas Augenlider waren rötlich entzündet; ich sah, daß sie geweint hatte. Als wir allein blieben, sagte sie zu mir: »Ich habe Furchtbares erlebt dieser Tage. Und nur dir kann ich mich anvertrauen. Du wirst mein einziger Richter sein, entweder du verurteilst mich oder du rettest mich.« (Unsere gegenseitigen Richter zu sein, hatten wir uns bei dem Tod meines Vaters geschworen.)

»Ich glaube, ich hab den Verstand verloren«, sagte sie auf einmal mit Tränen in den Augen. Ich nahm zärtlich ihre Hände. »Erzähl mir alles«, sagte ich ihr, »bitte, alles, alles.«

»Es begann nachts, nach dem Tag deiner Abreise. Ich hatte alles zum Einschlafen vorbereitet, als Schwester Lulu, die Nachtschwester, hereinkam, um mir meine Medizin zu reichen, die ich mitternachts einnehme. Ich erinnere mich daran, daß sie mir die Tablette mit einem Löffelchen in den Mund schob und mir ein Glas Wasser dabei reichte. Ich schluckte die Pille, und im gleichen Augenblick, ich weiß selber nicht warum, schaute ich in den Spiegel des Kleiderschranks und da...«

Mama unterbrach plötzlich ihren Bericht und bedeckte ihr Gesicht mit beiden Händen. Ich versuchte, sie zu beruhigen, und strich ihr über das Haar. Als sie dann die Hände von ihrem Gesicht wegnahm und ich ihre Augen sehen konnte, durchfuhr mich ein Schauder. Wir saßen dann eine Weile stillschweigend gegenüber wie zwei Fremde.

Ich fragte sie nicht, was geschehen war, was sie in dem Spiegel

gesehen hatte, oder zu sehen geglaubt hatte. Es mußte furchtbar gewesen sein, denn ganz gleich, ob es Wirklichkeit oder Einbildung war, sie hätte sonst nicht so erschüttert sein können.

»Ich glaube, ich habe dann furchtbar geschrien und das Bewußtsein verloren«, fuhr Mama fort. »Am folgenden Morgen dachte ich, alles wäre ein Traum gewesen. Doch in der folgenden Nacht zur gleichen Stunde, geschah wieder dasselbe, und seitdem passiert es Nacht für Nacht...«

Nach dieser Unterhaltung mit meiner Mutter lebte auch ich in einer beklemmenden Angst wie nie zuvor. Ich verlor das Interesse für meine Arbeit, ich fühlte mich müde und gelähmt. Die Stunden im Büro verbrachte ich wie ein Automat. »Ich glaube, ich habe den Verstand verloren...« Ihr stoßweise hervorgebrachter Bericht, die Angst, die ihr Gesicht veränderte, ihre Verzweiflung gingen mir nicht mehr aus dem Kopf. »Als die Nachtschwester Lulu mir die Tablette reichte und ich in den Spiegel sah...« Ich versuchte ihr dieses Angstgefühl, von dem ich nun schon selbst befallen war, auszutreiben. Ich versprach ihr, alles aufzuklären und ihr Ruhe und Selbstvertrauen zurückzugeben. In Anbetracht ihres Zustandes beschlossen die Ärzte, daß sie mehr Ruhe brauche, und erlaubten mir, sie nur mittwochs und sonntags zu besuchen.

Ich verbrachte die Tage und den größten Teil der Nacht damit, eine Erklärung für all das zu finden und eine Möglichkeit zur Genesung für Mama. Eines Tages kam mir der Gedanke, daß meine Mutter bewußt oder unbewußt Schwester Lulu vielleicht nicht mochte; vielleicht weckte sie in ihr eine Kindheitserinnerung und brachte sie dadurch in diesen eigenartigen Zustand. Sofort suchte ich die Oberin auf und bat sie, meiner Mutter eine andere Nachtschwester zu schicken. Zu meiner großen Beruhigung vertrat nun Fräulein Eduwiges Schwester Lulu. Dies geschah an einem Donnerstag, so mußte ich bis Sonntag warten, um das Ergebnis zu erfahren.

Sonntags wachte ich früh auf und machte mich sofort zum Ausgehen fertig. Ich wollte um Punkt zehn Uhr morgens im Krankenhaus sein. Ich frühstückte rasch, ein wenig nervös. Auf dem Hinweg kaufte ich ein paar Nelken. Mama mochte Blumen gern und freute sich immer darüber.

Sie hatte sich schön machen lassen, um mich zu empfangen, doch kein Puder konnte die Spuren der furchtbaren inneren Erschütterung vertuschen, die sie verzehrte.

»Nun?« fragte ich, nachdem wir allein geblieben waren. »Magst du die neue Krankenschwester?«

»Ja, sie ist sehr freundlich, sehr aufmerksam, aber...«

»Aber was?«

»Nichts hat sich verändert. Es ist weder sie, noch die andere. Niemand hat Schuld, es ist der Spiegel, der Spiegel ist es...«

Das war alles, was ich erfahren konnte. Mama konnte mir weiter nichts sagen. Die bloße Erinnerung machte sie krank. Nie war ich so deprimiert und verzweifelt wie an jenem Sonntag, als ich das Krankenhaus verließ.

Dann entschloß ich mich, trotz der Gefahren des Umzugs, sie in ein anderes Krankenhaus zu bringen. Ich konnte sie nicht in diesem Zustand lassen, der sie täglich mehr und mehr zermürbte. Vielleicht würde der Ortswechsel ihr gut tun und ihr helfen, diesen Alpdruck zu vergessen. Ihr Zimmer war sehr angenehm, eines der besten im Krankenhaus. Peinlich sauber gehalten und mit hübsch aussehenden Möbeln eingerichtet. Und der Spiegel war nur der Spiegel eines Kleiderschrankes. Auf gar keinen Fall war dieses Zimmer deprimierend; es war voller Licht und Sonne, mit dem Blick auf den Garten. Trotzdem war es möglich, daß sie es aus irgendeinem Grund nicht mochte und daß sich dadurch ihr Gemütszustand verschlimmerte. Tagelang suchte ich in den freien Augenblicken, die mir meine Arbeit erlaubte, einen geeigneten Ort für sie. In den teuren Kliniken war kein Platz zu haben, nur viele Formulare auszufüllen, deren Fragen in einer strengen Reihenfolge beantwortet werden mußten. Und in anderen Krankenhäusern, die noch Platz hatten, waren die Zimmer ein wenig deprimierend und düster. Und ich konnte Mama in ihrem Zustand nicht irgendwohin bringen, wo ihre Nervosität sich nur verschlimmern würde.

Nach dieser Nachricht ging ich ein wenig enttäuscht in die Klinik. Ich fürchtete mich, ihr Zimmer mit der Nachricht zu betreten, daß ich keinen Platz für sie gefunden hätte. Sie sah sehr blaß und eingefallen aus. Sie war wie der Schatten einer Erinnerung von einer sehr schönen und gesunden Frau. Wir unterhielten uns mit langen Pausen, um der Wahrheit auszuweichen. Als ich dann sagte, daß ich nichts gefunden hätte, nahm sie das Taschentuch vor den Mund und schluchzte langsam und schmerzlich wie jemand, der weiß, daß es keine Rettung für ihn gibt. Der Wind wehte durch das offene Fenster; die Luft war schwer, und es war dunkel an diesem Oktobernachmittag. Der starke Lindengeruch, der das Zimmer erfüllte, erstickte mich fast. Sie schluchzte nur und konnte sich gar nicht fassen. Ihr Schmerz und ihre Verzweiflung taten mir weh und machten mich ungeschickt. Ich wollte alles tun, was in meiner Macht stand, um ihr zu helfen, um sie nicht in diesem fürchterlichen Abgrund allein zu lassen. Ich spürte, daß Nacht über ihr lag und daß sie zwischen Schatten wehrlos und allein war...

Ich beschloß dann, bei ihr zu bleiben, um ihr zu helfen. Ich bat um ein zweites Bett und gab Bescheid, daß ich nun auch nachts bei ihr bleiben wolle. Niemand wunderte sich über meinen Beschluß.

An jenem ersten Abend gab es zum Abendbrot gebratenes Hammelfleisch mit Kartoffelpüree, Apfelkompott und Milchkaffee mit Biskuit. Meine Mutter hatte sich dank meiner Anwesenheit ein bißchen gefangen. Sie aß mit normalem Appetit. Wir rauchten einige Zigaretten danach, genau wie wir es von Haus aus gewohnt waren, und unterhielten uns in Ruhe.

Um zehn Uhr kam Fräulein Eduwiges, um das Bett ein wenig aufzuschütteln und um den Streckverband zu kontrollieren. Ich beobachtete beide sehr aufmerksam und fand nichts anormales an ihrem Benehmen. Ich schaute in den Spiegel. Dort sah man das Ebenbild von Schwester Eduwiges, groß, schlank, ein wenig knochig. Ihr Gesicht war freundlich unter seidigem braunem Haar, ihre dicken Augengläser fielen plötzlich auf. Der Spiegel gab für einige Sekunden dieses Bild präzise und deutlich wieder...

Meine Mutter lag ruhig und ganz entspannt. Wir unterhielten uns weiter und machten Pläne: unser Haus benötigte seit langer Zeit einige Reparaturen. Seit Papas Tod hatten wir nichts machen lassen. Ich schlug einen guten Architekten vor, doch Mama meinte, daß uns dieser zu teuer käme. Es wäre besser, wir würden einige Arbeiter bestellen und ihnen unsere Wünsche angeben.

Es war elf Uhr vorbei, und ich wurde ein wenig unruhig in Erwartung des Kommenden. Ich legte langsam und umsichtig – um jede brüske Bewegung, die meiner Mutter meine Nervosität hätte verraten können, zu vermeiden – meine Kleidung ab. Ich wollte vor allen Dingen Ruhe um mich verbreiten. Ich legte die Hosen Falte auf Falte zusammen und hängte sie über den Stuhlrücken, mit meiner Jacke und meinem Hemd. Sobald ich im Pyjama war, legte ich mich aufs Bett, ohne es aufzuschlagen. Von dort aus sah ich ohne Mühe das Bett meiner Mutter und den Spiegel.

Kurz nach halb zwölf wurde sie unruhig. Sie bewegte dauernd ihre Hände, drückte sie aneinander und führte sie zum Gesicht. Ihre Stirn war feucht. Sie konnte nicht weiter sprechen. Einige Minuten vor Mitternacht kam Schwester Eduwiges und brachte auf einem kleinen Tablett ein Glas Wasser, eine Pille und ein Löffelchen. Als sie eintrat, stützte ich mich auf die Kissen, um besser beobachten zu können. Sie trat ans Bett meiner Mutter, und während sie zu ihr sagte: »Wie geht's denn heute?« führte sie das Löffelchen mit der Pille an ihren Mund, damit sie sie schlucke. Im selben Augenblick schrie Mama auf. Ich schaute in den Spiegel und sah Schwester Eduwiges nicht darin. Der Spiegel war leer und dunkel und ganz überschattet. Ich spürte, wie in meinem Innern sich etwas kräuselte, wie mein Magen sich zusammenzog, danach fühlte ich eine große Leere in mir, wie in dem Spiegel...

»Was ist denn, Senora, was ist denn?« hörte ich die Schwester sagen. Ich konnte meinen Blick nicht von dem Spiegel abwenden. Jetzt war ich fast sicher, daß aus jener Leere, aus jenem Nichts etwas aufsteigen würde, ich wußte nicht was, doch es mußte etwas Ungewöhnliches und Furchtbares sein, etwas, dessen Anblick weder ich noch ein anderer ertragen könnte... Ich spürte, wie ich zitterte und wie der kalte Schweiß mir über die Stirn lief, und das Angstgefühl, das meinen Magen zusammenkrampfte, begann zu wachsen und zu wachsen, derart, daß ich nichts anderes mehr tun konnte, als einen fürchterlichen, nicht zu erstickenden Schrei auszustoßen und mein Gesicht mit beiden Händen zu bedecken... Ich hörte, daß die Krankenschwester eiligst hinauslief. Mit einer sehr großen Anstrengung gelangte ich ans Bett meiner Mutter. Sie zitterte von Kopf bis Fuß. Sie war totenbleich, und ihr Blick hatte einen irren Ausdruck. Sie schien mir fiebrig. Ich drückte ihr fest die Hände, und sie wußte, daß auch ich das Furchtbare erlebt hatte. Im selben Augenblick kam Schwester Eduwiges zurück in Begleitung von zwei Ärzten.

»Immer geschieht dasselbe Nacht für Nacht«, sagte sie, sich mir zuwendend, »zur selben Zeit stellen sich diese Störungen ein.« Ich sagte nichts dazu, ich wußte, daß ich kein Wort über die Lippen bringen könnte.

»Geben Sie ihr eine Sevenalspritze«, verordneten sie. Dann gingen sie zu dritt hinaus.

Die Schwester kam gleich zurück mit der Spritze, und während sie sie meiner Mutter gab, hatte ich den Mut, in den Spiegel zu schauen... Dort sah ich Schwester Eduwiges' Ebenbild, das Bett meiner Mutter und mein außer Fassung geratenes Gesicht. Es war genau zwanzig Minuten nach zwölf.

Fünf Tage lang litten wir, meine Mutter und ich, Nacht für Nacht an jenem furchtbaren Geschehen im Spiegel. Ich begriff dann die Veränderung, die in meiner Mutter vorging, ihre Verzweiflung, ihre Verschlossenheit. Es gibt keine Worte, um jene Empfindungen, die bis zur Verzweiflung gehen, zu beschreiben. Und jedesmal wurde das Vorgefühl, daß es bald wieder beginnen würde, schlimmer und dringender. Und wir konnten es nicht ertragen, wir wußten das genau. Da dachte ich mir, daß die einzige Lösung sei, den Spiegel zu verdecken. Das wäre dann, als stelle man eine undurchdringliche Mauer hin. Eine rettende Mauer... Wir beschlossen, den Spiegel mit einem Bettuch zu verhängen. Um elf Uhr abends ungefähr führte ich unseren Plan aus. Als Schwester Eduwiges, wie immer, kurz vor zwölf mit ihrer Nachttablette und dem Wasserglas erschien, war der Spiegel verhängt. Meine Mutter und ich schauten uns mit dem Gefühl, es richtig gemacht zu haben, an.

Doch plötzlich begannen unter dem Bettuch, das über dem Spiegel hing, unförmige Figuren, dunkle Massen durchzuscheinen, die sich ängstlich und mühsam bewegten, so, als versuchten sie mit verzweifelter Anstrengung eine Welt oder die Zeit selbst zu überschreiten. Da schien uns, als hörten wir in uns selbst eine schmerzliche Musik, ein Jammern oder Schreien oder vielleicht

unartikulierte Geräusche, die aus jener Welt hervordrangen, die unser Wille und unsere Angst vermauert hatten. Es war, als spürten wir tausend Dolche einer schmerzlichen und verzweifelten Melodie...

Um fünf nach zwölf war alles zu Ende. Die Schatten unter dem Bettuch und die Musik hörten auf. Im Spiegel war Ruhe, Fräulein Eduwiges ging erstaunt aus dem Zimmer, weil Mama nicht ihren gewohnten Anfall gehabt hatte.

Als wir allein waren, merkte ich, daß wir beide still weinten. Jene formlosen und eingesperrten Schatten, ihr verzweifelter und unnützer Kampf hatte uns innerlich zerrissen. Wir erkannten beide unsere Sinnlosigkeit.

Wir bedeckten den Spiegel nicht mehr. Wir akzeptierten unser Schicksal, ohne Widerspruch, ohne Auflehnung, ohne Hoffnung schickten wir uns in das Unabänderliche.

JULIO CORTÁZAR

Das besetzte Haus

Wir liebten das Haus, da es außer geräumig und alt (obwohl heutzutage alte Häuser meist sehr vorteilhaft verkauft werden) Erinnerungen an unsere Urgroßväter barg, an den Großvater väterlicherseits, an unsere Eltern und unsere Kindheit.

Irene und ich hatten uns daran gewöhnt, alleine darin zu wohnen, was ja an sich eine Torheit war, denn es war ein Haus, worin acht Personen, ohne daß einer dem anderen im Weg gewesen wäre, hätten wohnen können. Jeden Morgen standen wir um sieben Uhr auf, um sauber zu machen, gegen elf Uhr prüfte Irene noch einmal rasch die letzten Räume mit dem Staubtuch nach, während ich in die Küche ging. Wir aßen immer pünktlich um zwölf Uhr zu Mittag: nur einige schmutzige Teller waren dann noch zu waschen, sonst blieb keine Arbeit mehr. Es gefiel uns, während des Mittagessens an das große, stille Haus zu denken, und daß wir fähig waren, es sauberzuhalten. Manchmal dachten wir auch daran, daß es wohl um des Hauses willen sei, daß wir nicht heirateten. Irene hatte ohne besondere Erklärung zwei Verehrer abgelehnt, und mir starb Maria-Esther, noch ehe es zur Verlobung gekommen war. Wir traten beide in unser vierzigstes Lebensjahr mit dem unausgesprochenen Gedanken, daß unsere schlichte, ruhige Geschwister-Ehe in diesem Haus eine notwendige Klausur in Anbetracht unserer Ahnen und Urgroßväter sei. Eines Tages würden auch wir darin sterben, und entfernte, unbekannte Vettern würden das Haus erben und abreißen lassen, um sich an dem Grundstück und den Backsteinen zu bereichern; oder besser, wir selbst würden es abreißen lassen, bevor es zu spät sei.

Irene war von Natur aus ein Mädchen, das nie jemanden belästigte. Nach ihrer morgendlichen Aktivität verbrachte sie den Rest des Tages strickend auf dem Sofa des Schlafzimmers. Ich weiß nicht, warum sie so viel strickte; mir scheint, daß die Frauen so viel stricken, weil sie in dieser Arbeit einen großen Vorwand zum Nichtstun finden. Doch Irene war anders. Sie strickte immer nützliche Sachen, Trikots für den Winter, Strümpfe für mich, Nachtjäckchen und Unterjäckchen für sich. Manchmal strickte sie eine Jacke, und später, wenn ihr plötzlich etwas nicht daran gefiel, riffelte sie sie wieder auf; es war reizvoll, dem gekräuselten Wollknäuel im Körbchen zuzuschauen, wie er sich wehrte, seine Form in so wenigen Stunden zu verlieren. Samstagnachmittags ging ich immer in die Stadt, um für Irene Wolle zu kaufen; sie vertraute meinem Geschmack und freute sich über die ausgewählten Farben. Nie brauchte ich etwas umzutauschen. Ich benutzte auch immer diese Ausflüge, um durch verschiedene Buchhandlungen zu gehen und mich beiläufig nach der neu eingetroffenen französischen Literatur zu erkundigen. Doch seit 1939 kam nichts von besonderem Wert nach Argentinien.

Doch will ich hier von dem Haus erzählen, von dem Haus und von Irene, denn ich selbst bin nicht wichtig dabei. Ich fragte mich, was Irene wohl ohne das Stricken getan hätte. Ein Buch kann man wieder lesen, aber, wenn ein Pullover einmal fertig ist, kann man ihn doch nicht einfach neu anfangen. Eines Tages fand ich die untere Kommodenschublade bis oben angefüllt mit lila, grünen und weißen Halstüchern. Mottenkugeln lagen darin verstreut, und alles stapelte sich schön aufeinander, wie in einem Kaufladen. Es fehlte mir der Mut, Irene nach dem Zweck dieser Tücher zu fragen. Wir hatten es nicht nötig, um den Lebensunterhalt zu verdienen ... jeden Monat kam Geld von den Gütern ein und vermehrte sich ständig. Für Irene war das Stricken nur eine Unterhaltung, sie zeigte eine wunderbare Beweglichkeit dabei, und mir vergingen die Stunden, wenn ich ihren Händen – wie versilberte Igel sahen sie aus – zuschaute, das Kommen und Gehen der Nadeln, und wie sich die Wollknäuel in einem oder zwei Körbchen auf der Erde unaufhörlich schüttelten. Das war sehr schön.

Wie sollte ich mich nicht an die Einteilung des Hauses erinnern: Das Eßzimmer, ein Salon mit Vorhängen und Teppichen, die Bibliothek und die drei großen Schlafzimmer, die in dem hinteren Teil lagen, der an die Rodriguez-Peña-Straße grenzte. Dieser Teil war durch einen Korridor mit massiver Eichenholztür von der Vorderseite getrennt. Dort lag ein Badezimmer, die

Küche, unsere Schlafzimmer und das große Wohnzimmer, an welches sich die Schlafzimmer und der Durchgang anschlossen. Der Eingang zu dem Haus führte durch eine Majolika-Diele und die Haustür direkt zum Wohnzimmer, so daß man also durch die Diele eintrat, die Haustür öffnete und gleich im Wohnzimmer war; zwei Türen führten dann direkt zu unseren Schlafzimmern, gegenüber lag der Korridor, der zum hinteren Teil führte; wenn man also den Korridor entlangging, kam man bis zur Eichentür, wo der andere Teil des Hauses begann; man konnte auch links abbiegen, direkt vor der Eichentür, und durch einen engen Gang, der bis zur Küche und zum Bad führte, weitergehen. Stand die Türe offen, so bemerkte man, daß es ein großes Haus war; sonst hatte man den Eindruck einer Appartementwohnung, wie sie jetzt viel gebaut werden und in denen man sich kaum bewegen kann. Irene und ich wohnten immer in diesem Teil des Hauses, fast nie gingen wir bis zur Eichentür, nur um dort zu putzen, es ist ja erstaunlich, wie der Staub sich auf den Möbeln sammelt. Buenos Aires mag eine saubere Stadt sein, doch dies nur dank seiner Einwohner. Zuviel fliegt herum, und kaum weht ein Lüftchen, schon liegt alles auf dem Marmor, den Konsolen und zwischen den Stickereien der Tischdecken; es macht Arbeit, all dies mit dem Staubwedel zu säubern, denn immer wieder fliegt der Staub hoch und bleibt in der Luft hängen, um sich dann einen Moment später wieder von neuem auf die Möbel und das Klavier zu legen.

Ich werde mich immer deutlich daran erinnern, denn es war einfach und ohne unnötige Umstände. Irene war in ihrem Schlafzimmer und strickte, es war acht Uhr abends. Ich wollte gerade mein Matetee-Kesselchen aufs Feuer stellen. Ich ging den Korridor entlang, bis zur angelehnten Eichentür; dort bog ich in den schmalen Gang ein, der zur Küche führte. Da vernahm ich ein Geräusch, das aus dem Eßzimmer und der Bibliothek kam. Es klang dumpf und unbestimmt, wie ein Stuhl, der auf einen Teppich fällt, oder wie das verschluckte Murmeln einer Unterhaltung. Auch hörte ich es gleichzeitig oder kaum eine Sekunde später, hinten, vom Korridor her, der es durch jene Zimmer bis zur Tür leitete. Noch bevor es zu spät war, warf ich mich auf die Tür, stützte meinen Körper dagegen, schlug sie zu und schloß ab. Glücklicherweise steckte der Schlüssel auf unserer Seite. Dann schob ich noch zur Sicherheit das große Schloß vor.

Ich ging zur Küche, wärmte das Kesselchen, und als ich mit dem Mate-Tablett zurückkehrte, sagte ich zu Irene:

»Ich mußte die Tür zum Durchgang abschließen. Man hat den hinteren Teil des Hauses besetzt.«

Sie ließ das Strickzeug fallen und schaute mich ernst und mit müden Augen an.

»Bist du sicher?« Ich bestätigte.

»Dann«, sagte sie – indem sie ihre Stricknadeln wieder aufnahm –, »müssen wir auf dieser Seite wohnen.«

Mit großer Sorgfalt bereitete ich den Mate zu, bei ihr dauerte es eine Weile, bis sie ihre Handarbeit wieder aufnahm. Sie strickte an einer grauen Jacke; ich mochte diese Jacke.

Während der ersten Tage waren wir sehr traurig, denn von uns beiden befanden sich Dinge in dem besetzten Teil, die wir sehr liebten. Meine französischen Bücher zum Beispiel, waren in der Bibliothek geblieben. Irene vermißte einige Tischdecken, ein Paar Pantoffeln, die im Winter so schön wärmten. Mir tat es um meine aus Wacholder geschnitzte Pfeife leid, und ich glaube, Irene dachte an eine jahrealte Flasche »Hesperidina«. Oft (doch dies geschah nur in den ersten Tagen) schlossen wir die Schublade irgendeiner Kommode und schauten uns traurigen Blickes an.

»Es ist nicht hier.«

Und wieder war etwas zu den verlorenen Dingen der anderen Seite des Hauses hinzuzuzählen.

Doch wir hatten auch Vorteile. Das Saubermachen wurde einfacher, selbst dann, wenn wir sehr spät aufstanden, zum Beispiel um halb zehn. Kaum war es elf Uhr, saßen wir schon mit gekreuzten Armen da. Irene gewöhnte sich daran, mich in die Küche zu begleiten und mir bei den Vorbereitungen für das Mittagessen zu helfen. Wir überlegten und beschlossen folgendes: während ich das Mittagessen zubereitete, kochte Irene schon einiges für den Abend vor. Wir freuten uns über diesen Beschluß, denn es war immer störend, um etwas zu kochen, die Schlafzimmer zur Zeit des Dunkelwerdens zu verlassen. Jetzt begnügten wir uns mit kalten Speisen auf Irenes Schlafzimmertisch.

Irene war froh, denn so blieb ihr mehr Zeit zum Stricken. Ich lief wegen meiner eingebüßten Bücher ein wenig verloren umher, doch damit meine Schwester nichts davon merkte, begann ich mich mit Papas Briefmarkensammlung zu beschäftigen. Damit konnte ich meine Zeit totschlagen. Wir waren beide zufrieden mit unseren Verrichtungen und saßen meist in Irenes Schlafzimmer zusammen; dort war es gemütlicher.

Manchmal sagte Irene:

»Schau mal, was meinst du zu dem neuen Strickmuster, das mir gerade eingefallen ist. Sieht es nicht beinahe wie ein Kleeblatt aus?«

Eine Weile später war ich es, der ihr ein kleines, viereckiges Papierchen vor die Augen hielt, damit sie den Wert des Stempels von Eupen und Malmedy begutachtete. Wir fühlten uns wohl, und nach und nach begannen wir, an nichts mehr zu denken. Man kann leben, ohne zu denken.

(Wenn Irene laut träumte, erwachte ich sofort. Nie konnte ich mich an diese Papageien- oder Bildsäulenstimme – eine Stimme, die aus den Träumen und nicht aus der Kehle kam – gewöhnen. Irene sagte, meine Träume bestünden aus heftigem Schütteln, so daß manchmal die Bettdecke herunterfiele. Zwischen unseren beiden Schlafzimmern lag das Wohnzimmer, doch nachts war jedes Geräusch im Haus vernehmbar. Wir hörten uns atmen, husten und spürten im voraus all diese Bewegungen aufkommen, die unser beider Schlaflosigkeit ankündigte. Sonst war alles still im Haus. Tagsüber waren die häuslichen Geräusche da, das Knistern, wenn ich das Briefmarkenalbum umblätterte, das zarte metallene Klappern der Stricknadeln. Die Eichentür, ich glaube, ich sagte es schon, war schalldämpfend. Die Küche und das Bad schlossen direkt an dem besetzten Teil an; dort unterhielten wir uns mit erhobener Stimme, auch sang Irene manchmal ein Wiegenlied. In einer Küche sind zu viele Topf- und Geschirrgeräusche, um andere herauszuhören. Sehr selten wagten wir, dort zu schweigen, doch kaum betraten wir das Wohnzimmer oder die Schlafzimmer, so lag das Haus wieder in großer halbdunkler Stille; wir gingen auf leisen Sohlen, um uns nicht gegenseitig zu stören. Daher kam es, glaube ich, daß ich nachts sofort erwachte, wenn Irene laut zu träumen begann.)

Alles wiederholte sich noch einmal, nur die Folgen waren anders: Eines Abends hatte ich Durst, und bevor ich mich zu Bett legte, sagte ich zu Irene, ich ginge noch rasch in die Küche, um mir ein Glas Wasser zu holen. Als ich vor der Schlafzimmertür stand (Irene strickte), hörte ich ein Geräusch; es kam entweder aus der Küche oder aus dem Badezimmer; die Biegung des Korridors löschte das Geräusch wieder aus. Irene war durch mein plötzliches Stehenbleiben aufmerksam geworden und kam mir, ohne ein Wort zu sagen, nach. Wir lauschten und hörten sehr deutlich, daß die Geräusche von dieser Seite der Eichentür kamen, aus der Küche, aus dem Badezimmer oder vielleicht sogar aus dem Korridor, dort, wo er eine Biegung machte, ganz nahe bei uns.

Wir wagten es nicht einmal, uns anzusehen. Ich schob meinen Arm in den ihren, und wir liefen rasch, ohne uns noch einmal umzuschauen, zur Tür. Die Geräusche wurden lauter, doch blieben sie immer noch dumpf, hinter unserem Rücken. Ich schloß mit einem Schlag die Wohnungstür; wir waren jetzt in der Diele, man hörte nichts mehr.

»Sie haben diesen Teil auch besetzt« – sagte Irene. Das Strickzeug hing ihr in den Händen, und die Fäden lagen auf der Erde und verloren sich unter der Tür. Als sie bemerkte, daß die Knäuel auf der anderen Seite geblieben waren, ließ sie das Strickzeug, ohne es anzuschauen, fallen.

»Hattest du Zeit, irgend etwas mitzunehmen?« – fragte ich überflüssigerweise.

»Nein, nichts.«

Wir besaßen nur das, was wir gerade auf dem Leib hatten. Ich erinnerte mich der fünfzehntausend Pesos, die im Schlafzimmerschrank lagen. Jetzt war es auch dafür zu spät.

Da ich meine Armbanduhr noch hatte, sah ich, daß es elf Uhr abends war. Ich legte meinen Arm um Irenes Taille (ich glaube, sie weinte), und so gingen wir auf die Straße hinaus. Bevor wir uns entfernten, tat es mir leid. Ich schloß die Eingangstür fest ab und warf den Schlüssel in die Regenrinne, damit es ja keinem armen Teufel einfiele zu stehlen und zu dieser Stunde in das besetzte Haus einzudringen.

FRANZ KAFKA

Ein Landarzt

Ich war in großer Verlegenheit: eine dringende Reise stand mir bevor; ein Schwerkranker wartete auf mich in einem zehn Meilen entfernten Dorfe; starkes Schneegestöber füllte den weiten Raum zwischen mir und ihm; einen Wagen hatte ich, leicht, großräderig, ganz wie er für unsere Landstraßen taugt; in den Pelz gepackt, die Instrumententasche in der Hand, stand ich reisefertig schon auf dem Hofe; aber das Pferd fehlte, das Pferd. Mein eigenes Pferd war in der letzten Nacht, infolge der Überanstrengung in diesem eisigen Winter, verendet; mein Dienstmädchen lief jetzt im Dorf umher, um ein Pferd geliehen zu bekommen; aber es war aussichtslos, ich wußte es, und immer mehr vom Schnee überhäuft, immer unbeweglicher werdend, stand ich zwecklos da. Am Tor erschien das Mädchen, allein, schwenkte die Laterne; natürlich, wer leiht jetzt sein Pferd her zu solcher Fahrt? Ich durchmaß noch einmal den Hof; ich fand keine Möglichkeit; zerstreut, gequält stieß ich mit dem Fuß an die brüchige Tür des schon seit Jahren unbenützten Schweinestalles. Sie öffnete sich und klappte in den Angeln auf und zu. Wärme und Geruch wie von Pferden kam hervor. Eine trübe Stallaterne schwankte drin an einem Seil. Ein Mann, zusammengekauert in dem niedrigen Verschlag, zeigte sein offenes blauäugiges Gesicht. »Soll ich anspannen?« fragte er, auf allen vieren hervorkriechend. Ich wußte nichts zu sagen und beugte mich nur, um zu sehen, was es noch in dem Stalle gab. Das Dienstmädchen stand neben mir. »Man weiß nicht, was für Dinge man im eigenen Hause vorrätig hat«, sagte es, und wir beide lachten. »Holla, Bruder, holla, Schwester!« rief der Pferdeknecht, und zwei Pferde, mächtige flankenstarke Tiere, schoben sich hintereinander, die Beine eng am Leib, die wohlgeformten Köpfe wie Kamele senkend, nur durch die Kraft der Wendungen ihres Rumpfes aus dem Türloch, das sie restlos ausfüllten. Aber gleich standen sie aufrecht, hochbeinig, mit dicht ausdampfendem

Körper. »Hilf ihm«, sagte ich, und das willige Mädchen eilte, dem Knecht das Geschirr des Wagens zu reichen. Doch kaum war es bei ihm, umfaßt es der Knecht und schlägt sein Gesicht an ihres. Es schreit auf und flüchtet sich zu mir; rot eingedrückt sind zwei Zahnreihen in des Mädchens Wange. »Du Vieh«, schreie ich wütend, »willst du die Peitsche?«, besinne mich aber gleich, daß es ein Fremder ist; daß ich nicht weiß, woher er kommt, und daß er mir freiwillig aushilft, wo alle andern versagen. Als wisse er von meinen Gedanken, nimmt er meine Drohung nicht übel, sondern wendet sich nur einmal, immer mit den Pferden beschäftigt, nach mir um. »Steigt ein«, sagt er dann, und tatsächlich: alles ist bereit. Mit so schönem Gespann, das merke ich, bin ich noch nie gefahren, und ich steige fröhlich ein. »Kutschieren werde aber ich, du kennst nicht den Weg«, sage ich. »Gewiß«, sagt er, »ich fahre gar nicht mit, ich bleibe bei Rosa.« »Nein«, schreit Rosa und läuft im richtigen Vorgefühl der Unabwendbarkeit ihres Schicksals ins Haus; ich höre die Türkette klirren, die sie vorlegt; ich höre das Schloß einspringen; ich sehe, wie sie überdies im Flur und weiterjagend durch die Zimmer alle Lichter verlöscht, um sich unauffindbar zu machen. »Du fährst mit«, sage ich zu dem Knecht, »oder ich verzichte auf die Fahrt, so dringend sie auch ist. Es fällt mir nicht ein, dir für die Fahrt das Mädchen als Kaufpreis hinzugeben.« »Munter!« sagt er; klatscht in die Hände; der Wagen wird fortgerissen, wie Holz in die Strömung; noch höre ich, wie die Tür meines Hauses unter dem Ansturm des Knechtes birst und splittert, dann sind mir Augen und Ohren von einem zu allen Sinnen gleichmäßig dringenden Sausen erfüllt. Aber auch das nur einen Augenblick, denn, als öffne sich unmittelbar vor meinem Hoftor der Hof meines Kranken, bin ich schon dort; ruhig stehen die Pferde; der Schneefall hat aufgehört; Mondlicht ringsum; die Eltern des Kranken eilen aus dem Haus; seine Schwester hinter ihnen; man hebt mich fast aus dem Wagen; den verwirrten Reden entnehme ich nichts; im Krankenzimmer ist die Luft kaum atembar; der vernachlässigte Herdofen raucht; ich werde das Fenster aufstoßen; zuerst aber will ich den Kranken sehen. Mager, ohne Fieber, nicht kalt, nicht warm, mit leeren Augen, ohne Hemd hebt sich der Junge aus dem Federbett, hängt sich an meinen

Hals, flüstert mir ins Ohr: »Doktor, laß mich sterben.« Ich sehe mich um; niemand hat es gehört; die Eltern stehen stumm vorgebeugt und erwarten mein Urteil; die Schwester hat einen Stuhl für meine Handtasche gebracht. Ich öffne die Tasche und suche unter meinen Instrumenten; der Junge tastet immerfort aus dem Bett nach mir hin, um mich an seine Bitte zu erinnern; ich fasse eine Pinzette, prüfe sie im Kerzenlicht und lege sie wieder hin. ›Ja‹, denke ich lästernd, ›in solchen Fällen helfen die Götter, schicken das fehlende Pferd, fügen der Eile wegen noch ein zweites hinzu, spenden zum Übermaß noch den Pferdeknecht –.‹ Jetzt erst fällt mir wieder Rosa ein; was tue ich, wie rette ich sie, wie ziehe ich sie unter diesem Pferdeknecht hervor, zehn Meilen von ihr entfernt, unbeherrschbare Pferde vor meinem Wagen? Diese Pferde, die jetzt die Riemen irgendwie gelockert haben; die Fenster, ich weiß nicht wie, von außen aufstoßen; jedes durch ein Fenster den Kopf stecken und, unbeirrt durch den Aufschrei der Familie, den Kranken betrachten. ›Ich fahre gleich wieder zurück‹, denke ich, als forderten mich die Pferde zur Reise auf, aber ich dulde es, daß die Schwester, die mich durch die Hitze betäubt glaubt, den Pelz mir abnimmt. Ein Glas Rum wird mir bereitgestellt, der Alte klopft mir auf die Schulter, die Hingabe seines Schatzes rechtfertigt diese Vertraulichkeit. Ich schüttle den Kopf; in dem engen Denkkreis des Alten würde mir übel; nur aus diesem Grunde lehne ich es ab zu trinken. Die Mutter steht am Bett und lockt mich hin; ich folge und lege, während ein Pferd laut zur Zimmerdecke wiehert, den Kopf an die Brust des Jungen, der unter meinem nassen Bart erschauert. Es bestätigt sich, was ich weiß: der Junge ist gesund, ein wenig schlecht durchblutet, von der sorgenden Mutter mit Kaffee durchtränkt, aber gesund und am besten mit einem Stoß aus dem Bett zu treiben. Ich bin kein Weltverbesserer und lasse ihn liegen. Ich bin vom Bezirk angestellt und tue meine Pflicht bis zum Rand, bis dorthin, wo es fast zu viel wird. Schlecht bezahlt, bin ich dort freigebig und hilfsbereit gegenüber den Armen. Noch für Rosa muß ich sorgen, dann mag der Junge recht haben und auch ich will sterben. Was tue ich hier in diesem endlosen Winter! Mein Pferd ist verendet, und da ist niemand im Dorf, der mir seines leiht. Aus dem Schweinestall muß ich mein Ge-

spann ziehen; wären es nicht zufällig Pferde, müßte ich mit Säuen fahren. So ist es. Und ich nicke der Familie zu. Sie wissen nichts davon, und wenn sie es wüßten, würden sie es nicht glauben. Rezepte schreiben ist leicht, aber im übrigen sich mit den Leuten verständigen, ist schwer. Nun, hier wäre also mein Besuch zu Ende, man hat mich wieder einmal unnötig bemüht, daran bin ich gewöhnt, mit Hilfe meiner Nachtglocke martert mich der ganze Bezirk, aber daß ich diesmal auch noch Rosa hingeben mußte, dieses schöne Mädchen, das jahrelang, von mir kaum beachtet, in meinem Hause lebte – dieses Opfer ist zu groß, und ich muß es mir mit Spitzfindigkeiten aushilfsweise in meinem Kopf irgendwie zurechtlegen, um nicht auf diese Familie loszufahren, die mir ja beim besten Willen Rosa nicht zurückgeben kann. Als ich aber meine Handtasche schließe und nach meinem Pelz winke, die Familie beisammensteht, der Vater schnuppernd über dem Rumglas in seiner Hand, die Mutter, von mir wahrscheinlich enttäuscht – ja, was erwartet denn das Volk? – tränenvoll in die Lippen beißend und die Schwester ein schwer blutiges Handtuch schwenkend, bin ich irgendwie bereit, unter Umständen zuzugeben, daß der Junge doch vielleicht krank ist. Ich gehe zu ihm, er lächelt mir entgegen, als brächte ich ihm etwa die allerstärkste Suppe – ach, jetzt wiehern beide Pferde; der Lärm soll wohl, höhern Orts angeordnet, die Untersuchung erleichtern – und nun finde ich: ja, der Junge ist krank. In seiner rechten Seite, in der Hüftengegend hat sich eine handtellergroße Wunde aufgetan. Rosa, in vielen Schattierungen, dunkel in der Tiefe, hellwerdend zu den Rändern, zartkörnig, mit ungleichmäßig sich aufsammelndem Blut, offen wie ein Bergwerk obertags. So aus der Entfernung. In der Nähe zeigt sich noch eine Erschwerung. Wer kann das ansehen ohne leise zu pfeifen? Würmer, an Stärke und Länge meinem kleinen Finger gleich, rosig aus eigenem und außerdem blutbespritzt, winden sich, im Innern der Wunde festgehalten, mit weißen Köpfchen, mit vielen Beinchen ans Licht. Armer Junge, dir ist nicht zu helfen. Ich habe deine große Wunde aufgefunden; an dieser Blume in deiner Seite gehst du zugrunde. Die Familie ist glücklich, sie sieht mich in Tätigkeit; die Schwester sagt's der Mutter, die Mutter dem Vater, der Vater einigen Gästen, die auf den

Fußspitzen, mit ausgestreckten Armen balancierend, durch den Mondschein der offenen Tür hereinkommen. »Wirst du mich retten?« flüstert schluchzend der Junge, ganz geblendet durch das Leben in seiner Wunde. So sind die Leute in meiner Gegend. Immer das Unmögliche vom Arzt verlangen. Den alten Glauben haben sie verloren; der Pfarrer sitzt zu Hause und zerzupft die Meßgewänder, eines nach dem andern; aber der Arzt soll alles leisten mit seiner zarten chirurgischen Hand. Nun, wie es beliebt: ich habe mich nicht angeboten; verbraucht ihr mich zu heiligen Zwecken, lasse ich auch das mit mir geschehen; was will ich Besseres, alter Landarzt, meines Dienstmädchens beraubt! Und sie kommen, die Familie und die Dorfältesten, und entkleiden mich; ein Schulchor mit dem Lehrer an der Spitze steht vor dem Haus und singt eine äußerst einfache Melodie auf den Text:

> Entkleidet ihn, dann wird er heilen,
> Und heilt er nicht, so tötet ihn!
> 's ist nur ein Arzt, 's ist nur ein Arzt.

Dann bin ich entkleidet und sehe, die Finger im Barte, mit geneigtem Kopf die Leute ruhig an. Ich bin durchaus gefaßt und allen überlegen und bleibe es auch, trotzdem es mir nichts hilft, denn jetzt nehmen sie mich beim Kopf und bei den Füßen und tragen mich ins Bett. Zur Mauer, an die Seite der Wunde legen sie mich. Dann gehen alle aus der Stube; die Tür wird zugemacht; der Gesang verstummt; Wolken treten vor den Mond; warm liegt das Bettzeug um mich; schattenhaft schwanken die Pferdeköpfe in den Fensterlöchern. »Weißt du«, höre ich, mir ins Ohr gesagt, »mein Vertrauen zu dir ist sehr gering. Du bist ja auch nur irgendwo abgeschüttelt, kommst nicht auf eigenen Füßen. Statt zu helfen, engst du mir mein Sterbebett ein. Am liebsten kratzte ich dir die Augen aus.« »Richtig«, sage ich, »es ist eine Schmach. Nun bin ich aber Arzt. Was soll ich tun? Glaube mir, es wird auch mir nicht leicht.« »Mit dieser Entschuldigung soll ich mich begnügen? Ach, ich muß wohl. Immer muß ich mich begnügen? Mit einer schönen Wunde kam ich auf die Welt; das war meine ganze Ausstattung.« »Junger Freund«,

sage ich, »dein Fehler ist: du hast keinen Überblick. Ich, der ich schon in allen Krankenstuben, weit und breit, gewesen bin, sage dir: deine Wunde ist so übel nicht. Im spitzen Winkel mit zwei Hieben der Hacke geschaffen. Viele bieten ihre Seite an und hören kaum die Hacke im Forst, geschweige denn, daß sie ihnen näher kommt.« »Ist es wirklich so oder täuschest du mich im Fieber?« »Es ist wirklich so, nimm das Ehrenwort eines Amtsarztes mit hinüber.« Und er nahm's und wurde still. Aber jetzt war es Zeit, an meine Rettung zu denken. Noch standen treu die Pferde an ihren Plätzen. Kleider, Pelz und Tasche waren schnell zusammengerafft; mit dem Ankleiden wollte ich mich nicht aufhalten; beeilten sich die Pferde wie auf der Herfahrt, sprang ich ja gewissermaßen aus diesem Bett in meines, Gehorsam zog sich ein Pferd vom Fenster zurück; ich warf den Ballen in den Wagen; der Pelz flog zu weit, nur mit einem Ärmel hielt er sich an einem Haken fest. Gut genug. Ich schwang mich aufs Pferd. Die Riemen lose schleifend, ein Pferd kaum mit dem andern verbunden, der Wagen irrend hinterher, der Pelz als letzter im Schnee. »Munter!« sagte ich, aber munter ging's nicht; langsam wie alte Männer zogen wir durch die Schneewüste; lange klang hinter uns der neue, aber irrtümliche Gesang der Kinder:
>   Freuet euch, ihr Patienten,
>   Der Arzt ist euch ins Bett gelegt!

Niemals komme ich so nach Hause; meine blühende Praxis ist verloren; ein Nachfolger bestiehlt mich, aber ohne Nutzen, denn er kann mich nicht ersetzen; in meinem Hause wütet der ekle Pferdeknecht; Rosa ist sein Opfer; ich will es nicht ausdenken. Nackt, dem Froste dieses unglückseligsten Zeitalters ausgesetzt, mit irdischem Wagen, unirdischen Pferden, treibe ich alter Mann mich umher. Mein Pelz hängt hinten am Wagen, ich kann ihn aber nicht erreichen, und keiner aus dem beweglichen Gesindel der Patienten rührt den Finger. Betrogen! Betrogen! Einmal dem Fehlläuten der Nachtglocke gefolgt – es ist niemals gutzumachen.

EDGAR ALLAN POE

Die Tatsachen im Fall Valdemar

Es darf nicht wundernehmen, daß der Fall Valdemar lebhaftes Aufsehen erregt hat – man hätte es vielmehr ein Wunder nennen müssen, wäre es anders gewesen. Der Wunsch aller bei der Angelegenheit beteiligten Personen, diese wenigstens so lange geheimzuhalten, bis neue Nachforschungen ihnen noch weitere Beweise an die Hand gegeben hätten, veranlaßte, daß ein tendenziöser und übertriebener Bericht ins Publikum gelangte, der die ganze Angelegenheit in falschem Licht erscheinen ließ und natürlicherweise Unglauben hervorrief. Es ist deshalb nötig, eine Darstellung der *Tatsachen* dieses Falles zu geben, soweit sie mir selbst schon verständlich sind.

In den letzten drei Jahren beschäftigte ich mich lebhaft mit dem Studium des Magnetismus. Vor ungefähr neun Monaten kam mir nun plötzlich der Gedanke, daß die bisher gemachten zahlreichen Experimente eine bemerkenswerte und fast unerklärliche Lücke aufwiesen: bis jetzt war nämlich noch niemand *in articulo mortis* magnetisiert worden. Es war noch nicht festgestellt, ob der Patient in diesem Zustand überhaupt für magnetische Beeinflussung empfänglich sei und, wenn ja, ob sein Zustand dieselbe verstärke oder vermindere, fernerhin, inwieweit und auf wie lange die Äußerungen des Todes durch ein solches Vorgehen aufgehalten werden könnten. Noch manch anderer Punkt war aufzuklären, aber diese drei reizten meine Neugierde am meisten. Besonders wichtig wegen seiner unberechenbaren Folgen schien mir das letzte.

Als ich nun in meiner Umgebung nach einer Persönlichkeit Umschau hielt, mittels derer ich mir die gewünschte Klarheit verschaffen könne, mußte ich sofort an meinen Freund, Herrn Ernst Valdemar, denken, den bekannten Compilor der ›Bibliotheka Forensica‹ und den Autor der polnischen Übersetzungen des ›Wallenstein‹ und des ›Gargantua‹. Herr Valdemar, der seit dem Jahre 1839 gewöhnlich in Harlem bei New York wohnte, ist oder *war* vielmehr von ganz auffallender Magerkeit und von einem ausgesprochen nervösen Temperament, das ihn zu magnetischen Experimenten höchst geeignet erscheinen ließ. Zwei- oder dreimal hatte ich ihn ohne Schwierigkeit in Schlaf versetzt, doch erzielte ich keineswegs die Resultate, die ich von seiner Konstitution erwarten zu dürfen glaubte. Sein Wille stand niemals ganz unter meiner Herrschaft, und in punkto Hellsehen erlangte ich auch nicht den geringsten Anhalt, der mir zu weiteren Forschungen dienlich gewesen wäre. Den Grund dieser Mißerfolge hatte ich immer in seiner zerstörten Gesundheit gesucht. Einige Monate, bevor wir uns kennenlernten, war nämlich von den Ärzten hochgradige Schwindsucht bei ihm festgestellt worden, von der er selbst übrigens geradeso wie von seinem nahenden Ende, mit großer Kaltblütigkeit sprach, als handle es sich um eine Sache, die weder zu vermeiden noch zu bedauern sei.

Als mir die Ideen kamen, von denen ich eben sprach, dachte ich also ganz natürlicherweise gleich an Herrn Valdemar. Ich kannte die streng philosophische Denkweise dieses Mannes zu gut, um *seinerseits* Bedenken zu erwarten; auch besaß er in Amerika keine Verwandten, deren Einspruch ich hätte fürchten müssen. Ich wandte mich deshalb frei und offen an ihn, und zu meiner großen Überraschung äußerte er sogar ein lebhaftes Interesse an meinem Vorhaben. Ich sage ›zu meiner großen Überraschung‹; denn obwohl er sich stets bereitwilligst zu meinen Experimenten hergegeben hatte, bezeigte er doch nie die geringste *Sympathie* für meine Studien. Der Charakter seiner Krankheit ließ mit Sicherheit vorausberechnen, wann sie mit dem Tod ihren Abschluß finden würde – und so kamen wir denn überein, daß er mich vierundzwanzig Stunden vor seiner ihm von den Ärzten angezeigten Auflösung rufen lassen würde.

Vor nun mehr als sieben Monaten erhielt ich von Herrn Valdemar selbst folgende Benachrichtigung:

›*Mein lieber Poe!*
Sie tun gut daran, sofort zu kommen. D. und F. erklären beide, daß ich die Mitternacht des morgigen Tages nicht überleben werde, und ich selbst denke auch, daß sie den Zeitpunkt so ziemlich richtig angegeben haben. Ihr Valdemar.‹

Ich erhielt diese Zeilen eine halbe Stunde später, als sie geschrieben worden waren, und nach einer weiteren Viertelstunde befand ich mich in dem Sterbezimmer. Ich hatte meinen Freund seit zehn Tagen nicht gesehen und war entsetzt über die schreckliche Veränderung, die in dieser kurzen Zeit mit ihm vorgegangen war. Sein Gesicht war von bleigrauer Farbe, die Augen vollkommen glanzlos und die Abmagerung so vorgeschritten, daß es mir vorkam, als müßten die Backenknochen die Haut durchstoßen. Er hatte außerordentlich starken Auswurf, sein Puls schlug kaum vernehmlich. Trotzdem hatten sich seine geistigen und bis zu einem gewissen Grade auch seine Körperkräfte in merkwürdiger Weise erhalten. Er sprach vollkommen deutlich und konnte ohne fremde Hilfe einige lindernde Medikamente einnehmen. Als ich eintrat, war er gerade damit beschäftigt, mit Bleistift einige Bemerkungen in sein Taschenbuch zu schreiben. Er saß, von Kissen gestützt, aufrecht im Bett. Die Ärzte D. und F. beobachteten ihn.

Nachdem ich meinen Freund mit einem Händedruck begrüßt hatte, nahm ich die Herren beiseite und erhielt von ihnen einen genauen Bericht über das Befinden des Patienten. Der linke Lungenflügel war seit achtzehn Monaten in einem halbverknöcherten, knorpelartigen Zustand und in keiner Weise mehr fähig, die Lebensfähigkeit zu erhalten. Der rechte Lungenflügel war in seinem oberen Teil ebenfalls, wenn nicht gänzlich, so doch zum größten Teil verknöchert, während der untere Teil nur noch aus einer Masse eiternder Tuberkeln bestand, die durcheinanderrannen. Verschiedene Durchlöcherungen mußten vorhanden sein, und an einer Stelle war eine bleibende Anlegung an die Rippen eingetreten. Die Erscheinungen im rechten Flügel schienen von verhältnismäßig neuem Datum. Die Verknöcherung war mit ganz ungewöhnlicher Schnelligkeit vor sich gegangen – vor einem Monat hatte man noch nicht das geringste Anzeichen davon entdeckt; und die Anlegung hatte man überhaupt erst seit den letzten drei Tagen bemerkt. Außerdem befürchtete man bei dem Patienten noch eine Pulsadergeschwulst, doch konnte man sich darüber wegen der Verknöcherung keine genaue Aufklärung verschaffen. Beide Ärzte waren der Ansicht, daß Herr Valdemar um Mitternacht des folgenden Tages, eines

Sonntags, sterben werde; als sie mir das sagten, war es Samstag abend sieben Uhr.

Während ich mit mir selbst zu Rate ging und abseits von dem Bett des Sterbenden stand, sagten ihm Doktor D. und Doktor F. ein letztes Lebewohl. Sie beabsichtigten, nicht mehr wiederzukommen; aber auf meinen Wunsch entschlossen sie sich, am Abend gegen zehn Uhr noch einmal bei dem Kranken vorzusprechen.

Als sie gegangen waren, unterhielt ich mich mit Herrn Valdemar ganz ungezwungen von seiner nahen Auflösung und noch eingehender von unserem beabsichtigten Experiment. Er erklärte sich nochmals bereit, seine Person herzugeben, er schien sogar ein gewisses Verlangen zu empfinden und drängte mich, doch gleich zu beginnen. Da jedoch augenblicklich nur ein Diener und eine Dienerin zur Krankenpflege anwesend waren, fühlte ich mich nicht sicher genug, eine so wichtige Aufgabe zu übernehmen, ohne im Fall eines plötzlichen Unglücks andere, zuverlässigere Augenzeugen als diese beiden Leute zu haben. Ich verschob deshalb das Experiment bis zum folgenden Abend gegen acht Uhr, als das Erscheinen eines Studenten der Medizin, Herrn Theodor L-e, mit dem ich flüchtig bekannt war, meinen Bedenken ein Ende machte. Anfänglich hatte ich beabsichtigt, bis zur Ankunft der Ärzte zu warten, doch sah ich jetzt auf die immer dringenderen Bitten des Herrn Valdemar davon ab, und überdies sagte mir meine eigene Überzeugung, daß ich keine Minute zu verlieren habe, da es mit dem Kranken zusehends zu Ende ging.

Herr L-e hatte die Liebenswürdigkeit, alles, was sich zutrug, aufzunotieren, und das, was ich jetzt mitteile, ist seinen Aufzeichnungen teils auszugsweise, teils wörtlich entnommen.

Ungefähr fünf Minuten vor acht Uhr ergriff ich die Hand des Kranken und richtete die Bitte an ihn, vor Herrn L-e, so laut und deutlich wie er könne, seinen ausdrücklichen Wunsch zu äußern, von mir in seinem Zustand magnetisiert zu werden.

Er erwiderte mit schwacher, doch vollkommen vernehmbarer Stimme: »Ja, ich wünsche magnetisiert zu werden«, und fügte unmittelbar darauf hinzu: »Ich fürchte, Sie haben es schon zu lange hinausgeschoben.«

Noch während er dies sagte, begann ich, *die* Striche zu machen, welche sich bei ihm stets am wirksamsten gezeigt hatten; und augenscheinlich übte schon der erste Strich – ich führte ihn seitlich über seine Stirn – einen Einfluß aus. Aber obwohl ich meine ganze Kraft aufbot, gelang es mir nicht, weitere bemerkbare Wirkungen zu erzielen, bis einige Minuten nach zehn Uhr die beiden Ärzte, ihrem Versprechen gemäß, wieder im Krankenzimmer erschienen. Ich erklärte ihnen mit kurzen Worten, was ich vorhätte, und da sie keinen Einspruch erhoben, weil der Patient schon im Todeskampf lag, fuhr ich ohne Zögern mit den Strichen fort, wählte jedoch statt der waagerechten senkrechte und hielt meinen Blick unverwandt auf das rechte Auge des Leidenden gerichtet.

Der Pulsschlag war mittlerweile ganz unbemerkbar geworden und das Atmen nur noch ein Röcheln, das sich in Zwischenräumen von einer halben Minute über seine Lippen mühte.

In diesem Zustand verblieb Valdemar fast eine Viertelstunde lang. Nach Ablauf der Zeit jedoch entrang sich dem Sterbenden ein natürlicher, wenn auch ungewöhnlich tiefer Seufzer, das röchelnde Atmen hörte auf – das heißt, es war kein Röcheln mehr vernehmbar, die Pause zwischen den einzelnen Atemzügen blieben unvermindert. Hände und Füße des Patienten waren von eisiger Kälte.

Fünf Minuten vor elf bemerkte ich unzweifelhafte Anzeichen einer magnetischen Beeinflussung. Das gläserne Rollen des Auges war jenem Ausdruck unruhigen Nach-*innen*-sehens gewichen, der nur bei Somnambulen vorkommt und nicht zu verkennen ist. Durch ein paar rasche, seitlich laufende Striche machte ich die Augenlider wie beim Einschlummern leicht erzittern, und mit ein paar weiteren gelang es mir, dieselben ganz zu schließen. Ich war jedoch damit noch nicht zufrieden, sondern setzte meine Manipulationen mit Aufbietung all meines Willens fort, bis ich die Glieder des Schlafenden, nachdem ich dieselben in eine bequeme Lage gebracht hatte, nach Belieben betten konnte. Die Beine waren in voller Länge ausgestreckt, die Arme fast ebenso und ruhten in einiger Entfernung von den Hüften auf dem Bettpolster. Der Kopf lag wenig erhöht.

Inzwischen war es Mitternacht geworden, und ich forderte

die anwesenden Herren auf, den Zustand Valdemars zu untersuchen. Sie taten es und konstatierten nach einiger Zeit, daß er in einem außergewöhnlich tiefen magnetischen Schlaf läge. Die Wißbegierde der beiden Ärzte war natürlich hoch erregt. Dr. D. beschloß sofort, die ganze Nacht bei dem Kranken zuzubringen, während Dr. F. sich mit dem Versprechen verabschiedete, gegen Tagesanbruch wiederzukommen. Herr L-e und die beiden Krankenwärter blieben zurück.

Wir ließen Herrn Valdemar bis gegen drei Uhr morgens ungestört. Als ich ihn um diese Zeit wieder genauer betrachtete, fand ich ihn in derselben Stellung, in der er gewesen war, als Dr. F. ihn verließ, das heißt, er lag noch in derselben Lage, der Puls war nicht fühlbar, der Atem so schwach, daß man ihn durch einen vor die Lippen gehaltenen Spiegel kaum feststellen konnte, die Augen natürlich geschlossen und die Glieder steif und kalt wie von Marmor. Doch machte mein Freund keineswegs den Eindruck eines Toten.

Nun versuchte ich, den rechten Arm Valdemars zu beeinflussen, ihn zu zwingen, den Bewegungen des meinigen zu folgen, indem ich ihn über seinem Körper sanft hin- und herbewegte. Dergleichen Versuche waren früher bei dem Patienten stets erfolglos geblieben; und auch jetzt hatte ich eigentlich selbst nicht geglaubt, daß ich die beabsichtigte Wirkung erzielen würde. Aber zu meinem größten Erstaunen folgte diesmal Valdemars Arm dem meinen bereitwilligst, wenn auch mit einer matten Bewegung, so doch nach jeder Richtung hin, die ich vorschrieb.

Ich beschloß, nunmehr ein Gespräch zu versuchen.

»Herr Valdemar«, fragte ich, »schlafen Sie?« Er antwortete nicht, aber ich bemerkte ein leises Zittern seiner Lippen, das mich ermutigte, die Frage noch einige Male zu wiederholen. Beim dritten Mal wurde sein ganzer Körper von einem leisen Schauder überlaufen. Die Augenlider öffneten sich so weit, daß ein schmaler weißer Strich vom Augapfel sichtbar wurde. Die Lippen bewegten sich schlaff und flüsterten kaum hörbar die Worte: »Ja – ich schlafe jetzt – wecken Sie mich nicht auf – lassen Sie mich so sterben.«

Ich untersuchte die Glieder und fand sie so steif wie zuvor.

Der rechte Arm gehorchte wie vorher den Bewegungen meiner Hand. Dann fragte ich den Schlafenden aufs neue:

»Haben Sie noch Schmerzen in der Brust, Herr Valdemar?«

Die Antwort erfolgte jetzt sofort, war aber noch weniger hörbar als zuvor: »Keinen Schmerz – ich liege im Sterben.«

Ich hielt es nicht für ratsam, ihn jetzt noch weiter zu stören. Bis zur Ankunft des Doktor F. wurde nichts weiter getan und gefragt. Herr F. erschien gegen Sonnenaufgang und war außerordentlich erstaunt, den Patienten noch am Leben zu finden. Nachdem er ihm den Puls gefühlt und seinen Lippen einen Spiegel vorgehalten hatte, forderte er mich auf, den Schlafwachen wieder anzureden. Ich tat es und fragte:

»Herr Valdemar, schlafen Sie noch immer?«

Diesmal vergingen wieder einige Minuten, ehe er antwortete, und es schien, als raffe der Sterbende während dieser Zeit all seine Energie zusammen, um reden zu können. Als ich ihn zum viertenmal fragte, antwortete er schwach, fast unhörbar: »Ja – schlafe noch immer – sterbe.«

Die Ärzte äußerten jetzt den Wunsch, Herr Valdemar möge in seinem gegenwärtigen, anscheinend ruhigen Zustand ungestört belassen werden, bis sein Tod eintrete, was nach ihrer übereinstimmenden Meinung innerhalb einiger Minuten erfolgen werde. Ich beschloß jedoch, den Sterbenden noch einmal anzusprechen, und wiederholte einfach meine frühere Frage.

Während ich sprach, vollzog sich in den Zügen des Magnetisierten eine deutlich sichtbare Veränderung. Die Augendeckel öffneten sich langsam, die Pupillen verschwanden nach oben, die Hautfarbe wurde leichenhaft und war eher noch weißem Papier als Pergament zu vergleichen, und die runden hektischen Flecken, welche sich bisher auf jeder Wange so scharf abgezeichnet hatten, löschten plötzlich aus. Ich gebrauche diesen Ausdruck absichtlich, weil ihr rasches Verschwinden an nichts so erinnerte wie an das plötzliche Verlöschen einer Kerze, wenn man sie mit einem starken Atemzug ausbläst. Zu gleicher Zeit zog sich die Unterlippe von den Zähnen, die sie bisher vollständig bedeckt hatte, zurück, und die untere Kinnlade klappte mit einem hörbaren Ruck nach unten, so daß sich der Mund weit öffnete und die geschwollene, schwarz angelaufene Zunge sichtbar wurde. Ich darf vermuten, daß alle damals Anwesenden mit den Schrecken eines Sterbebettes vertraut waren; doch der Anblick des Toten war in diesem Augenblick so über alle Begriffe scheußlich, daß wir entsetzt aus der Nähe des Bettes zurückwichen.

Ich fühle selbst, daß ich jetzt bei einem Punkt meiner Erzählung angekommen bin, über den hinaus mir die Leser keinen Glauben mehr schenken werden. Doch es ist meine Pflicht, fortzufahren.

Es war auch nicht das geringste Zeichen von Lebenstätigkeit mehr in dem Körper Valdemars zu entdecken. Wir mußten ihn für tot erklären und wollten die Leiche schon der weiteren Sorge seiner Wärter überlassen, als die Zunge plötzlich in eine zitternde Bewegung geriet, die etwa eine Minute lang anhielt. Nach Ablauf dieser Zeit tönte zwischen den auseinandergesperrten regungslosen Kiefern eine Stimme hervor – eine Stimme, die beschreiben zu wollen Wahnsinn wäre. Doch gibt es zwei oder drei Eigenschaftswörter, die man vielleicht darauf anwenden könnte. Der Klang war rauh, gebrochen und hohl; aber der *ganze* furchtbare Eindruck läßt sich aus dem einfachen Grund nicht beschreiben, weil noch kein menschliches Ohr ähnlich schnarrende Töne vernommen hat. Doch hörte ich damals gleich heraus und glaube auch noch heute, daß *zwei* Eigentümlichkeiten die Farbe des Tones kennzeichneten und so gestatten, wenigstens einigermaßen einen Begriff von seiner sonderbaren Unnatürlichkeit zu geben. Erstens schien es, als käme die Stimme aus weiter Ferne her oder aus irgendeiner tiefen Höhle in der Erde. Zweitens empfing mein Gehörsinn von ihr den Eindruck (ich fürchte wirklich, daß es mir unmöglich ist, mich verständlich zu machen), den der Tastsinn bei der Berührung von etwas Gallertartigem oder klebrig Dickflüssigem empfindet.

Ich habe sowohl von ›Ton‹ wie von einer ›Stimme‹ gesprochen. Ich will damit sagen, daß der Ton deutliche, ja erschreckend deutliche Silben bildete. Herr Valdemar *sprach* – offenbar, um die Frage zu beantworten, die ich ihm einige Minuten zuvor gestellt hatte: ob er noch immer schlafe. Nun antwortete er:

»Ja – nein – ich habe geschlafen und jetzt – jetzt bin ich tot.«

Keiner der Anwesenden *versuchte* auch nur das haarsträubende Entsetzen zu unterdrücken oder gar zu verleugnen, das diese wenigen, in *solchem* Ton gesprochenen Worte hervorbrachten. Herr L-e, der Student, wurde ohnmächtig. Der Krankenwärter und die Pflegerin verließen sofort das Zimmer und waren nicht zu bewegen, dasselbe nochmals zu betreten. Meine eigenen Empfindungen spotten jeder Beschreibung. Umgefähr eine ganze Stunde lang bemühten wir uns schweigend, wortlos, Herrn L-e wieder zu Bewußtsein zu bringen. Als er endlich zu sich gekommen war, begannen wir von neuem, Herrn Valdemars Zustand zu untersuchen.

Er war ganz unverändert; nur daß der Atem auf dem vorgehaltenen Spiegel jetzt keine Spur mehr zurückließ. Ein Aderlaß, den wir am Arm versuchten, blieb erfolglos, auch war der Arm meinem Willen nicht mehr unterworfen; ich bemühte mich vergeblich, ihn den Bewegungen meines Armes folgen zu lassen. Das einzige wirkliche Anzeichen von magnetischem Einfluß war nur noch in der vibrierenden Bewegung der Zunge zu entdecken, so oft ich eine Frage an Herrn Valdemar richtete. Er schien Anstrengungen zu machen, mir zu antworten, besaß aber nicht mehr die genügende Willenskraft. Gegen Fragen anderer Personen schien er vollkommen unempfindlich, obschon ich mich bemühte, jeden der Anwesenden in magnetischen Rapport mit ihm zu setzen.

Ich glaube, daß ich nun alles berichtet habe, was zum Verständnis des somnambulen Zustandes in diesem Stadium erforderlich ist. Wir ließen zwei andere Wärter kommen, und ich verließ mit den beiden Ärzten und Herrn L-e das Haus gegen zehn Uhr.

Am Nachmittag fanden wir uns wieder alle bei dem Magnetisierten ein. Sein Zustand war vollständig unverändert. Wir hatten zunächst eine lebhafte Debatte über die Zweckmäßigkeit und Möglichkeit einer Erweckung, kamen aber bald überein, daß dieselbe von keinem Nutzen sein könne, weil der Tod – oder das, was man gewöhnlich als Tod bezeichnet – durch das magnetische Verfahren nur aufgehalten worden war. Auch teilten wir die Überzeugung, daß wir, wenn wir Herrn Valdemar aufweckten, nur seine augenblickliche oder wenigstens seine raschere Auflösung bewirken würden.

Von dieser Zeit an bis gegen Ende der verflossenen Woche – also fast sieben Monate hindurch – setzten wir unsere Besuche in Herrn Valdemars Haus täglich fort, dann und wann in Begleitung von Ärzten oder Freunden. Während der ganzen Zeit verblieb der Schlafwache *genau* in dem Zustand, den ich oben beschrieben habe. Er war dabei beständig von Wärtern bewacht.

Am vergangenen Freitag entschlossen wir uns endlich dazu, das Experiment der Erweckung Valdemars vorzunehmen oder wenigstens zu versuchen; und vielleicht ist der unglückliche Ausgang dieses Experimentes die Ursache jener Erörterungen in Privatkreisen, die ich nur als Folge einer ungerechtfertigten allgemeinen Leichtgläubigkeit ansehen kann.

Um Herrn Valdemar dem magnetischen Schlaf zu entreißen, machte ich die dazu erforderlichen Striche. Eine Zeitlang blieben sie völlig erfolglos. Das erste Symptom des Erwachens war ein teilweises Senken des Augapfels. Ganz besonders merkwürdig bei dieser Senkung war der Umstand, daß eine gelbliche, eiterige Flüssigkeit von höchst scharfem, widrigem Geruch unter den Lidern hervorquoll.

Man bestimmte mich, noch einmal den Versuch zu machen, den Arm des Schlafenden wie früher zu beeinflussen. Ich versute es, doch ohne Erfolg. Doktor F. äußerte den Wunsch, ich möchte nochmals eine Frage stellen. Ich tat es mit folgenden Worten:

»Herr Valdemar, können Sie uns mitteilen, was Sie empfinden oder welche Wünsche Sie jetzt haben?«

Kaum hatte ich gesprochen, da traten die hektischen Flecken auf den Wangen wieder hervor, die Zunge begann zu vibrieren oder rollte vielmehr im Munde hin und her, obwohl die Kinnlade und der Mund so steif blieben wie vorher; und endlich brach wieder jene gräßliche Stimme hervor, die ich schon beschrieben habe:

»Um Gottes willen! – Schnell, schnell! – Versetzen Sie mich wieder in Schlaf! Oder – schnell! – erwecken Sie mich – schnell! – Ich sage Ihnen, daß ich tot bin.«

Ich war einen Augenblick wie starr und wußte nicht, was ich tun solle. Zunächst bemühte ich mich, den Halbtoten zu beru-

higen, aber als meine Willenskraft versagte, suchte ich ihn mit allen Kräften aufzuwecken. Ich bemerkte bald, daß mir dies gelingen werde, oder glaubte wenigstens, einen Erfolg zu erzielen, und bin überzeugt, daß auch jeder der Anwesenden der Meinung war, er würde den Patienten bald aufwachen sehen. Es ist ganz unmöglich, daß ein menschliches Wesen auf das, was wirklich folgte, hätte vorbereitet sein können.

Als ich während der Ausrufe »schnell!« – »tot!«, die von der Zunge, nicht von den Lippen des Leidenden zu kommen schienen, die erforderlichen magnetischen Striche führte, brach plötzlich, in weniger als einer einzigen Minute, sein ganzer Körper zusammen – zerbröckelte, verweste vollständig unter meinen Händen. Und auf dem Bett, vor den Augen der Anwesenden, lag eine fast flüssige, in ekelhafte Fäulnis übergegangene Masse.

GUSTAV MEYRINK

Das Wachsfigurenkabinett

»Es war ein guter Gedanke von dir, Melchior Kreuzer zu telegrafieren! Glaubst du, daß er unserer Bitte Folge leisten wird, Sinclair? Wenn er den ersten Zug benutzt hat« – Sebaldus sah auf seine Uhr –, »muß er jeden Augenblick hier sein.«

Sinclair war aufgestanden und deutete statt jeder Antwort durch die Fensterscheibe.

Und da sah man einen langen, schmächtigen Menschen eilig die Straße heraufkommen.

»Manches Mal gleiten Sekunden an unserm Bewußtsein vorbei, die uns die alltäglichsten Vorgänge so schreckhaft neu erscheinen lassen – hast du es auch zuweilen, Sinclair? Es ist, als sei man plötzlich aufgewacht und sofort wieder eingeschlafen und habe währenddessen einen Herzschlag lang in bedeutsame rätselvolle Begebnisse hineingeblickt.«

Sinclair sah seinen Freund aufmerksam an. »Was willst du damit sagen?«

»Es wird wohl der verstimmende Einfluß sein, der mich in dem Wachsfigurenkabinett befiel«, fuhr Sebaldus fort, »ich bin unsäglich empfindlich heute – als soeben Melchior von weitem herankam und ich seine Gestalt immer mehr und mehr wachsen sah, je näher sie kam – da lag etwas, was mich quälte, etwas – wie soll ich nur sagen – Nicht-Heimliches für mich darin, daß die Entfernung alle Dinge zu verschlingen vermag, ob es jetzt Körper sind oder Töne, Gedanken, Phantasien oder Ereignisse. Oder umgekehrt, wir sehen sie zuerst winzig von weitem, und langsam werden sie größer – alle, alle –, auch die, die unstofflich sind und keine räumliche Strecke zurücklegen müssen. Aber ich finde nicht die rechten Worte. Fühlst du nicht, wie ich es meine? Sie scheinen alle unter demselben Gesetze zu stehen!«

Der andere nickte nachdenklich mit dem Kopfe.

»Ja, und manche Ereignisse und Gedanken, die schleichen verstohlen heran, als ob es ›dort‹ etwas wie Bodenerhebungen oder dergleichen gäbe, hinter denen sie sich verborgen halten könnten. Plötzlich springen sie dann hinter einem Versteck hervor und stehen unerwartet, riesengroß vor uns da.«

Man hörte die Türe gehen, und gleich darauf trat Dr. Kreuzer zu ihnen in die Weinschenke.

»Melchior Kreuzer – Christian Sebaldus Obereit, Chemiker«, stellte Sinclair die beiden einander vor.

»Ich kann mir schon denken, weshalb Sie mir telegrafiert haben«, sagte der Angekommene: »Frau Lukretias alter Gram?! Auch mir fuhr es in die Glieder, als ich den Namen Mohammed Daraschekoh gestern in der Zeitung las. Haben Sie schon etwas herausgebracht? Ist es derselbe?«

Auf dem ungepflasterten Marktplatz stand der Zeltbau des Wachsfigurenkabinetts, und aus den hundert kleinen zackigen Spiegeln, die auf dem Leinwandgiebel in Rosettenschrift die Worte formten:

*Mohammed Daraschekohs orientalisches Panoptikum,
vorgeführt von M. Congo-Brown*

glitzerte rosa der letzte Widerschein des Abendhimmels.

Die Segeltuchwände des Zeltes, mit wilden, aufregenden Szenen grell bemalt, schwankten leise und bauchten sich zuweilen wie hautüberspannte Wangen aus, wenn im Innern jemand umherhantierte und sich an sie lehnte.

Zwei Holzstufen führten zum Eingang empor, und oben stand unter einem Glassturz die lebensgroße Wachsfigur eines Weibes im Flittertrikot.

Das fahle Gesicht mit den Glasaugen drehte sich langsam und sah in die Menge hinab, die sich um das Zelt drängte – von einem zum andern; blickte dann zur Seite, als erwarte es einen heimlichen Befehl von dem dunkelhäufigen Ägypter, der an der Kasse saß, und schnellte dann mit drei zitternden Rucken in den Nacken, daß das lange schwarze Haar flog, um nach einer Weile wieder zögernd zurückzukehren, trostlos vor sich hin zu starren und die Bewegungen von neuem zu beginnen.

Von Zeit zu Zeit verdrehte die Figur plötzlich Arme und Beine wie unter einem heftigen Krampfe, warf hastig den Kopf zurück und beugte sich nach hinten, bis die Stirne die Fersen berührte.

»Der Motor dort hält das Uhrwerk in Gang, das diese scheußlichen Verrenkungen bewirkt«, sagte Sinclair halblaut und wies auf die blanke Maschine an der anderen Seite des Eingangs, die, im Viertakt arbeitend, ein schlapfendes Geräusch erzeugte.

»Electrissiti, Leben ja, lebendig alles ja«, leierte der Ägypter oben und reichte einen bedruckten Zettel herunter. »In halb Stunde Anfang ja.«

»Halten Sie es für möglich, daß dieser Farbige etwas über den Aufenthalt des Mohammed Daraschekoh weiß?« fragte Obereit.

Melchior Kreuzer aber hörte nicht. Er war ganz in das Studium des Zettels vertieft und murmelte die Stellen, die besonders hervorstachen, herunter.

»Die magnetischen Zwillinge Vayu und Dhanándschaya (mit Gesang), was ist das? Haben Sie das gestern auch gesehen?« fragte er plötzlich.

Sinclair verneinte. »Die lebendigen Darsteller sollen erst heute auftreten und...«

»Nicht wahr, Sie kannten doch Thomas Charnoque, Lukretias Gatten, persönlich, Doktor Kreuzer?« unterbrach Sebaldus Obereit.

»Gewiß, wir waren jahrelang Freude.«

»Und fühlten Sie nicht, daß er etwas Böses vorhaben könnte?«

Dr. Kreuzer schüttelte den Kopf. »Ich sah wohl eine Geisteskrankheit in seinem Wesen langsam herankommen, aber niemand konnte ahnen, daß sie so plötzlich ausbrechen würde. Er quälte die arme Lukretia mit schrecklichen Eifersuchtsszenen, und wenn wir Freunde ihm das Grundlose seines Verdachtes vorhielten, so hörte er kaum zu. Es war eine fixe Idee von ihm! Dann, als das Kind kam, dachten wir, es werde besser mit ihm werden. Es hatte auch den Anschein, als wäre dem so. Sein Mißtrauen war aber nur noch tiefer geworden, und eines Tages erhielten wir die Schreckensbotschaft, es sei plötzlich der Wahnsinn über ihn gekommen, er habe getobt und geschrien, habe den Säugling aus der Wiege gerissen und sei auf und davon.

Und jede Nachforschung blieb vergeblich. Irgend jemand wollte ihn noch mit Mohammed Daraschekoh zusammen auf einem Stationsbahnhof gesehen haben. Einige Jahre später kam wohl aus Italien die Nachricht, ein Fremder namens Thomas Charnoque, den man oft in Begleitung eines kleinen Kindes und eines Orientalen gesehen, sei erhenkt gefunden worden. Von Daraschekoh jedoch und dem Kinde keine Spur.

Und seitdem haben wir umsonst gesucht! Deshalb kann ich auch nicht glauben, daß die Aufschrift auf diesem Jahrmarktszelt mit dem Asiaten zusammenhängt. Andererseits wieder der merkwürdige Name Congo-Brown?! Ich kann den Gedanken nicht loswerden, Thomas Charnoque müsse ihn früher hie und da haben fallen lassen. Mohammed Daraschekoh aber war ein Perser von vornehmer Abkunft und verfügte über ein beispielloses Wissen, wie käme der zu einem Wachsfigurenkabinett?«

»Vielleicht war Congo-Brown sein Diener, und jetzt mißbraucht er den Namen seines Herrn?« riet Sinclair.

»Kann sein! Wir müssen der Fährte nachgehen. Ich lasse es mir auch nicht nehmen, daß der Asiate in Thomas Charnoque die Idee, das Kind zu rauben, geschürt, sie vielleicht sogar angeregt hat.

Lukretia haßte er grenzenlos. Aus Worten zu schließen, die sie fallen ließ, scheint es mir, als habe er sie unaufhörlich mit Anträgen verfolgt, obwohl sie ihn verabscheute. Es muß aber noch ein anderes, viel tieferes Geheimnis dahinterstecken, das Daraschekohs Rachsucht erklären könnte! Doch aus Lukretia ist nichts weiter herauszubekommen, und sie wird vor Aufregung fast ohnmächtig, wenn man das Gebiet auch nur flüchtig berührt. Überhaupt war Daraschekoh der böse Dämon dieser Familie. Thomas Charnoque hatte vollständig in seinem Bann gestanden und uns oft anvertraut, er halte den Perser für den einzigen Lebenden, der in die grauenvollen Mysterien einer Art präadamitischer geheimer Kunstfertigkeit, wonach man den Menschen zu irgendwelchen unbegreiflichen Zwecken in mehrere lebende Bestandteile zerlegen könne, eingeweiht sei. Natürlich hielten wir Thomas für einen Phantasten und Daraschekoh für einen bösartigen Betrüger, aber es wollte nicht glücken, Beweise und Handhaben zu finden.

Doch ich glaube, die Produktion beginnt. Zündet nicht schon der Ägypter die Flammen rings um das Zelt an?«

Die Programmnummer »Fatme, die Perle des Orients« war vorüber, und die Zuschauer strömten hin und her oder sahen durch die Gucklöcher an den mit rotem Tuch bespannten Wänden in ein roh bemaltes Panorama hinein, das die Erstürmung von Delhi darstellte.

Stumm standen andere vor einem Glassarg, in dem ein sterbender Turko lag, schwer atmend, die entblößte Brust von einer Kanonenkugel durchschossen, die Wundränder brandig und bläulich.

Wenn die Wachsfigur die bleifarbenen Augenlider aufschlug, drang das Knistern der Uhrfeder leise durch den Kasten, und manche legten das Ohr an die Glaswände, um es besser hören zu können.

Der Motor am Eingang schlapfte sein Tempo und trieb ein orgelähnliches Instrument.

Eine stolpernde, atemlose Musik spielte – mit Klängen, die, laut und dumpf zugleich, etwas Sonderbares, Aufgeweichtes hatten, als tönten sie unter Wasser.

Geruch von Wachs und schwelenden Öllampen lag im Zelt.

»Nummer dreihundertelf: Obea-Wanga-Zauberschädel der Voudous«, las Sinclair erklärend aus seinem Zettel und betrachtete mit Sebaldus in einer Ecke drei abgeschnittene Menschenköpfe, die unendlich wahrheitsgetreu – Mund und Augen weit aufgerissen – mit gräßlichem Ausdruck aus einem Wandkästchen starrten.

»Weißt du, daß sie gar nicht aus Wachs, sondern echt sind?« sagte Obereit erstaunt und zog eine Lupe hervor. »Ich begreife nur nicht, wie sie präpariert sein mögen. Merkwürdig, die ganze Schnittfläche der Hälse ist mit Haut bedeckt oder überwachsen. Und ich kann keine Naht entdecken! Es sieht förmlich so aus, als wären sie wie Kürbisse frei gewachsen und hätten niemals auf menschlichen Schultern gesessen. Wenn man nur die Glasdeckel ein wenig aufheben könnte!«

»Alles Wachs, ja, lebendig Wachs, ja, Leichenkopf zu teuer und riechen – phi –«, sagte plötzlich hinter ihnen der Ägypter. Er hatte sich in ihre Nähe geschlichen, ohne daß sie ihn bemerkt hatten; und sein Gesicht zuckte, als unterdrücke er ein tolles Lachen.

Die beiden sahen sich erschrocken an.

»Wenn der Nigger nur nichts gehört hat; vor einer Sekunde noch sprachen wir von Daraschekoh«, sagte Sinclair nach einer Weile. »Ob es Doktor Kreuzer wohl gelingen wird, Fatme auszufragen? Schlimmstenfalls müßten wir sie abends zu einer Flasche Wein einladen.«

Einen Augenblick hörte die Musik auf zu spielen, jemand schlug auf einen Gong, und hinter einem Vorhang rief eine gellende Frauenstimme:

»Vayu und Dhanándschaya, magnetische Zwillinge, acht Jahre alt – das größte Weltwunder. Ssie ssingen!«

Die Menge drängte sich an das Podium, das im Hintergrunde des Zeltes stand.

Doktor Kreuzer war wieder hereingekommen und faßte Sinclairs Arm. »Ich habe die Adresse schon«, flüsterte er, »der Perser lebt in Paris unter fremdem Namen – hier ist sie.«

Und er zeigte den beiden Freunden verstohlen einen kleinen Papierstreifen. »Wir müssen mit dem nächsten Zug nach Paris!«

»Vayu und Dhanándschaya – ssie ssingen«, kreischte die Stimme wieder.

Der Vorhang schob sich zur Seite, und als Page gekleidet, ein Bündel im Arm, trat auf das Podium mit wankenden Schritten ein Geschöpf von grauenhaftem Aussehen.

Die lebendig gewordene Leiche eines Ertrunkenen in bunten Samtlappen und goldenen Tressen.

Eine Welle des Abscheus ging durch die Menge.

Das Wesen war von der Größe eines Erwachsenen, hatte aber die Züge eines Kindes. Gesicht, Arme, Beine, der ganze Körper – selbst die Finger waren in unerklärlicher Weise aufgedunsen.

Aufgeblasen wie ein dünner Kautschuk schien das ganze Geschöpf. Die Haut der Lippen und Hände farblos, fast durchscheinend, als wären sie mit Luft oder Wasser gefüllt, und die Augen erloschen und ohne Zeichen von Verständnis.

Ratlos starrte es umher.

»Vayu, där gressere Brudär«, sagte erklärend die Frauenstimme in einem fremdartigen Dialekt; und hinter dem Vorhang, eine Geige in der Hand, trat ein Weibsbild hervor im

Kostüm einer Tierbändigerin mit pelzverbrämten, roten polnischen Stiefeln.

»Vayu«, sagte die Person nochmals und deutete mit dem Geigenbogen auf das Kind. Dann klappte sie ein Heft auf und las laut vor:

»Diese beiden männlichen Kindär ssind nunmehr acht Jahre alt und das greßte Weltwunder. Sie ssind nur durch eine Nabelschnur verbunden, die drei Ellen lang und ganz durchsichtig ist, und wenn man den einen abschneidet, mißte auch der andere sterben. Es ist das Erstaunen aller Gelehrten. Vayu, er ist weit über sein Alter entwickelt. Aber geistig zurückgeblieben, während Dhanándschaya von durchdringende Verstandesschärfe ist, aber so klein. Wie ein Säugling. Denn er ist ohne Haut geboren und kann nichts wachsen. Er muß aufgehoben werden in einer Tierblase mit warmem Schwammwasser. Ihre Eltern sind immer unbekannt gewesen. Es ist das greßte Naturspiel.«

Sie gab Vayu ein Zeichen, worauf dieser zögernd das Bündel in seinem Arm öffnete.

Ein faustgroßer Kopf mit stechenden Augen kam zum Vorschein. Ein Gesicht, von einem bläulichen Adernnetz überzogen, ein Säuglingsgesicht, doch greisenhaft in den Mienen und mit einem Ausdruck, so tückisch haßverzerrt und boshaft und voll so unbeschreiblicher Lasterhaftigkeit, daß die Zuschauer unwillkürlich zurückfuhren.

»Me – me – mein Brudel D – D – Dhanándschaya«, stammelte das aufgedunsene Geschöpf und sah wieder ratlos ins Publikum.

»Führen Sie mich hinaus, ich glaube, ich werde – ohnmächtig – Gott im Himmel«, flüsterte Melchior Kreuzer.

Sie geleiteten den halb Bewußtlosen langsam durch das Zelt an den lauernden Blicken des Ägypters vorbei.

Das Weibsbild hatte die Geige angesetzt, und sie hörten noch, wie sie ein Lied fiedelte und der Gedunsene mit halb erloschener Stimme dazu sang:

»Ich att einen Ka – me – la – den
ei – nen – bee – seln finx du nit.«

Und der Säugling – unfähig, die Worte zu artikulieren – gellte mit schneidenden Tönen bloß die Vokale dazwischen:

»*Jiii ha ejheeh – hahehaa – he
eiije – hee – e jiii hu ji.*«

Dr. Kreuzer stützte sich auf Sinclairs Arm und atmete heftig die frische Luft ein.
Aus dem Zelte hörte man das Klatschen der Zuschauer.
»Es ist Charnoques Gesicht!! Diese grauenhafte Ähnlichkeit«, stöhnte Melchior Kreuzer, »wie ist es nur – ich kann es nicht fassen. Mir drehte sich alles vor den Augen, ich fühlte, ich müsse ohnmächtig werden. Sebaldus, bitte – holen Sie mir einen Wagen. Ich will zur Behörde. Es muß irgend etwas geschehen, und fahren Sie beide sogleich nach Paris! Mohammed Daraschekoh – ihr müßt ihn auf dem Fuße verhaften lassen.«

Wiederum saßen die beiden Freunde beisammen und sahen durch die Fenster der einsamen Weinstube Melchior Kreuzer eiligen Schrittes die Straße heraufkommen.
»Es ist genau wie damals«, sagte Sinclair, »wie das Schicksal manchmal mit seinen Bildern geizt!«
Man hörte das Schloß zufallen. Dr. Kreuzer trat ins Zimmer, und sie schüttelten einander die Hände.
»Sie sind uns eigentlich einen langen Bericht schuldig«, sagte endlich Sebaldus Obereit, nachdem Sinclair ausführlich geschildert, wie sie zwei volle Monate in Paris vergeblich nach dem Perser gefahndet hatten. »Sie sandten uns immer nur so wenige Zeilen!«
»Mir ist das Schreiben bald vergangen – beinahe auch das Reden«, entschuldigte sich Melchior Kreuzer.
»Ich fühle mich so alt geworden seit damals. Sich von immer neuen Rätseln umgeben zu sehen, es zermürbt einen mehr, als man denkt. Die große Menge kann gar nicht erfassen, was es für manchen Menschen bedeutet, ein ewig unlösbares Rätsel in seiner Erinnerung mitschleppen zu müssen! Und dann, täglich die Schmerzensausbrüche der armen Lukretia mit ansehen zu müssen!
Vor kurzem starb sie – das schrieb ich euch – aus Gram und Leid.
Congo-Brown entsprang aus dem Untersuchungsgefängnis,

und die letzten Quellen, aus denen man hätte Wahrheit schöpfen können, sind versiegt.

Ich will euch später einmal ausführlich alles erzählen, bis die Zeit die Eindrücke gemildert hat – es griffe mich jetzt noch zu sehr an.«

»Ja, aber hat man denn gar keinen Anhaltspunkt gefunden?« fragte Sinclair.

»Es war ein wüstes Bild, das sich da entrollte – Dinge, die unsere Gerichtsärzte nicht glauben konnten oder durften. Finsterer Aberglaube, Lügengewebe, hysterischer Selbstbetrug hieß es immer, und doch lagen manche Dinge so erschreckend klar da.

Ich ließ damals alle kurzerhand verhaften. Congo-Brown gestand zu, die Zwillinge – überhaupt das ganze Panoptikum – von Mohammed Daraschekoh als Lohn für frühere Dienste geschenkt bekommen zu haben. Vayu und Dhanándschaya seien ein künstlich erzeugtes Doppelgeschöpf, das der Perser vor acht Jahren aus einem einzigen Kinde (dem Kinde Thomas Charnoques) präpariert habe, ohne die Lebenstätigkeit zu vernichten. Er habe nur verschiedene magnetische Strömungen, die jedes menschliche Wesen besitze und die man durch gewisse geheime Methoden voneinander trennen könne, zerlegt und es dann durch Zuhilfenahme tierischer Ersatzstoffe schließlich zuwege gebracht, daß aus einem Körper – zwei mit ganz verschiedenen Bewußtseinsoberflächen und Eigenschaften geworden wären.

Überhaupt habe sich Daraschekoh auf die sonderbarsten Künste verstanden. Auch die gewissen drei Obea-Wanga-Schädel seien nichts anderes als Überbleibsel von Experimenten, und – sie wären früher lange Zeit lebendig gewesen. Das bestätigten auch Fatme, Congo-Browns Geliebte, und alle anderen, die übrigens harmloser Natur waren.

Ferner gab Fatme an, Congo-Brown wäre epileptisch, und zur Zeit gewisser Mondphasen käme eine sonderbare Aufregung über ihn, in der er sich einbilde, selber Mohammed Daraschekoh zu sein. In diesem Zustand stünden ihm Herz und Atem still, und seine Züge veränderten sich angeblich derart, daß man glaube, Daraschekoh, den sie öfter in Paris gesehen, vor sich zu haben. Aber mehr noch, er strahle dann eine solch unüberwindliche magnetische Kraft aus, daß er, ohne irgendein befehlendes Wort auszusprechen, jeden Menschen zwingen könne, ihm sofort alle die Bewegungen oder Verdrehungen nachzuahmen, die er vormache. Es wirke wie Veitstanz ansteckend auf einen – unwiderstehlich. Er besäße eine Gelenkigkeit sondergleichen und beherrsche zum Beispiel alle die sonderbaren Derwischverrenkungen vollkommen, vermittels derer man die rätselhaftesten Erscheinungen und Bewußtseinsverschiebungen hervorbringen könne – der Perser habe sie ihn selbst gelehrt – und die so schwierig seien, daß sie kein Schlangenmensch der Welt nachzuahmen imstande sei.

Auf ihrer gemeinsamen Reise mit dem Wachsfigurenkabinett von Stadt zu Stadt sei es auch zuweilen vorgekommen, daß Congo-Brown versucht habe, diese magnetische Kraft zu verwenden, um Kinder auf solche Art zu Schlangenmenschen abzurichten. Den meisten sei aber dabei das Rückgrat gebrochen, bei den andern habe es wieder zu stark auf das Gehirn gewirkt, und sie seien blödsinnig geworden.

Unsere Ärzte schüttelten zu Fatmes Angaben natürlich den Kopf, was aber später vorfiel, muß ihnen wohl sehr zu denken gegeben haben. Congo-Brown entwich nämlich aus dem Verhörzimmer durch einen Nebenraum, und der Untersuchungsrichter erzählt, gerade als er mit dem Nigger ein Protokoll aufnehmen wollte, habe ihn dieser plötzlich angestarrt und befremdliche Bewegungen mit den Armen gemacht. Von einem Verdacht ergriffen, habe der Untersuchungsrichter um Hilfe läuten wollen, aber schon sei er in Starrkrampf verfallen, seine Zunge habe sich automatisch in einer Weise verdreht, an die er sich nicht mehr erinnern könne. Überhaupt müsse der Zustand von der Mundhöhle aus seinen Anfang genommen haben, und dann sei er bewußtlos geworden.«

»Konnte man denn gar nichts über die Art und Weise erfahren, wie Mohammed Daraschekoh das Doppelgeschöpf zustande brachte, ohne das Kind zu töten?« unterbrach Sebaldus.

Dr. Kreuzer schüttelte den Kopf. »Nein. Mir ging aber vieles durch den Kopf, was mir früher Thomas Charnoque erzählt hat. Das Leben des Menschen ist etwas anderes, als wir denken, sagte er immer. Es setzt sich aus mehreren magnetischen Strömungen zusammen, die teils innerhalb, teils außerhalb des Körpers kreisen; und unsere Gelehrten irren, wenn sie sagen, ein Mensch, dem die Haut abgezogen ist, müsse aus Mangel an Sauerstoff sterben. Das Element, das die Haut aus der Atmosphäre auszieht, sei etwas ganz anderes als Sauerstoff. Auch saugt die Haut dieses Fluidum gar nicht an – sie ist nur eine Art Gitter, das dazu dient, jener Strömung die Oberflächenspannung zu ermöglichen. Ungefähr so, wie ein Drahtnetz – taucht man es in Seifenwasser – sich von Zwischenraum zu Zwischenraum mit Seifenblasen überzieht.

Auch die seelischen Eigenschaften des Menschen erhielten ihr Gepräge je nach Vorherrschen der einen oder anderen Strömung, sagte er. So wäre durch das Übergewicht besonders der einen Kraft das Entstehen eines Charakters von solcher Verworfenheit denkbar, daß es unser Fassungsvermögen übersteige.«

Melchior schwieg einen Augenblick und hing seinen Gedanken nach.

»Und wenn ich mich daran erinnere, welch fürchterliche Eigenschaften der Zwerg Dhanándschaya besaß, wodurch sich überhaupt die Quelle seines Lebens verjüngte, so finde ich in alledem nur eine entsetzliche Bestätigung dieser Theorie.«

»Sie sprechen, als ob die Zwillinge tot wären, sind sie denn gestorben?« fragte Sinclair erstaunt.

»Vor einigen Tagen! Und es ist das beste so – die Flüssigkeit, in der der eine den größten Teil des Tages schwamm, trocknete aus, und niemand kannte ihre Zusammensetzung.«

Melchior Kreuzer starrte vor sich hin und schauderte. »Da waren noch Dinge – so grauenvoll, so namenlos entsetzlich –, ein Segen des Himmels, daß Lukretia sie nie erfuhr, daß ihr wenigstens das erspart geblieben ist! Der bloße Anblick des fürchterlichen Doppelgeschöpfes schon warf sie zu Boden! Es war, als sei das Muttergefühl in zwei Hälften zerrissen worden.

Lassen Sie mich für heute von alldem schweigen! Das Bild von Vayu und Dhanándschaya – es macht mich noch wahnsinnig...« Er brütete vor sich hin, dann sprang er plötzlich auf und schrie: »Schenkt mir Wein ein – ich will nicht mehr daran denken. Schnell irgend etwas anderes. Musik – irgendwas – nur andere Gedanken! Musik!«

Und er taumelte zu einem polierten Musikautomaten, der an der Wand stand, und warf eine Münze hinein.

Tsin. Man hörte das Geldstück innen niederfallen.

Es surrte der Apparat.

Dann stiegen drei verlorene Töne auf. Einen Augenblick später klimperte laut durchs Zimmer das Lied:

>*»Ich hatt' einen Kameraden,*
>*Einen bessern findst du nit.«*

CHARLES DICKENS

Die Warnung

»Hallo! Sie da unten!«

Als er den Zuruf hörte, stand er in der Tür seines Häuschens und hatte eine um ihren kurzen Stab zusammengerollte Flagge in der Hand. Angesichts der Gegend mußte man eigentlich annehmen, er sei sich über die Richtung der Stimme im klaren; aber anstatt hochzugucken, wo ich nahe über seinem Kopf auf der Spitze des steilen Einschnittes stand, drehte er sich um und sah die Bahnstrecke hinunter. Das war irgendwie auffällig, obwohl ich nicht im geringsten hätte sagen können, warum. Es war so auffällig, daß es meine Aufmerksamkeit fesselte, obgleich sein Körper perspektivisch verzerrt unten im Schatten der tiefen Senkung stand und ich hoch oben über ihm. Die blendende Glut eines grellen Sonnenunterganges hüllte mich ein und zwang mich, die Augen mit der Hand zu beschatten, um ihn überhaupt zu erkennen. »Hallo! Sie da unten!«

Er drehte sich abermals um, wandte seine Augen von der Strecke ab und in die Höhe und bemerkte mich nun hoch über sich.

»Gibt es hier einen Weg hinunter, ich möchte mit Ihnen sprechen!«

Wortlos sah er zu mir auf und ich auf ihn hinab, unterließ es aber, ihn mit einer Wiederholung meiner müßigen Frage zu bedrängen. In dem Moment schwang ein vages Zittern durch Luft und Erde, verwandelte sich rasch in ein heftiges Stoßen und schwoll derart an, daß ich instinktiv zurücksprang, als bestünde die Gefahr, hinabgezogen zu werden. Nachdem der Dampf des vorbeirasenden Zuges an mir oben vorbeigestrichen und über die Landschaft gezogen war, blickte ich wieder hinunter und sah ihn, wie er die Flagge zusammenwickelte, die er beim Vorbeidonnern des Zuges gezeigt hatte.

Ich wiederholte mein Anliegen. Er schwieg und schien mich mit gesammelter Aufmerksamkeit zu betrachten, dann deutete

Mittelstation

er mit seiner zusammengerollten Flagge oben auf eine Stelle, ungefähr 200 bis 300 m weiterhin. Ich schrie »Ja, ja« hinunter und steuerte den Punkt an.

Ich spannte wie ein Luchs und fand einen holprigen Zickzackweg, der eine Schlucht hinunterführte. Ich folgte ihm.

Die Böschung war stark abschüssig und der Bahneinschnitt außerordentlich tief. Er war in feuchtkaltes Gestein gehauen, das immer glitschiger und nasser wurde, je tiefer ich kam. Dabei hatte ich Zeit und Gelegenheit, an den eigenartigen Anflug von Widerstand oder Überwindung zu denken, mit dem er mir den Pfad gewiesen hatte.

Nachdem ich tief genug auf dem Schlängelweg hinabgeklettert war, erkannte ich ihn wieder und sah, daß er zwischen den Schienen auf der Stelle stand, die der Zug vorhin passiert hatte. Er sah aus, als ob er auf mein Erscheinen wartete.

Er stützte das Kinn auf die linke Hand, während der linke Ellbogen auf seiner über der Brust gekreuzten Rechten ruhte. Seine Haltung verriet soviel Gespanntheit und Wachsamkeit, daß ich einen Moment erstaunt verhielt.

Ich setzte meinen Abstieg fort, schritt auf der Höhe des Bahndammes weiter und erkannte beim Näherkommen einen finsteren blassen Mann mit einem dunklen Bart und ziemlich dichten Augenbrauen. Sein Posten war der einsamste und trübseligste, den ich je sah. Auf beiden Seiten eine tropfnasse Mauer von rissigem Gestein, die bis auf einen schmalen Himmelsstreifen jede Sicht verwehrte; geradeaus nur die Strecke, die wie eine gewundene Verlängerung dieses großen Burgverlieses wirkte; entgegengesetzt endete sie bald bei einem trüben roten Licht und dem finsteren Eingang eines massiv gebauten Tunnels, in dem eine grauenhafte, widerliche, atembeklemmende Luft herrschte. So wenig Sonnenlicht fand seinen Weg zu diesem Ort, daß ihm ein erdiger, tödlicher Geruch entströmte; und ein so kalter Wind blies hindurch, daß ich erschauerte, als sei ich in den Orkus hinabgestiegen.

Er rührte sich nicht, bis ich auf Tuchfühlung an ihn heran war. Ohne den Blick von mir zu wenden, trat er einen Schritt zurück und hob die Hand.

Ich habe bereits gesagt, daß es ein einsamer Posten war. Er

hatte meine Aufmerksamkeit gefesselt, als ich von oben herabblickte. Ich glaube, ein Besucher war eine Seltenheit. Hoffentlich keine unwillkommene. In mir sollte er lediglich einen Mann sehen, der sein Leben lang in engen Grenzen zu leben gezwungen war, nun aber, endlich frei, ein neu erwachtes Interesse an diesem großartigen Streckenbau bekundete. Entsprechend redete ich ihn an. Doch ich bin mir nicht mehr der Worte gewiß, die ich gebrauchte. Von der Tatsache abgesehen, daß ich keine glückliche Hand in der Eröffnung einer Unterhaltung besitze, war etwas an dem Manne, das mich erschreckte.

Er blickte nämlich höchst eigenartig und gespannt auf das rote Licht am Tunneleingang, als vermisse er etwas, und dann auf mich.

»Das Licht gehört zu Ihrem Dienst?«

Er antwortete leise: »Wissen Sie das nicht?«

Ich studierte seine starren Augen und das eherne Gesicht, und durch mein Hirn schoß der ungeheuerliche Gedanke: das ist ein Geist, kein Mensch. Ich grübele seitdem darüber nach, ob er wahnsinnig war. Ich trat zurück, und während ich es tat, entdeckte ich in seinen Augen eine geheime Angst vor mir. Das verjagte jenen ungeheuerlichen Gedanken. Ich zwang mich zu einem Lächeln: »Sie sehen mich an, als fürchteten Sie sich vor mir.«

»Ich war mir nicht ganz klar, ob ich Sie schon mal gesehen habe«, erwiderte er.

»Wo?«

Er wies auf das rote Licht, das er angestarrt hatte.

»Dort?« fragte ich.

Er beobachtete mich gespannt und erwiderte tonlos: »Ja.«

»Aber mein Bester, was sollte ich dort? Auf keinen Fall war ich je dort, und wenn Sie's beeiden.«

»Ich glaube, das kann ich«, erwiderte er, »ja, ich bin sicher, daß ich es kann.«

Seine Laune hob sich, die meine auch. Er antwortete auf meine Fragen bereitwillig und in wohlgesetzter Rede. Ob er viel zu tun habe? Ja, das heißt, er hätte Verantwortung zu tragen. Exaktheit und Wachsamkeit würden von ihm gefordert, körperliche Arbeit – manuelle Beschäftigung – dagegen so gut wie gar nicht. Das Signal zu wechseln, die Lampen herzurichten, dann und wann die eisernen Hebel zu bewegen sei alles, was er in dieser Hinsicht zu tun habe. Was die vielen langen und einsamen Stunden betreffe, von denen ich soviel Wesens mache, könnte er nur sagen, daß der Ablauf seines Lebens sich diesen Umständen angepaßt und er sich daran gewöhnt habe. Er habe sich hier selbst eine Fremdsprache beigebracht, wenn man das so nennen dürfe; denn er könne sie nur lesen und habe sich über die Aussprache seine eigenen unzulänglichen Vorstellungen gemacht. Er habe ebenso über Brüchen und Dezimalrechnungen gebrütet und ein bißchen Algebra versucht; aber er habe schon als Junge schlecht mit Zahlen umgehen können.

Müsse er wirklich während des Dienstes immer in diesem Dampfkanal bleiben und könne er denn nie den hohen Steinwällen entrinnen und in den Sonnenschein hinaufsteigen?

Nun, das hinge von Zeit und Umständen ab. Mal sei weniger Verkehr auf der Strecke, mal mehr, dasselbe gelte für gewisse Tages- und Nachtstunden. Bei gutem Wetter ergriffe er die Gelegenheit, ein wenig über die unteren Schatten hinauszuklettern; doch die ganze Zeit müsse er erreichbar für seine elektrische Klingel sein, und wenn er dann mit verdoppelter Angst auf ihr Läuten lausche, sei die Erholung geringer, als ich wohl vermute.

Er nahm mich mit in sein Häuschen. Es brannte ein Feuer, auf dem Tisch lag ein Dienstbuch, in das er Eintragungen machen mußte, ein Telegrammschreiber war da mit Skala, Zifferblatt und Nadeln und die kleine Glocke, von der er gesprochen hatte. Ich bat ihn, die Bemerkung zu entschuldigen, aber ich fände ihn wohlerzogen und – ich hoffte, daß ich es ohne Kränkung sagte –, vielleicht mehr, als seine jetzige Stellung erfordere.

Er bemerkte, derartige Mißverhältnisse seien in Betrieben mit vielen Beschäftigten nicht gar so selten. Er habe gehört, man fände Beispiele hierfür in Fabriken, bei der Polizei, ja sogar bei dem verlorenen Haufen, der Armee; er wüßte, daß es mehr oder weniger für jeden großen Eisenbahnbetrieb zutreffe. Er sei einmal in jungen Jahren Student der Naturwissenschaften gewesen und habe Vorlesungen gehört, wenn ich mir das vorstellen könnte, während ich ihn hier in seinem Hüttchen sitzen sähe – er könnte es kaum. Aber er habe den wilden Mann gespielt, seine Chancen verscherzt, sei abgerutscht und niemals wieder auf die Beine gekommen. Er beklage sich nicht darüber. Er habe sich die Suppe eingebrockt und löffele sie nun auch aus. Für eine Änderung sei es viel zu spät.

Alles, was ich hier gedrängt erzähle, gab er in seiner ruhigen Art von sich, während sich seine nachtdunklen Blicke zwischen mir und dem Feuer teilten. Er warf das Wort »Sir« von Zeit zu Zeit ein, besonders, wenn er auf seine Jugend zu sprechen kam, als ob er betonen wolle, er sei durchaus nicht mehr, als was er scheine. Mehrfach wurde er durch die kleine Glocke unterbrochen, die ihn zwang, Telegramme zu lesen und zu beantworten. Einmal mußte er vor die Tür treten, einem vorbeifahrenden Zug ein Flaggensignal geben und dem Lokomotivführer etwas zurufen. Bei Ausübung seiner Pflichten fand ich ihn bemerkenswert genau und wachsam; denn mitten im Wort brach er ab und schwieg, bis er seiner Pflicht genügt hatte.

Kurzum, ich würde diesen Mann als einen der zuverlässigsten Streckenwärter angesehen haben, hätte mich nicht folgendes irritiert: Zweimal erblaßte er plötzlich, brach das Gespräch jäh ab, wandte sich der Klingel zu, obwohl sie nicht läutete, öffnete die wegen des ungesunden Dampfes geschlossene Haustür und starrte auf das rote Licht am Tunneleingang. Beide Male umgab ihn, wenn er ans Feuer zurückkam, jener unerklärliche Hauch, den ich schon aus der Entfernung bemerkt hatte, ohne ihn deuten zu können.

Ich stand auf und sagte, eigentlich, wie ich bekennen muß, in der Absicht, ihn zum Reden zu bringen: »Sie machen mir den Eindruck eines zufriedenen Mannes.«

»Das war ich auch«, gab er mit der leisen Stimme zurück, mit der er zuerst zu mir gesprochen hatte: »Aber ich bin beunruhigt, Sir, wirklich beunruhigt.«

Er hätte die Worte wohl gern ungesprochen gemacht, aber nun waren sie ihm einmal entschlüpft und ich hakte flink ein.

»Worüber? Was beunruhigt Sie?«

»Das ist schwer zu erklären, Sir. Es ist sehr, sehr schwer, darüber zu sprechen. Wenn Sie einmal wiederkommen sollten, will ich es versuchen.«

»Ich hatte sowieso vor, meinen Besuch zu wiederholen. Wann paßt es Ihnen?«

»Ich gehe morgen früh zeitig weg und bin um 10.00 Uhr nachts wieder da, Sir.«

»Ich komme gegen 11.00.«

Er bedankte sich und begleitete mich bis zur Tür. »Ich leuchte Ihnen mit meiner weißen Lampe, Sir, bis Sie den Weg nach oben gefunden haben«, sagte er immer noch in diesem eigenartig leisen Ton. »Wenn Sie ihn gefunden haben, rufen Sie nicht! Auch wenn Sie oben sind, rufen Sie nicht!« Seine Art ließ mir den Ort um Grade kälter erscheinen, aber ich sagte nichts weiter als »Ist gut«.

»Und wenn Sie morgen nacht kommen, rufen Sie nicht! Lassen Sie mich zum Abschied eine Frage stellen. Was veranlaßte Sie heute nacht zu schreien: ›Hallo, Sie da unten!‹«

»Weiß der Kuckuck«, sagte ich, »ich rief eben irgend etwas...«

»Nicht irgend etwas, Sir. Es waren genau die Worte! Ich weiß es bestimmt.«

»Also gut, es waren die Worte. Ich rief sie zweifellos, weil ich Sie unten sah.«

»Aus keinem anderen Grund?«

»Was für einen anderen Grund sollte ich denn gehabt haben?«

»Sie hatten nicht das Gefühl, daß sie Ihnen auf übernatürliche Weise eingegeben worden sind?«

»Nein.«

Er wünschte mir gute Nacht und hielt seine Laterne hoch. Ich marschierte mit dem unbehaglichen Gefühl die Schienen entlang, ein Zug rase hinter mir heran. Dann fand ich den Pfad. Es war leichter hinauf- als hinabzusteigen, und ich kehrte ohne weiteres Abenteuer in mein Gasthaus zurück.

Als ich pünktlich wie verabredet meinen Fuß auf den Zickzackweg durch die Schlucht setzte, schlug eine ferne Uhr 11.00. Er erwartete mich unten mit seinem weißen Licht. »Ich habe nicht gerufen«, sagte ich, als wir beisammenstanden, »darf ich jetzt sprechen?« – »Natürlich, Sir!« – »Guten Abend also, und hier ist meine Hand.« – »Guten Abend, Sir, und hier ist meine.«

Währenddessen gingen wir nebeneinander zu seinem Häuschen, traten ein, schlossen die Tür und setzten uns ans Feuer. Kaum daß wir saßen, beugte er sich vor und flüsterte: »Ich habe beschlossen, daß Sie mich nicht zweimal fragen sollen, was mich quält. Ich hielt Sie gestern abend für jemand anders. Das quält mich.«
»Dieses Mißverständnis?«
»Nein, dieser andere Jemand.«
»Wer ist es denn?«
»Das weiß ich nicht.«
»Jemand wie ich?«
»Ich weiß es nicht. Ich habe nie das Gesicht gesehen. Der linke Arm bedeckt das Gesicht, der rechte winkt – winkt heftig. So!«

Ich sah seiner Bewegung zu. Es war die Bewegung eines mit äußerster Leidenschaft und Kraft gestikulierenden Armes, als ob jemand sagen wollte: Um Gottes willen, den Weg frei!

Er fing an zu erzählen: »In einer Mondnacht saß ich hier und hörte eine Stimme rufen: ›Hallo! Sie da unten!‹ Ich sprang auf, schaute zur Tür hinaus und sah den Jemand bei dem roten Licht am Tunnel stehen und winken, wie ich es Ihnen eben zeigte. Die Stimme schien heiser vom Brüllen und schrie: ›Achtung! Achtung!‹ Und dann wieder: ›Hallo! Sie da unten! Achtung!‹ Ich griff mir meine Laterne, drehte sie auf rot und rannte auf die Gestalt zu: ›Was ist denn los? Was ist denn passiert? Wo denn?‹ Sie stand neben dem schwarzen Tunneleingang, ich lief auf sie zu und wunderte mich noch darüber, warum sie die Augen mit dem Ärmel verdeckte. Ich stieß fast mit der Gestalt zusammen und streckte gerade meine Hand aus, um den Ärmel wegzuziehen, da war sie verschwunden.«

»Im Tunnel?«

»Nein. Ich rannte an die 500 m in den Tunnel hinein. Ich stand still und hielt die Lampe über meinen Kopf. Ich sah die Längenmarkierungssteine, ich sah die nassen Quadern der Tunnelwände und sah es vom Gewölbe tropfen. Ich rannte schneller hinaus, als ich hineingerannt war, denn ich habe einen tödlichen Abscheu vor diesem Ort. Überall sah ich mich nach dem roten Licht um mit Hilfe meiner eigenen Laterne. Ich kletterte die

Eisenleiter zur Galerie hinauf, stieg wieder herunter und rannte nach Hause zurück. Ich telegraphierte nach beiden Richtungen: ›Ich habe eine Warnung erhalten! Stimmt etwas nicht?‹
Von beiden Stationen kam die Antwort:
›Alles in Ordnung.‹«
Mir war, als spürte ich die leise Berührung eines eiskalten Fingers, der mir das Rückgrat entlangfuhr. Doch ich unterdrückte die Empfindung und machte ihm klar, daß die Gestalt eine Sinnestäuschung gewesen sein müsse. Solche Einbildungen würden durch eine Nervenüberreizung hervorgerufen, die auch die Funktion des Auges störten und gerade sorgenbeschwerte Menschen heimsuchten. Manche würden sich dieser Natur ihres Leidens bewußt und hätten sich sogar durch Versuche davon überzeugt.

»Und was den überirdischen Schrei betrifft«, schloß ich, »so hören Sie doch bitte bloß mal auf den Wind in diesem künstlich hergestellten Gespenstertal, während wir hier leise sprechen, und auf das wilde Harfen in den Telegraphendrähten!«

Das sei ja alles ganz gut und schön, meinte er, nachdem wir eine Weile gelauscht hatten.

Gerade er hätte einiges über Wind und Drähte wissen müssen, da er doch so viele lange Winternächte einsam verwacht hatte.

Wieder wandte er bescheiden ein, daß er ja noch nicht fertig sei.

Ich entschuldigte mich, und er reihte nun langsam die Worte aneinander, wobei er meinen Arm berührte...

»Sechs Stunden nach der Erscheinung passierte das denkwürdige Unglück auf der Strecke, und zehn Stunden lang wurden Tote und Verletzte durch den Tunnel geschleppt, immer über die Stelle hinweg, wo die Gestalt gestanden hatte.«

Ein Schauer des Grauens überflog mich, doch ich versuchte ihn abzuschütteln. Man könnte nicht bestreiten, warf ich ein, daß dies ein merkwürdiges Zusammentreffen sei, das ihn gewiß aus dem Gleichgewicht gebracht haben müsse. Es müsse allerdings eingeräumt werden, daß solche erstaunlichen Zufälle sich häufig ereigneten, und sie müßten bei einem solchen Vorkommnis einkalkuliert werden. Obwohl ich das zugeben müsse, fügte ich hinzu (denn ich glaubte bereits zu erkennen, welchen Einwand er machen wollte), daß Männer mit gesundem Menschenverstand nicht viel von Zufällen hielten, die den normalen Ablauf des Lebens beeinflußten.

Wieder warf er bescheiden ein, er sei noch nicht am Ende.

Ich entschuldigte mich abermals wegen der Unterbrechung.

Er legte wieder seine Hand auf meinen Arm und starrte mit hohlen Augen über seine Schulter:

»Das war genau vor einem Jahr. Sechs oder sieben Monate gingen vorüber, und ich hatte mich von dem Schreck und Schock erholt. Aber eines Tages, im Morgendämmer, stand ich in der Tür, sah nach dem roten Licht und erblickte das Gespenst wieder.« Er hielt inne und heftete einen starren Blick auf mich.

»Rief es?«

»Nein. Es schwieg.«

»Schwenkte es seine Arme?«

»Nein. Es lehnte am Schaft der Laterne und hielt beide Hände vors Gesicht. So!«

Wieder folgte ich seiner Gebärde mit den Augen. Es war wie ein Ausdruck der Trauer. Bei Steinfiguren auf Grabmälern habe ich solche Haltung gesehen.

»Gingen Sie darauf zu?«

»Ich ging ins Haus und setzte mich, um meine Gedanken zu sammeln, aber auch, weil ich mich einer Ohnmacht nahe fühlte. Als ich wieder vor die Tür trat, war der Tag angebrochen und der Geist verschwunden.«

»Daraufhin geschah nichts? Gar nichts?«

Er tippte zwei oder dreimal mit seinem Zeigefinger auf meinen Arm und nickte geisterbleich dazu.

»Als am gleichen Tag ein Zug aus dem Tunnel kam, bemerkte ich an einem mir zugewandten Abteilfenster ein Durcheinander von Händen und Köpfen, und irgend etwas winkte. Ich sah es gerade noch rechtzeitig, um dem Lokomotivführer ein ›Halt‹ zu signalisieren. Er stellte den Dampf ab und zog die Bremse, doch der Zug fuhr noch gut 150 m weiter. Ich rannte hinterher, und als ich die Wagen erreichte, hörte ich schreckliches Schreien und Kreischen. Ein schönes, junges Mädchen war plötzlich in einem der Abteile gestorben. Sie wurde hier hereingebracht und auf den Fußboden zwischen uns gelegt.«

Unwillkürlich stieß ich meinen Stuhl zurück, als ich von den Brettern, auf die er wies, zu ihm aufsah.

»Wahrhaftig, Sir! Genau wie es passiert ist, erzähle ich es Ihnen.«

Ich war wie gelähmt, mein Mund war ganz trocken. Der Wind und die Drähte nahmen die Geschichte mit einem langen wehen Klagelaut auf.

Er spann den Faden seiner Erzählung weiter:

»Halten Sie das fest, Sir, und urteilen Sie selbst, wie belastet mein Gemüt ist. Vor einer Woche kam das Gespenst wieder. Seitdem taucht es manchmal auf.«

»Bei der Signallampe?«

»Ja, bei dem Warnlicht.«

»Und was macht es Ihrer Ansicht nach?«

Er wiederholte mir, wenn möglich mit noch gesteigerter Leidenschaft und Kraft die vordem gezeigte Geste: ›Um Gottes willen, mach den Weg frei!‹

Dann fuhr er fort: »Ich habe weder Frieden noch Ruhe mehr. Es ruft mir minutenlang voller Qual zu: ›Sie da unten! Aufpassen! Aufpassen!‹ Es steht winkend vor mir. Es läutet meine kleine Glocke...«

Ich versuchte ihn festzunageln:

»Läutete Ihre Glocke gestern abend, als ich bei Ihnen war und Sie zur Tür gingen?«

»Zweimal.«

»Nun passen Sie mal auf«, sagte ich, »wie Ihre Einbildung Sie hereingelegt. Meine Augen hingen an der Glocke, meine Ohren warteten auf ihr Anschlagen, aber so wahr ich ein lebendiger Mensch bin, es läutete nicht in dieser Zeit. Da nicht und zu anderen Zeiten nicht, außer wenn beim natürlichen Ablauf physikalischer Gesetze die Station mit Ihnen verhandelte.«

Er schüttelte den Kopf.

»Darin habe ich mich bisher noch nie geirrt, Sir. Ich habe noch nie das Geisterläuten mit dem von Menschenhand verursachten durcheinandergebracht. Das Geisterläuten ist ein fremdartiges Schwingen in der Glocke, das sich von nichts ableiten

läßt, und ich habe auch nicht behauptet, daß die Glocke sich sichtbar bewegt hätte. Ich wundere mich gar nicht, daß Sie es nicht gehört haben. *Ich* habe es gehört!«
»War das Gespenst draußen, als Sie hinaussahen?«
»Es war da.«
»Beide Male?«
Er wiederholte bestimmt: »Beide Male.«
»Wollen Sie mit mir hinausgehen und jetzt nach ihm sehen?«
Er biß sich wie unwillig auf die Unterlippe, stand aber auf. Ich öffnete die Tür und trat auf die Schwelle, während er in der Türfüllung stehenblieb. Da war das Warnlicht. Da war die düstere Tunnelöffnung. Da waren die steilen, nassen Steinwände des Streckeneinschnittes, da waren die Sterne darüber.
»Sehen Sie es?« fragte ich ihn und forschte in seinem Gesicht. Seine Augen traten hervor und starrten angestrengt, kaum anders als meine eigenen, die ich intensiv auf die gleiche Stelle richtete.
»Nein«, sagte er, »es ist nicht da.«
»Stimmt«, antwortete ich.
Wir gingen wieder ins Haus, schlossen die Tür und setzten uns wieder. Ich überlegte, wie ich am besten meinen Vorteil, wenn es einer war, ausbauen könnte, als er die Unterhaltung in so natürlicher, selbstverständlicher Weise wiederaufnahm, als ob zwischen uns an den Tatsachen nicht zu rütteln sei, und ich fühlte mich absolut im Hintertreffen. »Jezt werden Sie bestimmt verstehen, Sir, was mich so furchtbar an der Frage quält: Was meint das Gespenst?«
Ich sei nicht sicher, gestand ich ihm, ob ich ihn völlig verstünde.
»Wovor warnt es jetzt wieder?« sann er, den Blick aufs Feuer und nur selten auf mich gerichtet, »worin besteht die Gefahr? Wo steckt die Gefahr? Irgendwie lauert Gefahr über der Strekke. Irgendein entsetzliches Unglück wird passieren. Nach dem Vorausgegangenen läßt dieses dritte Mal keinen Zweifel zu. Für mich ist es wahrhaftig ein grauenhafter Spuk. Was kann *ich* denn nur machen?«
Er zog sein Taschentuch heraus und trocknete sich die schweißnasse Stirn:

»Wenn ich nach der einen Richtung oder auch nach beiden telegraphisch vor Gefahr warne, kann ich keinen vernünftigen Grund dafür angeben!«

Er wischte sich die Handflächen trocken:

»Ich würde mir nur Schererein machen und nichts ausrichten. Man würde denken, ich sei verrückt. Ungefähr so würde es sich abspielen:

Meine Meldung: ›Gefahr! Achtung!‹

Antwort: ›Was für eine Gefahr? Wo?‹

Ich wieder: ›Keine Ahnung, aber um Gottes willen, passen Sie auf!‹

Sie würden mich entlassen. Was bliebe ihnen auch anderes übrig?«

Seine Verstörtheit griff mir ans Herz. Es war die Gewissensqual eines intelligenten Menschen, der sich für unabsehbare Zeit in eine unbegreifliche, lastende Verantwortung gepreßt sieht, die sein Leben kompliziert.

»Als es das erste Mal unter dem Warnlicht stand«, fuhr er fort, schüttelte sein schwarzes Haar zurück und strich mit seinen Händen immer und immer wieder in einer ungewöhnlich fiebrigen Unruhe über seine Schläfen, »warum erzählte es mir da nicht, wo das Unglück passieren sollte – wenn es schon passieren sollte? Warum erfuhr ich nicht, wie es verhindert werden könnte – wenn es zu verhindern gewesen wäre? Als es das zweite Mal kam, verbarg es sein Gesicht, statt mir zu erzählen: ›Sie geht in den Tod! Laßt sie zu Hause!‹ Wenn die Erscheinung diese beiden Male nur kam, um mir die Wahrheit seiner Warnungen zu beweisen und mich somit auf die dritte vorzubereiten, warum warnt sie mich nun nicht deutlich? Und ich! Mein Gott, ich bin doch nur ein simpler Streckenwärter auf dieser einsamen Station! Warum geht sie nicht zu jemandem, dem man glaubt und der die Macht zum Handeln besitzt?«

Als ich ihn in diesem Zustand sah, galt meine Sorge genausogut ihm wie der öffentlichen Sicherheit. Ich mußte sein Gemüt zu festigen suchen. Deshalb schob ich alle Bedenken, ob Wirklichkeit oder Einbildung, beiseite und stellte ihm vor, daß, wer immer seine Pflicht bis zum letzten erfülle, ein guter Mann sei und daß es ihm letztlich ein Trost sein müsse, dieser Pflicht verhaftet zu sein, obgleich er die verwirrenden Erscheinungen nicht verstünde.

Mit dieser Methode hatte ich weit mehr Erfolg als mit dem Versuch, ihn zur Vernunft zu bringen. Er beruhigte sich. Im Laufe der Nacht begannen die gelegentlichen Aufgaben seines Dienstes ihn mehr zu beanspruchen, und so verließ ich ihn gegen zwei Uhr morgens. Ich hatte ihm angeboten, die Nacht über bei ihm zu bleiben, aber davon wollte er nichts wissen.

Daß ich mehr denn einmal auf meinem Wege nach oben nach dem roten Licht blickte, daß ich das rote Licht keineswegs schätzte und daß ich nie ein Auge zubekommen würde, stünde mein Bett unter ihm, gebe ich ehrlich zu. Auch die beiden Unglücksfälle hintereinander, erst die Katastrophe im Tunnel, dann der Tod des Mädchens, ließen mir keine Ruhe. Auch das gebe ich ehrlich zu.

Was mich aber am meisten beschäftigte, war die Überlegung, wie ich handeln sollte, nachdem ich zum Vertrauten gemacht worden war. Ich hatte von dem Streckenwärter den Eindruck eines intelligenten, wachsamen, fleißigen und gewissenhaften Mannes gewonnen. Aber wie lange würde er es in seiner jetzigen Gemütsverfassung noch sein? Seine Stellung war zwar untergeordnet, aber äußerst verantwortungsvoll. Würde ich beispielsweise mein eigenes Leben dem Risiko seiner unveränderten Pflichterfüllung anvertrauen wollen?

Ich konnte mich des Gefühls nicht erwehren, es sei in gewissem Sinne Verrat, wenn ich das, was er mir anvertraut hatte, seiner vorgesetzten Behörde mitteilte, ohne es vorher mit ihm abgesprochen und einen gangbaren Weg vorgeschlagen zu haben. Ich entschied mich daher schließlich, ihm – selbstverständlich unter vorläufiger Wahrung seines Geheimnisses – meine Begleitung zu dem tüchtigsten Arzt der Gegend anzubieten und dessen Meinung zu hören. Ein Wechsel seiner Arbeitszeit würde nächste Nacht beginnen, wie er mir gesagt hatte. Er sei bald nach Sonnenaufgang dienstfrei und müsse erst nach Sonnenuntergang seinen Posten wieder antreten. Dementsprechend hatte ich meine Rückkehr festgesetzt. Der nächste Abend war mild, und ich ging zeitig los, um ihn zu genießen. Die Sonne war noch nicht ganz untergegangen, als ich den Feldweg nahe dem Rande der tiefen Schlucht überquerte. Ich wollte meinen Spaziergang auf eine Stunde ausdehnen, eine halbe Stunde hin, eine halbe Stunde zurück, rechnete ich, und dann wäre es an der Zeit, zum Häuschen meines Streckenwärters zu gehen.

Ehe ich weiterbummelte, trat ich an den Abgrund und sah mechanisch hinab nach dem Punkt, wo ich ihn das erste Mal gesehen hatte. Ich kann den eisigen Schreck nicht beschreiben, der mich befiel, als ich nahe der Tunnelöffnung die Erscheinung eines Menschen sah, der seinen linken Ärmel über die Augen hielt und mit dem rechten Arm aufgeregt winkte.

Das nackte Entsetzen, das mich überfallen hatte, wich jedoch augenblicklich; denn ich sah sogleich, daß die Erscheinung ein Mensch von Fleisch und Blut war. Außerdem stand nicht weit davon eine kleine Menschenansammlung, der seine Gebärden zu gelten schienen. Das Warnlicht brannte noch nicht. Gegen dessen Pfahl lehnte sich ein kleiner, niedriger, mir völlig neuer Verschlag aus Holzplatten und einer Persenning. Er sah nicht größer aus als ein Bett.

Ein unabweisbares Gefühl von Unheil überfiel mich. Zugleich überkam mich blitzartig die selbstanklägerische Angst, es sei ein furchtbares Unglück geschehen, weil ich den Mann verlassen und niemand veranlaßt hatte, sein Tun zu überprüfen und notfalls zu korrigieren.

Ich hastete den Gemsenpfad, so schnell ich konnte, hinunter.

»Was ist los?« fragte ich die Herumstehenden.

»Der Streckenwärter ist heute morgen tödlich verunglückt, Sir.«

»Doch nicht der Mann aus dem Häuschen da?«

»Doch, Sir.«

»Der Mann, den ich kenne?«

»Sie werden ihn erkennen, Sir, wenn er Ihnen bekannt ist«, sagte der Wortführer der Gruppe, entblößte feierlich seinen Kopf und hob einen Zipfel der Persenning hoch, »sein Gesicht ist ganz friedlich.«

»O Gott, wie ist das bloß passiert?« fragte ich, mich reihum wendend.

Der Tote lag bereits wieder unter seiner Plane.

»Er ist von einer Lokomotive überfahren worden, Sir. Kein

Mann in England verstand sein Handwerk besser. Irgendwie hat er zu dicht am Geleise gestanden. Es herrschte volles Tageslicht. Er hatte das Licht angezündet und die Lampe in der Hand. Als die Lokomotive aus dem Tunnel kam, hatte er sie im Rücken, und sie überfuhr ihn. Das da ist der Lokomotivführer und hat uns gerade gezeigt, wie's passiert ist. Mach's noch mal vor, Tom.«

Der Mann im groben dunklen Arbeitsanzug marschierte zum Tunneleingang zurück.

»Als ich um die Kurve im Tunnel kam, Sir«, sagte er, »sah ich ihn wie durch ein Fernglas am Ende stehen. Zum Bremsen war's zu spät, ich wußte ja auch, wie vorsichtig er ist. Als er aber die Pfeife nicht zu hören schien, stellte ich sie ab, als wir auf ihn zurasten, und schrie ihn, so laut ich konnte, an.«

»Was schrien Sie?«

»Ich rief: ›Sie da unten! Passen Sie auf, passen Sie auf, um Gottes willen den Weg frei!‹«

Ich erstarrte.

»Ach, es waren grauenhafte Sekunden, Herr. Ich hörte nicht auf zu brüllen. Ich hob meinen Arm hoch, um nichts sehen zu müssen, und ich schwenkte den anderen bis zum letzten Augenblick, aber es war zwecklos.«

Ich möchte die Geschichte nicht ausspinnen und auf keinem der seltsamen Umstände länger als auf dem anderen verweilen. Ich möchte nur auf das zufällige Zusammentreffen hinweisen, daß die Warnung des Lokomotivführers genau die gleichen Worte enthielt, die den unglücklichen Streckenwärter wie eine Heimsuchung verfolgt hatten. Er hatte es mir ja wiederholt erzählt. Aber ebenso sonderbar ist, daß der Lokomotivführer unbewußt die gleichen Worte gebrauchte, die ich – nicht der Streckenwärter – der Gebärde, die er nachahmte, unterlegt hatte: ›Um Gottes willen! Weg frei!‹

STEFAN GRABINSKI

Der irre Zug
Eine wunderliche Geschichte

Am Bahnhof in Horsk herrschte fieberhafter Verkehr. Es war kurz vor dem Fest, ein paar arbeitsfreie Tage standen bevor, eine willkommene Jahreszeit. Der Bahnsteig wimmelte von An- und Abreisenden. Erregte Frauengesichter huschten vorbei, farbige Hutbänder flatterten, buntscheckige Reiseschals flitzten; hier schlängelte sich ein schlanker Zylinder eines vornehmen Herrn durch die Menge, da hob sich die schwarze Soutane eines Geistlichen ab; im Bogengang drängten die blauen Kragen der Militärs, daneben die grauen Arbeiterkittel.

Buntes Treiben brodelte und ergoß sich, gefaßt in den engen Rahmen des Bahnhofs, rauschend über dessen Ufer. Der chaotische Lärm der Passagiere, die Zurufe der Gepäckträger, das Pfeifen der Signale, das Zischen des abgelassenen Dampfes flossen zu einer schwindelerregenden Symphonie zusammen, in der man sich verlor und sein geschrumpftes, betäubtes Ich der Welle des mächtigen Elementes hingab, damit sie es trage, schaukle, berausche...

Das Personal arbeitete emsig. Alle Augenblicke tauchten aus dem Lärm einmal hier, einmal dort die roten Käppis der Bahnbeamten auf, die Befehle ausriefen, die Zerstreuten von den Gleisen wiesen, die Züge im Augenblick der Abfahrt mit scharfem und wachem Blick begleiteten. Die Schaffner tummelten sich pausenlos, mit nervösen Schritten die langen Waggonreihen durchlaufend, die Fahrdienstleiter-Bahnhofspiloten gaben kurze und exakte Instruktionen – Zeichen zum Abflug. Alles ging in lebhaftem, nach Minuten, Sekunden abgemessenem Tempo vor sich – die Augen aller prüften unwillkürlich die Zeit am doppelten weißen Zifferblatt oben.

Trotzdem hätte ein gelassener, abseits stehender Zuschauer nach kurzer Beobachtung einen Eindruck bekommen, der mit dieser scheinbaren Ordnung der Dinge nicht übereinstimmte.

Als hätte sich etwas in den durch Vorschriften und Tradition genormten Ablauf der Handlungen eingeschlichen; ein unbestimmbares, obwohl bedeutendes Hindernis hatte sich der geheiligten Zuverlässigkeit des Verkehrs in den Weg gestellt.

Man merkte es den nervösen Gesten der Menschen an, den unruhig hin und her geworfenen Blicken, dem erwartungsvollen Ausdruck der Gesichter. Etwas war faul geworden in dem bis dahin vorbildlichen Organismus. Irgendeine ungesunde Strömung hatte ihn mit hundertfach verästelten Arterien unterwandert und drang nun durch halbbewußtes Aufblitzen an die Oberfläche.

Mit ihrem Eifer wollten die Eisenbahner, das sah man, die rätselhafte Unruhe überwinden, die heimlich in den perfekten Mechanismus gedrungen war. Jeder verdoppelte und verdreifachte sich, um das beunruhigende Gespenst gewaltsam abzuwürgen, durch vorbildliche Arbeitsdisziplin den Automatismus, das langweilige, aber sichere Gleichgewicht der Funktionen zu erhalten.

Es war ja ihr Bereich, ihr ›Revier‹, aus vielen Jahren fleißiger Übung vertraut, ein Gebiet, auf dem sie sich, wie es schien, vorzüglich auskannten. Sie waren die Vertreter dieser Arbeitskategorie, dieser lebenswichtigen Aufgaben; für sie, die Eingeweihten, war hier nichts unklar, sie waren die Repräsentanten des ganzen komplizierten Netzes von Beschäftigungen, die einzigen Exponenten, die keinerlei Rätsel überraschen konnte, überraschen durfte. Denn alles war seit Jahren berechnet, erwogen, vermessen, denn nichts, und sei es noch so kompliziert, hatte hier jemals die menschlichen Begriffe überschritten; hier herrschte überall die Genauigkeit des Maßes ohne Überraschung, die Regelmäßigkeit der sich wiederholenden, im voraus berechneten Ereignisse!

Sie fühlten sich irgendwie solidarisch, verantwortlich vor der kompakten Masse der Reisenden, denen man Ruhe und absolute Sicherheit garantieren mußte.

Aber ihre innere Unsicherheit teilte sich dem Publikum mit, ging von ihnen als eine Welle der Erregung aus und floß zu unbestimmten, die Passagiere unterwandernden Strömungen auseinander.

Handelte es sich wenigstens um einen ›Zufall‹, den man zwar nicht voraussehen konnte, der sich jedoch später, nach dem Augenblick der Erfüllung, zurückführen ließe auf das, was ihm vorausgegangen war – sicher ständen sie, die Experten, auch vor einem Zufall ratlos, wenn auch nicht verzweifelt da. Aber hier ging es um etwas ganz und gar anderes.

Es begab sich etwas Unberechenbares wie eine Chimäre, etwas Kapriziöses wie der Wahn, und dieses Etwas strich mit Schwung den uralten Zusammenhang der Ereignisse durch.

Also schämten sie sich vor sich selber und vor den anderen, die außerhalb ihres Berufes standen.

Im Augenblick ging es vor allem darum, daß sich die ›Sache‹ nicht herumsprach, daß das ›breite Publikum‹ nichts erführe; es mußte alle mögliche Mühe darauf verwandt werden, daß die ›wunderliche Geschichte‹ nicht in den Tagesblättern ruchbar würde, daß um jeden Preis ein ›Skandal‹ vermieden würde.

Bis jetzt war die Sache geheim geblieben. Eine seltsame Solidarität verband diese Menschen im Ausnahmefall: sie schwiegen. Nur die beredten Blicke, die eigenartigen Gesten und das Spiel der gesuchten Worte machten die Verständigung möglich. Das Publikum wußte noch nichts.

Und die ›Sache‹ war wirklich sonderbar und rätselhaft.

Eines Tages war auf den Strecken der Staatlichen Eisenbahn ein Zug aufgetaucht, der in dem öffentlichen Verzeichnis nicht erfaßt, in den Fahrplan der Kurswagen nicht aufgenommen war, mit einem Wort: ein Eindringling ohne Berechtigung und ohne Erlaubnis. Man wußte nicht einmal zu bestimmen, welchen Typ er darstellte und aus welcher Fabrik er kam, denn die kurze Spanne Zeit, die er sich bei jedem Auftauchen beobachten ließ, gestattete keinerlei Orientierung. Jedenfalls, nach der geradezu unwahrscheinlichen Geschwindigkeit zu urteilen, mit der er vor den Augen der erstaunten Zuschauer vorüberraste, mußte er eine sehr hohe Position in der Rangordnung der Verkehrsmittel einnehmen, er war zumindest ein Blitzzug.

Doch die am meisten beunruhigende Tatsache war seine Unberechenbarkeit. Der Eindringling erschien einmal hier, einmal dort, fuhr plötzlich mir nichts dir nichts von irgendwo aus einer entlegenen Zone des Eisenbahnnetzes ein, durchflog mit satanischem Geräusch die Bahnsteige und verschwand in der Ferne; heute sah man ihn neben dem Bahnhof M., morgen tauchte er irgendwo auf freiem Feld hinter der Stadt W. auf, ein paar Tage später flitzte er mit bestürzender Wucht am Wärterhäuschen in der Gegend der Station G. vorbei.

Zunächst hatte man gedacht, der rasende Zug gehöre dem amtlichen Bestand an, und nur der Nachlässigkeit oder dem Irrtum der Bahnbeamten zufolge hätte seine Identität bis jetzt nicht festgestellt werden können. Fahndungen setzten also ein, endlose Meldungen, gegenseitige Rückfragen der Stationen – alles ohne Erfolg. Der Eindringling machte sich einfach lustig über die Anstrengungen der Funktionäre, indem er gewöhnlich dort auftauchte, wo man ihn am wenigsten erwartet hatte.

Besonders niederschlagend wirkte der Umstand, daß man ihn nirgends ertappen, nirgends einholen oder anhalten konnte. Die mehrmals zu diesem Zwecke anberaumte Verfolgung mit einer der auserlesensten Maschinen, die im vollen Sinne des Wortes als letzter Schrei der modernen Technik galt, hatte mit einem Fiasko geendet; der wunderliche Zug machte das Rennen ohne jegliche Hemmung.

Da begann eine übertriebene Angst und eine dumpfe, von Furcht gedämpfte Wut die Leute zu ergreifen. Die Sache war wahrhaftig unerhört! Seit Jahren verkehrten die Wagen nach einem im voraus festgelegten Fahrplan, den man in den Direktionen entwarf, in den Ministerien bestätigte, im Verkehr verwirklichte – seit Jahren konnte man alles berechnen, ungefähr voraussehen, und wenn ein ›Fehler‹ oder ein ›Versehen‹ passierte, das korrigieren, logisch erklären – da aber schlitterte plötzlich ein ungebetener Gast auf die Gleise, verdarb die Ordnung, sprach den Vorschriften Hohn, träufelte in den eingespielten Organismus den Gärstoff der Unordnung und der Verstimmung!

Ein Glück, daß dieser Frechling noch keine Katastrophe verursacht hatte. Das war überhaupt ein Umstand, der von Anfang an stutzig machte. Immer war die Strecke, die dieser Zug befuhr, im gegebenen Augenblick frei; der Rasende hatte bis jetzt seltsamerweise keinen Zusammenstoß auf dem Gewissen. Doch das konnte täglich anders werden, um so mehr, da er allmählich eine gewisse Neigung dazu verriet. Nach einiger Zeit hatte man mit Entsetzen in seinen Bewegungen eine Absicht festgestellt, mit den fahrplanmäßig kursierenden Genossen in Berührung zu kommen. Während es zunächst geschienen hatte, als meide er ihre Nähe, indem er stets in respektabler Entfernung vor oder hinter ihnen erschien, tauchte er nun in immer kürzeren Zeitabständen dicht hinter dem Rücken seiner Vorläufer auf. Einmal war er schon dicht am Expreßzug auf der Strecke nach O. vorbeigeflitzt, vor einer Woche war er knapp an dem Personenzug auf der Strecke zwischen S. und F. vorbeigekommen, unlängst hatte er nur wie durch ein Wunder den Weg des Eilzugs aus W. glücklich gekreuzt.

Die Bahnhofsvorsteher zitterten bei den Nachrichten von diesen ungewöhnlichen Ausweichmanövern, die man allein den doppelten Gleisen und der Geistesgegenwart der Lokomotivführer zuschrieb. Ähnliche ›wunderbare Rettungen‹ kamen in letzter Zeit immer häufiger vor, aber die Chancen eines glücklichen Ausgangs dieser Begegnungen wurden mit jedem Tag sichtlich kleiner.

Der Eindringling ging aus der Rolle des Verfolgten zu der aktiven Rolle des Verfolgers über, wie durch einen magnetischen Antrieb dazu gedrängt, alles, was regelmäßig und genormt war, zu stören, er wurde zur Gefahr einer unmittelbaren Destruktion der Dinge der alten Ordnung. Die Geschichte konnte jeden Tag tragisch enden.

Deshalb führte auch der Fahrdienstleiter in Horsk seit einem Monat ein überaus strapaziöses Leben. In ständiger Furcht vor dem unerwünschten Besuch wachte er fast ununterbrochen, ohne bei Tag und bei Nacht seinen Posten zu verlassen, der ihm vor kaum einem Jahr zum Zeichen der Anerkennung für seine ›Energie und ungewöhnliche Spannkraft‹ anvertraut worden war. Seine Stellung war wichtig, denn der Bahnhof Horsk war Knotenpunkt von ein paar wesentlichen Bahnstrecken und Verkehrsmittelpunkt eines ganzen Landesteiles.

Gerade heute, in Anbetracht des unerhörten Andrangs der Fahrgäste, war die Arbeit in einer derart angespannten Situation überaus beschwerlich.

Es wurde allmählich Abend. Die elektrischen Lampen leuchteten auf, die Scheinwerfer warfen ihre mächtigen Lichtbahnen. Die Gleise strahlten im grünen Licht der Weichen düster in metallischem Glanz, wanden sich mit ihren kalten Bändern wie eiserne Schlangen. Hier und da flimmerte im Dämmer das schwache Lämpchen eines Schaffners auf, blitzte das Signal des Bahnwärters. In der Ferne, weit, weit hinter dem Bahnhof, dort, wo die smaragdenen Augen der Laternen bereits erloschen, formte das Stationssemaphor seine Zeichen.

Soeben hob es sich aus der Waagerechten, zog einen Winkel von 45 Grad und verharrte in der Schrägen. Der Personenzug aus Brzesk fuhr ein.

Schon war der keuchende Atem der Lokomotive zu hören, das regelmäßige Rattern der Räder, schon wurde vorn die hellgelbe Brille sichtbar. Der Zug rollte in den Bahnhof.

Aus offenen Fenstern wehen goldene Kinderlocken, blicken neugierige Frauengesichter, Tücher flattern zur Begrüßung.

Die Flut der am Bahnsteig Wartenden drängt sich gewaltsam zu den Waggons vor, ausgestreckte Arme eilen beiderseits zueinander...

Was aber bedeutet dieser Lärm von rechts?! Entsetzliche Pfeiftöne zerreißen die Luft. Der Vorsteher schreit etwas mit heiserer, wilder Stimme. »Weg da! Zurücktreten, fliehen Sie! Laß den Bremsdampf ab! Zurück! Zurück!... Ein Unglück!!« –

Die Menge wirft sich im geschlossenen Andrang gegen die Schranken und bricht sie entzwei. Die irren Augen blicken instinktiv nach rechts, wo das Personal hinstürzte, und sie sehen spasmatische, ziellos wilde Schwingungen der Laternen, die irgendeinen Zug aufhalten wollen, der in voller Fahrt aus der entgegengesetzten Richtung auf demselben Gleis daherrast, das vom Personenzug aus Brzesk besetzt ist. Den Wirbelsturm der Pfiffe durchschneiden verzweifelte Horntöne und der höllische Lärm der Leute. Umsonst! Die unerwartete Lokomotive naht mit einer schwindelerregenden Schnelligkeit; ihre riesigen, grünen Augen sprengen die Dunkelheit mit gespenstischem Blick, die mächtigen Kolben kreisen mit märchenhafter, rasender Präzision...

Aus tausend Lungen reißt sich ein von schrecklicher Angst, von bodenloser Panik geschwellter Schrei empor:

»Er ist es! Der irre Zug! Der Rasende! Hinlegen! Hilfe! Hinlegen! Wir sind verloren! Hilfe! Wir sterben!«

Eine gigantische, graue Masse überrollt die liegenden Leiber, eine aschfahle, neblige Masse mit durchsichtigen Fensteröffnungen – ein satanischer Durchzug wird spürbar, der aus diesen offenen Löchern weht, man hört das Knattern der wahnsinnig flatternden Vorhänge, erkennt die gespenstischen Gesichter der Passagiere...

Da aber geschieht etwas Seltsames. Der irre Zug, statt den bereits ereilten Genossen gierig zu zerschmettern, durchfliegt ihn wie ein Nebel; einen Augenblick sieht man, wie zwei Waggonreihen sich ineinanderschieben, wie die Wagenwände sich lautlos aneinander reiben, wie sich die Kolben und Speichen der Räder in einer paradoxen Osmose gegenseitig durchdringen – noch eine Sekunde und der Fremdkörper, der soeben mit blitzartiger Furie den festen Organismus des Zuges durchflogen hatte, löst sich irgendwo im Felde auf der anderen Seite im Wind auf. Es wird still...

Auf dem Gleis vor dem Bahnhof steht ruhig der unversehrte Personenzug aus Brzesk. Ringsherum Stille, nur von den Wiesen, weit in der Ferne, dringt das gedämpfte Zirpen der Zikaden, nur in den Drähten, oben, fließt das brummige Geschwätz des Telegraphs...

Die Leute auf dem Bahnsteig, das Personal, die Beamten wischen sich die Augen und starren einander erstaunt an:

»Ist es wahr oder ist es ein böser Spuk?«

Langsam sammeln sich die Blicke aller, vom gemeinsamen Impuls geleitet, auf dem Zug aus Brzesk. Er steht immer noch taub und stumm da. Nur die Lampen innen brennen mit gleichmäßigem, ruhigem Licht, nur in den offenen Fenstern spielt ein Lüftchen leicht mit den Gardinen...

In den Wagen herrscht Totenstille; niemand steigt aus, niemand lehnt sich hinaus. Durch die beleuchteten Vierecke der Fenster sieht man die Passagiere: Männer, Frauen und Kinder; alle heil, unverletzt – niemand hat die geringste Quetschung davongetragen, aber ihr Zustand ist seltsam und rätselhaft...

Alle stehen aufrecht, die Gesichter in jene Richtung gewendet, in der der Gespensterzug verschwand; irgendeine Kraft hat diese Menschen nach einer Seite hin verhext und hält sie in stummer Erstarrung; die ausgestreckten Arme zeigen auf ein unbekanntes, sicherlich fernes Ziel – die nach vorn geneigten Körper, die vorgebeugten Torsi streben ins Weite, irgendwohin in ein fernes, nebuloses Land, und die vor Angst und Entzücken glasigen Augen ertrinken im Raum.

So stehen sie und schweigen; kein Muskel zuckt, kein Lid senkt sich. Sie stehen und schweigen...

Denn ein seltsamer Luftzug ist durch sie gegangen, denn ein großes Erwachen hat sie berührt, denn sie waren schon... *Irre!*

In diesem Augenblick ertönen starke und bekannte, in die sichere Alltäglichkeit gebettete Klänge – kraftvolle Schläge, wie die eines Herzens, wenn es gegen den gesunden Brustkorb hämmert – die gleichmäßigen Geräusche der Gewohnheit, die seit Jahren dasselbe verkünden...

»Bim-bam« – und Pause – »bim-bam... bim bam.«

Weiter gehen die Signale.

FRIEDRICH DÜRRENMATT

Der Tunnel

Ein Vierundzwanzigjähriger, fett, damit das Schreckliche hinter den Kulissen, welches er sah (das war seine Fähigkeit, vielleicht seine einzige), nicht allzu nah an ihn herankomme, der es liebte, die Löcher in seinem Fleisch, da doch gerade durch sie das Ungeheuerliche hereinströmen konnte, zu verstopfen, derart, daß er Zigarren rauchte (Ormond Brasil 10) und über seiner Brille eine zweite trug, eine Sonnenbrille, und in den Ohren Wattebüschel: Dieser junge Mann, noch von seinen Eltern abhängig und mit nebulosen Studien auf einer Universität beschäftigt, die in einer zweistündigen Bahnfahrt zu erreichen war, stieg eines Sonntagnachmittags in den gewohnten Zug, Abfahrt siebzehnuhrfünfzig, Ankunft neunzehnuhrsiebenundzwanzig, um anderentags ein Seminar zu besuchen, das zu schwänzen er schon entschlossen war. Die Sonne schien an einem wolkenlosen Himmel, da er seinen Heimatort verließ. Es war Sommer. Der Zug hatte sich bei diesem angenehmen Wetter zwischen den Alpen und dem Jura fortzubewegen, an reichen Dörfern und kleineren Städten vorbei, später an einem Fluß entlang, und tauchte denn auch nach noch nicht ganz zwanzig Minuten Fahrt, gerade nach Burgdorf in einen kleinen Tunnel. Der Zug war überfüllt. Der Vierundzwanzigjährige war vorne eingestiegen und hatte sich mühsam nach hinten durchgearbeitet, schwitzend und einen leicht vertrottelten Eindruck erweckend. Die Reisenden saßen dicht gedrängt, viele auf Koffern, auch die Coupés der zweiten Klasse waren besetzt, nur die erste Klasse schwach belegt. Wie sich der junge Mann endlich durch das Wirrwarr der Familien, Rekruten, Studenten und Liebespaare gekämpft hatte, bald, vom Zug hin und her geschleudert, gegen diesen fallend und bald gegen jenen, gegen Bäuche und Brüste torkelnd, fand er im hintersten Wagen Platz, so viel sogar, daß er in diesem Abteil der dritten Klasse – in der es sonst Wagen mit Coupés selten gibt – eine ganze Bank für sich allein hatte: Im geschlossenen Raume

saß ihm gegenüber einer, noch dicker als er, der mit sich selbst Schach spielte und in der Ecke der gleichen Bank, gegen den Korridor zu, ein rothaariges Mädchen, das einen Roman las. So saß er schon am Fenster und hatte eben eine Ormond Brasil 10 in Brand gesteckt, als der Tunnel kam, der ihm länger als sonst zu dauern schien. Er war diese Strecke schon manchmal gefahren, fast jeden Samstag und Sonntag seit einem Jahr und hatte den Tunnel eigentlich gar nie beachtet, sondern immer nur geahnt. Zwar hatte er ihm einige Male die volle Aufmerksamkeit schenken wollen, doch hatte er, wenn er kam, jedes Mal an etwas anderes gedacht, so daß er das kurze Eintauchen in die Finsternis nicht bemerkte, denn der Tunnel war eben gerade vorbei, wenn er, entschlossen ihn zu beachten, aufschaute, so schnell durchfuhr ihn der Zug und so kurz war der kleine Tunnel. So hatte er denn auch jetzt die Sonnenbrille nicht abgenommen, als sie einfuhren, da er nicht an den Tunnel dachte. Die Sonne hatte eben noch mit voller Kraft geschienen und die Landschaft, durch die sie fuhren, die Hügel und Wälder, die fernere Kette des Juras und die Häuser des Städtchens war wie von Gold gewesen, so sehr hatte alles im Abendlicht geleuchtet, so sehr, daß ihm die nun schlagartig einsetzende Dunkelheit des Tunnels bewußt wurde, der Grund wohl auch, warum ihm die Durchfahrt länger erschien als er sie sich dachte. Es war völlig finster im Abteil, da der Kürze des Tunnels wegen die Lichter nicht in Funktion gesetzt waren, denn jede Sekunde mußte sich ja in der Scheibe der erste, fahle Schimmer des Tages zeigen, sich blitzschnell ausweiten und mit voller, goldener Helle gewaltig hereinbrechen; als es jedoch immer noch dunkel blieb, nahm er die Sonnenbrille ab. Das Mädchen zündete sich in diesem Augenblick eine Zigarette an, offenbar ärgerlich, daß es im Roman nicht weiterlesen konnte, wie er im rötlichen Aufflammen des Streichholzes zu bemerken glaubte; seine Armbahnduhr mit dem leuchtenden Zifferblatt zeigte zehn nach sechs. Er lehnte sich in die Ecke zwischen der Coupéwand und der Scheibe und beschäftigte sich mit seinen verworrenen Studien, die ihm niemand recht glaubte, mit dem Seminar, in das er morgen mußte und in das er nicht gehen würde (alles, was er tat, war nur ein Vorwand, hinter der Fassade seines Tuns Ordnung zu erlangen, nicht die Ordnung selber, nur die Ahnung einer Ordnung, angesichts des Schrecklichen, gegen das er sich mit Fett polsterte, Zigarren in den Mund steckte, Wattebüschel in die Ohren), und wie er wieder auf das Zifferblatt schaute, war es viertel nach sechs und immer noch der Tunnel. Das verwirrte ihn. Zwar leuchteten nun die Glühbirnen auf, es wurde hell im Coupé, das rote Mädchen konnte in seinem Roman weiterlesen und der dicke Herr spielte wieder mit sich selber Schach, doch draußen, jenseits der Scheibe, in der sich nun das ganze Abteil spiegelte, war immer noch der Tunnel. Er trat in den Korridor, in welchem ein hochgewachsener Mann in einem hellen Regenmantel auf und ab ging, ein schwarzes Halstuch umgeschlagen. Wozu auch bei diesem Wetter, dachte er und schaute in die anderen Coupés dieses Wagens, wo man Zeitung las und miteinander schwatzte. Er trat wieder zu seiner Ecke und setzte sich, der Tunnel mußte nun jeden Augenblick aufhören, jede Sekunde; auf der Armbanduhr war es nun beinahe zwanzig nach; er ärgerte sich, den Tunnel vorher so wenig beachtet zu haben, dauerte er doch nun schon eine Viertelstunde und mußte, wenn die Geschwindigkeit eingerechnet wurde, mit welcher der Zug fuhr, ein bedeutender Tunnel sein, einer der längsten Tunnel in der Schweiz. Es war daher wahrscheinlich, daß er einen falschen Zug genommen hatte, wenn ihm im Augenblick auch nicht erinnerlich war, daß sich zwanzig Minuten Bahnfahrt von seinem Heimatort aus ein so langer und bedeutender Tunnel befand. Er fragte deshalb den dicken Schachspieler, ob der Zug nach Zürich fahre, was der bestätigte. Er wüßte gar nicht, daß an dieser Stelle der Strecke ein so langer Tunnel sei, sagte der junge Mann, doch der Schachspieler antwortete, etwas ärgerlich, da er in irgendeiner schwierigen Überlegung zum zweiten Mal unterbrochen wurde, in der Schweiz gebe es eben viele Tunnel, außerordentlich viele, er reise zwar zum ersten Mal in diesem Lande, doch falle dies sofort auf, auch habe er in einem statistischen Jahrbuch gelesen, daß kein Land so viele Tunnel wie die Schweiz besitze. Er müsse sich nun entschuldigen, wirklich, es tue ihm schrecklich leid, da er sich mit einem wichtigen Problem der Nimzowitsch-Verteidigung beschäftige und nicht mehr abgelenkt werden dürfe. Der Schachspieler hatte höflich, aber bestimmt geantwortet; daß von ihm keine Antwort zu erwarten war, sah der junge Mann ein. Er war froh, als nun der Schaffner kam. Er war überzeugt, daß seine Fahrkarte zurückgewiesen werden würde; auch als der Schaffner, ein blasser, magerer Mann, nervös, wie es den Eindruck machte, dem Mädchen gegenüber, dem er zuerst die Fahrkarte abnahm, bemerkte, es müsse in Olten umsteigen, gab der Vierundzwanzigjährige noch nicht alle Hoffnung auf, so sehr war er überzeugt, in den falschen Zug gestiegen zu sein. Er werde wohl nachzahlen müssen, er sollte nach Zürich, sagte er denn, ohne die Ormond Brasil 10 aus dem Munde zu nehmen und reichte dem Schaffner das Billet hin. Der Herr sei im rechten Zug, antwortete der, wie er die Fahrkarte geprüft hatte. »Aber wir fahren doch durch einen Tunnel!« rief der junge Mann ärgerlich und recht energisch aus, entschlossen, nun die verwirrende Situation aufzuklären. Man sei eben an Herzogenbuchsee vorbeigefahren und nähere sich Langenthal, sagte der Schaffner. »Es stimmt, mein Herr, es ist jetzt zwanzig nach sechs.« Aber man fahre seit zwanzig Minuten durch einen Tunnel, beharrte der junge Mann auf seiner Feststellung. Der Schaffner sah ihn verständnislos an. »Es ist der Zug nach Zürich«, sagte er, und schaute nun auch nach dem Fenster. »Zwanzig nach sechs«, sagte er wieder, jetzt etwas beunruhigt, wie es schien, »bald kommt Olten, Ankunft achtzehnuhrsiebenunddreißig. Es wird schlechtes Wetter gekommen sein, ganz plötzlich, daher die Nacht, vielleicht ein Sturm, ja, das wird es sein.« »Unsinn«, mischte sich nun der Mann, der sich mit einem Problem der Nimzowitsch-Verteidigung beschäftigte, ins Gespräch, ärgerlich, weil er immer noch sein Billett hinhielt, ohne vom Schaffner beachtet zu werden, »Unsinn, wir fahren durch einen Tunnel. Man kann deutlich den Fels sehen, Granit wie es scheint. In der Schweiz gibt es am meisten Tunnel der ganzen Welt. Ich habe es in einem statistischen Jahrbuch gelesen.« Der Schaffner, indem er endlich die Fahrkarte des Schachspielers entgegennahm, versicherte aufs neue, fast flehentlich, der Zug fahre nach Zürich, worauf der Vierundzwanzigjährige den Zugführer verlangte. Der sei vorne im Zug, sagte der Schaffner, im übrigen fahre der Zug nach Zürich, jetzt sei es sechsuhrfünfundzwanzig und in zwölf Minuten werde er nach dem Sommerfahrplan in

Olten anhalten, er fahre jede Woche diesen Zug dreimal. Der junge Mann machte sich auf den Weg. Das Gehen fiel ihm noch schwerer im überfüllten Zug als vor kurzem, wie er die gleiche Strecke umgekehrt gegangen war; der Zug mußte überaus schnell fahren; auch war das Getöse, das er dabei verurachte, entsetzlich; so steckte er sich seine Wattebüschel denn wieder in die Ohren, nachdem er sie beim Betreten des Zuges entfernt hatte. Die Menschen, an denen er vorbeikam, verhielten sich ruhig, in nichts unterschied sich der Zug von anderen Zügen, die er an den Sonntagnachmittagen gefahren war, und niemand fiel ihm auf, der beunruhigt gewesen wäre. In einem Wagen mit Zweitklaß-Abteilen stand ein Engländer am Fenster des Korridors und tippte freudestrahlend mit der Pfeife, die er rauchte, an die Scheibe. »Simplon«, sagte er. Auch im Speisewagen war alles wie sonst, obwohl kein Platz frei war, und der Tunnel doch einem der Reisenden oder der Bedienung, die Wienerschnitzel und Reis servierte, hätte auffallen können. Den Zugführer, den er an der roten Tasche erkannte, fand der junge Mann am Ausgang des Speisewagens. »Sie wünschen?« fragte der Zugführer, der ein großgewachsener, ruhiger Mann war, mit einem sorgfältig gepflegten schwarzen Schnurrbart und einer randlosen Brille. »Wir sind in einem Tunnel, seit fünfundzwanzig Minuten«, sagte der junge Mann. Der Zugführer schaute nicht nach dem Fenster, wie der Vierundzwanzigjährige erwartet hatte, sondern wandte sich zum Kellner. »Geben Sie mir eine Schachtel Ormond 10«, sagte er, »ich rauche die gleiche Sorte wie der Herr da«; doch konnte ihn der Kellner nicht bedienen, da man diese Zigarre nicht besaß, so daß denn der junge Mann, froh, einen Anknüpfungspunkt zu haben, dem Zugführer eine Brasil anbot. »Danke«, sagte er, »ich werde in Olten kaum Zeit haben, mir eine zu verschaffen, und so tun Sie mir denn einen großen Gefallen. Rauchen ist wichtig. Darf ich Sie nun bitten, mir zu folgen?« Er führte den Vierundzwanzigjährigen in den Packwagen, der vor dem Speisewagen lag. »Dann kommt noch die Maschine«, sagte der Zugführer, wie sie den Raum betraten, »wir befinden uns an der Spitze des Zuges.« Im Packraum brannte ein schwaches, gelbes Licht, der größte Teil des Wagens lag im Ungewissen, die Seitentüren waren verschlossen, und nur durch ein kleines vergittertes Fenster drang die Finsternis des Tunnels. Koffer standen herum, viele mit Hotelzetteln beklebt, einige Fahrräder und ein Kinderwagen. Der Zugführer hing seine rote Tasche an einen Haken. »Was wünschen Sie?« fragte er aufs neue, schaute jedoch den jungen Mann nicht an, sondern begann in einem Heft, das er der Tasche entnommen hatte, Tabellen auszufüllen. »Wir befinden uns seit Burgdorf in einem Tunnel«, antwortete der Vierundzwanzigjährige entschlossen, »einen so gewaltigen Tunnel gibt es auf dieser Strecke nicht, ich fahre sie jede Woche hin und zurück, ich kenne die Strecke.« Der Zugführer schrieb weiter. »Mein Herr«, sagte er endlich und trat nah an den jungen Mann heran, so nah, daß sich die beiden Leiber fast berührten, »mein Herr, ich habe Ihnen wenig zu sagen. Wie wir in diesen Tunnel geraten sind, weiß ich nicht, ich habe dafür keine Erklärung. Doch bitte ich Sie zu bedenken: Wir bewegen uns auf Schienen, der Tunnel muß also irgendwo hinführen. Nichts beweist, daß am Tunnel etwas nicht in Ordnung ist, außer natürlich, daß er nicht aufhört.« Der Zugführer, die Ormond Brasil immer noch ohne zu rauchen zwischen den Lippen, hatte überaus leise gesprochen, jedoch mit so großer Würde und so deutlich und bestimmt, daß seine Worte vernehmbar waren, obgleich im Packwagen das Tosen des Zuges um vieles stärker war als im Speisewagen. »Dann bitte ich Sie, den Zug anzuhalten«, sagte der junge Mann ungeduldig, »ich verstehe kein Wort von dem, was Sie sagen. Wenn etwas nicht stimmt mit diesem Tunnel, dessen Vorhandensein Sie selbst nicht erklären können, haben Sie den Zug anzuhalten.« »Den Zug anhalten?« antwortete der andere langsam, gewiß, daran habe er auch schon gedacht, worauf er das Heft schloß und in die rote Tasche zurücksteckte, die an ihrem Haken hin und her schwankte, dann steckte er die Ormond sorgfältig in Brand. Ob er die Notbremse ziehen solle, fragte der junge Mann und wollte nach dem Haken der Bremse über seinem Kopf greifen, torkelte jedoch im selben Augenblick nach vorne, wo er an die Wand prallte. Ein Kinderwagen rollte auf ihn zu und Koffer rutschten heran; seltsam schwankend kam auch der Zugführer mit vorgestreckten Händen durch den Packraum. »Wir fahren abwärts«, sagte der Zugführer und lehnte sich neben dem Vierundzwanzigjährigen an die Vorderwand des Wagens, doch kam der erwartete Aufprall des rasenden Zuges am Fels nicht, dieses Zerschmettern und Ineinanderschachteln der Wagen, der Tunnel schien vielmehr wieder eben zu verlaufen. Am andern Ende des Wagens öffnete sich die Türe. Im grellen Licht des Speisewagens sah man Menschen, die einander zutranken, dann schloß sich die Türe wieder. »Kommen Sie in die Lokomotive«, sagte der Zugführer und schaute dem Vierundzwanzigjährigen nachdenklich und, wie es plötzlich schien, seltsam drohend ins Gesicht, dann schloß er die Türe auf, neben der sie an der Wand lehnten: Mit solcher Gewalt jedoch schlug ihnen ein sturmartiger, heißer Luftstrom entgegen, daß sie von der Wucht des Orkans aufs neue gegen die Wand taumelten; gleichzeitig erfüllte ein fürchterliches Getöse den Packwagen. »Wir müssen zur Maschine hinüberklettern«, schrie der Zugführer dem jungen Mann ins Ohr, auch so kaum vernehmbar, und verschwand dann im Rechteck der offenen Türe, durch die man die hellerleuchteten, hin und her schwankenden Scheiben der Zugmaschine sah. Der Vierundzwanzigjährige folgte entschlossen, wenn er auch den Sinn der Kletterei nicht begriff. Die Plattform, die er betrat, besaß auf beiden Seiten ein Eisengeländer, woran er sich klammerte, doch war nicht der ungeheure Luftzug das Entsetzliche, der sich milderte, wie er sich der Maschine zubewegte, sondern die unmittelbare Nähe der Tunnelwände, die er zwar nicht sah, da er sich ganz auf die Maschine konzentrieren mußte, die er jedoch ahnte, durchzittert vom Stampfen der Räder und vom Pfeifen der Luft, so daß ihm war, als rase er mit Sterngeschwindigkeit in eine Welt aus Stein. Der Lokomotive entlang lief ein schmales Band und darüber als Geländer eine Stange, die sich in immer gleicher Höhe über dem Band um die Maschine herumkrümmte: Dies mußte der Weg sein; den Sprung, den es zu wagen galt, schätzte er auf einen Meter. So gelang es ihm denn auch, die Stange zu fassen. Er schob sich, gegen die Lokomotive gepreßt, dem Band entlang; fürchterlich wurde der Weg erst, als er auf die Längsseite der Maschine gelangte, nun voll der Wucht des brüllenden Orkans ausgesetzt und drohenden Felswänden, die, hell erleuchtet von der Maschine, heranfegten. Nur der Umstand, daß ihn der Zugführer durch eine kleine Türe ins Innere der Maschine zog, rettete ihn. Erschöpft lehnte sich der junge Mann gegen den Maschinenraum, worauf es mit einem Male still wurde, denn die Stahlwände der riesenhaften Lokomotive dämpften, wie der Zugführer die Türe geschlossen hatte, das Tosen so sehr ab, daß es kaum mehr zu vernehmen war. »Die Ormond Brasil haben wir auch verloren«, sagte der Zugführer. »Es war nicht klug, vor der Kletterei eine anzuzünden, aber sie zerbrechen leicht, wenn man keine Schachtel mit sich führt, bei ihrer länglichen Form.« Der junge Mann war froh, nach der bedenklichen Nähe der Felswände auf etwas gelenkt zu werden, das ihn an die Alltäglichkeit erinnerte, in der er sich noch vor wenig mehr denn einer halben Stunde befunden hatte, an diese immergleiche Tage und Jahre (immergleich, weil er nur auf diesen Augenblick hinlebte, der nun erreicht war, auf diesen Augenblick des Einbruchs, auf dieses plötzliche Nachlassen der Erdoberfläche, auf den abenteuerlichen Sturz ins Erdinnere). Er holte eine der braunen Schachteln aus der rechten Rocktasche und bot dem Zugführer erneut eine Zigarre an, selber steckte er sich auch eine in den Mund, und vorsichtig nahmen sie Feuer, das der Zugführer bot. »Ich schätze diese Ormond sehr«, sagte der Zugführer, »nur muß einer gut ziehen, sonst gehen sie aus«, Worte, die den Vierundzwanzigjährigen mißtrauisch machten, weil er spürte, daß der Zugführer auch nicht gern an den Tunnel dachte, der draußen immer noch dauerte (immer noch war die Möglichkeit, er könnte plötzlich aufhören, wie ein Traum mit einem Mal aufzuhören vermag). »Achtzehn Uhr vierzig«, sagte er, indem er auf seine Uhr mit dem leuchtenden Zifferblatt schaute, »jetzt sollten wir doch schon in Olten sein«, und dachte dabei an die Hügel und Wälder, die doch noch vor kurzem waren, goldüberhäuft in der sinkenden Sonne. So standen sie und rauchten, an die Wand des Maschinenraums gelehnt. »Keller ist mein Name«, sagte der Zugführer und zog an seiner Brasil. Der junge Mann gab nicht nach. »Die Kletterei auf der Maschine war nicht ungefährlich«, bemerkte er, »wenigstens für mich, der ich an dergleichen nicht gewöhnt bin, und so möchte ich denn wissen, wozu Sie mich hergebracht haben.« Er wisse es nicht, antwortete Keller, er habe sich nur Zeit zum Überlegen schaffen wollen. »Zeit zum Überlegen« wiederholte der Vierundzwanzigjährige. »Ja«, sagte der Zugführer, so sei es, rauchte dann wieder weiter. Die Maschine schien sich von neuem nach vorne zu neigen. »Wir können ja in den Führerraum gehen«, schlug Keller vor, blieb jedoch immer noch unschlüssig an der Maschinenwand stehen, worauf der junge Mann den Korridor entlangschritt. Wie er die Türe zum Führerraum geöffnet hatte, blieb er stehen. »Leer«, sagte er zum Zugführer, der nun auch herankam, »der Führerstand ist leer.« Sie betraten den Raum, schwankend durch die ungeheure Geschwindigkeit, mit der die Maschine, den Zug mit sich reißend, immer weiter in den Tunnel hineinraste. »Bitte«, sagte der Zugführer und drückte einige Hebel nieder, zog auch die Notbremse. Die Maschine gehorchte nicht. Sie hätten alles getan, sie anzuhalten, gleich als sie die Änderung in der Strecke bemerkt hätten, versicherte Keller, doch sei die Maschine immer weitergerast. »Sie wird immer weiterrasen«, antwortete der Vierundzwanzigjährige und wies auf den Geschwindigkeitsmesser. »Hundertfünfzig. Ist die Maschine je Hundertfünfzig gefahren?« »Mein Gott«, sagte der Zugführer, »so schnell ist sie nie gefahren, höchstens Hundertfünf.« »Eben«, sagte der junge Mann. »Ihre Schnelligkeit nimmt zu. Jetzt zeigt der Messer Hundertachtundfünfzig. Wir fallen.« Er trat an die Scheibe, doch konnte er sich nicht aufrechterhalten, sondern wurde mit dem Gesicht an die Glaswand gepreßt, so abenteuerlich war nun die Geschwindigkeit. »Der Lokomotivführer?« schrie er und starrte nach den Felsmassen, die in das grelle Licht der Scheinwerfer hinaufstürzten, ihm entgegen, die auf ihn zurasten, und über ihm, unter ihm und zu beiden Seiten des Führerraums verschwanden. »Abgesprungen«, schrie Keller zurück, der nun mit dem Rücken gegen das Schaltbrett gelehnt auf dem Boden saß. »Wann?« fragte der Vierundzwanzigjährige hartnäckig. Der Zugführer zögerte ein wenig und mußte sich seine Ormond aufs neue anzünden, die Beine, da sich der Zug immer stärker neigte, in der gleichen Höhe wie sein Kopf. »Schon nach fünf Minuten«, sagte er dann. »Es war sinnlos, noch eine Rettung zu versuchen. Der im Packraum ist auch abgesprungen.« »Und Sie«, fragte der Vierundzwanzigjährige. »Ich bin der Zugführer«, antwortete der andere, »auch habe ich immer ohne Hoffnung gelebt.« »Ohne Hoffnung«, wiederholte der junge Mann, der nun geborgen auf der Glasscheibe des Führerstandes lag, das Gesicht über den Abgrund gepreßt. »Da saßen wir noch in unseren Abteilen und wußten nicht, daß schon alles verloren war«, dachte er. »Noch hatte sich nichts verändert, wie es uns schien, doch schon hatte uns der Schacht nach der Tiefe zu aufgenommen, und so rasen wir denn wie die Rotte Korah in unseren Abgrund.« Er müsse nun zurück, schrie der Zugführer, »in den Wagen wird die Panik ausgebrochen sein. Alles wird sich nach hinten drängen.« »Gewiß«, antwortete der Vierundzwanzigjährige und dachte an den dicken Schachspieler und an das Mädchen mit seinem Roman und dem roten Haar. Er reichte dem Zugführer seine übrigen Schachteln Ormond Brasil 10. »Nehmen Sie«, sagte er, »Sie werden Ihre Brasil beim Hinüberklettern doch wieder verlieren.« Ob er denn nicht zurückkomme, fragte der Zugführer, der sich aufgerichtet hatte und mühsam den Trichter des Korridors hinaufzukriechen begann. Der junge Mann sah nach den sinnlosen Instrumenten, nach diesen lächerlichen Hebeln und Schaltern, die ihn im gleißenden Licht der Kabine silbern umgaben. »Zweihundertzehn«, sagte er. »Ich glaube nicht, daß Sie es bei dieser Geschwindigkeit schaffen, hinaufzukommen in die Wagen über uns.« »Es ist meine Pflicht«, schrie der Zugführer. »Gewiß«, antwortete der Vierundzwanzigjährige, ohne seinen Kopf nach dem sinnlosen Unternehmen des Zugführers zu wenden. »Ich muß es wenigstens versuchen«, schrie der Zugführer noch einmal, nun schon weit oben im Korridor, sich mit Ellbogen und Schenkeln gegen die Metallwände stemmend, doch wie sich die Maschine weiter hinabsenkte, um nun in fürchterlichem Sturz dem Innern der Erde entgegenzurasen, diesem Ziel aller Dinge zu, so daß der Zugführer in seinem Schacht direkt über dem Vierundzwanzigjährigen hing, der am Grunde der Maschine auf dem silbernen Fenster des Führerraumes lag, das Gesicht nach unten, ließ seine Kraft nach. Der Zugführer stürzte auf das Schaltbrett und kam blutüberströmt neben den jungen Mann zu liegen, dessen Schultern er umklammerte. »Was sollen wir tun?« schrie der Zugführer durch das Tosen der ihnen entgegenschnellenden Tunnelwände hindurch dem Vierundzwanzigjährigen ins Ohr, der mit seinem fetten Leib, der jetzt nutzlos war, und nicht mehr schützte, unbeweglich auf der ihn vom Abgrund trennenden Scheibe ruhte, und durch sie hindurch den Abgrund gierig in seine nun zum ersten Mal weit geöffneten Augen sog. »Was sollen wir tun?« »Nichts«, antwortete der andere unbarmherzig, ohne sein Gesicht vom tödlichen Schauspiel abzuwenden, doch nicht ohne eine gespensterhafte Heiterkeit, von Glassplittern übersät, die von der zerbrochenen Schalttafel herstammten, während zwei Wattebüschel, durch irgendeinen Luftzug ergriffen, der nun plötzlich hereindrang (in der Scheibe zeigte sich ein erster Spalt) pfeilschnell nach oben in den Schacht über ihnen fegten. »Nichts. Gott ließ uns fallen und so stürzen wir denn auf ihn zu.«

KARL AUGUST HORST

Stummes Glockenspiel

Die Wagen erster Klasse waren schon belegt. Sie standen weit außerhalb der Bahnhofshalle, nahe dem engmaschigen Weichennetz, das in der hereinbrechenden Dämmerung quecksilbern funkelte. Wer da untergekommen war, ließ sich nicht feststellen. Es zeigte sich auch niemand auf dem Bahnsteig. Im Unterschied zu dem großen Gedränge, das weiter rückwärts herrschte, war es hier bedrückend still. Ich hatte mein bißchen Gepäck in irgendeinem Abteil untergebracht, aber weil ständig rangiert wurde, bekam ich es mit der Angst, mein Wagen könnte ausgeschieden und auf ein anderes Gleis verschoben werden. So lief ich am Zug entlang zurück. Es war unglaublich, wie viele Bekannte man hier traf. Jahrelang hatte man sie aus den Augen verloren, und jetzt schien sie der große Aufbruch wieder an die Oberfläche zu spülen. Die Begegnung währte immer nur kurz. Der Strom lief hier wie durch einen engen Flaschenhals, um sich morgen und in den nächsten Wochen in ungeheure Räume zu ergießen. Die Welt war wieder offen. Keiner der Männer, die hier in Gruppen beisammen standen oder dichtgedrängt in den Abteilfenstern lehnten, dachte wohl an Rückkehr. Ich zum Beispiel war auf einen jahrelangen Aufenthalt in Süditalien gefaßt. Warum, weiß ich nicht. Es gab keine Richtungsweiser mehr. Es gab nicht einmal Bahnbeamte, die man hätte fragen können. Die riesige Halle mit dem eisernen Dach erinnerte an ein Schulzimmer, das sich unversehens in eine Theatergarderobe verwandelt hat. Dieser Einfall beglückte mich. Die Flecke von brauner und roter Schminke auf tintenbespritzten Pultdeckeln, die Perücke am Kartenständer und dahinter auf schwarzer Tafel die geometrische Kreidefigur aus der Rechenstunde am Vormittag – abgerückt ins Wesenlose: ich hatte das einmal erlebt. Puder- und Kreidestaub, der Lehrer hatte mir den Bart festgeklebt. Wen hatte ich gespielt? Aber ehe die Erinnerung deutlicher wurde, ertönte aus dem Lautsprecher eine Stimme, die mit erdferner Sachlichkeit verkündete, daß in wenigen Minuten der Luxuszug des letzten Zaren das Nachbargleis passieren werde. Eine Welle der Erregung überflutete die Menschen. Ich sah, wie sich auf dem nächsten Bahnsteig Kolonnen formierten, die auf einen unhörbaren Befehl Frontstellung einnahmen. Wieder tauchte vor mir ein Bekannter auf. Er hatte in jener Schüleraufführung, an die ich eben hatte denken müssen, einen Geometer gespielt. Ein riesiges Dreieck, aus Latten zusammengenagelt, von der spitzen Fuchsfellmütze bis zu den Füßen reichend, hatte den Zuschauern seine Rolle kenntlich gemacht. Jetzt trug er ein dem ähnliches Instrument auf der Schulter: ein gewaltiges Maschinengewehr, an dem – parallel mit dem Lauf – eine Antenne aufgepflanzt war. Ich hatte von der Erfindung gelesen. Ob sie sich im Ernstfall bewähren würde, blieb abzuwarten. Der Lautsprecher wiederholte die Ankündigung. »Sie haben den Zug über die Grenze abgeschoben«, sagte mein Schulfreund und zwinkerte mir dabei zu. »Ein gutes Zeichen für uns! Jahrelang hatten sie ihn im Museum stehen. Aber jetzt kommt alles in Bewegung!« Er schlenderte weiter; das mächtige Antennendreieck ragte allen über die Köpfe. Mir wurde unbehaglich, wenn ich an mein Gepäck dachte. Man hatte den Zug offenbar schon wieder verschoben. Die Wagen erster Klasse standen jetzt hinten, und der Menschenstrom verließ die Halle. Jeder schien seinen Platz zu kennen. Mir aber ging es wie im letzten Krieg. Ich fiel aus dem mahlenden Mechanismus heraus. Er entführte mir den Karabiner, die Gasmaske, das Soldbuch. Nicht einmal der Erkennungsmarke war ich ganz sicher. Dabei schien ich längst einer Formation zugeteilt zu sein. Jemand klopfte mir auf die Schulter. »Wir haben es wieder mal schlecht getroffen«, sagte ein langer Mensch aus Ostpreußen, dessen Ehrgeiz mich immer unangenehm berührt hatte. »Posemann knetet seine Abteilung zu einem großen Klumpen Wachs und läßt ihn irgendwo im Hinterland festwerden. Er ist ein ganz Schlauer. Wenn vorne die Masse zu schmelzen anfängt, löst er sich mit dem ganzen Klumpen auf und läuft davon.«

»Weißt du, wo wir hinkommen?« fragte ich auf alle Fälle.

»In Ruhestellung – verlaß dich darauf. Wir werden leben wie im Frieden – fern der Heimat: aber wer merkt das schon? Übri-

gens nett, daß sie uns wieder braune Spiegel verpaßt haben.«
Er lüftete den Rockkragen und blickte anerkennend auf meine Achsel.
»Hast du schon einen Platz?«
»Ich habe einen belegt, aber ich weiß nicht, wo der Wagen hingekommen ist.«
»Findet sich wieder«, sagte der Lange zerstreut. Er war so lang, daß er immer zerstreut wirkte. Sogar in dem Augenblick, als er mit dem Gewehrkolben eine Autoscheibe eingeschlagen hatte, mit dem Arm durch die Splitter gefahren war und von dem blau gepolsterten Rücksitz einen seidenen Pyjama aufgelesen hatte. Das war im Gefangenenlager gewesen, auf dem Parkplatz, wo wir die abgestellten Wagen des Generalstabs geplündert hatten.
Ich wollte ihn nach dem seidenen Pyjama fragen – wir hatten doch das Firmenschild »Paris« darin gelesen –, aber er war schon in der Menge verschwunden.
Auf einmal wurde es ganz still. Zwischen den tiefschwarzen Furchen der Gleise standen die Menschen in dichten Zeilen wie ein Meer geisterhafter Halme. Nur ein Rascheln und Flüstern lief über die Köpfe. Und ebenso lautlos schob sich von draußen etwas Goldenes herein. Eine bizarr geformte Riesenschlange auf Rädern, halb Staatskarosse, halb Feuerwurm. Die Felder zwischen den geschnitzten Leisten der Fensterumrahmungen waren mit Ikonen behangen. Hinter dem Messingschlot der Maschine ragte das Glockenspiel einer Troika in die Luft, mit goldenen Glocken, die wie Lotosblüten geformt waren. »Glocken von einem indischen Tempel«, sagte neben mir eine Frau. Ich weiß nicht, ob schon vorher Frauen in der Menge gestanden hatten. Diese erkannte ich an dem seidenen Kopftuch, das ihr braunes Gesicht vorteilhaft hervorhob.
»Warum läuten die Glocken nicht?« fragte ich. »Das würden die Menschen gleich verstehen. So erschreckt sie der Anblick nur.« Die Frau sah mich an, als hätte sie eine Bitte an mich. Sie achtete gar nicht auf den fabelhaften Zug, der noch immer lautlos vorbeirollte, mit einem diskreten Seufzen seiner altersschwachen Achsen, so gebrechlich, daß ihn nur die bewundernden Blicke der Leute zusammenzuhalten schienen.

»Nicht wahr«, sagte sie plötzlich, »Sie werden uns unterwegs Gedichte vorlesen?«

Ich geriet in große Verlegenheit. Hoffentlich verwechselte sie mich nicht mit einem anderen. Ihre großen braunen Augen blickten mich so schwärmerisch an. Ich glaubte sie zu kennen, aber ihre Bitte ging irgendwie ins Leere.

»Machen Sie sich keine übertriebenen Hoffnungen«, sagte ich schroff. Inzwischen war auch der letzte Ikonenwagen an uns vorbeigeglitten. »Haben Sie noch Post zu bestellen?« fragte die Dame mit liebevoller Besorgtheit. »Es wird jetzt lange keine Post mehr gehen – vielleicht überhaupt nie mehr. Zeitungen gibt es ja schon seit letzter Woche nicht mehr.«

Ich hatte keine Briefe.

»Von jetzt ab werden wir uns auf den Zufall oder das Glück verlassen müssen«, lächelte die Frau, nicht ohne tiefere Bedeutung. Sie hob die Hand und trat zu einer Gruppe Frauen, die gleich ihr weißseidene Kopftücher trugen. Quer über die Bluse unter ihren oft kostbaren Pelzmänteln lief die schräg gestickte Aufschrift: »Letzte Grüße.«

Ich machte mir jetzt ernstlich Sorge um mein Gepäck. Nirgends war mehr ein fester Punkt als in jenem Abteil, wo ich rasch die Mappe auf die Bank gesetzt hatte. Die Menge flutete weit hinaus in die Gleisanlagen. Überall sah ich Züge stehen. Manche waren mit Blumen geschmückt. Die Erde entfaltete ihren stählernen Fächer. Und alle starrten gebannt in die Richtung, aus der mit stummen Glocken der goldene Drachenzug gekommen war.

MICHAIL LERMONTOW

Eine unvollendete Novelle

I

Ein Musikabend bei der Gräfin W... Für die Ehre, an diesem aristokratischen Empfang teilnehmen zu dürfen, zahlten die ersten Künstler der Hauptstadt gern mit ihrer Kunst, man sah jedoch unter den Gästen auch einige Schriftsteller und Gelehrte, und außerdem waren zwei, drei Modeschönheiten da, einige junge Mädchen, einige betagte Damen und endlich ein Gardeoffizier. In der Tür, die zum zweiten Salon führte, und vor dem Kamin standen gegen zehn hausgebackene »Löwen«. Alles ging, wie es gehen mußte, und es war weder besonders langweilig noch besonders lustig.

Im gleichen Augenblick, als eine vor kurzem eingetroffene Sängerin gerade am Flügel ihre Noten öffnete, erhob sich eine junge Dame, unterdrückte ein Gähnen und begab sich in das Nebenzimmer, das zufällig leer war. Sie trug, vermutlich der Hoftrauer wegen, ein schwarzes Gewand. Auf ihrer Schulter funkelte ein brillantbesetztes Monogramm an einem blauen Bändchen. Sie war mittelgroß und schlank, ihre Bewegungen waren langsam und träge; das schwarze, lange und wundervolle Haar hob ihr junges, regelmäßig geformtes, wenn auch sehr bleiches Gesicht hervor, und wie durchgeistigt war der Ausdruck dieses Gesichtes.

»Guten Abend, Monsieur Lugin«, rief die Minskaja jemand zu. »Ich bin müde... Erzählen Sie irgendwas.« Bei diesen Worten ließ sie sich in einen tiefen Lehnstuhl, der neben dem Kamin stand, sinken. Jener, mit dem sie gesprochen, setzte sich ihr gegenüber, aber er entgegnete kein Wort. Nur die zwei waren im Zimmer, und Lugins kaltes Schweigen bewies aufs deutlichste, daß er nicht zu den Verehrern der Dame zählte.

»Wie langweilig!« meinte die Minskaja und gähnte wieder. »Sie sehen, ich geniere mich vor Ihnen nicht«, fügte sie hinzu.

»Auch mich hat der Spleen gepackt!« entgegnete Lugin.

»Sie wollen wohl wieder nach Italien«, warf sie nach kurzem Schweigen hin, »nicht wahr?«

Lugin überhörte die Frage und fuhr, die Beine übereinandergeschlagen und die Augen starr auf die marmorweißen Schultern seines Visavis geheftet, gleichmütig fort:

»Stellen Sie sich nur vor, was für ein Unglück mir zugestoßen ist! Was kann es für einen Menschen, der, wie ich, sich der Malerei ergeben hat, Schlimmeres geben! Seit mehr als zwei Wochen bereits sehe ich alle Menschen gelb – und zwar nur die Menschen! Wenn ich alles so sähe, nun gut, dann wäre doch zum mindesten im allgemeinen Kolorit eine Harmonie da, und ich könnte annehmen, ich befände mich in einer Galerie, in der lauter Bilder aus der spanischen Schule hängen – aber nein! Alles andere ist genauso, wie es früher war, und einzig die Gesichter haben sich verändert, und manchmal kommt es mir fast so vor, als trügen die Leute an Stelle ihrer Köpfe Zitronen.«

Die Minskaja lächelte nur.

»Lassen Sie den Arzt kommen«, sagte sie.

»Dagegen hilft kein Arzt, das ist der Spleen!«

»Verlieben Sie sich!«

Und der Blick, der diesen Worten folgte, drückte etwas in der Art aus: Ich wäre nicht abgeneigt, ihn ein wenig zu quälen.

»In wen?«

»Sagen wir in mich!«

»Bewahre! Sogar mit mir zu kokettieren müßte Ihnen langweilig werden, und außerdem – offen gestanden: Es gibt keine Frau, die mich lieben könnte.«

»Und jene ... wie hieß sie doch gleich, die italienische Gräfin, die Ihnen von Neapel nach Mailand nachreiste?«

»Sehen Sie einmal«, entgegnete Lugin nachdenklich, »ich beurteile die anderen Menschen nach mir selber, und ich glaube, daß ich mich in dieser Hinsicht nicht täusche. Gewiß – es gab Fälle, wo ich in gewissen Frauen alle Kennzeichen der Leidenschaft erweckte, doch da ich nur zu genau weiß, daß ich all dies einzig meiner Kunst verdanke und meiner Fähigkeit, manche Saiten menschlicher Herzen zum Tönen zu bringen, so freut mich mein Glück keineswegs. Ich fragte mich selber: Kann ich mich in eine Häßliche verlieben? Und es stellte sich heraus, daß das nicht ging. Da ich selber häßlich bin, folgt daraus, daß keine Frau mich lieben kann. Das ist klar. Das Empfinden für Schönheit ist bei den Frauen noch stärker als bei uns ausgebildet, sie unterliegen dem ersten Eindruck viel häufiger als wir, und er bleibt bei ihnen viel länger haften. Und wenn es mir auch bisweilen gelang, in einigen das, was man Laune nennt, zu erwekken, so kostete es mich doch jedesmal unerhörte Mühen und Opfer; außerdem wußte ich ja, wie wenig ursprünglich jenes Gefühl war, das ich erregte; ich wußte, daß ich es nur mir zu verdanken hatte, und so kam es, daß ich mich niemals so weit vergessen konnte, voll und besinnungslos zu lieben, ja, so kam es, daß meiner Leidenschaft immer ein wenig Bosheit beigemengt war... Das ist sehr traurig, aber so ist es nun einmal!«

»Unsinn!« meinte die Minskaja, innerlich jedoch mußte sie ihm, nachdem ihr flüchtiger Blick ihn daraufhin gemustert hatte, unwillkürlich recht geben.

Denn in der Tat hatte Lugins Äußeres nichts Anziehendes. Abgesehen von seinen Augen, deren seltsamer Ausdruck Feuer und Geist zeigte, war in seiner ganzen Erscheinung nichts von alledem, was den Menschen der Gesellschaft angenehm macht: er war plump und schwerfällig gebaut, seine Sprache war schneidend und abgehackt, und die kranken und spärlichen Haare sowie die fleckige Gesichtsfarbe – beides Kennzeichen eines alten geheimen Leidens – ließen ihn viel älter aussehen, als er in Wirklichkeit war. Drei Jahre lang suchte er in Italien Heilung von seiner Hypochondrie, und gelang es ihm auch nicht, sie ganz zu beseitigen, so fand er doch zumindest ein Mittel, sich nutzbringend zu zerstreuen, und zwar ergriff ihn eine Leidenschaft zur Malerei. Seine bisher durch die Forderungen des Dienstes zurückgedrängte angeborene Begabung konnte sich unter dem lebenerzeugenden Himmel des Südens und beim Anblick all der wunderbaren Denkmäler der alten Meister in aller Breite und Ungebundenheit entfalten. Und als er heimkehrte, war er ein echter Künstler geworden, wenn er auch nur seinen Freunden das Vorrecht zugestand, sich an den Werken seines schönen Talents zu erfreuen. Seine Bilder atmeten eine unklare, aber schwermütige Stimmung, sie trugen den Stempel jener bitteren Poesie, die unser ärmliches Jahrhundert gelegentlich aus den Herzen seiner ersten Propheten preßte.

Bereits seit zwei Monaten weilte Lugin in Petersburg. Da er unabhängig war und nur wenige Verwandte, dafür jedoch mehrere alte Bekannte in den Kreisen der besten Gesellschaft der Hauptstadt besaß, beschloß er, den Winter hier zu verbringen. Die Minskaja besuchte er häufig: ihre Schönheit, ihr Verstand und ihre eigenartige Auffassung von allen Dingen mußten auf einen Menschen von Geist und Phantasie starken Eindruck machen; von Liebe war niemals zwischen beiden die Rede gewesen.

Das Gespräch brach hier eine Weile ab, und es war, als lauschten sie der Musik. Die ausländische Sängerin sang Schuberts Musik zur Goetheschen Ballade vom »Erlkönig«. Sie war zu Ende, und Lugin stand auf.

»Wohin?« fragte die Minskaja.

»Leben Sie wohl.«

»Es ist noch früh.«

Er nahm wieder Platz. »Wissen Sie auch«, sagte er mit einem gewissen Ernst, »daß ich verrückt werde?«

»Wahrhaftig?«

»Ohne Scherz. Ich darf es Ihnen sagen, denn Sie werden nicht über mich lachen. Es ist schon einige Tage her, daß ich immer eine Stimme höre: vom frühen Morgen bis zum späten Abend flüstert jemand in mein Ohr, und was glauben Sie wohl, was es ist? – Eine Adresse. Soeben zum Beispiel wieder: Tischlergasse an der Kokuschkin-Brücke, Haus des Titularrates Stoß, Wohnung Numero siebenundzwanzig – und es flüstert so flink und so schnell, als hätte es Eile... Unerträglich!«

Er wurde blaß, doch die Minskaja bemerkte es nicht.

»Und Sie haben den nie gesehen, der in Ihr Ohr flüstert?« fragte sie zerstreut.

»Nein; die Stimme ist ein heller und klarer Diskant.«

»Und seit wann geht das so?«

»Offen gestanden... ich kann es nicht sagen... ich weiß es nicht... Ist das nicht merkwürdig?« erwiderte er und lächelte gezwungen.

»Aber dann steigt Ihnen jedenfalls das Blut zu Kopf, und es saust in den Ohren?«

»Nichts dergleichen! Sagen Sie mir, wie ich es loswerden könnte?«

»Das beste Mittel«, meinte nach einem kurzen Nachdenken die Minskaja, »Sie gehen zur Kokuschkin-Brücke und suchen die Wohnung auf, und da in ihr sicherlich bereits irgendein Schuster oder Uhrmacher lebt, so geben Sie ihm anstandshalber einen Auftrag und gehen nach Hause und legen sich zu Bett, denn wahrhaftig... Sie sind in der Tat krank...«, fügte sie hinzu und musterte aufmerksam sein erregtes Gesicht.

»Sie haben recht«, entgegnete Lugin finster, »ich werde auf jeden Fall hingehen.« Er stand auf, nahm seinen Hut und ging.

Erstaunt sah sie ihm nach.

II

Grauer Novembermorgen lag über Petersburg. Nasser Schnee fiel in großen Flocken, schmutzig und dunkel waren die Häuser anzuschauen und grün die Gesichter der Menschen auf den Straßen; die Kutscher kauerten sich unter das ins Rötliche spielende Schutzleder auf ihren Schlitten, das zottige Fell der armen Klepper ringelte sich, naß geworden, fast wie ein Hammelpelzchen; und dazu der Nebel, der den entfernteren Gegenständen eine eigentümlich graue, ins Lila verschwimmende Farbe gab. Nur hie und da schlurften die Gummischuhe eines Beamten über den Gehsteig, und nur gelegentlich drang Lärm und Lachen aus einer der in den Kellergewölben befindlichen Bierkneipen, wenn gerade ein betrunkener Bursche in grünem Friesmantel und Wachstuchmütze von dort an die Luft gesetzt wurde. Freilich konnte man Auftritte dieser Art nur in den abgelegenen Stadtteilen wahrnehmen wie zum Beispiel an der Kokuschkin-Brücke. Und über diese Brücke schritt soeben ein Herr mittleren Wuchses, der weder zu hager noch zu dick noch zu schlank war, dafür jedoch breitschultrig; er trug einen guten Paletot und war überhaupt geschmackvoll angezogen. Seine Lackstiefel boten, vom Schnee und Kot beschmutzt, ein trauriges Bild, doch er schien das gar nicht zu beachten. Die Hände in den Taschen, den Kopf gesenkt, ging er seines Weges, indes war sein Schritt dabei so ungleich, als fürchte er sich, das Ziel seiner Wanderung zu erreichen, oder aber, als habe er gar kein Ziel. Auf der Brücke machte er halt, hob den Kopf und schaute sich um. Es war Lugin. Sein übermüdetes Gesicht zeigte deutliche Spuren geistiger Erschlaffung, und geheime Unruhe flackerte in seinem Blick. »Wo ist hier die Tischlergasse?« fragte er zögernd einen Droschkenkutscher, der in diesem Augenblick, bis an den Hals in die zottige, pelzbedeckte Schutzdecke gewickelt und einen Gassenhauer vor sich hin pfeifend, im Schritt an ihm vorüberfuhr. Aber der Kutscher sah ihn stumm an, knallte seinem Pferdchen eins mit dem Peitschenende über und fuhr vorbei.

Das machte ihn stutzig. Wie wenn es nun überhaupt keine Tischlergasse gab? Er verließ die Brücke und richtete die gleiche Frage an einen Knaben, der mit einer Schnapsflasche über die Straße lief.

»Tischlergasse?« meinte der Knabe. »Da gehn Sie die kleine Bürgerstraße entlang und dann gleich nach rechts, die erste Querstraße ist die Tischlergasse.«

Lugin beruhigte sich. Als er zur Ecke kam, bog er nach rechts und sah eine kleine und schmutzige Querstraße vor sich, in der auf jeder Seite höchstens zehn ansehnlichere Häuser stehen mochten. Er pochte an die Tür des ersten Kramladens und fragte, als der Besitzer herauskam: »Welches ist hier das Haus von Stoß?«

»Stoß? Kenn ich nicht, Herr, so eins gibt's hier nicht; das nebenan ist das Haus vom Kaufmann Blinnikow, und dort weiter ist...«

»Was soll ich damit? Ich suche das von Stoß...«

»Kenn ich nicht... Haus von Stoß«, meinte der Ladenbesitzer, kratzte sich den Hinterkopf und warf dann hin: »Nein, nie gehört!«

Lugin machte sich nun daran, die Aufschriften an den Häusern zu lesen, denn eine innere Stimme sagte ihm, er werde das Haus auf den ersten Blick erkennen, ob er es auch nie zuvor gesehen. So gelangte er fast bis zum Ende der kleinen Quergasse, und noch hatte keine Aufschrift seine Phantasie auch nur ein wenig berührt, da blickte er zufällig auf die gegenüberliegende Straßenseite und bemerkte dort über einem Tor eine Blechtafel ohne Inschrift; er eilte über die Straße, doch wie genau er sie auch betrachtete, es war dort nicht einmal die leiseste Spur einer durch die Zeit verlöschten Schrift wahrnehmbar – denn die Tafel war neu. Vor dem Tor fegte der Hausmeister in seinem langschößigen, verschossenen Kaftan den Schnee weg; sein Bart war grau und schon seit langer Zeit nicht mehr gestutzt, er war ohne Mütze und hatte sich eine schmutzige Schürze vorgebunden.

»He, Hausmeister!« rief Lugin.

Der Hausmeister brummte etwas durch die Zähne.

»Wessen Haus?«

»Verkauft!« entgegnete der Hausmeister grob.

»Und wem gehörte es?«

»Wem? – Kifejkin, dem Kaufmann.«

»Unmöglich! Es muß Stoß gehört haben!« Lugin rief es unwillkürlich.

»Nein! Vorher gehörte es Kifejkin und erst jetzt Stoß«, antwortete der Hausmeister und hielt noch immer den Kopf gesenkt.

Lugin spürte eine Schwäche in den Gliedern.

Sein Herz pochte, als fühle es ein Unglück heranziehen. War es notwendig, weiterzuforschen? Wäre es nicht besser, einzuhalten? Wer noch nie in eine solche Lage geriet, wird ihn schwerlich verstehen. Neugierde, sagt man, hat das Verderben über die Menschheit gebracht; doch auch heute noch ist sie unsere erste, unsere stärkste Leidenschaft, und zwar in so hohem Maße, daß man alle anderen Leidenschaften aus ihr herleiten kann. Und Augenblicke gibt es, in denen die Rätselhaftigkeit eines Gegenstandes der Neugierde eine ungewöhnliche Macht verleiht: ihr untertänig, gleichen wir dann dem Stein, den eine starke Hand den Berg hinabschleudert; nichts kann uns mehr aufhalten, sehen wir auch bereits den Abgrund, der uns verschlingt.

Und lange stand Lugin stumm vor dem Tor; endlich jedoch richtete er an den Hausmeister die Frage:

»Wohnt der neue Hausbesitzer hier?«

»Nein.«

»Sondern?«

»Weiß der Teufel!«

»Bist du schon lange hier Hausmeister?«

»Schon lange.«

»Und wohnt überhaupt jemand im Hause?«

»Freilich.«

»Sag mal bitte«, sagte Lugin nach einem kurzen Stillschweigen und drückte dem Hausmeister einen Rubel in die Hand, »wer wohnt in Numero siebenundzwanzig?«

Der Hausmeister lehnte den Besen an die Wand, steckte den Rubel ein und sah Lugin aufmerksam an.

»In Numero siebenundzwanzig? – Wer soll da wohl wohnen! Steht schon seit Gott weiß wie vielen Jahren leer.«

»Ist die Wohnung nie vermietet worden?«

»Freilich, Herr, freilich ist sie vermietet worden!«

»Wieso sagst du dann, daß niemand drin wohnt...«

»Weiß Gott warum! Aber niemand wohnt drin. Meist wird sie für ein Jahr vermietet, doch es zieht niemand ein.«

»So, und wer war denn der letzte?«

»Ein Oberst von den Ingenieuren war es, glaub ich.«

»Und warum wohnte der nicht in ihr?«

»Er zog sogar ein... aber gleich darauf kam er und sagte, daß er nach Wjatka versetzt worden sei – so stand sie denn leer.«

»Und vor dem Oberst?«

»Da hatte sie ein Baron, ein Deutscher, gemietet, doch der zog gar nicht erst ein: er sei gestorben, hieß es.«

»Und vor dem Baron?«

»Ein Kaufmann für seine... hm! Und bald danach war auch sein ganzes Geld weg, und uns blieb die Anzahlung...«

Seltsam! dachte Lugin.

»Und kann man die Wohnung sehen?«

Zum zweitenmal sah ihn der Hausmeister aufmerksam an.

»Sehen? Ja, freilich!« entgegnete er und trottete, um die Schlüssel herbeizuholen.

Kurz darauf war er wieder da und führte Lugin über eine breite, aber unsaubere Treppe ins erste Geschoß. Der Schlüssel kreischte im verrosteten Schloß, und die Tür flog auf: feuchte Luft wehte ihnen entgegen. Sie traten ein. Die Wohnung bestand aus vier Zimmern und einer Küche. An den Wänden, die mit Tapeten bespannt waren, welche auf grünem Fond rote Papageien und goldene Leiern zeigten, standen in guter Ordnung die verstaubten altmodischen und vormals goldlackierten Möbelstücke; die Kachelöfen waren hie und da gesprungen, der Fußboden aus Fichtenholz mit seinem Parkettmuster krachte an einzelnen Stellen recht bedenklich, zwischen den Fenstern hingen ovale Spiegel in Rokokorahmen – mit einem Wort, das Äußere der Zimmer war ein wenig sonderbar und völlig unzeitgemäß. Und doch gefiel es Lugin – wußte er auch nicht warum.

»Ich miete die Wohnung«, sagte er. »Die Fenster müssen geputzt und die Möbel gereinigt werden... schau nur, wie viele Spinngewebe... und es muß ordentlich durchgeheizt werden.«

In diesem Augenblick bemerkte er an der Wand des letzten Zimmers ein Porträt, ein Brustbild, das einen Mann von etwa vierzig Jahren in einem Schlafrock aus Buchara darstellte: seine Züge waren regelmäßig und die Augen grau und groß, in der rechten Hand hielt er eine ungewöhnlich umfangreiche Tabatiere, und an seinen Fingern blitzten viele Ringe. Es machte den Eindruck, als habe eine zaghafte und noch schülerhafte Hand dieses Porträt gemalt, denn Kleidung, Haare, Hand, Ringe – wie stümperhaft war das alles! Dafür jedoch atmete aus dem Gesichtsausdruck, und zumal aus dem Schnitt der Lippen, ein so unheimliches Leben, daß es fast unmöglich schien, die Augen abzuwenden; da war in der Mundlinie irgendwo eine kaum wahrnehmbare Biegung, der Kunst sonst unerreichbar und, versteht sich, nur unabsichtlich hingezeichnet, die das Gesicht abwechselnd spöttisch und traurig erscheinen ließ, boshaft und liebenswürdig. Ist Ihnen das nie passiert, daß Sie auf dem befrorenen Fensterglase oder in dem zackigen Schatten, den irgendein Gegenstand zufällig an die Wand wirft, das Profil eines menschlichen Antlitzes zu erkennen glaubten, ein Profil vielleicht von unsagbarer Schönheit, unbeschreiblich abstoßend vielleicht? Versuchen Sie, es nachzuzeichnen – es wird Ihnen nicht gelingen; versuchen Sie, die Silhouette, die einen so starken Eindruck auf Sie machte, mit dem Bleistift auf der Wand festzuhalten – und Ihre Begeisterung wird sogleich hin sein. Niemals kann menschliche Hand diese Linien bewußt hervorrufen; die geringste mathematische Abweichung – unwiederbringlich ist der frühere Ausdruck verloren. Doch das auf dem Porträt wiedergegebene Antlitz – in ihm war eben jenes *Unerklärliche*, das zu schaffen nur dem Genius oder dem Zufall möglich ist.

Sonderbar – erst in der Sekunde erblickte ich das Porträt, als ich meinen Entschluß äußerte, die Wohnung zu nehmen! dachte Lugin.

Er setzte sich in einen Lehnstuhl, stützte den Kopf auf die Hand und dachte nach.

Der Hausmeister stand lange vor ihm und schwang seine Schlüssel.

»Nun, Herr?« fragte er endlich.

»Ja?«

»Nun? Wollen Sie mieten, so bitte ich ums Handgeld.«

Sie vereinbarten den Preis. Lugin machte eine Anzahlung und ordnete an, daß all seine Sachen sofort hergeschafft würden, selber blieb er jedoch vor dem Porträt sitzen, bis die Dämmerung hereinbrach. Bereits um neun Uhr abends waren die allernötigsten Gegenstände aus dem Gasthause, in dem Lugin bis dahin gewohnt hatte, in der neuen Wohnung.

Unsinn! Man kann hier vortrefflich leben! dachte Lugin. Offenbar war es meinen Vorgängern nicht beschieden, hier einzuziehen, und das ist allerdings sonderbar! Ich jedoch habe das Ding anders angepackt und bin umgezogen, ohne erst lange zu zögern! – Und nun? – Alles in Ordnung.

Es wurde Mitternacht, ehe er und sein alter Kammerdiener Nikita alles umgeräumt hatten... und es muß hinzugefügt werden, daß er zu seinem Schlafraum jenes Gemach bestimmte, in dem das Porträt hing.

Bevor er sich schlafen legte, trat er mit der Kerze an das Bild heran, um es noch einmal auf das genaueste zu betrachten, und da fiel ihm unten, so sonst der Name des Künstlers steht, ein Wort auf, in roten Lettern hingemalt: *Mittwoch*.

»Welchen Tag haben wir heute?« fragte er Nikita.

»Montag, gnädiger Herr...«

»Übermorgen ist also Mittwoch«, meinte Lugin zerstreut...

»Zu Befehl.«

Und weiß Gott, warum Lugin sich über diese Antwort ärgerte.

»Marsch, hinaus!« schrie er und stampfte mit dem Fuß. Der alte Nikita schüttelte den Kopf und verließ das Zimmer. Gleich darauf begab sich Lugin zu Bett und schlief sofort ein. In den Morgenstunden des nächsten Tages kam der Rest seiner Sachen, darunter einige begonnene Gemälde.

III

Unter den unvollendeten Bildern, meistenteils kleinen Formates, befand sich eines, das bemerkenswert groß war. Die Skizze eines Frauenköpfchens inmitten der Leinwand, die allerdings im großen und ganzen von Kohle und Kreide verschmiert und mit grüner und bräunlicher Farbe grundiert war, hätte zwar die Aufmerksamkeit jedes Kenners auf sich lenken können, doch lag trotz des Zaubers der Zeichnung und der Lebendigkeit des Kolorits dennoch in der Unsicherheit des Ausdrucks der Augen und ihres Lächelns eher etwas Abstoßendes. Man sah, daß Lugin das Köpfchen bereits mehrfach umgezeichnet hatte und immer noch nicht recht zufrieden war, denn es kehrte, wenn auch von der braunen Farbe verwischt, in allen Ecken der Leinwand wieder – und man sah ferner, daß es kein Porträt war. Vielleicht versuchte er, wie die jungen Dichter es tun, wenn sie ihre märchenhaften Schönen besingen, auf dieser Leinwand sein Ideal zu gestalten – eine Frau, die ein Engel war –, eine bizarre Laune, die man bei einem sehr jungen Menschen verständlich finden kann, die man aber bei Männern, die ein wenig das Leben gesehen haben, nur selten antrifft. Freilich gibt es auch Menschen, deren Herz von den Erfahrungen ihres Verstandes nicht berührt wird, und eines dieser kläglichen und dichterischen Geschöpfe war unser Lugin. Der geschickteste Betrüger, die geübteste Kokotte hätten ihn nur mit großer Mühe übertölpen können, selber jedoch belog er sich täglich mit der Einfalt eines Kindes. Und seit einiger Zeit verfolgte ihn eine fixe Idee, die um so quälender und unerträglicher für ihn wurde, als sie seine Eitelkeit in hohem Maße zu leiden zwang. Er war in der Tat nichts weniger als schön, obgleich nichts Widerwärtiges an ihm war und obwohl alle, die seinen Verstand, seine Begabung und sein gutes Herz kannten, sogar behaupteten, daß sein Gesichtsausdruck recht angenehm sei. Er indes war fest davon überzeugt, daß der Grad seiner Häßlichkeit jede Möglichkeit, geliebt zu werden, ausschlösse, und er begann, die Frauen für seine geschworenen Feinde zu halten, und glaubte, in gelegentlichen Liebenswürdigkeiten tiefere Ursachen suchen zu müssen, ja, er ging sogar so weit, offenbaren Gunstbezeugungen zynische und nur zu handgreifliche Gründe unterzuschieben.

Ich will nicht untersuchen, inwieweit er recht hatte; es handelt sich hier darum, daß nur eine derartige Gemütsverfassung die ziemlich phantastische Liebe zu einem ätherischen Ideal zu entschuldigen vermag – jene Liebe, die für einen Menschen mit Phantasie vielleicht die allerunschuldigste, zweifellos aber die allergefährlichste ist.

An diesem Tage – es war ein Dienstag – fiel nichts Besonderes mit Lugin vor: er saß zu Hause, obwohl er eine Verabredung in der Stadt hatte. Eine unbegreifliche Trägheit ergriff Besitz von ihm: er wollte zeichnen – aber der Pinsel fiel ihm aus der Hand; er versuchte zu lesen – sein Auge glitt über die Zeilen und las etwas völlig anderes als das, was dort zu lesen stand; heiß und kalt wurde ihm, sein Kopf tat weh, und es sauste in seinen Ohren. Es dämmerte, allein er befahl nicht, die Kerzen anzuzünden, er setzte sich ans Fenster, das auf den Hof ging; draußen war es dunkel, und in den Fenstern seiner ärmlichen Nachbarn war nur wenig Licht. Lange saß er so da; plötzlich erklang vom Hofe Leierkastenmusik, es war irgendein veralteter deutscher Walzer. Lugin konnte sich an ihm nicht satt hören, und eine grenzenlose Schwermut überkam ihn. Von einer eigentümlichen Unruhe beherrscht, ging er im Zimmer auf und ab, er wußte nicht, ob er weinen oder lachen sollte... und da lag er auch schon auf dem Bett und weinte: denn wie deutlich stieg sein gelebtes Leben vor ihm auf! Er dachte daran, wie oft er betrogen worden und wie oft er gerade denen, die er liebte, Böses getan, und er erinnerte sich, wie oft eine arge Freude sein Herz überflutet hatte, wenn er Tränen sah, Tränen, die er den Augen, die nun auf immer geschlossen waren, entlockt hatte. Und schaudernd erkannte er und schaudernd mußte er es sich gestehen, daß er unwürdig sei, aufrichtig und grenzenlos geliebt zu werden – und wie weh wurde ihm zumute, wie bitter!

Gegen Mitternacht beruhigte er sich wieder, er zündete ein Licht an, setzte sich an den Tisch, nahm ein Blatt Papier und begann etwas zu zeichnen. Alles ringsum war so still. Die Kerze brannte hell und gleichmäßig. Er zeichnete den Kopf eines alten Mannes, und als er damit fertig war, entdeckte er überrascht, daß dieser Kopf irgend jemand, den er kannte, ähnlich sah. Zufällig streifte sein Blick das Porträt, das ihm gegenüber hing – die Ähnlichkeit war überwältigend; unwillkürlich fuhr er zusammen und drehte sich um: ihm war, als habe er die Tür, die zum Salon führte, gehen hören, er konnte den Blick von der Tür nicht losreißen. »Wer ist dort?« rief er laut.

Hinter der Tür wurde ein Geräusch hörbar, als schlurften Pantoffeln, Kalk bröckelte vom Ofen auf den Fußboden. »Wer ist dort?« wiederholte er leiser.

In diesem Augenblick öffneten sich still und geräuschlos die beiden Türhälften, ein kalter Hauch drang ins Zimmer, immer weiter öffnete sich die Tür von selbst, aber im Salon blieb es dunkel wie in einem Keller.

Als die Tür endlich ganz offen war, erschien in ihrem Rahmen eine Gestalt, die einen gestreiften Schlafrock und Pantoffeln trug; es war ein etwas gebeugter Greis mit grauen Haaren; langsam und mit hüpfenden Schritten bewegte er sich vorwärts, sein bleiches und längliches Gesicht war regungslos, und die Lippen waren fest aufeinandergepreßt; seine von wimpernlosen roten Lidern eingefaßten grauen und trüben Augen schauten geradeaus und scheinbar ohne Richtung. Er setzte sich Lugin gegenüber an den Tisch und zog aus seiner Brusttasche zwei Spiele Karten; das eine legte er vor Lugin hin, das andere vor sich selber, und dann erst lächelte er.

»Was wünschen Sie?« fragte Lugin mit dem Mut der Verzweiflung. Seine Fäuste ballten sich krampfhaft in dem Wunsche, den schweren Leuchter auf den ungebetenen Gast zu schleudern.

Unter dem Schlafrock seufzte es.

»Das ist unerträglich!« rief Lugin, und seine Stimme brach fast. Seine Gedanken verwirrten sich.

Der Alte geriet auf seinem Stuhl in Bewegung; seine Gestalt veränderte sich mit jedem Augenblick; bald wuchs er, bald ging er in die Breite, und bald wieder sank er völlig in sich zusammen, schließlich jedoch nahm er sein früheres Aussehen an.

Schon gut, dachte Lugin, wenn das eine Erscheinung ist – ich lasse mich nicht unterkriegen.

»Wenn es Ihnen gefällig ist, so halte ich die Bank?« sagte der Alte.

Lugin ergriff das vor ihm liegende Spiel Karten und entgegnete beinahe spöttisch:

»Und um was wollen wir denn spielen? Ich mache Sie darauf aufmerksam, daß ich nicht gesonnen bin, meine Seele aufs Spiel zu setzen!« Durch diese Worte hoffte er, das Gespenst stutzig zu machen. »Wenn Sie jedoch wollen«, fuhr er fort, »setze ich ein Goldstück; ich kann allerdings kaum annehmen, daß solche in Ihrer luftigen Bank vorhanden sind.«

Jedoch der Scherz rührte den Alten wenig.

»In meiner Bank ist das da!« entgegnete er und streckte die Hand aus.

»Das?« fragte Lugin und erschrak und schaute nach links. »Was ist das?«

Neben ihm wogte etwas Weißes, Durchsichtiges, aber Ungreifbares. Abscheu stieß ihn zurück.

»Ziehen Sie!« sagte er dann, nachdem er sich ein wenig beruhigt hatte, nahm ein Goldstück aus seiner Tasche und legte es auf eine Karte. »Los, Höllenspuk!«

Der Alte verneigte sich, mischte, hob ab, und das Spiel begann. Lugin hatte auf Karo-Sieben gesetzt und verlor sofort. Der Alte streckte die Hand aus und ergriff das Goldstück.

»Noch eine Taille!« rief Lugin ärgerlich.

Jener schüttelte den Kopf.

»Was soll das heißen?«

»Am Mittwoch«, entgegnete der Greis.

»Ah, also am Mittwoch!« schrie Lugin zornig. »Und wenn ich nun nicht will? Ich will nicht am Mittwoch! Morgen oder nie! Verstanden?«

Die Augen des seltsamen Gastes flackerten durchdringend, und wieder kam Unruhe in seine Gestalt.

»Schon recht!« sagte er endlich, stand auf, verneigte sich und schritt hüpfend hinaus. Lautlos schloß sich die Türe hinter ihm, wieder schlurften die Pantoffeln durchs Nebenzimmer, und nach und nach wurde es still. Die Pulse in Lugins Kopf hämmerten, ein sonderbares Gefühl bewegte ätzend seine Seele. Daß er verloren hatte, ärgerte und kränkte ihn. »Immerhin, es ist ihm nicht gelungen, mich kleinzukriegen!« sagte er und versuchte sich damit zu trösten. »Ich habe seinen Eigensinn gebrochen! Am Mittwoch. Jawohl! Er glaubt gar, ich bin verrückt. Gut, sehr gut! Ich werd ihn schon noch packen! Und wie er dem Porträt ähnlich sieht! – Einfach schauderhaft ähnlich! – Ah, und jetzt begreife ich auch ...!«

Im Sessel sitzend, schlief er ein. Am Morgen des folgenden Tages erwähnte er den Vorfall mit keiner Silbe, doch blieb er den ganzen Tag zu Hause und wartete mit fieberhafter Ungeduld, daß es Abend werde. – Ich habe nicht recht hingeschaut, was das war, was er in seiner Bank hatte! dachte er. Zweifellos war es etwas Ungewöhnliches! – Als die Mitternacht näherrückte, stand er auf, begab sich ins Nebenzimmer, sperrte die Tür, die zum Vorzimmer führte, ab und kehrte danach wieder auf seinen alten Platz zurück. Er brauchte nicht lange zu warten; aufs neue kam das gestrige Geräusch, genauso schlurften die Pantoffeln, der Alte hüstelte, und wieder erschien im Rahmen der Tür seine tote Gestalt. Und eine zweite Gestalt folgte ihm, aber sie war so schattenhaft, daß es Lugin unmöglich erschien, ihre Umrisse wahrzunehmen. Und ganz wie gestern nahm der Alte auch heute Platz, legte zwei Kartenspiele auf den Tisch, hob ab, traf seine Anstalten zu ziehen, und es war, als erwarte er keinen Widerstand mehr von Lugin; im Blick seiner Augen blitzte eine ungewöhnliche Sicherheit, als lese er in der Zukunft.

Lugin, der bereits völlig unter dem magnetischen Einfluß der grauen Augen stand, hatte schon seine zwei Goldstücke auf den Tisch geworfen, plötzlich jedoch kam er zur Vernunft.

»Einen Augenblick!« sagte er und deckte die Hand über seine Karten.

Der Alte saß regungslos.

»Was wollte ich doch sagen? – Einen Augenblick! – Ja!«

Lugin war verwirrt.

Endlich gelang es ihm, sich zu sammeln, und langsam fuhr er fort: »Gut ... ich bin bereit, mit Ihnen zu spielen ... ich nehme

die Herausforderung an, ich fürchte mich nicht... doch eine Bedingung: Ich muß wissen, mit wem ich spiele. Wie heißen Sie?«
Der Alte lächelte nur.
»Sonst spiele ich nicht. Bloß...«, fuhr Lugin fort, doch zog unterdessen seine bebende Hand bereits die Karte.
»Bloß...?« fragte der Unbekannte und lächelte spöttisch.
»Stoß? – Das ist...« Lugins Arme gaben nach, so sehr packte ihn das Entsetzen.
Aber in diesem Augenblick spürte er einen frischen und aromatischen Hauch in seiner Nähe, ein sehr leises Geräusch, einen unwillkürlichen Seufzer und eine leichte und dennoch verzehrende Berührung. Ein seltsam süßes und doch so krankes Vibrieren flutete durch seine Adern; er wandte den Kopf, es war nur eine Sekunde, denn im Nu flog sein Blick wieder zu den Karten, dieser Augenblick indes hätte genügt, ihn zu veranlassen, seine Seele zu verspielen. Denn was er gesehen, war eine wunderbare, eine fast himmlische Erscheinung: über seine Schulter gebeugt, schimmerte ein Frauenköpfchen, ihre Lippen flehten, unsagbare Trauer lag in ihren Augen, und wie der Morgenstern strahlend über dem verschleierten Osten aufgeht, so strahlend hob sie sich von den dunklen Wänden des Zimmers ab. Niemals zuvor hatte das Leben etwas so luftig Überirdisches hervorgebracht, noch niemals der Tod so viel flammendes Leben aus der Welt gerissen; dies war kein irdisches Wesen, denn hier traten Farben und Strahlen an Stelle der Umrisse und des Körpers, ein warmer Hauch war das Blut, und der Gedanke ersetzte den Trieb – und doch war es auch kein leerer und lügnerischer Schatten, denn in den kaum faßbaren Zügen atmete brennende und verlangende Leidenschaft, atmeten Wunsch und Traurigkeit, Liebe, Furcht und Hoffnung; es war eine jener märchenhaften Schönheiten, die nur die jugendliche Phantasie erschaffen kann und vor denen wir, erregt von glühenden Träumen, anbetend knien, um die wir weinen und beten und uns freuen, weiß Gott warum – eines jener himmlischen Geschöpfe, entsprungen der jugendlichen Seele, wenn diese im Übermaß ihrer Kräfte sich ein neues Sein schafft, besser und vollkommener als jenes, an das sie gefesselt ist.
Konnte sich Lugin auch nicht erklären, was mit ihm geschah,

so entschloß er sich doch in diesem Augenblick zu spielen, und zwar so lange zu spielen, bis er gewönne; dies wurde jetzt das Ziel seines Lebens, und er war darüber glücklich.

Der Alte zog: Lugins Karte hatte verloren. Die welke Hand strich die zwei Goldstücke vom Tisch.

»Auf morgen!« rief Lugin.

Der Alte seufzte schwer, aber er nickte zum Zeichen des Einverständnisses und ging dann fort wie gestern.

Nacht für Nacht wiederholte sich dieser Auftritt, einen Monat lang. Jede Nacht verlor Lugin, doch es ging ihm nicht um das Geld: er war davon überzeugt, daß einmal eine Karte auch für ihn fallen würde, und darum verdoppelte er beständig seine Einsätze. Zwar hatte er bereits ungeheuerlich verloren, dafür jedoch kam jede Nacht die Sekunde, da er den Blick sah und das Lächeln, für die er alles auf Erden gern hingegeben hätte. Er magerte entsetzlich ab und war ganz gelb geworden. Tagelang saß er zu Hause, ließ keinen Menschen in sein Zimmer, und häufig aß er nicht einmal zu Mittag. Er wartete auf den Abend, wartete auf ihn, wie ein Liebhaber die Stunde des Wiedersehens erwartet, und jeden Abend kam seine Belohnung, jeden Abend wurde der Blick zärtlicher und das Lächeln lieblicher. Denn sie – ich weiß nicht, wie ich sie nennen soll –, denn sie, so schien es, nahm einen fieberhaften Anteil an dem Spiel, es war, als warte sie voller Ungeduld auf die Minute, die ihr endlich Befreiung vom Joch des unerträglichen Alten bringen sollte, und noch jedesmal, wenn Lugins Karte geschlagen war, sah sie ihn mit einem traurigen Blick ihrer leidenschaftlichen und tiefen Augen an, ganz so, als wolle sie sagen: Nur Mut, nicht verzagt, hab Geduld; ich werde dein sein, koste es auch, was es wolle; denn ich liebe dich! – und ein Schatten grausamer und stummer Qual verdüsterte ihre vergehenden Züge. Und noch jedesmal, wenn sie schieden, erbebte Lugins Herz krampfhaft vor Verzweiflung und rasender Wut. Er mußte, um nur das Spiel fortsetzen zu können, bereits damit beginnen, seine Habseligkeiten zu veräußern, und schon sah er den Augenblick näher rücken, da ihm nichts mehr blieb, was er noch auf die Karte setzen könnte. Es wurde notwendig, einen Entschluß zu fassen. Und er entschloß sich...

HORACIO QUIROGA

Das Federkissen

Ihr Honigmond war ein einziges Frösteln. Ein blondes, engelhaftes und schüchternes Wesen wie sie mußte sich von dem harten Charakter ihres Mannes in den kindischen Träumereien ihrer Brautzeit erkältend getroffen fühlen. Dennoch liebte sie ihn sehr, wenn auch gelegentlich mit einem leisen Schauder, wenn sie auf dem gemeinsamen nächtlichen Heimweg einen flüchtigen Blick auf die hohe Gestalt Jordáns warf, der seit einer Stunde schwieg. Er seinerseits liebte sie tief, ohne es merken zu lassen.

Drei Monate lang – sie hatten im April geheiratet – erlebten sie ein Glück besonderer Art.

Gewiß hätte sie sich weniger strenge Verhaltenheit an diesem starren Liebeshimmel gewünscht, mehr ausströmende und unbedachte Zärtlichkeit; aber das unbewegte Gesicht ihres Mannes hielt sie stets in Schranken.

Das Haus, das sie bewohnten, hatte keinen geringen Einfluß auf ihre Schauerempfindungen. Das Weiß in Weiß des stillen Innenhofs – Friese, Säulen und Statuen aus Marmor – erzeugte den herbstlichen Charakter eines verwunschenen Palasts. Im Inneren bestätigte der eisige Glanz des Stucks an den hohen Wänden, auf denen sich nicht die Spur eines Kratzers verriet, dieses Gefühl unbehaglicher Kälte. Ging man vom einen Zimmer ins andere hinüber, so weckten die Schritte ein Echo im Haus, wie wenn es von langem Leerstehen hellhöriger geworden wäre.

In diesem sonderbaren Liebesnest verbrachte Alicia den ganzen Herbst. Immerhin hatte sie schließlich über ihre früheren Träume einen Schleier geworfen und bewohnte auch im Schlaf das feindselige Haus, ohne daß sie verlangt hätte, an etwas zu denken, bevor ihr Gemahl sie heimsuchte.

Kein Wunder, daß sie abmagerte. Sie hatte einen leichten Anfall von Influenza, und die Krankheit schleppte sich heimtückisch tagelang hin. Alicia erholte sich nicht wieder. Eines Abends endlich konnte sie auf den Arm ihres Mannes gestützt in den Garten gehen. Sie blickte sich teilnahmslos um. Auf einmal strich ihr Jordán mit tiefer Zärtlichkeit ganz langsam über den Kopf; Alicia brach in Schluchzen aus und schlang ihre Arme um seinen Hals. Sie weinte lange Zeit ihr verschwiegenes Entsetzen aus und weinte doppelt heftig beim geringsten Versuch einer Liebkosung. Dann ließ ihr Schluchzen nach, doch blieb sie noch eine ganze Weile versteckt an seinem Hals, ohne sich zu rühren oder ein Wort zu äußern.

Dies war der letzte Tag, an dem Alicia aufstehen konnte. Am Morgen darauf befiel sie eine Ohnmacht. Jordáns Hausarzt untersuchte sie mit größter Sorgfalt, er verordnete ihr strenge Bettruhe und äußerste Schonung.

»Ich weiß nicht, was ihr fehlt«, sagte er an der Haustür noch immer in gedämpftem Ton zu Jordán. »Sie leidet an einer großen Schwäche, die ich mir nicht erklären kann. Dabei kein Erbrechen, nichts... Wenn sie morgen früh wieder so aufwacht wie heute, rufen Sie mich sofort!«

Am nächsten Tag ging es Alicia noch schlechter. Ein Konsilium fand statt. Festgestellt wurde eine mit größter Beschleunigung fortschreitende Anämie, aus völlig unerklärlicher Ursache. Alicia bekam keine Ohnmachtsanfälle mehr, aber sie ging sichtlich dem Tod entgegen. Den ganzen Tag über brannten im Schlafzimmer die Lichter in lautloser Stille. Die Stunden verstrichen, ohne daß sich das geringste hören ließ. Alicia lag im Halbschlummer. Jordán hielt sich im Wohnzimmer auf, in dem ebenfalls alle Lichter brannten. Er ging darin unablässig auf und ab, vom einen Ende zum anderen, mit unermüdlicher Hartnäckigkeit. Der Teppich erstickte seine Schritte. Ab und zu trat er ins Schlafzimmer und setzte sein stummes Auf- und Abwandern an der Bettseite fort, indem er jedesmal am äußersten Punkt innehielt, um seine Frau anzusehen.

Auf einmal setzten bei Alicia Wahnvorstellungen ein, die anfangs verworren und schwebend waren, sich dann aber auf den ebenen Boden niedersenkten. Die junge Frau hörte nicht auf, mit überweit geöffneten Augen unverwandt auf den Teppich zu beiden Seiten der Kopfleiste des Betts zu blicken. Eines

Nachts wurde ihr Blick unversehens starr. Eine Weile später öffnete sie den Mund zu einem Schrei, und ihre Nasenflügel und die Lippen beperlten sich mit Schweiß.

»Jordán, Jordán«, schrie sie, steif vor Entsetzen, ohne den Blick von dem Teppich zu lassen.

Jordán lief ins Schlafzimmer, doch als sie ihn erscheinen sah, stieß Alicia einen kreischenden Angstruf aus.

»Ich bin's, Alicia, ich bin's doch.«

Alicia sah ihn verstört an, heftete den Blick auf den Teppich, sah ihn wiederum an, und nach einer langen Zeit betroffener Gegenüberstellung beruhigte sie sich. Sie lächelte und nahm die Hand ihres Mannes in ihre Hände und streichelte sie eine halbe Stunde lang bebend.

Unter den Wahnbildern, die sie am inständigsten heimsuchten, befand sich ein Menschenaffe, der sie, die Finger auf den Teppich gestützt, mit starren Augen fixierte.

Die Ärzte kamen umsonst wieder. Vor ihnen lag ein Leben, das zu Ende ging, das sich Tag für Tag und Stunde um Stunde ohne erkennbares Warum verblutete. Als die Ärzte sich zum letztenmal berieten, lag Alicia im Koma, während sie ihr den Puls fühlten und einander das schlaffe Handgelenk zureichten. Sie beobachteten sie lange Zeit schweigend und begaben sich dann ins Eßzimmer.

Mit einem »Pst« gab sich ihr Hausarzt achselzuckend geschlagen. »Es ist ein ernster Fall... Kaum etwas dagegen zu tun.«

»Das hat mir noch gefehlt«, seufte Jordán auf. Und jählings hämmerte er mit der Faust auf den Tisch.

Alicia siechte an einer Art Bleichsuchtfieber dahin, das sich gegen Abend verschlimmerte, dagegen immer in den ersten Morgenstunden zurückging. Den Tag über machte die Krankheit keine Fortschritte. Doch wachte sie jeden Morgen leichenblaß auf und war einer Ohnmacht nahe. Es hatte den Anschein, als entweiche ihr nur in der Nacht das Leben in Strömen von Blut. Beim Aufwachen hatte sie stets das Gefühl, als läge sie zerschmettert im Bett, begraben unter tausend Tonnen Gewicht. Vom dritten Tag an war das ständige Versinken nicht mehr aufzuhalten. Sie konnte nur noch mit Mühe den Kopf bewegen.

Niemand sollte an ihr Bett rühren, niemand auch ihr Kopfkissen aufschütteln. Ihre abendlichen Schreckgesichte nahmen jetzt die Gestalt von Ungeheuern an, die sich auf das Bett zuschleppten und beschwerlich die Zudecke hinaufkrochen.
Sie verlor schließlich das Bewußtsein. In den zwei letzten Tagen delirierte sie unablässig mit halblauter Stimme. Die Lichter brannten nach wie vor trauervoll im Schlafzimmer und im anstoßenden Wohnzimmer. In dem von den Wehen des Todes erfüllten Haus war nur vom Bett her die eintönig phantasierende Stimme zu hören und der dumpfe Hall der ewigen Schritte Jordáns.

Endlich starb Alicia. Als die Magd hineinging, um das schon verwaiste Bett abzuziehen, sah sie eine Zeitlang betroffen das Kopfkissen an.

»Herr« – rief sie nach Jordán mit leiser Stimme – »am Kissen sind Flecken, die wie Blut aussehen.«

Jordán trat rasch herzu. Er beugte sich über das Kissen. Tatsächlich waren auf dem Bezug zu beiden Seiten der Mulde, die Alicias Kopf hinterlassen hatte, kleine dunkle Flecken sichtbar.

»Sie sehen wie Stiche aus«, flüsterte die Magd, nachdem sie eine Zeitlang unbeweglich auf sie hingestarrt hatte.

»Halt es näher ans Licht«, sagte Jordán zu ihr.

Die Magd hob das Kissen auf, doch ließ sie es gleich wieder fallen und stand da und sah es erblaßt und zitternd an. Ohne ersichtlichen Grund fühlte Jordán, wie sich ihm die Haare sträubten.

»Was gibt's?« raunte er mit heiserer Stimme.

»Es wiegt schwer«, brachte die Magd heraus, die nicht aufhörte zu zittern.

Jordán hob das Kissen auf; es wog außerordentlich schwer. Sie gingen damit hinaus, und auf dem Tisch im Eßzimmer trennte Jordán mit einem einzigen Schnitt den Bezug und das Inlett auf. Die oberen Federn flogen auf, die Magd stieß mit weitoffenem Mund einen Schrei des Grauens aus und fuhr sich mit den krampfhaft geballten Fäusten an die Haarflechten. Am Grunde der Federn barg sich die behaarten Beine träge rührend ein Tierungeheuer, eine lebendige schlüpfrige Kugel. Es war derart angeschwollen, daß sich das Maul kaum hervorhob.

Nacht für Nacht, seit Alicia bettlägerig geworden war, hatte es insgeheim sein Maul – besser gesagt, seinen Rüssel – in ihre Schläfen gebohrt und ihr das Blut ausgesaugt. Der Einstich war kaum wahrnehmbar. Das tägliche Aufschütteln des Kissens hatte sicher im Anfang seine Entwicklung beeinträchtigt; seitdem jedoch die junge Frau sich nicht mehr bewegen konnte, hatte die Abzapfung sich schwindelerregend gesteigert. Binnen fünf Tagen und fünf Nächten hatte der Blutsauger Alicia ausgeleert.

Diese Parasiten der Vögel, winzigklein in ihrem angestammten Milieu, erreichen unter gewissen Bedingungen ungeheure Proportionen. Das menschliche Blut scheint ihnen besonders zuträglich zu sein; und nicht selten sind sie in den Federkissen anzutreffen.

MARCEL SCHWOB

Die Leichenfrauen

Daß in Libyen, an den Grenzen Aethiopiens, wo sehr alte und sehr weise Menschen leben, noch geheimnisreichere Zaubereien vorkommen als die der thessalischen Schwarzkünstlerinnen, kann ich nicht bezweifeln. Es ist gewiß entsetzlich, wenn man sich vorstellt, wie die Beschwörungen von Frauen den Mond in ein Spiegelkästchen bannen können oder ihn zur Zeit seiner Vollheit in einen Silberkübel untertauchen heißen, zusammen mit triefend sinkenden Sternen, oder im Ofen ihn wie eine Qualle braten, und daß indessen die thessalische Nacht schwarz bleibt und die Werwölfe frei umherlaufen; das ist gewiß entsetzlich. Aber vor all dem wäre mir weniger bang, als in der blutroten libyschen Wüste noch einmal Leichenfrauen zu begegnen.

Wir hatten, mein Bruder Ophelion und ich, die neun verschiedenen, Aethiopien umspannenden Sandringe durchwandert. Da gibt es erdfarbene Dünen, die weit draußen graugrün schimmern wie das Meer oder himmelhell wie Teiche. Die Zwergmänner reichen nicht bis an diese Strecken; wir hatten sie hinter uns gelassen, in den großen, für die Sonne undurchdringlichen Schattenwäldern; und die kupferfarbnen Völker, die sich von Menschenfleisch nähren und einander am Knirschen ihrer Kiefern erkennen, wohnen weiter im Westen. Die rote Wüste, wohin wir eindrangen, um uns nach Libyen zu begeben, ist anscheinend von Siedlung und Sippe gänzlich entblößt.

Wir reisten sieben Tage und sieben Nächte. Dort ist die Nacht durchsichtig und blau, kalt und den Augen so gefährlich, daß zuweilen in sechs Stunden die nächtlich blaue Klarheit den Augapfel anschwellend auftreibt und der Erkrankte den Sonnenaufgang nicht mehr sieht. Aber dieses Übel überfällt den Wanderer nur, wenn er sich ohne Hülle um den Kopf auf dem Sande dem Schlaf hingibt; wer Tag und Nacht ausschreitet, hat nichts zu befürchten; bloß der weiße Staub reizt ihm im Sonnenlicht die Lider.

Am Abend des achten Tages bemerkten wir auf der blutroten Ebene einen Kreis blanker, wenig umfangreicher Kuppeln, und Ophelion meinte, sie genau zu betrachten wäre nicht unnütz. Es wurde, wie gewöhnlich in Libyen, rasch Nacht, und als wir an die Erhöhungen herankamen, war dichte Dunkelheit um uns. Die Kuppeln tauchten aus dem Boden, doch vorerst konnten wir keinen Eingang entdecken. Erst als wir den von ihnen gebildeten Ring überschritten hatten, sahen wir, daß sie von mannshohen Türen durchbohrt und diese alle in der Richtung zur Mitte angebracht waren. Die Türfüllung zeigte sich finster; aber durch enge, rundherum angeordnete Löcher sickerten Strahlen, die wie mit langen roten Fingern auf unsere Gesichter wiesen. Auch waren wir von einem uns unbekannten Duft umwallt; uns schien er ein Gemisch von Riechwasser und Fäulnis.

Ophelion hielt mich an und sagte mir, daß man uns aus einem der Kuppelbauten winke. Eine Frau, die wir nicht deutlich wahrnehmen konnten, stand unter der Tür und lud uns ein. Ich zögerte, aber Ophelion zerrte mich mit sich. Die Vorhalle war düster, ebenso der Rundsaal unter der Kuppel; und sobald wir drinnen waren, verschwand, die uns gerufen hatte. Wir hörten eine sanfte Stimme Barbarenlaute flüstern. Dann war diese Frau wieder bei uns, in ihrer Hand eine rauchende tönerne Lampe. Wir begrüßten sie, und sie antwortete in unserm Griechisch, mit libyscher Aussprache, und hieß uns willkommen. Sie zeigte auf Betten, die aus gebranntem Lehm mit Abbildern nackter Menschen und fremder Vögel überschmolzen waren, und bot uns Platz an. Dann, nachdem sie erklärt hatte, sie ginge uns Essen besorgen, entfernte sie sich wieder, ohne daß wir bei dem schwachen Schein des auf den Boden hingestellten Lichtes hätten beobachten können, durch welche Öffnung sie den Raum verließ. Ihr Haar war schwarz, ihre Augen dunkel; sie trug ein leinenes Überkleid, ein blaues Gürtelband unter der Brust, und sie duftete nach Erde.

Das Mahl, das sie uns auf Steinzeug und in undurchsichtigen Gläsern hereinbrachte, bestand aus einem kronenförmigen Brotgebäck, gefüllt mit Feigen und eingesalzenen Fischen; es gab kein Fleisch, nur verzuckerte Heuschrecken; der Wein war blaßrosa, wohl mit Wasser gemengt, und schmeckte ausgezeichnet.

Sie aß mit uns, berührte aber weder die Fische, noch die Heuschrecken. Und solange ich unter dieser Kuppel weilte, sah ich sie kein Stück Fleisch zum Munde führen; sie begnügte sich mit einem bißchen Brot und gesottenen Früchten. Der Grund dieser Enthaltsamkeit stammt sicherlich von einem Widerwillen, den man bald begreifen wird; vielleicht auch raubten die Ruchsalben und die Gewürze, inmitten deren die Frau lebte, ihr die Lust an Speise und sättigten sie mit feinen losgelösten Teilchen.

Sie fragte nicht viel, und wir wagten kaum, sie anzureden; denn ihre Gebräuche dünkten uns gar zu fremdartig. Nach dem Essen streckten wir uns auf unsere Betten; sie ließ uns eine Lampe und versah sich selbst mit einer andern, viel kleineren; darauf nahm sie Abschied, und ich gewahrte, wie sie hinter der Kuppe in eine unter die Erde leitende Höhle glitt. Ophelion war wenig geneigt, meine Vermutungen mit mir zu beraten, so schlief ich einen unruhigen Schlaf, bis gegen Mitternacht.

Das Knistern der Lampe, deren Öl kaum noch den Docht benetzte, weckte mich, und mein Bruder Ophelion lag nicht mehr neben mir. Ich erhob mich und nannte leise seinen Namen; aber er war nicht unter der Kuppel. Da ging ich in die Nacht hinaus, und mir war, als ob ich unterirdisch das Gejammer und Geschrei von Klageweibern vernähme. Dieser widerhallende Klang erstarb plötzlich: ich umwandelte die Bauten, ohne daß mir das mindeste aufgefallen wäre. Nur ein gewisses Beben war da, wie von einem Gewühl unter der Erde, und im Fernen das traurige Bellen eines wilden Hundes.

Ich näherte mich einem der Löcher, woraus die roten Strahlen sprühten, und es gelang mir, eine Kuppel zu erklimmen und hineinzublicken. Da erfaßte ich die Wunderlichkeit dieser Anlage und des ganzen Kuppeldorfs. Denn die Stelle, die ich überschaute, die von Fackeln erleuchtete Stätte, war mit Toten bedeckt; und zwischen Klageweibern bemühten sich andere Frauen um dicke Urnen und mancherlei Gerätschaften. Ich sah, wie sie frische Bauchdecken schlitzten und die gelben, braunen, grünen und blauen Därme hervorzogen, das Geweide dann in Henkelgefäße senkten, den Gesichtern durch die Nase einen Silberhaken einbohrten, die zarten Knochen an der Nasenwurzel durchbrachen und mit Spateln das Gehirn herausholten; über die

Leichname gossen sie gefärbtes Wasser, salbten sie mit rhodischem Balsam, mit Myrrhen und Zinnamom, strichen ihnen das Haar zurecht, überklebten mit buntem Leim die Wimpern und die Brauen, bemalten die Zähne und härteten die Lippen, rieben ihnen die Nägel an Händen und Füßen, bis sie glänzten, und umwickelten sie mit einer Goldschnur. Dann, als der Bauch flach, eine Mulde war, der Nabel eingesunken, die Mitte von kreisrunden Falten umzingelt, dehnten sie den Toten die fahlen, verschrumpften Finger, legten ihnen um das Handgelenk und die Fußknöchel Bernsteinreifen und rollten sie geduldig in lange Linnenbänder.

Offenbar waren alle diese Kuppeln ein Mumienfriedhof; hierhin schaffte man aus den benachbarten Ansiedlungen die Toten. Und in gewissen Gegenden geschah die Arbeit oberirdisch, in andern unterirdisch. Der Anblick eines Körpers mit zusammengepreßten Lippen, zwischen die man ein Myrthenzweiglein preßte, nun ein klaffender Mund, wie bei Frauen, die nicht lachen können und gewöhnlich bloß die Zähne sehn lassen, flößte mir Schrecken ein.

Ich entschloß mich, sobald der Tag anbrechen werde, mit Ophelion diese Totenstadt zu fliehn. Und als ich mich wieder unter unsrer Kuppel befand, setzte ich den Lampendocht instand und entzündete ihn am Herdfeuer unter der Wölbung: aber Ophelion war noch nicht zurückgekehrt. Ich begab mich in die Tiefe der Halle und erhellte die ersten Stufen der unterirdischen Treppe: von dort unten herauf ertönte das Geräusch von Küssen. Da zuckten mir die Mundwinkel bei dem Gedanken, daß mein Bruder mit einer Leichenfrau eine Liebesnacht feire. Bald jedoch wußte ich nicht, was ich denken sollte: durch eine Pforte, die zweifellos einen ins Innre der Mörtelmauer eingebauten Wandelgang abschloß, trat unsre Wirtin unter das Gewölbe. Sie wandte sich zur Treppe und lauschte, wie ich es getan hatte. Danach drehte sie sich um, wo ich stand, und ihr Gesicht war furchtbar. Ihre Brauen stießen aneinander, und dann stieg sie wie in die Mauer zurück.

Ich fiel in einen tiefen Schlaf. Am Morgen lag Ophelion neben mir auf dem Bett. Sein Gesicht war aschgrau. Ich rüttelte ihn auf und drängte zur Abreise. Er schaute mich an und erkannte mich nicht. Die Frau kam herein, und da ich sie bestürmte, sprach sie von einem Pesthauch, der meinen Bruder angeweht hätte.

Den ganzen Tag warf er sich hin und her, vom Fieber geschüttelt, und die Frau blickte aus starren Augen auf ihn. Gegen Abend hob er die Lippen und verschied. Schluchzend umschlang ich seine Knie und weinte bis zwei Stunden vor Mitternacht. Dann flog meine Seele mit den Schwingen der Träume. Der Schmerz über den Verlust Ophelions packte mich und riß mich aus dem Schlummer. Sein Leichnam war nicht mehr an meiner Seite, und die Frau war auch verschwunden.

Da stieß ich laute Schreie aus und lief durch die Halle: aber die Treppe war nicht wiederzufinden. Ich eilte aus dem Rundbau, zu auf den roten Strahl, und drückte meine Augen an die Öffnung. Hier, was ich mitansah:

Der Leib meines Bruders war hingestreckt zwischen Urnen und Schalen; mit dem Haken und den Spateln aus Silber hatte man ihm das Gehirn entwunden, und sein Bauch klaffte weit offen.

Schon waren seine Nägel vergoldet und seine Haut mit Asphalt gebräunt. Aber er ruhte zwischen zwei Leichenfrauen, die einander so seltsam glichen, daß ich nicht entscheiden konnte, welche uns eigentlich empfangen hatte. Alle beide weinten sie und zerfleischten sich die Wangen und küßten meinen Bruder Ophelion und stürzten einander in die Arme.

Und ich rief durch die Kuppelöffnung, und ich suchte den Eingang zu diesem unterirdischen Gelaß, und ich rannte zu den andern Kuppeln; aber ich erhielt keine Antwort, und ich durchirrte vergebens die glasklar blaue Nacht.

Und ich war überzeugt, daß diese beiden Leichenbestatterinnen Schwestern und Zauberinnen und eifersüchtig waren, und daß sie meinen Bruder Ophelion getötet hatten, damit ihnen sein schöner Leib verbliebe.

Ich hüllte mein Haupt in meinen Mantel, und ich floh verstört hinweg aus diesem Hexenland.

BRAM STOKER

Draculas Gast

Hell schien die Sonne auf München, als wir zu unserem Ausflug aufbrachen, und die Luft zitterte im Ungestüm des frühen Sommers. Als wir gerade abfahren wollten, kam Herr Delbrück (der maitre d'hotel der »Vier Jahrezeiten«, wo ich logierte) an die Kutsche und sagte, nachdem er mir eine angenehme Fahrt gewünscht hatte, zu dem Kutscher, seine Hand auf dem Türknauf ruhen lassend: »Vergessen Sie nicht, vor Einbruch der Nacht zurück zu sein. Der Himmel scheint ruhig, aber ich spüre ein Beben im Nordwind, welches auf einen plötzlichen Sturm hinweisen könnte. Nun, ich darf wohl annehmen, daß Sie sich nicht verspäten.« Bei diesen Worten lächelte er und fügte hinzu: »Denn Sie wissen ja, welche Nacht heute anbricht.«

Johann antwortete beflissen »Ja, mein Herr«, berührte seinen Hut und fuhr schnell davon. Als wir die Stadtgrenze hinter uns gebracht hatten, ließ ich ihn halten und fragte:

»Sagen Sie, Johann, was hat es mit dieser Nacht auf sich?«

Er bekreuzigte sich, als er lakonisch antwortete: »Walpurgisnacht.« Dann zog er seine Uhr hervor, ein schweres, altmodisches deutsches Silbermonstrum von der Größe einer Rübe, las mit zusammengezogenen Augenbrauen die Zeit ab und zuckte ungeduldig mit den Achseln. Ich spürte, daß dies seine Art war, gegen die unnütze Verzögerung zu protestieren, und ließ mich wieder in die Polster zurückfallen. Er fuhr schnell an, als wolle er die versäumte Zeit einholen. In kurzen Abständen schienen die Pferde ihre Köpfe emporzureißen, um argwöhnisch die Luft einzuziehen. In solchen Momenten schaute ich voller Unruhe um mich. Die Straße war ziemlich kahl, weil wir gerade ein hohes, von Stürmen heimgesuchtes Plateau überquerten. Plötzlich sah ich einen offensichtlich wenig benutzten Weg, der in ein kleines gewundenes Tal zu führen schien. Dies Tal war so lieblich, daß ich Johann, auch auf die Gefahr hin, ihn zu verärgern, zu halten bat. Und als der Wagen zum Stehen kam, sagte ich ihm, daß ich jenen Weg zu fahren gedenke. Da erfand er allerlei Entschuldigungen und bekreuzigte sich immer wieder beim Sprechen. Dadurch wiederum erweckte er meine Neugierde, so daß ich ihm einige Fragen stellte. Er antwortete ausweichend, nicht ohne noch einmal protestierend seine Uhr zu ziehen. Schließlich sagte ich zu ihm: »Nun, Johann, ich möchte diesen Weg nehmen. Ich will Sie nicht zwingen, mich zu begleiten, aber sagen Sie mir, warum Sie sich weigern. Das möchte ich wissen.«

Anstelle einer Antwort ließ er sich förmlich vom Kutschbock fallen, so schnell stand er neben mir. Dann streckte er bittend seine Hände gegen mich aus und beschwor mich, nicht zu gehen. In seine Worte waren gerade so viel englische Brocken eingestreut, daß ich den Sinn seiner Warnung verstand. Er schien immer nahe daran, mir den wahren Grund für seine Angst zu erklären, verhielt aber jeweils im letzten Augenblick, bekreuzigte sich und sagte nur: »Walpurgisnacht.«

Ich versuchte, mit ihm darüber zu sprechen, scheiterte aber daran, weil ich seine Sprache nicht beherrschte. Und zweifellos war er im Vorteil, denn immer wenn er in seiner gebrochenen und wirren Art englisch zu sprechen anhob, erregte er sich so, daß er sofort wieder in seine Muttersprache verfiel, wobei er ständig auf seine große Uhr schaute. Schließlich wurden die Pferde unruhig und sogen laut die Luft durch ihre Nüstern. In diesem Moment verfärbte sich seine Gesichtsfarbe, er wurde aschfahl, blickte ängstlich um sich, sprang dann plötzlich nach vorn, nahm die Zügel in die Hand und führte die Tiere ein Stück weiter. Ich folgte ihm und fragte, was das alles zu bedeuten habe. Wiederum bekreuzigte er sich, zeigte mit dem Finger zu dem Platz, den wir gerade verlassen hatten und stellte sein Gespann in die Richtung des anderen Weges, dadurch ein Kreuz beschreibend. Schließlich sagte er, erst auf Deutsch, dann auf Englisch: »Begrabt ihn, der sich selber tötete.«

Ich erinnerte mich des alten Brauches, Selbstmörder an Kreuzungen zu begraben und sagte: »Ah, ich verstehe, ein Selbstmörder – wie interessant.« Dennoch konnte ich mir bei meinem Leben nicht erklären, warum die Pferde scheuten.

Während wir so sprachen, hörten wir plötzlich einen merkwürdigen Laut, ein Mittelding zwischen Gebell und Gekläffe.

Er kam zwar von weither, aber die Pferde wurden wieder unruhig, und Johann mußte alles daran setzen, sie zu beruhigen. Er war leichenblaß, als er sagte: »Das klingt ganz nach einem Wolf, aber zu dieser Zeit sind nie welche hier gesehen worden.«

»Wie lange ist es denn her, daß hier Wölfe aufgetaucht sind?« fragte ich ihn.

»Lange, sehr lange nicht mehr im Frühling und im Sommer, mit dem Schnee freilich sind sie schon oft gekommen.«

Noch als er den Pferden zusprach und sie zu beruhigen versuchte, huschten dunkle Wolken über den Himmel. Die Sonne verschwand, und ein kalter Windstoß schien hinter uns vorbeizustreichen. Es war allerdings nur ein Hauch, mehr eine Vorwarnung, denn die Sonne durchbrach darauf erneut die Wolkendecke.

Johann hielt sich die Hand über die Augen, betrachtete den Horizont und meinte: »Der Schneesturm kommt lange vor seiner Zeit.«

Dann schaute er erneut auf seine Uhr, hielt die Zügel der stampfenden und die Köpfe schüttelnden Pferde kürzer und kletterte auf seinen Kutschbock, als wäre es nun Zeit, weiterzufahren. Ich wollte seinem Beispiel nicht sofort folgen und blieb hartnäckig an meinem Platze stehen. »Erzählen Sie mir doch, wohin diese Straße führt«, fragte ich ihn, in das Tal weisend.

Er murmelte ein Gebet und bekreuzigte sich nochmals, bevor er antwortete:

»Es ist unheilig.«

»Was ist unheilig?«

»Das Dorf.«

»Also existiert hier ein Dorf?«

»Nein, bei Gott nicht. Seit über hundert Jahren lebt dort keine Seele mehr.« Meine Neugierde war geweckt. »Aber gerade haben Sie gesagt, es befindet sich in diesem Tal ein Dorf.«

»Früher einmal.«

»Aber was ist damit geschehen?«

Jetzt folgte eine lange Geschichte, halb in Englisch, halb in Deutsch, so daß ich ihren Sinn nicht recht verstehen konnte, wohl aber begriff, daß in diesem Dorf einige Bewohner eines

Tages plötzlich starben und begraben wurden, man später aber Stimmen hörte, die aus der Erde drangen. Als man die Särge öffnete, fand man unversehrte Körper, deren Lippen rot von Blut waren. Um ihre Leben zu retten (ja, und auch ihre Seelen – an dieser Stelle bekreuzigte er sich), flüchteten die Hinterbliebenen in andere Gegenden, wo die Lebenden leben und die Toten tot sind und nicht – irgendwie anders. Er fürchtete sich offensichtlich, gerade diese letzten Worte auszusprechen und geriet in immer größere Erregung. Es schien fast, als übe die Vorstellung einen magischen Zwang auf ihn aus, denn er endete mit einem wahren Angstanfall – leichenblaß, schwitzend, zitternd und nervös um sich blickend, als würde sich eine fürchterliche Geistererscheinung am hellichten Tage auf offenem Felde zeigen. Schließlich schrie er, auf dem Gipfel seiner Verzweiflung: »Walpurgisnacht!« und bedeutete mir, umgehend in die Kutsche zu steigen. Doch mein englisches Blut sträubte sich, und stehenbleibend sagte ich:

»Sie haben Angst, Johann, Sie haben ja Angst, fahren Sie nach Hause, ich werde allein zurückkommen. Die Wanderung wird mir gut bekommen.« Die Tür der Kutsche stand offen. Vom Sitz nahm ich meinen eichenen Wanderstab, den ich bei meinen Ferienreisen immer bei mir habe, schloß die Tür, wies in Richtung München und sagte: »Fahren Sie, Johann – die Walpurgisnacht kann einen Engländer nicht erschrecken.«

Die Pferde waren jetzt unruhiger denn je. Johann versuchte sie zu bändigen und beschwor mich gleichzeitig, nicht eine solche Dummheit zu begehen. Ich bedauerte den armen Kerl, weil er es ganz ernst meinte; dennoch konnte ich mir ein Lachen nicht verkneifen. Sein Englisch war ihm inzwischen vollends vergangen. In seiner Angst hatte er völlig vergessen, daß er sich mir nur in meiner Sprache verständlich machen konnte, und brabbelte nur noch in seiner Heimatsprache. Nachdem ich ihn nochmals aufforderte zu gehen, schickte ich mich an, dem Weg ins Tal zu folgen.

Mit einer verzweifelten Geste trieb Johann seine Pferde in Richtung München an. Auf meinen Stock gestützt, blickte ich ihnen nach. Eine Weile fuhr er langsam die Straße dahin, bis ich plötzlich einen großen dünnen Mann über die Spitze des

Hügels kommen sah. Als er etwa in der Höhe des Gespannes war, begannen die Pferde sich wie wild zu gebärden und vor Angst zu wiehern. Johann konnte sie kaum halten. Sie polterten den Weg hinab, wie verrückt rasend. Ich blickte ihnen nach, solange ich konnte und suchte dann den Mann, aber auch er war verschwunden.

Frohen Herzens machte ich mich auf den Weg in das Tal, den Johann zu fahren nicht zu bewegen war. Ich fand nicht die Spur einer bösen Erscheinung, geschweige denn einen Menschen oder ein Haus.

Was die Landschaft betraf, so war sie eine Einöde schlechthin. Aber ich nahm diesen Zustand so lange nicht wahr, bis ich nach einer Biegung an einen ausgedehnten Waldrand kam. Erst jetzt bemerkte ich, wie mich die völlige Öde der Landschaft, die ich durchwandert hatte, unbewußt beeindruckt hatte.

Ich setzte mich nieder und begann, mich umzusehen. Ich spürte plötzlich, daß es erheblich kälter geworden war als zu Beginn meiner Wanderung, und daß ein seufzender Ton mich umgab, der hin und wieder von einer Art gedämpften Gelächters begleitet wurde. Als ich aufblickte, sah ich dunkle, schwere Wolken von Norden nach Süden in großer Höhe über den Himmel jagen – Zeichen eines beginnenden Sturmes in einer hohen Schicht der Atmosphäre. Ich fühlte mich etwas unterkühlt, was ich auf das lange Sitzen nach der Wanderung schob, und machte mich wieder auf den Weg.

Der sich nun anschließende Landstrich hatte ein weitaus freundlicheres Gepräge, wobei sich das Auge weniger an auffälligen Dingen ergötzen konnte, sondern an dem Reiz der Gegend selber. Ich achtete nicht auf die Zeit und stellte mir erst bei hereinbrechender Dämmerung die Frage, wie ich wohl den Weg nach Hause finden würde. Die Klarheit des Tages war längst gewichen, die Luft hatte sich abgekühlt, und das schnelle Treiben der Wolken wurde immer spürbarer. Ein weit entfernter, raschelnder Ton war zu hören, in den sich in bestimmten Abständen jener Schrei mischte, der nach Johanns Meinung von einem Wolf stammen mußte. Ich zögerte einen Moment. Aber ich hatte mir vorgenommen, das zerstörte Dorf aufzusuchen, und so setzte ich meinen Weg fort. Ziemlich bald befand ich mich auf einem offenen Feld, das von Hügeln umsäumt war. Ihre Hänge waren mit Bäumen bewachsen, die sich vereinzelt zur Talsohle hinunterzogen und in dichteren Gruppen auch die kleineren Abhänge und Nebentäler überzogen. Ich folgte mit den Augen dem Verlauf des Weges und bemerkte, wie er sich dicht an ein dunkles Waldstück anschmiegte, um danach nicht mehr aufzutauchen.

Wie ich noch dastand und schaute, überraschte mich ein kalter Schauer in der Luft, dem sofort Schneefall folgte. Ich mußte an die vielen Meilen durch dieses öde Land denken, die ich bereits zurückgelegt hatte und lief dann schnell in Richtung des schützenden Waldes. Immer schwärzer und schwärzer verfärbte sich der Himmel, schneller und schwerer fiel der Schnee, bis die Erde um mich herum sich in einen weißen glitzernden Teppich verwandelt hatte, dessen vorderer Saum sich in milchigem Nebel verlor. Der Weg hier war ziemlich verwildert, seine Begrenzung kaum erkennbar. Schon nach wenigen Schritten hatte ich den Eindruck, abgekommen zu sein, denn ich spürte nicht mehr die harte Erde unter meinen Füßen und sank immer tiefer ein in Gras und Moos. Der Sturm wurde stärker und blies mit immer steigender Kraft, so daß ich froh war, nicht gegen ihn anlaufen zu müssen. Die Luft wurde eiskalt und ließ mich, trotz meiner Übung, erbärmlich leiden, und der Schnee fiel nun so dick und tanzte in so schnellen Wirbeln um mich herum, daß ich kaum meine Augen offenhalten konnte. Hin und wieder wurde der schwarze Himmel von einem flackernden Licht erhellt, so daß ich vor mir die dunkle Wand des Waldes erkennen konnte, der vornehmlich aus Eiben und Zypressen bestand, alle schwer beladen mit Schnee.

Bald gelangte ich in den Schutz der Bäume und konnte in dieser verhältnismäßigen Ruhe das Rauschen des Windes über mir vernehmen. Die Schwärze des Sturmes hatte sich mit der Dunkelheit der Nacht verschmolzen. Langsam aber schien der Sturm vorüberzuziehen, denn er kam jetzt nur noch in heftigen Stößen. In diesen Augenblicken hörte ich wie ein Echo zu dem unheimlichen Klagen des Wolfes noch andere ähnliche Laute.

Durch die schwarze Wand vorbeiziehender Wolken stahl sich gelegentlich zittriges Mondlicht, das die Gegend erleuchtete und mich erkennen ließ, daß ich mich am Rande eines dicht bewachsenen Zypressenwaldes befand. Sobald der Schneefall nachließ, lief ich hinaus und begann mich eingehender umzuschauen. Ich hatte das unbestimmte Gefühl, daß es doch noch ein Haus geben könnte, und wenn es nur eine Ruine wäre, in der ich für eine Weile hätte Unterschlupf finden können. Und als ich am Saum des Unterholzes entlangging, stieß ich auf eine niedrige Mauer, die dieses umgab. Jener folgend, fand ich auch bald einen Durchbruch. An dieser Stelle bildeten die Zypressen eine Allee, die zu einem viereckigen Gebäude führte. Doch in dem Moment, da ich diese Entdeckung machte, stieben die Wolken vor den Mond, so daß der Pfad in die Dunkelheit tauchte. Der Wind mußte kälter geworden sein, denn ich begann beim Laufen zu zittern; aber es bestand die Aussicht auf ein Dach über dem Kopf, und so stapfte ich blindlings voran.

Eine plötzliche Stille ließ mich verhalten. Der Sturm hatte sich gelegt, und auch mein Herz schien, vielleicht in Übereinstimmung mit der Natur, nicht mehr zu schlagen. Freilich nur für Sekunden, denn plötzlich brach das Mondlicht durch die Wolken und breitete einen Friedhof vor mir aus. Das quadratische Gebäude vor mir stellte sich als marmornes Grabmal heraus, so weiß wie der Schnee, der es bedeckte. Mit dem Mondschein kam eine wütende Windbö auf, die mit einem langen, tiefen Geheul, wie von einem Rudel Hunde oder Wölfe, vorbeizog. Ich war erschrocken, wie festgenagelt, und Kälte durchfuhr mich, daß ich zu erstarren drohte. Noch während der Mond das Grabmal beleuchtete, begann der Sturm von neuem loszubrechen, als sei er auf seine alte Bahn gestoßen. Von einer heimlichen Neugier getrieben, näherte ich mich dem Grab, um herauszufinden, was es damit auf sich hatte und warum es so verlassen an einem solchen Ort stand. Ich stapfte darum herum und las über der dorischen Pforte in deutscher Sprache:

GRÄFIN DOLINGEN ZU GRAZ
IN DER STEIERMARK
GESUCHT UND TOT AUFGEFUNDEN
1801

In der Spitze des Grabmals steckte ein großer eiserner Pfahl oder Stachel, der offensichtlich durch den Marmor getrieben war, da das Ganze nur aus wenigen Blöcken bestand. Auf der Rückseite entdeckte ich, in großen kyrillischen Buchstaben eingraviert, den Satz:

Der Tod kommt schnell!

Etwas so Phantastisches und Unheimliches lag über dem Ganzen, daß ich einen gewaltigen Schauder verspürte und einer Ohnmacht nahe war. Zum ersten Mal wünschte ich, Johanns Ratschlag befolgt zu haben. Plötzlich durchzuckte mich ein Gedanke, hervorgerufen durch mysteriöse Umstände und begleitet von einem fürchterlichen Schock: Die Walpurgisnacht brach an.

Walpurgisnacht – nach dem Glauben von Millionen Menschen die Stunde, da der Teufel auf Erden weilt und aus den geöffneten Gräbern die Toten steigen und umherlaufen; die Stunde, da alle bösen Elemente der Erde, der Luft und des Wassers sich zu einem Gelage treffen. Gerade diesen Ort hatte der Kutscher so entschieden gemieden. Dieses war das vor Jahrhunderten ausgestorbene Dorf! Hier war der Ort, wo der Selbstmörder lag! Und an diesem Ort stand ich völlig allein – entmutigt, zitternd vor Kälte in einem Schneewirbel und einem beißenden Wind ausgesetzt. Ich versicherte mich meiner Philosophie, meines Glaubens, den man mir beigebracht hatte, und all meines Mutes, um nicht unter der drückenden Angst zusammenzubrechen.

Plötzlich begann ein wahrhaftiger Wirbelwind loszubrechen. Die Erde bebte, als würden ganze Herden von Pferden darüber trampeln, und der Himmel breitete seine eisigen Schwingen aus und schüttete große Hagelkörner herunter, die mit einer solchen Heftigkeit aufprallten, daß man an die Riemen balearischer Schleudern denken konnte; Hagelkörner, die Blätter und Zweige hinunterdrückten, so daß die Zypressen nicht länger Schutz gewährten, da ihre Stämme wie Getreidehalme aussahen. Zunächst hatte ich mich unter den ersten besten Baum gestellt, aber ich war nur zu gern bereit, diesen Platz wieder zu verlassen, um an den einzigen Fleck, der einen sicheren Unterstand bot, zu gelangen: an die tiefe dorische Pforte des Grabmals. An das massive Bronzetor gepreßt, war ich einigermaßen von den niedersausenden Hagelkörnern geschützt, die mich jetzt nur noch nach dem Aufprall auf dem Boden berührten. Als ich mich so gegen das Tor lehnte, begann sich dieses nach innen zu öffnen. Bei dem erbarmungslosen Unwetter war mir auch der Schutz einer Gruft willkommen, und ich war gerade im Begriff einzutreten, als das Licht eines Gabelblitzes den ganzen Himmel erhellte. Zur gleichen Zeit sah ich beim Umdrehen, so wahr ich hier stehe, in dem Grabgewölbe eine wunderschöne Frau mit rosigen Wangen und geröteten Lippen, die auf einer Totenbahre zu schlafen schien. Als das Geflacker am Himmel erlosch, wurde ich wie von einer Riesenhand gepackt und ins Freie geschleudert. Alles ging so schnell, daß ich kaum einen seelischen oder moralischen Schock verspürte, als ich schon von den Hagelkörnern niedergeworfen wurde. Plötzlich hatte ich das dumpfe Gefühl, nicht allein zu sein, und blickte in Richtung des Grabmals. Gerade in diesem Moment fuhr erneut ein Blitz herab, der den Eisenstab an der Spitze des Grabes zu treffen und durch ihn hindurch in die Erde abgeleitet zu werden schien, den Marmor dabei, wie in einer Feuersbrunst, versengend und zerstörend. Die tote Frau richtete sich plötzlich für einen Moment auf, während sie schon von den Flammen beleckt wurde, und ihre verzweifelten Schmerzensschreie wurden von dem Donnerschlag erstickt. Das letzte, was ich wahrnahm, waren wieder die fürchterlichen Geräusche. Dann wurde ich erneut gepackt und herumgeschleudert, während der Hagel auf mich niederprasselte. Die Luft schien von dem Geheul der Wölfe zu vibrieren. Schließlich erinnere ich mich noch an eine diffuse, weiße, sich bewegende Masse, als hätten alle Gräber um mich herum ihre Phantome entsandt, die sich mir durch den weißen Nebel des treibenden Hagels näherten.

Nach und nach erlangte ich mein Bewußtsein wieder und spürte eine lähmende Müdigkeit. Zuerst konnte ich mich an nichts mehr erinnern, aber langsam erwachten meine Sinne. Meine Füße waren gekrümmt vor Schmerz, so daß ich sie nicht bewegen konnte. Es war als seien sie völlig erstarrt. Eine eisige Kälte saß mir im Nacken, die sich den ganzen Rücken hinunterzog. Meine Ohren schließlich waren wie abgestorben. Aber in der Brust spürte ich einen Funken Wärme, der im Vergleich zu meiner übrigen Verfassung köstlich war. Es war ein Alptraum – ein physischer Alptraum, wenn man so sagen darf, denn es kam hinzu, daß ich durch ein schwerlastendes Gewicht auf meinem Körper kaum zu atmen vermochte.

In dieser Apathie hatte ich wohl ziemlich lange gelegen, und als sie schließlich nachließ, muß ich entweder geschlafen haben oder ohnmächtig geworden sein. Dann überfiel mich ein Ekelgefühl, das sich wie die ersten Anzeichen der Seekrankheit bemerkbar machte, und ein wildes Verlangen, von etwas befreit zu sein – nur wußte ich nicht, von was. Eine ungeheure Stille umgab mich, als schliefe die Welt, oder als wäre sie tot – unterbrochen nur von einem leisen Keuchen, wie von einem Tier in der Nähe. Plötzlich fühlte ich ein Kratzen an meinen Kleidern, welches mir die fürchterliche Wahrheit bewußt werden ließ. Mein Herz drohte zu zerspringen, und das Blut schoß mir ins Gehirn. Ein großes Tier lag auf mir und leckte an meinem Umhang. Ich hatte Angst, mich zu bewegen, und mein Instinkt riet mir, ganz ruhig zu bleiben. Das Tier jedoch schien eine Veränderung in meinem Körper gespürt zu haben, denn es hob witternd den Kopf. Durch einen Spalt meiner Augenlider sah ich über mir die zwei sprühenden Augen eines Wolfes. Seine spitzen, weißen Zähne blitzten in dem klaffenden roten Mund, und sein heißer Atem ging beißend und scharf über mein Gesicht.

Ich mußte wieder in Bewußtlosigkeit gefallen sein. Ein tiefes Knurren, gefolgt von einem Heulen, brachte mich zu mir. Dann hörte ich, wenngleich ziemlich weit entfernt, ein »Hallo! Hallo!«, so, als riefen mehrere Menschen gleichzeitig. Vorsichtig hob ich meinen Kopf und spähte in die Richtung der Rufer, aber das Grabmal stand meinem Blick im Wege. Der Wolf über mir heulte noch immer in seiner schauerlichen Art, und ein roter Schein begann sich um den Zypressenhain herum zu bewegen, als wolle er dem Ton folgen. Als die Stimmen näher kamen, wurden die Laute des Tieres immer wütender und hastiger. Ängstlich vermied ich jede Bewegung. Über das weiße Leichentuch, das um mich in die Dunkelheit hinein ausgelegt zu sein schien, huschte der rote Schein immer näher. Und ganz plötzlich tauchte hinter dem Wäldchen eine Gruppe Reiter mit Fackeln auf. Der Wolf erhob sich und machte sich in Richtung des Grabes davon. Ich sah einen der Reiter (es handelte sich, nach den Mützen und langen Militärmänteln zu schließen, um Soldaten) seinen Karabiner heben und auf mich anlegen. Ein anderer stieß ihm den Arm hoch, so daß ich die Kugel über meinen Kopf hinwegpfeifen hörte. Offensichtlich hatte man meinen Körper mit dem des Wolfes verwechselt. Ein Dritter erspähte das Tier, wie es davonlief, und schoß. Dann galoppierte ein Teil der Reiter auf mich zu, der andere verfolgte den zwischen schneebeladenen Zypressen verschwindenden Wolf.

Als sie mich fast erreicht hatten, versuchte ich mich zu bewegen, was ganz aussichtslos war, aber ich konnte nun alles sehen und hören, was um mich herum geschah. Zwei oder drei Soldaten sprangen ab und knieten neben mir nieder. Einer hob meinen Kopf an und legte eine Hand an mein Herz.

»Gott sei Dank, Kameraden, sein Herz schlägt noch«, rief er den anderen zu.

Daraufhin wurde mir Brandy eingeflößt, der mir soviel Kraft gab, die Augen richtig zu öffnen und umherzublicken. Lichter und Schatten bewegten sich zwischen den Bäumen, und ich hörte Menschen einander zurufen. Erschreckte Laute wurden vernehmbar, als sie zusammenkamen; und die Lichter begannen zu zittern, als die andere Gruppe wie vom Teufel besessen aus dem Wirrwarr der Gräber auftauchte. Als sie ganz nah bei uns waren, wurden sie von den um mich herum Hockenden drängend gefragt:

»Na, habt ihr ihn gefunden?«

Die Antwort sprudelte nur so heraus:

»Nein, nein! Kommt bloß schnell weg von hier, schnell! Das ist kein Lagerplatz, zumal nicht in dieser Nacht!«

»Was ist denn los?« wurde gefragt. Die Antwort kam ungenau und stockend, und zwar so, als wollten alle das gleiche sagen, aber von einer gemeinsamen Furcht daran gehindert wurden.

»Es, ja, ja – da!« stotterte einer, dem es für einen Moment völlig die Sprache verschlagen hatte.

»Erst ein Wolf – und dann plötzlich keiner mehr«, warf ein anderer zittrig ein.

»Hat ja keinen Sinn, das Biest ohne eine geheiligte Kanone zu verfolgen«, bemerkte ein Dritter in einer etwas handfesteren Sprache. »Beschütze uns, daß wir nur diese Nacht überstehen! Die tausend Mark Belohnung haben wir weiß Gott verdient«, war der Ausbruch des Vierten. »Ich habe Blut an dem Marmor kleben sehen«, sagte jemand nach einer Pause. »Aber von ihm – ist er verwundet? Schaut auf seine Gurgel! Der Wolf hat auf ihm drauf gelegen und sein Blut warm gehalten.«

Der Offizier befühlte meine Kehle und sagte: »Da ist alles in Ordnung, seine Haut ist nicht verletzt. Was soll das überhaupt alles bedeuten? Hätte der Wolf nicht so laut geheult, hätten wir den Mann nie gefunden.«

»Wo ist denn der Wolf hin?« fragte der Mann, der meinen Kopf stützte und offensichtlich der Unerschrockenste der Gruppe war, denn seine Hände waren ganz ruhig. Auf seinem Ärmel sah ich den Winkel eines Unteroffiziers.

»Der ist zu seiner Höhle gelaufen«, antwortete einer, dessen langes Gesicht leichenblaß war und der von einer Höllenangst gepackt schien, als er sich furchtsam umdrehte. »Es sind ja Gräber genug da, in denen er sich verstecken kann – kommt doch endlich, Kameraden, laßt uns diesen teuflischen Platz verlassen!«

Der Offizier brachte mich in eine sitzende Haltung und murmelte einen Befehl. Einige der Soldaten brachten mich auf ein Pferd, während der Offizier sich hinter mich setzte, um mich festzuhalten. Er gab das Zeichen zum Aufbruch, worauf wir schnell und in militärischer Ausrichtung dem Zypressenwäldchen den Rücken kehrten.

Notgedrungen mußte ich schweigen, da meine Zunge immer noch ihren Dienst versagte. Während des Rittes war ich wohl wieder eingeschlafen, denn plötzlich stand ich, von zwei Soldaten gestützt, auf der Erde. Es war jetzt fast hell, am nördlichen Himmel lag ein roter Streifen Sonnenlicht wie ein Blutfleck über der Schneewüste. Der Offizier befahl den Soldaten, nichts von dem zu erzählen, was sie gesehen hatten, nur von dem fremden Engländer, der von einem großen Hund bewacht worden sei.

»Von einem Hund? Das war doch kein Hund!« rief der Soldat, der die größte Furcht gezeigt hatte. »Ich kann doch wohl noch einen Wolf erkennen!« Der junge Offizier antwortete ruhig: »Ich sagte: ein Hund!«

»Ein Hund«, wiederholte der andere ironisch. Sein Mut schien mit der aufgehenden Sonne zu wachsen. Auf mich weisend, sagte er: »Schauen Sie doch auf seine Gurgel! Sind das die Spuren eines Hundes?«

Instinktiv führte ich meine Hand zum Hals und schrie bei der Berührung laut auf. Die Männer bildeten rasch einen engen Kreis, um mich zu betrachten, einige stiegen sogar von den Pferden. Noch einmal sagte der junge Offizier mit ruhiger Stimme:

»Es war ein Hund, wie ich schon sagte. Wenn wir etwas anderes sagen, lacht man uns doch nur aus!«

Schließlich wurde ich hinter einen Soldat in den Sattel gehoben, und wir ritten weiter auf die Vororte von München zu. Bald trafen wir auf eine leere Kutsche, in die ich gesetzt wurde und die mich zum Hotel »Vier Jahreszeiten« brachte – begleitet von dem jungen Offizier und gefolgt von einem Soldaten, der dessen Pferd mitführte. Die anderen ritten zurück in ihre Kasernen.

Als wir anlangten, kam Herr Delbrück augenblicklich die Treppe heruntergestürzt, weil er offensichtlich schon nach uns Ausschau gehalten hatte. Er nahm mich bei beiden Händen, um mich besorgt hineinzuführen. Der Offizier salutierte und wollte gerade von dannen gehen, als ich seine Absicht erkannte und darauf bestand, daß er mich in meine Zimmer begleite. Bei einem Glas Wein dankte ich ihm und seinen tapferen Soldaten für die Lebensrettung. Er erwiderte bescheiden, daß er selbst mehr als glücklich sei und daß Herr Delbrück Schritte unternommen habe, um den Suchtrupp zufriedenzustellen.

Lächelnd nahm der maitre d'hotel diese doppelsinnige Bemerkung auf, während der Offizier an seine Pflicht erinnerte und sich verabschiedete.

»Aber Herr Delbrück«, fragte ich, »aus welchem Grunde haben mich denn die Soldaten gesucht?«

Er zuckte mit den Schultern, als wolle er seine große Heldentat herabsetzen, und sagte:

»Ich war in der glücklichen Lage, den Kommandanten meines ehemaligen Regiments um Soldaten bitten zu können.«

»Aber woher wußten Sie, daß ich mich verirrt hatte?« fragte ich.

»Der Kutscher kam nur noch mit Resten seines Wagens hier an, der in Stücke brach, als die Pferde durchgingen.«

»Aber nur auf seinen Rat hin hätten Sie doch nie einen Suchtrupp ausgeschickt?«

»Oh, nein!« antwortete er, »aber bevor der Kutscher zurückkam, bekam ich dieses Telegramm von jenem Edelmann, dessen Gast Sie sind.« Dabei zog er ein Telegramm aus seinem Rock, dessen Text lautete:

Bistritz
Achten Sie sorgfältig auf meinen Gast – seine Sicherheit ist mir kostbar. Sollte ihm etwas zustoßen oder sollte er verschwunden sein, sparen Sie weder Mühe noch Geld ihn zu finden und für seine Gesundheit zu sorgen. Er ist Engländer und aus diesem Grunde abenteuerlich. Zur Zeit drohen Gefahren durch Schnee, Wölfe und Nacht. Versäumen Sie keine Sekunde, wenn Sie annehmen, daß ihm Leid zugefügt wird. Ich werde Ihren Eifer belohnen.
Dracula

Das Zimmer schien sich plötzlich um mich zu drehen. Und hätte der aufmerksame Herr Delbrück mich nicht gestützt, wäre ich sicher gefallen. In dieser Geschichte war alles so seltsam verlaufen, so übernatürlich und so schwer begreifbar, daß ich plötzlich den Verdacht hatte, Spielball jenseitiger Kräfte zu sein – eine Vorstellung, die mich fast um den Verstand brachte. Ich stand ohne Zweifel unter einem geheimnisvollen Schutz. Gerade zur rechten Zeit war eine Botschaft aus einem fremden Land gekommen, die mich vor dem Tod im Schnee und dem Rachen des Wolfes gerettet hatte.

RUDYARD KIPLING

Die schönste Geschichte der Welt

Er hieß Charlie Mears; er war der einzige Sohn seiner Mutter, einer Witwe, und wohnte im Norden von London. Jeden Tag kam er in die City, wo er bei einer Bank arbeitete. Er war zwanzig Jahre alt und voll hoher Bestrebungen. Ich traf ihn in einem Café beim Billard, wo ihn der Marqueur bei seinem Vornamen und er den Marqueur »Dicker« nannte. Charlie erklärte etwas nervös, daß er nur hierhergekommen sei, um zuzuschauen; und da Zuschauen in solchem Falle ein teures Vergnügen für Jugendliche werden kann, schlug ich vor, daß Charlie lieber nach Hause zu seiner Mutter gehen solle.

Dies war unser erster Schritt zu näherer Bekanntschaft. Seitdem besuchte er mich von Zeit zu Zeit abends, anstatt sich mit seinen jungen Kollegen in London herumzutreiben; und nicht lange, so fing er an – da er natürlich, wie alle jungen Leute, nur von sich selber redete – mir von seinen Bestrebungen zu erzählen, die ausschließlich literarischer Art waren. Er wünschte sich einen unsterblichen Namen zu machen vornehmlich durch Lyrik, hielt es jedoch nicht für unter seiner Würde, einstweilen für allerhand Käseblätter Geschichten von Liebe und Tod zu schreiben. Ich war schließlich dazu verurteilt, stillzusitzen, während Charlie mir Gedichte vorlas, Hunderte von Versen, und voluminöse Bruchstücke von Dramen, die dereinst die Welt erschüttern sollten. Zur Belohnung schenkte er mir sein unbegrenztes Vertrauen; und die Selbstenthüllungen und Herzenssorgen eines jungen Mannes sind nahezu ebenso heilig wie die einer Jungfrau. Charlie hatte noch nie geliebt, aber er war bereit, es bei der ersten besten Gelegenheit zu tun; er glaubte an alles, was gut und ehrenhaft ist, war aber zu gleicher Zeit ängstlich bemüht, mir zu zeigen, daß er durchaus die Welterfahrung besäße, die einem angehenden Bankbeamten mit 25 Schilling die Woche zukommt. Er reimte »Herzen« mit »Schmerzen«, »Liebe« mit »Triebe« und glaubte fest, daß diese Worte noch nie zuvor so gereimt worden seien. Die klaffenden Lücken in seinen Dramen füllte er mit hastigen Entschuldigungen und Erklärungen aus und stürmte weiter. Er sah alles, was noch dazukommen sollte, so klar und deutlich vor sich, daß es für ihn so gut war, als sei es schon da, und erwartete meinen Beifall.

Ich fürchte, seine Mutter ermutigte seine Bestrebungen nicht sonderlich; wie ich denn weiß, daß sein Schreibtisch zu Hause aus einer Ecke seines Waschtisches bestand. Dies hatte er mir gleich in der Maienblüte unserer Bekanntschaft gestanden, als er, nach stürmischer Durchsuchung meiner Bücherschränke, flehentlich in mich drang, ihm ehrlich zu sagen, ob ich meinte, daß er einmal etwas Großes schreiben werde: »Etwas wirklich Großes, wissen Sie!« Vielleicht ermutigte ich ihn allzusehr, denn eines Abends kam er zu mir, aufgeregt, mit glühenden Augen, und sagte ganz außer Atem:

»Würden Sie mir – könnte ich wohl hierbleiben und heute den ganzen Abend bei Ihnen schreiben? Ich werde Sie nicht stören, wirklich nicht. Bei meiner Mutter habe ich keinen Platz.«

»Was ist denn los?« fragte ich, obschon ich sehr wohl wußte, was los war.

»Ich habe eine Idee im Kopf, aus der ich die herrlichste Geschichte machen könnte, die je geschrieben wurde. Bitte, lassen Sie sie mich hier schreiben. Eine großartige Idee!«

Es war unmöglich, einer solchen Bitte zu widerstehen. Ich machte ihm einen Tisch zurecht. Er nahm sich kaum die Zeit, mir zu danken, und stürzte sich unverweilt in die Arbeit. Eine halbe Stunde lang kratzte die Feder ohne Unterbrechung. Dann seufzte Charlie und fuhr sich ins Haar. Das Kratzen wurde langsamer, von immer häufigeren Strichen unterbrochen – und hörte endlich ganz auf. Die schönste Geschichte der Welt wollte nicht herauskommen.

»Das sieht jetzt alles so furchtbar blödsinnig aus!« sagte er kummervoll. »Und vorher im Kopfe kam es mir doch so schön vor. Wie kommt das bloß?«

Ich konnte ihm nicht mit der Wahrheit den Mut nehmen. So antwortete ich: »Vielleicht fühlen Sie sich heute nicht aufgelegt.«

»O doch! – Aber wenn ich dieses Zeug ansehe...!«

»Lesen Sie mir vor, was Sie geschrieben haben«, sagte ich.
Er las, und es war überwältigend schlecht! Bei jedem besonders schwülstigen Satz hielt er inne, ein Zeichen des Beifalls erwartend; denn just auf diese Sätze war er stolz, wie nicht anders zu erwarten.

»Es muß ein bißchen zusammengestrichen werden«, bemerkte ich vorsichtig.

»Ich hasse es, meine Sachen zu kürzen. Ich glaube, man könnte kein Wort auslassen, ohne den Sinn zu verderben. Übrigens macht es sich laut gelesen viel besser!«

»Charlie, Sie leiden an einer bedenklichen und weitverbreiteten Krankheit. Legen Sie das Ding beiseite, und nach einer Woche gehen Sie wieder mal dran.«

»Ich *will* es aber jetzt gleich machen. − Was halten Sie davon?«

»Wie kann ich nach einer halbfertigen Sache urteilen? − Erzählen Sie mir die Geschichte, wie Sie sie im Kopf haben.«

Charlie erzählte, und in seiner Erzählung kam alles heraus, was er sorgfältig vermieden hatte schriftlich auszudrücken.

Ich sah ihn an. War es möglich, daß er die Ursprünglichkeit, die Kraft der Idee, die ihm über den Weg gelaufen war, nicht erkannte? Es war ohne jeden Zweifel eine ganz ungewöhnliche Idee. Manch einem ist der Kamm geschwollen vor Stolz auf Ideen, die nicht halb so neu und fruchtbar waren. Aber Charlie schwatzte unbekümmert weiter, nur von Zeit zu Zeit den Strom seiner Phantasie mit diesen fürchterlichen, dröhnenden Phrasen unterbrechend, die er anzuwenden gedachte. Ich hörte ihm bis zu Ende zu. Es wäre unsinnig gewesen, diese Idee in seinen unfähigen Händen zu lassen, während ich so viel daraus hätte machen können; gewiß nicht alles, aber oh, so viel!

»Was meinen Sie?« sagte er schließlich. »Ich denke, ich werde es die ›Geschichte eines Schiffes‹ nennen.«

»Ich meine, die Idee ist recht gut; aber Sie würden vorläufig nichts damit anfangen können. Hingegen würde ich vielleicht...«

»Können Sie sie gebrauchen? Wollen Sie sie nehmen? Ich wäre stolz darauf!« erwiderte Charlie eifrig.

Es gibt wenige Dinge in der Welt, die süßer sind, als die arglos begeisterte, ungehemmte, offene Bewunderung eines Jüngeren. Selbst eine Frau in ihrer blindesten Verliebtheit wird nicht den Gang des Mannes nachahmen, den sie anbetet, oder ihren Hut so aufsetzen wie er, oder seine Lieblingsflüche in ihr Lexikon aufnehmen. Und Charlie tat alles das. Dennoch mußte ich mein Gewissen salvieren, bevor ich von seinen Gedanken Besitz ergriff.

»Wir wollen ein Geschäft machen. Ich will Ihnen fünf Pfund für die Idee geben«, sagte ich.

In Charlie erwachte sogleich der angehende Bankbeamte. »Oh, das ist unmöglich. Unter Brüdern, wissen Sie – wenn ich Sie so nennen darf –, und als Mann von Welt kann ich so etwas nicht annehmen. Behalten Sie die Idee, wenn sie Ihnen gefällt. Ich habe noch eine Unmenge anderer!«

Zweifelsohne! Niemand wußte das besser als ich. Aber das waren alles Ideen anderer.

»Betrachten Sie es als eine reine Geschäftssache – unter Männern von Welt«, erwiderte ich. »Für fünf Pfund können Sie sich eine Unmasse Gedichtbücher kaufen. Geschäft ist Geschäft, und Sie können sich darauf verlassen, ich würde diesen Preis nicht bieten, wenn ich nicht...«

»Oh, wenn Sie es so betrachten«, sagte Charlie, sichtlich bewegt von der Idee mit den Gedichtbüchern. Das Geschäft wurde also abgeschlossen mit der Bedingung, daß er von Zeit zu Zeit, je nach Belieben, zu mir kommen sollte, um weiter zu erzählen. Er sollte einen eigenen Schreibtisch bei mir haben und das unbestreitbare Recht, mich mit seinen sämtlichen Gedichten und Gedichtfragmenten zu beglücken. Dann sagte ich: »Nun erzählen Sie mir, wie sind Sie denn eigentlich zu dieser Idee gekommen?«

»Sie ist von selbst gekommen.« Charlie sperrte die Augen ein wenig auf.

»Ja, aber Sie haben mir eine Menge Dinge über den Helden erzählt, die Sie doch irgendwo gelesen haben müssen?«

»Ich habe gar keine Zeit zum Lesen, außer wenn Sie mich hier sitzen lassen; und sonntags bin ich den ganzen Tag auf meinem Rad oder auf der Themse. – Stimmt denn irgend etwas nicht mit meinem Helden?«

»Erklären Sie mir noch mal, damit ich recht verstehe: Sie sagen, Ihr Held fuhr mit Seeräubern. Wie lebte er eigentlich?«

»Er war im Unterdeck dieses Schiffes, von dem ich Ihnen erzählt habe.«

»Was für eines Schiffes?«

»Es war eins von der Art mit Rudern, und die See spritzt durch die Ruderlöcher und die Ruderer sitzen bis an die Knie im Wasser. Zwischen den beiden Reihen der Ruderer läuft eine Art Bank, und ein Aufseher mit einer Peitsche geht auf der Bank hin und her und paßt auf, daß die Leute arbeiten.«

»Woher wissen Sie denn das?«

»Das ist so in der Geschichte. Oben läuft ein Tau lang, das an dem Oberdeck hängt, damit sich der Aufseher festhalten kann, wenn das Schiff schlingert. Wenn er das Tau verfehlt und zwischen die Ruderer fällt, dann, müssen Sie sich denken, lacht mein Held und wird dafür gepeitscht. Er ist natürlich mit Ketten an sein Ruder geschlossen – der Held.«

»Mit Ketten? ... In welcher Weise?«

»Mit einem eisernen Gürtel, der ihm um den Leib geht und an seiner Bank festsitzt, und mit einer Art Handschelle um sein linkes Handgelenk, die ihn an das Ruder kettet. Er ist im Unterdeck, wo nur die schlimmsten Verbrecher hingebracht werden, und das einzige Licht, das dorthin kommt, fällt durch die Luken und die Ruderlöcher. Können Sie sich nicht vorstellen, wie das Sonnenlicht just zwischen der Ruderstange und dem Loch durchblinzelt und mit dem Schiffe hin und her tanzt?«

»Doch, das kann ich wohl, aber ich kann mir nicht vorstellen, wieso *Sie* sich das vorstellen können.«

»Wie sollte es sonst sein? Passen Sie mal auf: die langen Ruder auf dem Oberdeck werden von vier Mann auf jeder Bank gezogen, auf dem Deck darunter von dreien und auf dem alleruntersten von zweien. Sie müssen sich denken, es ist ganz dunkel auf dem untersten Deck, und alle, die man dort hinbringt, werden wahnsinnig. Wenn einer hier an seinem Ruder stirbt, wird er nicht über Bord geworfen, sondern in seinen Ketten in kleine Stücke geschnitten und durch die Ruderlöcher gequetscht.«

»Warum?« fragte ich erstaunt, nicht so sehr über das, was er mir erzählte, wie über den entschiedenen Ton, mit dem er es hinwarf.

»Um Mühe zu sparen und die andern bange zu machen. Um

die Leiche eines Mannes nach oben zu schleppen, wären zwei Aufseher nötig, und wenn die Leute im untersten Deck allein gelassen würden, so würden sie natürlich aufhören zu rudern und versuchen, die Bänke hochzuheben, indem sie alle auf einmal in ihren Ketten aufständen.«

»Sie haben eine außerordentlich weitschauende Einbildungskraft. Wo haben Sie denn das alles über Galeeren und Galeerensklaven gelesen?«

»Nirgends, soviel ich weiß. Ich rudere selbst ein bißchen, wenn ich Gelegenheit habe. Aber vielleicht haben Sie doch recht, daß ich es irgendwo gelesen habe.«

Bald darauf ging er fort, um sich in den Buchläden umzutun, und ich blieb zurück, voller Verwunderung darüber, wie ein zwanzigjähriger Banklehrling mir, mit einer verschwenderischen Fülle von Einzelheiten, alle mit völliger Sicherheit gesehen, eine so abenteuerliche und blutrünstige Geschichte von Seeräuberei, Meuterei und Tod in namenlosen Meeren zuschanzen konnte. Und nachdem er mir eben noch geschildert, wie sein Held, nach verzweifelter Revolte gegen die Aufseher, selber das Kommando über das Schiff an sich genommen und schließlich auf einer Insel »irgendwo im Meer, wissen Sie« ein Königreich gegründet hatte, war er, beglückt über meine elenden fünf Pfund, fortgegangen, um sich die Ideen anderer zu kaufen und daran das Dichten zu lernen. Ich tröstete mich mit dem Bewußtsein, seine Idee ehrlich durch Kauf erworben zu haben. Jetzt wollte ich versuchen, was sich damit anfangen ließ.

Als er das nächste Mal zu mir kam, war er berauscht – glorreich berauscht von all den Dichtern, die sich ihm zum erstenmal offenbart hatten. Seine Augen waren aufgerissen, seine Worte stolperten übereinander und er hüllte sich in Zitate, wie ein Bettler in den Purpur eines Kaisers. Am wildesten berauscht war er von Longfellow.

»Ist das nicht großartig, wundervoll?« rief er, nach hastiger Begrüßung. »Hören Sie dies –

›Kennst du, sprach der Mann am Steuer,
Das Geheimnis tiefer See?

> Wer nicht kühn mit ihr gekämpft hat,
> Der begreift es nimmermehr.‹

Kolossal!

›Wer nicht kühn mit ihr gekämpft hat,
Der begreift es nimmermehr.‹«

wiederholte er zwanzigmal und dabei lief er in der Stube auf und ab, mich völlig vergessend. »Aber ich kann es auch begreifen«, redete er zu sich selber. »Ich kann Ihnen gar nicht genug für die fünf Pfund danken. – Und dies; hören Sie –

› Ich trage die schwarzen Werften im Sinn
Und der schlagenden Brandung Schnee,
Und den spanischen Seemann mit bärtigem Kinn
Und die herrlichen Schiffe her und hin
Und den ganzen Zauber der See.‹

Ich habe noch niemals kühn gekämpft, aber mir ist, als ob ich das alles kennte.«

»Sie haben offenbar einen besonderen Sinn für das Meer. Haben Sie es jemals gesehen?«

»Als ich ein kleiner Junge war, kam ich einmal nach Brighton; wir wohnten aber eigentlich in Coventry, bevor wir nach London kamen. Ich habe es nie gesehen:

›Wenn herab auf die Atlantis
Stürzt gigantisch
Sturm des Äquinoktium!‹«

Er schüttelte mich bei den Schultern, um mir die Leidenschaft fühlbar zu machen, die ihn selber schüttelte. »Wenn der Sturm kommt, zerbrechen alle Ruder in dem Schiff, von dem ich sprach, und die Griffe schlagen zurück und zermalmen den Ruderern die Brust. Übrigens, haben Sie schon irgend etwas mit meiner Idee von neulich angefangen?«

»Nein, ich wollte erst noch mehr von Ihnen hören. Sagen Sie

mir, woher wissen Sie alles so genau über die Ausrüstung des Schiffes? Sie haben doch keine Ahnung von Schiffen.«

»Ich weiß nicht. Es ist alles vollkommen wirklich für mich, bis ich versuche, es niederzuschreiben. Ich habe erst gestern Nacht im Bette darüber nachgedacht, nachdem Sie mir die ›Schatzinsel‹ von Stevenson geliehen hatten, und es sind mir noch eine Menge neuer Dinge eingefallen, die in die Geschichte hinein müssen.«

»Was denn zum Beispiel?«

»Zum Beispiel über das Essen, das man den Sklaven gab; verfaulte Feigen und schwarze Bohnen und Wein in einem Schlauch, den reichte man sich von einer Bank zur andern.«

»Ist es denn schon so lange her, seitdem das Schiff gebaut wurde?«

»Wie lange? Ich weiß nicht, ob es lange her ist oder nicht. Es ist ja nur eine Idee. Aber manchmal erscheint es mir so wirklich, als ob es wahr wäre. Langweile ich Sie auch nicht mit meinem Geschwätz?«

»Nicht im geringsten. Ist Ihnen sonst noch etwas eingefallen?«

»Ach ja, aber es ist alles dummes Zeug.« Charlie errötete ein wenig.

»Macht nichts, erzählen Sie nur.«

»Also, ich dachte über meine Geschichte nach, und nach einer Weile stand ich aus dem Bett auf und schrieb auf ein Blatt Papier solches Zeug, wissen Sie, wie es die Gefangenen vielleicht mit der Kante ihrer Handschellen auf die Ruder kratzen konnten. Das schien die Sache lebendiger zu machen. Es ist so wirklich für mich, wissen Sie.«

»Haben Sie das Papier bei sich?«

»Ja-a, aber es lohnt sich wirklich nicht. Es ist weiter nichts, wie ein Haufen Striche. Aber vielleicht können wir es doch in dem Buch mitdrucken lassen, auf der ersten Seite.«

»Für diese Einzelheiten will ich schon sorgen. Zeigen Sie nur erst, was Ihre Leute geschrieben haben.«

Er zog ein Stück Papier aus der Tasche mit nur einer gekritzelten Zeile darauf, und ich legte es sorgfältig beiseite.

»Was soll es denn in Englisch heißen?« fragte ich.

»Oh, ich weiß nicht. Ich wollte, es soll heißen: ›Ich bin entsetzlich müde.‹ Es ist völliger Unsinn«, wiederholte er, »aber alle diese Männer in dem Schiff kommen mir so wirklich vor, wie wirkliche Menschen. Machen Sie doch recht bald etwas mit meiner Idee. Ich möchte es gern geschrieben und gedruckt sehen.«

»Aber was Sie mir da alles gesagt haben, würde ein dickes Buch werden.«

»Schreiben Sie es. Sie brauchen sich nur hinzusetzen und es zu schreiben.«

»Lassen Sie mir doch ein bißchen Zeit. Haben Sie sonst noch neue Ideen?«

»Augenblicklich nicht. Ich lese jetzt alle die Bücher, die ich gekauft habe. Sie sind wundervoll.«

Nachdem er fortgegangen war, schaute ich mir den Zettel mit dem Geschriebenen an. Dann nahm ich meinen Kopf sorglich zwischen beide Hände, um mich zu vergewissern, daß er nicht herunterfiele oder sich rundherum drehte. Dann ... aber ein Nichts gähnte zwischen dem Augenblick, als ich meine Wohnung verließ, und dem, als ich mich in Verhandlung mit einem Wächter der öffentlichen Ordnung wiederfand in einem Korridor des Britischen Museums, vor einer Tür, auf der »Privat« stand. Mein einziges Verlangen galt dem »Herrn für griechische Antiken«. Der Wärter kannte nur die Museumsordnung und sonst nichts. So mußte ich durch sämtliche Gebäude und Büros hetzen, bis schließlich ein älterer Herr, den man just von seinem Frühstück weggeholt hatte, meiner Jagd ein Ende machte, indem er den Zettel zwischen Daumen und Zeigefinger nahm und ihn verächtlich beschnüffelte.

»Was das bedeuten soll? – Hm, soviel ich feststellen kann, ist es der Versuch einer absolut ungebildeten – äh – Persönlichkeit« – hierbei sah er mich vielsagend an – »absolut korruptes Griechisch zu schreiben!« – Er las langsam: »Pollock, Erckmann, Tauchnitz, Henniker« – vier mir wohlbekannte Namen.

»Können Sie mir sagen, was hinter der absoluten Korruptheit steckt – der Sinn der Sache?«

»Oftmals – hat Müdigkeit mich überwältigt – bei dieser Arbeit. – Das ist der Sinn.« Er gab mir das Papier zurück, und ich entfloh ohne ein Wort der Erklärung, des Dankes oder der Entschuldigung.

Meine Vergeßlichkeit war entschuldbar. Mir unter allen Lebenden war die Gelegenheit gegeben, die wunderbarste Geschichte der Welt zu schreiben, nichts weniger als die Geschichte eines griechischen Galeerensklaven, von ihm selbst erzählt. Kein Wunder, daß Charlies Träume ihm als Wirklichkeit erschienen waren. Die Schicksalsgöttinnen, die so sorgfältig die Pforten jeder der aufeinanderfolgenden Verkörperungen hinter uns schließen, waren in diesem Falle nachlässig gewesen, und Charlie blickte, obschon er es nicht wußte, dorthin, wohin seit Anbeginn der Welt noch kein Sterblicher mit voller Erkenntnis geblickt hat. Vor allem, er selber ahnte nicht das mindeste von der Erkenntnis, die er mir für fünf Pfund verkauft hatte, und er würde ahnungslos bleiben, denn Bankbeamte verstehen nichts von Metempsychose, und zu gründlicher kaufmännischer Erziehung gehört kein Griechisch. Er würde mich – hier hüpfte ich zwischen den stummen Göttern Ägyptens herum und lachte in ihre verwitterten Gesicher – mit Material versorgen, um meine Geschichte glaubhaft zu machen – so glaubhaft, daß alle Welt sie als eine freche Münchhausiade begrüßen würde. Und ich – ich allein würde wissen, daß alles wahr, buchstäblich und wörtlich wahr sei. Ich – ich allein, hielt dieses Juwel in meiner Hand, um ihm Schliff und Glanz zu geben! Demzufolge tanzte ich zwischen den Göttern des ägyptischen Saals umher, bis ein Aufseher mich gewahrte und auf mich zuzugehen begann.

Es blieb nur noch übrig, Charlie zum Reden zu ermuntern, und darin sah ich keine Schwierigkeit. Aber ich hatte diese verwünschten Gedichtbücher vergessen. Er kam zu mir eins ums andere Mal, unbrauchbar wie ein überladener Phonograph, berauscht von Shelley, Byron oder Keats. Jetzt, wo ich wußte, was der Knabe in seinem früheren Leben gewesen war, und alles daran setzte, kein Wort von seinem Geschwätz zu verlieren, war es mir unmöglich, ihm mein Interesse und meinen Respekt zu verbergen. Er mißdeutete beides, glaubte, mein Respekt gälte der jetzigen Inkarnation der Seele von Charlie Mears, für den das Leben so neu war wie für Adam, und mein Interesse seinen Vorlesungen, und spannte meine Geduld bis zum Zerreißen mit seinen Deklamationen der Gedichte anderer. Ich wünschte mir jeden englischen Dichter ausgelöscht aus dem Gedächtnis der

Menschheit. Ich fluchte den glänzendsten Namen des englischen Parnasses, weil sie Charlie vom Pfade persönlichen Berichts abgelenkt hatten und ihn wahrscheinlich über kurz oder lang zur Nacheiferung verführen würden. Aber ich hielt es doch für das beste, meine Ungeduld zu zügeln, bis das Feuer seiner Begeisterung ausgebrannt und er zu seinen Träumereien zurückgekehrt wäre.

»Was hat es für einen Zweck, daß ich Ihnen erzähle, was *ich* denke, wenn diese Kerls hier Sachen wie für die Engel geschrieben haben!« grollte er eines Abends. »Warum schreiben Sie nicht auch so etwas?«

»Ich finde, Sie sind nicht ganz gerecht gegen mich«, antwortete ich mit starker Selbstbeherrschung.

»Ich habe Ihnen die Geschichte erzählt«, sagte er kurz, sich wieder in »Lara« vertiefend.

»Aber ich brauche die Einzelheiten.«

»Sie meinen, was ich mir über das blöde Schiff ausdenke, die Galeere, wie Sie es nennen? Das ist doch ganz einfach. Das können Sie sich auch selber ausdenken. Drehen Sie das Gas ein bißchen an, ich möchte noch lesen.«

Ich hätte ihm am liebsten die Gasglocke am Kopf kaputt geschlagen, für seine unglaubliche Dummheit. Ich hätte mir freilich alles selber ausdenken können, wenn ich nur gewußt hätte, was Charlie wußte, ohne es zu wissen. Aber da die Pforten hinter mir geschlossen waren, blieb mir nichts übrig, als auf eine günstige Stimmung seines jugendlichen Gemüts zu warten und mittlerweile ihn bei möglichst guter Laune zu erhalten. Jede Minute der Unachtsamkeit konnte eine unschätzbare Offenbarung zunichte machen. Von Zeit zu Zeit schob er seine Bücher beiseite – er verwahrte sie jetzt in meiner Wohnung, denn seine Mutter würde sich über die schamlose Verschwendung entrüstet haben – und erging sich wieder in seinen Seeträumen. Und wieder verwünschte ich alle Dichter Englands: der leicht beeinflußbare Geist des Bankkommis war überdeckt, gefärbt, verbogen durch das, was er gelesen hatte, und das Resultat, das er von sich gab, war ein wirres Durcheinander von anderen Stimmen, sehr ähnlich dem Gesumm und Geschwätz in einem Telephon der City zur ärgsten Geschäftszeit.

Er sprach von der Galeere – seiner eigenen Galeere, wenn er nur eine Ahnung gehabt hätte – in Phrasen, die der »Braut von Abydos« entlehnt waren. Er erläuterte die Abenteuer seines Helden mit Zitaten aus dem »Korsar«, warf düstere, verzweifelte moralische Betrachtungen aus »Kain« und »Manfred« dazwischen und erwartete von mir, daß ich sie alle gebrauchen würde. Nur wenn wir auf Longfellow kamen, verstummte das Kreuzfeuer, und ich wußte, daß Charlie die Wahrheit sprach, soweit er sich ihrer erinnerte.

»Wie gefällt Ihnen dies?« sagte ich eines Abends, sobald ich die Sphäre erkannt hatte, in der sein Gedächtnis am besten arbeitete; und ehe er einen Einwurf machen konnte, las ich ihm beinahe die ganze »Sage von König Olaf« vor!

Er hörte zu mit offenem Munde, mit geröteten Wangen, die Hände trommelten auf das Sofa, auf dem er lag; bis ich an den Gesang von »Einar Tamberskelver« kam und zu der Strophe:

> »Einar senkte seinen Bogen,
> Sprach, zu ihm gewandt:
> ›Norweg' war es, das zerbrochen
> Unter deiner Hand.‹«

Er schnappte vor Entzücken.

»Das ist noch schöner als Byron, nicht?« sagte ich vorsichtig.

»Schöner? Es ist *wahr*! Wie konnte er das wissen?«

Ich wiederholte noch einmal die vorhergegangene Strophe:

> »›Was war das?‹ rief König Olaf,
> Hoch am Felsenriff:
> ›Etwas hört' ich, wie das Stranden
> Von zerschlagnem Schiff!‹«

»Wie konnte er das wissen, wie die Schiffe krachen und die Ruder herausbrechen und z-zzp am ganzen Bord entlanggehen? Erst gestern nacht hab' ich ... aber bitte lesen Sie doch noch mal!«

»Nein«, antwortete ich, »ich bin müde, wir wollen lieber ein bißchen schwatzen. Was war denn gestern nacht?«

»Ich hatte einen furchtbaren Traum von unserer Galeere. Mir

träumte, ich sei bei einem Gefecht ertrunken. Wissen Sie, wir liefen ein anderes Schiff an im Hafen. Das Wasser war totenstill, außer wo unsere Ruder es schlugen. – Sie wissen, wo ich immer in der Galeere sitze?« Er sprach anfangs zögernd, als ob er fürchte, daß ich ihn auslachen würde.

»Nein, das ist mir neu«, antwortete ich sanft, indes mein Herz zu klopfen anfing.

»Am vierten Ruder vom Bug, auf der rechten Seite des Oberdecks. Wir waren zu viert an dem Ruder, alle festgeschmiedet. Ich weiß noch, daß ich auf das Wasser schaute und meine Handschellen loszumachen versuchte, ehe der Kampf begann. Dann rückten wir dicht an das andere Schiff heran, und dessen ganze Kriegsmannschaft sprang über unsere Bordwand herüber, und meine Bank zerbrach, und ich lag eingequetscht mit den drei andern über mir, und das große Ruder quer übern Rücken gepreßt.«

»Und?«

Charlies Augen waren funkelnd geöffnet. Er starrte auf die Wand hinter meinem Stuhl.

»Ich weiß nicht, wie wir kämpften. Die ganze Mannschaft stampfte auf meinem Rücken herum, und ich konnte mich nicht rühren. Dann begannen unsere Ruderer auf der linken Seite – an ihre Ruder geschmiedet natürlich – zu heulen und rückwärts zu rudern. Ich konnte das Wasser zischen hören, und wir drehten uns im Kreise herum wie ein Mistkäfer, und wie ich lag, konnt' ich sehen, wie eine andere Galeere von der linken Seite auf uns zukam, um uns zu rammen. Ich konnte gerade meinen Kopf hoch genug heben, um ihre Segel über der Bordwand zu sehen. Wir wollten ihr Bug gegen Bug begegnen, aber es war zu spät. Wir konnten nur ganz wenig nach rechts drehen, denn die Galeere auf der rechten Seite hatte sich an uns gehängt und hielt uns fest. Dann, Herr Gott! kam ein Krach! Unsere linken Ruder brachen in Stücke, als die andere Galeere – die fahrende meine ich – die Nase hineinsteckte. Dann kamen die Unterdeckruder durch die Deckplanken heraufgeschossen, Griff voran, und eins flog hoch in die Luft und fiel dicht neben meinem Kopf wieder herunter.«

»Wie kam das?«

»Der Bug der andern Galeere schob sie durch die Ruderlöcher hinein, und ich konnte den schauderhaften Lärm von den unteren Decks herauf hören. Dann traf uns ihre Nase fast in die Mitte, und wir kippten um, und die Kerls in der Galeere von rechts machten ihre Haken und Taue los und warfen allerhand Zeug auf unser Oberdeck – Pfeile und heißen Teer oder so was, das brannte, und wir gingen hoch und hoch und hoch auf der linken Seite, und auf der rechten Seite herunter, und ich drehte meinen Kopf herum und sah, wie das Wasser just über den rechten Bordrand stieg. Einen Augenblick schien es stillzustehen, dann floß es über und stürzte auf uns alle herab, die wir auf der rechten Seite lagen, und ich fühlte es mir in den Rücken schlagen und wachte auf.«

»Einen Augenblick, Charlie! – Als die See über dem Bordrand stand, wie sah das aus?« Ich hatte einen bestimmten Grund, so zu fragen. Ein Bekannter von mir war mit einem lecken Schiff bei ruhiger See gesunken und hatte beobachtet, daß die Wasserfläche, ehe sie auf das Deck stürzte, einen Augenblick stillstand.

»Es sah geradeso aus wie eine straff gespannte Gitarrensaite, und es kam mir vor, als ob es eine Ewigkeit da stände«, sagte Charlie.

Richtig! Ganz richtig! Mein Bekannter hatte gesagt: »Es kam mir vor wie ein silberner Draht, der längs des Bordrands gelegt war und der aussah, als ob er nie zerreißen würde.« Dem Mann hatte diese kleine nutzlose Beobachtung alles außer dem nackten Leben gekostet, und ich war zehntausend Meilen weit mühselig gereist, um ihn zu sehen und mir die Sache schildern zu lassen. Aber Charlie, der Bankkommis mit fünfundzwanzig Schilling die Woche, der noch nie von einer gepflasterten Straße heruntergekommen war, kannte das alles. Es war ein schlechter Trost für mich, daß er für diese Erfahrung eines seiner Vorleben hatte drangeben müssen. Auch ich war sicherlich Dutzende von Malen gestorben, aber hinter mir waren die Pforten geschlossen, just, weil ich meine Erfahrung hätte ausnützen können. »Und dann?« sagte ich und suchte den Neidteufel zu unterdrücken.

»Das Komische war, daß ich mich während des ganzes Kampfes weder fürchtete noch wunderte. Es war, als ob ich schon in vielen Gefechten gewesen sei, wenigstens sagte ich das zu meinem Nachbarn, ehe es losging. Aber der Hund von Aufseher auf unserm Deck wollte unsre Ketten nicht losmachen und uns eine Chance geben. Er sagte immer, daß wir alle nach einer Schlacht freigelassen werden würden, aber das kam nie; das kam nie.« Charlie schüttelte traurig den Kopf.

»So ein Schuft!«

»Das war er wohl. Er gab uns nie genug zu essen, und manchmal waren wir so durstig, daß wir Salzwasser tranken. Ich habe den Geschmack noch im Munde.«

»Erzählen Sie mir doch noch etwas über den Hafen, wo das Gefecht stattfand.«

»Davon hab' ich nichts geträumt. Aber ich weiß, daß es ein Hafen war, denn wir waren an einem Ring angebunden, an einer weißen Mauer, und unter Wasser war der Stein mit Holz verkleidet, damit unsere Ramme nicht beschädigt würde, wenn die Flut uns schaukelte.«

»Das ist sonderbar. Unser Held kommandierte doch die Galeere, nicht?«

»Und ob! Er stand oben am Bug und schrie wie ein Besessener. Es war derselbe, der den Aufseher getötet hatte.«

»Aber Charlie, ertrankt ihr denn nicht alle zusammen?«

»Ich kann das nicht ganz zusammenbringen«, sagte er mit einem verwirrten Blick. »Die Galeere muß mit Mann und Maus untergegangen sein, und doch kommt es mir vor, als ob der Held später noch gelebt hätte. Vielleicht kletterte er auf das angreifende Schiff. Ich konnte das natürlich nicht sehen. Ich war ja tot, wissen Sie.« Er schauderte leicht und behauptete, er wüßte sich auf nichts weiter zu besinnen.

Ich drängte ihn nicht weiter; um mich aber zu versichern, daß er von seinem geistigen Zustande keine Ahnung hatte, gab ich ihm Mortimer Collins »Seelenwanderung« zu lesen und schilderte ihm den Inhalt in kurzen Umrissen, bevor er das Buch öffnete.

»Was ist das alles für ein Blödsinn!« sagte er freimütig, nachdem er ungefähr eine Stunde gelesen hatte. »Ich kann das Zeug vom roten Planeten Mars und vom König und dem ganzen Kram nicht verstehen. Geben Sie mir meinen Longfellow wieder her.«

Ich gab ihm das Buch und schrieb, soweit ich mich entsinnen konnte, nieder, was er mir von der Seeschlacht erzählt hatte. Von Zeit zu Zeit mußte ich ihn wegen der oder jener Einzelheit befragen. Er antwortete, ohne von dem Buch aufzublicken, so bestimmt, als ob alles, was er sagte, gedruckt vor ihm stände.

Ich sprach mit halblauter Stimme, um den Strom nicht zu unterbrechen, und ich sah wohl, daß er sich kaum dessen bewußt war, was er sagte, denn seine Gedanken waren auf hoher See bei Longfellow.

»Charlie«, fragte ich, »wenn die Ruderknechte auf den Galeeren meuterten, wie töteten sie ihre Aufseher?«

»Sie rissen die Bänke hoch und schlugen ihnen den Schädel ein. Es ging gerade eine schwere See. Einer von den Aufsehern auf dem unteren Deck glitt aus auf der mittleren Planke und fiel zwischen die Ruderer. Sie drückten ihn mit den gefesselten Händen gegen die Planken des Schiffes zu Tode, ganz still, und es war so dunkel, daß der andere Aufseher nicht sehen konnte, was geschehen war. Als er fragte, wurde er auch heruntergezogen und totgedrückt, und das Unterdeck schlug sich bis oben durch, von einem Deck zum andern, und die Stücke der zerbrochenen Ruderbänke polterten an den Ketten hinter ihnen her. Herrgott, wie sie heulten!«

»Und was geschah danach?«

»Ich weiß nicht. Der Held verschwand mitsamt seinem roten Haar und roten Bart und allem. Das war, nachdem er unsere Galeere genommen hatte, glaube ich.«

Der Klang meiner Stimme schien ihn zu verwirren. Er machte eine Bewegung mit der Hand, ungeduldig wie jemand, der nicht unterbrochen werden will.

»Sie haben mir nie gesagt, daß er rothaarig war, oder daß er Ihre Galeere genommen hat«, sagte ich nach einer behutsamen Pause. Charlie erhob seine Augen nicht.

»Er war so rot wie ein roter Bär«, sagte er zerstreut. »Er kam von Norden, so sagten sie auf der Galeere, als er sich Ruderer suchte – freie Männer, keine Sklaven. Später – viele, viele Jahre später – kamen Nachrichten von einem andern Schiff – oder er selbst kam zurück – –«

Seine Lippen bewegten sich lautlos. Er sagte sich verzückt irgendein Gedicht her, das er gerade gelesen hatte.

»Wo war er denn also hingefahren?« Ich flüsterte fast, damit die Frage in aller Stille ihren Weg in die Gehirnregion Charlies finden möchte, die für mich arbeitete.

»Nach den Buchen, den großen wunderbaren Buchen!« war die Antwort nach einer Minute des Schweigens.

»Nach Furdurstrandi?« fragte ich, von Kopf bis zu Fuß zitternd.

»Ja, nach Furdurstrandi.« Er sprach das Wort ganz anders aus als ich. »Und ich habe auch gesehen – –« Die Stimme versagte.

»Wissen Sie, was Sie sagen?« rief ich unvorsichtig laut.

Er blickte auf, völlig wach. »Nein!« stieß er hervor. »Ich wollte, Sie ließen mich ruhig lesen. Hören Sie dies: –

>Othir, der alte Seekapitän,
Rührte sich nicht vom Fleck,
Bis der König lobesam
Wiederum seine Feder nahm
Und schrieb in einem weg.

Und den König von Sachsenland
Schaute er furchtlos an,
Hob seine braune Hand danach:
,Zum Zeichen, daß ich Wahrheit sprach,
Sieh diesen Walroßzahn!'<

– Bei Gott, was für Kerls das gewesen sein müssen! So über den ganzen Teich zu segeln, ohne zu wissen, wo sie Land finden würden! Hach!«

»Charlie«, flehte ich, »wenn Sie nur einen Augenblick vernünftig sein wollen, verspreche ich Ihnen, daß ich unsern Helden in der Geschichte genauso großartig machen werde wie Ihren Othir.«

»Hach! Longfellow hat dieses Gedicht geschrieben. Ich interessiere mich nicht mehr dafür, was zu schreiben. Ich will lesen.« Er war gründlich aus der Stimmung; und so ging ich fort, wütend über mein Mißgeschick.

Man stelle sich vor, man stände vor der Tür der Schatzkammer der Welt und Türhüter wäre ein Kind – ein müßiges, ahnungsloses Kind, das mit Murmeln spielt und von dessen Laune es abhinge, daß man den Schlüssel bekommt –, so wird man sich eine schwache Vorstellung von meiner Folter machen können. Bis zu diesem Abend hatte Charlie nichts gesagt, was nicht auf das Dasein eines griechischen Galeerensklaven gepaßt hätte. Aber jetzt auf einmal hatte er von einem verwegenen Wikingerabenteuer geredet, von Thorfin Karlsefnes Fahrt nach Weinland offenbar, was nichts anderes als Amerika ist, im neunten oder zehnten Jahrhundert. Die Schlacht im Hafen hatte er gesehen und seinen eigenen Tod beschrieben. Hier handelte es sich um einen noch aufregenderen Sprung in die Vergangenheit. War es möglich, daß er ein halbes Dutzend Leben übersprungen hatte, und daß dann eine um tausend Jahre später liegende Episode dämmrig in seiner Erinnerung aufgetaucht war? Es war ein Wirrwarr zum Tollwerden, und das schlimmste dabei war, daß Charlie Mears im Normalzustand der letzte auf der Welt war, um diese Dinge aufzuklären. Ich konnte nichts weiter tun, als warten und aufpassen; aber ich ging diese Nacht zu Bett voll der wildesten Phantasien. Hier gab es nichts Unmögliches, wenn nur Charlies elendes Gedächtnis aushielt!

Ich konnte instand gesetzt werden, die Sage von Thorfin Karlsefne noch einmal zu schreiben, wie sie noch nie geschrieben worden war, konnte die Geschichte der ersten Entdeckung Amerikas erzählen – ich selbst Entdecker dieser Entdeckung. Aber mein Geschick lag ganz in Charlies Händen, und solange noch eins von den verwünschten Gedichtbüchern zu haben war, konnte ich nichts aus ihm herausbringen. Ich wagte nicht, ihn kräftiger anzupacken, wagte kaum, sein Gedächtnis aufzurütteln, denn ich hatte es mit Erinnerungen von vor tausend Jahren zu tun, ausgesprochen durch den Mund eines jungen Burschen von heute; und ein Bursch von heut' unterliegt jedem wechselnden Eindruck so sehr, daß er unter Umständen lügt, just wenn er die Wahrheit sagen will.

Fast eine Woche lang sah und hörte ich nichts von Charlie. Eines Tages traf ich ihn in der Grace Church Street mit einem Kontobuch bewaffnet. Seine Geschäfte führten ihn über die

London-Brücke und ich begleitete ihn. Er tat sehr wichtig mit seinem Buch. Halbwegs über der Themse blieben wir stehen und sahen einem großen Dampfer zu, der große Blöcke braunen und weißen Marmors auslud. Ein Leichterboot trieb unterm Stern des Dampfers hin und eine einsame Kuh stand darin und brüllte. Charlies Gesicht verwandelte sich aus dem eines Bankkommis in das eines unbekannten und – obwohl er das selber nicht geglaubt hätte – viel gescheiteren Mannes. Er schwang seinen Arm über das Geländer und sagte, laut auflachend: »Als sie unsere Stiere brüllen hörten, liefen die Skroelinge davon!«

Ich wartete nur einen Augenblick, aber der Leichter und die Kuh waren hinter dem Bug des Dampfers verschwunden, bevor ich antwortete.

»Charlie, was sind denn eigentlich Skroelinge?«

»Keine Ahnung, habe nie davon gehört. Klingt wie eine neue Art Seemöven. Komisch, Sie mit Ihren ewigen Fragen! – Ich muß zu dem Kassierer der Omnibusgesellschaft da drüben. Wollen Sie ein bißchen warten, dann können wir irgendwo zusammen frühstücken? Ich habe eine Idee für ein Gedicht.«

»Nein, danke. Ich muß fort. Sind Sie ganz sicher, daß Sie nichts von Skroelingen wissen?«

»Nein, wenn's nicht Gäule sind fürs nächste Rennen!« Er nickte mir zu und verschwand im Gedränge.

Nun steht geschrieben in der Sage von Erik dem Roten oder in der von Thorfin Karlsefne, daß vor neunhundert Jahren, als Karlsefnes Schiffe zu Leifs Hütten kamen, die Leif in dem unbekannten Lande Markland – möglicherweise dem heutigen Rhode Island in den Vereinigten Staaten – gebaut hatte, die Skroelinge – und der Himmel weiß, wer die sind –, an die Küste kamen, um mit den Wikingern zu handeln, und entsetzt davonliefen, als sie das Gebrüll der Kühe hörten, die Thorfin in seinem Schiff mitgebracht hatte.

Aber was, in aller Welt, konnte ein griechischer Galeerensklave von all dem wissen? – Ich wanderte die Straßen auf und ab und versuchte das Rätsel zu lösen; aber je mehr ich grübelte, um so verwirrender wurde es. Eines allein schien gewiß, und diese Gewißheit versetzte mir für einen Augenblick den Atem: wenn sich mir hier überhaupt etwas klar offenbaren sollte, so würde es nicht nur *ein* Leben der in Charlie Mears verkörperten Seele sein, sondern ein halbes Dutzend – ein halbes Dutzend verschiedener, getrennter Existenzen, fern auf blauen Gewässern zur Morgenzeit der Welt.

Ich suchte die Lage zu überblicken. Es stand fest, daß, wenn ich von meinem Wissen Gebrauch machte, ich allein und unerreichbar dastand. Das war doch sehr viel, aber ich war undankbar, wie Menschen sind. Es schien mir ein schreiendes Unrecht, daß Charlies Gedächtnis gerade da versagte, wo ich es am meisten brauchte. – Himmlische Mächte! – Ich blickte zu ihnen durch den dicken Londoner Nebel empor – wußten denn die Gewalthaber über Leben und Tod nicht, was das für mich bedeutete? Nichts Geringeres als ewigen Ruhm, den ich mit keiner lebenden Seele teilen würde. – Wenn Charlie nur für eine einzige Stunde – für sechzig kurze Minuten – die Erinnerung vergönnt würde an Existenzen, die sich über tausend Jahre erstreckten, so würde ich auf allen materiellen Gewinn und alle Ehre für das, was ich aus seinem Bericht machen würde, verzichten. Ich würde mich gar nicht um das Aufsehen kümmern, das in dem besonderen Winkel der Erde, der sich »die Welt« nennt, entstünde. Das ganze Ding mochte meinetwegen anonym erscheinen. Ja, ich würde sogar anderen einreden, daß sie es geschrieben hätten. Priester würden eine neue Ethik daraus ableiten, die die ganze Menschheit von der Todesfurcht zu befreien berufen wäre. Jeder Orientalist in Europa würde sie mit Sanskrit- und Palitexten belegen. Schreckensweiber würden neue Schlagworte für die Emanzipation ihrer Schwestern daraus ziehen. Kirchen und Religionen würden sich darüber in die Haare geraten. Zwischen dem Halten und Wiederanziehen eines Omnibusses stiegen vor meinem Geiste die Katzbalgereien zwischen einem halben Dutzend Heilsverkündern auf, die alle »die Lehre von der wahren Metempsychose in ihrer Anwendung auf die Welt und die Neue Zeit« ausposaunen würden; und ich sah zugleich alle ehrenwerten englischen Tageszeitungen scheu werden wie eine Herde erschreckter Kühe vor der wundervollen Einfachheit der Geschichte. Mein Geist übersprang hundert – zweihundert – tausend Jahre. Ich sah mit Gram, daß die Menschen den Bericht verstümmeln und verhunzen würden; daß rivalisierende Glaubensbekenntnisse darin das Oberste zuunterst kehren würden, bis endlich das gesamte Abendland, das an der Furcht vor dem Tode krampfhafter hängt als an der Hoffnung auf Leben, ihn beiseite schieben würde als einen interessanten Aberglauben, um einem andern Glauben nachzujagen, der lange genug vergessen gewesen wäre, um wieder neu zu erscheinen.

Daraufhin unterzog ich meine Wünsche an die Gewalthaber über Leben und Tod einer Revision: Laßt mich die Geschichte nur kennenlernen und schreiben mit dem sicheren Wissen, daß ich die Wahrheit schrieb, und ich will das Manuskript als eine feierliche Opferspende verbrennen! Fünf Minuten nach Niederschrift der letzten Zeile will ich alles zerstören. Aber ich muß es mit absoluter Gewißheit schreiben dürfen.

Ich erhielt keine Antwort. Die flammenden Buchstaben eines Plakats zogen meinen Blick auf sich. – Ob es wohl geraten war, Charlie in die Hände eines der professionellen Hypnotiseure zu geben, und ob Charlie unter diesem Einflusse von seinen vergangenen Existenzen sprechen würde? Wenn er spräche, und wenn man ihm glauben sollte... Aber Charlie würde eingeschüchtert und verwirrt werden, oder das Gefühl seiner Wichtigkeit würde ihm zu Kopf steigen. In jedem Falle würde er, aus Furcht oder aus Eitelkeit, zu lügen anfangen. Nein, er war am sichersten in meinen Händen.

»Komische Käuze, Ihre Engländer«, sagte eine Stimme halb hinter mir, und mich umwendend, sah ich einen flüchtigen Bekannten von mir, einen jungen, bengalischen Studenten, dessen Vater ihn nach Europa geschickt hatte, damit er sich dort zivilisiere. Der Alte war ein eingeborener Beamter a. D. mit fünf Pfund monatlicher Pension. Damit brachte er es fertig, seinem Sohn jährlich zweihundert Pfund zu geben, die dieser dazu benutzte, sich in London als jüngeren Sohn eines königlichen Hauses aufzuspielen und haarsträubende Geschichten von den brutalen englischen Bürokraten zu erzählen, die den armen Eingeborenen den letzten Tropfen Blut auspressen.

Grish Chunder war ein junger, fetter, stämmiger Bengale, mit peinlicher Sorgfalt gekleidet: Gehrock, helle Hose, Zylinder, braune Handschuhe. Ich hatte ihn in den Tagen gekannt, als die brutale englische Regierung seine Universitätserziehung bezahlte und er zum Dank der *Sachi-Durpan*[1] wohlfeile Hetzartikel lieferte und mit den Weibern seiner vierzehnjährigen Schulkameraden intrigierte.

»Sehr komisch und sehr blöd«, sagte er, auf das Plakat deutend. »Ich will nach dem Northbrook-Club. Kommen Sie mit?«

Ich ging eine Weile neben ihm her. »Sie fühlen sich nicht wohl«, sagte er. »Was haben Sie auf dem Herzen? Sie reden nicht.«

»Grish Chunder, Sie haben zuviel gelernt, um an einen Gott zu glauben, nicht wahr?«

»Oh, ja, *hier*! Aber wenn ich nach Hause komme, muß ich mich dem allgemeinen Aberglauben unterwerfen und die Zeremonien der Reinigung mitmachen und meine Weiber müssen ihre Götzen salben.«

»Und das *Tulsi*[2] aufhängen und den *Purohit*[3] regalieren und wieder in die Kaste kriechen und einen guten *Khuttri*[4] aus sich machen, Sie vorgeschrittener Freidenker. Und Sie werden wieder *Desi*[5] essen und alles lieben, vom Geruch des Haushofs bis zum Senföl, mit dem Sie sich beschmieren.«

»Ich werde es sehr lieben«, sagte Grish Chunder. »Einmal ein Hindu, immer ein Hindu. Aber ich möchte erfahren, was die Engländer zu wissen meinen.«

»Ich will Ihnen etwas sagen, was ein Engländer, den ich kenne, weiß. – Für Sie eine alte Geschichte.«

Ich begann, ihm Charlies Geschichte auf englisch zu erzählen, aber Grish Chunder unterbrach mich mit einer Frage in seiner Muttersprache, und so ging die Erzählung ganz von selbst in der Sprache weiter, die am besten zu ihm paßte. Ich hätte sie auf englisch auch schließlich niemals zustande gebracht. – Grish Chunder hörte mir zu, von Zeit zu Zeit mit dem Kopfe nickend, und kam schließlich mit in meine Wohnung, wo ich die Erzählung beendete.

---

[1] »Die Wahrheit«, in Bombay erscheinende Zeitung.
[2] Ein von den Hindus heilig gehaltenes Kraut, das an Festtagen in den Häusern aufgehängt wird.
[3] Ein Priester, der Kaste angehörend, die in den Familien im Hause religiöse Zeremonien verrichtet.
[4] Gläubiger.
[5] Nach den Vorschriften der Religion zubereitete Speise.

»*Beshak*«, sagte er philosophisch. »*Lekin darwaza band hai*[6]. Ich habe bei meinen Leuten von solcher Erinnerung an frühere Leben gehört! Bei uns ist es natürlich eine alte Geschichte. Aber bei einem Engländer – einem Kuhfleisch fressenden *Mlechh* – einem Unreinen – bei Zeus, das ist *sehr* merkwürdig!«

»Unrein Sie selber, Grish Chunder! Sie essen alle Tage Kuhfleisch! Wir wollen uns die Sache doch mal überlegen. Der junge Mann erinnert sich seiner Inkarnationen.«

»Weiß er das?« fragte Grish Chunder ruhig, auf meinem Tisch sitzend und mit den Beinen baumelnd. Er sprach jetzt wieder englisch.

»Er weiß gar nichts. Würde ich sonst mit Ihnen reden? Also weiter!«

»Da gibt's gar nichts weiter. Wenn Sie das Ihren Freunden erzählen, werden sie sagen, Sie sind verrückt, und werden es in die Zeitung bringen. Gesetzt nun, Sie klagen wegen Beleidigung...«

»Lassen wir das jetzt ganz aus dem Spiele. Gibt es eine Möglichkeit, ihn zum Sprechen zu bringen?«

»Es gibt eine Möglichkeit. Oh, ja! Aber *wenn* er spräche, würde diese Welt hier jetzt, augenblicklich, zu Ende sein, Ihnen überm Kopf zusammenfallen. Diese Dinge sind nicht statthaft, verstehen Sie. Wie ich sagte, die Tür ist verschlossen.«

»Kein Schatten einer Möglichkeit?«

»Wie wäre das denkbar? Sie sind ein Christ, und es ist verboten, in Ihrem Buch, vom Baume des Lebens zu essen, weil Sie sonst nie sterben würden. Wie könntet ihr den Tod fürchten, wenn ihr alle wüßtet, was Ihr Freund weiß, ohne es zu ahnen? – Ich fürchte mich vor Rippenstößen, aber ich fürchte mich nicht vor dem Tode, weil ich weiß, was ich weiß. Ihr fürchtet euch nicht vor Rippenstößen, aber ihr fürchtet euch vor dem Tode. Wenn das nicht wäre, bei Gott! ihr Engländer würdet die ganze Welt in einer halben Stunde über den Haufen werfen, das europäische Gleichgewicht ruinieren und allgemeine Verwirrung anrichten. Es würde nicht gut sein. – Aber keine Angst! Er wird

---

[6] Ganz klar; aber die Tür ist geschlossen.

sich nach und nach an immer weniger erinnern und alles für Träume halten. Zu guter Letzt wird er wieder alles vergessen.«

»Bei ihm wäre doch eine Ausnahme von der Regel möglich.«

»Regeln haben keine Ausnahmen. Einige schauen weniger unumstößlich aus als andere, aber bei näherer Betrachtung steht es mit allen gleich. Wenn dieser Freund von Ihnen sagen würde, soundso und soundso, er erinnere sich aller seiner früheren Leben, oder eines Stückchens von *einem* früheren Leben, so würde er keine Stunde länger in der Bank sitzen. Er würde als verrückt entlassen und in ein Irrenhaus gesperrt werden. Das sehen Sie ein, mein Freund.«

»Freilich, aber ich dachte, man brauchte ja seinen Namen gar nicht in der Geschichte zu nennen.«

»Ah so! – Die Geschichte wird nie geschrieben werden. Sie können es ja probieren.«

»Das will ich auch.«

»Auf Ihr Konto und um Geld damit zu verdienen natürlich?«

»Nein, nur um die Geschichte zu schreiben – auf Ehre, aus keinem andern Grund.«

»Auch dann haben Sie keine Aussichten. Sie können mit den Göttern nicht spielen. Aber die Geschichte ist doch recht hübsch, so wie sie ist. Machen Sie ruhig noch ein bißchen weiter so. Aber beeilen Sie sich. Er wird nicht lange vorhalten.«

»Was meinen Sie damit?«

»Was ich sage. Er hat bis jetzt noch nie an ein Frauenzimmer gedacht.«

»Vielleicht doch.« Ich dachte an gewisse gelegentliche Konfidenzen Charlies.

»Ich meine, kein Frauenzimmer hat an ihn gedacht. Wenn *das* kommt – *bus – hogya* – alles weg! Ich kenne das. Frauenzimmer gibt es hier zu Tausenden. Dienstmädchen zum Beispiel, die einen hinter der Tür abküssen.«

Ich empörte mich bei dem Gedanken, daß meine Geschichte durch ein Dienstmädchen ruiniert werden könnte. Und doch war nichts wahrscheinlicher.

Grish Chunder grinste.

»Ja – und andere hübsche Mädchen. Kusinen aus seiner Familie, oder auch nicht aus seiner Familie. *Ein* Kuß, den er erwi-

dert, wird ihn von all diesem Unsinn kurieren – oder aber...«
»Oder was? Vergessen Sie nicht, daß er gar nicht weiß, was er weiß.«
»Weiß ich alles. – Oder aber, wenn nichts anderes passiert, wird er schließlich in Geld und Geschäften aufgehen wie alle andern. Es muß so kommen. Sie sehen selber, daß es so kommen muß. Aber das Frauenzimmer wird zuerst drankommen, glaube ich.«
In diesem Augenblick klopfte es an die Tür und Charlie stürzte ungestüm herein. Er war früher als sonst aus dem Büro entlassen worden, und ich konnte ihm an den Augen ansehen, daß er kam, um recht ausgiebig mit mir zu schwatzen; wahrscheinlich die Tasche voll Gedichte. Charlies Gedichte stellten meine Geduld arg auf die Probe, aber zuweilen brachten sie ihn doch auf die Galeere zu sprechen.
Grish Chunder sah ihn einen Augenblick scharf an.
»Verzeihung«, sagte Charlie enttäuscht, »ich wußte nicht, daß Sie Besuch haben.«
»Ich bin eben dabei, mich zu verabschieden!« sagte Grish Chunder und zog mich mit in den Korridor.
»Das ist Ihr Mann?« sagte er schnell. »Ich kann Ihnen vorher sagen, der wird Ihnen nie alles sagen, was Sie zu erfahren wünschen. Das ist Unsinn – dummes Zeug! Aber er wäre ausgezeichnet zum Wahrsagen – Hellsehen. Wenn wir ihm sagten, daß es sich nur um einen Scherz handelt« – ich hatte Grish Chunder noch nie so aufgeregt gesehen – »und ihm Tinte in die Hand gössen. Eh, was meinen Sie? Ich sage Ihnen, er könnte *alles* sehen, was ein Mensch nur sehen kann. Lassen Sie mich Tinte und Kampfer holen. Er ist ein Seher und wird uns alles mögliche sagen.«
»Mag sein, aber ich beabsichtige nicht, ihn Ihren Göttern und Teufeln anzuvertrauen.«
»Es wird ihm nichts schaden. Er wird sich nur ein bißchen blöd und konfus fühlen, wenn er aufwacht. Sie haben doch schon gesehen, wie junge Burschen aus Tinte wahrsagen?«
»Eben deshalb will ich es nicht wieder sehen. Gehen Sie jetzt lieber, Grish Chunder.«
Er ging, und während er die Treppe hinabstieg, hörte ich ihn

noch klagen, daß ich die einzige Gelegenheit, einen Blick in die Zukunft zu tun, von der Hand gewiesen hätte.

Das ließ mich kalt; mir war nur an der Vergangenheit gelegen. Hypnotisierte Knaben, die aus Spiegeln und Tinte prophezeien, konnten mir nicht dazu helfen. Im übrigen vermochte ich wohl, Grish Chunders Standpunkt zu würdigen.

»Was für ein fetter, schwarzer Kerl das war!« sagte Charlie, als ich zurückkam. »Also jetzt schauen Sie mal, ich habe eben ein Gedicht gemacht, nach dem Essen, anstatt Domino zu spielen. Darf ich es Ihnen vorlesen?«

»Lassen Sie mich selber lesen.«

»Sie bringen die richtige Betonung nicht heraus. Außerdem klingen meine Sachen bei Ihnen immer so, als ob die Reime alle falsch wären.«

»Gut, lesen Sie. Sie sind genau wie alle andern Poeten.«

Charlie brachte sein Gedicht zu Gehör, und es war nicht viel schlechter als die übrigen. Er hatte seine Bücher getreulich gelesen, aber es wollte ihm nicht behagen, als ich ihm sagte, daß ich Longfellow ohne Charlie-Zusatz vorzöge.

Dann begannen wir, das Manuskript Zeile für Zeile durchzugehen, wobei Charlie jeden Einwand, jede Änderung zurückwies mit der unerschütterlichen Erwiderung:

»Ja, das mag vielleicht besser sein, aber Sie verstehen nicht, worauf ich hinaus will.«

Auf der Rückseite des Papiers stand etwas mit Bleistift gekritzelt, und ich fragte: »Was ist das?«

»Oh, das ist nichts Gedichtetes. Dummes Zeug, das ich gestern geschmiert habe, ehe ich zu Bett ging. Es war mir zu langweilig, nach Reimen zu suchen, und da habe ich eben so eine Art freie Rhythmen hingeschrieben.«

Hier sind Charlies »freie Rhythmen«:

»Wir ruderten für dich, wenn der Wind wider uns
war und die Segel schlaff hingen.
Läßt du uns niemals frei?
Wir aßen Brot und Zwiebeln, während du Städte
nahmst oder eilig an Bord flohst, wenn du geschlagen
wurdest vom Feind.

Die Hauptleute gingen auf Deck hin und her bei schönem Wetter und sangen Lieder; aber wir waren unten.
Die Sinne vergingen uns, und das Kinn sank uns auf die Ruder, du aber merktest es nicht, denn wir schwangen immer noch hin und her.
Läßt du uns niemals frei?
Das Salz machte die Rudergriffe wie Haifischhaut; unsere Knie wurden zerfressen bis auf die Knochen vom Salz; unser Haar klebte an unsern Stirnen, und unsere Lippen waren zerfressen bis auf die Zähne, und du peitschest uns, weil wir nicht rudern konnten!
Läßt du uns niemals frei?
Aber über ein kleines werden wir durch die Luken verschwinden, wie das Wasser, das die Ruder entlang läuft, und wenn du auch den andern befiehlst, hinter uns her zu rudern, du wirst uns nicht einholen, ehe du nicht das Flugwasser der Ruder fängst und den Wind festbindest im Bauch des Segels. Aho!
Läßt du uns niemals frei?«

»Hm. Was ist denn Flugwasser, Charlie.«
»Das Wasser, das von den Rudern heraufspritzt. – Wissen Sie, das ist so ein Lied, wie sie es auf den Galeeren singen könnten. Werden Sie denn unsere Geschichte nicht endlich mal fertig machen und mir etwas von dem Honorar geben?«
»Das hängt ganz von Ihnen ab. Wenn Sie mir nur gleich zu Anfang etwas mehr von Ihrem Helden erzählt hätten, so könnte ich jetzt schon fertig sein. Aber Ihre Ideen sind alle so verschwommen.«
»Ich will Ihnen bloß die allgemeine Idee geben, das Herumfahren von einem Ort zum andern, und die Kämpfe und so weiter. Können Sie denn das übrige nicht selber ausfüllen? Lassen Sie doch den Helden ein Mädchen von einem Piratenschiff retten und hernach heiraten – oder so was!«
»Sie sind wirklich ein ausgezeichneter Mitarbeiter. Ich vermute, der Held hat doch wohl noch ein paar Abenteuer durchgemacht, ehe er heiratete.«

»Also gut, machen Sie einen recht gerissenen Fuchs aus ihm – einen gemeinen Kerl – so eine Art Politiker, der überall Verträge schloß, um sie wieder zu brechen – einen schwarzhaarigen Hund, der hinter den Mast kroch, wenn der Kampf losging.«

»Aber neulich haben Sie doch gesagt, daß er rote Haare hatte!«

»Das kann ich unmöglich gesagt haben. Schwarzhaarig muß er sein. Selbstverständlich! Sie haben keine Phantasie.«

Angesichts des Umstandes, daß ich ja gerade jetzt alle die Grundlagen der irrtümlich so genannten Einbildungskraft – in Wahrheit Halberinnerung – entdeckt hatte, fühlte ich mich einigermaßen berechtigt, zu lachen, unterdrückte es aber der Geschichte zuliebe.

»Sie haben recht. *Sie* sind der Mann mit der Phantasie. Also ein schwarzhaariger Kerl in einem gedeckten Schiff«, sagte ich.

»Nein, ein offenes Schiff – wie ein großes Boot.«

Das war zum Tollwerden.

»Ihr Schiff ist doch geschlossen und gedeckt, das steht doch fest. Sie haben es doch selber so gesagt«, protestierte ich.

»Nein, nein, nicht *dieses* Schiff. Das war offen oder halbgedeckt, weil – das heißt, wahrhaftig, Sie haben recht! Ich dachte mir den Helden als einen rothaarigen Kerl. – Natürlich, wenn er rothaarig ist, müßte auch das Schiff offen sein mit bemalten Segeln!«

Jetzt, dachte ich, muß er sich besinnen, daß er mindestens auf zwei Galeeren gedient hat – einem griechischen Dreidecker unter dem schwarzhaarigen »Politiker«, und dann in der offenen Seeschlange eines Wikings, unter dem Mann, »rot wie ein roter Bär«, der nach Markland fuhr. Der Teufel verführte mich zu sagen: »Warum natürlich, Charlie?«

»Ich weiß nicht. Sie wollen sich wohl über mich lustig machen?«

Der Strom war, zunächst wenigstens, wieder unterbrochen. Ich nahm ein Notizbuch heraus und tat, als ob ich mir allerhand aufschriebe.

»Es ist ein Vergnügen, mit einem so phantasievollen Menschen zu arbeiten wie Sie«, begann ich nach einer Pause. »Die Art, wie Sie den Charakter des Helden herausgebracht haben, ist einfach wundervoll.«

»Wirklich?« sagte er, vor Vergnügen errötend. »Ich habe mir schon oft gesagt, daß mehr in mir steckt, als meine Mutt – als die Leute glauben!«

»Es steckt eine Unmenge in Ihnen.«

»Dann lassen Sie mich doch einen Aufsatz über ›Das Leben eines Bankbeamten‹ an ›Tit-Bits‹ schicken, damit ich den Zehnpfundpreis dafür bekomme.«

»Das meinte ich nicht gerade damit, mein guter Freund. Wäre es nicht besser, wir warteten damit und brächten erst die Galeerengeschichte in Gang?«

»Ah, aber davon habe ich nichts. ›Tit-Bits‹ würden meinen Namen und meine Adresse veröffentlichen, wenn ich gewinne. Was lachen Sie denn? Das *würden* sie.«

»Jawohl, ich weiß. Wie wär's, wenn Sie jetzt einen kleinen Spaziergang machten? Ich möchte gern meine Notizen durchsehen.«

Also dieser unverbesserliche Jüngling, der jetzt eben, ein wenig gekränkt, von mir fortging, war möglicherweise einer von der Mannschaft der »Argo« gewesen – ein Sklave oder Kampfgenosse von Thorfin Karlsefne. Deshalb war er jetzt für Preisausschreiben begeistert! Ich dachte an das, was Grish Chunder gesagt hatte, und mußte laut lachen. Die Gewalt haben über Leben und Tod, würden Charlie Mears niemals erlauben, mit voller Erkenntnis von seinen Vergangenheiten zu sprechen, und ich war darauf angewiesen, das, was er mir gesagt hatte, mit meinen eigenen kümmerlichen Erfindungen auszuflicken, während Charlie Artikel über das Leben der Bankbeamten schrieb.

Ich nahm alle meine Notizen und stellte sie zusammen; und der Reinertrag war nicht sehr ersprießlich. Ich las sie zum zweitenmal. Es war nichts darin, was man nicht aus anderer Leute Büchern hätte zusammentragen können – mit Ausnahme etwa von dem Kampf im Hafen. Die Abenteuer eines Wikings sind schon oft erzählt worden, die Geschichte eines griechischen Galeerensklaven war auch nichts Neues. Wenn ich auch beides schrieb, wer konnte die Wahrheit meiner Angaben bestreiten oder bestätigen?

Ebensogut konnte ich eine Geschichte schreiben, die in zweitausend Jahren spielen würde.

Obgleich ich von alledem überzeugt war, konnte ich von der Erzählung nicht lassen. Begeisterung und Widerwille lösten einander ab, nicht einmal, sondern zwanzigmal in den nächsten paar Wochen. Meine Laune wechselte mit der Märzsonne und den flüchtigen Wolken. Bei Nacht oder in der Herrlichkeit eines Frühlingsmorgens war ich überzeugt, daß ich die Geschichte schreiben und Berge versetzen würde; an regnerischen, windigen Nachmittagen schien mir, daß ich die Geschichte allerdings schreiben könnte, daß es aber schließlich doch nichts anderes werden würde als ein unechtes, überlackiertes Machwerk, so ein Ding mit künstlichem Rost, wie in den Antiquitätenläden von Wardour Street. Dann rief ich allen Zorn des Himmels auf Charlie herab – obwohl es nicht seine Schuld war.

Er schien mit Preisschriften stark beschäftigt zu sein, und ich bekam ihn immer seltener zu sehen, indes die Wochen hingingen und die Erde sich regte und dem Frühling entgegenreifte und die Knospen in ihren Hüllen schwollen. Er machte sich nichts mehr daraus, zu lesen oder von dem Gelesenen zu reden, und ein neuer Ton von Selbstgefälligkeit klang aus seiner Stimme. Ich hatte kaum noch Lust, ihn an die Galeeren zu erinnern, wenn wir uns trafen; aber er selbst kam häufig darauf zurück und jedesmal nur wie auf ein Geschäft, aus dem sich Geld schlagen ließ.

»Ich denke doch, daß mir mindestens fünfundzwanzig Prozent zukommen, nicht wahr?« sagte er mit schöner Offenheit. »Die Ideen habe ich doch alle geliefert?«

Diese Geldgier war eine neue Seite in seinem Charakter. Ich nahm an, daß sie durch das Leben in der City entstanden war, wo er sich auch den merkwürdigen näselnden gedehnten Tonfall des halbgebildeten Citymanns beigelegt hatte.

»Wenn die Sache fertig ist, wollen wir darüber reden. Augenblicklich kann ich gar nichts damit anfangen. Ich weiß noch nicht einmal, ob der Held rothaarig oder schwarzhaarig ist.«

Er saß beim Feuer und starrte in die Glut. »Ich kann nicht begreifen, was Sie dabei so schwierig finden; mir ist alles so klar wie nur etwas«, antwortete er. Ein Gasstrahl puffte zwischen den Scheiten hervor, fing Feuer und summte leise. »Wir wollen einmal die Abenteuer des rothaarigen Helden zuerst nehmen, von der Zeit an, wo er nach Süden kam und meine Galeere nahm und nach den Buchen segelte.«

Ich hütete mich wohl, Charlie jetzt zu unterbrechen. Ich hatte weder Papier noch Feder zur Hand, aber ich wagte nicht, mich zu rühren, aus Furcht, den Strom zu unterbrechen. Die Stichflamme pufte und winselte, Charlies Stimme sank fast zu einem Geflüster herab, und er erzählte von der Fahrt einer offenen Galeere nach Furdurstrandi, von Sonnenuntergängen auf hoher See, Abend für Abend erschaut unter der Wölbung des Segels, wenn der Schnabel des Schiffs in die Mitte der sinkenden Scheibe schnitt; und »danach steuerten wir, denn einen andern Führer hatten wir nicht«, sagte Charlie. Er sprach von einer Landung auf einer Insel und von Streifzügen in ihre Wälder, wo die Mannschaft drei Männer tötete, die sie unter den Fichten schlafend fanden. Ihre Geister, sagte Charlie, folgten der Galeere, schwimmend und gurgelnd im Wasser, und die Mannschaft warf Lose und warf einen der Ihren über Bord, zum Opfer für die fremden Götter, die sie beleidigt hatten. Dann aßen sie Seegras, als ihre Lebensmittel ausgingen, und ihre Beine schwollen an, und ihr Führer, der Rothaarige, tötete zwei von den Ruderknechten, die meuterten; und nachdem sie ein Jahr in den Wäldern zugebracht hatten, setzten sie Segel nach ihrem Heimatlande, und ein unablässiger Wind trug sie zurück so sicher, daß sie alle schliefen bei Nacht.

Dies und noch vieles andere erzählte Charlie. Mitunter wurde die Stimme so leise, daß ich die Worte kaum hören konnte, obgleich jeder Nerv gespannt war. Er sprach von ihrem Führer, dem Rothaarigen, wie ein Heide von seiner Gottheit spricht; denn er war es, der ihnen Mut machte, oder sie tötete, unparteiisch, wie er es just zu ihrem Besten für nötig hielt; und er war es, der sie drei Tage lang sicher durch treibendes Eis hindurchsteuerte, jede Scholle voll fremdartiger Bestien – »die mit uns segeln wollten«, sagte Charlie, »und wir schlugen sie mit den Rudern zurück«.

Die kleine Gasflamme im Kamin erlosch, ein ausgebranntes Scheit gab nach, und das Feuer sank knisternd zusammen. Charlie hörte auf zu sprechen, und ich sagte kein Wort.

»Herr Gott!« rief er endlich, den Kopf schüttelnd, »ich habe in das Feuer gestarrt, bis ich ganz wirr geworden bin. Was wollte ich doch gleich sagen?«

»Etwas über die Galeerengeschichte.«

»Ach, jawohl. Fünfundzwanzig Prozent bekomme ich, nicht wahr?«

»Sie sollen haben, was Sie wollen, wenn ich mit der Geschichte fertig bin.«

»Ich wollte das nur bestimmt wissen! Ich muß jetzt gehen. Ich habe ... ich habe eine Verabredung.« Und er verließ mich.

Wären meine Augen nicht verblendet gewesen, so hätte ich wohl erkannt, daß dieses gebrochene Gemurmel überm Feuer der Schwanengesang von Charlie Mears gewesen war. Aber ich hielt es für das Vorspiel zu vollerer Offenbarung. Endlich, endlich würde ich die Mächte über Leben und Tod überlisten!

Als Charlie das nächste Mal zu mir kam, empfing ich ihn mit großer Wärme. Er war nervös und verlegen. Aber seine Augen leuchteten, und seine Lippen waren halb geöffnet.

»Ich habe ein Gedicht gemacht«, sagte er, und dann hastig: »Es ist das Beste, was ich jemals geschrieben habe. Lesen Sie.« Er drückte es mir in die Hand und zog sich an das Fenster zurück.

Ich stöhnte innerlich. Das kostete wieder eine halbe Stunde, das Produkt zu kritisieren – will sagen zu loben – und Charlies Ehrgeiz zu befriedigen. Diesmal hatte ich besonderen Grund, zu stöhnen, denn Charlie hatte diesmal sein sonst beliebtes vielfüßiges Versmaß aufgegeben und sich auf ein kürzeres, abgehacktes Gereimsel eingelassen, hinter dem überdies ein besonderes Motiv lauerte. Ich las:

»Der Tag ist schön, der frische Wind
Bläst lustig hinter dem Hügel,
Es braust der Wald, daß laut es schallt,
Wohl unter seinem Flügel.
Wehe, o Wind, nur immerfort,
Denn mich auch treibt es von Ort zu Ort!

Sie gab mir ihr Herz, o Erde, o Luft,
O graue See, sie ist meine!

> Ihr düstern Felsen, vernehmet mein Glück,
> Freut euch mit mir, obwohl ihr nur Steine!
> Mein! sie ist mein, o Erde braun,
> Schmück dich, der Lenz ist erschienen,
> Schmück dich, um meiner Liebe nun
> Mit der Zier deiner Felder zu dienen,
> Daß der Bauer selbst, der die Pflugschar führt,
> Mein junges Glück im Herzen spürt!«

»Ja, ja, junges Glück, ohne Zweifel«, sagte ich ahnungsvollen Gemüts. Charlie lächelte, aber erwiderte nichts.

> »Das Abendrot verkünd' es der Welt,
> Und die Sonne soll es bescheinen:
> Sieger bin ich! Gebieter und Held
> Über das Herz der Einen!«

»Nun?« sagte Charlie, mir über die Schulter schauend.
Ja – nun. Ich würgte noch an der Dichtung, als mir Charlie schweigend eine Photographie auf das Papier schob – die Photographie eines Mädchens mit einem Lockenkopf und einem einfältigen Kirschenmund.
»Ist sie nicht – ist sie nicht wundervoll?« flüsterte er rosig erglühend bis an die Ohrenspitzen vom Mysterium erster Liebe. »Ich wußte nicht – ich dachte nicht – es kam wie ein Blitz aus heiterem Himmel.«
»Ja, es kommt wie ein Blitz aus heiterem Himmel! Sind Sie sehr glücklich, Charlie?«
»Mein Gott – sie – sie liebt mich!« Er setzte sich und wiederholte die Worte mehrere Male für sich. – Ich schaute auf das Milchgesicht, die schmalen Schultern, schon von der Arbeit am Pult gebeugt – und ich fragte mich, wenn, wo und wie er wohl in seinen früheren Leben geliebt haben mochte?
»Was wird Ihre Mutter sagen?« fragte ich jovial.
»Mir verdammt gleichgültig, was sie sagt!«
Mit zwanzig Jahren ist die Liste der Dinge, die einem verdammt gleichgültig sind, ziemlich umfangreich: aber die Mutter sollte nicht dazu gehören. Ich sagte ihm das freundlich, und er

gab mir eine Beschreibung von *Ihr*, so glühend, wie Adam den neubenannten Tieren im Paradies die Herrlichkeit und Lieblichkeit und Schönheit Evas beschrieben haben mag. Ich hörte beiläufig, sie sei in einem Zigarrenladen angestellt, liebe schöne Kleider und habe ihm schon vier- oder fünfmal versichert, daß sie noch nie von einem Mann geküßt worden sei.

Charlie redete weiter und weiter und weiter; indes ich, durch Tausende von Jahren von ihm getrennt, über den Ursprung der Dinge sann. Jetzt verstand ich, warum die Mächte über Leben und Tod die Pforten hinter uns so sorgfältig verschließen: nämlich, damit wir nicht unser erstes wonniges Liebesgirren im Gedächtnis behalten. Wäre dem nicht so, so würde die Welt in hundert Jahren ohne Bewohner sein.

»Nun, und jetzt unsere Galeerengeschichte«, sagte ich noch jovialer bei der ersten Pause.

Charlie schaute auf, als ob ihn etwas gestochen hätte. »Die Galeere? Was für eine Galeere? Um Gottes willen, machen Sie keine Witze! Die Sache ist ernst! Sie glauben gar nicht, wie ernst!«

Grish Chunder hatte recht; Charlie hatte Frauenliebe gekostet, Frauenliebe, die alle Erinnerung tötet.

Und so kommt es, daß die schönste Geschichte der Welt niemals geschrieben werden wird.

WERNER BERGENGRUEN

Der Schutzengel

In den neunziger Jahren, so erzählte mein Onkel, schickte ich mich zu meiner ersten Auslandsreise an. Bis dahin war ich über die Grenzen unserer Ostseeprovinz noch nicht hinausgekommen, abgesehen von einem kurzen Besuch in Petersburg und von der Freiwilligenzeit, die ich bei den Dragonern in Suwalki verbrachte.

In der letzten Nacht vor der Ausreise von Riga hatte ich einen Traum von größerer Deutlichkeit als sie Träumen insgemein ist. Ich ging die Alexanderstraße entlang, die merkwürdig unbelebt war. In der Ferne sah ich einen Wagen, mit einem weißen und einem braunen Pferd bespannt; er näherte sich rasch. Jetzt meinte ich in den Pferden den Schimmel des Stabstrompeters aus Suwalki und den Braunen meines Wachtmeisters zu erkennen, aber da begannen sie sich zu verdunkeln und wurden nun zu Rappen. Sie trugen Trauerschabracken und nickende schwarze Pleureusen. Der Kutscher war im Dreimaster und in einem weitfaltigen pelerinenartigen Trauermantel, aber neben ihm saß ein grüngekleideter Mann auf dem Bock. Hierüber wunderte ich mich, und auch die einem Leichenwagen wenig angemessene Fahrtgeschwindigkeit hatte etwas Befremdendes.

Mit einem Male fühlte ich, daß zwischen diesem Fuhrwerk und mir eine Verbindung bestand. Im gleichen Augenblick lenkte es schräg über die Straße auf mich zu. Ich sah jetzt, daß ich es mit einem richtigen Leichenwagen zu tun hatte, und nun hielt er auch mit einem plötzlichen Ruck an; er hielt unmittelbar vor mir. Der Diener sprang vom Bock. Ich gewahrte, daß er einen langschößigen grünen Livreerock mit blanken Knöpfen und goldenen Ärmeltressen anhatte; auch das kleine grüne Käppi war mit goldenen Borten besetzt. Es war ein Mann über Mittelgröße; er hatte ein blasses, längliches, glattrasiertes Gesicht. Die braunen Augen hatten einen Ausdruck munteren Erstaunens, die Lippen waren voll, aber nicht sehr farbig, die rötlichen Ohren standen ab. Am Kinn, dessen wenig hervortretende Formen etwas kindlich Liebenswürdiges hatten, befand sich eine rundliche rote Narbe, etwa in der Größe eines Rubelstücks. Der ganze Eindruck war ein angenehmer. Später habe ich mich gewundert, daß alle diese Einzelheiten sich mir so unverwischt und wahrnehmlich zur Schau stellten; dergleichen ist in Träumen nicht gewöhnlich.

Ich sah jetzt, daß der schwarze Wagen, obwohl er doch unanzweifelbar ein Leichenwagen war, etwas von einer altväterlichen Kalesche hatte, wie sie bei uns auf dem Lande häufig in Benutzung waren. Der Diener nahm sein Käppi ab und öffnete den Schlag. Hierbei sah er mich an und lächelte, und dieses Lächeln hatte etwas höflich Gewohnheitliches und zugleich wiederum eine Beimischung von natürlicher Herzlichkeit. Es war klar, daß ich zum Einsteigen aufgefordert wurde.

Ich fühlte mich angelockt und abgestoßen zugleich. Ich stand verlegen und schwankte. Plötzlich überkam mich eine Empfindung äußersten Widerwillens. Obwohl ich nichts sagte und sie auch durch keine Gebärde ausdrückte, schien sie sich dem Diener sofort mitzuteilen. Ohne den angenehmen Ausdruck seines Gesichts irgendwie zu ändern, schloß er den Schlag, setzte sein Käppi auf und stieg wieder zum Kutscher auf den Bock. Der Wagen fuhr augenblicks in scharfem Trabe davon. Dieser Gangart zum Trotz drückte er jedoch vollständig und jedes Mißverständnis unmöglich machend alle Eigentümlichkeiten eines Leichenwagens aus, ohne daß ich zu sagen vermöchte, auf welche Art dies geschah.

Als wäre der Ruck, mit dem das Gefährt sich in Bewegung setzte, durch mich selber hindurchgegangen, spürte ich ein Zucken und erwachte. Es war noch dunkel. Eine Weile dachte ich meinem Traume nach und wunderte mich über die Schärfe, mit welcher die Erscheinung und die Gesichtszüge des Livreebedienten sich mir eingeprägt hatten. Dann ermüdete ich und schlief abermals ein.

Am Abend reiste ich ab. Ohne mich in Deutschland aufzuhalten, fuhr ich geradewegs nach Paris. Ich brauche meine Gemütsverfassung nicht zu schildern, ein jeder wird sie sich nachbilden können. Wie Paris auf mich wirkte, wie die Unermeßlichkeit der Überwältigung mich beglückte und bedrängte, bis sich endlich ein Gleichgewicht bilden wollte, das gehört nicht in diesen Zusammenhang. Genug, daß ich bestrebt war, mir alles Neue anzueignen, auf welchen Gebieten es auch sein mochte.

Zu diesem Neuen gehörte, obzwar keineswegs an hervorragender Stelle, auch eine Gattung von Kaufhäusern, wie sie damals noch ungewöhnlich war, riesige, durch mehrere Stockwerke sich erstreckende, zahllosen Bedürfnissen Genüge tuende Magazine, in denen der Verkehr zwischen den einzelnen Geschossen vermittels der Lifts bewerkstelligt wurde. Auch dies war mir noch etwas durchaus Neues. Ich muß gestehen, daß ich am Liftfahren ein kindliches, oder nenne man es denn: kindisches, Vergnügen fand; ja, gewissermaßen setzte es das Karussellfahren meines ersten Lebensjahrzehnts auf eine um ein weniges erwachsenere Weise fort.

Eines Tages, es mag zu Beginn meiner zweiten Pariser Woche gewesen sein, betrat ich ein solches Warenhaus und stellte mich in Erwartung des Lifts im Vorraum auf. Er kam, die Fahrgäste stiegen aus, es entstand ein Gedränge und legte sich wieder.

Ich näherte mich dem Lift und hatte Mühe, einen Ausruf zu unterdrücken. Denn der neben dem Eingang stehende Fahrstuhlführer trug einen langen grünen Livreerock mit blanken Knöpfen und goldenen Ärmeltressen und in der Hand hielt er ein grünes Käppi mit goldenen Borten. Ja, er war in der Tat genauso gekleidet wie der Bediente, der in meinem Traume vom Bock des Leichenwagens gesprungen war. Aber auch seine Haltung und Verrichtungen entsprachen denen jenes Traumbedienten, denn er stand seitwärts neben der geöffneten Fahrstuhltür und forderte lächelnd zum Einsteigen auf. Und dieses Lächeln in seiner halb gewerbsmäßigen, halb aus der natürlichen Beschaffenheit des Mannes fließenden Art, war ebenfalls das Lächeln, dessen ich mich aus meinem Traum so wohl entsann.

Ich machte diese Beobachtung während der wenigen Schritte, die mir bis an die Tür des Aufzuges zurückzulegen blieben. Meine Betroffenheit wuchs; aber fast fühle ich mich außerstande, die Gemütsverfassung zu schildern, in welcher ich zuletzt vor dem Liftbedienten stand und ihn nun Zug um Zug wiederzuerkennen hatte. Ja, das war das längliche, blasse, glattrasierte Gesicht, das waren die munter erstaunten Augen, die breiten, aber unfarbigen Lippen, die rötlichen, abstehenden Ohren. Und auf der linken Kinnhälfte befand sich die rote, runde, rubelgroße Narbe, eben jetzt von einem durchs Fenster fallenden Sonnenstrahl berührt.

Ich erinnere mich genau, daß ich nun sofort an den bekannten

Gedächtnisirrtum dachte, auf Grund dessen man im Augenblick einer Wahrnehmung oder eines Erlebnisses die Vorstellung hat, diese Wahrnehmung oder dieses Erlebnis bereits in einem Traume vorweggenommen zu haben – ein Irrtum, dem besonders diejenigen ausgesetzt sind, die ihre Träume und deren Zusammenhang mit den Vorfallenheiten des wachen Lebens eine nicht ganz geringe Aufmerksamkeit zukehren. Aber sofort wurde es mir mit bestürzender Deutlichkeit klar, daß, was jeden Irrtum abwies, ja nicht nur die Schärfe meiner Erinnerung war; sondern in noch höherem Maße tat dies der Umstand, daß ich meiner Mutter und einer meiner Schwestern gleich am Morgen danach jenen Traum erzählt hatte.

Ich konnte jetzt meine Blicke von dem Fahrstuhlführer nicht lösen. Aber zugleich fühlte ich die völlige Unmöglichkeit, jenes Behältnis, an dessen Stelle ich im Traume den Leichenwagen erblickt hatte, zur Fahrt zu betreten.

Der Liftführer sah sich um wie ein Auktionator, bevor er den Hammer hebt. Dann verschwand er im Gehäuse und schloß die Tür. Ich ging, sehr mit meinen Gedanken beschäftigt, in die Verkaufshalle; hinter mir hörte ich den Aufzug mit ruckhaftem Summen abfahren. Ich beschloß, die Bekanntschaft des Liftführers zu machen und dem Zusammenhang auf den Grund zu kommen. So unwahrscheinlich es anmuten mochte – der Mann mußte mir irgendwo begegnet sein, in Riga oder in Petersburg. Ich hatte ihn vielleicht auf der Straße gesehen und nur scheinbar wieder vergessen. Er hatte sich einer tiefer gelegenen Schicht meines Inneren eingeprägt, und der Traum hatte ihn aus dieser nach oben steigen lassen – ein sonderbares Geflecht von Zufälligkeiten!

Ich war eine Weile im Erdgeschoß umhergeschlendert, als ich bemerkte, daß eine eigentümliche Unruhe sich auszudehnen begann; es war, als verbreite sich eine Nachricht. Zugleich wurde die Menge der Umherstehenden und Umhergehenden von einer Bewegung erfaßt, die bald eine bestimmte Richtung erkennen ließ; auch ich konnte mich ihr nicht entziehen.

Die Unruhe stieg, erschrockene Ausrufe und Aufschreie erhoben sich. In der Vorhalle staute sich die Bewegung; offenbar war eine Absperrung vorgenommen worden. Die Leute redeten sehr aufgeregt; endlich verstand ich, daß mit dem Lift ein Unglück geschehen war. Es dauerte eine Weile, bis sich mir ein Bild des Ereignisses darstellte: es war etwas gerissen oder gebrochen, und der Aufzug war abgestürzt, damals waren gewisse, selbsttätig sich einschaltende Sicherheitsvorkehrungen ja noch nicht im Gebrauch. Es wurde von Schwerverletzten und Toten gesprochen; unter den vom Leben Gekommenen war, so hieß es, der Fahrstuhlführer.

Ich verließ das Kaufhaus in großer Erregung. Einige Stunden trieb ich mich auf den Straßen umher. Am Nachmittag kehrte ich ins Warenhaus zurück. In der Vorhalle wurde gearbeitet. Es sah aus, als würde ein beliebiger Schaden in Ordnung gebracht.

Ich ging ins Büro und wurde höflich empfangen. Man bestätigte mir, was ich gehört hatte. Ich fragte nach dem Fahrstuhlführer und erhielt seine Adresse; er hieß Auguste Parmentier, war neununddreißig Jahre alt, unverheiratet und aus Paris gebürtig. Seit zwei Jahren stand er im Dienst des Kaufhauses.

Ich fuhr zu seiner Wohnung. Plötzlich kam mir ein Gedanke, bei dem es mir heiß wurde. Nämlich ich sagte mir, selbst wenn es sich herausstellen sollte, daß er gleichzeitig mit mir in Petersburg gewesen war, so blieb es doch höchst unwahrscheinlich, daß er dort die gleiche Livree wie hier im Warenhaus getragen haben konnte. Allein wie auch alle diese Zusammenhänge sich klären mochten, dies blieb gewiß, daß ich ohne jenen Traum in den Aufzug gestiegen wäre und das Schicksal der Fahrgäste geteilt hätte.

Parmentier hatte ein sehr einfaches Zimmer in einer bescheidenen Gegend bewohnt. Die Wirtin, eine unsaubere und redselige Frau, erklärte, er habe seit acht Jahren bei ihr gewohnt und in dieser Zeit nur zweimal, und bloß auf wenige Tage, Paris verlassen. Ich sagte verwirrt, ich hätte gern etwas für ihn getan. Aber es gab keine Hinterbliebenen und auch keine nähere Verwandtschaft. Schließlich beglich ich eine kleine Rechnung, die bei der Wirtin noch offenstand.

Ich forschte weiter, ich ging zur Polizei, man wies mich hierhin und dorthin. Auch im Büro des Warenhauses hielt ich noch einmal Nachfrage. Zuletzt lagen die äußeren Merkmale des jäh beendeten Daseins wahrnehmlich vor mir. Es blieb dabei, daß Parmentier während seiner Warenhaustätigkeit, und das bedeutete: als Träger der grünen Uniform, niemals von Paris fortgekommen war.

Das Begräbnis wurde von der Direktion veranstaltet. Ich folgte dem Sarge, ich legte einen Kranz nieder und empfand bekümmert das Unzulängliche, ja, Armselige dieser Gebärde.

Paris erschien mir verändert und verhängt. Es war nicht mehr die strahlende Stadt des Lebens, es war nichts als der gleichgültige Schauplatz eines Geschehnisses, das ich weder aufzulösen noch fruchtbar zu machen wußte. Es war mir, als müßte alles besser sein, wenn es mir gelänge, einen Dienst am Andenken des Toten zu verrichten und solchermaßen der dunklen, zwischen ihm und mir schwebenden Verbundenheit einen Ausdruck zu gewähren.

In meiner Ratlosigkeit ging ich schließlich zu einem Priester, entrichtete eine Gebühr und bat ihn, für Auguste Parmentier Messen zu lesen.

Ich hatte eine Scheu zu überwinden gehabt, bevor ich das Pfarrhaus neben der vorstädtischen Kirche betrat, auf das ich durch einen Zufall aufmerksam geworden war. Ich hatte in der mir zu Hause übermittelten Vorstellung gelebt, es gebe unter den Geistlichen der katholischen Kirche zwei Gattungen, die dicken und die dünnen, oder, anders ausgedrückt: die behaglichen Tischfreunde und die düsteren Zeloten, und beide zogen mich nicht an. Jetzt fand ich einen unterrichteten Mann von guter Mittelgestalt und angenehm weltläufigen Umgangsformen. Nachdem ich mein Anliegen vorgebracht hatte, redeten wir noch ein paar Worte miteinander, und zu meiner eigenen Überraschung entschloß ich mich plötzlich, ihm mein Erlebnis zu erzählen. Der Priester hörte mich mit vorgeneigtem Kopfe an. Dann sagte er, als spreche er von etwas Natürlichem und Selbstverständlichem: »Es gibt hier nur eine Erklärung, mein Herr. Ich weiß nicht, wie Sie darüber denken, aber es ist mir nicht zweifelhaft, daß Ihr Schutzengel sich für jenen Traum der Gestalt des Parmentier bedient hat.«

Ich erinnere mich noch genau, welch starken Eindruck mir die Unbefangenheit machte, mit welcher er diese Erklärung vorbrachte. Sein Gedanke war mir fremd, schließlich aber kam ich zu der Meinung, der Sachverhalt lasse sich in der Tat nicht besser ausdrücken als auf diese theologische und zugleich kindlich anmutende Weise; und ich ließ es nur dahingestellt sein, ob die behütende Macht, welche der Priester mit dem Namen Schutzengel bezeichnete, etwas in mir selber oder etwas außerhalb meiner

Wirkendes sein mochte. Doch erinnerte ich mich zugleich nicht ohne Betroffenheit daran, daß ja seinerzeit mein Konfirmationsspruch, an den ich freilich seit Jahren nicht mehr gedacht hatte, der folgende gewesen war: »Er wird seinen Engeln über dir Befehl tun, daß sie dich auf ihren Händen tragen und du deinen Fuß nicht an einen Stein stoßest.«

JAN LUSTIG

Der Fluß steht still

Um acht Uhr abends, pünktlich wie immer, trat der junge Marc Mazou seinen Dienst bei der Generalin an. Er schob seinen Stuhl so nah wie möglich an das alte Messingbett und begann, ihr aus dem Diable Boiteux vorzulesen. Sie hatte zwei Lieblingsautoren, Lesage und Eugène Sue, die er beide zutiefst verabscheute, aber mit heuchlerischem Gusto vorlas, weil er das magere Gehalt nicht entbehren konnte, das Madame la Générale ihm zahlte. Es war kontraktlich ausgemacht, daß er sich nicht entfernen dürfe, bevor die Greisin über Asmodée oder dem Ewigen Juden eingeschlafen war. Und darum war es ja so ungeheuerlich, ja geradezu wahnwitzig, daß er an jenem 6. Juli schon kurz vor neun aufsprang und erklärte, gehen zu müssen. Er wußte, daß er damit seine Stellung aufs Spiel setzte, war aber so eilig und erregt, daß er sich nicht einmal die Zeit nahm, sein Verhalten zu begründen. Im Hinkenden Teufel war viel von Madrid die Rede gewesen, und der Name dieser Stadt hatte ihn in einen Zustand verzweifelter Hektik versetzt. Die Alte hob den versteinerten Entenschädel vom Kissen und sah ihn aus toten Augen an. Wenn er jetzt gehe, brauche er niemals wiederzukommen. Er nahm es in Kauf, stürzte zur Tür und verschwand.

Das geschah, wie gesagt am 6. Juli, kurz vor neun, und der Nachtexpress nach Madrid ging um neun Uhr fünfunddreißig. Daß er Michèle nicht mehr wiedersehen würde, wußte Mazou. Er hätte es auch nicht ertragen, ihr in Gegenwart ihres Mannes Adieu sagen zu müssen. Sie waren wohl schon im Schlafwagen, vielleicht hatten sie sich sogar schon hingelegt. Nun hatte er ja bereits am Tag zuvor Abschied von Michèle genommen. Sie hatten einander geküßt, verlangend wie eh und je, und dann hatte er ihr beim Packen geholfen. Vernet, ihr Mann, war ausgegangen, um letzte Besorgungen zu machen, und so war dies Marcs letzte Chance gewesen, mit der Geliebten allein zu sein. Jetzt bring mir noch die Krawatten, die im Schrank hängen, hatte sie gesagt, und er hatte sie ihr gebracht, mit somnambulen Bewegungen und leerem Gesicht. Er würde Michèle nie wiedersehen, aber den Nachtzug, in dem sie saß oder vielleicht schon lag, den wollte er noch aus der Halle rollen sehen, bevor für ihn alles zu Ende war.

Er saß allein in einem Abteil der Metro, die zum Bahnhof fuhr, und ließ den Kopf hängen, ganz tief bis zwischen die Knie. Plötzlich begann er laut zu sprechen, immer drängender, immer wilder, und die Worte, die er hervorstieß, waren nichts anderes als eine Beschwörung des Gottes, an den er nicht glaubte. Es war eine Herausforderung von Bitterkeit und Qual: Jetzt kannst du ja zeigen, daß du bist, *wenn* du bist, und nicht tot und begraben, wie man uns glaubhaft versichert! Nicht wahr, du kannst alle Züge der Welt anhalten, oder, besser noch, die Zeit zum Stillstand bringen, ihr einen Bremsklotz in den Weg werfen, so daß mir die Geliebte erhalten bleibt, für immer, oder nur für eine Weile noch, wenn mehr zu tun deine Allmacht übersteigt!

Marc Mazou war sich der Lächerlichkeit dieser Anrufung bewußt, aber es erleichterte ihn, sie hinauszuschreien, in das leere Metroabteil, das nach Schweiß und Moder roch.

Er kam noch zurecht. Noch stand der Nachtexpress in der Halle, doch waren die Türen schon geschlossen und die Fenster verhängt. Hinter einem dieser schmutzig-braunen Rollos mußte Michèle sein, vielleicht in dem blauen Nachthemd mit den weißen Rüschen, das sie noch jünger erscheinen ließ als sie war. Außer ihm war keine Menschenseele auf dem Bahnsteig, kein Passagier, kein Träger, kein Schaffner. Es war, als wären die Reisenden nach Madrid schon abgeschrieben, erledigt, keiner Beachtung mehr wert.

Leblos lag der Zug da, wie ein böses Tier, das sich totstellt, eine lauernde Schlange, ein Schuppenkriechtier, das von den Menschen gemieden wird. Man fühlte das Nichts, das draußen wartete, das schwarze gefräßige Nachtmaul, das den Zug verschlingen wird, lautlos, es wird kein Schrei zu hören sein. Marc Mazou schlug den Kragen seiner Jacke hoch, ihn fröstelte. Fast unmerklich, wie auf robbendem Bauch, begann das Untier sich aus der Halle zu schieben, von niemand verabschiedet, wie es schien, von niemand beachtet oder gar bewacht. Man konnte meinen, der Zug trage kein Leben davon, vielleicht ein paar Tote im Gepäckwagen, bestimmt keinen Mann auf dem Führerstand der Lok, die der Kopf der Schlange war und sich jeder Kontrolle entzog.

Mazou fuhr mit der Metro nach Hause, ging bis in den hellen Morgen im Zimmer auf und ab, warf sich schließlich angekleidet auf sein Bett und wurde vom Radiowecker, der von jeher auf die Frühnachrichten eingestellt war, aus dem Dämmerschlaf gerissen.

Der Sprecher gab zuerst Stunde und Datum bekannt, es sei Dienstag, der 6. Juli, und berichtete dann von einem Hotelbrand, der vor zwei Stunden in der Rue de Berry ausgebrochen sei. Die Mehrzahl der Hotelgäste und Angestellten sei außer Gefahr, und man hoffe, einige andere, die zwischen verkohlten Balken und Trümmern noch Lebenszeichen von sich gaben, retten zu können.

Mazou war aus dem Bett gesprungen und schüttelte heftig den Kopf, wie jemand, der sich verzweifelt gegen einen Schwarm von Wespen wehrt. Der Funksprecher hatte den 6. Juli als Datum angegeben, das aber war gestern gewesen, und genau so war von dem Hotelbrand, der »vor zwei Stunden« ausgebrochen sei, schon gestern in den Frühnachrichten die Rede gewesen, wobei dem Sprecher, genau wie heute, der Lapsus »Rue de Berny« anstatt »Berry« unterlaufen war. Das Ganze war erschreckend und unbegreiflich, es sei denn, daß ein makabrer Clown im Funkhaus die gestrige Meldung auf Band aufgenommen hatte und nun als üblen Scherz repetierte, so als wiederhole sich der Vortag und die Welt sei zum Stillstand gebracht.

Mazou lief zum Tisch und betrachtete erregt den Kopf der Zeitung die noch von gestern dalag und natürlich das Datum des 6. Juli trug, des Schicksalstages von Michèles Abreise. Demnach war heute der siebte, nicht der sechste, wie der Narr im Radio verkündet hatte. Angesteckt von so viel Tölpelei wählte Mazou Michèles Telefonnummer. Er würde Madame Leloquet, die Zimmerwirtin etwas Gleichgültiges fragen, etwa, ob die Vernets ihre Madrider Adresse hinterlassen hätten. Es war aber Michèle, die sich meldete, in gleichmütig guter Laune, wenngleich in schnellem, eiligem Tonfall. Sie müsse sich noch einen Ledergürtel, Strümpfe und einen Regenmantel besorgen. Vernet sei schon weg, um seinem Nachfolger gewisse Urkunden, Akten und Schlüssel zu übergeben. Sie selbst habe alle Hände voll zu tun, müsse aber unbedingt noch einmal den Geliebten sehen.

Ihr wolltet doch schon gestern reisen, sagte er mit gepreßter Stimme, am sechsten, und heute ist schon der siebte. Sie lachte über seine Verwirrtheit. Nein, mein Schatz, hast du es denn so eilig, mich loszuwerden? Wir wollten immer am sechsten fahren, und heute ist der sechste, nicht der siebte, dein Kalender ist ins Trudeln geraten. Willst du am Nachmittag kommen, damit wir uns noch einmal sehen?

Mazou blieb lange auf seinem Bett sitzen, ohne sich zu regen. Dann ging er in das Bistro an der Ecke und bestellte einen Kaffee, den er nicht trank. Die Zeit verging ihm weder langsam noch schnell, da er sich außerhalb der Zeit befand und nicht ganz bei Sinnen war.

Am Nachmittag war er bei Michèle, die ihn mit Tränen in den Augen küßte und ihn bat, ihr beim Packen zu helfen. Jetzt bring mir noch die Krawatten, die im Schrank hängen, sagte sie, und er gehorchte mit schleppenden Bewegungen und leerem Blick.

An diesem Abend lechzte die Generalin mehr denn je nach dem Teufel, der seinen Schüler lehrt, die Dächer der Häuser abzuheben und die Menschen darunter zu belauschen. Sie zeigte keine Spur von Müdigkeit, ihr Schlund öffnete sich kein einziges Mal zu dem abgründigen Gähnen, das Marc genau so zu begeistern pflegte wie das Lächeln der geliebten Frau. So sprang er denn auf, verzichtete auf Geld und Gunst der Dame und ging.

Als er den Bahnsteig betrat, sah er gerade noch, wie der Gespensterzug sich langsam in die mitverschworene Nacht schob.

Obgleich er sterbensmüde war, ging Mazou den ganzen langen Weg zu Fuß nach Hause. Sein Schritt war unregelmäßig und zögernd, hin und wieder blieb er stehen, so als wisse er im Grunde nicht mehr wozu und zu welchem Ziel er sich bewegte.

Vor der Mietskaserne, in der er wohnte, saß mitten auf dem Fahrdamm ein überaus fetter, haarloser Hund, der einem Ferkel glich. Genau dort, inmitten der Straße, hatte er auch gestern nacht gesessen und es war durchaus möglich, daß er sich seither nicht von der Stelle gerührt hatte, ein Umstand, der Mazou auffiel, obgleich seine Aufnahmefähigkeit stark vermindert war.

Um acht Uhr morgens meldete der Funksprecher, daß vor zwei Stunden ein Hotelbrand in der »Rue de Berny« (anstatt »Berry«) ausgebrochen sei und entschuldigte sich, wie am Morgen zuvor, für den Lapsus. Ob die Menschen, die man unter den Trümmern des Hauses vermutete, zu retten seien, ließe sich zur Stunde noch nicht sagen. Und dies sei, so schloß der Sprecher, die große Sorge dieses 6. Juli, der übrigens sehr heiß und feucht zu werden drohe.

Marc Mazou hatte die Handflächen an die Ohren gepreßt und schrie: Genug! Ich habe verstanden! Ich frage mich nur, wieviele Tage es noch dauern wird, bis man den armen Teufeln im Schutt zuhilfe kommt!

Es war Angst, ja geradezu Panik, mit der er Michèles Telefonnummer wählte. Sie merkte nichts von seiner Verstörtheit und bat ihn sanft, am Nachmittag zu ihr zu kommen, da sie am Abend mit dem Nachtexpress verreise.

Er kam und sie küßten einander, aber er fühlte die Fragwürdigkeit aller Dinge und Gefühle außerhalb der Zeit. Als er Michèle beim Packen half, fand er Vernets Krawatten von ungeheuerlicher Spießigkeit, und er fragte sich, ob die junge Frau, die sie so sorgsam faltete, wirklich das kostbare Wesen sei, das er liebte.

Madame la Générale hatte die unverhoffte Grazie, punkt neun mit klaffendem Munde einzuschlafen, und der junge Mann verließ die Wohnung. Im Fahrstuhl, in dem er allein hinunterfuhr, fiel er plötzlich in die Knie und schrie so laut, daß er das Ächzen des schlingernden Käfigs übertönte: Mußt du einen, der in seiner Not von dir Schamloses fordert, ohne Gnade erhören? Das ist kein Beweis deiner Göttlichkeit, das ist hämische Schulmeisterei! Zu demonstrieren, was geschieht, wenn der Fluß stehen bleibt und das Wasser sich staut! Laß ihn doch weiterrollen, den Fluß, mit allem, was er mit sich schwemmen will! Amen.

Wieder lag das Schuppentier auf der Lauer, scheintot zunächst, bis jählings ein Riß in der Flanke entstand. Licht kam aus der Tür eines Abteils, ein Träger hob hastig Koffer hinein. Hinter ihm erschien ein Mann, dessen Mittelscheitel vorzüglich zu dem schillernden Anzug paßte, den er trug. In seiner Begleitung war ein schmales Geschöpf in braunen Samthosen und einer gestreiften Hemdbluse, deren Kragen offen war und den nobelsten aller Mädchenhälse freiließ. Die beiden bemerkten den totenbleichen jungen Mann nicht, der, hinter der Fahrplantafel halb versteckt, zusah, wie sie einstiegen. Es war der letzte Moment gewesen, denn kaum hatte sich die Tür hinter ihnen geschlossen, als sich die Schlange schon ins Dunkel schob.

Marc Mazou fühlte sich schwindlig und unsicher auf seinen Beinen, wie jemand, der von einer schweren Krankheit genesen ist und erst wieder lernen muß, zu gehen. In der Metro saß er einem Betrunkenen gegenüber, der ihn mit hochgezogenen Brauen musterte, dann aufstand und ihm befahl, sich gleichfalls zu erheben, dies sei der 6. Juli, der Tag von Wagram, dem großen Siege, und es sei Zeit, zu feiern.

Sie haben Ihre Daten gut im Kopf, sagte Marc von fernher.

Daten sind das einzige, woran man sich halten kann, sagte der Betrunkene; Daten und Zahlen, Monsieur, sind unser Schicksal.

Er salutierte, schwankte und fiel mit bedeutungsvoller, feierlicher Miene zu Boden.

ALFRED ANDERSCH

Ein Auftrag für Lord Glouster

Im Mittelpunkt Frankfurts, Ecke Hauptwache und Biebergasse, befand sich bis vor kurzem eine Würstchenbude. Man konnte dort Bratwürste, Rindswürstchen oder die langen Frankfurter kaufen und, im Stehen essend, an die Theke gelehnt, das Leben und Treiben betrachten.

Am 13. Juni, mittags um zwölf Uhr, stand Nicolas an der Bude, hatte eine Bratwurst vor sich auf einem kleinen Pappteller und beschmierte sie sich erst einmal mit Senf, weil sie zum Anfassen noch zu heiß war.

»Gut, nicht wahr?« sagte ein Mann, der von seiner Wurst schon abgebissen hatte, zu Nicolas. »Aber Sie hätten eine schärfer gebratene nehmen sollen.« »Egal«, antwortete Nicolas, faltete die Papierserviette und faßte damit die Wurst an. »Solche Würste wie zu meiner Zeit gibt's heute sowieso nicht mehr. Die hier sind ja nur so 'n Klacks. Aber damals, in Burgund, das hätten Sie erleben sollen, was das für Würste waren!«

»Ja damals«, sagte der Mann. »Das kommt nicht wieder.« Dann setzte er wißbegierig hinzu: »Burgund? Hab' ich noch nie gehört. Wo liegt 'n das?« »Das gibt's anscheinend schon lange nicht mehr«, antwortete Nicolas, etwas kurz angebunden, und sah bewundernd einem langen, cremefarbenen Buick-Kabriolet nach, das die Biebergasse entlang fuhr. »Bin neulich mal dort gewesen. Aber das heißt jetzt alles ganz anders: Luxemburg, Belgien, Frankreich.«

Der Mann wurde plötzlich mißtrauisch. »Wann sind Sie denn in ... in ...«

»Burgund«, ergänzte Nicolas höflich.

»Mhm ... also in diesem Burgund gewesen?« fragte er.

»Zuletzt 1445«, sagte Nicolas. »Möchte furchtbar gern wissen, was aus Burgund geworden ist. Wissen Sie's zufällig?«

Der Mann starrte ihn sprachlos an. »Na«, sagte er dann, »jeder hat so seinen Vogel. Aber Sie haben schon 'nen besonders komischen.« Er schob das letzte Stück seiner Bratwurst in den Mund und zerknüllte dabei wütend die Serviette. »Mich auf den Arm nehmen wollen! Am hellichten Mittag!«

Nicolas sah ihm traurig nach, wie er davonging. Dann befühlte er, während er seine Wurst aß, sanft den Stoff der Riffelsamtweste, die er sich in einem Geschäft in der Goethestraße gekauft hatte. Er hatte sie sich angeschafft, weil sie ärmellos war.

Das erinnerte ihn an die Weste aus fein geschmiedeten Stahlketten, die er bei Azincourt getragen hatte. Nicolas war ein ausgezeichneter Degenfechter gewesen und stets lieber mit ärmellosen Stahlwesten ins Gefecht gegangen, weil sie Beweglichkeit verliehen. Er lächelte, während er daran dachte, wie er den Lancaster herausgehauen hatte, der, von Kopf bis Fuß gepanzert, von den Franzosen fürchterlich verdroschen wurde, als ihm der Beidhänder entglitten war. Nicolas' Abneigung gegen schwere Deckung hatte ihn auch veranlaßt, sich einen der kleinen roten MG-Wagen anzuschaffen, den er jetzt vor dem Café Kranzler geparkt hatte. Er war stolz darauf, daß die MGs von der Industrie seines Heimatlandes hergestellt wurden. In die angenehmsten Gedanken versunken, merkte er erst gar nicht, daß ein Herr ihn ansprach.

»Verzeihung«, sagte der Herr, »gestatten Sie mir, daß ich mich bekannt mache. Bernheimer. Doktor Bernheimer.«

Nicolas erwachte. »Glouster«, stellte er sich mit einer leichten Verbeugung vor.

»Oh, ein bekannter Name, mein Lord«, sagte Doktor Bernheimer. »Dann sind Sie sicherlich jener siebente Graf Glouster, der im französischen Feldzug Heinrichs V., so um 1430 herum, spurlos verschwand und niemals mehr auf die Insel zurückkehrte?«

»Allerdings«, bemerkte Nicolas kühl. »Aber woher wissen Sie...?«

»Ich konnte vorhin nicht umhin, Ihrem Gespräch mit jenem Manne zu folgen, der so böse wurde«, erklärte Doktor Bernheimer, verlegen lächelnd. »Deshalb erlaubte ich mir, Sie anzusprechen. Und als Sie dann Ihren Namen nannten, war es leicht, zu kombinieren. – Ich habe mich ein bißchen mit englischer

Familiengeschichte beschäftigt, müssen Sie wissen«, fügte er bescheiden hinzu.

»Ach so«, sagte Nicolas voller Neugier. Er betrachtete den Doktor, der einen grauen, zweireihigen Anzug trug und zwei dick mit Akten und Schriften gefüllte Mappen neben sich auf den Boden gestellt hatte. Erinnert mich irgendwie an den Cusanus, den ich 1440 in Trier traf, nachdem ich ›De Docta Ignorantia‹ gelesen hatte, dachte Nicolas. Gefiel mir sehr, die Lehre von den Gegensätzen in des Menschen Brust – aber der hier bringt sie auch nicht in sich zur Deckung, mit seinem Asketengesicht und den Musikeraugen darin.

Doktor Bernheimer trank indessen eine Flasche Coca-Cola. »Scheußlich heiß heute in der Stadt«, sagte er und schob sich den Strohhut ins Genick.

»Wir können ja irgendwohin rausfahren, zum Baden, wenn Sie Zeit haben«, schlug Nicolas vor.

»Am besten ins Sportfeld-Stadion«, stimmte Bernheimer zu. Sie verstauten sich und die Mappen in dem kleinen Wägelchen, und Nicolas gab Gas, als er in die Kaiserstraße einbog.

»Wissen Sie, mit Burgund kann ich Ihnen helfen«, sagte Bernheimer, als sie über die Mainbrücke fuhren. »Mit Burgund war praktisch schon 1477 Schluß, als Karl der Kühne bei der Belagerung von Nancy fiel.«

»Wer war denn Karl der Kühne?« fragte Nicolas.

»Ach, haben Sie ihn nicht mehr erlebt?« erwiderte Bernheimer verwundert. »Das war der bedeutendste Mann, den Burgund je hatte. Aber militärisch hatte er meistens Pech.«

»Interessant«, sagte Nicolas. »Ich bin leider schon 1445 gestorben.«

»Schade«, sagte Bernheimer mit taktvollem Bedauern in der Stimme, »da haben Sie viel versäumt.« Er besah sich den schmalen, blonden, typisch englischen Nicolas und meinte: »Sehr alt können Sie nicht geworden sein.«

»Immerhin fünfzig«, meinte Nicolas. »Wurde am 13. Juni 1395 geboren. Ich habe heute Geburtstag.«

»Oh, gratuliere! Sie sehen aber jünger aus.«

»Habe mich auf dreißig zurückdatieren lassen, für diesen Besuch.« – Nicolas mußte zurückschalten, weil auf der Sachsen-

häuser Seite zwei Lastzüge die Fahrbahn kreuzten. »Sie fahren ausgezeichnet«, sagte Doktor Bernheimer, als der MG den Mainkai entlangschoß.

»Das ist doch keine Kunst«, antwortete Nicolas, während er auf den Geschwindigkeitsmesser blickte. »Omar zu führen, war weit schwieriger.«

»Wer war Omar?« fragte Bernheimer.

»Der Hengst, mit dem ich 1412 zur Armee nach Frankreich ging. Abkömmling eines Arabers, den mein Vater auf einer Reise in Trapezunt gekauft und mit einer friesischen Stute gekreuzt hatte. Bei Orleans hat er mir das Leben gerettet. Wir mußten«, fügte er verlegen hinzu, »die Stadt sehr schnell räumen, wie Sie wissen.«

»Orleans!« rief der Doktor aus. »Sagen Sie, haben Sie die Jungfrau gesehen?«

»Jeanne?« Nicolas warf Bernheimer einen schnellen, düsteren Seitenblick zu. »Allerdings.« Um das Gespräch in eine andere Richtung zu lenken, tippte er auf die ›New York Times‹, die er in die Jackentasche gesteckt hatte, und fragte: »Was wird in Korea?«

»Was wird schon werden!« sagte Bernheimer. »Die Amerikaner werden Korea halten, wie Ihr damals Calais behalten habt, um euch anderen Zielen zuzuwenden. Korea ist unwichtig. Erzählen Sie mir lieber von der Jungfrau!«

Nicolas gab ihm keine Antwort, sondern bog an der Forsthausstraße in eine Tankstelle ein und stoppte den Wagen. »Zwanzig Liter«, sagte er zu dem Tankwart. Während das Benzin nachgefüllt wurde und der Mann Wasser und Öl prüfte, saß Nicolas ganz still am Steuer. Er hatte den Benzingeruch gern, so gern wie den Geruch des Fettes, mit dem sie in den Feldlagern in der Pikardie die Rüstungen geschmiert hatten. Aber als sie dann wieder fuhren, war der Fahrtwind, der ihm in den Haaren spielte, mit dem Siegeswind von Azincourt und dem Fluchtwind von Orleans nicht zu vergleichen.

»Jeanne aber hätte Korea sehr ernst genommen«, sagte er nach einer Weile zu seinem Begleiter. »Ich sah sie zuletzt in Rouen, als sie zur Verbrennung geführt wurde. Darnach ritt ich davon«, setzte er sehr leise hinzu.

»Deswegen also sind Sie nicht mehr nach England zurückgekehrt?« fragte der Doktor.

Nicolas schwieg.

»Es war ein Auftrag«, sagte er endlich.

»Die Jungfrau hat Sie beauftragt? Haben Sie mit ihr gesprochen?«

»Nein, nie. Das erstemal sah ich sie in Orleans, als Siegerin. Ihr Gesicht war ganz hell und wie eine Erscheinung. Es flog an mir vorüber. Darnach habe ich sie in Rouen gesehen, bei den Verhandlungen. Man brauchte nicht mit ihr zu sprechen, um von ihr einen Auftrag zu erhalten.«

»Ah, ich verstehe. Und wie lautete der Auftrag?«

»Geh aus allem, bleib für dich, und bereite alles vor!«

»Was sollten Sie denn vorbereiten?« fragte Doktor Bernheimer verwundert.

»Jeannes Wiederkehr natürlich«, sagte Nicolas.

»Sie meinen, sie kommt zurück?«

»Noch ist es nicht ganz an der Zeit«, antwortete Nicolas. »Aber sie wird kommen.«

»Und haben Sie den Auftrag ausgeführt?«

»Ich bin damals nach Osten geritten«, berichtete Nicolas. »In Frankreich konnte ich mich ja nicht niederlassen. Aber im Luxemburgischen, das damals zu Burgund gehörte, fand ich ein kleines Kloster, in dem ich unterkam. Dort las ich die Schriften des Duns Scotus und des Wilhelm von Occam und später die des Nikolaus von Cues. Deswegen erstaunt mich das hier nicht allzusehr«, fügte er hinzu und deutete auf die Landschaft aus Alleebäumen, Tankstellen, Hochspannungsmasten und Eisenbahnschienen. »Universalia sunt nomina«, grinste er plötzlich. »Die Ideen sind nichts als Worte, verstehen Sie, wenn man damit mal anfängt, dann kann man mit den Realien machen, was man will – dann ergibt sich alles andere von selbst.«

»Dann kann man die Welt verändern«, bestätigte der Doktor.

»Aber mit der Realität, die Jeanne heißt, haben die Herren nicht gerechnet«, sagte Nicolas mit grimmiger Genugtuung. »Jeanne stand nicht in ihren Plänen, nirgends, und weil ich das entdeckte, während ich über den Büchern langsam an der Schwindsucht starb, in einem kleinen Kloster im gottverlassenen, weltbegrabenen Ardennerwald, war ich in der Lage, an Jeannes Wiederkehr zu glauben.«

»So haben Sie also den Auftrag erfüllt.« Bernheimer nickte, indes der Wagen vor dem Eingang zum Sportfeld-Bad hielt.

»Ja«, sagte Nicolas.

Der Doktor sah Nicolas an. Nicolas war wirklich typisch englisch. Er erinnerte den Doktor an Aufnahmen, die man von dem Obersten Lawrence gemacht hatte.

»Ich hole schon die Tickets«, sagte Doktor Bernheimer. »Parken Sie inzwischen das Auto!«

Während er zur Kasse ging, fühlte er, daß sich alles verändert hatte. Es lag etwas Neues in der Luft. Gar kein Zweifel – in irgendeinem Domremy bereitete sich die Jungfrau vor. Ihre jungen Paladine, Leute wie dieser Glouster, hatten sich bereits um sie geschart. Ihre Degen schrieben das Wort ›Orleans‹ unsichtbar an den Himmel Europas.

»Zwei Eintrittskarten«, sagte er.

»Weshalb denn zwei?« fragte das Fräulein an der Kasse. »Erwarten Sie noch wen?«

Doktor Bernheimer sah das Fräulein an und wandte sich um. Der große, betonierte Parkplatz vor dem Stadion war vollständig leer, leer unter der glühenden, weißen Mittagshitze.

Richtig, dachte der Doktor, es war ja noch nicht ganz an der Zeit, hatte Glouster gesagt. Und mit einem freundlichen und eigensinnigen Lächeln sagte Bernheimer zu dem Kassenfräulein: »Geben Sie mir trotzdem zwei!«

HERBERT MEIER

Sprechschädel

Die Lehnen waren weiße Lederstulpen und die Knäufe Handschuhe, zerlöchert und wie angenagt, die Finger nicht vollzählig, vier Finger an der linken Hand, zweieinhalb an der rechten.
 Man hatte diese Überbleibsel an seinen hohen Lehnstuhl gebunden, Gott weiß warum, wie man in solchen Fällen zu sagen pflegt.
 Auf der Sitzfläche lag ein breitkrempiger Hut mit buntem Federschmuck, als hätte ihn jemand, der eben heimgekommen ist, dort abgeworfen.
 Doch von Lehne zu Lehne war eine angestaubte Kordel gespannt. Und an der Kordel hing eines jener bekannten Täfelchen mit der Aufschrift »Nicht berühren«.
 Wer das las, wußte gleich: Den Hut, der dort lag, wird niemand mehr aufsetzen.

Hut, Lehnstuhl und Saal gehörten, wie man im Reiseführer nachlesen konnte, was übrigens auch der Wächter mit der Schirmmütze den Besuchern des Schlosses darlegte,
dem großmächtigen SEIGNEUR Grimaldi.
 Gegenstände und Hausrat des Verewigten waren im Saal zur Schau gestellt: Tonpfeifen, Tabaktöpfe und Tabakdosen, Andachtsbücher und Gürtelschnallen, Apostelbriefe und Pistolen, Büchsen und Degen, gekreuzt an den frischgekalkten Wänden, Flaggen und Feuerwaffen, weitere Hüte mit Federbüschen; Stiefel standen in einer Ecke, Stiefelknechte und, von Holzwürmern durchbohrt, ein Nachtstuhl; Urkunden und Briefe, eine Mittelmeerkarte koloriert, mit Segelschiffen und einer Himmelsrose verziert, nebst Haarlocken des Seigneurs.

Sein Totenschädel lag in einer Mauernische, auf einem schwarzen Sammetkissen eingeglast. Und aus dem Schädel war von Zeit zu Zeit die Stimme des Großmächtigen zu vernehmen. Das erhöhte, wie man leicht begreifen wird, den Eintrittspreis. Denn nicht jedes Museum verfügt über einen Sprechschädel aus der Feudalzeit. Er sprach nur selten. Je nach den Gezeiten, wenn die Flut kommt, behaupteten die einen. Je nach dem Grad der Luftfeuchtigkeit, sagten die andern. Während drei Jahren hatte man die Zeiten der Grimaldischen Botschaft statistisch erfaßt. Eine Gesetzmäßigkeit war nicht herauszulesen. Extrapolationen erwiesen sich als nutzlos. Es gab keine Vorhersagen.

»Der Seigneur spricht eben, wann es ihm gefällt«, sagten die Museumswächter, »wie er es schon damals hielt, als er noch lebte.«

In der Tageszeitung gab es eine Rubrik mit der Überschrift »Grimaldi-Nachrichten«. Da wurde jeweils gemeldet, wann der Großmächtige zu vernehmen gewesen war. Was er sprach, wurde nie berichtet. Doch die Rubrik stand meistens unbedruckt, ein kleiner weißer Balken unter den Faits divers. Denn oft kam wochenlang keine Botschaft aus dem seigneuralen Schädel. Dann wieder sprach er zweimal an ein und demselben Tag.

So oft die Rubrik mit Sätzen wie diesen bedruckt war: »Gestern zwischen fünfzehn Uhr drei und fünfzehn Uhr fünf sprach der Kopf des Verewigten«, erschien der Oberwächter im nahen Bistro und bezahlte den gerade anwesenden Gästen, sofern sie einheimisch waren, ein hellgrünes Getränk, das nach Anis roch.

Er konnte sich solche alkoholischen Schenkungen leisten: wenn der Seigneur gesprochen hatte, füllte sich seine Schirmmütze mit Trinkgeldern. Oft lagen Münzen und Scheine auf der Steinschwelle, denn die Mütze floß über.

Wer die Grimaldische Stimme vernommen hatte, schrieb ins Zeugenbuch seinen Namen. Es lag neben der Kasse aufgeschlagen, und jedem Besucher war erlaubt, darin zu blättern. Und jeder, der darin geblättert hatte, hoffte, auch er werde in den Genuß der seigneuralen Stimme kommen und sich mit seinem Namenszug im Buch der Zeugen verewigen.

Aber wie manche Hoffnung wurde enttäuscht!

Tausende hatten in dem weiträumigen Saal, dessen Akustik geheimnisvoll mächtig war, umsonst auf eine Botschaft gewartet.

Ein junger Historiker, der nebenbei auch Nachrichtentechnik trieb, wollte das Phänomen des Sprechschädels wissenschaftlich untersuchen. Es gelang ihm, sich bei den Behörden einen Auftrag zu ereden. Die Behörden schätzten zwar die Grimaldische Einnahmequelle, und in dieser Hinsicht wollten sie nicht an die Dinge rühren. Denn wo Einnahmequellen stetig fließen, soll man ihren Fluß nicht stören und kritisch verschmutzen. Doch im geheimen jagte die Schädelbotschaft auch den Beamten Furcht und abergläubisches Zittern ein. Und so kam ihnen die historische Neugierde des jungen Mannes gelegen. Sie erblickten in ihm einen Ritter ohne Furcht und Tadel, und die Förderung seines Unternehmens wurde einmütig beschlossen.

Er bekam einen staatlichen Museumspaß und wurde mit einem Nachschlüssel zum Grimaldi-Saal ausgerüstet; so hatte er freien Eintritt und freies Spiel. Die Maßnahmen, die der Nachrichtentechniker, der auch ein Historiker war, am ersten Tage traf, schienen zu überzeugen. Er überreichte dem Oberwächter ein Taschenaufnahmegerät nebst Mikrophon und bat ihn, es einzuschalten, sobald der Seigneur spreche.

Erst sollten die Fakten, das heißt die Botschaft an sich, aufgenommen, dann ihre Ursachen erforscht werden. Zur Aufnahme der Fakten brauche er im Schloß nicht anwesend zu sein, fand der Wissenschafter. Das könne er einem Assistenten übertragen. Und er übertrug es dem Oberwächter.

Wächter in Museen sind nicht sehr beschäftigt, sie stehen oder sitzen. Dann und wann gehen sie, aber wie bald stößt ein Wächter an den nächsten Wächter, dreht sich auf den Absätzen seiner glänzenden schwarzen Schuhe und macht kehrt. Kaum irgendwo hat man einzugreifen, es sei denn, wenn Kinder kommen, die noch nicht lesen können und daher alles berühren, trotz den Verboten. Eingreifen wäre überhaupt ein zu gewalttätiges Wort. Es wird nicht eingegriffen, es wird gemahnt mit Handzeichen, Blicken oder Zischlauten.

Der Oberwächter, der jetzt auch ein wissenschaftlicher Assistent war, verfügte über die notwendige Zeit und über die Fähigkeiten, mitten unter den staunenden Besuchern, während der Großmächtige sprach, eine kleine Tonbandaufnahme zu machen.

Eines frühen Morgens las der Historiker in der Tageszeitung, gestern zwischen drei Uhr dreiundzwanzig und drei Uhr siebenundzwanzig habe der Kopf des Verewigten einiges verlauten lassen. Da bestieg er gleich sein Rad und fuhr voll Zuversicht zum Schloß.

Noch war das nur ein Anfang. Der Fragen blieben viele. Etwa, ob es sich um eine konstante Botschaft handle, die mit gleicher Wahrscheinlichkeit wiederkehrt, oder um eine wechselnde Botschaft. Lassen wir das fürs erste, sagte er sich. Zunächst wird der Vorrat der Grimaldischen Signale bestimmt, dann gehen wir das Nachrichtensystem an und fragen uns: Wo liegt der Sender? Im Schädel selbst oder außerhalb? Wie ist der Nachrichtenkanal beschaffen? Ist der Schädel auch der Kanal, das materielle Medium der Grimaldischen Kommunikation oder wie oder was oder warum?

Er stieß sein Rad über das Kopfsteinpflaster der mittelalterlich engen Gassen, und es blitzte in seinem Kopf: Kommunikation? Ja wie denn? Wer verlangt nach der Botschaft eines Verewigten heute? Und will sich der Verewigte durch die Zeiträume hinweg einen Empfänger, den er nicht wahrnimmt, eröffnen? Kommunikation ist der Austausch zwischen dynamischen Systemen, meine Herren. Und Verewigtes ist kein Dynamisches mehr. Aber Grimaldi spricht; ein historio-phonisches Phänomen, und weiter nichts.

Als der Nachrichtenforscher den weiträumigen Saal betrat, saß der Oberwächter auf seinem Strohhocker und zählte Münzen und Scheine. Auf die Bitte, er möchte ihm nun die Spule aushändigen, blickte der Geldzähler verwundert von seinen frischen Einnahmen auf. Ja, was denn für eine Spule? schien er zu fragen.

Nun, man sei doch zum Teufel übereingekommen, daß er, der Assistent, das Gesprochene aufnehme. Und gestern zwischen drei Uhr dreiundzwanzig und drei Uhr siebenundzwanzig sei laut Tageszeitung gesprochen worden.

Auch vor einer Stunde sei gesprochen worden, sagte der Oberwächter und verschnürte seinen Lederbeutel, der voll von Münzen war.

Leider habe er vergessen, das Gerät einzuschalten.

»Das ist unverzeihlich!« schrie der Historiker, mit einem Fuß aufstampfend, so daß die Grimaldischen Schaukasten bebten und ein leichtes Klirren einzelner Gegenstände zu hören war.

Unverzeihlich sei das nicht, sagte der Oberwächter. Wer im Banne der Botschaft stehe, und dem Bann entziehe sich niemand, auch ein Oberwächter nicht, der vergesse sich selbst und alles. Jedermann sei entrückt, gewissermaßen.

Ja, was denn an der Botschaft so ungeheuer sei, fragte der Historiker.

Der Assistent faltete sorgsam Geldschein um Geldschein und legte sie in sein leeres Zigarrenetui. Dann setzte er sich die Schirm- oder Geldmütze auf und sagte:

»Es ist uns verboten, die Worte des Seigneurs mitzuteilen.«

Wer denn das lächerliche Verbot erlassen habe, fragte der Forscher.

Das wisse man nicht, sagte der Wächter. Aber man halte sich daran.

Der staatlich Beauftragte erklärte, er sei nicht irgendwer. Seine Fragen seien wissenschaftlich begründet und national finanziert. Er verlange daher klare, aufrichtige, unbestechliche Auskünfte. »Was sagt Grimaldi? Ein Beispiel bitte.«

Der Oberwächter kehrte sich dem Fenster zu und schwieg angesichts der hohen Festungsmauern, an denen die Wellen aufschlugen; draußen war Flut.

Da zückte der Historiker einen Zwanzigerschein und streckte ihn dem Gehilfen unter die Nase.

Dieser sagte, leicht näselnd: »Her mit dem Fasan, du Luder!« nahm den Geldschein und nieste. Das Papiergeld hatte ihn in der Nase gestochen und dort, wie es schien, die Schleimhäute gereizt.

»Ist das alles?« fragte der Wissenschafter. In den Prospekten der Reisebüros stehe es anders. Dort werde in hohen Sätzen von einer recht geheimnisvollen Botschaft geredet. Geheimnisvoll sei der Satz vom Fasan nun keineswegs.

Der Sprechschädel sei doch Geheimnis genug, meinte der Oberwächter. Ob der Herr Forscher und Nachrichtenbastler schon anderswo aus einem hohlen Schädel Worte vernommen habe.

»Wir werden ja hören«, sagte der wissenschaftlich Beauftragte.

Aber sie vernahmen tagelang nichts, und auch in den Nächten, die sie im Grimaldischen Saale nun gemeinsam verbrachten, keine Silbe und kein Wort. Der Historiker hatte in einer Fensternische ein Feldbett mit Kissen und Wolldecken aus der nahen Artilleriekaserne aufgestellt. Der Assistent schlief dort, wo er auch tagsüber dann und wann einnickte wie viele Wächter, auf seinem Strohhocker. Beim Einnachten tranken die beiden Wein, den zu spenden der Wissenschafter sich angewöhnt hatte. Im übrigen verbaten sie sich das Reden, um die Stimme des Großmächtigen nicht zu überhören. Aber sie war nicht zu überhören; sie sprach nicht.

Nachrichtentechniker, die auch Historiker sind, gelten als verbissene, zielbesessene Leute. Der junge Mann gab nicht auf. Damit er nicht gezwungen wäre, die Forschungsstätte auch nur auf einen Sprung zu verlassen, hätte er am liebsten den alten Grimaldischen Nachtstuhl benutzt, der dort einsam an der Wand stand, mit Kordel und Täfelchen versehen: »Nicht berühren«. Aber so weit durfte er es mit der Besetzung der historischen Gegebenheiten nicht treiben. Als eine Okkupation seines eigenen Reiches empfand der Oberwächter ohnehin das Ganze. Und da er breite Schultern hatte und die Fäuste eines Fischers, der schwere Netze einzieht, fürchtete der Nachrichtenhistoriker einen Zweikampf, bei dem er alles verlieren konnte, seine Brille und den staatlichen Auftrag. Denn der Oberwächter hatte gedroht, im Namen der Grimaldischen Museumsbelegschaft Klage einzureichen, sobald durch die Forschungsarbeit die Einkommensverhältnisse in Mitleidenschaft gezogen würden. Im Hintergrund stehe eine Schutzmacht: die Gewerkschaft der nationalen Wächter, Wärter und Aufseher. Sie werde bei der geringsten Verschiebung der bestehenden Dinge eingreifen.

Dem Eingriff wollte sich der Wissenschafter nicht aussetzen, und so verzichtete er auf die Benutzung des historischen Nachtstuhls. Er verließ den morgendlich hellen Saal und stieg die wenigen Stufen zur neuzeitlich eingerichteten Schloßtoilette hinab.

Das war um fünf Uhr einundfünfzig mitteleuropäischer Zeit.

Als er um sechs null Uhr den Saal wieder betrat, drückte der Oberwächter gerade die Taste mit dem Zeichen »Rücklauf«. Der Großmächtige hatte gesprochen.

Zur Unzeit, in einem leeren Saal, wie der Historiker fluchend bemerkte. Immerhin, diesmal hatte der Assistent nicht versagt. Die Botschaft war, wie es schien, auf dem Tonband. Man konnte sie abspielen.

Mit schweren Atemstößen begann es, mit einem Brodeln und Zischen. Wortstücke hoben sich aus dem Schallchaos; Schallchaos war der Begriff, den sich der Wissenschafter für die Beschreibung des Vorganges merkte. Geschrei wechselte mit ruhigen Anweisungen; einiges widerhallte von den Wänden, man hörte das Zittern und Klirren der Schaukasten. Dann erschallten Befehle. »Her mit dem Fasan, du Luder!« war das letzte Vernehmbare. In gurgelnden Lauten verging dann die Botschaft.

So sei es immer, meinte der Oberwächter, erst komme das Atemgebraus des Großmächtigen, dann seine Befehle, und am Ende vergurgle das Ganze. Das Ergebnis war enttäuschend. Die Dinge, die herbefohlen wurden, waren der Wissenschaft längst bekannt, in Büchern nachzulesen, in Museen zu besichtigen.

Eine einzige Aussage veranlaßte den Historiker zu einer Bemerkung. Herr Grimaldi schrie, schnaubend vor Zorn: »Man stecke den Hund in die Geige!« Der Satz gelte nicht einem Musiker, eher einem Verbrecher, belehrte der Wissenschafter seinen Assistenten. Bei der Geige sei nicht an eines der alten Instrumente im Musikzimmer nebenan zu denken. Geigen seien auch Folterwerkzeuge.

Das wisse er, sagte der Oberwächter.

Der Historiker belehrte ihn dennoch weiter: zur Zeit der feudalen Herrschaften habe man Instrumente zum Foltern und Martern mit musikalischen Begriffen versehen. Indessen, um nun das ganz deutlich zu sagen: Von einer Botschaft könne hier nicht die Rede sein. Was man aus dem famosen Sprechschädel vernehme, seien lauter Alltäglichkeiten. Und er steckte das Aufnahmegerät mit der enttäuschenden Spule in die Tasche.

Wichtig seien ihm jetzt nicht mehr die Worte des Seigneurs, meinte er, wichtig sei ihm nur noch das materielle Medium, der

Nachrichtenkanal. Aus diesem Grunde wolle er den Schädel oder Sprechkopf genau untersuchen.

Er ging und hob den seigneuralen Schädel aus der Nische, legte ihn auf sein Feldbett, das er mit zwei weißen Nastüchern belegt hatte, und griff behutsam in den Hohlraum des Totenkopfes.

Er griff in ein trockenes Knäuel; aus den Augenhöhlen stoben leichte Wolken.

Langsam zog er den Fund ans frühe Tageslicht.

»Es sind Nerven!« rief er aus.

Und wirklich, was er in der Hand hielt, waren graue und und weiße, mumienhafte Bänder. Er nahm eine leere Tonbandspule, entwirrte das Knäuel zu einem langen, langen Band, und spulte es von Hand auf, verklebte das Ende und steckte den Schädelbericht in die Tasche.

»Das ist Diebstahl!« rief der Oberwächter.

»Das ist Wissenschaft«, sagte der Nachrichtenhistoriker und verließ den Saal.

Wochenlang war aus dem Schloßmuseum nichts mehr zu vernehmen.

Die Rubrik der Grimaldi-Nachrichten erschien weiß; die Geldmützen lagen leer auf der Schwelle. Und wenn der Oberwächter im Bistro erschien, setzte er sich in eine Ecke, sprach kaum ein Wort und bezahlte den einheimischen Gästen keine Getränke mehr. Sie fragten, wie es ihm gehe. Man sage, die Besucherzahl oben im Schloß nehme ab. Der Großmächtige sei verstummt.

Das sei nicht wahr, wehrte sich der Oberwächter. Er ruhe nur. Einem Toten dürfe man das Schweigen nicht ankreiden. Er werde wieder sprechen, das sei gewiß.

Woher man das wisse, fragte der Tabakhändler.

»Aus Erfahrung«, erwiderte der Geschlagene.

Warum man die Botschaft nicht von einem Schauspieler sprechen lasse, sie aufnehme und abspiele, so oft sich der Saal mit Besuchern angefüllt habe, fragte ein ehemaliger Radiohändler.

Der Oberwächter entgegnete, das wäre eine Täuschung.

Aber eine lukrative, sagte der Händler.

Der Verewigte würde sich, wie er, der Oberwächter, ihn kenne, nicht nur im Grab umdrehen, er würde erscheinen in der Nacht und alles zerstören, was an sein herrschaftliches Leben erinnere und von dem die Wächter und Schloßraumpflegerinnen noch heute ihr Auskommen hätten.
 Daraufhin lachte man laut über ihn her. Und der Mann mit der Schirmmütze verließ das Bistro.

Er ging nach Hause und verfaßte einen Brief an den Sekretär der Gewerkschaft, in dem er sich beschwerte, durch anhaltende wissenschaftliche Untersuchungen, die der Staat dulde und unterstütze, werde den Grimaldischen Wächtern die Existenz untergraben. Die Besucher seien enttäuscht, da die seigneurale Botschaft nicht mehr ertöne, und wo sie früher mit Trinkgeldern nicht gegeizt hätten, würden sie jetzt den Saal, kaum daß sie eingetreten, nach wenigen Augenblicken wieder verlassen. Oft komme es vor, daß jemand die Mütze, die man nach alter Gewohnheit noch immer auf die Schwelle lege, aufhebe und sage: »Ihre Mütze, mein Herr.« Gedemütigt nehme man dann die leere Kopfbedeckung in Empfang, bedanke sich freundlich und erscheine als nachlässiger Aufseher, der seinen Hut, statt ihn, wie es sich gehöre, zu tragen, weggeworfen oder verloren habe. Solche Vorkommnisse zehrten an den Nerven der Wächterschaft. Es sei an der Zeit, daß die Gewerkschaft eingreife. Hochachtungsvoll.
 Als die Glocke eines Nachmittags die wenigen Besucher aus dem Saal läutete, blieb einer vor dem Totenschädel stehen. Der Oberwächter sprach ihn höflich an und bemerkte, das Glockenzeichen gelte auch ihm, er möchte sich bitte hinausbegeben.
 Der Mann wandte sich um: sein Gesicht war von weißlichen Hautschuppen entstellt. Seine Hände waren weiß verbunden, die Finger ragten aus dem Verband hervor; der Wächter zählte die Finger, sie schienen vollzählig zu sein. Als der Mann sagte, die Untersuchungen seien abgeschlossen, erkannte er ihn.
 »Um Gottes willen, was haben Sie«, fragte der Wächter den an der Haut erkrankten Historiker.
 »Nichts«, sagte dieser und überreichte dem Oberwächter eine kleine weiße Tüte. Was er damit soll? Es handle sich um etwas

Schnupftabak des Verewigten, scherzte der junge Wissenschafter. Nein, es seien vielmehr die Überbleibsel einer wissenschaftlichen Untersuchung: der Staub der seigneuralen Nervenbänder. Sie seien, offenbar unter dem Einfluß der Luft, vor seinen Augen zerfallen. Glücklicherweise habe er den Zerfall gefilmt; man könne ihn vorführen.

»Und die Botschaft?« fragte der Oberwächter. Er zitterte am ganzen Leib.

Die Botschaft habe er mitgebracht, sagte der Nachrichtenhistoriker. Ob er sie abspielen solle? Er nahm ein winziges Gerät aus der Brusttasche, reichte es dem Aufseher auf dem Handteller; über die Fingerbeeren zog ein weißliches Schuppengeflecht; er sagte: »Schalten Sie ein, bitte.«

Der Wächter drückte die linke Taste.

Der Großmächtige begann wieder zu atmen, schrie und fauchte: »Mein Hut! Mein Hut! Wo ist mein Hut!«

»Man sattle mir den Apfelschimmel!«

»Man ersäufe ihn, den Hund!«

»Her zum Teufel mit dem Stiefelknecht!«

»Diana, Geliebte. Die Stulpen sind zerrissen.«

Dann verschluckte er sich im Trinken, hustete, schnaubte, nieste, rülpste.

Er schwieg. Dann sprach er laut, als richte er von einem Balkon herab sein Wort an eine Menschenmasse: »Aus dem Untergang der feudalen Gesellschaft«, sagte er, »wird eine neue Gesellschaft hervorgehen. Sie wird die Gegensätze der Klassen nicht aufheben, im Gegenteil. Es werden neue Formen der Unterdrückung kommen und die alten verdrängen. Her mit dem Fasan, du Luder!«

»Das ist neu«, sagte der Oberwächter entgeistert. Solche Sätze habe er nie vernommen.

Ob denn die Stimme nicht grimaldisch töne, fragte der Historiker. Ja schon, sagte der Oberwächter. Aber die Botschaft sei neu. Richtig, erklärte der Historiker, es handle sich um die Sonderbotschaft des Gewerkschaftssekretärs, von ihm selbst gesprochen.

»Er redet wie unser Seigneur!« rief der Wächter beglückt.

Nun legte ihm der Historiker dar, die Gewerkschaft habe sich der Sache angenommen und verordnet, daß die Botschaft jetzt, da sie nicht mehr über die grimaldischen Nervenbänder laufen könne, den modernen Reproduktionsverhältnissen angepaßt werde, so daß sie beherrschbar sei und abspielbar, wann und wo man es für notwendig erachte. Er habe genug der Beschwerden empfangen, habe der Generalsekretär erklärt, jetzt gehe es darum, ein für allemal die Einnahmen der Museumswächter zu stabilisieren. Die Botschaft werde ab Tonband ausgestrahlt.

Dabei sei ihm, dem Nachrichtenhistoriker, die Ähnlichkeit des Stimmorgans des gewerkschaftlichen Bosses mit der Grimaldischen Tonfülle aufgefallen, was ihn zu der Bemerkung veranlaßt habe, sollte eines Tages das Band Schaden leiden, so könnte der Herr Sekretär es neu besprechen. Das wünsche er jetzt schon zu tun, habe der Sekretär gefordert und auf eine kleine Widerrede hin mit der Faust auf den Tisch geschlagen: Er werde den Sprechschädelzauber abschaffen, wenn man ihm nicht erlaube, eine kleine Sonderbotschaft beizufügen.

So habe man den gewerkschaftlichen Herrn in ein Tonstudio gefahren und ihn die prophetischen Sätze sprechen lassen. Niemand werde seine Stimme von der seigneuralen unterscheiden können. Jedermann werde denken: Das ist EIN und DERSELBE.

Der Nachrichtentechniker legte das kleine Bandgerät in den Totenschädel des Großmächtigen und gab dem Oberwächter ein winziges Ding zur drahtlosen Steuerung der künftigen Sprechschädelsendung.

Jetzt war man nicht mehr den Launen des Seigneurs ausgeliefert, und noch am selben Abend betrat der Oberwächter das Bistro, wo er die einheimischen Freunde zu einer Fischsuppe einlud. Und er erzählte, der Historiker, der ewige Untersucher im Schloß da oben, sei nun bestraft. Er habe den Grind. Niemand wisse, woher das komme. Er aber, der Oberwächter, könne es sich leicht erklären. Der junge Mann habe sich an den Grimaldischen Dingen vergriffen, mit Worten und mit Berührungen. Die alten Substanzen, die da in allem seien, würden sich rächen.

»Du hast ihm geholfen«, sagte einer am Tisch.

»Ja, ja«, gestand der Wächter, »aber nichts berührt.«

Da entdeckte er auf seinem linken Handrücken, in der Nähe des Zeigefingerknöchels eine kleine Hautschuppe.

Zum Teufel, dachte er, müssen wir armen Wächter den Grind bekommen, sobald wir mehr verdienen? Und er kratzte die Schuppe mit dem Nagel weg und blies sie über den Tisch. Der Historiker aber ist in die Geschichte der Medizin eingegangen, seiner Hautkrankheit wegen, die, wie man allgemein annahm, von der Betastung verwesender Nervenbänder herrühren kann. Sie war entzündlich und schwer heilbar und wurde von da an *Dermatitis historica* oder die Grimaldische Krätze genannt.

DINO BUZZATI

Ein überheblicher Mensch

Die Unterwürfigkeit des Arztes Antonio Deroz begann gegen Ende des Jahres nachzulassen, als die Trockenheit mit riesiger Sonne über der Tiefebene herrschte. Antonio Deroz war neu im Krankenhaus, und Ende Februar sollte seine Probezeit ablaufen. Er war eifrig und genau, aber niemand hatte ihn ernst genommen, vielleicht gerade wegen der ihm eigenen schüchternen Art eines Mannes, der sich grundsätzlich unterlegen fühlt, immer dienstbereit ist und niemals sitzt, solange ein anderer steht. Ich sah ihn mehrere Male, wenn er durchs Städtchen ging, aber ich kann mich seines Gesichtes nicht mehr entsinnen, so sehr ich mich auch bemühe.

Seine Demut schwand dahin in wenigen Tagen, da er doch gerade zu kränkeln schien und sein Gesicht immer mehr verfiel. Er war schmächtig, von mittlerer Statur. Als Professor Dominici, der Hygienische Parasitologe, ihn rufen ließ, um gewisse Medikamente von ihm zu erhalten, sandte Deroz den Bescheid zurück, er habe keine Zeit. Es waren genau diese Worte, und sie schienen unglaubhaft, denn bisher hatte ein wohlwollendes Lächeln des Professors genügt, um Deroz vor Freude erröten zu lassen. Ein Gutachten Dominicis würde von großer Bedeutung für seine Anstellung im Krankenhaus sein; und um ihn sich zu verpflichten, hatte der junge Arzt ihm oft Mücken, Holzböcke oder Läuse gebracht. Aber gewöhnlich ohne Erfolg. Der Gelehrte empfing solches Material wie einen pflichtgemäßen Tribut, und außerdem machte er sich über Deroz mit technischen Spitzfindigkeiten lustig, indem er ihn verstehen ließ, er verliere seine Zeit. Nach einem flüchtigen Blick auf die Insekten stülpte er die Glasröhrchen um und ließ die Tiere zu Boden fallen, wo er sie mit den Füßen zertrat.

Als Dominici die Antwort vernahm, glaubte er an ein Mißverständnis und sandte den schwarzen Diener von neuem, um Deroz zu holen. Diesmal erhielt er einen Zettel überbracht, der folgendes mitteilte: »Lieber Herr Professor, ich habe keine der von Ihnen erbetenen Phiolen mehr. Es tut mir leid, daß ich nicht zu Ihnen kommen kann, aber ich muß verschiedenes erledigen. Auf Wiedersehn.« Der Gelehrte lächelte mit einer gewissen Anstrengung (obwohl niemand ihm zusah), und zerriß das Papier. Hatte sich diesem unseligen Deroz das Gehirn verdreht? An Professor Dominici ein nacktes und rohes »Auf Wiedersehn«. Er würde schon darauf achten, bei der nächsten Gelegenheit die richtige Distanz zwischen ihnen wieder herzustellen. Und wenn man daran dachte, daß die Karriere des jungen Mannes in seinen Händen lag! Ein Wörtchen zum Sanitätsinspektor, scheinbar zufällig fallen gelassen, würde genügen. Oder ob Deroz sich schlecht fühlte? Ob er Fieber bekommen hatte?

Nein, er hatte kein Fieber bekommen. Am Abend, als die Sonne gerade unter den nackten, felsenlosen Horizont tauchen wollte, erschien Doktor Deroz ganz weiß gekleidet im Café Antinea, mit Seidenhemd und Krawatte; das war noch nie vorgekommen. Er setzte sich rittlings an ein Tischchen, entzündete eine Zigarette und begann, die Mauer des gegenüberliegenden Hauses (dessen Gitter geschlossen waren) zu betrachten, als unterhalte er sich mit sich selbst über sehr angenehme Dinge. Sogar ein Lächeln erleuchtete das müde Gesicht.

»Deroz! Warum sind Sie denn nicht gekommen?« rief ihn plötzlich von hinten Professor Dominici an, der in Begleitung zweier Freunde eintraf.

Er wandte kaum ein wenig den Kopf, machte keinerlei Miene, sich zu erheben, und sagte einfach: »Ich konnte nicht, Professor. Ich konnte wirklich nicht.« Dann fuhr er fort, die Mauer des Hauses gegenüber zu betrachten, die ihn schon vorher fasziniert hatte.

»Was fällt Ihnen ein, Deroz?« erwiderte der Gelehrte scharf. »Ist das die richtige Art zu antworten? Sind Sie sich darüber im klaren? Sagen Sie, sind Sie sich darüber im klaren?« Und die beiden Freunde sahen den jungen Mann mit Augen an, die nichts Gutes verhießen, und genossen im voraus seine Demütigung. Da erst stand Deroz auf, und er tat dies langsam, indem er sich mit einer Hand auf das rotlackierte Tischchen stützte, auf dem geschrieben stand: »Trinkt Leopardi bitter!« Dann begann er zu lachen, nicht bösartig, sondern in einem offenen jovialen Ton wie jemand, der einen Scherz versteht. Er schlug dem Gelehrten mit einer Hand und nicht ohne Kraft auf die Schulter: »Großartig!« rief er, »wissen Sie, daß ich in manchen Augenblicken dachte, Sie meinten es ernst? Aber setzen Sie sich, setzen Sie sich, darf ich Ihnen einen Aperitif anbieten?«

»Aber, was ich sagen – ich kann – ich kann...«, stotterte Dominici sprachlos und setzte sich mechanisch, zugleich mit den beiden anderen. Irgend etwas mußte geschehen sein, daß Deroz ihn so zu behandeln wagte. War ihm vielleicht ein höherer Rang angekündigt worden? Sollte man ihm jetzt eine Lektion erteilen? Oder war es vorsichtiger abzuwarten?

Er tat, als sei nichts vorgefallen: »Ich wollte Ihnen mitteilen, Deroz«, und er nahm seinen klassischen Akademikerton an, der gewöhnlich seiner Wirkung sicher war, »in fünfzehn Tagen wird es nötig sein, die Tabelle der Milzkrankheiten zu den Brunnen von Allibad zu bringen, Sie werden mir die Freundlichkeit erweisen müssen...«

»In fünfzehn Tagen«, unterbrach Deroz, »werde ich nicht mehr hier sein. Oder um mich noch genauer auszudrücken, ich werde sogar sehr weit fort sein.«

»Sie gehen fort?« fragte der andere ernstlich überrascht. »Gehen Sie nach Italien zurück? Sie verlassen uns also?«

Da lächelte der junge Arzt in bitterer und zugleich nachsichtiger Weise: »Oh, nicht nach Italien! Nur eine Reise, ein ziemlich langer Spaziergang«, und er strich sich mit der Rechten über die Stirn, als fühle er sich erschöpft.

Dominici verfinsterte sich von neuem: also handelte es sich nicht um Heimkehr, Bestrafung, Degradierung im Dienst; vielleicht war es statt dessen eine offizielle Reise, eine echte, richtige Mission.

»Im Auftrag der Regierung? Das haben Sie mir nie gesagt, Deroz«, meinte er nun mit der Miene zärtlichen Vorwurfes, indem er so tat, als habe er »als guter Freund« ein Recht darauf, es zuerst erfahren zu haben.

»Ein Auftrag, ja«, sagte Deroz ausweichend. »Man kann es auch einen Auftrag nennen. Maßnahmen einer höheren Stelle.«

Zwei große Wolken lagerten am Himmel, noch von der Sonne

beleuchtet, während die Erde sich schon mit Schatten bedeckte. Sie waren von ziemlich gewöhnlichen Formen, aber von den unteren Rändern hingen schwarze Fransen herab, die sich hier und da über dem Horizont auflösten.

»Ich will es gar nicht wissen«, erwiderte Dominici unwillig.
»Aber wohin? Sie könnten mir wenigstens sagen, wohin?«
»Das weiß ich noch nicht genau«, sagte Deroz und sah dem Professor mit einem fast frechen Ausdruck gerade ins Gesicht. »Aber ich glaube, so etwa da hinunter.«

Die drei starrten ihn verblüfft an. Und er stand auf, ging etwa in die Mitte der Straße, damit die Häuser ihm nicht die Sicht abschnitten, und zeigte in Richtung auf die nördlichen Länder, die Wüste, die undurchdringlichen Ebenen. So blieb er stehen, die Rechte ausgestreckt, ungewöhnlich weiß im blassen Widerschein der Lampen des Cafés Antinea.

»Ah, eine Expedition in die Wüste?« beharrte Dominici und verbeugte sich mit seiner ärmlichen Seele buchstäblich bis zu seinen Füßen. »Eine der üblichen Inspektionen, nicht wahr? Und jemand von der Behörde wird mit Ihnen gehen?«

Deroz schüttelte den Kopf: »Nein, nein«, sagte er. »Ich glaube wirklich, daß ich allein gehen muß.«

Nach diesen Worten taumelte er plötzlich, als habe ein unsichtbares Wesen, die Straße entlanglaufend, ihm einen Stoß gegeben. Es fehlte wenig, daß er zur Erde gestürzt wäre, aber dann fing er sich wieder und setzte sich von neuem an den Tisch.

Den Tag darauf versuchte Dominici bei der Regierungsstelle den Boden zu erkunden, aber von Deroz' Reise wußte niemand etwas. Der Sanitätsinspektor sagte unter anderem: »Er scheint mir etwas verwirrt, der junge Mann. Ich fürchte, daß er nicht genug Widerstandskraft besitzt. Es gibt übrigens viele, die mit dem Klima nicht fertig werden.« Bedeutsame Worte, die Dominici erfreuten: Nicht lange, dachte er, und dieser Frechling würde seine verdiente Lektion davontragen.

Doch statt dessen wurde Deroz' Benehmen immer hochmütiger. Er grüßte fast nie als erster, tat so, als höre er nicht, wenn man ihn ansprach, abends blieb er zu Hause, um gewisse Holzkisten vollzupacken, die für Reisen in einer Karawane geeignet sind. Und endlich, an einem sehr heißen Nachmittag, stellte er sich bei Professor Dominici ein, um Abschied zu nehmen. Weißer denn je war er gekleidet und stützte sich auf einen Stock. Die Füße schleppten sich auf dem Fußboden wie Schnecken vorwärts, so daß dieser Abschied Dominici als Pose erschien.

»Herr Professor, ich komme, um Ihnen Lebewohl zu sagen«, meinte er. »Der Befehl ist noch nicht eingetroffen, aber ich glaube, daß ich diese Nacht aufbrechen werde, kurz vor dem Morgengrauen, um fünfeinhalb Uhr etwa, denke ich.«

»Ich will gar nichts wissen«, antwortete Dominici eisig. »Behalten Sie Ihre Geheimnisse für sich. Und gute Reise...« Dann zeigte er ein leichtes Grinsen, da er jetzt sicher war, daß die berühmte Reise nichts weiter sei als ein dummer Witz.

Ein kurzer Hustenstoß wurde hörbar in dem von Schriften und Instrumenten angefüllten Studierzimmer, dann die ruhige Stimme des Arztes Antonio Deroz: »Professor, warum grinsen Sie? Tun Sie das nicht, wenn ich bitten darf.«

Er wandte sich um und erreichte die Tür, indem er sich mit seinem ganzen Gewicht auf den Stock lehnte, es war ungewiß, ob er dies nun absichtlich tat oder wirklich Mühe hatte, auf den Füßen zu bleiben.

»Verdammter Heuchler!« murmelte Dominici zwischen den Zähnen, damit man es nicht hören könne.

»Haben Sie etwas gesagt, Herr Professor?« fragte Deroz und hielt auf der Schwelle inne.

»Wenn ich Sie wäre, würde ich abwarten«, antwortete der andere, um ihn zu quälen. »Es geht Ihnen nicht gut, ich versichere es Ihnen. Sie haben heute ein Leichengesicht, ausgesprochen ein Leichengesicht.«

»Tatsächlich, Herr Professor? Sie würden mit der Abreise zögern, wenn Sie an meiner Stelle wären? Oh, Sie sind klug, Herr Professor. Sie wissen so vieles.« Deroz bemerkte es ohne jeden Groll. Er verschwand hinter dem Türpfosten, und seine unsicheren Schritte hörte man bald darauf schon nicht mehr.

Dann begann die Nacht, eine verhältnismäßig kurze Zeitspanne von Finsternis, verglichen mit dem Lauf der Welten, aber beträchtlich genug in der gegenwärtigen Lage; sie war nicht tröstlich erhellt vom Licht des Mondes, sondern einzig

vom Gefunkel der in Millionen über die Himmelswölbung ausgestreuten Sterne. Die Nacht glitt ruhevoll über die kleine Kalonialstadt dahin, über die nahe Wüste, über die geheimnisvollen Friedhöfe der Berge (und die ganze Zeit blieb ein Fenster erleuchtet im Hause von Doktor Deroz).

Man mußte bis fünf Uhr morgens warten, wenn man ein neues Ereignis mit ansehen wollte: in dieser Stunde hörte man tatsächlich einen Schritt sich dem Hause nähern, und da: im gelben Licht der Laternen des Ortes, sah man die lange Gestalt des Professors Dominici.

Er war nicht allein, sondern von zwei Freunden begleitet, und sie bereiteten sich gemeinsam darauf vor, auf Kosten eines Mannes zu lachen, der prahlerisch große Reisen vortäuschte und aller Wahrscheinlichkeit nach statt dessen nur betrunken in einem Sessel ausgestreckt lag, um das Elend des Lebens zu vergessen.

Jetzt näherten sie sich dem Haus, daß ihre Schritte mit erschreckend lautem Echo zwischen den entschlafenen Mauern widerhallten. Alles war reglos und ruhig. Ein herrenloser Hund schlief vor der Tür. Da waren keine Autos in Bereitschaft, keine Lastwagen, beladen mit Lebensmitteln, Kisten und Medikamenten, wie es für eine Expedition quer durch die Wüste erforderlich gewesen wäre. Kein Zweifel also, daß Deroz' Reise eine lächerliche Phantasterei war, die gerade recht kam, um ihn selber mit großer Schande zu bedecken.

Nach der Straße hin waren die Fenster geschlossen und verdunkelt; auf der gegenüberliegenden Seite hingegen war eines erleuchtet. Und man muß beachten, daß unmittelbar hinter dem Haus das Gehölz begann, so daß man geradeaus darin vorwärtsdringend früher oder später die rauhe Einsamkeit der Wüste erreichen würde; ihr Geheimnis reicht also in einem gewissen Sinn bis an das Gebäude, wie eine Woge ans Felsenriff greift. Nachdem Professor Dominici das erleuchtete Fenster bemerkt hatte, ging er im Kreis um das Haus herum und blickte, sich auf die Fußspitzen stellend, durch das Gitter. Ohne um Erlaubnis zu fragen, erkühnte er sich, ins Innere der Behausung zu blicken und beleidigte so die Nacht selbst, die von sehr fern mit ihren geheimnisvollen Schritten gekommen war und sich dort drinnen eingeschlossen hatte, um dem jungen Arzt Trost zu bringen.

Die Anwesenheit der Nacht war allerdings von zu feiner Beschaffenheit, als daß Dominici ihrer hätte gewahr werden können. Er sah nur Deroz in einem Sessel ausgestreckt (wie er es sich vorgestellt hatte) und augenscheinlich eingeschlafen. Über ihm an der Wand hing ein ausgestopfter Antilopenkopf, doch fehlten an Stelle der Augen die üblichen Halbkugeln aus Glas, so daß die Höhlen leer und qualvoll nachdenklich blieben. Der junge Arzt war in ein weißes Seidengewand gekleidet, und etliche Mücken umkreisten sein Haupt in stetigem Flug, ohne daß sie gewagt hätten, ihn anzurühren: so sehr war in den letzten Stunden sein Ansehen gestiegen.

Dieses merkwürdige Benehmen der Mücken entging natürlich Professor Dominici, der schon frohlockte und sich von neuem viele Lachsalven versprach: »Ein Narr ist das!« rief er mit unterdrückter Stimme, überzeugt, daß Deroz sich einfach betrunken habe, und er bückte sich, um einen Stein aufzuheben und ins Zimmer zu werfen, als einer der Gefährten ihn besorgt am Arm ergriff.

Die hintere Tür des Hauses hatte sich geöffnet, und heraus war Doktor Deroz selber getreten, man wußte nicht wie.

Er war weiß gekleidet wie in den letzten Tagen, erschien aber, sicher infolge einer optischen Täuschung, sehr verschieden von seiner gewohnten Gestalt, was wohl auf die Finsternis zurückzuführen war. Auch seine Umrisse entzogen sich in eigentümlicher Phosphoreszenz dem sicheren Überblick, als wären sie Rauch.

Zuerst glaubte Dominici, daß der Arzt den unerwünschten Besuch bemerkt habe und zu verschwinden suche, um dem Spott zu entfliehen. Und deshalb begann er zu rufen, ohne Rücksicht auf die vollkommene Feierlichkeit der Nacht: »Deroz! Deroz! Wohin laufen Sie denn!« Er verschwendete seine Stimme völlig vergeblich, denn der Junge, anstatt sich auf den Anruf umzuwenden, verfolgte den Weg durchs Gehölz, mit seinem neuen, verächtlichen Gang und in stiller Bestimmtheit; er schleppte die Füße nicht und benützte auch nicht seinen Stock; ein unbeschreibliches Fluidum strahlte von ihm aus, und selbst Dominici wurde davon überwältigt, da er endlich begriff, daß eben dies der Aufbruch zur sagenhaften Reise war, daß Deroz sich nicht mehr umwenden, sondern zu Fuß unaufhörlich weiter nach Norden vorwärtsdringen werde, den fernsten Fernen entgegen, gleich einem Bettler oder einem Gott.

Jener ging weiter, allein, zwischen den Spinnweben der dornigen Akazien, bleichen Gesichtes, in Richtung auf uns unkenntliche Städte; doch ein Kreis gütiger Geister umgab ihn, ein mitleidiges Gefolge, das ihm freundliche Worte und ehrenvolle Titel zuflüsterte, wie: »Hier entlang nach rechts bitte, Exzellenz! Achtung, da ist ein Loch! Sie sind wirklich sehr beschwingt, Exzellenz!« Was den Professor Dominici betrifft, so betrat er, kaum daß er die zweideutige Gestalt hatte entschwinden sehen, mit polizeilichem Eifer das Haus. Dort entdeckte er natürlicherweise unter dem gedankenvollen Antilopenkopf im Sessel ausgestreckt den zerbrechlichen Körper von Doktor Deroz; zu zart und doch auch zu schwer, um seinen Herrn auf die lange Reise begleiten zu können.

FRANZ HOHLER

Die Fotografie

Als ich vor einiger Zeit beim Durchblättern eines Fotoalbums auf ein Bild von der Hochzeit meiner Eltern stieß, verweilte ich etwas länger dabei. Ich wollte wissen, wen ich alles kannte, auch interessierte mich, da ich inzwischen selbst geheiratet hatte und bereits älter war als das Paar auf der Hochzeitsfotografie, ob mir die Eltern nun jünger vorkämen als ich mir selbst. Es war mir aber nicht möglich, die beiden so anzusehen, als ob sie mit mir nichts zu tun hätten, als ob sie nicht gerade die wären, die immer älter waren als ich, und wäre es mir gelungen, wären sie mir wohl trotzdem nicht richtig jung erschienen, da man der Kleidung der Abgebildeten und ihrem Gehaben ansah, daß sie in eine frühere Zeit gehörten, und Leuten, die in einer früheren Zeit jung waren, glaubt man zwar, daß sie eine Jugend hatten, aber nicht, daß sie tatsächlich jung waren.

Das Bild war vor der Kapelle aufgenommen, in der die Trauung stattgefunden hatte, und außer meinem Vater und meiner Mutter waren darauf meine vier Großeltern zu sehen, von denen jetzt nur noch zwei am Leben sind, sodann ein Urgroßvater, den ich nicht mehr gekannt habe und der äußerst unnahbar wirkte, die Schwester meines Vaters, bereits mit ihrem heutigen Mann, aber etwas unverbrauchter aussehend, und die zwei Brüder meiner Mutter, der eine noch im Bubenalter, der andere in Offiziersuniform. Um diesen familiären Kern des Bildes gruppierten sich die weniger engen Verwandten wie die Geschwister der Großeltern, die ich nicht alle kannte, und nebst dem Pfarrer einige Freunde des Paares, die mir zum größten Teil fremd waren. Unter diesen übrigen Leuten fiel mir vor allem ein Mann auf, der ganz am Rand des Bildes auf einem Steinbänklein unter einem Baum saß und die Szene betrachtete, als ob er nicht ganz dazugehöre. Seine Augen waren dunkel und blickten sehr ernst, auf seinem Kopf sah man kein einziges Haar, und seine Hände waren auf einen Stock gestützt, der mit einem silbernen Knauf versehen war. Was mir zusätzlich auffiel, war, daß der Mann weiße Handschuhe trug, was auch in jener Zeit, soviel mir bekannt ist, ungebräuchlich war. Da ich mich nicht erinnerte, diesen Mann je im Zusammenhang mit meinen Eltern gesehen zu haben, nahm ich mir vor, meinen Vater gelegentlich nach ihm zu fragen.

Als ich ihn das nächstemal zu Hause besuchte, schauten wir sein Album mit den Hochzeitsfotografien durch, aber auf all den Bildern vor der Kapelle war kein solcher Mann zu sehen, und mein Vater konnte sich auch an niemanden erinnern, auf den meine Beschreibung zugetroffen hätte. Wahrscheinlich, meinte er, sei es ein Passant gewesen, der zufällig vorbeigekommen sei und sich auf das Bänklein gesetzt habe, die Kapelle liege ja an einem schönen Ort, werde oft aufgesucht und sei auch das Ziel eines Wanderweges.

Mit dieser Erklärung war ich nicht zufrieden. Irgendwie konnte ich mir nicht vorstellen, daß sich der Mann nur für die Dauer einer Aufnahme auf das Bänklein gesetzt hatte, zudem war er so festlich angezogen, daß er weder ein Wanderer noch ein Ausflügler sein konnte, und es schien mir auch, sein Blick enthalte mehr Teilnahme als der eines gänzlich Fremden.

Als ich dem Vater wenig später mein Bild zeigen konnte, war er sehr erstaunt, schüttelte den Kopf und sagte, nie, nie habe er diesen Mann gesehen und möge sich auch nicht erinnern, daß er ihn auf der Fotografie, die nun in meinem Album klebte, wahrgenommen habe. Es habe aber nachher, so sagte er, in der gleichen Kapelle eine weitere Hochzeit stattgefunden, zu welcher vereinzelte Gäste bereits am Schluß seiner eigenen Feier eingetroffen seien, und er könne sich denken, daß dies die letzte Aufnahme des Fotografen vor der Kapelle gewesen sei und es sich bei diesem Mann um einen der ersten Gäste der anderen Hochzeitsgesellschaft handle.

Mit dieser Darstellung begnügte ich mich vorderhand, wenn mir auch schwer erklärlich war, warum ein fremder Gast die Indiskretion begangen haben sollte, sich ins Schußfeld des Fotografen zu setzen. Auch bekam ich bei wiederholtem Betrachten des Bildes das Gefühl, der Mann habe etwas mit meiner Mutter zu tun, die kurz vor meiner Verheiratung gestorben war. Aus der starken Ablehnung meines Vaters schloß ich, daß auch er etwas ähnliches dachte, doch ich wollte nicht weiter in ihn dringen.

Meine Frau begann sich langsam zu beunruhigen, daß ich der Sache soviel Gewicht beimaß und konnte nicht verstehen, weshalb ich die Erklärung meines Vaters nicht gelten lassen wollte. Ich gab dann, nachdem auch Erkundigungen bei Verwandten nichts eingebracht hatten, meine Nachforschungen auf, obwohl die Frage für mich nicht gelöst war.

Die Ruhe, die nun folgte, war aber nur oberflächlich und wurde bald darauf durch einen neuen Vorfall zerstört. Meine Schwester, die seit kurzem verheiratet war, hatte ein Kind zur Welt gebracht und hatte mich gebeten, Taufpate zu sein. Ich war einverstanden, und die Taufe fand in der Kirche des Dorfes statt, in dem meine Schwester wohnt. Es war eine Feier, an der nur die nächsten Angehörigen des Elternpaares teilnahmen. Eine Ausnahme bildete ein Freund meines Schwagers, der eingeladen worden war, weil er gut fotografierte.

Meine Schwester verschickte nachher an die Teilnehmer des Ereignisses ein Heft, in welchem die Fotos eingeklebt waren, die dieser Freund von der Taufe gemacht hatte. Sie waren numeriert, und wenn man eine haben wollte, konnte man am Schluß des Heftes die dazugehörige Zahl angeben. Mein Blick traf zuerst auf das Bild, das mit der Nummer 12 bezeichnet war. Es zeigte die Patin und mich vor der Kirche, ich trug den Täufling in den Armen, und zwei Schritte hinter mir stand der Mann mit der Glatze und den weißen Handschuhen und blickte mir über die Schulter. Er hatte die Arme verschränkt, aber so, daß man beide Handschuhe sah. Ein Stöckchen, wie es auf der Hochzeitsfotografie meiner Eltern sichtbar war, konnte ich diesmal nicht sehen.

Ich rief sofort meine Schwester an und fragte sie, ob sie den Mann auf diesem Bild kenne. Ihr war er jedoch nicht aufgefallen, und da sie die Fotos nicht zur Hand hatte, telefonierte ich dem, der sie gemacht hatte, nannte ihm die Nummer des Bildes und fragte ihn nach dem Mann im Hintergrund. Er gab mir zur Antwort, auf seinem Abzug sei kein solcher Mann im Hintergrund sichtbar, und auch auf dem Negativ, das er dann auf mein Drängen holte, seien, so sagte er, nur die Patin und ich und der Täufling. Ich schnitt das Bild aus und schickte das Heft wieder zurück.

Am selben Tag beschloß ich, an diesen Tatbestand nicht zu glauben. Trotzdem verschwand der Mann nicht, wie ich heimlich hoffte, von den beiden Bildern, und jeder, dem ich sie zeigte, sah ihn ebenfalls. Ich begann nun auch, was ich früher nie gemacht hatte, mich plötzlich umzudrehen, etwa, wenn ich auf einem Trottoir ging oder einen Platz überquerte, aber auch, wenn ich in einem Kino saß oder in einem Laden etwas einkaufte, und sogar, ja dann fast am meisten, wenn ich mich allein in einem Raum befand. Das Gefühl, jemand schaue mich an, ergriff mich immer mehr, es kam sogar vor, daß ich nachts im Bett aufschoß und Licht machte, weil ich glaubte, am Fußende sitze einer und blicke unverwandt auf mich. Öfters, wenn ich irgendwo ausstieg, auf einem Bahnhof oder einer Bushaltestelle, war mir, als ob jemand auf mich wartete, und ich mußte mich zuerst lange vergewissern, ob wirklich niemand da war. Ich war in beständiger Erwartung, konnte aber trotzdem nicht daran glauben, daß sie sich in etwas Wirkliches verwandeln würde.

Das ist letzte Woche anders geworden. Als ich auf der hinteren Plattform eines Tramwagens mit dem Rücken an der Scheibe lehnte, hatte ich wieder das Gefühl, beobachtet zu werden, drehte mich um und sah im Anhängerwagen den Mann mit der Glatze und den weißen Handschuhen. Er stand mir gegenüber hinter der Scheibe, und als ich ihn ansah, hob er die rechte Hand und lächelte mir zu. Ich war unfähig, mich zu bewegen und blieb bis zur Endstation im Wagen stehen. Dort stieg ich aus und ging zum Anhänger, aber es war niemand mehr darin.

Seither habe ich keine Angst mehr. Ich weiß, daß ich diesem Mann nicht entkommen werde, und ich weiß auch, daß mir die Begegnung mit ihm, die wirkliche Begegnung, nahe bevorsteht. Wie sie verlaufen wird, weiß ich nicht. Wo sie stattfinden wird, weiß ich nicht. Warum sie sein muß, weiß ich nicht. Was der Mann mit mir vorhat, weiß ich nicht, ich weiß nur, daß kein Zufall möglich ist, ich weiß nur, daß ich persönlich gemeint bin.

JORGE LUIS BORGES

Tlön, Uqbar, Orbis Tertius

I

Einem Spiegel und einer Enzyklopädie, die in Konjunktion traten, danke ich die Entdeckung Uqbars. Der Spiegel hing beunruhigend am Ende eines Ganges in einem Landhaus der Calle Gaona in Ramos Mejía; die Enzyklopädie nennt sich fälschlich »The Anglo-American Cyclopaedia« (New York, 1917) und ist ein wortgetreuer, wenn auch nicht ganz sauberer Nachdruck der »Encyclopaedia Britannica« von 1902. Der Vorfall ereignete sich vor etwa fünf Jahren. Bioy Casares hatte an jenem Abend mit mir gegessen, und es war zwischen uns zu einem ausgedehnten Streitgespräch über die Ausarbeitung eines Romans in Ich-Form gekommen, dessen Erzähler Tatsachen übergehen oder entstellen und sich in mancherlei Widersprüche verwickeln sollte, woraus ein paar wenige Leser – sehr wenige Leser allerdings – eine grausame und triviale Wirklichkeit erraten sollten. Vom weit entfernten Ende des Ganges her belauerte uns der Spiegel. Wir stellten fest (in vorgeschrittener Stunde ist diese Feststellung unvermeidlich), daß Spiegel etwas Schauerliches an sich haben. Daraufhin erinnerte sich Bioy Casares, daß einer der Heresiarchen von Uqbar erklärt hatte, die Spiegel und die Paarung seien abscheulich, weil sie die Zahl der Menschen vervielfachen. Ich fragte ihn nach der Herkunft dieser denkwürdigen Sentenz, und er gab mir zur Antwort, daß »The Anglo-American Cyclopaedia« sie in ihrem Artikel über Uqbar anführe. In dem Landhaus (das wir möbliert gemietet hatten) befand sich ein Exemplar dieses Werkes. Auf den letzten Seiten von Band XLVI stießen wir auf einen Artikel über Upsala, auf den ersten Seiten von XLVII stand etwas über uralaltaische Sprachen; doch über Uqbar kein Wort. Bioy, ein bißchen bestürzt, sah in den Index-Bänden nach. Vergebens probierte er es mit allen nur denkbaren Lesarten: Ukbar, Oogbar, Ookbar, Oukhbahr ... Vor dem Weggehen sagte er zu mir, es sei das ein Gebiet im Irak oder in Kleinasien. Ich muß gestehen, daß ich mit einem leisen Unbehagen zustimmte. Ich kam zu der Vermutung, daß dieses unbezeugte Land und dieser namenlose Heresiarch eine Erfindung seien, aus Gründen der Bescheidenheit von Bioy vorgebracht, um eine Sentenz zu beglaubigen. Das fruchtlose Stöbern in einem der Atlanten von Perthes bestärkte mich in meiner Vermutung.

Am folgenden Tag rief Bioy mich aus Buenos Aires an. Er sagte zu mir, der Artikel über Uqbar liege vor ihm, und zwar verzeichne ihn Band XLVI der Enzyklopädie. Der Name des Heresiarchen sei nicht angegeben, wohl aber die Anmerkung über seine Lehre, und zwar in fast den gleichen Worten, wie er sie wiedergegeben hätte, wenn auch – vielleicht – nach literarischen Maßstäben schwächer ausgedrückt. In seinem Gedächtnis hatte sie gelautet: »Copulation and mirrors are abominable.« Der Wortlaut der Enzyklopädie besagte: *»Für einen dieser Gnostiker war die sichtbare Welt eine Illusion oder (genauer gesagt) ein Sophismus. Die Spiegel und die Vaterschaft sind abscheulich* (mirrors and fatherhood are abominable), *weil sie jene vervielfältigen und ausbreiten.«* Ich sagte ihm unumwunden, daß ich den Artikel gern sehen möchte. Innerhalb weniger Tage brachte er ihn her. Das überraschte mich um so mehr, als die gewissenhaften Kartenverzeichnisse der »Erdkunde« von Ritter von dem Namen Uqbar nicht das geringste wußten.

Der Band, den Bioy mir brachte, war tatsächlich Band XLVI der »Anglo-American Cyclopaedia«. Die alphabetische Angabe (Tor – Ups) auf dem Titelblatt und dem Buchrücken war dieselbe wie bei unserem Exemplar, doch umfaßte jenes nicht 917, sondern 921 Seiten. Diese vier zusätzlichen Seiten enthielten den Artikel über Uqbar; im alphabetischen Register (wie der Leser bemerkt haben wird) war er nicht berücksichtigt. Späterhin stellten wir fest, daß zwischen den Bänden sonst kein Unterschied bestand. Beide (wie ich angedeutet zu haben glaube) sind Nachdrucke der zehnten »Encyclopaedia Britannica«. Bioy hatte sein Exemplar bei einer von so manchen Versteigerungen erworben.

Wir lasen den Artikel mit großer Sorgfalt. Die Stelle, an die

Bioy sich erinnert hatte, war jedoch so ziemlich die einzige, die auffiel. Alles übrige wirkte recht wahrscheinlich und war auf den allgemeinen Ton des Werkes und seinen (wie natürlich) etwas langweiligen Stil vortrefflich abgestimmt. Als wir ihn ein zweites Mal lasen, stellten wir hinter seiner streng sachlichen Schreibweise eine durchgehende Unbestimmtheit fest. Von den vierzehn Namen, die im geographischen Abschnitt vorkamen, erkannten wir nur drei: – Jorasan, Armenien, Erzerum –, die auf zweideutige Art in den Text eingeschaltet waren, von den historischen Namen nur einen einzigen, den des betrügerischen Zauberers Esmerdis, der jedoch mehr in übertragener Bedeutung herangezogen war. Die Stichworterklärung schien die Grenzen von Uqbar genau anzugeben, jedoch ihre nebelhaften Anhaltspunkte waren Flüsse und Bergketten des Gebietes selber. So lasen wir zum Beispiel: daß die Tiefebenen von Tsei Jaldan und das Delta des Axa die Südgrenze bilden und daß auf den Inseln in diesem Delta Wildpferde gedeihen. So im Anfang von Seite 918. Dem geschichtlichen Abschnitt (Seite 920) entnahmen wir, daß bei Ausbruch der religiösen Verfolgungen zu Anfang des 13. Jahrhunderts die Orthodoxen auf den Inseln Zuflucht suchten, wo sich ihre Obelisken bis heute erhalten haben und wo man im Boden nicht selten auf ihre steinernen Spiegel stößt. Der Abschnitt *Sprache und Literatur* war knapp gehalten; als einzigen bemerkenswerten Zug verzeichnete er den phantastischen Charakter der Literatur von Uqbar; seine Heldenepen und Legenden bezögen sich nie auf die Wirklichkeit, sondern auf die beiden Phantasiereiche Mlejnas und Tlön. Die Bibliographie führte vier Bücher an, denen wir bis heute nicht begegnet sind, obwohl das dritte – Silas Haslam [1]: »History of the land called Uqbar«, 1874 – in den Katalogen der Buchhandlung Bernard Quaritch erscheint. Das erste: »Lesbare und lesenswerthe Bemerkungen über das Land Ukhbar in Klein-Asien« mit dem Erscheinungsjahr 1641 hat zum Verfasser Johannes Valentinus Andreä. Ein bemerkenswerter Umstand, denn ein paar Jahre danach stieß ich in den Schriften von De Quincey (»Writings«,

---

[1] Haslam hat außerdem »A general History of labyrinths« veröffentlicht.

dreizehnter Band) unvermutet auf diesen Namen und erfuhr, daß ein deutscher Theologe so heiße, der zu Beginn des 17. Jahrhunderts aus der Phantasie die Gemeinschaft der Rosenkreuzer beschrieb – die späterhin von anderen gegründet wurde, wobei man sich an seine vorausdeutende Darstellung hielt.

Noch in derselben Nacht begaben wir uns auf die Nationalbibliothek. Vergebens schlugen wir in Atlanten, Katalogen, Jahrbüchern geographischer Gesellschaften, Denkwürdigkeiten von Reisenden und Geschichtsschreibern nach: niemand war je in Uqbar gewesen. Ebensowenig verzeichnete der Hauptindex der Enzyklopädie Bioys den Namen. Am folgenden Tag entdeckte Carlos Mastronardi (dem ich von dem Fall erzählt hatte) in einer Buchhandlung von Corrientes y Talcahuano die schwarzen in Gold gepreßten Bände der »Anglo-American Cyclopaedia«... Er ging hinein und sah in Band XLVI nach. Selbstverständlich fand er nicht den geringsten Hinweis auf Uqbar.

II

Ein Rest verblassender Erinnerung an Herbert Ashe, Ingenieur der Süd-Eisenbahnen, haftet noch im Hotel Adrogué unter dem üppigen Geißblatt und in der wahnhaften Tiefe der Spiegel. Solange er am Leben war, krankte er, wie viele Engländer, an Unwirklichkeit; nun er tot ist, lebt er nicht einmal als das Gespenst von damals fort. Er war groß und schlaksig, und sein müder, viereckiger Bart war einmal rot gewesen. Soviel ich weiß, war er ein kinderloser Witwer. Alle paar Jahre ging er nach England, um mit einer Sonnenuhr und ein paar Eichen Wiedersehen zu feiern (wie ich aus Photographien schloß, die er uns zeigte). Mein Vater hatte mit ihm eine jener englischen Freundschaften geschlossen (das Verb sagt schon zuviel), die mit Ausschaltung jeder Vertraulichkeit anfangen und das Zwiegespräch sehr bald weglassen. Sie unterhielten gewohnheitsmäßig einen Austausch von Büchern und Zeitungen; sie pflegten sich am Schachbrett schweigsam zu messen... Ich sehe ihn noch, wie er in einem Flur des Hotels, in der Hand ein Mathematikbuch, gelegentlich den unwiederbringlichen Farben des Himmels einen Blick schenkte. Eines Nachmittags sprachen wir vom Zwölfersystem (bei dem die Zwölf als 10 geschrieben wird). Ashe sagte, er sei eben dabei, irgendwelche Zwölfertafeln in Sechsertafeln zu übertragen (bei denen Sechzig als 10 geschrieben wird). Er fügte hinzu, ein Norweger habe ihn mit dieser Aufgabe betraut, und zwar in Rio Grande do Sul. Seit acht Jahren kannten wir ihn nun und nie hatte er seinen Aufenthalt in dieser Gegend erwähnt... Wir sprachen vom Leben der Viehtreiber, von *capangas*, von der brasilianischen Etymologie des Wortes Gaucho (das ein paar alte Ostleute Uruguays noch heute gaúcho aussprechen), und von Zwölferfunktionen – Gott sei mir gnädig – war nicht ferner die Rede. Im Jahr 1937 (wir waren damals nicht im Hotel) starb Herbert Ashe an einem Pulsaderriß. Ein paar Tage vorher hatte er von Brasilien ein versiegeltes Wertpaket zugeschickt bekommen. Es war ein Buch in Groß-Oktav. Ashe ließ es in der Bar liegen, wo ich es – Monate später – fand. Ich begann darin zu blättern und verspürte einen leichten Schwindel der Bestürzung, den ich nicht näher schildern will, denn hier geht es nicht um die Geschichte meiner Empfindungen, sondern um Uqbar und Tlön und Orbis Tertius. Der Islam kennt eine Nacht, genannt die Nacht der Nächte: da tun sich die geheimen Türen des Himmels eine um die andere auf, und in den Krügen versüßt sich das Wasser; sollten diese Türen aufgehen, so würde ich nicht empfinden, was ich an jenem Abend empfand. Das Buch war in englischer Sprache abgefaßt und bestand aus 1001 Seiten. Auf dem gelben Lederrücken las ich die folgenden seltsamen Worte, die sich auf dem Titelblatt wiederfanden: »A first Encyclopaedia of Tlön, Vol XI, Hlaer to Jangr«. Erscheinungsort und -jahr waren nirgends angegeben. Auf der ersten Seite und auf einem Schutzblatt aus Seidenpapier, das eine der Farbtafeln deckte, war ein blaues Oval eingedruckt mit der Inschrift: »Orbis Tertius«. Zwei Jahre war es her, seit ich in einem gewissen Band einer unrechtmäßig nachgedruckten Enzyklopädie die summarische Beschreibung eines gefälschten Landes entdeckt hatte; jetzt bescherte mir der Zufall etwas weit Kostbareres und Anspruchsvolleres. Jetzt hielt ich ein ausführliches, methodisch abgefaßtes Bruchstück der Gesamtgeschichte eines unbekannten Planeten in Händen, samt seinen Bauwerken und seinen Zwistigkeiten, seinen mythologischen Schrecken und dem

Geraun seiner Sprachen, seinen Kaisern und seinen Meeren, seinen Gesteinen, Vögeln und Fischen, seiner Algebra und seinem Feuer, seinen theologischen und metaphysischen Kontroversen: dies alles gegliedert, im Zusammenhang, ohne ersichtliche Lehrabsicht oder parodierende Färbung. In jenem elften Band, von dem ich spreche, finden sich Hinweise auf folgende oder vorangehende Bände. Nestor Ibarra hat in seinem heute bereits klassischen Aufsatz in der »N.R.F.« in Abrede gestellt, daß es diese weiteren Bände gebe; Ezequiel Martínez Estrada und Drieu La Rochelle haben diesen Zweifel – vermutlich siegreich – widerlegt. Tatsache ist, daß die gewissenhaftesten Nachforschungen bis auf den heutigen Tag fruchtlos geblieben sind. Vergebens haben wir die Bibliotheken beider Amerika und Europas durchstöbert. Alfonso Reyes, überdrüssig dieser untergeordneten Wühlarbeit kriminalistischer Art, macht den Vorschlag, wir sollten uns alle zusammen an eine Rekonstruktion des dickleibigen Corpus der fehlenden Bände heranmachen: *ex ungue leonem*. Er stellt halb im Ernst, halb spaßhaft die Berechnung auf, daß eine Generation von »Tlönisten« hinreichend sei. Dieser gewagte Voranschlag führt uns auf das Grundproblem zurück: Was waren es für Leute, die Tlön erfunden haben? Die Mehrzahl ist unerläßlich, weil die Hypothese eines einzigen Erfinders – eines ins Unendliche gehenden Leibniz, der schattenhaft und unscheinbar blieb – einhellig verworfen worden ist. Man nimmt an, daß diese »brave new world« das Werk einer Geheimgesellschaft von Astronomen, Biologen, Ingenieuren, Metaphysikern, Dichtern, Chemikern, Algebrakundigen, Moralisten, Malern und Geometern gewesen sei – unter Oberleitung eines genialen Mannes, der nie hervorgetreten ist. Einzelpersönlichkeiten, die sich in diesen verschiedenerlei Disziplinen auskennen, gibt es in Menge; dagegen gibt es niemanden, der mit so vielseitiger Erfindungskraft begabt ist, und schon gar nicht Erfinder, die nach einem strengen systematischen Plan arbeiten. Dieser Plan ist so weitgespannt, daß der Beitrag jedes einzelnen Mitarbeiters einen verschwindend geringen Bruchteil darstellt. Im Anfang huldigte man der Anschauung, Tlön sei ein bloßes Chaos, eine unverantwortliche Ausgeburt freier Phantasie; heute weiß man, daß es ein Kosmos ist, und die verborgenen Gesetze, die ihn durchwalten, sind, wenn auch nur vorläufig, formuliert worden. Ich möchte nur daran erinnern, daß die anscheinenden Widersprüche im elften Band ein Prüfstein dafür sind, daß es die anderen geben muß, so durchaus klar und richtig ist die Ordnung, die man hier festgestellt hat. Die populären Zeitschriften haben sich verzeihlicherweise bemüßigt gefühlt, der Zoologie und Topographie von Tlön einen übergroßen Raum zu gönnen; ich bin jedoch der Meinung, daß seine durchsichtigen Tiger und seine Bluttürme doch wohl nicht die fortdauernde Aufmerksamkeit aller Menschen verdienen. Ich bin so kühn, für seine Weltanschauung auf ein paaar Minuten um Gehör zu bitten.

Hume hat ein für allemal festgestellt, daß es auf die Argumente von Berkeley keinerlei Erwiderung gebe und daß sie ohne jede Überzeugungskraft seien. Dieses Urteil ist, was die Erde angeht, in jeder Hinsicht zutreffend, dagegen ganz und gar falsch in bezug auf Tlön. Die Völker dieses Planeten sind – von Geburt an – Idealisten. Ihre Sprache und was aus dieser Sprache folgt – ihre Religion, Literatur, Metaphysik – haben den Idealismus zur Voraussetzung. Die Welt ist für sie kein Zusammentreffen von Gegenständen im Raum; sie ist eine ungleichartige Reihe voneinander unabhängiger Handlungen. Sie befolgt die zeitliche Ordnung des Nacheinander, nicht die räumliche. Die erschlossene *Ursprache* von Tlön, von der seine »heutigen« Sprachen und Dialekte herstammen, kennt keine Dingwörter; es gibt unpersönliche Verben, die durch einsilbige Suffixe (oder Präfixe) adverbieller Art näher bestimmt sind. Zum Beispiel gibt es kein entsprechendes Wort für »Mond«, doch gibt es ein Verbum, das im Lateinischen »lunare« oder bei uns »monden« lauten würde. *Der Mond stieg über dem Fluß auf* heißt: *blör u fang axaxas mlö* oder in genauer Wortfolge: »Empor hinter dauer-fließen mondet's« (Xul Solar übersetzt: »upa tras perfluye lunó. *Upward, behind the onstreaming it mooned.*«)

Das eben Gesagte gilt für die Sprachformen der südlichen Hemisphäre. In denen der nördlichen Hemisphäre (über deren Ursprache der elfte Band nur sehr geringe Angaben enthält) ist die ursprüngliche Keimzelle nicht das Verb, sondern das einsilbige Adjektiv. Das Substantiv wird durch Häufung von Adjektiven gebildet. Es heißt nicht: Mond, sondern es heißt: *luftighell auf dunkel-rund* oder *orangehimmelscheinend* oder irgendeine andere Zusammensetzung. In dem angeführten Fall entspricht die Menge der Adjektive einem wirklichen Gegenstand; dieser Umstand ist rein zufällig. In der Literatur dieser Hemisphäre (wie in der noch bestehenden Welt von Meinong) kommen ideale Gegenstände in Fülle vor; sie werden für einen Augenblick aufgerufen oder, je nach poetischer Notwendigkeit, aufgelöst. Manchmal ist die bloße Gleichzeitigkeit für sie bestimmend. Es gibt Gegenstände, die aus zwei Begriffen zusammengesetzt sind, von denen der eine sichtbar, der andere hörbar ist: die Farbe des Sonnenaufgangs und der ferne Ruf eines Vogels. Es gibt deren viele: Sonne und Wasser andringend wider die Brust des Schwimmers, das pulsierende Rot, das man bei geschlossenen Augen sieht, das Gefühl eines Menschen, der sich von einem Strom, zugleich aber von einem Traum hinnehmen läßt. Diese Gegenstände zweiten Grades lassen sich mit anderen kombinieren; der Prozeß ist, wenn man gewisse Abkürzungen zu Hilfe nimmt, praktisch unbegrenzt. Es gibt berühmte Gedichte, die aus einem einzigen Wort-Ungeheuer bestehen. Dieses Wort verkörpert einen vom Autor geschaffenen »poetischen Gegenstand«. Die Tatsache, daß niemand an die Wirklichkeit der Substantive glaubt, hat paradoxerweise zur Folge, daß ihre Zahl unbegrenzt ist. Die Sprachdialekte der nördlichen Hemisphäre von Tlön umfassen sämtliche Nomina der indoeuropäischen Sprachen – und viele andere mehr.

Es ist nicht übertrieben zu behaupten, daß die klassische Kultur von Tlön eine einzige Disziplin umfassend entwickelt hat: die Psychologie. Die anderen sind ihr untergeordnet. Ich habe erklärt, daß die Menschen dieses Planeten die Welt als eine Folge geistiger Vorgänge auffassen, die sich nicht im Raum, sondern im Nacheinander der Zeit abspielen. Spinoza legt seiner unausschöpfbaren Gottheit Ausdehnung und Denken als Attribute bei; kein Mensch in Tlön würde die Verschränkung des ersten Attributs (das lediglich für gewisse Zustände typisch ist) mit dem zweiten einsehen – denn dieses zweite hat ganz die gleiche Bedeutung wie der Kosmos. In anderen Worten gesagt: sie sehen nicht ein, daß Räumliches in der Zeit andauern soll. Die Wahr-

nehmung eines Rauchgewölks am Horizont und danach der brennenden Steppe und danach der nicht ausgerauchten Zigarre, die Ursache der Verbrennung geworden ist, wird als Beispiel für Gedankenassoziation gewertet.
Dieser totale Monismus oder Idealismus setzt die Wissenschaft außer Kraft. Eine Tatsache erklären (oder beurteilen) heißt ja, sie mit anderen verbinden; diese Verkettung ist in Tlön ein subjektiv bedingter Vorgang nachträglicher Art, der den vorangehenden Zustand weder berührt noch erhellen kann. Kein geistiger Zustand ist rückführbar; allein ihn benennen – das heißt, ihn einordnen – heißt soviel wie ihn verfälschen. Daraus sollte man den Schluß ziehen, daß es in Tlön keine Wissenschaften – ja nicht einmal Überlegungen gebe. In Wahrheit gibt es sie paradoxerweise, und zwar in nahezu unbegrenzter Zahl. Den Philosophen ergeht es genauso wie den Substantiven in der nördlichen Hemisphäre. Der Umstand, daß jede Philosophie von vornherein ein dialektisches Spiel, eine *Philosophie des Als Ob* ist, hat zu ihrer Vervielfältigung beigetragen. Es gibt eine Fülle unglaubhafter Systeme, deren Aufbau jedoch ansprechend und deren Charakter aufsehenerregend ist. Die Metaphysiker in Tlön begeben sich nicht auf die Suche nach der Wahrheit, ja nicht einmal der Wahrscheinlichkeit: sie suchen das Erstaunen. Sie sind der Auffassung, daß die Metaphysik ein Zweig der phantastischen Literatur ist. Sie wissen, daß ein System in nichts anderem besteht als in der Unterordnung sämtlicher Betrachtungsweisen im Hinblick auf die Welt unter eine von ihnen. Sogar der Satz »sämtliche Betrachtungsweisen« ist zu verwerfen, da er auf der unmöglichen Voraussetzung fußt, daß sich der gegenwärtige Augenblick zu den Formen der Vergangenheit hinzuaddieren lasse. Unzulässig ist aber auch der Plural »Formen der Vergangenheit«, weil er auf einer anderen ebenso unmöglichen Denkvoraussetzung beruht... Eine der Schulen von Tlön kommt zur Leugnung der Zeit; ihrer Darlegung zufolge ist die Gegenwart unendlich, hat die Zukunft nur als in der Gegenwart gehegte Hoffung Wirklichkeit, besteht die Wirklichkeit der Vergangenheit nur in gegenwärtiger Erinnerung[2]. Eine an-

---

[2] Heute stellt eine der Kirchen von Tlön die platonische Behauptung

dere Schule behauptet, daß bereits *alle Zeit* abgelaufen ist und daß unser Leben nur die dämmernde Erinnerung oder der Widerschein, zudem unzweifelhaft in verfälschter und verstümmelter Form, eines unwiederbringlichen Vorganges ist. Eine andere, daß die Geschichte der Welt – und darin unser Leben und die geringfügigste Einzelheit unseres Lebens – die Niederschrift einer untergeordneten Gottheit ist, die sie zur Verständigung mit einem Teufel benutzt. Eine andere, daß die Welt mit jenen Kryptogrammen zu vergleichen ist, in denen nicht alle Zeichen gültig sind und daß Wahrheit nur das beanspruchen kann, was im Abstand von jeweils dreihundert Nächten geschieht. Eine andere, daß, während wir hier schlafen, ein anderer Teil von uns wach ist, und daß jeder Mensch aus zwei Menschen besteht.

Keine philosophische Lehre hat in Tlön so großen Anstoß erregt wie der Materialismus. Einige Denker haben ihn, von Eifer mehr als von klarer Einsicht bewegt, in paradoxer Fassung vorgetragen. Um diese unbegreifliche These dem Verständnis näherzubringen, ersann im 11. Jahrhundert ein Heresiarch den Sophismus von den neun Kupfermünzen, der ob seiner Anstößigkeit in Tlön so berüchtigt ist wie bei uns die Aporien der Eleaten. Diese »spitzfindige Beweisführung« hat in vielen Fassungen Verbreitung gefunden, in denen die Zahl der Münzen und die Zahl der Funde Abwandlungen unterliegen; ich lasse hier die geläufigste folgen:

Am Dienstag überquert X einen menschenleeren Weg und verliert neun Kupfermünzen. Am Donnerstag findet Y auf dem Weg vier Münzen, die der Regen vom Mittwoch ein wenig geschwärzt hat. Am Freitag entdeckt Z drei Münzen auf dem Weg. Am Freitag morgen findet X zwei Münzen im Flur seines Hauses. Der Heresiarch verfolgte die Absicht, aus diesen Vorfällen die Wirklichkeit – das heißt die Kontinuität – der neun wiedergefundenen Münzen abzuleiten. *Es ist absurd sich vorzustellen* (behauptet er), *daß vier der Münzen zwischen Dienstag*

auf, daß ein gewisser Schmerz, ein gewisser grünlicher Anflug des Gelben, daß eine gewisse Temperatur, ein gewisser Ton die einzige Wirklichkeit sind. Alle Menschen sind im schwindelnden Augenblick des Coitus derselbe Mensch. Alle Menschen, die eine Zeile von Shakespeare memorieren, sind Shakespeare.

und Donnerstag, drei zwischen Dienstag und Freitag nachmittag, zwei zwischen Dienstag und Freitag früh nicht existiert haben sollen. Logisch ist vielmehr die Annahme, daß sie existiert haben – wenn auch auf eine geheime, menschlichem Verstehen unzugängliche Art – während sämtlicher Augenblicke dieser drei Zeitabschnitte. Die Sprache von Tlön sträubte sich gegen die Formulierung des paradoxen Beispiels; die meisten verstanden es überhaupt nicht. Die Verfechter des gesunden Menschenverstandes beschränkten sich anfangs darauf, der Anekdote jeden Wahrheitsgehalt abzusprechen. Sie hoben wiederholt hervor, es handle sich um eine sprachliche Täuschung, beruhend auf der überspannten Verwendung zweier Wortneubildungen, die nicht durch allgemeinen Gebrauch verbürgt und mit strenger Gedankenführung unvereinbar seien: der Verben »finden« und »verlieren«, die insofern eine »petitio principii« beinhalteten, als sie die Identität der neun erstgenannten Münzen mit den letztgenannten voraussetzten. Sie gaben zu bedenken, daß jedes Substantiv (Mensch, Münze, Donnerstag, Mittwoch, Regen) nur metaphorisch gültig sei. Sie wiesen auf den erschlichenen Nebenumstand hin: *die der Regen vom Mittwoch ein bißchen geschwärzt hatte*, mit dem als Voraussetzung eingeführt werde, was erst bewiesen werden solle: die Andauer der Münzen zwischen Donnerstag und Dienstag. Sie erklärten, daß Gleichheit nicht dasselbe ist wie Identität und formulierten eine Art »reductio ad absurdum« an Hand eines hypothetischen Falles: neun Menschen erleiden in neun aufeinanderfolgenden Nächten einen heftigen Schmerz. Wäre es nicht lächerlich zu behaupten, so fragten sie, daß dieser Schmerz ein und derselbe ist[3]? Sie sagten, der Heresiarch sei lediglich von dem lästerlichen Vorsatz bewegt gewesen, die göttliche Kategorie »Sein« ein paar schlichten Kupfermünzen beizulegen; in gewissen Fällen leugne er die Pluralität, in anderen nicht. Sie behaupteten dawider: wenn Gleichheit dasselbe

---

[3] Russell (»The analysis of mind«, 1921, S. 159) nimmt an, daß der Planet erst vor ein paar Minuten geschaffen wurde, ausgestattet mit einer Menschheit, die sich einer »illusorischen« Vergangenheit »erinnert«.

wäre wie Identität, müßte man mit demselben Recht folgern, daß die neun Münzen nur eine einzige seien.

So unglaublich es klingen mag: mit diesen Widerlegungen hatte es nicht sein Bewenden. Hundert Jahre nach Aufstellung des Problems lieferte ein nicht minder brillanter Kopf als der Heresiarch, der jedoch in der orthodoxen Überlieferung stand, eine überaus kühne Hypothese. Sein zügiger Schluß lautete dahin: daß es ein einziges Subjekt gibt, daß dieses unteilbare Subjekt jedes Einzelwesen der Welt ist und daß diese Einzelsubjekte die Masken und Organe der Gottheit sind. X ist gleich Y und ist gleich Z. Z entdeckt drei Münzen, weil er sich erinnert, daß X sie verloren hat; X findet zwei im Flur, weil er sich erinnert, daß die übrigen wiedergefunden wurden... Der elfte Band gibt zu verstehen, daß drei Hauptgründe für den totalen Sieg dieses idealistischen Pantheismus ausschlaggebend waren. Zum ersten die Zurückweisung des Solipsismus; zum zweiten die Möglichkeit, an der psychologischen Grundlage der Wissenschaften festzuhalten; zum dritten die Möglichkeit, den Götterkult beizubehalten. Schopenhauer (der leidenschaftliche und scharfsinnige Schopenhauer) entwickelt eine ganz ähnliche Lehre im ersten Band von »Parerga und Paralipomena«.

Die Geometrie umfaßt in Tlön zwei voneinander abweichende Disziplinen: die Seh- und die Tastgeometrie. Die letztere entspricht der uns geläufigsten, wird aber der ersten untergeordnet. Die Grundlage der Sehgeometrie ist die Oberfläche, nicht der Punkt. Diese Geometrie nimmt von der Parallelen keine Kenntnis, sie behauptet, daß der Mensch, der sich fortbewegt, die Formen seiner Umgebung verändert. Die Grundlage der Arithmetik ist der Begriff der unbestimmten Zahlen. Der Nachdruck ruht auf den Verhältnisbegriffen »größer« oder »kleiner«, die in unserer Mathematik mit $>$ und mit $<$ bezeichnet werden. Man behauptet, daß der Vorgang des Zählens die Mengen verändert und sie aus unbestimmten in bestimmte verwandelt. Die Tatsache, daß mehrere Individuen, die eine gleich große Menge zählen, zum gleichen Ergebnis kommen, wird von den Psychologen als schlagendes Beispiel für Gedankenverbindung und Gedächtnisschulung gewertet. Wir wissen bereits, daß in Tlön das Subjekt des Erkennens einzig und ewig ist.

Auch in den literarischen Gebräuchen ist die Vorstellung von einem einzigen Subjekt allbeherrschend. Nur selten tragen Bücher den Namen des Verfassers; den Begriff des Plagiats gibt es nicht: man geht von der festen Annahme aus, daß alle Werke das Werk eines einzigen Autors sind, der zeit- und namenlos ist. Die Kritik pflegt Autoren zu erfinden: sie greift zwei einander unähnliche Werke heraus – das »Tao Te King« etwa und die Märchen von »Tausendundeiner Nacht« –, schreibt sie demselben Autor zu und bestimmt dann fein säuberlich die Psychologie dieses interessanten »homme de lettres«.

Dennoch sind die Bücher unterschiedlich; die schöngeistigen entwickeln ein einziges Thema in allen nur denkbaren Abwandlungen. Die naturphilosophischen enthalten unfehlbar die These und die Antithese, das reinliche Für und Wider einer Lehre. Ein Buch, das nicht sein Widerbuch in sich trägt, wird als unvollständig angesehen.

Der Idealismus von Jahrhunderten und Aberjahrhunderten ist an der Wirklichkeit nicht spurlos vorbeigegangen. So ist in den ältesten Gebieten von Tlön die Verdoppelung verlorener Gegenstände nichts Seltenes. Zwei Personen suchen einen Bleistift: die erste findet ihn und sagt nichts; die zweite findet einen zweiten nicht minder wirklichen Bleistift, der jedoch ihrer Erwartung besser angepaßt ist. Diese Sekundärgegenstände heißen »hrönir« und sind, wenn auch gröber in der Form, um ein weniges größer. Bis vor kurzem waren die »hrönir« Zufallskinder der Zerstreutheit und der Vergeßlichkeit. Es scheint unglaubhaft, daß ihre methodische Erzeugung nicht älter als knapp hundert Jahre sein soll, aber so steht es im elften Band. Die ersten Anstrengungen blieben erfolglos. Der »modus operandi« jedoch verdient festgehalten zu werden. Der Direktor eines der Staatsgefängnisse teilte den Häftlingen mit, im ehemaligen Bett eines Flusses befänden sich gewisse Grabstätten, und versprach denen die Freiheit, die ihm einen bedeutsamen Fund einbrächten. In den Monaten, die der Ausgrabung vorangingen, zeigte man den Gefängnisinsassen photographische Aufnahmen der Gegenstände, die von ihnen gefunden werden sollten. Dieser erste Versuch bewies, daß Hoffnung und Gier sich hemmend auswirken können; eine Woche Arbeit mit Pickel und Spaten förderte als

»hrönir« nur ein verrostetes Rad zutage, das sich späteren Datums erwies als das Experiment. Dieses wurde geheimgehalten und in der Folge in vier Studienanstalten wiederholt. In drei Fällen scheiterte es völlig; im vierten (der Leiter starb zufällig während der ersten Ausgrabungen) hoben – oder erzeugten – die Schüler eine goldene Maske, ein frühzeitliches Schwert, zwei oder drei Tonkrüge und den grün angelaufenen und verstümmelten Torso eines Königs mit in die Brust eingeritzten Schriftzeichen, die bis heute der Entzifferung harren. Man entdeckte somit den abträglichen Einfluß von Zeugen, die über den experimentellen Charakter der Suche im Bilde sind... Die Massenforschungen begünstigen die Erzeugung widerspruchsvoller Gegenstände; heute bevorzugt man die individuellen und mehr improvisierenden Forschungsleistungen. Die methodische Züchtung von »hrönirs« (sagt der elfte Band) hat den Archäologen ungemeine Dienste geleistet. Sie wurde zu einem Mittel, die Vergangenheit nicht nur zu befragen, sondern abzuändern, so daß diese jetzt nicht weniger bildsam und gefügig ist als die Zukunft. Ein seltsamer Umstand: die »hrönir« zweiten und dritten Grades – das heißt die »hrönir«, die von einem anderen »hrön«, sowie die »hrönir«, die vom »hrön« eines »hrön« abgeleitet sind – zeigen die Unregelmäßigkeiten des ursprünglichen in übertriebener Form; die »hrönir« fünften Grades sind nahezu einförmig; die neungrädigen vermischen sich mit denen zweiten Grades, bei denen vom elften Grad kommt es zu einer Reinheit der Linien, wie sie die Originale nicht besitzen. Der Vorgang ist periodisch; beim »hrön« zwölften Grades setzt bereits der Verfall ein. Merkwürdiger und reiner als das »hrön« ist manchmal das »ur«: das auf suggestivem Wege erzeugte Ding, der von Hoffnung erleuchtete Gegenstand. Die große goldene Maske, von der ich gesprochen habe, ist ein berühmtes Beispiel. In Tlön verdoppeln sich die Dinge; sie neigen dazu, undeutlich zu werden und die Einzelmerkmale einzubüßen, wenn die Leute sie vergessen. Ein klassisches Beispiel ist jene Türschwelle, die andauerte, solange ein Bettler sie besuchte, und die bei seinem Tode den Blicken entschwand.

Zuweilen haben ein paar Vögel oder ein Pferd die Ruinen eines Amphitheaters gerettet.

1940 Salto Oriental
Nachschrift von 1947. Ich gebe den vorstehenden Artikel genauso wieder, wie er 1940 in der »Anthologie der phantastischen Literatur« erschien, lediglich mit Streichung einiger Metaphern und einer Art Schlußbetrachtung in spaßhaftem Ton, die heute frivol wirkt. Seit dem Erscheinungsjahr damals hat sich soviel ereignet... Ich werde mich damit begnügen, die Einzelheiten kurz ins Gedächtnis zu rufen.

Im März 1941 wurde in einem Buch von Hinton aus dem Besitz Herbert Ashes ein handschriftlicher Brief von Gunnar Erfjord entdeckt. Der Umschlag trug den Poststempel von Ouro Preto; der Brief gab eine umfassende Aufklärung des Rätsels von Tlön. Der Wortlaut bestätigt die Hypothesen von Martínez Estrada. Zu Beginn des 17. Jahrhunderts nahm im Laufe einer Nacht in Luzern oder London die großartige Geschichte ihren Anfang. Eine geheime und hochwohllöbliche Gesellschaft (zu deren Mitgliedern Dalgarno und später George Berkeley zählten) trat zusammen, um ein Land zu erfinden. In dem noch unbestimmten Gründungsprogramm waren die »hermetischen Studien«, die Philanthropie und die Kabbala aufgeführt. Aus dieser ersten Epoche stammt das merkwürdige Buch von Andreä. Nach einigen Jahren, die mit Beratungen und vorschnellen Synthesen hingingen, sah man ein, daß eine Generation nicht ausreiche, ein Land zu entwickeln. Man faßte den Beschluß: die in ihr vertretenen Meister sollten zur Fortführung des Werkes jeder einen Schüler bestimmen. Diese Erbregelung setzte sich durch, nach Ablauf von zwei Jahrhunderten feiert die verfolgte Brüderschaft in Amerika Auferstehung. Um 1824 führt eines der Mitglieder in Memphis (Tennessee) ein Gespräch mit dem asketischen Millionär Ezra Buckley. Dieser läßt den Bittsteller fast verächtlich ausreden – und macht sich lustig über die Bescheidenheit des Plans. Er sagt zu ihm, es sei absurd, in Amerika ein Land erfinden zu wollen, und schlägt die Erfindung eines Planeten vor. Dieser gigantischen Idee läßt er eine weitere folgen, welch letztere seinem Nihilismus entspringt: Geheimhaltung des ungeheuren Unternehmens. Zu der Zeit waren die 20 Bände der »Encyclopaedia Britannica« im Umlauf; Buckley rät zu einer methodischen Enzyklopädie des aus der Luft gegriffenen Plane-

ten. Er wird den Geheimbrüdern dessen goldhaltige Bergzüge, seine schiffbaren Flüsse, seine von Stier und Bison bevölkerten Weideflächen, seine Bordells und seine Dollars unter der einen Bedingung überlassen: »Das Werk soll kein Bündnis mit dem Scharlatan Jesus Christus eingehen.« Buckley glaubt nicht an Gott, aber er will dem nichtvorhandenen Gott beweisen, daß die Sterblichen imstande sind, eine Welt auszubilden. Buckley wird im Jahre 1828 in Baton Rouge vergiftet; im Jahr 1914 überreicht die Gesellschaft ihren Mitarbeitern, deren Zahl sich auf dreihundert beläuft, den Schlußband der »Ersten Enzyklopädie von Tlön«. Die Ausgabe ist geheim; die vierzig Bände, die sie umfaßt (das gewaltigste Unternehmen, das Menschen je in Angriff genommen haben) waren als Grundlage für eine andere, mehr ins einzelne gehende gedacht, die jedoch nicht in Englisch, sondern in einer der Sprachen von Tlön abgefaßt sein sollte. Diese Nachmusterung einer illusorischen Welt läuft unter dem Titel »Orbis Tertius«, und einer ihrer bescheidenen Demiurgen war Herbert Ashe, ich weiß nicht, ob im Auftrag von Gunnar Erfjord oder als Mitglied der Gesellschaft. Daß er Empfänger eines Exemplars von Band elf war, spricht für die zweite Annahme. Aber wer waren die anderen? Um das Jahr 1942 häuften sich die Tatsachen. An eine der ersten erinnere ich mich mit besonderer Deutlichkeit, und ich meine, daß ich sie wie eine Vorbotschaft empfand. Der Vorfall spielte sich in einem Häuserblock der Calle Laprida ab, im Angesicht eines lichten hohen Balkons, der nach Sonnenuntergang sah. Die Prinzessin von Faucigny Lucinge hatte ihr Silbergeschirr aus Poitiers geborgen. Aus der Tiefe einer mit internationalen Siegeln kreuz und quer übersäten Kiste tauchten feingebildete bewegungslose Dinge auf: Utrechter und Pariser Silbergeschirr mit hartgetriebener heraldischer Tierwelt, ein Samowar; dazwischen spielte – mit dem zuckenden Pulsschlag eines schlafenden Vogels – geheimnisvoll ein Kompaß. Die Fürstin erkannte ihn nicht wieder. Die blaue Nadel strebte dem magnetischen Pol zu, die metallene Fassung war konkav; die Buchstaben auf der Scheibe lauteten nach einem der Alphabete von Tlön. Hier brach die phantastische Welt zum erstenmal in die Welt der Wirklichkeit ein.
Auf Grund eines beunruhigenden Zufalls wurde ich Zeuge auch

des zweiten Einbruchs. Er geschah ein paar Monate danach, in der Schankwirtschaft eines Brasilianers, in der Cuchilla Negra. Amorim und ich kamen von Sant-Anna zurück. Da der Fluß Tacuarembó Hochwasser führte, sahen wir uns gezwungen, mit diesem Überrest von Gastlichkeit vorlieb, das heißt, ihn auf uns zu nehmen. Der Wirt schlug für uns in einem großen Raum, der mit Fässern und Schläuchen vollgestopft war, ein paar knarrende Bettstellen auf. Wir legten uns hin, aber der Rauch eines unsichtbaren Nebenbewohners, der unentwirrbare Fluchworte mit Milongas – oder Fetzen einer einzigen Milonga – abwechseln ließ, brachte uns bis in die Morgenstunden um den Schlaf. Begreiflicherweise schrieben wir dem feurigen Zuckerrohrschnaps des Wirts dieses hartnäckige Gebrüll zu... Am Morgen lag der Mann tot im Hausflur. Die Sprödheit seiner Stimme hatte uns nicht getäuscht: es war ein junger Bursche. Im Fieberwahn waren ihm ein paar Münzen aus dem Bauchgurt gefallen, außerdem ein blitzender Metallkegel vom Durchmesser eines Würfels. Ein kleiner Junge mühte sich vergebens, diesen Kegel aufzuheben. Ein Mann brachte es nur zur Not fertig, ihn in die Höhe zu stemmen. Ich hielt ihn während einiger Minuten auf der flachen Hand: ich erinnere mich, daß sein Gewicht unerträglich war und daß, nachdem ich den Kegel fortgenommen hatte, der Druck anhielt. Auch erinnere ich mich an den scharfgezogenen Kreis, den er mir ins Fleisch schnitt. Diese Wahrnehmung eines sehr kleinen, aber gleichzeitig ungeheuer schweren Gegenstandes hinterließ einen unangenehmen Eindruck von Ekel und Furcht. Ein Bauer schlug vor, wir sollten ihn in den reißenden Fluß werfen. Amorim erwarb ihn für ein paar Pesos. Niemand wußte etwas von dem Toten, außer daß er »von der Grenze« kam. Diese kleinen überschweren Kegel (gebildet aus einem Metall, das nicht von dieser Welt ist) sind in gewissen Religionen von Tlön das Abbild der Göttlichkeit.

Hiermit schließe ich den persönlichen Teil meiner Erzählung ab. Alles andere hat Bestand im Gedächtnis (wenn nicht in Hoffnung oder Furcht) aller Menschen, die mich lesen. Es mag genügen, wenn ich die nachfolgenden Ereignisse ins Gedächtnis zurückrufe oder erwähne, wobei ich mich der Knappheit bloßer Worte bediene, die der hohlgeschliffene Raum von unser aller

Erinnerung anreichern oder erweitern mag. Gegen 1944 brachte ein Forscher der Zeitschrift »The American« (aus Nashville, Tennessee) in einer Bibliothek von Memphis die vierzig Bände der »Ersten Enzyklopädie von Tlön« ans Tageslicht. Bis auf den heutigen Tag wird die Frage erörtert, ob die Entdeckung zufällig geschah oder ob sie von den Direktoren des nach wie vor nebelhaften Orbis Tertius autorisiert war. Die Wahrscheinlichkeit spricht für die zweite Annahme. Ein paar unglaubhafte Einzelheiten im elften Band (so die Vervielfältigung der »hrönir«) sind in dem Exemplar von Memphis getilgt oder abgemildert; der Schluß drängt sich auf, daß diese Streichungen in der Absicht erfolgten, eine Welt darzustellen, die mit der wirklichen Welt nicht allzu unvereinbar sein sollte. Die Verteilung von Gegenständen aus Tlön über verschiedene Länder sollte dieser Absicht ergänzend zur Seite treten [4].

Tatsache ist, daß die internationale Presse kein Ende fand, den »Fund« auszuposaunen. Handbücher, Anthologien, Kurzfassungen, wortgetreue Abdrucke, autorisierte Neudrucke und Raubdrucke des größten Werkes der Menschheit überfluteten und überfluten noch immer die Erde. Fast im selben Augenblick gab die Wirklichkeit nach, und zwar hegte sie ausgesprochen den Wunsch nachzugeben. War doch schon vor zehn Jahren jede den Anschein von Ordnung erweckende Symmetrie – der dialektische Materialismus, der Antisemitismus, der Nazismus – hinreichend, die Menschen einzufangen. Wie sollte man sich nicht Tlön unterwerfen, der minutiösen und umfassenden Einsicht in einen geordneten Planeten? Es hilft nichts, wenn man entgegnet, auch die Wirklichkeit sei geordnet. Mag sein, daß sie es ist, aber in Übereinstimmung mit göttlichen Gesetzen – normal gesagt: mit unmenschlichen Gesetzen –, die niemals in unsere Wahrnehmung eingehen. Tlön mag ein Labyrinth sein, doch ist es ein von Menschen entworfenes Labyrinth, ein Labyrinth, dessen Entzifferung der Menschheit aufgegeben ist.

Die Berührung und der Umgang mit Tlön haben diese unsere Welt zersetzt. Bezaubert von seiner strengen Gesetzlichkeit,

---

[4] wobei das Problem der Stoffart einiger dieser Gegenstände natürlich bestehen bleibt.

vergißt die Menschheit ein ums andere Mal, daß sein Gesetz die Regeltreue von Schachspielern, nicht die von Engeln ist. Schon hat das (erschlossene) »Uridiom« von Tlön Einzug in die Schulen gehalten; schon hat seine harmonierende Geschichtslehre (voll bewegender Episoden) die in meiner Jugend herrschende verdrängt; schon ist im Gedächtnis eine fiktive Vergangenheit an die Stelle jener anderen getreten, von der wir mit Sicherheit nichts wissen – nicht einmal, ob sie falsch ist. Man hat die Numismatik, die Arzneikunde, die Archäologie reformiert. Ich halte für ausgemacht, daß Biologie und Mathematik gleichfalls ihrer Auflösung entgegengehen... Eine über die Welt verstreute Dynastie von Einsiedlern hat die Erdoberfläche umgewandelt. Ihre Aufgabe ist noch nicht am Ende. Wenn unsere Voraussicht uns nicht täuscht, wird jemand in hundert Jahren die hundert Bände der »Zweiten Enzyklopädie von Tlön« entdecken.

Englisch, Französisch und sogar Spanisch werden dann vom Planeten verschwunden sein. Die Welt wird Tlön sein. Mich kümmert das nicht, ich feile in der stillen Muße des Hotels Adrogué weiter fort an einer tastenden, an Quevedo geschulten Übertragung des »Urn Burial« von Browne (die ich nicht in Druck geben werde).

Nachwort

I

Die Verlockung ist groß, an Hand der Gespensterliteratur eine Typologie des Gespenstes zu entwerfen. Und wer da meinte, hier bedeute der abwegige Gegenstand nichts und die Literatur alles, der möge sich einen Augenblick darauf besinnen, daß wir es nicht einfach mit Aberglauben und dessen ernst- oder scherzhafter Wiedergabe zu tun haben. Hinter dem, was der Volksmund und die einschlägige Literatur das Geistersehen nennt, verbirgt sich ein tiefes und dauerndes Gefühl des Mißtrauens gegenüber der Wirklichkeit. Von dieser kann man sich abwenden wie Baudelaire, weil man die Vernunft langweilig findet. Man kann aber auch das Reich der Normalität, der kausalen Verknüpfung und des menschlichen Willens für viel grausamer halten als jene Welt »dahinter«, in der die Phantasie zu schweifen beginnt und die so viele Generationen denkender und schreibender Menschen fasziniert hat. Thomas de Quincey bemerkt: »Die Forcierung des Absurden ist das sicherste Mittel, wirkliches Grauen fernzuhalten, denn sie hält den Unernst der Betrachtung immer gegenwärtig.« Das Gespenstische ist daher nicht unbedingt nur und immer das Gruselige und Schauder Erzeugende, und das Gespenst und die Geistererscheinung bleiben weder in der »Wirklichkeit« noch in der Dichtung auf alte englische Adelsschlösser beschränkt, in denen nachts ein Klopfen umgeht. Das große Unbehagen, das beunruhigende Gefühl, sich in einer Welt mit doppeltem Boden zu befinden, setzt erst da ein, wo das Unwirkliche sich aus dem Natürlichen zu ergeben scheint und die Glaubwürdigkeit ins Glaubwürdige hinüberspielt. Erst die Synthese von Vernunft und Phantasie hat von den frühesten chinesischen Geistergeschichten an bis zum Provost von Eton, Montague Rhodes James, jenen differenzierten Grusel hervorgebracht, der Lust erzeugt. Läßt doch auch E. T. A. Hoffmann in seiner Spukgeschichte den Erzähler sagen, daß gerade in der Wahrscheinlichkeit, die das Unwahrscheinliche erhält, für ihn das Grauenhafte liege, und was sich daraus ergebe, sei als Resultat »der gräßlichste Spuk, den es geben kann« – und der genußreichste, muß man hinzufügen.

Der Ursprung der Gespenstergeschichten ist zweifellos das Märchen. In der Dichtung der Völker sublimierte sich die Geistermythe zum Gleichnis vom Leben. Aber bis in die Zeit des Schauerromans, um die Wende vom 18. zum 19. Jahrhundert, hat die Gespenstergeschichte etwas von der Naivität des Märchenhaften zu bewahren gewußt – und beim afrikanischen Surrealisten Tutuola hat sie es noch heute. Nur Defoe scheint mit seiner 1706 veröffentlichten Geschichte »Die Erscheinung der Mrs. Veal« seiner Zeit weit voraus zu sein. Da werden schon Motivationen und Hilfsmittel bemüht, um das Aufkreuzen einer soeben Verstorbenen am fernen Ort raffiniert auszustatten und so natürlich wie wirklich erscheinen zu lassen. Defoe ist auch einer der ersten, der die Geistererscheinung mit einem Kommentar versehen hat: es komme ihm wunderlich vor, so sagt er, »warum wir Dinge bestreiten sollten, nur weil wir keine sicheren und beweiskräftigen Vorstellungen von ihnen haben«, ein Zweifel am Zweifel, der weiterwirkte und dem selbst Schopenhauer in seinem »Versuch über das Geistersehen und was damit zusammenhängt« eine philosophisch befriedigende Antwort zu geben versucht hat.

Im 19. Jahrhundert erlebt die Spukerzählung in der Spätromantik, in Deutschland vor allem bei E. T. A. Hoffmann und dem Märchenerzähler Hauff, ihre kunstvollste Ausformung. Ein englischer Klassiker der Gespenstergeschichte, Edward Bulwer-Lytton, entwirft in seiner Erzählung »Das verfluchte Haus in der Oxford Street« eine komplette Lehre vom Gespenst, die man nur vor dem Hintergrund des 19. Jahrhunderts und seiner Errungenschaften – Elektrizität, Hypnose und Psychologie – verstehen kann. Auch die Nekromantie, die Geisterbeschwörung der Spiritisten, hat von Jung-Stilling über Justinus Kerner bis Swedenborg Tuchfühlung zur Literatur gehabt und ihr eine Fülle unheimlichen Stoffes geliefert, Mit dem Spiritusmus wollte sich der Okkultismus des beginnenden 20. Jahrhunderts natürlich nicht mehr verwechselt wissen. Aber welche Rolle Séancen im gesellschaftlichen Leben gespielt haben, läßt sich an der keineswegs nur iro-

nischen, sondern vielmehr angerührten, neugierigen, von ihm selbst als »gewissermaßen ehrlos« empfundenen Reaktion Thomas Manns auf die Sitzungen des Barons von Schrenck-Notzing beobachten (nachzulesen in »Okkulte Erlebnisse« 1924, Thomas Mann, Ges. Werke Bd. X).
Immer muß die Gespensterliteratur vor dem Hintergrund der zeitgenössischen Theorien und Strömungen gesehen werden. So bildeten die Kulisse zu Schillers Romanfragment »Der Geisterseher«, und zweifellos auch zu Bulwer-Lytton, jene obskuren Tendenzen, die in der Spätzeit des Aufklärungszeitalters aufkamen und deren äußerer Ausdruck unzählige Geheimgesellschaften waren: Vereinigungen, die den sogenannten Mesmerismus wissenschaftlich zu ergründen, Übersinnliches zu erklären suchten oder ganz einfach die Konjunktur in Geistern zu mancherlei Scharlatanerie ausnutzten. Was es an neuesten Hypothesen aus der Welt der Erscheinungen gibt, interessiert uns hier wenig, und wenn es dort heißt, daß die Erscheinung, die Bühne, auf der das Gespenst agiere, in Wahrheit innerhalb des »Produzenten« liege, innerhalb dessen also, der »sieht«, so fragt man sich, was daran neu ist, denn schon in der Geschichte von Pu Ssung-ling (geb. 1622) sagt ja der Priester: »Gesichte haben ihren Ursprung in denen, die sie sehen.« Mit Glauben oder Nichtglauben haben der Genuß und das Vergnügen, das wir beim Lesen von Gespenstergeschichten empfinden, ohnehin nicht das mindeste zu tun. Der Lusteffekt ergibt sich aus der Umkehrung unsrer Welt, der ironischen Umkehrung oder der absurden. Böses, Quälendes wird benannt und wie ein Teufelsfeuerwerk aus der Wirklichkeit hinausgetrieben, und die Beliebtheit der Geisterliteratur in einem »aufgeklärten Jahrhundert« wie dem unseren erklärt sich wahrscheinlich daher, daß bei der nervlichen Anspannung und dem seelischen *stress*, in dem wir leben, verdrängte und belastende Gegensätze am besten durch eine Öffnung der Realität ins Phantastische ausbalanciert werden. Die Frage, ob Geistergeschichten in unsrer Zeit nicht ein Anachronismus seien, ist daher unsinnig. Wir fragen ja auch nicht, ob Kafkas Schloß *wirklich* existiert. Wir haben nichts einzuwenden gegen die Geisterwelt des »Faust« oder des »Fliegenden Holländer«, und wir lassen es uns gefallen, wenn Hamlets Vater – oder, Verzeihung, sein Geist – über die Bühne schreitet.

Nur darf, wie Lessing im Zwölften Stück seiner Hamburgischen Dramaturgie schreibt, nicht gegen die »Sitten« der Gespenster verstoßen werden. Lessing schätzt daher Shakespeares Gespenst höher, poetischer ein als etwa das Voltaires in »Semiramis«, da Voltaire das Gespenst »als ein Wunder, Shakespeare als eine ganz natürliche Begebenheit« betrachte. Dürfe man, fragt Lessing im Elften Stück der Hamburgischen Dramaturgie, Gespenster und Erscheinungen auf die Bühne bringen oder nicht, wenn die »gegenwärtig herrschende Art zu denken« den Glauben an Gespenster keineswegs mehr zulasse? »Aber in diesem Verstande keine Gespenster glauben«, antwortet Lessing, »kann und darf den dramatischen Dichter im geringsten nicht abhalten, Gebrauch davon zu machen. Der Same, sie zu glauben, liegt in uns allen, und in denen am häufigsten, für die er vornehmlich dichtet. Es kommt nur auf seine Kunst an, diesen Samen zum Keimen zu bringen; nur auf gewisse Handgriffe, den Gründen für ihre Wirklichkeit in der Geschwindigkeit den Schwung zu geben. Hat er diese in seiner Gewalt, so mögen wir in gemeinem Leben glauben, was wir wollen, im Theater müssen wir glauben, was *er* will.«

Es haben daher immer wieder und nicht nur dramatische Dichter sich der »Traum- und Zaubersphäre« zugewandt, sie haben gewußt von den »Schätzen, die hier verborgen liegen« (Goethe), von einem Urgrund der Poesie, und sie haben den bekannten Dimensionen die vierte Dimension der »Erscheinungen« hinzugefügt, wobei das Wort Erscheinungen hier einmal so Weitläufiges und Unzusammenhängendes umfassen soll wie: Geister und Dämonen, Bilokationen (Verdoppelungen) und Gesichte (Visionen), ideoplastische Materialisations-Phänomene und pathologische Halluzinationen. Es wären da zu nennen Varnhagen von Ense mit den von Heinrich Heine in unsrem Buch erwähnten »Deutschen Erzählungen«, Justinus Kerner mit »Die Seherin von Prevorst«, Mörike, der sich wieder auf Kerner bezieht, mit seinem »Spuk im Pfarrhaus«, Gogol mit »Der verhexte Platz«, Maupassants »Der Horla«, Turgenjews »Der Hund«, Stevensons »Der Leichenräuber«, Strindbergs »Der Lotse«, Achim von Arnim, Villiers de l'Isle Adam und Barbey d'Aurevilly. Einige sind nicht etwa vergessen oder übersehen worden, sondern konnten wegen ihrer Länge nicht aufgenommen werden, oder sie erbrachten nur thematische Wiederholungen, oder aber sie gehören im strengen Sinne nicht in die Gruppe der reinen Gespenstergeschichten. Denn das war allerdings unser Ehrgeiz: mit diesem ersten Teil nicht irgendeine Sammlung unheimlicher Geschichten zu bieten. Ihrer gibt es viele, denn das Unheimliche steht seit Jahrzehnten hoch im Kurs, doch wird in diesen Anthologien – seit Strobl, Meyrink, Ewers – das Makabre und Dämonische meist mit dem Gespenstischen gleichgesetzt, als stamme alles aus der gleichen literarischen Schreckenskammer. Das ist ein Irrtum, denn nur die Geistergeschichte zeichnet sich dadurch aus, daß in ihr eine fremde, von außen unverständliche und lediglich aus sich selbst zu begreifende Welt in unsre Wirklichkeit einbricht. Auch die sogenannte »phantastische« Literatur der Grotesken, Parabeln und Verwandlungen, die manieristische Literatur der Spiegelungen und Labyrinthe, die Beispiele eines magischen Realismus gehören noch nicht hierher.

In der Literatur der Geistererscheinung gibt es Gespenster von Toten und Gespenster von Lebenden. Eine typische Bilokation Lebender kommt in der Geschichte von Maurois vor. Bei Kleist und Kaschnitz sind es die längst Verschiedenen, die ihren böswilligen, harmlosen oder heiteren Schabernack mit den Lebenden treiben. Tote stehen vorübergehend auf in der japanischen Liebesgeschichte von Akinari oder besuchen regelmäßig ihre Frauen wie in der Geschichte des Russen Brjussow, während bei Balzac der Geist sich in der Rolle des Rächers gefällt. Verblüffende Entsprechungen gibt es unter den Literaturen über Jahrhunderte und Kontinente hinweg: so, wenn in den Geschichten von Pu Ssungling, E. A. Poe (»Metzgerstein«) und M. R. James (»Der Kupferstich«) Geister und Personen, Tiere und Menschen aus Bildern heraustreten oder in ihnen verschwinden. Hier offenbart das Abgebildete im mythischen Sinn seinen Beschwörungscharakter. Ereignisse, die um Jahrzehnte zurückliegen, wiederholen sich wie eine Erinnerungsformel in der Begegnung, von der Marie Luise Kaschnitz schlicht, kommentarlos und mit dichterischer Intensität berichtet, so daß sich das Traumhafte beinahe unbemerkt einstellt. Zu dem erfahrenen und zugleich erträumten Erlebnis in einem Londoner Haus, von dem Marie Luise Kaschnitz erzählt, steht wiederum die Geschichte von André Maurois in spiegelbildlicher

Beziehung. (Bei der Komposition des Bandes wurde auf solche Entsprechungen und Verwandtschaften Wert gelegt.) Bei Maurois hat nicht das Haus zur Begegnung mit Schattengestalten geführt, sondern das Haus ist ein Produkt der Träume, mehr noch: die fiktive Erzählerin, die das Haus träumte, war selbst im Traum abwesend und hat das Haus mit ihrem Schatten bewohnt, das sie in der Nähe der Isle-Adam später in der Wirklichkeit wiederfindet. Wem wäre die Wahrheit dieser poetischen Erfindung nicht schon einmal entgegengetreten?

Der Psychologismus, in den die Geisterliteratur notwendigerweise mündet – oder den sie durchläuft –, beginnt schon mit E. T. A. Hoffmanns Spukgeschichte. Randgebiete der Hypnose, der Psychose und der Zwangsvorstellungen werden betreten. In der russischen Literatur hat das zu besonders eigentümlichen Mischformen geführt. In Ljesskows »Der weiße Adler« bleibt angesichts der Psyche des Erzählers und seines gestörten Verhältnisses zur Mitwelt immer noch die Vermutung, der spukende Iwan Petrowitsch habe die Rolle des Toten überhaupt nur gespielt. In Truman Capotes Erzählung kann das Mädchen Miriam auch die Gestalt sein, die der Tod für Frau Miller angenommen hat, oder Miriam kann Frau Miller selbst sein, die sich aus sich herausprojiziert selbst begegnet: ein einsamer Mensch ohne Liebe, ohne Puppe, ohne Gespräch.

Natürlich gibt es auch Spielarten der Ironie und des geisterhaft auf Sohlen gehenden Witzes. Heine läßt einen Priester der Vernunft als schrullenhafteste Verkörperung der Unvernunft auftreten. Die Geschichte von Mark Twain läuft auf eine weitere Möglichkeit der Umkehrung hinaus: Ein Gespenst hat sich geirrt, sieht seinen Irrtum ein und trollt sich beschämt von dannen. Auch die Frage, warum das Absurde absurd sei, warum es in der Welt der Geister so nichtig und sinnlos, im Grunde »blöder, nichtsnutziger und armseliger« zugehe als auf der »uns bekannten Erde« (Thomas Mann), warum Geister so intelligenzloses Zeug von sich geben, wird von Ljesskow aufgeworfen – und von Bulwer-Lytton beantwortet. So liefert die Gespensterliteratur immer die ihr entsprechenden Theorien mit. Daher bedarf sie, abgesehen von den Wünschen und Ängsten, deren Projektion sie darstellt, keiner zusätzlichen Erklärung. In ihr wird dem Wirklichkeitssinn ein Möglichkeitssinn entgegengehalten. Man ist fein heraus, wenn man einen so kompetenten Vertreter der Geisterliteratur wie Johann August Apel für sich sprechen lassen kann, der, als er aufhörte, die Klassiker nachzuahmen, mit der »Jägersbraut« die Vorlage zu einer der bedeutendsten Gespensteropern schuf, dem »Freischütz«, und der an Geister so viel und so wenig glaubte, daß er sich schreibend zugleich für und gegen sie entschied: »Gerade wenn es mit den Gespenstern aus ist, geht das rechte Zeitalter für ihre Geschichte an. Kommt doch jede Geschichte erst *hinter* der Wirklichkeit und der Leser dadurch, wenn das Glück gut ist, hinter die *Wahrheit*.«

II

Als Felix Schloemp im Jahr 1914 auf den Gedanken kam, eine Sammlung von Erzählungen unter dem Titel »Das unheimliche Buch« herauszugeben und Alfred Kubin dafür als Illustrator zu gewinnen, wird er die Folgen kaum bedacht haben. Denn es erging ihm wie jedem erfolgreichen Erfinder eines Buchtyps: Seine Idee wurde nachgeahmt in immer neuen Varianten der Gruselund Schauer-Anthologie, in Sammlungen von schwarzem Humor, von Vampyr- und Geister-Geschichten.

Allerdings war der Buchtyp nicht vollkommen aus dem Nichts entstanden. Schon hundert Jahre zuvor, zwischen 1810 und 1815, hatte Johann August Apel zusammen mit Friedrich Laun das »Gespensterbuch« erscheinen lassen. Schloemps Auswahl jedoch versuchte erstmalig, Gemeinsames aus verschiedenen Literaturen und Sprachbereichen zu vereinen, und sie umfaßte ungefähr ein Jahrhundert. Die Bemühungen, es ihm nachzutun, sind, ganz besonders in den letzten Jahrzehnten, ins Unübersehbare ausgeufert. Darin liegt zunächst nichts Negatives, und eine neue Auswahl wird dieser Entwicklung kein Ende bereiten können, aber sie möchte das über alle Ufer Getretene doch wenigstens in ein Flußbett zurückführen und das Beste, Interessanteste, Schönste und immer wieder Lesenswerte übersichtlich und genießbar präsentieren.

Aber was sind denn das für Auswahlprinzipien? wird man

fragen. Was und wer entscheidet hier über das Beste und Schönste und Lesenswerte? Der Herausgeber müßte ehrlicherweise zunächst antworten: sein eigener Geschmack, seine ganz persönliche Vorliebe, sein geduldiges Abwägen, sein Versuch, es immer wieder mit der Lektüre des reichen Vorrats an einschlägiger Literatur aufzunehmen, sich auf den bleibenden Eindruck und das letzten Endes doch Stimmigere zu verlassen. Das heißt, er hat nicht nur Anthologien gelesen. Und damit entfernte sich seine Auswahl immer weiter von den Vorläufern, auch wenn eine Reihe von Autorennamen unvermeidlich wieder auftaucht. Selbst der ursprüngliche Vorsatz, wenigstens mit ein oder zwei Stücken pietätvoll auf der Auswahl von Schloemp zu fußen, mußte nach dem mehrfachen Sichten der etwa fünffachen Menge von Geschichten, die sich zur engeren Wahl anboten, am Schluß fallengelassen werden. Das spricht nicht unbedingt gegen Schloemp, es spricht nur für die Vielfalt der Literatur, die inzwischen durch die Mühen hervorragender Übersetzer und einiger verdienter Herausgeber zutage getreten ist.

So steht natürlich auch in diesem zweiten Teil Bekanntes und einfach Unentbehrliches neben selten Gedrucktem und einigem Unbekannten, dies aber in einer Zusammenstellung, die sich mit anderen Sammlungen wohl kaum in mehr als zwei oder drei Stücken berühren dürfte. Die Entscheidung fiel oftmals nicht leicht. Um nur ein Beispiel zu geben: Die immer wieder gedruckte, aber etwas larmoyante Gruselgeschichte »Der Horla« von Maupassant mußte gegen seine viel leisere und gerade dadurch atemraubende Erzählung »Wer weiß?« schließlich zurücktreten. Maupassants »Wer weiß?« hat übrigens in einem so anspruchsvollen Buch wie der berühmten, von Jorge Luis Borges, Silvina Ocampo und Adolfo Bioy Casares herausgegebenen »Antología de la Literatura fantástica«[1] einen Platz gefunden. Bei einigen Erzählungen aus dem Französischen, Englischen und Russischen konnte unter mehreren Übersetzungen die beste gewählt werden. Kürzungen und Bearbeitungen wurden nirgendwo vorgenommen. Sheridan Le Fanus Erzählung »Grüner Tee« überschreitet als

[1] Editorial Sudamericana, Buenos Aires, 1940. Zweite Ausgabe in der Colección Piragua 1965.

einziger Beitrag die durchschnittliche Länge, und der Leser wird leicht begreifen, warum gerade in diesem Fall eine selbst auferlegte Beschränkung durchbrochen wurde.

Doch soll, auch an diesem Muster-Beispiel, keine Theorie der unheimlichen Literatur nachgeliefert werden, kommen doch die meisten Rechtfertigungsversuche des Unwirklichen daher wie die Worte des verblichenen Vaters in Ferdinand Raimunds »Der Diamant des Geisterkönigs«, der seinem bedrängten Sohn nur erscheint, um ihm mitzuteilen: »Ich bin dein Vater Zephises und habe dir nichts zu sagen als dieses.«

Es sei denn, man ließe sich auf eine literaturhistorische Auseinandersetzung ein, wie sie Lars Gustafsson (»Über das Phantastische in der Literatur«) im Kursbuch 15/1968 begonnen hat und wie sie von einigen Theoretikern ohne viele neue Argumente seither fortgeführt wurde: Die phantastische Kunst, schrieb Gustafsson, sei der Gegenpol zur ideologisch geprägten, sie beruhe auf der Voraussetzung, daß wir in jedem Augenblick auf eine überraschende, undurchdringliche Mauer stoßen können; dies erzeuge einen Pessimismus, ein Gefühl, die Probleme der Welt als unlösbar aufgeben zu müssen, und daher habe diese Kunst, oder vielmehr das Phantastische in der Kunst, »als Paradigma einer reaktionären Haltung« zu gelten.

Ich kann mich dieser Meinung auch heute nicht anschließen, wobei daran zu erinnern ist, daß die unheimliche Literatur natürlich nur ein Grenzfall der phantastischen Kunst ist. Aber auch auf sie trifft der Einwand nicht zu. Nicht nur, weil Kunst und Literatur jeden Spielraum der Erfahrung und des menschlichen Bewußtseins ausloten und darstellen sollten; nicht nur, weil wir sonst die halbe Weltliteratur, bis zurück zum Märchen, als reaktionär über Bord werfen müßten; nicht nur, weil auch die Ängste und Alpträume der Menschheit eine Realität, und ohne ihre Artikulation keine Befreiuung möglich ist – sondern auch, weil das Liebäugeln mit einer »veränderten« Realität zum Wesen des Menschen gehört. Und schon seine Sprache, der Gebrauch eines »hätte, wäre, könnte«, gesteht diesen Flirt ein. Man kann das in Arno Schmidts »Berechnungen II« nachlesen. Selbst die Grammatik, so heißt es da, trage dem so weit Rechnung, daß sie »das ganze Riesengebäude eines besonderen Modus dafür erfunden hat: den Konjunktiv«, und: »Man kann den Konjunktiv natürlich auch eine gewisse innere Auflehnung gegen die Wirklichkeit nennen; meinetwegen sogar ein linguistisches Mißtrauensvotum gegen Gott: wenn alles unverbesserlich gut wäre, bedürfte es gar keines Konjunktivs!« Auch wenn alles unverbesserlich schlecht wäre, muß man hinzufügen.

Die unheimliche Literatur ist ein spezifischer Fall des Konjunktivs, und so wenig wie der Konjunktiv aus der Grammatik wegzudenken ist – als eine Möglichkeitsform des heiteren »Was wäre, wenn«, und als eine Möglichkeitsform des Schreckens –, so wenig auch aus der Geschichte des menschlichen Bewußtseins.

III

Die Notwendigkeit, den Beispielen des Geisterhaften und Unheimlichen in der Literatur eine dritte Gruppe von Erzählungen, zunächst scheinbar ganz andere Art, folgen zu lassen, war unausweichlich. Nicht etwa aus äußeren Gründen oder weil die Zahl Drei sowohl in der phantastischen Literatur wie nach unserem Gefühl eine andere Rolle spielt als die Zwei, die nur eine Verdoppelung zu sein scheint. Vielmehr, um es mit einem Bild zu verdeutlichen: Wie sich die Truhe in die Kammer öffnet, die Kammer ihrerseits zum Kabinett der Spiegel und Figuren, so geht die Gespenstergeschichte mit ihren Revenants und Erscheinungen als eine Unterabteilung in der Literatur des Unheimlichen auf, und diese wiederum ist nur ein Teilbereich des Phantastischen. Es war also von vornherein darauf angelegt, eine einzige große Sammlung der phantastischen Literatur als möglichst umfassendes Kompendium der Spielarten aus dem Besonderen zum Allgemeinen hin zu entwickeln.

So schreiten die drei Teile auf wie zu hoffen ist unwiderstehliche Weise vom Spezialfall zur ganzen Breite einer Literatur fort, die in ihrem Reichtum, ihrer Vielfalt eine Sehnsucht des Menschen zufriedenstellt. Die phantastische Erzählung entspricht – nach Adolfo Bioy Casares in seinem Vorwort zur »Antología de la Literatura fantástica« – der »unausrottbaren Begierde, Geschichten zu hören; sie stillt diese Begierde mehr als alles andere, denn sie ist die Geschichte der Geschichten, die der großen Sammlungen des Ostens und des Altertums, und sie ist, wie es im Palmerín von England[2] heißt, die goldene Frucht der Einbildungskraft«.

Der Versuch der drei südamerikanischen Herausgeber Jorge Luis Borges, Silvina Ocampo und Adolfo Bioy Casares, in ihrer im spanischen Kulturkreis berühmt gewordenen Anthologie die Tradition der phantastischen Literatur an Hand einer Sammlung von Zitaten und Lesebeispielen nachzuweisen, entsprang dem Bedürfnis, dieser Art zu schreiben auch dort ein Hausrecht zu verschaffen, wo sie es bisher nicht besaß. Daher läßt sich das Unternehmen aus historischen und regionalen Gründen nicht einfach übertragen. Das Buch wurde nie übersetzt, weil es unübersetzbar ist. Unsere Anthologie, illustriert von Alfred Kubin und schon damit in die Nähe ganz anderer Vorbilder gerückt, unterscheidet sich von der argentinischen beträchtlich. Die übernommenen Autoren (nicht immer mit den gleichen Geschichten) verteilen sich auf die drei Teile der deutschsprachigen Sammlung als unumgängliche Akzente: Edgar Allan Poe, Maupassant, Cortázar, Jacobs, Kafka, Kipling, und Borges selbst. An Titeln gibt es fünf Übereinstimmungen: »Das besetzte Haus« von Julio Cortázar und »Wer weiß?« von Maupassant, die beide in ihrer Art musterhaft sind; »Die Affenpfote« von W. W. Jacobs und »Die Tatsachen im Fall Valdemar« von Poe; schließlich »Tlön, Uqbar, Orbis Tertius«, eine Erzählung, mit der Borges eine Literaturgattung schuf, die Essay und Dichtung zugleich ist. Mit Bioy Casares halte ich diese fünf für die eindrucksvollsten Beispiele einer Tradition des Phantastischen.

Aber woher leitet sich diese Tradition ab? Borges hat zu einem Zeitpunkt, da er selbst an der Herausbildung einer modernen phantastischen Literatur maßgeblich beteiligt war und sie in Südamerika einführte, in dem Band »Otras Inquisiciones«[3] das Problem der Vorläufer auf eine bewundernswert klare Formel gebracht: »Hätte Kafka nicht geschrieben«, so sagt er von dessen

---

[2] Spanischer Ritterroman, Seitenstück zum Amadis von Gaula. Neuausgabe in der »Nueva biblioteca de autores españoles«, Band 11 (1908).

[3] »Kafka und seine Vorläufer«: deutsch in: »Das Eine und die Vielen«, Essays zur Literatur, München 1966.

Vorläufern, »würden wir ihrer nicht gewahr werden, das heißt, sie wären nicht vorhanden.« Vorläufer treten erst ans Licht, wenn sich ihre Verschiedenheiten und Gemeinsamkeiten in einem neuen Namen versammeln: »Tatsache ist, daß jeder Schriftsteller seine Vorläufer erschafft.« (Nicht immer haben Vorläufer *untereinander* sehr viel Ähnlichkeit.) Insofern hat sich auch die moderne phantastische Literatur ihre Vorläufer erschaffen, und wir nehmen sie nur unter dem Gesichtspunkt eines neuen gemeinsamen Nenners wahr. Bioy Casares nennt im 14. Jahrhundert den Infanten Don Juan Manuel, im sechzehnten Rabelais, im siebzehnten Quevedo, im achtzehnten Defoe (»Die Erscheinung der Mrs. Veal«, womit »Die Gespenstertruhe« einsetzt) sowie Horace Walpole, und, bereits im 19. Jahrhundert, E. T. A. Hoffmann.

Im 19. Jahrhundert entdeckten einige Autoren, daß es der Wirkung dienlicher sei, wenn man in einer sonst vollkommen glaubwürdigen Welt eine einzige Unglaubwürdigkeit geschehen ließ, wenn sich in einer ganz und gar gewöhnlichen Umgebung etwas Ungewöhnliches und Unmögliches ereignet. Darauf beruhte von nun an das Geheimnis eines großen Teils der phantastischen Literatur. Um es noch einfacher zu sagen und damit auch die Begrenzung dieses dritten Teiles deutlicher zu rechtfertigen: wenn hinter einer unsichtbaren Stufe das Unberechenbare beginnt. Aus diesem Grunde steht am Anfang Franz Kafkas Erzählung »Ein Landarzt«, die in einen unvergleichlichen Satz mündet: »Einmal dem Fehlläuten der Nachtglocke gefolgt – es ist niemals gutzumachen.«

Kafkas Erzählung enthält damit eine Urformel der phantastischen Literatur. Sie bezeichnet den Sturz ins Unbekannte, nicht mehr Versicherbare, jenen Ruck innerhalb der Realität und aus ihr heraus, der einen Effekt der Unschärfe erzeugt, wie ihn zwei durchsichtige, übereinander gelegte, leicht verschobene Bilder erwecken. In Wahrheit wird unter ihnen, als ein Element der Beängstigung, eine neue Dimension sichtbar. Aber bleibt sie nicht immer auf die Wirklichkeit bezogen? Es verkehren in der phantastischen Literatur so merkwürdig viele Eisenbahnzüge ins Ungewisse. Den Erzählungen von Grabiński (»Der irre Zug«), Dürrenmatt (»Der Tunnel«) und Karl August Horst (»Stummes Glockenspiel«) ließen sich aus der neueren deutschen Literatur mehrere Kursbuch-Geschichten zur Seite stellen, die immer jene teuflischen Verschiebungen auf Nebengleise beschreiben, wie sie in Träumen vorkommen; Fahrten nicht innerhalb einer fremden Wirklichkeit, die wir noch gar nicht kennen, sondern nur aus einer gewohnten, kaum noch gesicherten heraus.

Unter diesem Aspekt, und da ja nun einmal Neugierde die stärkste Eigenschaft und Leidenschaft des Menschen zu sein scheint – wie Lermontow sagt –, wird die unsichtbare Stufe, die Schwelle des Ungewissen, zwar mit einem Gefühl fiebriger Spannung, aber in den meisten Fällen von den Protagonisten dieser Literatur wie in der Wirklichkeit gar nicht mehr unfreiwillig überschritten. Dann ist kein Halten: »Und Augenblicke gibt es, in denen die Rätselhaftigkeit eines Gegenstandes der Neugierde eine ungewöhnliche Macht verleiht: ihr untertänig, gleichen wir dann dem Stein, den eine starke Hand den Berg hinabschleudert; nichts kann uns mehr aufhalten, sehen wir auch bereits den Abgrund, der uns verschlingt.«

Sturz, oder nur ein leiser Schritt über die unsichtbare Stufe: jedesmal handelt es sich um Grenzüberschreitungen. Jene Geschichten dagegen, die sich von vornherein jenseits der Grenze in einer eigenen, neu erfundenen, hermetischen Welt abspielen, möchte ich der phantastischen Literatur wenig zuzählen, da sie nicht verunsichern, sondern nur den Traum von einer anderen Welt bestätigen. Auch die politische Parabel, die nur eine Einkleidung ist, verhält sich in ihrer rationalen Logik zu unsrer Wirklichkeit bloß spiegelbildlich (von Swift bis zu George Orwells »Animal Farm« und den Kyberiaden des Stanisław Lem). Gegen die Grenzüberschreitung gibt es im Grunde kein Argument. Der Schriftsteller, der die Wirklichkeit bis zum äußersten erkunden will, muß deren Grenzen überschreiten dürfen; er muß erfinden, um das Finden zu üben. Erfindungen folgen nun allerdings bestimmten Grundmustern, die in diesem Teil, wie in den beiden vorhergegangenen, durch absichtsvolle Gruppierungen und Nachbarschaften noch verdeutlicht werden. So gibt es Reisen durch die Zeit oder unter dem Diktat ferner Vergangenheiten (Kipling, Andersch); Metamorphosen, deren vollkommenste, Kafkas »Die Verwandlung«, aus Umfanggründen zurückstehen mußte; transzendierende und parallele Handlungen; unmögliche

Personen auf Bildern, oder wirkliche Personen auf unmöglichen Bildern; es gibt Vampire und scheinbare Vampire, und schließlich das Problem der Relativität der Proportionen, wie es Quiroga in »Das Federkissen« behandelt, eine Erzählung, die einerseits Kafka, andrerseits aber Poes hier nicht aufgenommener Geschichte »Die Sphinx« nahesteht – man müßte sonst alles von Poe aufnehmen, und die Relativität der Proportionen ist eines seiner Lieblingsthemen.

Das Erfinden kann sich nach außen und nach innen wenden; der Abgrund befindet sich im Entferntesten und in uns selbst. Daher denn auch zwei bevorzugte Figurationen oder »Orte« der phantastischen Literatur, die – ebenfalls über alle drei Gruppen von Erzählungen verteilt – ihre Entsprechung im Außen und Innen haben: das Labyrinth und der Spiegel. Beide manchmal in enger Verschränkung. Denn auch der Spiegel, gebrochen in einer unendlichen Flucht, in der sich der Blick verliert, ist ein Suchbild, das uns sacht ins Ungewisse entführt; wie das Labyrinth, dessen Unendlichkeit nur scheinbar ist.

Labyrinth und Spiegel bilden die zweite Urformel der phantastischen Literatur.

Zuletzt steht die Kunst im Spiegel Auge in Auge ihrem eigenen labyrinthischen Rätsel gegenüber. In dem Aufsatz »Partielle Zaubereien im ›Quijote‹« erwähnt Borges die außerordentlich beunruhigende 602. Nacht aus Tausendundeiner Nacht, in der der König aus dem Munde der Königin seine eigene Geschichte hört. Er lauscht einer Geschichte, die ihren Anfang und sich selber auf ungeheuerliche Weise einschließt. Dieser eingeschobenen 602. Geschichte zufolge müßte die Königin immerfort dem ewig lauschenden König die kein Ende findende Geschichte von Tausendundeiner Nacht erzählen, in der die 602. enthalten ist, die ihrerseits wieder ... Borges zitiert schließlich noch Josiah Royce, der im ersten Band von »The world and the individual« das folgende vorbringt: »Stellen wir uns vor, man hätte einen Teil des englischen Bodens vollkommen eingeebnet, und ein Kartograph übertrüge darauf eine Landkarte von England. Das Werk ist absolut getreu: keine Einzelheit der Bodenbeschaffenheit von England, die nicht auf der Karte verzeichnet ist, wie geringfügig sie auch sein mag; nichts ist vergessen. Diese Landkarte muß demnach auch eine Landkarte der Landkarte enthalten, die ihrerseits eine Landkarte der Landkarte der Landkarte enthalten muß, und so ins Unendliche.« Borges versucht dann zu erklären, was an diesem Phänomen so schockiert. Was ist das Beunruhigende daran, fragt er, daß Don Quijote der Leser des »Quijote« ist und Hamlet Zuschauer des »Hamlet«? »Ich glaube, auf die Ursache gestoßen zu sein. Solche Spiegelungen legen die Vermutung nahe, daß, sofern die Charaktere einer erfundenen Geschichte auch Leser und Zuschauer sein können, wir, ihre Leser und Zuschauer, fiktiv sein können.«

Der vollendete phantastische Roman wäre also der Roman eines Korrektors, der ein im Entstehen begriffenes Buch – wobei das Buch nicht nur das Entstehen beschreibt, sondern auch im Beschreiben entsteht – soweit aus eigener Vollmacht abändert, daß die Geschichte sich in ihr Gegenteil verkehrt, der Korrektor dem Autor vor den Augen des Lesers die Feder aus der Hand nimmt und ihn am Ende verschwinden läßt...

Damit halten wir unmittelbar vor der letzten Geschichte des Bandes: »Tlön, Uqbar, Orbis Tertius«. Es ist die Beschreibung einer Erfindung, einer Fiktion, die durch die Vollkommenheit in die Wirklichkeit zurückgreift, so daß wir nicht sicher sein können, schon morgen vielleicht in einem Antiquariat unter verstaubten Regalen die Enzyklopädie jener Welt hervorzuziehen, deren angebliche Erfindung uns der Erzähler beschreibt. Würden wir nicht glauben, zu träumen? Oder ist die Literatur überhaupt, wie Borges im Vorwort zu David Brodies Bericht sagt, »nichts anderes als ein gelenkter Traum«?

Martin Gregor-Dellin

Über die Autoren

UEDA AKINARI (1734-1809)
Japanischer Schriftsteller, Verfasser einer Sammlung phantastischer Erzählungen. »Das Haus im Schilf« aus: »Der Kirschblütenzweig – Japanische Liebesgeschichten aus tausend Jahren«, Nymphenburger Verlagshandlung, München. Aus dem Japanischen von Oscar Benl.

ALFRED ANDERSCH (geb. 1914)
Deutscher Schriftsteller, lebt seit 1958 in der Schweiz. Autor von Romanen, Erzählungen, Reisebüchern, Essays und Hörspielen. »Ein Auftrag für Lord Glouster« aus: »Gesammelte Erzählungen«, mit freundlicher Genehmigung des Diogenes Verlags, Zürich.

JOHANN AUGUST APEL (1771-1816)
Deutscher Schriftsteller, anfangs Nachahmer der Klassiker, dann Verfasser von Schauerromanen, gab mit Friedrich Laun von 1810 bis 1815 das »Gespensterbuch« heraus, aus dem auch der Freischütz-Stoff stammt. »Die schwarze Kammer« aus: »Gespensterbuch«.

HONORE DE BALZAC (1799-1850)
Französischer Romancier, Epiker des Realismus. »Der Kriminalrichter« aus: Honoré de Balzac »Mystische Geschichten«. Aus dem Französischen von Otto Naumann.

WERNER BERGENGRUEN (1892-1964)
Deutscher Erzähler und Lyriker. »Der Schutzengel« aus: »Zorn, Zeit und Ewigkeit«, Erzählungen. Mit freundlicher Genehmigung der Verlags AG ›Die Arche‹, Zürich.

AMBROSE BIERCE (1842-1913)
Amerikanischer Erzähler, aus Ohio stammend, einige Jahre in London lebend, vorwiegend mit dem Thema des Todes beschäftigt, das ihm im Bürgerkrieg begegnete; ging im Jahr 1913 nach Mexiko und ist seitdem verschollen. »Die nächtlichen Vorgänge in der Totenschlucht« aus: »Der Mönch und die Henkerstochter«, mit freundlicher Genehmigung des Verlags Helmut Kossodo, Genf und Hamburg.

JORGE LUIS BORGES (geb. 1899)
Argentinischer Dichter, schrieb Lyrik, Erzählungen und Essays, tradierte europäische Erfahrungen und Formen einer Literatur zwischen Fiktion und Wirklichkeit, begründete die südamerikanische Schule der modernen phantastischen Literatur. »Tlön, Uqbar, Orbis Tertius« aus: »Sämtliche Erzählungen«, ›Buch der Neunzehn‹, mit freundlicher Genehmigung des Carl Hanser Verlags, München. Aus dem Spanischen von Karl August Horst.

VALERIJ BRJUSSOW (1873-1924)
Russischer Lyriker und Erzähler. »Verteidigung«, mit freundlicher Genehmigung von Anni von Guenther. Aus dem Russischen von Johannes von Guenther.

EDWARD BULWER-LYTTON (1803-1873)
Edward Bulwer, Lord Lytton, englischer liberaler Politiker, Romanschriftsteller, »Das verfluchte Haus in der Oxford Street« aus Mary Hottinger »Gespenster«, 1956, mit freundlicher Genehmigung des Diogenes Verlags, Zürich. Aus dem Englischen von Peter Naujack.

DINO BUZZATTI (1906-1972)
Italienischer Erzähler, kam aus dem Journalismus, Darsteller des Unheimlichen und Magischen. »Ein überheblicher Mensch« aus: »Das Haus mit den sieben Stockwerken«, Nymphenburger Verlagshandlung, München. Aus dem Italienischen von Nino Erné.

TRUMAN CAPOTE (geb. 1925)
Amerikanischer Schriftsteller. »Miriam« aus: »Latest American Short Stories« (Jüngste amerikanische Kurzgeschichten), mit freundlicher Genehmigung des Limes Verlags, Wiesbaden und München. Aus dem Amerikanischen von Maria von Schweinitz.

JULIO CORTAZAR (geb. 1914)
Argentinischer Erzähler, zur phantastischen Literatur der Gruppe um Borges zählend. »Das besetzte Haus«. Titel der Originalausgabe »Casa Tomada« aus: »Bestiario«, 1951. Aus dem Spanischen von Edith Aron. Die Erzählung erscheint in einer neuen Übersetzung von Rudolf Wittkopf innerhalb des Bandes »Der Verfolger«, 1978, im Suhrkamp Verlag, Frankfurt.

AMPARO DAVILA (geb. 1928)
Mexikanische Erzählerin, Lyrikerin und Kritikerin der Gruppe »Nueva Sensibilidad«. »Der Spiegel«. Aus dem Spanischen von Edith Aron.

DANIEL DEFOE (1660-1731)
Englischer Journalist und Romanschriftsteller, Verfasser des »Robinson Crusoe«. »Die Erscheinung der Mrs. Veal« aus Mary Hottinger, »Gespenster«, 1956, mit freundlicher Genehmigung des Diogenes Verlags, Zürich. Aus dem Englischen von Peter Naujack.

CHARLES DICKENS (1812-1870)
Englischer Erzähler, Realist und Humorist, mit seinen umfangreichen Romanen von großem Einfluß auf den europäischen Roman seines Jahrhunderts. »Die Warnung«, mit freundlicher Genehmigung von Albrecht Leonhardt, Kopenhagen. Aus dem Englischen von Lotty Leonhardt.

FRIEDRICH DÜRRENMATT (geb. 1921)
Schweizer Schriftsteller, Dramatiker und Erzähler mit Neigung zum Grotesken und zur Verfremdung. »Der Tunnel« als Einzelband in der Arche-Bücherei (Nr. 396) und im Band Friedrich Dürrenmatt »Die Stadt. Frühe Prosa«, mit freundlicher Genehmigung der Verlags AG ›Die Arche‹, Zürich.

NIKOLAI GOGOL (1809-1852)
Russischer Erzähler, als Vater der russischen Prosadichtung geltend, verknüpfte realistische und übersinnliche Elemente. »Der verhexte Platz«, mit freundlicher Genehmigung von Anni von Guenther. Aus dem Russischen von Johannes von Guenther.

STEFAN GRABINSKI (1887-1936)
Polnischer Erzähler und Philologe, gilt als der bedeutendste Vertreter des Phantastischen in der polnischen Literatur. »Der irre Zug« aus: »Polnische Prosa des 20. Jahrhunderts. Erster Teil«, ›Buch der Neunzehn‹ mit freundlicher Genehmigung des Carl Hanser Verlags, München. Aus dem Polnischen von Karl Dedecius.

KNUT HAMSUN (1859-1952)
Norwegischer Erzähler. »Das Gespenst«, mit freundlicher Genehmigung des Verlags Albert Langen / Georg Müller, München. Aus dem Norwegischen von J. Sandmeier.

WILHELM HAUFF (1802-1827)
Deutscher Erzähler und Lyriker, schrieb phantastische und zeitsatirische Prosa. »Das Gespensterschiff« aus: Wilhelm Hauff »Märchen«.

FRIEDRICH HEBBEL (1813-1863)
Deutscher Dichter, zwischen Idealismus und Realismus stehend, Tragiker und gedanklich-spekulativer Psychologe. »Eine Nacht im Jägerhause« aus: »Erzählungen und Novellen«.

HEINRICH HEINE (1797-1856)
Deutscher Lyriker und Prosaist, Verfasser von Reisebildern, Satiren und Essays. »Doktor Ascher und die Vernunft« aus: Heinrich Heine »Die Harzreise«.

E. T. A. HOFFMANN (1776-1822)
Deutscher Erzähler, Musiker und Maler, Dichter der Wirklichkeit und Spukwelt. »Eine Spukgeschichte« aus: E. T. A. Hoffmann »Die Serapionsbrüder«.

FRANZ HOHLER (geb. 1943)
Schweizer Schriftsteller, schreibt Kurzprosa, Grotesken, Satiren und Mundartliches. »Die Fotografie« aus: »Der Rand von Ostermundingen«, mit freundlicher Genehmigung des Hermann Luchterhand Verlags, Darmstadt und Neuwied. Sammlung Luchterhand Band 134.

KARL AUGUST HORST (1913-1973)
Deutscher Erzähler, Kritiker und Literaturwissenschaftler, übertrug auch Werke der phantastischen Literatur Südamerikas ins Deutsche. »Stummes Glockenspiel«, Nymphenburger Verlagshandlung, München.

W. W. JACOBS (1863-1943)
Englischer Erzähler, von dem einige hintergründige Geschichten weltweite Verbreitung fanden. »Die Affenpfote« mit freundlicher Genehmigung der Society of Authors as the literary representatives of the Estate of W. W. Jacobs, London. Aus dem Englischen von Harry Kahn.

MONTAGUE RHODES JAMES (1862-1936)
Englischer Gelehrter und Verfasser von Geistergeschichten. »Der Kupferstich« aus: M. R. James »13 Geistergeschichten«, Copyright Edward Arnold Ltd., London, und mit freundlicher Genehmigung des Hegereiter Verlags, Rothenburg o. d. T. Aus dem Englischen von Otto Knörrich.

FRANZ KAFKA (1883-1924)
Prager Dichter, einer der bedeutendsten Erzähler deutscher Sprache im 20. Jahrhundert, von weltweiter Wirkung, mit seiner präzisen Beschreibung überbelichteter, traumhafter Wirklichkeit und Ängste keiner Richtung zuzuordnen. »Ein Landarzt« aus: »Erzählungen«. Copyright 1946/1963 by Schocken Books Inc., New York. Lizenzausgabe im S. Fischer Verlag GmbH., Frankfurt a. M.

MARIE LUISE KASCHNITZ (1901-1974)
Deutsche Erzählerin und Lyrikerin, »Gespenster« aus: Marie Luise Kaschnitz »Lange Schatten«, mit freundlicher Genehmigung des Claassen Verlags, Hamburg.

RUDYARD KIPLING (1865-1936)
Englischer Erzähler, Nobelpreis 1907, Dichter der Kolonialwirklichkeit. »Die schönste Geschichte der Welt« aus: »Gesammelte Werke. Hart und heiß«, mit freundlicher Genehmigung des Paul List Verlags, München. Aus dem Englischen von Hans Reisiger.

HEINRICH VON KLEIST (1777-1811)
Deutscher Dramatiker, Erzähler und Lyriker, bedeutendster Dichter zwischen Klassik und Romantik. »Das Bettelweib von Locarno«.

JOSEPH SHERIDAN LE FANU (1814-1873)
Irischer Erzähler mit Vorliebe für das Gespenstische und Vampirische. »Grüner Tee« aus: »In A Glass Darkly«, deutsch im Diogenes-Band »Camilla, der weibliche Vampir und 4 andere Geschichten von Sheridan Le Fanu«. Aus dem Englischen von Elisabeth Schnack.

MICHAIL LERMONTOW (1814-1841)
Russischer Spätromantiker, Autor von Gedichten, Erzählungen und eines psychologischen Romans, mit dem er dem Realismus zuzurechnen ist. »Eine unvollendete Novelle«, mit freundlicher Genehmgiung von Anni von Guenther. Aus dem Russischen von Johannes von Guenther.

NIKOLAJ LJESSKOW (1831-1895)
Russischer Erzähler. »Der weiße Adler« aus: Nikolaj Ljesskow »Gesammelte Werke in drei Bänden«, mit freundlicher Genehmigung von Anni von Guenther. Aus dem Russischen von Johannes von Guenther.

Jan Lustig (geb. 1902)
Deutscher Filmautor, Erzähler und Kritiker. »Der Fluß steht still« mit freundlicher Genehmigung des Autors.

Guy de Maupassant (1850-1893)
Französischer Erzähler, schrieb über 300 Novellen, galt als Naturalist, ohne sich an eine Theorie zu halten. »Wer weiß?« mit freundlicher Genehmigung des Verlags Kiepenheuer und Witsch, Köln. Aus dem Französischen von Walter Widmer.

Andre Maurois (1885-1967)
Französischer Erzähler und Verfasser von historischen und kulturkritischen Werken. »Das Haus« aus: André Maurois »Jahrmarkt in Neuilly«, Nymphenburger Verlagshandlung, München. Aus dem Französischen von Christoph von Schwerin.

Herbert Meier (geb. 1928)
Schweizer Schriftsteller, schrieb Romane, Erzählungen, Gedichte, Essays und Fernsehspiele. »Sprechschädel« aus: »Anatomische Geschichten«, mit freundlicher Genehmigung des Benziger Verlags, Zürich.

Prosper Merimee (1803-1870)
Französischer Erzähler. »Ein Gesicht Karls XI.« aus: Prosper Mérimée, »Ausgewählte Novellen«, mit freundlicher Genehmigung von Frau Dr. Lotte von Schaukal. Aus dem Französischen von Richard von Schaukal.

Gustav Meyrink (1868-1932)
Deutscher Schriftsteller, Autor von »sonderbare Geschichten«, die Unheimliches und Skurriles mit satirischer Kritik am Bürgergeist verbinden. »Das Wachsfigurenkabinett« aus: »Des deutschen Spießers Wunderhorn«, mit freundlicher Genehmigung des Verlags Albert Langen / Georg Müller, München.

Eduard Mörike (1804-1875)
Deutscher Lyriker und Erzähler zwischen Romantik und Realismus, mit dem Okkultisten Justinus Kerner in Verbindung. »Der Spuk im Pfarrhaus zu Cleversulzbach« aus: Justinus Kerner, »Magikon«.

Gerard de Nerval (1808-1855)
Französischer Lyriker, Erzähler und Übersetzer. »Das grüne Scheusal«. Aus dem Französischen von Otto Naumann.

EDGAR ALLAN POE (1809-1849)
Nordamerikanischer Dichter, der mit seinen Gedichten, Erzählungen und kunsttheoretischen Schriften die moderne Literatur stark beeinflußte. »Metzengerstein« und »Die Tatsachen im Fall Valdemar« aus: E. A. Poe »Erzählungen in zwei Bänden«, Verlag Heinrich Ellermann, München. Aus dem Amerikanischen von Hedda Eulenberg.

PU SSUNG-LING (geb. 1622)
Todesdatum unbekannt. Chinesischer Schriftsteller, sammelte Volkserzählungen und schuf Nachdichtungen. »Das Wandbild« aus: »Chinesische Geister- und Liebesgeschichten«, mit freundlicher Genehmigung des Manesse Verlags, Zürich. Aus dem Chinesischen mit Hilfe von Chingdao Wang von Martin Buber.

HORACIO QUIROGA (1879-1937)
Südamerikanischer Schriftsteller, aus Uruguay stammend, siedelte nach Argentinien über, schrieb Romane und Erzählungen, zum Teil angeregt von der tropischen Urwald-Natur der Provinz Misiones. »Das Federkissen« aus: »Cuentos de amor, de locura y de muerte«, Editorial Losada S. A., Buenos Aires, mit freundlicher Genehmigung von María Elena Quiroga de Cunill. Aus dem Spanischen von Karl August Horst.

ALBRECHT SCHAEFFER (1885-1950)
Deutscher Lyriker und Erzähler. »Herschel und das Gespenst«, mit freundlicher Genehmigung von Frau Angelika Schneider, Bensberg.

MARCEL SCHWOB (1867-1905)
Französischer Erzähler, Journalist, Gelehrter, gab in seinen literarischen Arbeiten, vor allem in frei behandelten Lebensläufen, seiner Vorliebe für das Bizarre und Makabre Raum. »Die Leichenfrauen« aus: »Die Gabe an die Unterwelt«, mit freundlicher Genehmigung von Eva Bodirsky-Hegner. Aus dem Französischen von Jakob Hegner.

ROBERT LOUIS STEVENSON (1850-1894)
Englischer Erzähler, Verfasser von Abenteuerromanen, Märchen und phantastischen Novellen. »Der Leichenräuber« aus: »Erzählungen«, mit freundlicher Genehmigung des Winkler Verlags, München. Aus dem Englischen von Richard Mummendey.

BRAM STOKER (1847-1912)
Irischer Schriftsteller, Verfasser von Schreckens- und Mysteriengeschichten, verschaffte 1897 dem über 400jährigen Vojevoden Drakula einen spektakulären Nachruhm. »Draculas Gast« aus: »Von denen Vampiren oder Menschensaugern. Dichtungen und Dokumente«, herausgegeben von Dieter Sturm und Klaus Völker, mit freundlicher Genehmigung des Carl Hanser Verlags, München. Aus dem Englischen von Michael Krüger.

AUGUST STRINDBERG (1849-1912)
Schwedischer Dramatiker und Romancier, schrieb auch phantastische Novellen und Märchen. »Die seltsamen Erlebnisse des Lotsen«, Nymphenburger Verlagshandlung, München. Aus dem Schwedischen von Gustav Adolf Modersohn.

IWAN TURGENJEW (1818-1883)
Russischer Erzähler, wegen eines Nachrufs auf Gogol verbannt, ab 1855 im Ausland lebend, mit zunehmender Neigung zum Übersinnlichen. »Der Traum«, mit freundlicher Genehmigung des Verlags Gräfe und Unzer, München. Aus dem Russischen von Reinhold Trautmann.

AMOS TUTUOLA (geb. 1920)
Nigerianischer Schriftsteller, afrikanischer Surrealist. »Der vollendete Herr« aus: »The Palm Wine Drinkard«, mit freundlicher Genehmigung des Eugen Diederichs Verlags, Düsseldorf. Aus dem Englischen von Walter Hilsbecher.

MARK TWAIN (1835-1910)
Amerikanischer Schriftsteller, Verfasser von Romanen, Erzählungen und Satiren. »Eine Gespenstergeschichte« aus: Mark Twain »Erzählungen«. Aus dem Amerikanischen von Karl Marquardt.

Theodor Fontane

WANDERUNGEN DURCH DIE MARK BRANDENBURG

Ungekürzte illustrierte Taschenbuchausgabe in 5 Bänden unter Zugrundelegung von Bd. IX-XIII der Nymphenburger Fontane-Ausgabe „Sämtliche Werke". Herausgegeben von Edgar Groß unter Mitwirkung von Kurt Schreinert. 2548 Seiten mit 88 Fotos, Gebietskarten, Anmerkungen und Register. 5 Bände in Kassette.

Band 1   Die Grafschaft Ruppin, 576 Seiten

Band 2   Das Oderland. Barnim-Lebus, 456 Seiten

Band 3   Havelland. Die Landschaft um Spandau, Potsdam, Brandenburg, 464 Seiten

Band 4   Spreeland. Beeskow-Storkow und Barnim-Teltow, 524 Seiten

Band 5   Fünf Schlösser. Altes und Neues aus Mark Brandenburg, 448 Seiten. Mit Personen- und Ortsregister für Band 1 bis 5

„Der genaue und kenntnisreiche Berliner Dichter feiert mit vielen alten Fotos der beschriebenen Stätten ein Comeback, das nicht nur alten Berlinern willkommen sein wird."
Düsseldorfer Nachrichten

„Wanderungen durch die Mark Brandenburg: ich kenne kein anderes Reisebuch, das diesem zu vergleichen wäre."
Hermann Ebeling, Süddeutscher Rundfunk

NYMPHENBURGER

Theodor Fontane

NYMPHENBURGER
TASCHENBUCH-AUSGABE

Kommentiert von Kurt Schreinert, zu Ende geführt von Annemarie Schreinert. 15 Bände im Schuber

Band 1   Wanderungen (gekürzte Ausgabe), 428 Seiten
Band 2   Vor dem Sturm I, 352 Seiten
Band 3   Vor dem Sturm II, 308 Seiten
Band 4   Grete Minde · Ellernklipp, 200 Seiten
Band 5   Schach von Wuthenow, 160 Seiten
Band 6   L'Adultera · Graf Petöfy, 312 Seiten
Band 7   Quitt · Unterm Birnbaum, 328 Seiten
Band 8   Cécile, 200 Seiten
Band 9   Irrungen Wirrungen · Stine, 280 Seiten
Band 10 Unwiederbringlich, 280 Seiten
Band 11 Frau Jenny Treibel, 216 Seiten
Band 12 Effi Briest · Die Poggenpuhls, 432 Seiten
Band 13 Der Stechlin, 448 Seiten
Band 14 Mathilde Möhring · Zur Literatur · Causerien, 432 Seiten
Band 15 Autobiographisches · Gedichte, 432 Seiten

NYMPHENBURGER

Pegasus lächelt

Heitere und heiter-melancholische Geschichten
deutscher Sprache aus drei Jahrhunderten

Herausgegeben von Hans A. Neunzig
444 Seiten mit 13 Zeichnungen von Friedrich Kohlsaat

Fünfundzwanzig Geschichten von dreiundzwanzig Autoren der deutschen Literatur enthält dieser Band. Geschichten aus dem 18. Jahrhundert, dem 19. und 20. Jahrhundert: heitere Geschichten und heiter-melancholische. „Die Achse, um die sich alles dreht", schreibt der Herausgeber in einer Nachbemerkung, „ist wissende Heiterkeit. Und zu wissen, ist meist eine melancholische Angelegenheit, die wiederum niemanden abhalten soll, sich dieser Geschichte zu erfreuen, zusammengestellt zum bedachtsamen Vergnügen des Lesers."

Und so urteilt die Presse: „ . . . um so mehr Freude macht es, einen rundum gelungenen Band anzeigen zu können! Das Doppeldutzend Geschichten und längerer Erzählungen ist mit soviel Kennerschaft ausgewählt und mit soviel Geschmack — um nicht zu sagen: Zärtlichkeit — zusammengestellt, daß man die Freude, mit der der Herausgeber zu Werke gegangen ist, bei der Lektüre herausschmeckt — und das ist mehr, als sich vom Großteil der heute veröffentlichten Sammlungen sagen läßt." *Bücherei und Bildung*

„Die Lektüre löst Wohlbehagen aus, erquickt und regt zum Nachdenken über Geheimnisse des Daseins an, in denen sich das Zusammenspiel von Humor und Melancholie gegenüber den Unvollkommenheiten des Lebens als beste Hilfe zu dessen Bewältigung erweist." *Salzburger Nachrichten*

NYMPHENBURGER